더이상 공부에
쫓기지말고
공부를 정복하라

더이상 공부에
쫓기지말고
공부를 정복하라

[저자소개]

"이 책의 저자인 서웅찬 선생은 나와는 사제(師弟)지간으로 개인적으로 잘 알게 된 사이에 있다. 그는 이 책의 서문에서 스스로 재수 아닌 장수(長修)를 하였노라고 토로하고 있으나, 그것은 오히려 인생의 참목표를 찾기 위해 고민하고 방황했던 신실한 젊은이의 방랑이었다고 보인다. 젊음의 고뇌로 인한 제물포고교 중퇴-검정고시 합격-연세대 입학-다시 휴학-군입대와 제대-이윽고 분발하여 서울대 법대 입학. 참으로 희한한 방랑의 기록이지만, 그는 모든 청소년들의 고뇌의 대행자로서, 그러한 번민을 대학입학 이후로 미룬 뒤 참자아를 탐구하는 길로 나아갈 것을 뭇 후배들에게 충고하고 있다.

군대까지 갔다 와서 참으로 열심히 공부하면서 스스로 체득한 풍부한 체험과 오랫동안 준비한 자료를 바탕으로, 수험생과 학부모의 효과적인 입시준비와 중고등학생들의 능률적인 학습을 위하여 획기적인 책을 저술하였다. 사법고시를 통하여 판검사의 명예로운 길을 갈 수 있음에도 불구하고 전공과는 거리가 있는 이러한 책을 저술한 것은, 우리나라 중고등학생들을 위하여 매우 고마운 일이라 아니할 수 없다."

- 서한샘〈추천사 중에서〉

"강한 자가 이기는 것이 아니라, 이긴 자가 강한 것이다."

더이상 공부에 쫓기지말고
공부를 정복하라

초판 1쇄 발행 2019년 2월 27일

지은이 서 웅 찬
그린이 채 정 호
꾸민이 민 세 경

발행인 서 웅 찬
펴낸곳 도서출판 꿈과의지
찍은곳 비에이치프린테크

등록번호 제21-117 (1989. 10. 13)
주소 서울시 서초구 사임당로 16길 22, 102호
전화 (02)588-6441
저자 연락처 010-7533-9138
이메일 swc007@naver.com

값 18,500원
ISBN 978-89-8301-102-2 03810

입시지옥에서 방황하는 대한민국 청소년의 필독서

학|습|보|감

더이상 공부에 쫓기지말고 공부를 정복하라

문학박사 **서한샘** 추천

서웅찬 지음

꿈과의지

| 추천사 |

젊은이여
네 꿈을
펼쳐라

대학은 우리에게 어떤 의미를 부여하는가?

처절한 입시지옥 속에서 살아남기 위하여 투쟁하는 우리 청소년들을 보면서, 자꾸만 옥죄어 오는 가슴의 답답함을 떨쳐버릴 수가 없다. 물론 대학진학의 의미가 개인의 발전을 위하여 얼마나 중요한 것인가를 우리는 다 알고 있다. 문제는, 자신의 적성과 소질 등을 검토해 보기도 전에 강요된 입시 분위기 속에서, 참공부의 즐거움을 상실한 채 기계적으로 문제풀이에만 얽매어 있는 메마른 학생들의 모습인 것이다.

그런 이유로 이 땅의 수많은 청소년은 진정한 자아를 잃어가고 있고, 공부 또한 스스로의 의지와 관계없이 타율에 의하여 아무 흥미없이 이어지고 있는 실정이 아닌가?

무릇, 학습의 질을 높이고 성적을 올려 자신이 목표하는 대학에 진학하기 위해서는 타당한 꿈의 설정과 그 꿈을 이루려는 불타는 의지가 앞서야 한다. "정신일도(精神一到)면 하사불성(何事不成)"이라는 말과 같이 강인한 정신력 없이는 바람직한 학업의 성취를 이룰 수 없는 것이다.

여기에 덧붙여 중요한 또 한 가지는, 학습 효과를 극대화하는 방법의 터득이다. 학문에는 노력 이외에 왕도가 따로 없다고 하지만, 체계적인 학습이 이루어지지 않으면 학문의 전체가 보이지 않는 법이다. 그리고 그 체계를 세우기 위한 적절한 방법론은 항상 있는 것이며, 그 방법론의 터득이 곧 학업의 성패, 진학의 성패를 좌우하게 되는 것이다. 더구나 새로운 입시 제도에 성공적으로 적응하기 위해서는 이 점이 가장 중요하다 할 것이다.

그런데, 우리 학부모들은 그저 막연하게 "공부하라, 공부하라!"하고 자녀들을 독려만 했을 뿐, 공부의 효율적인 방법에 대해서는 거의 생각이 미치지 못하였다. 그러나 방법을 모르는 공부는 당연히 효과를 거둘 수 없다. 저자가 강조하듯이 대부분의 학생들은 방법을 모르기 때문에 자기 능력의 50%를 낭비하고 있는 것이다.

올바른 학습방법을 터득하지 않고서는 학습을 통하여 얻어야 할 것의 절반밖에 얻을 수 없으며, 올바른 기억방법을 터득하지 않고서는 이해한 것의 절반밖에는 기억해 낼 수가 없고, 올바른 수험방법을 터득하지 않고서는 자기 실력의 절반밖에 발휘할 수 없는 것이다. 우등생과 열등생의 차이는 재능의 차이가 아니라 공부하는 기술의 차이이며, 이 기술은 배울 수 있다. 올바른 학습방법을 터득한 학생은 하루하루가 다르게 성적의 향상을 나타낼 것이다.

그럼에도 불구하고 아직까지 우리 주변에서 우리나라의 교육실정에 맞는 방법론을 구사한 본격적인 학습지침서를 발견할 수 없다는 것은 매우 안타까운 일이다. 수많은 참고서와 문제집들이 눈을 어지럽히고 있지만, 정작 공부의 초석이 되는 기본요령과 효과적인 학습을 위한 올바른 방법을 제시한 책을 볼 수 없는 것이 현실이다.

법학을 전공한 저자가 전공 분야에서 벗어나 이런 책에 손을 대게 된 이유는 바로 우리의 이런 현실이 너무나 안타까웠기 때문이다.

이 책의 저자인 서웅찬 선생은 나와는 사제(師弟)지간으로 개인적으로 잘 알게 된 사이에 있다. 그는 이 책의 서문에서 스스로 재수 아닌 장수(長

修)를 하였노라고 토로하고 있으나, 그것은 오히려 인생의 참목표를 찾기 위해 고민하고 방황했던 신실한 젊은이의 방랑이었다고 보인다. 젊음의 고뇌로 인한 제물포고교 중퇴-검정고시 합격-연세대 입학-다시 휴학-군입대와 제대-이윽고 분발하여 서울대 법대 입학. 참으로 희한한 방랑의 기록이지만, 그는 모든 청소년들의 고뇌의 대행자로서, 그러한 번민을 대학입학 이후로 미룬 뒤 참자아를 탐구하는 길로 나아갈 것을 뭇후배들에게 충고하고 있다.

군대까지 갔다 와서 참으로 열심히 공부하면서 스스로 체득한 풍부한 체험과 오랫동안 준비한 자료를 바탕으로, 수험생과 학부모의 효과적인 입시준비와 중고등학생들의 능률적인 학습을 위하여 《더이상 공부에 쫓기지말고 공부를 정복하라》는 획기적인 책을 저술하였다. 사법고시를 통하여 판검사의 명예로운 길을 갈 수 있음에도 불구하고 전공과는 거리가 있는 이러한 책을 저술한 것은, 우리나라 중고등학생들을 위하여 매우 고마운 일이라 아니할 수 없다.

본인이 모든 수험생에게 적극 추천하고 싶은 《더이상 공부에 쫓기지말고 공부를 정복하라》의 두드러진 장점은 다음과 같다.

첫째, 앞으로 입학시험을 비롯한 여러 시험을 치러야 하는 수험생들과 학부모들이 반드시 알아야 할 입시준비 및 학습의 올바른 길과 그 구체적인 실천요령을 제시하고 있다.

둘째, 능률적인 학습방법에 대하여 구체적으로 기술하였을 뿐만 아니라, 자신의 적성과 능력에 맞는 진로를 선택할 수 있는 기회와 자신의 인생을 다시 한번 성찰할 수 있는 기회를 제공하고 있다.

셋째, 우리가 거의 신경을 쓰지 않는 공부환경에 대하여 매우 상세하고 설득력 있게 서술하고 있다.

넷째, 시험에서의 1점은 수험생의 운명을 좌우할 수 있기 때문에, 실전 상황에서 최고의 성적을 올릴 수 있는 구체적인 전략을 소개하고 있다.

이 책은 먼저 자기 방식의 공부법이 비능률적인 것을 깨달아 능률이 오르는 과학적인 공부방법이란 어떤 것인가를 자세하게 지도하기 위해 쓰여진 것이다. 이 책이 수험생의 노력에 상응하는 능률적인 입시준비와 학습성과를 거두는 데 조금이나마 도움이 되고, 아울러 수험생의 노력에 더욱 박차를 가해주고, 그 노력의 결실이 알차게 맺어지는 데 이바지할 것을 믿어 의심치 않는 바이다.

여러분의 책상에 이 책 한 권을 더하여, 교과서와 참고서를 읽기 전에 시간을 내어서 이 책을 읽어주길 바란다. 그렇게 하면 여러분의 학습능률은 대단히 올라서 승리의 월계관이 여러분의 머리 위에 빛날 것이다.

문학박사 서 한 샘

서한샘 박사는 80~90년대 EBS 과외방송에서 "밑줄 쫙~"의 선풍적 인기를 몰아온 전설적인 대강사로 유명하다. 서울대학교 사범대학을 졸업 후, 문학박사 학위를 취득하였으며, 고교 교사를 거쳐 '한샘학원'을 설립하여 학원교육을 리드해 왔다. 서울특별시 초대 및 2대 교육위원, 제15대 국회의원, 고려대 교육대학원 강사, 경원대학교 겸임교수, 잎새방송 회장 등을 역임하였다.

| 추천사 |

꿈을 찾아주는 안내서

자기 자신에 대해서 가장 잘 아는 것은 자신이다. 그러기에 자신이 나아갈 길을 가장 잘 아는 것도 자신이다. 그러나, 할 것 많고 볼 것 많고, 갈 곳 많은 복잡한 오늘날 이 사회에서 하고 싶은 것도 많은 우리가 쉽게 그 길을 찾아나가는 것은 결코 쉬운 일이 아니다.

우리 모두에게는 꿈이 있다.

하지만, 그 꿈을 실현해 나가는 것 또한 쉬운 일이 아니고...

누구나에게 똑같이 주어진 시간을 얼마나 효율적으로 활용하느냐가 그 사람의 꿈을 이룰 수 있는가를 결정짓는 것이라면, 결코 평범한 시간을 보내지 않았던 저자의 생생한 경험을 바탕으로 정리된 《더이상 공부에 쫓기지말고 공부를 정복하라》는 아마도 이 책을 읽는 수험생들 모두에게 공감이 되고 가깝게 다가갈 수 있을 것이다.

공부를 잘할 수 있다면 얼마나 좋을까 하는 열망은 누구에게나 다 있을 것이다. 하지만, 모두가 공부를 잘하기 위한 시도는 해 보지만 무작정 덤빈 탓에, 집중하지 못하고 금방 지쳐서 흥미를 잃고 포기해 버리고 만다. 나 또한 그 길을 못 찾고 방황했던 시간이 있었고, 많은 학생들이 열심히 노력은 하지만 오르지 않는 성적에 안타까워 하는 모습들을 많이 보았다. 그러기에 더 이상의 시간 낭비와 방황을 하지 않기를 바라는 마음으로 이 책을 권해 본다.

저자는 다소 긴 책명인《더이상 공부에 쫓기지말고 공부를 정복하라》를 통해서 우리가 알면서도 실천하지 못했던 부분들에 대해 쉽고 구체적으로 설명하여 주고 있다.

일단 공부를 하기 위한 환경 조성에서부터 학습 준비 과정, 구체적인 기술적 공부방법은 물론 효율적인 극복 방법, 성공적인 결과를 얻기 위한 실전 테크닉까지 소개하고 있다.

본인이 장기간에 걸쳐 직접 경험하고 고민한 내용들을 다양한 삽화와 쉬운 용어로 풀어서 정리한 매우 훌륭한 책임을 알 수 있다.

단순한 수험 지침서가 아닌 인생 지침서가 될 수 있고, 모든 수험생들이 자신의 꿈을 찾아 가는 길에 진정한 안내서가 될 것을 믿어 의심치 않기에 적극 추천하는 바이다.

서웅찬의 친구 **김 윤**

김윤 선생은 저자와 제물포고등학교 입학 동기로 인천 지역의 고등학교에서 30여년간 학생들을 지도하였다. 모교인 제물포고등학교에서 고3 담임 및 교무부장으로 10여년 근무한 것을 비롯하여 인제고, 동인천고, 연수여고, 연수고 등에서 근무하였다.

| 서문 |

이 책을 쓰게 된 동기

한 송이 국화꽃을 피우기 위해
봄부터 소쩍새는
그렇게 울었나 보다

한 송이 국화꽃을 피우기 위해
천둥은 먹구름 속에서
또 그렇게 울었나 보다

그립고 아쉬움에 가슴 조이던
머언 먼 젊음의 뒤안길에서
인제는 돌아와 거울 앞에 선
내 누님같이 생긴 꽃이여

노오란 네 꽃잎이 피려고
간밤엔 무서리가 저리 내리고
내겐 잠도 오지 않았나 보다

국화 옆에서 **서정주**

고등학생이라면 누구나 접하게 되는 이 시는 제가 대학입시를 위해 애쓰던 수험생활 중에 항상 가슴속에 품고 다녔던 시(詩)였습니다. '한 송이의 국화꽃'이 의미하는 바는 여러 가지일 수 있겠지만, 대학입시를 목전에 둔 수험생들에게는 간절히 원하는 '대학 합격의 영광'일 것입니다.

정말 한 송이의 탐스러운 국화꽃을 피우기가 그렇게도 힘이 들었습니다. 군대생활 3년을 포함한 7년간의 처절한 좌절과 번뇌의 시간들! 도대체 그 끝을 알 수 없는 컴컴한 먹구름 속에서 방향감각을 잃은 채 헤매었던 어둡고 침울했던 그 시절!

아무리 못생긴 사람이라 할지라도 왼쪽 가슴에 달려 찬란하게 빛을 발하는 서울대 뱃지를 보면 나도 모르게 마음속으로부터 무한한 존경심이 우러났던 그 시절!

"빼앗긴 들에도 봄은 오는가? 시험에 짓밟히고, 입시에 찢겨진 내 영혼과 나의 청춘은 과연 보상받을 수 있을 것인가? 대학이 뭐길래, 서울대가 뭐길래 이다지도 나의 청춘과 영혼을 무참하게 짓밟는가?" 하며, 늦은 밤 서울대운동장 한복판에서 하늘을 우러러 대성통곡을 하였던 그 처절했던 순간순간들!

그토록 힘들고 어려웠던 그 시절에 나를 끝까지 버틸 수 있게 지켜준 것이 있었으니, 그것은 다름 아닌 〈확고한 신념(信念)〉과 〈피나는 노력(努力)〉이었습니다. 그 신념이란, 내가 처해 있는 영원히 벗어나지 못할지도 모를 끝없는 터널과 같은 깜깜한 먹구름 위에는 찬란한 태양이 빛나고 있다는 확고한 믿음이었습니다.

신념(信念)과 노력(努力)!!

이것은 입시지옥을 성공적으로 탈출할 수 있는 절대불가결의 무기인 것입니다. 그런데, 세계 어느 나라에서도 그 유례를 찾아볼 수 없는 치열한 입시경쟁 속에서 승리하기 위해서는 신념과 노력 외에 또 한 가지 꼭 필요한 것이 있으니, 그것은 바로 〈좋은 의미에서의 요령(要領)〉인 것입니다.

여러분의 두뇌는 거의 비슷합니다. 또한 명문대학에 가야겠다는 뜨거운 마음을 갖고 있는 것도 비슷하며, 다른 사람보다 더 많은 시간을 공부하기 위해 애쓰는 것도 마찬가지일 것입니다. 어느 누구가 열등생이 되고 싶어 할 것이며, 일류대학 뱃지를 가슴에 달고 싶지 않겠습니까! 그러나 학교에는 우등생보다는 열등생이 더 많으며, (명문)대학에 들어가는 학생보다 못 들어가는 학생이 훨씬 더 많은 것이 현실입니다. 또 자신이 원하는 대학에 기필코 들어가야겠다는 결심으로 재수, 삼수, 저와 같이 장수의 길을 걸으며 인생의 황금기인 20대 초반을 잿빛으로 물들이는 사람이 이 땅 위에 얼마나 많겠습니까?

만일 제가 이 책에서 제시한 요령과 방법으로 생활을 하고 공부를 했다면 지겹고 끔찍한 수험기간을 훨씬 단축시키고 더욱더 값진 일을 성취했을 것이라는 생각을 해봅니다. 대학입학은 인생의 종착역이 아니라 인생의 출발점입니다. 남보다 좀 더 유리한 위치에서 인생을 설계하기 위해 대학을 가고 또 명문대학을 가고자 하는 것입니다. 따라서 대학입시 준비기간은 짧으면 짧을수록 좋습니다. 그만큼 먼저 인생을 설계할 수 있기 때문입니다.

성공적인 수험생활을 위해서는 흔들리지 않는 신념(信念)과 끊임없는 노력(努力)이 전제되어야 하며, 그것이 꽃을 피우기 위해서는 〈좋은 의미에서의 요령(要領)〉이 절대적으로 필요한 것입니다. 잘못된 학습방법으로는 결코 좋은 결과를 얻을 수 없으며, 노력이 헛수고로 되기가 쉽습니다.

흔히 "학문에는 왕도(王道)가 없다."고 합니다. 물론 왕도는 없으나 지름길-첩경(捷徑)은 있는 법입니다. 미련스럽게 10시간을 공부하는 것보다 현명하고 요령 있게 1시간을 공부하는 것이 더 나을 수도 있습니다. 나머지 9시간은 폭넓은 교양을 쌓거나 인격수양 · 체력단련 · 취미생활 등에 활용한다면 지겹고 괴로운 수험생활이 아니라 매우 즐겁고 보람 있는 수험생활이 되지 않겠습니까?

여러분들 가운데는 굳은 신념을 갖고 열심히 공부하려고 하지만 공부는 뜻대로 잘 되지 않고, 그 결과 성적은 오르지 않고 제자리를 맴돌거나 떨어져 시험은 항상 두려운 존재인 사람들이 많을 것입니다.

본서는 진정으로 공부 잘하기를 원하고, 또 원하는 대학에 기필코 가기를 염원하는 학생들을 위해서 쓰여진, 필자의 분신과도 같은 책입니다. 필자가 오랜 기간 동안의 수험생활을 통하여 많은 시행착오를 거치면서 느끼고 경험했던 것들 중에서, 우리나라의 학생들이 해결해야만 하는 진실로 중요한 문제들을 깊고 폭넓게 다루어 그 확실한 해결책을 제시하였습니다.

저의 어둡고 침울했던 수험생활의 회고담은 여러분들에게 일시적인 자극과 격려밖에 줄 수 없지만, 오랜 기간의 자료수집과 연구검토 그리고 실질적인 체험에서 우러난 구체적인 공부방법론은 여러분의 삶의 좌표를 훨씬 더 높은 곳으로 반드시 이끌어 줄 것입니다.

이 책을 본 사람과 보지 않은 사람과는 현격한 차이가 나타날 것이며, 또 이 책을 보되 건성으로 보는 사람과 늘 책상머리맡에 놓고 믿고 그대로 실천하려고 애쓰는 사람과의 격차도 크게 나타날 것입니다.

이 책은 반드시 처음부터 볼 이유는 없습니다. 그때그때 필요하고 관심이 있는 부분을 펴보면 됩니다. 단지 보는 순서가 달라도 괜찮다는 말이지 한 부분이라도 빼놓는다든지 소홀히 해서는 안 됩니다.

그동안 이 책이 나오기까지 훌륭한 지도와 조언을 해주시고, 과분한 추천사까지 써주신 존경하는 서한샘 선생님께 충심으로 뜨거운 감사를 드립니다.

아무쪼록 이 책을 손에 쥔 복 받은 대한민국의 꿈나무들이 최후의 영광스런 승리자가 되기를 바랍니다.

서 웅 찬

"미래는 용기와 신념으로 끊임없이 도전하는 사람의 것이다."

차 례

CONTENTS

세목차

세목차

입시지옥에서 방황하는 대한민국 청소년의 필독서

학|습|보|감

더이상 공부에 쫓기지말고 공부를 정복하라

제1장

공부를 잘하는 비결

學問如 逆水行舟 不進則退 !

학문여 역수행주 부진즉퇴!

학문을 닦는 것은 흐르는 물을 거슬러 올라가는 배와 같으니,
앞으로 나아가지 못하면 곧 퇴보하는 것이다 !

참으로 공부하는 자는 앉아도 앉은 것을 모르고, 서도 선 것을 모르며, 걸어도 걷는 것을 모르며, 머리를 뒤로 젖혀도 하늘이 보이지 아니하고, 고개를 숙여도 땅이 보이지 아니하며, 천만 군중 가운데 있어도 한 사람도 보이지 아니하는 것이다. 그리하여 오직 몸과 마음이 공부에 대한 열성만으로 충만하는 것이다.

1. 공부란 무엇인가?

'공부'라는 말은 순수한 우리말로서, '학문과 기술을 닦는 일'을 뜻하는 명사이며, 한자 '工夫'는 뒤에 이두 식으로 붙인 말이라고 한다. 현대적 의미에 있어서의 '공부'란 〈일상생활에 필요한 것으로부터 전문적인 분야에 이르기까지 필요한 지식의 발견(發見)과 탐구(探究) 및 습득(習得)〉을 말한다.

[1] 역사적으로 살펴본 공부의 의미

(1) 우리 민족과 공부와의 역사적 관계

공부는 우리 민족과 매우 깊은 인연이 있다. 공부라는 말이 쓰이기 시작한 것이 적어도 신라시대부터라고 생각할 때, 공부와 우리 민족은 적어도 천 년 이상 인연을 맺어왔다. 특히 고려시대에 과거제도가 생긴 이후(AD 958년), 양반계급의 관계(官界) 진출이 공부를 통해 이루어졌기 때문에 양반 자녀의 공부열은 그때부터 도를 더해 갔으며, 조선시대에 이르러 과거제도가 강화됨으로써 공부열은 한층 높아졌음을 알 수 있다.

더구나 조선시대 때는 관료주의 사상이 팽배하여 사람의 출세가 곧 관계에 진출하는 것으로 인식되어 있었기 때문에 태생부터 관문에 들 수 없는 천인(賤人)이 아닌 다음에는 출세 즉, 입신양명(立身揚名)을 위해 어릴 때는 서당에 다녔고, 조금 나이가 들면 서울은 사학(四學), 지방은 향교(鄕校)에 들어가서 공부한 뒤 과거의 소과에 응시하였다. 이어서 양반의 자녀는 성균관에 들어가 과거의 문과에 응시하여 관문에 들었다.

한석봉이 불을 끄고 쓴 붓글씨가 들쑥날쑥하고 열이 고르지 못해, 불을 끄고도 떡을 고르게 썰은 어머니로부터 호통을 당하고 나서 더욱더 열심히 글쓰기를 연습하여 후에 명필이 되었다는 일화(逸話)도 그 당시의 공부열을 가늠할 수 있게 한다. 또 장원급제하여 암행어사가 되는 이야기도 많은데, 오성과 한음의 실화 및 판소리 춘향전에 나오는 이도령의 이야기 등은 그들이 장원급제하여 권선징악(勸善懲惡)하는 이야기로만 볼 것이 아니라, 장원급제 즉, 출세를 하기 위해 얼마나 숨은 노력을 했는가라는 공부열과 연관 지어 볼 수 있다.

힘없고 억울한 백성을 위해 탐관오리들을 척결하는 암행어사들의 통쾌한 이야기가 조선시대에 그토록 많았고, 또 누구나가 좋아했던 것은 자기가 이루지 못한 소원을 그 이야기가 대신 이루어 줌으로써 공부 못한 설움을 위로받을 수 있었다. 또한 자녀들에게 그러한 이야기를 들려줌으로써 어떻게든 공부를 열심히 하여 출세하라는 권고였다고 볼 수 있다.

관계(官界)에 진출한 사람들의 영화와 횡포가 크면 클수록 관계로 진출하려는 서민들의 욕구도 그만큼 강했을 것이며, 그러기에 그들은 자녀에게 보다 강제적으로 공부를 시켰고, 자녀들은 그 요구를 어길 수도 없었을 것이다. 이미 벼슬길에 오른 양반들은 그 위치를 더욱 공고히 하기 위해 자녀들의 교육에 힘을 썼고, 또 집안이 부유했으므로 자녀들을 가르치기가 용이하였다.

공부 못한 것이 한이 되는 부모는 지금보다 많았고, 그러기에 자녀에게 공부를 시키고자 하는 욕망도 컸을 것이다. 공부를 하고 싶어서 하는 것이 아니라 해야 하기 때문에 하는 경우가 대부분이었고 보면, 공부를 해야 한다는 의무감과 하지 않았으면 하는 소망 사이의 갈등은 옛사람들이나 오늘날의 학생들이나 똑같이 겪는 갈등임을 짐작할 수 있다.

(2) 일제 식민지 통치와 공부에의 자극

식민지 국가 피압박 민족의 설움은 권력을 가진 자에게 학대받던 서민의 설움과 다를 것이 없었다. 오히려 이민족의 지배는 한층 더 분노를 자아냈으며, 그 분노가 크면 클수록 공부에 대한 열망은 커져 갔다. 따라서 신학문을 공부해서 서양의 선진문물을 받아들이는 길만이 우리나라가 부강해지는 길이라고 역설했던 선각자들의 주장이 차츰 모든 국민의 가슴에 공감으로 번져갔다. 개인과 가문의 영달(榮達)을 위해서뿐만이 아니라 국가의 독립과 발전을 위해서도 공부가 필요하다는 것을 깨닫게 되었던 것이다.

일본인들은 한민족을 철저히 지배하기 위해 학교를 세우고 식민지 교육을 실시하였다. 반면에 의식있는 한국인들은 신학문을 통해 몽매(蒙昧)한 국민을 계몽하여 나라의 독립을 꾀하려고 학교를 세워 학생을 가르쳤다. 그 결과 양반의 자제나 일부 여유있는 사람만이 하던 공부가 서민층의 자녀에게까지 파급되었고, 어린 마음에 그 공부가 궁극적으로는 나라의 독립과 부강을 위해서라고까지 생각지는 못했지만, 어쨌든 공부는 해야 된다는 의식이 확대되어 갔던 것은 사실이다.

물론 그와는 달리 일제 때에도 한층 강화된 관료주의 사상으로 개인의 출세와 가문의 영달을 위해 공부를 한 사람도 많았다. 일본정부의 관료나 판검사가 되어 힘없는 백성에게 권력이나 휘두르기 위해, 하다못해 손에 흙을 묻히지 않고 편히 살기 위해 공부를 한 사람도 적지 않았다.

동기야 어쨌든 "공부는 해야 된다"는 의식에서 그 어느 때보다 많은 학교가 생겼고 또 학생의 수도 늘어갔다. 공부를 하는 궁극적인 목표가 무엇이든 공부를 하는 것은 나쁘지 않다. 전체적인 민도가 높아지면 독립도 가능하고 부강도 가능하기 때문이다.

"이놈아, 손에 흙을 묻히지 않고 배곯지 않고 살려면 공부밖에 없어!"

"우리가 이렇게 지지리도 못사는 것은 이 애비가 못 배워 무식한 탓이야. 형은 못 가르쳤지만 너만은 공부시키기로 작정했다. 열심히 공부해서 출세하는 길밖에 살 길이 없어. 그러니 조상 대대로 내려온 소중한 땅을 팔아서 마련한 이 돈을 가지고 서울로 올라가 열심히 공부하여 이 애비의 가슴속에 맺힌 한(恨)을 풀어 주려무나.”

이와 같이 자식을 서울로, 나아가 일본이나 미국으로 유학 보내기 위해 문전옥답(門前沃畓)을 서슴없이 팔아 올린 실례는 너무나도 많았다. 솔직히 이 무렵의 공부는 살기 위한 몸부림이었다. 여유가 있는 사람은 출세를 위해, 못사는 사람은 잘살기 위해 공부를 해야 했던 것이다. 하다못해 면서기라도 해먹기 위해서는 공부가 필요했고, 구멍가게를 하려 해도 돈 계산을 할 수 있는 공부가 필요했다.

공부는 정말 당시로서는 만병통치의 처방이었고 그 때문에 교육열은 거국적으로 가열되기 시작했다. 그러한 교육열과 그로 인하여 높아진 국민의 민도가 그 후의 우리나라의 독립과 경제적 자립을 가능케 하는 원동력이 되었다는 것은 누구도 부정할 수 없을 것이다.

(3) 현대사회에서의 공부

인간은 누구나 보다 높은 지위와 보다 많은 부(富)를 얻고자 하는 욕망을 갖고 있다. 그러나, 이러한 인간의 욕망을 채워줄 수 있는 지위와 재화는 한정되어 있기 때문에 우리가 살고 있는 이 사회에는 당연히 치열한 경쟁이 있을 수밖에 없으며, 그 결과 승자와 패자, 부유한 사람과 가난한 사람이 있기 마련이다.

우리의 현실사회는 실력 있고 유능한 사람에게 그것이 명예든 권력이든 재력이든 간에 우선권을 부여하고 있다. 이러한 경쟁사회에서 낙오되지 않기 위해서는 실력을 쌓아야 한다. 특히 자신이 가고자 하는 방면에 필요한 전문적인 지식을 습득해야 하는데, 전문화된 지식을 쌓는 것이 그리 수월한 일도 아니며 또한 하루 이틀에 가능한 것도 아니다.

그러면 우리는 어떻게 실력을 쌓아야 하는 것일까?

현재의 상태에서 생각해 볼 수 있는 최선의 방법은 학창시절을 알차게 보내는 것이다. 학교생활은 그 사람이 사회생활을 할 수 있는 능력을 갖추는 데 가장 빠른 방법을 배우게 한다. 즉, 지식과 교양을 습득하고, 신체를 단련시키며, 정서를 함양하고, 단체생활의 기본을 배우는 등 인생에 있어서 심신 양면으로 급격하게 성장하게 되는 매우 중요한 시기가 학창시절인 것이다.

흔히 "학교의 우등생은 사회의 열등생이 되고, 학교의 열등생이 사회의 우등생이 된다."는 역설적인 이야기를 하지만, 우리의 현실을 보면 그렇지 않음을 쉽게 알 수 있다. 우리나라의 지도적인 위치에 있는 사람들의 대부분이 소위 명문 고등학교, 일류대학교 출신이라는 사실이다. 그런데 위의 말이 타당할 수도 있는 것은, 공부는 매우 잘하나 인간성이 되먹지 못한 극도의 이기적인 우등생과 공부는 비록 잘하지 못하지만 인간성이 좋아 많은 사람에게 호감을 주는 열등생의 극히 제한된 경우일 것이다.

그러므로 학창시절은 앞으로의 인생의 질을 좌우하는 매우 중요한 전환점이라는 사실을 깨달아 허송세월 보내지 말고, 첫째는 실력(實力), 둘째는 건강(健康), 셋째는 인품(人品)을 닦는 데 최선의 노력을 기울여야 한다.[주)]

[2] 모든 공부의 밑바탕이 되는 3요건

올바른 공부란 다음의 3가지 기본적인 기술을 습득하는 것으로, 이것은 곧 여러분의 인생의 성패를 좌우하게 된다. 그 3가지는,

① 읽는 능력 - 독해(讀解)능력

② 생각을 글로 표현하는 능력 - 작문(作文)능력

③ 수학적인 문제를 해결하는 능력 - 논리적 사고(思考)능력

독해(讀解), 작문(作文), 수학(數學), 이것이야말로 모든 학습의 초석이요 토대이며, 사회생활의 성패를 좌우하는 것이다. 학습에 있어서 그 이

주) 김용락 저 《나도 공부를 잘할 수 있다》 1983. 유림사

상의 다른 모든 것들은 모두 이것에 의존해서 이루어진다. 여러분이 독해력·작문력·계산력에 능숙하지 못하다면 학교성적이 향상될 것을 기대한다는 것은 무리한 일이다. 따라서 여러분이 학업성적의 향상을 위하여 해야 할 기본적인 일은, 독해·작문·계산에 있어서 완벽한 능력을 갖추도록 노력하는 것이며, 이것이야말로 여러분을 인생의 성공자로 만드는 하나의 비결인 것이다.

구체적으로 말하면 다음과 같은 능력을 키우는 데 학습의 목표를 두어야 한다.

1) 문장을 정확하고 신속하게 읽고, 그 뜻을 올바로 이해하는 능력.
2) 문장의 핵심을 파악하고, 그것을 마음에 깊이 새겨두는 능력.
3) 자신의 생각을 자신의 말로 표현하고, 그것을 신속하고 강력하게 그리고 확신 있게 피력하는 능력.
4) 논리적으로 추론하고, 제시되지 않은 사실들을 발견하고, 거짓과 오류를 가려내며, 미래의 사실을 예측하고, 자신의 의견이 관철되도록 남을 설득하는 능력.

[3] 공부는 왜 해야 하는가?

"왜 공부를 해야 하는가?", "과연 공부가 인생의 전부인가?"

다소 회의적인 이런 질문은 감수성이 예민하고 한창 뛰어놀아야 하는 청소년 시절에 올바른 정서생활과 취미생활을 하지 못하고, 억압된 입시위주의 교육에서 비롯된 학교성적에 대한 중압감과 장래에 대한 불안감으로 인하여 생기는 것이다. 심지어는 공부에 대한 염증과 성적에 대한 열등감·좌절감에 빠져 인생 자체를 비관하고 자살을 기도하기에 이른다.

이 나라의 장래를 짊어지고 나갈 젊은이들이 인생의 황금기인 청소년기를 어둠 속에서 좌절과 열등감에 빠져 허우적거린다는 것은 비극이라고 아니할 수 없다. 그렇다고 현실제도에 대해 비판과 한탄만을 하고 있기에는 우리의 상황은 너무나 급박하다. 아무리 공부를 하지 않으려고 발버둥쳐도 우리의 주위 환경은 우리를 그대로 놔두지 않는다. 내일, 아니 당장 한 시간 후에 지구의 종말이 온다 할지라도 우리는 학교생활과 공부를 그만둘 수는 없는 것이다.

어차피 해야 할 공부라면 왜 해야 하는지 그 이유와 필요성을 폭넓고 확실하게 이해한다면, 공부한다는 것이 반드시 괴롭고 지겨운 일이 아니라 무척 흥미 있고 보람이 있는 행위가 될 수도 있는 것이다.

그러면, 우리가 힘들게 공부를 해야 하는 이유를 살펴보기로 하자.

(1) 행복한 사람이 되기 위하여

모든 사람의 생김새와 자라온 환경이 틀리듯 공부를 하는 이유도 여러 가지이다. 일류대학에 들어가 좋은 직장에 취직하기 위해 공부하는 사람, 야심만만한 야망을 품고 위대한 지도자가 되기 위해 공부하는 사람, 유명한 학자가 되기 위해 공부하는 사람, 재벌그룹의 회장이 되려고 공부하는 사람, 판검사·변호사·의사·약사·교사·회계사·기자 등이 되려고 공부하는 사람 등등. 그러나 이러한 모든 것이 이루어지기 위해서는 우선 평범하고 유능한 국민이 되어야 한다. 한 가정의 구성원으로서 확고한 직업을 갖고, 맡은 바 직분을 충실히 행하며 주어진 여건에 적절히 적응하는 건전하고 행복한 사람이 되어야만이 그 이상의 꿈도 이루어질 수 있는 것이다.

(2) 쏟아지는 정보의 세상에서 생존하기 위하여

현대는 너무나 많은 지식과 정보가 쏟아지는 정보의 홍수시대이다. 이들 정보를 모르면 점점 시대에 뒤떨어진 인간이 되어 치열한 생존경쟁의 사회에서 낙오될 수밖에 없다. 과학문명의 급속한 발달은 지식의 효용주기를 짧게 하였고, 새로운 기술을 개발해 내지 못하면 국제사회에서 도태되어 버리고 만다.

옛날에는 변화가 거의 없고, 새로운 지식이라는 것도 어쩌다 생겼다. 조선시대 500년 내내 과거의 시험과목은 똑같았다. 100년 전 사람의 지식이나 100년 후 사람의 지식이나 별 차이가 없었다. 옛날에는 학교를 졸업하면 공부를 더 이상 하지 않아도 되었다. 그러나 현대는 사정이 다르다. 졸업을 하고나서 해야 하는 공부가 더 많아졌다. 지식과 정보가 폭주하는 세상에서 아무것도 모르고 산다는 것은 불가능한 일이며, 얼마만큼 아느냐가 그 사람의 생존양식을 결정해 버린다. 공부는 교양을 위한 사치품이 아니라, 생존을 위해서 공부가 필요한 것이다.

(3) 국가와 인류의 발전과 행복을 위하여

어느 한 개인이 훌륭한 업적을 남기면 그 혜택은 전 국민에 미친다. 내가 발명한 발명품은 나만이 쓰는 것이 아니라 우리나라 전체가 쓰는 발명품, 나아가 세계적인 발명품이 되고, 내가 연구해 낸 학설은 세계인의 행복에 이바지하게 된다. 이와 같이 우리가 하는 공부는 자기 자신만을 위하는 것으로 끝나는 것이 아니라, 우리나라의 발전과 부강을 위하여 중요한 초석이 되는 것이며, 인류의 발전과 행복에도 크게 기여할 수 있는 것이다.

(4) 자유민주사회의 건설을 위하여

자유민주사회란 소수의 지배계층이 아니라 대다수의 국민이 나라의 주권을 갖고, 자유와 평등 그리고 선의의 경쟁의 원리에 입각하여 나름대로의 행복한 삶을 추구하며 살 수 있는 가장 이상적인 사회라고 할 수 있다.

세계의 독재국가들은 한결같이 국민의 지적 수준이 낮음을 알 수 있다. 국민들의 학력수준과 교육정도가 높은 나라에서는 독재가 불가능하다. 지적 수준이 높은 국민들 앞에서는 어떤 누구도 신(神)처럼 군림할 수 없기 때문이다. 옛날에는 못 배우고 무지하여 자기의 권익을 수탈당한 억울한 백성이 얼마나 많았겠는가! 그러나 이제는 공부를 하여 우리의 지적능력을 높임으로써 우리의 자유와 권리를 박탈당하는 설움을 겪지 않을 수 있게 되었다.

남을 짓밟고 남을 학대하기 위한 공부가 아니라, 자신의 인간으로서의 존엄성을 지킬 수 있는 능력을 키움으로써, 남들로부터 짓밟히고 업신여김을 당하지 않기 위한 공부를 해야 한다. 모든 사람이 이러한 생각을 갖고 열심히 공부하여, 맡은 바 직분을 충실히 수행하며 좌절하지 않고 산다면 자유민주사회는 이루어지게 된다. 공부를 통해 만인은 평등해지고, 자기의 정당한 권리를 주장할 수 있다. 그러기에 공부는 자유민주사회 건설에 필요한 초석이 되는 것이다.

(5) 인류가 당면한 문제의 해결을 위하여

현대의 인류가 심각하게 직면해 있는 문제는 여러 가지가 있다. 예컨대, 에너지고갈 문제, 환경파괴 문제, 식량 문제, AIDS 문제, 지역분쟁 문제 등 이루 다 열거할 수 없을 만큼 쌓여 있는 것이 현실이다. 그런데 이러한 모든 문제들을 해결할 수 있는 것은 공부뿐이다. 내가 해결하지 못하면 누군가라도 해결해야 하고, 우리나라에서 하지 못하면 다른 나라에서라도 해결해야 한다. 하여야 하므로 할 수 있는 것이다.

[4] 공부는 언제, 어떻게 해야 하는가?

(1) 공부는 언제 해야 하는가?

매일 수없이 쏟아지는 정보를 습득하기 위해서 공부는 평생 동안 계속해야 하지만, 우리의 일생 중에서 학창시절만큼 공부하기에 좋은 시절은 없다. 가정형편과 개인적 사정에 따라 다소 차이는 있겠지만 유치원부터 시작하여 초등학교·중학교·고등학교·대학교 시절은 공부에만 전념할 수 있는, 인생에 있어 황금같은 시간이다.

우리의 인생을 자연의 계절에 비유할 때, 학교생활을 하는 청소년기는 봄이라고 할 수 있다. 산천의 초목들도 봄에 많은 영양분을 흡수하여 가지를 치고 꽃을 피워야 무더운 여름을 견뎌내고 가을에 훌륭한 열매를 맺을 수 있듯이, 우리 인간들도 젊은 시절에 열심히 공부하지 않고 빈둥빈둥 세월을 허비하면 어른이 되어서 아무 쓸모없는 인간이 되어 비참한 생활을 할 수밖에 없다.

한창 배워야 할 시기인 학창시절에 공부하는 것을 게을리하거나 포기한다면, 그 개인의 장래는 물론 나아가서는 나라의 장래 또한 어두워진다. 학창시절에 끊임없이 솟구치는 욕망과 유혹을 물리치며 열심히 공부에 매진한다면 행복한 인생을 살 수 있는 지름길로 가까이 갈 수 있지만, 지금 공부를 게을리하고 방만한 생활을 한다면 나머지 삶 즉, 인생 전체를 불행하게 만드는 지름길로 들어서는 것이다.

따라서, 공부가 인생의 전부는 아니라 할지라도, '학생의 전부'라고 생각해야 할 필요성과 당위성이 있는 것이다.

(2) 공부는 어떻게 해야 하는가?

그러면 공부는 어떻게 해야 하는가?

이 문제야말로 이 책에서 필자가 추구하고자 하는 가장 중대하고 핵심적인 문제라고 할 수 있는데, 전체적인 줄거리는 다음과 같다.

첫째, 공부의 필요성과 동기를 확고히 한다.

둘째, 자신의 적성을 정확히 발견하여 가능한 한 빨리 진로를 선택한다.

셋째, 학습환경을 이 책에서 제시하는 대로 재정비한다.

넷째, 건강한 정신과 육체를 갖추기 위해 최선을 다한다.

다섯째, 이 책에서 제시하고 있는 효율적인 공부방법이 자기 것이 되도록 끊임없이 노력한다.

이와 같이, 계획적으로 그리고 합리적으로 공부하면 많은 시간을 절약할 수 있으며, 귀하게 얻은 여유시간을 인격을 도야(陶冶)하고 자신의 취미를 살리는 데 활용한다면, 매일을 괴로움 속에서 헛되이 보내거나 귀중한 청춘을 허송(虛送)하는 불행은 없게 될 것이다.

(3) 올바른 학습방법과 노력이 일치할 때 성적이 향상된다

대부분의 학생들은 공부를 힘들고 어려워하며 공부하기를 싫어한다. 그 이유는 첫째, 노력을 하지 않기 때문이요, 둘째, 능률적인 학습방법을 제대로 모르기 때문이다.

학생이 공부를 잘하기 위해서는, 노력이 가장 중요한 요소라는 것은 아무도 부인하지 못할 것이다. "학문에는 왕도(王道)가 없다."는 말은 바로 학습에 있어서 노력이 제일 중요한 요소임을 뜻하는 말이다. 그런데, 노력이란 노력한 대가가 있어야 노력할 의욕도 생기고 또 노력이 계속되는 법이다. 학습에 있어서도 여러분이 노력을 계속하기 위해서는 노력한 만큼의 학습 성과가 있어야 하는데, 학습 성과가 있으려면 우선 학습내용을 잘 이해하고 숙달할 수 있는 올바른 학습방법이 무엇인지 알아야 한다. 올바른 학습방법을 외면한 노력은 결코 그 성과를 얻기 어려우며 또한 계속되기도 어려운 것이다.

"사람이 배우지 않으면 캄캄한 밤길을 걷는 것과 같으니라."

2. 왜 공부를 못하는가?

[1] 과연 공부하기 좋은 세상인가?

공부의 필요성은 그 어느 때보다 절실한 현대에서 공부를 잘하고 싶어도 잘 되지 않는다는 사실은 지극히 비극적인 일이다. 옛날처럼 공부가 몇 년으로 끝나는 것도 아닌 세상에 공부를 못한다는 사실은 얼마나 긴 세월을 두고 자신을 고통스럽게 하겠는가! 공부를 잘해서 부모님의 기대를 충족시켜 드리고 또 스스로도 만족한다면 얼마나 좋을까!

1인당 GNP가 3만불인 오늘날은 분명히 부모님들이 살던 시대보다 물질적 풍요를 누리며 산다. 그러한 경제력을 바탕으로 예전에는 상상도 할 수 없는 인터넷 특강, CD와 같은 영상학습교재를 이용한 과외 등 학습방법이 매우 다양해진 것은 사실이다.

주린 배를 채우고 학비를 벌기 위해 새벽에는 신문배달을 하고 밤에는 찹쌀떡과 메밀묵을 팔러 다니지 않아도 되는, 오로지 공부만 하면 만사가 OK인 좋은 세상이다. 또한 더운 여름에는 에어컨, 추운 겨울에는 훈훈한 온풍기 등 언뜻 보면 요즘 학생들의 학습환경은 훨씬 좋아진 것 같다. 이렇게 공부하기 좋은 세상에 공부를 못하다니 우리 자신들조차도 이해할 수 없는 노릇이다.

그러나, 과연 공부하기 좋은 세상인가?

옛날에는 몇십 리 길을 걸어서 학교에 다녀야 했다지만, 요즘의 버스나 전철 통학은 걷는 것보다 몇 배 힘들다. 먹는 둥 마는 둥 꾸겨 넣은 새벽밥이 만원 버스와 전철에서 시달리는 동안 다 꺼지고, 학교에 들어설 때쯤 되면 기운이 몽땅 빠질 정도로 지쳐버린다. 그때부터 하루 10시간 이상을 정규수업뿐 아니라 보충수업과 자율학습이라는 이름 아래 혹사를 당해야 하며 학교에서 돌아오기가 무섭게 학원 가기에 바쁘거나, 과외선생님은 "어서 오너라." 하며 휴식이 필요한 우리의 뇌를 혹사시키고 심야에는 인강이나 교육방송 특강을 시청해야 하니, 우리는 존엄한 인간이 아니라 '공부하는 기계'요, '점수벌레'일 수밖에 없다.

참고서도 종류가 한두 가지면 혼란을 일으키지 않을텐데, 가짓수가 너무 많아서 도대체 어느 것이 제대로 된 책인지 판단하기가 어려운 실정이다. 학교선생님이 채택한 부교재, 학원에서 강의하는 교재, 과외선생님이 골라주신 교재, EBS학습교재, 일류대학에 합격한 선배님이 추천하는 참고서, 나의 취향에 맞는 참고서 등 정신이 혼란스러울 정도이다. 책꽂이에 참고서는 가득하나 끝까지 읽은 책이 없으니 머릿속에 남은 것도 없다.

방학 때를 이용하여 밀린 공부, 미진한 과목을 보충하기 위해 학원에도 다니고, 고액과외도 해보지만, 이미 배운 것을 모르니 그 뒤의 공부가 이해될 리 없다. 아는 것은 재미가 있지만 모르는 것은 재미가 없으니 도대체 공부가 하기 싫어진다. 또 방학이 되면 오라는 데는 없어도 가고 싶은 곳이 많다. 여름에는 짙푸른 바다가 손을 흔들며 어서 오라고 손짓을 하는 듯하고, 겨울에는 백설이 덮인 스키장에서 스키를 못 타면 현대인이 될 수 없다고 야유하는 듯 우리의 마음을 유혹한다. 이래서 소중한 방학이 하루하루 공부를 멀리한 채 지나가 버리고 새 학기가 되면 공부를 잘할까 했던 기대는 산산히 무너져 버린다.

어디 이뿐이랴! 이성의 친구와 영화구경도 가야지, 친구들과 프로야구 구경도 가야지, 친구들 사이에서 기죽지 않으려면 연예인들의 스캔들도 알아야 하니 인터넷 검색도 해봐야지, 정말 하고 싶은 일, 해야 할 일이 너무 많은 세상이다. 이런 현실이 과연 공부하기 좋은 세상인가? 한마디로 공부하기 좋은 세상이 아니라 공부를 안 하면 얼씨구 좋다고 할 세상이다.

[2] 공부를 못하고 싶은 충동과 그 원인

사람에게는 자신도 모르는 깊은 마음이 있다. 소위 무의식(無意識: Unconsciousness)이라는 것인데, 이 무의식은 자기도 모르게 활동하고 있는 우리의 심층심리이다.

학생들을 공부하지 못하게 방해하는 심층심리를 분석해보면, 공부를 하려고 하는 의식적인 노력 뒤에는 그보다 몇 배 더 강한 안 하려는 동기가 숨어 있음을 알 수 있다. 사실 누구나 부모님의 강요나 본인의 필요성과 의무감에 의해 공부는 해야 되는 것이라고 느끼고 있다.

그러나 "이 놀기 좋은 세상에 공부를 안 하고 어떻게 놀며 지낼 수 있는 방법은 없을까?"하고 틈이 있을 때마다 궁리하고 있는 것도 사실이다. 적어도 공부를 안 하려는 마음이 의식에는 떠오르지 않더라도, 무의식 속에는 반드시 숨어 있어 기회가 있을 때마다 우리는 그 소원을 이루려고 안달하기 마련이다. 가벼운 증상으로는 책만 붙들면 골치가 아픈 증세에서부터, 등교할 때 나타나는 '여덟시 복통' 등 여러 가지 형태로 나타난다. 오죽이나 공부가 하기 싫으면 몸이 아프면서까지 공부를 안 해보려고 애쓰겠는가?

따라서 우리는 먼저 무의식 속에 숨어있는 공부 안 하려는 욕구, 공부를 못하고 싶은 충동을 면밀히 살펴볼 필요가 있다. '공부를 못하고 싶은 충동'이라니, 세상에 누가 공부를 못하고 싶은 사람이 있을까 하고 반문할지도 모른다. 공부를 안 하려는 욕구는 있을 수 있지만 공부를 못하기를 원하는 사람이 누가 있겠는가 하고 말이다. 그러나 현실적으로 공부를 못하고 싶은 충동도 있는 것을 어찌하랴!

(1) 주목 받고자 하는 심리

사람은 누구나 남의 주목을 끌어 자기 존재를 인정받고 싶어 한다. 보통 사람은 좋은 의미에서, 예를 들면 공부를 잘하든가 착한 일을 해서 인정을 받고자 한다. 그런데 좋은 의미에서 인정을 못 받으면, 대개는 기가 죽어 혼자만의 아성 속에 칩잠하지만, 인정받고자 하는 욕망이 남다르면 나쁜 의미로라도 인정을 받고 싶어 한다. 예컨대, 느닷없이 가출을 해버린다든가, 낙제점수를 맞아서라도 부모님의 주의를 끌려고 한다. 집에서 부모님의 관심을 끌려고 하듯이 학교에서는 또 선생님과 다른 학생들의 관심을 끌어 보려고 애쓴다.

이렇게 나쁜 의미에서라도 남의 주목을 끌고자 하는 이 욕구는 자기가 아무의 관심도 끌 수 없다는 절망감에서 비롯된다. 물론 시작은 사소한 곳에 있다. 이 사소한 불만이 자꾸만 커져서 공부를 조금 못하는 정도로 끝나지 않고 아예 못하는 절망상태가 된다. 이 상태가 더욱 심화되어 문제아로까지 발전해서, 공부 못하는 정도가 아니라 가출벽이 생기는가 하면, 폭력배가 되고 심하면 강도로까지도 변하게 된다.

아무튼 우리에게는 나쁜 의미로라도 남의 주목을 끌려는 이런 무의식적인 욕구가 없는가, 그것도 공부를 못하는 데서 비롯된 것은 아닌가를 유심히 살펴볼 필요가 있다.

(2) 경쟁심리와 그로 인한 열등감

우리 모두가 알다시피 현대사회는 그 어느 때보다도 경쟁이 심한 사회이다. 경쟁사회는 우리가 어렸을 때부터 남과 화해하기보다는 적대하기를, 협동하기보다는 경쟁하기를, 양보의 미덕보다는 투쟁의 희열을 가르친다. 학교시험이건 입학시험이건 절대평가가 아니라 상대평가이다. 누구나 60점을 넘으면 진학할 수 있는 것이 아니라, 정해진 정원 안에 드는 학생만 뽑힌다. 그러니 내가 들어가기 위해서는 다른 학생은 떨어져야 한다. 상대가 공부 잘하기를 기대하는 것이 아니라 못하기를 기원하는 악의로 가득 차 있다.

이런 경쟁사회에서 한번 낙오되면 깊은 열등감에 빠져 '부모님의 눈에 벗어났고, 친구에게 멸시받고, 하물며 형제 사이에서도 얕잡히는 나같은 놈이 무슨 쓸모가 있단 말인가? 도대체 살고 싶은 생각이 조금도 없다'는 생각에 사로잡혀 사소한 일에도 화를 벌컥 내는 등 정서적으로 매우 불안한 상태에 빠지게 된다. 공부를 잘해야 잃었던 위신을 되찾아 열등감을 만회하련만, 절망감과 패배감에 빠져 있는데 공부가 잘 될 리 없다. 날이 갈수록 공부는 더 못해져서 열등감만 깊어지는 악순환에 빠지게 된다.

이와 같이 공부에서 얻은 열등감이 우리를 어떤 위험에 빠뜨릴지 모르기 때문에 우리는 마음속에서 이 열등감부터 제거한 다음에 공부를 해야 공부가 실효 있게 되는 것이다.

(3) 부모님 배반의 심리

만일에 우리가 어떤 이유로 인해 부모님에 대해 깊은 불만과 반감을 갖고 있으면 공부를 못함으로써 부모님의 속을 일부러 썩여 복수하려는 심리가 생기게 된다. 복수는 칼로만 하는 것이 아니다. 부모님이 원하는 착하고 공부 잘하는 학생이 되기를 거부하고, 부모님의 기대를 일부러 꺾고 빗나감으로써 부모님에게 복수를 할 수도 있는 것이다.

그러므로 우리는 공부를 못함으로써 부모님의 속을 썩이려는 무의식적인 복수심은 없는가를 깊이 통찰해 볼 필요가 있다.

(4) 공부하기 싫은 무의식

편하려고 하는 것은 모든 동물의 본능이다. 우리 인간의 마음속에는 동물적인 속성이 도사리고 있어 우리로 하여금 항상 갈등하게 한다. 그 중에서도 공부를 '해야 한다'는 당위성과 '하고 싶지 않다'는 본능 사이의 갈등은 우리를 무척 힘들게 한다. 공부를 한다는 것은 편한 것과는 배치되는 개념이기 때문이다. 공부를 하지 않아도 편하게 살 수만 있다면 아무도 힘들게 공부를 하려고 하지 않을 것이며, 또 공부를 억지로 시키려고도 하지 않을 것이다. 공부를 한다는 것은 고통스럽고 불편하기 때문에 누구나 공부하기를 싫어하고 어떻게 안 할 수는 없을까 하고 궁리한다.

공부를 하지 않으려고 하는 것은 우리의 본능이고, 해야 하므로 하려고 하는 것은 의지의 소산이다. 이 두 가지 갈등을 일으키는 힘 중에서 어느 쪽이 이기느냐에 따라 공부를 하게 하기도 하고, 하지 않게도 한다. 이 두 가지 힘이 팽팽할수록 그의 갈등은 커서 공부의 능률이 오르지 않는다. "놀 때는 놀고, 공부할 때는 공부하라!"는 말은, 갈등 없이 놀고 갈등 없이 공부하는 것이야말로 놀든 공부하든 소기의 목적을 충분히 거둘 수 있다는 뜻이다. 무의식 속에 공부하기 싫다는 소원이 있는 이상 그것은 어떤 방법으로든지 공부를 못하게 훼방을 놓기 때문에, 우리는 자신의 심층심리 즉, 무의식의 세계를 예리하게 분석해서 공부에 장애가 되는 것은 과감히 제거해야 한다.

[3] 학업부진의 원인

중고교 시절은 개인의 인생에 있어서 가장 중요한 전환점이 되는 시기이다. 이렇게 중요한 시기에 성적 때문에 생기는 좌절은 어느 시기보다도 더 큰 부정적인 결과를 초래할 우려가 있다. 따라서 학업부진의 원인을 철저히 분석해 보고, 적절한 대책을 강구할 필요가 있다.

(1) 신체적인 장애

학업부진의 원인 중에서 가장 먼저 체크해 보아야 하는 것은 신체적인 장애이다. 눈이 나빠져서 칠판의 글씨를 알아보지 못하거나, 귀가 어두워져 선생님의 말씀을 정확히 알아들을 수 없는 시각·청각 등 감각기관의 결함이 학업부진의 원인일 경우가 많다. 또, 허약한 몸 때문에 운동기능이 떨어져 남을 따라가지 못하여 학습에 흥미를 잃거나, 집중력과 지구력이 부족하여 공부를 하기 어려울 경우도 있다.

아무리 열심히 공부하려 해도 신체에 결함이 있어서는 능률이 오르지 않고, 이러한 상태가 오래 지속되면 깊은 슬럼프에 빠지기도 하기 때문에 학업이 부진할 경우에는 우선 신체에 이상이 없나 정확한 검진을 받아 적절한 치료를 하여야 한다.

(2) 환경적인 장애

인간은 환경에 큰 영향을 받으면서 자란다. 한 인간이 성장하는 과정에서 풍부한 문화적 자극을 받으며 자라느냐, 단조롭고 빈약한 문화적 환경 속에서 자라느냐 하는 것은 그 인간의 지적 발달에 지대한 영향을 끼친다.

1) 가정환경의 원인

가정은 학생이 성장하는 기본환경으로서 학생의 인격형성과 공부습관에 절대적인 영향을 미친다. 부모와 자식간의 관계가 원만하지 못하고 갈등관계에 있으면, 부모가 요구하는 학업에 태만하게 되고 때로는 심한 반발을 하게 된다. 또 부모가 자식에게 지나친 기대를 하거나 방임을 하는 경우도 학업부진의 원인이 될 수 있다.

여러 형제들 속에서 자라고 있는 자녀가 불공평한 대우를 받거나 형제간에 갈등을 가지면 학습에 지장을 초래하기도 한다. 또한 급작스럽게 가정이 경제적으로 몰락하거나 부모의 불화나 이혼, 가족들이 병들거나 사망함으로써 심리적인 충격을 받게 되면 공부에 몰두할 수 없게 된다.

그러나 인간의 위대성은 환경에 굴복하거나 체념하지 않고 환경에 능동적으로 대처하면서 주어진 환경을 최대한으로 활용하는 데 있다는 사실을 명심하고 주어진 환경을 능동적으로 극복해 가려고 노력해야 한다.

2) 학교환경의 원인

① 선생님에 의한 원인

하루의 대부분을 학교에서 지내고 있는 학생들에게 선생님이 미치는 영향은 매우 크다. 인생에 있어서 제2의 탄생이라고 할 수 있는 사춘기인 이 시절에는 특히 감수성이 예민하여 별 생각없이 하신 선생님의 말씀이나 태도가 큰 영향을 미친다. 대체로 자신이 좋아하는 선생님이 가르치는 과목의 성적은 우수하나, 싫어하는 선생님이 가르치는 과목은 그 과목 자체까지도 싫어져 부진한 과목이 된다. 싫어하고 부진한 과목이 있다면, 먼저 그 과목을 가르치는 선생님과 친밀해지도록 노력해야 한다.

② 친구에 의한 원인

친구를 보면 그 사람을 알 수 있다고 하듯이, 청소년 시절에 친구가 미치는 영향은 매우 크다. 공부를 잘하는 친구와 가까이 하면 조금이라도 공부를 더 하게 되고, 같이 대화를 나누더라도 공부에 관한 이야기를 많이 하게 되어 공부에 보탬이 될 것은 자명하다. 그러나 공부에는 별 관심이 없고 미팅이나 하고, PC방이나 클럽에 자주 드나드는 불량기 있는 친구를 친밀하게 사귀다 보면 점점 공부와 멀어지고 쾌락주의에 빠지게 될 것도 자명한 일이다.

또한 학생 상호간의 원만치 못한 인간관계도 학업부진의 원인이 되는 것이니, 모든 친구들과 두루두루 사이좋게 지내되, 이왕이면 공부를 잘하거나 열심히 하려는 친구와 더욱 친밀하게 지내는 것이 바람직하다.

"지혜로운 자와 동행하면 지혜(智慧)를 얻고
미련한 자와 사귀면 해(害)를 받느니라."
(잠언 14:20)

(3) 기초학력의 부족

"Rome was not built in a day."

로마가 하루 아침에 이루어지지 않았듯이, 실력이라는 것도 하루 아침에 느는 것이 아니다. 마찬가지로 학업이 부진하게 된 것도 하루 이틀 공부를 게을리했기 때문이 아니라, 기초학력의 부족과 오랫동안의 학습결손이 누적되어 빚어진 결과이다.

초등학교 때부터 학습을 위한 생활습관이 결여되었거나 기초학습이 부족하게 되면 학습에 대한 흥미를 잃게 되어 학습의욕이 낮아진다. 학습의욕이 낮아진 만큼 공부하는 시간도 적어지고 집중도도 떨어져 점점 성적이 떨어지고, 또 성적이 떨어지니까 더욱 공부가 하기 싫은 악순환이 계속된다. 그러나, 본인의 학업의 성취도와는 관계없이 학교에서는 계속 진도를 나가기 때문에 점점 학습과제가 어려워지고 학습결손이 눈덩이처럼 불어나서 어디서부터 손을 대야 할지 몰라 당황하게 된다.

"우리 아이는 머리는 좋은데 노력을 하지 않아서 성적이 좋지 않아. 초등학교 때는 줄곧 반에서 일등을 했거덜랑!" 우리의 부모님들께서 흔히 하시는 자위적인 말이다. 과거를 회상하기에는 오늘의 현실이 너무 바쁘다. 지금 당장, 여러분의 부족한 기초학력을 보충할 수 있는 확실한 처방을 실행하지 않으면 학습부진아·열등생의 오명을 벗을 수 없을 것이다.

(4) 잘못된 공부방법

비슷한 능력을 가진 학생이 같은 시간을 공부한다면 능률적인 방법으로 공부하는 학생이 비능률적인 방법으로 공부하는 학생보다 성적이 좋을 것은 자명하다. 일반적으로 학업부진 학생들은 다른 학생들에 비해서 공부행동이 불규칙적이며 공부방법도 비능률적이다. 예컨대, 어떤 자극을 받게 되면 몇 시간이고 열을 내고 공부하다가도 열이 식으면 이내 공부에 손을 놓고 며칠을 보내기도 하며 학습계획을 허황되게 세워놓고는 나중에 결과를 점검하지 않으며, 가장 중요한 학교수업을 등한히 여겨 수업시간에 잡담이나 공상을 하고 다른 과목을 공부한다든가 만화책을 보기도 하며, 예습은 물론 복습도 제대로 하지 않고 노트정리도 성의있게 하려고 노력하지 않고 시험 때가 임박하여 남의 노트나 구걸하여 복사하려고 한다.

위와 같은 행동은 능률적인 공부방법을 모르기 때문에 빚어지는 작지만 치명적인 결과를 초래할 수 있는 비극이다. 이 책의 존재의 이유가 그러한 잘못되고 비능률적인 공부습관을 고쳐 올바른 길로 나아가게 하는 데 있음을 주지하기 바란다.

[4] 부진과목에 대한 학습대책

공부를 잘하는 학생이건 못하는 학생이건, 앞에서 살펴 본 여러 가지 학습부진의 원인에 의해 상대적으로 부진한 과목이 있기 마련이다. 부진과목은 공부하는 데 있어서 상당한 심리적인 부담을 주기 때문에, 그러한 과목이 생기지 않도록 각별히 유의해야 함과 동시에 그러한 과목이 있다면 우선 그 원인을 철저히 분석하여 그 원인의 제거에 노력을 기울여야 한다.

부진과목이라고 하여 특별한 공부방법이 있는 것은 아니지만, 공부를 잘하기 위해서는 부진한 과목을 어떻게 정복하느냐가 가장 중요한 과제이기 때문에 특별히 부진과목에 대한 학습대책을 여기서 다루기로 하겠다.

(1) 흥미를 유발시킨다

사람은 감정의 동물인지라 성적이 잘 나오고 좋아하는 과목은 더욱더 좋아하게 되어 더 열심히 공부하게 되지만, 성적이 부진하고 싫어하는 과목은 더욱더 꼴도 보기 싫어져 점점 멀어지게 되어 급기야는 포기과목이 되기도 한다. 그래서 '영포자', '수포자' 등이 나오게 되는 것이다. 그러므로 부진과목을 정복하기 위해서는 그 과목이 좋아져야 하는데, 좋아지기 위해서는 그 과목에 대해 흥미를 갖고 재미를 느껴야 한다.

그러면 어떻게 흥미를 유발시킬 수 있을까?

방법1) 부진한 과목의 예습을 철저히 하라

무엇이든지 알면 재미있고, 모르면 재미가 없는 것이다. 예습을 하지 않고 수업을 듣게 되면 선생님의 강의가 무미건조하고 지겹게 느껴져 빨리 수업종료 벨이 울리기를 기다리게 된다. 그러나 수업을 받기 전에 예습을 철저히 해두면 선생님의 강의내용을 알아들을 수 있어 수업시간이 즐겁게 되고, 다른 학생들이 못 알아듣는 것 같은 내용도 알고 있다는 자신감이 생겨 그 과목에 흥미를 갖게 된다. 즉, 수업시간은 자신이 예습을 통하여 이미 알고 있는 내용을 선생님과 함께 복습하는 시간이 되어 선생님의 강의를 능동적이고 비판적으로 바라볼 수 있어 더욱 흥미를 느끼게 된다. 이때는 이미 부진과목이 아니라 흥미과목으로 변하게 된 것이다.

방법2) 부진과목을 담당하고 계신 선생님과 친밀해져라

학습부진의 원인 중에서 학과 선생님의 영향은 매우 크다. 때문에 부진한 과목이 있으면 우선 그 과목을 담당하신 선생님과 친근해지도록 노력한다. 예컨대, 수업시간마다 음료수를 사다 드린다든가, 스승의 날이나 선생님의 생신날에 조그만 선물과 함께 고마움과 축하의 편지를 간략하게 적어 보낸다든가 하여 선생님의 환심을 사둔다. 방과후에도 틈이 나는 대로 선생님을 찾아뵙고 학과목에 대한 공부방법이나 의문점 또는 고민이 되는 삶의 문제 등에 대해 상담을 한다. 비록 학습에 직접적인 효과는 없을지라도 최소한 그 과목을 담당하신 선생님과 인간적으로 친밀하게 되어 그 과목에 흥미를 느낄 수 있게 된다.

방법3) 수업시간에는 반드시 한 가지 이상의 질문을 하도록 하라

수업시간마다 잘 모르거나 어려운 질문을 한 가지 이상 함으로써, 능동적이고 비판적인 자세로 수업에 임한다. 그리고 수업시간에 질문한 것은 잘 잊어버리지 않는 속성이 있으므로, 매 수업시간마다 한 가지는 확실하게 이해함을 목표로 한다. 선생님도 질문을 많이 하는 학생에게 관심을 더 갖게 되는 것은 당연하다. 눈치코치 보지 말고 적극적으로 밀어 붙여라.

방법4) 부진과목의 실력이 진보하고 있음을 확인하라

공부에 흥미를 가질 수 있기 위해서는 자기 실력의 진보를 알고 느껴야 한다. 시험이라는 것은 자기 실력을 판정하는 의미 외에, 나타난 결과를 통하여 학력의 결함을 시정하려고 노력함으로써 성적을 향상시킬 수 있도록 하는 데 더 중요한 목적이 있다.

그러므로 부진한 과목은 학습계획에 따른 진도표와 실력의 진보 상태를 한눈에 알아볼 수 있는 도표를 만들어 시험성적은 물론 매일매일 그날 공부한 중요한 사항을 스스로 테스트하고 그것을 기록하는 버릇을 들이면 실력이 느는 것을 확인할 수 있어 흥미를 갖게 된다.

(2) 부진한 과목 위주로 생활습관을 들인다

부진한 과목은 대체로 기초학력이 부족하고 또 싫어하는 과목이어서 무의식적으로 멀리하게 된다. 그러므로 학습계획을 짤 때, 잘하고 좋아하는 과목에는 최소한의 시간을 배정하고 대부분의 시간을 부진한 과목의 학습에 할애한다. 이때 반드시 목표를 세워야 하는데, 구체적이고 실현가능성이 있는 목표를 설정해야 한다. 보기싫은 과목이라 할지라도 매일 일정한 시간에 꾸준히 습관적으로 공부하다보면 흥미와 자신감을 갖게 된다. 특히 부족한 과목이 있으면 일주일이나 열흘 또는 한 달 동안 그 한 과목만 집중적으로 파고드는 것도 좋은 방법이다.

"해보지도 않고 성공한 예는 없다."는 명언을 생각하고, 절대로 한 과목도 포기하지 말고 최선을 다하면, 오히려 골치를 썩히던 그 과목이 여러분이 이루고자 하는 목표를 달성하는 데 있어 일등공신이 될 수도 있다.

(3) 참신하고 능률적인 교재와 공부방법을 채택한다

단조롭고 늘상 반복되는 일은 싫증이 나기 쉽다. 공부도 같은 행위의 반복이기 때문에 지루함을 느끼기 마련인데, 더군다나 싫어하는 부진한 과목을 매일 같은 방법으로 공부한다는 것은 끔찍한 일이다. 지루함을 느끼며 억지로 하는 공부가 좋은 결과를 가져올 수는 없다.

그러므로 성적이 부진하고, 흥미를 못 느끼는 과목은 학습교재부터 새롭고 참신한 것으로 바꾸고-물론 신중하게, 공부방법도 재미있고 능률적이며 신선한 방법으로 바꾸어 본다.

(4) 자신이 부진한 과목을 잘하는 친구를 활용한다

"친구 따라 강남 간다."는 속담이 있듯이, 청소년 시절의 학업과 인격형성에 친구가 미치는 영향은 매우 크다. 친구는 선생님이나 부모님보다 더 큰 위력을 갖고 있다. 친구는 경쟁의 상대인 동시에 서로 위로하고 도와주어야 하는 동병상련(同病相憐)의 관계이다. 그런데, 대학입시에서 내신성적이 차지하는 비율이 높아, 협조의 상대는 옛말이 되어 버렸고 오로지 경쟁의 상대로만 인식되고 있는 것이 요즘의 비극적인 현실이다.

그러나 아무리 현실이 각박할지라도 친구는 영원한 친구다. 인생 전체에 있어서 내신성적 때문에 친구를 적으로 생각해야 하는 (중)고교시절 3년이라는 기간은 아주 짧은 기간이다. 자기의 소중한 친구를 경쟁자로만 생각하는 것은 시야가 너무 좁은 탓이다. 여러분의 경쟁자는 늘 옆에 있는 친구가 아니라 전국에 퍼져 있는 수십만의 동급생들이다. 친구는 협조자요, 자신의 거울로서 선의의 경쟁자이다.

그러므로, 친구가 부진한 과목을 자신이 잘한다면 조언과 협조를 아끼지 말 것이며, 자신이 부진한 과목을 친구가 잘한다면 서슴없이 도움과 협조를 구할 줄 알아야 한다. 친구는 자기와 같은 위치에서 똑같이 고민하면서 공부를 했기 때문에 오히려 늘 가르치는 입장에만 계시는 선생님보다 문제점을 더 잘 파악하고 있을 수 있기 때문에 큰 도움이 될 수 있다. 목전의 이익을 놓치지 않기 위해 친구와의 의리를 저버리는 이기적인 사람은 이 사회에서 쓸모없는 인간이 되고 만다.

(5) 열등감으로 괴로워한다는 것은 우수하다는 증거이다

일이든 공부든 뜻대로 되지 않을 때는 자신의 결점만이 보이는 법이다. 자신의 결점을 반성하여 다음 단계로의 비약을 준비하는 것은 중요한 일이기는 하지만, 자신의 결점만을 자꾸 생각하다가는 열등감에 사로잡히게 된다.

인간의 행동에 동기를 부여해 주는 것은 '우월에 대한 투쟁'이라고 한다. 행동은 자기 자신에 대한 열등감에서 출발하며, 더욱이 열등감은 인간을 노력을 향해 달리게 하는 연료라는 것이다. 즉, 이 세상에 완전한 인간이란 없으므로 아무리 우수한 사람이라도 그 이상이나 목표가 높으면 사소한 실패로도 열등감에 빠지게 된다. 더욱이 우수하면 할수록 자신의 약점을 잘 알게 되고 그래서 더욱더 열등감에 빠지게 되는 것이다.

만일 열등감 때문에 공부에 열중할 수 없는 상태에 빠졌다면 결점을 생각하지 말고 자신의 장점을 노트에 써 보라. 그리고 매일 아침 그것을 큰 소리로 읽고 뇌세포에 그 장점들을 새겨버려라. 그렇게 하면 어느 사이엔가 열등감은 사라지고 공부에 대한 의욕과 자신감이 넘치게 된다.

3. 학습능력별 학습방법

[어느 과목의 평균점과 통지표 성적과의 관계]

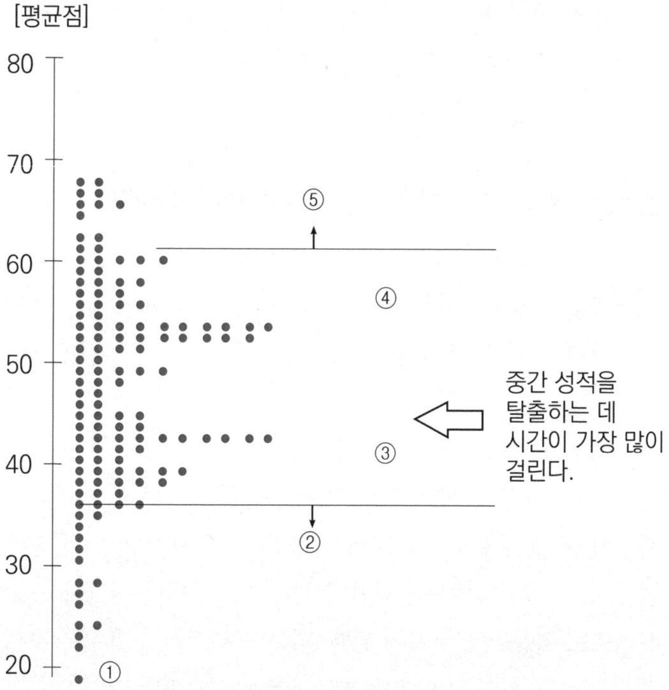

[1] 나의 학력 수준은 현재 어느 정도인가?

사람은 그 얼굴모양이 다른 것처럼 능력이나 특성도 각각 다른데, 이 능력이나 특성의 차이는 공부방법에도 관계가 있다. 자기 능력이나 성격에 맞는 공부방법을 연구해서 실행하지 않으면 능률은 오르지 않는다. 학습능력(학력수준·지능·노력·건강·학습태도)에 따라 학습방법과 교재의 선택이 달라져야 하는데, 학습능력을 측정하는 가장 중요한 기준은 현재의 학력수준이라고 할 수 있다.

[능력평가 기준의 예시]

구분	(가) 기준	(나) 기준
	학교석차(60명기준)	수업시간 이해 정도(영어·수학의 경우)
상위권 수험생	12등(20%)이내	선생님의 설명을 대부분 이해할 수 있다
중위권 수험생	36등(60%)이내	선생님의 설명 중 이해할 수 없는 부분이 제법 있다
하위권 수험생	36등(60%)이하	선생님의 설명을 이해하기 어렵다

위 표에 의해서 자신의 학습능력을 평가할 때는 다음 사항에 유의해야 한다.

① 자신의 능력을 평가하는 데는 (가)기준보다는 (나)기준이 훨씬 합리적이다. 그것은 지금까지의 성적이나 석차를 알고자 하는 것이 아니라, 앞으로 자신의 수업능력을 측정하려는 데 그 목적이 있으므로 (나)기준을 주로 하고, (가)기준은 참고에 그치는 것이 좋다.

② 위의 기준은 전과목을 평균적으로 평가하기보다는, 국어·영어·수학 등 중점과목의 평균점을 가지고 평가하는 것이 좋다. 이 세 과목을 잘하는 수험생은 노력만 하면 다른 과목도 잘할 수 있기 때문이다.

③ 위의 기준은 절대적인 것이 아니므로, 이것만 가지고 자신의 학력수준을 상위권 또는 하위권으로 단정하지 말고, 다음의 학습방법을 모두 살펴보고 자신에게 가장 알맞고 능률적인 학습방법을 택하는 것이 좋다.

[2] 상위권 수험생의 학습전략

(1) 기초적인 기본 교육과정의 학습내용을 소홀히 하지 말라

상위권 학생들은

첫째, 은연중에 자신의 능력과 두뇌를 믿고 '이것은 이미 다 알고 있는 것이다'하는 식으로 자만심에 빠지거나 방심을 하여, 공부시간에 정신집중이 잘 안되고 잡념에 빠지기 쉬우며, 교과서 중심의 학습내용을 소홀히 하거나, 학교 수업시간에 선생님의 설명을 귀담아 듣지 않는 나쁜 습성이 몸에 배일 우려가 있다.

둘째, 시험에 임함에 있어 '이것쯤이야'하고 시험문제를 너무 얕보는 경향이 있어, 의외로 쉬운 문제를 실수로 틀리는 수가 많다. 반면, 꼭 1등을 해야 된다는 지나친 경쟁심에서 오는 부담감으로 인하여 아는 문제도 틀리는 경우가 많다.

셋째, 쉽고 기본적인 학습내용을 소홀히 하고, 너무 어려운 응용과정의 공부에 매달리는 경향이 있어, 평이한 문제가 출제되는 시험에서 의외로 득점을 못하는 경우가 있다.

입시의 총득점에서 기본 교육과정의 학습이 비중을 가장 많이 차지한다는 사실을 명심하고, 이를 항상 중요시하며 공부해야 한다.

(2) 수업시간 중에 교과서 내용을 완전히 숙달시켜라

상위권 학생들은 비교적 기초가 튼튼하고 두뇌가 명석한 편이기 때문에, 수업시간에 선생님의 설명을 한 번 정도만 들어도 내용을 완전히 이해할 수 있는 것이 보통이다. 그러므로 선생님의 처음 설명 단계에서는 학습내용을 완전히 이해할 수 있도록 정신을 집중하고, 선생님의 반복적인 설명 단계에서는 이미 이해한 학습내용을 암기까지 할 수 있도록 정신을 집중해야 한다. 그리고 휴식시간에는 직전의 수업시간에 배운 내용을 다시 한번 머릿속에 정리한다. 특히 국·영·수 등 중점 과목을 제외한, 비교적 내용이 평이한 다른 과목은 학교 수업시간을 통하여 기본적인 교육과정의 학습이 거의 완료되도록 해야 한다.

(3) 예습에 너무 치중하지 말라

상위권 학생들은 예습에 치중하지 않아도 수업시간에 선생님의 설명을 거의 이해할 수 있으므로, 너무 많은 시간을 소비하면서까지 예습에 치중할 필요는 없다. 특히 사회·과학 등 보통과목은 예습을 너무 많이 하면 수업시간에 선생님의 설명이 오히려 싱겁게 생각되어, 이를 소홀히 듣기 쉬우므로 보통과목은 다음 시간에 공부할 과제가 무엇이라는 정도만 알아 두어도 된다. 그 대신 국·영·수 등 중점과목은 예습을 철저히 하되, 이해가 안되는 부분은 표시를 해두었다가, 수업시간 중에 선생님의 설명을 듣고 이해하도록 하고, 그래도 미진한 것은 질문을 해서 확실히 알아 두어야 한다.

[3] 중위권 수험생의 학습전략

(1) 성적이 부진한 이유와 결함을 발견하여 이를 즉시 시정하라

중위권 학생은 상위권 학생에 비해 학습의 기초과정이 다소 부족하든지, 노력이 부족하든지, 학습방법이 좋지 않다는 등의 사유와 결함이 분명히 있기 때문에, 현재까지의 성적이 중위권에 머물러 있는 것이다. 그러므로 중위권 학생은 우선 지금까지의 학습과정에 있어서 성적이 중위권에 머물게 된 이유와 결함을 찾아내어, 이를 시정하고 보완하도록 노력해야 한다.

(2) 교과서를 기준으로 기초과정을 보완하라

중위권 학생의 학습의 결함은 대체로 기초과정이 다소 부족한 것이므로, 기초과정의 보완이 시급한 과제이다. 현재 배우고 있는 학습과정 중 다음날 학교에서 수업할 범위를 예습해보고, 교과서만 가지고는 그 부분을 이해할 수 없을 경우에는 자습서나 기본참고서의 해설을 참고하여 공부를 한다. 그래도 도저히 이해할 수 없는 경우에는 그 부분에 관한 기초학습이 부족한 데 원인이 있는 것이니, 그 부분의 저학년 교과서나 참고서를 이용하여 그 부분의 기초를 확실히 알 수 있을 때까지 복습한 다음에 다시 교과서의 내용을 이해하도록 하는 것이 좋다.

(3) 수업시간 중에는 교과서 내용을 완전히 이해하도록 하라

선생님은 수업시간에 중위권 학생들 위주로 수업을 이끌어가기 때문에, 중위권 학생은 자신의 태도 여하에 따라서 학교 수업시간을 가장 능률적으로 활용할 수 있다. 그러므로 중위권 학생은 수업시간 중에 학습과정의 숙달 단계까지는 못 가더라도 완전이해 단계까지는 갈 수 있도록 학습목표를 정해야 한다. 수업시간 사이의 휴식시간을 이용하여 앞 시간에 배운 내용을 잊어버리기 전에 즉시로 복습하고, 방과 후에는 그날 수업시간에 학습한 내용을 반드시 복습하는 습관을 들인다.

(4) 쉽고 간결한 참고서와 기초적인 문제집을 택하라

중위권 학생은 가능한 한 내용이 복잡하지 않고, 교과서의 학습내용을 쉽고 간결하게 정리한 참고서를 기본참고서로 정하여, 이것을 몇 번이고 반복하여 학습한 후에 문제집으로 공부하여야 한다. 문제집도 기초과정과 기본과정의 문제를 주로 다루고 있는 것을 택하는 것이 학습효과에 좋다.

[4] 하위권 수험생의 학습전략

(1) 한 달 만이라도 인생을 걸고 최선의 노력을 해보라

하위권 학생은 자신의 능력과 실력을 비관하거나 자포자기하기에 앞서, 우선 한 달 동안만이라도 다음에 제시하는 방법을 따라 이를 악물고 남보다 하루 1시간씩이라도 더 많이 공부하도록 하라. 지금까지의 성적이 하위권에 머물게 된 이유는 두뇌, 노력의 부족, 잘못된 학습방법 등 세 가지 요인에 있다고 볼 수 있다. 그런데 학생에 따라 두뇌의 차이가 없는 것은 아니지만, 두뇌의 차이도 이를 어떻게 갈고 닦느냐는 것이 중요하다. 석사나 박사학위 과정이면 몰라도 중·고등학교 기본 교육과정을 이수하지 못할 정도로 지능지수가 낮은 경우는 극히 드물다. 두뇌보다는 오히려 노력의 부족과 잘못된 학습방법에서 오는 요인이 더 크다고 할 수 있다. 그렇다면 단 1개월 정도라도 최선을 다하여 올바른 학습방법에 따라 남보다 더 많은 시간을 공부하도록 노력할 필요가 있다. 그런 후에 공부를 포기하든 아니면 새로운 희망을 가지고 공부를 계속하든지 해야 할 것이다.

(2) 예습은 국어·영어·수학의 기초과정에 치중하라

하위권 학생은 기초실력이 부족하기 때문에, 국어·영어·수학 등의 중점과목은 현재 배우고 있는 학습과정을 그대로 이해하기에는 상당히 어려움이 있을 것이다. 그러므로 먼저 그 범위의 기초과정을 보완하는 것이 중요하다. 그 요령은 다음 날 수업시간에 학습할 교과서의 내용이 무엇에 관한 것인지를 살펴보고, 앞의 중위권 학생의 기초과정의 보완요령에 따라, 우선 기초과정만이라도 이해할 수 있도록 예습을 해야 한다. 하위권 학생에게는 이 단계의 학습이 가장 어렵고 힘들지만 가장 중요하다는 것을 깨닫고 반드시 이 단계를 포기하지 말고 실천하도록 해야 한다.

(3) 수업시간 중에는 교과서 내용의 이해 단계까지 학습목표를 정하라

하위권 학생은 특히 수업시간에 정신을 집중하여 선생님의 설명을 놓치지 않도록 해야 한다. 영어·수학은 현재 배우고 있는 범위의 기본과정까지를, 다른 과목은 그 범위의 전체적인 학습내용을 이해하도록 해야 하고, 휴식시간과 점심시간 등을 이용하여 앞 시간에 학습한 부분을 다시 한 번 살펴보도록 노력하는 것이 좋다. 그리고 방과 후에는 그날 수업시간에 이해한 부분을 잊어버리기 전에 숙달할 수 있는 단계까지 목표를 두고 1차 복습을 해야 한다.

(4) 기본참고서는 아주 간결하고 쉬운 것을 택하여 반복해서 공부하라

하위권 학생은 현재 배우고 있는 교과서의 내용을 완전히 이해하는 데도 상당한 시간이 소요된다. 자신의 실력을 고려하지 않고, 남들이 많이 본다고 해서 어려운 책을 붙들고 있으면 실력향상은 고사하고 자신감만 잃게 된다. 그러므로 기본참고서는 교과서 내용을 더 쉽게 설명하고 정리한, 분량이 비교적 적고 쉬운 것 1권을 택하여 반복하여 공부하도록 한다.

(5) 공휴일과 방학 기간을 특히 잘 활용하라

모든 수험생들에게 있어서 공휴일과 방학 기간은 자신의 학력수준에 알맞은 공부를 할 수 있는 가장 좋은 시기이지만, 특히 하위권 학생에게는 이 기간이야말로 부족한 실력을 보충하는 절호의 찬스라는 사실을 명심하고 각고의 노력이 있어야 한다. 그런데 방학이라고 해서 학습범위를 너무 넓히기보다는, 지금까지 자신이 공부해오던 교과서와 기본 참고서를 중심으로 몇 번 되풀이하여 학습하는 것이 실력향상을 위한 능률적이고 확실한 학습방법임을 유의해야 한다.

"극기(克己)는 자유를 위한 대가이다.
진실로 자기 자신을 이겨낼 수 있는 자만이
진정한 자유인(自由人)인 것이다."

4. 학습동기 및 학습목표

[1] 학습동기를 계발할 것

(1) 학습동기의 중요성

학습동기란 학습하려는 의욕과 학습에 대한 흥미가 생기게끔 자극하는 요소를 의미한다. 학습방법이 아무리 좋다고 해도 학습동기가 약하면 원하는 성과의 반밖에는 성취하지 못한다. 만일 여러분의 성적이 나쁘다든지, 성적은 좋지만 공부하는 데 즐거움이 없다면, 먼저 여러분의 학습동기를 점검해 볼 필요가 있다. 왜냐하면 성적이 나쁘거나 공부가 싫은 이면에는 대개 잘못된 동기가 있기 때문이다. 학습동기를 적절히 조정하면 보다 즐겁고 유쾌하게 학습에 임할 수 있으며, 그만큼 학습능률도 오르기 마련이다.

(2) 학습동기의 계발 방법

오늘날 공부를 하는 데 있어서 진심으로 흥미나 즐거움을 느끼는 학생은 거의 없다. 학습내용은 점점 어려워지고 지식량은 증가한다. 더구나 현대의 극심한 경쟁은 학습에 대한 흥미를 더욱 감소시키고 있다. 어쨌든 학습에 대한 열정은 찾아보기 힘들고, 틈만 있으면 답답한 현실에서 탈출하려고 하는 것이 사실이다.

그러나 우리는 공부를 포기할 수는 없다. 공부를 포기한다는 것은 인생을 포기하는 것과 마찬가지이기 때문에, 어떻게 해서든지 학습동기를 계발하여 효율적이고 능동적인 학습을 해야 한다. 학습동기가 결여되어 무력감에 빠져 있는 학생들을 위하여, 학습동기를 계발하는 방법을 자세히 소개하겠다.

첫째, 자신의 노력이 부족하다는 사실부터 깨달으라

학습에 대한 흥미를 느끼는 것은 여러분 자신에게 달려 있으며, 학습하는 데 지루함을 느끼는 것은 노력을 게을리하는 데 그 원인이 있다. 만일 학습 자체에 대해 매력을 갖고 효과적인 학습을 하려고 노력한다면, 점차로 성적이 올라갈 것이며 당연히 학습에 대한 즐거움 역시 커질 것이다.

둘째, 공부를 오락실 게임처럼 재미있기를 바라는 생각부터 버려라

'왜 공부를 해야 하는가?'라는 식으로 무의미하게 한탄하는 습성을 의식적으로 뿌리뽑아야 한다. 만일 여러분이 현재의 학습에 전혀 즐거움을 느낄 수 없다면 장래의 희망 즉, 먼 장기적인 꿈을 이루기는 더욱 힘들다.

따라서 학습에 흥미를 갖고 공부하는 사람들의 자세를 배워야 한다. 즐거움도 계속적인 연습을 통해 숙달될 수 있는 것임을 명심하기 바란다.

셋째, 즐거움을 소생시킬 수 있는 기분전환을 모색하라

사람이 항상 즐거움을 유지할 수는 없다. 시험이 임박하지 않는 한, 사람이란 쉽게 공부에 대해 냉담해지고 무관심해지기 마련이다. 학습에 대한 흥미를 잃었을 때, 학습동기를 소생시키려면 휴식을 취하고 기분전환을 하라. 좋아하는 음악을 듣는다는가, 친구들과 잡담을 한다든가, 땀을 흠뻑 흘리는 운동을 한다든가 하여 자극제가 될 어떤 방법을 찾아보라. 학습동기를 자극하기 위해 취하는 휴식과 행동은 결코 시간낭비라고 할 수 없다.

넷째, 크든 작든 학습동기를 둔화시키는 장애요소를 없애라

학습동기를 둔화시키는 요소에는 너무 어렵거나 지루하고 진부한 교재, 서투른 교수법, 여러 가지 걱정·근심거리, 학습자의 약한 체질 등을 들 수 있다. 학습동기를 둔화시키는 장애요소를 처리해야만 근본적으로 학습의욕을 높일 수 있고 학습효과도 향상시킬 수 있다.

다섯째, 공부에 대한 흥미는 시작해야 생겨난다

공부가 하기 싫다고 말하는 사람 중에는 공부의 맛을 모르고 또는 맛보지도 않고 싫다는 사람이 많다. 그러나 공부를 해보기 전부터 싫다고 단정한다면 이 세상에서 좋아하는 것은 별로 없게 된다.

"식욕은 먹는 가운데 생긴다."는 말이 있듯이, 해보지 않았을 때에는 싫은 생각이 들었던 것도 일단 해보면 의외로 흥미가 솟는 경우가 많다. 더구나 그것이 습관이 되면 하지 않고서는 못배기는 것이 인간이다. 흥미라는 것은 머리로 생각하기보다는 행동하는 가운데 간단히 발견될 수 있는 것이다. '공부에 흥미가 없다', '공부가 싫다'고 지레 머리를 흔들기 보다는 싫은 대로 날마다 계속해 나가면, 뜻밖의 계기에서 공부의 재미를 발견하게 된다. 오히려 공부를 싫어하는 사람일수록 일단 시작해 보면 커다란 흥미가 솟아날지도 모른다.

"늘 명심하라. 성공하겠다는 너 자신의 결심이
다른 어떤 것보다 중요하다는 것을."

- 에이브러햄 링컨

"Always bear in mind that your own resolution to
succeed is more important than any one thing."

- Abraham Lincoln

[2] 학습목표를 뚜렷이 할 것

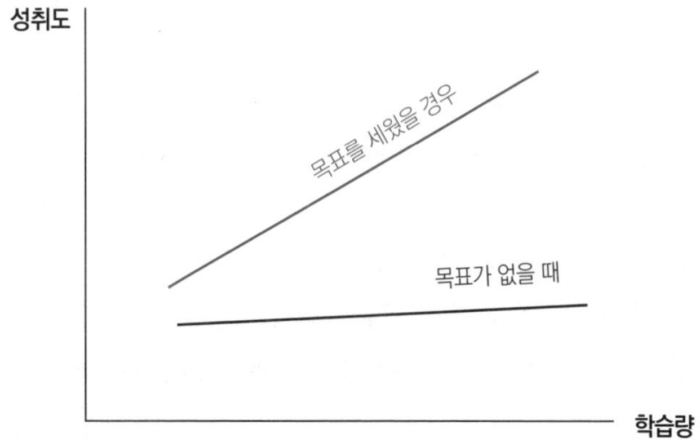

(1) 목표가 없는 공부는 횡목 없는 높이뛰기처럼 힘을 쓸 수 없다

어떤 일을 달성하려면 우선 목표가 있어야 한다. 목표가 없는 사람은 목적을 달성할 수 없다는 것은 당연하다. 목표를 세우는 일이 얼마나 중요한가는 높이뛰기의 예를 들면 쉽게 이해할 수 있다. 달려가서 높이뛰기를 할 때, 아무것도 없는 공중에 높이 뛰어오른다면, 일정한 높이의 가로막대를 넘도록 했을 때보다 분명히 낮게 뛰어오르게 마련이다. 이 가로막대의 역할을 하는 것이 바로 목표라고 할 수 있다.

그런데 목표를 세우는 일 만큼이나 중요한 것은 자신이 충분히 도달할 수 있는 알맞은 높이의 목표를 세우는 것이다. 우선은 목표를 낮게 세워서 성취감부터 맛보아야 한다. 그리고 무리함이 없이 차츰 차츰 목표를 높여가면 된다.

(2) 자기의 목표를 세워라

목표가 뚜렷해야 한다는 것은 진정한 의미에서의 '자기 목표'가 있어야 한다는 말이다. 여러분 중에 상당수는 자기의 목표라고 알고 있는 것이 사실은 자기 목표가 아닌 경우가 있다. 즉, 타의에 의해 강요된 목표를 자기 목표로 삼고 있다는 말이다. 타의에 의한 목표는 자기가 정한 목표처럼 능률이 날 까닭이 없다. 그러므로 여러분은 스스로 자기의 목표가 참으로 자기의 목표인지를 살펴보아야 한다. 특히 무의식의 협력까지 얻을 수 있는 자발적이고도, 적성과 소질에 맞는 목표인지를 분석해야 한다.

자기가 진정으로 되고 싶고 또 될 자신도 있는 자기 나름의 목표가 뚜렷이 정해져야 한다. 그래야만 그 길로 가는 자발적인 노력으로 추진력이 생기고, 그래서 자기가 추구하는 목표에도 손쉽게 도달하게 되기 때문이다. 또 무의식의 저항을 받지 않고 의식·무의식이 한 덩이가 되어 목표를 향할 수 있게 되기 때문이다.

(3) 구체적인 '하위목표'를 세워라

목표는 가깝고도 성취가능한 구체적인 것이어야 하며, 막연하거나 너무 높아서는 안된다. 심리학의 실험에 의하면, 인간은 무턱대고 높은 목표를 세우기보다는, 그 목표에 이르는 심리적인 거리가 가까울수록 의욕을 일으킨다고 한다. 특히 계획이 빗나갈 것을 알고 있으면서도 무리하게 큰 목표를 세우는 사람이 있는데, 이것은 마치 산기슭에 서 있는 사람이 산이 너무 높아서 올라갈 의욕을 잃어버리는 것과 같다.

계획을 세우고 최종목표를 정한 다음에는 하루에 실현할 수 있는 목표를 세워 계획 전체에 너무 구애되지 않도록 해야지, 그렇지 않으면 의욕을 잃고 시간만 낭비하는 결과가 된다. 하루치씩 목표를 달성하여 자신감을 쌓도록 하는 것이 중요하다. '해야 할 일'이 너무 많아서 어디서부터 손을 대야 할지 모르면 '해야 할 일'을 생각나는 대로 종이에 적어본다. 그러고 나서 그중에서 어느 것이 가장 중요한가를 생각한다. 그 다음 두 번째, 세 번째로 등급을 매겨 하위에 속하는 것은 시간이 부족하면 잘라내 버린다.

(4) 잘하지 못하는 과목이 오히려 가장 잘하는 과목이 될 가능성이 있다

고대 그리스의 유명한 웅변가 데모스테네스는 어렸을 때 심한 말더듬이었다. 그러나 그는 부단한 노력으로 그것을 훌륭하게 극복한 뒤 주위로부터 "저 사람이 말더듬이었단 말인가?"라는 말을 들을 만큼 위대한 웅변가가 되었다. 처음에는 오직 남처럼만 말할 수 있었으면 하는 소망에서 그의 노력은 시작되었다. 그러나 남처럼 말하게 된 뒤에도 멈추지 않고 마치 탄력이 붙은 수레처럼 돌진하여 위대한 웅변가가 된 것이다.

이와 같이 약점을 보완하려는 의지가 때로 그 결점을 보완한 뒤에도 멈추지 않고 계속되는 수가 있는데, 이를 전문용어로 '과보상'이라 한다. 즉, '잘 할 수 없다, 어차피 해본들 소용없다'고 생각했던 것도 극복하려고 노력하다가 어느 선을 넘게 되면 비약적으로 향상될 가능성이 있는 것이다.

이러한 원리는 공부에도 적용된다. 예를 들면 서툰 과목인 수학을 하다 못해 평균점수라도 받고자 노력했는데, 평균점수를 돌파했을 뿐 아니라 상위권으로 올라서는 등 잘하지 못하는 과목이 어느덧 가장 잘하는 과목이 되는 경우도 결코 드물지 않다. 잘하지 못한다고 자칫 처음부터 체념해버리지 말고, 조그만 목표를 세워 한 단계씩 성취해 나가면 어느덧 높은 위치에 도달하게 된다는 것을 알아야 한다.

(5) 방침이 서지 않았을 때에는 제비뽑기 학습이 의욕을 높여준다

'공부할 것은 많은데, 대체 어느 것부터 손을 대야 할지 모르겠다.'는 경우가 있다. 이것을 방치해 두면 빈들거리는 무기력한 상태에 빠지고 만다. 이러한 무기력한 정신상태에서 벗어나는 방법의 하나로 '제비뽑기 학습'을 권하고 싶다. 꼭 해야 할 공부의 내용을 하나씩 종이에 적고 제비를 뽑는 것이다. '앗'하고 외치면서 한 개만 뽑아 뽑힌 과목과 씨름을 하는 학습방법이다. 제비뽑기에 의해 목표가 결정되면 그 목표를 달성하기 위해 최선의 노력을 기울이게 되는 것이 인간의 심리이다. 그리고 꼭 해야 할 공부의 목록을 작성하는 가운데 공부에 대한 의욕이 생기기도 한다.

"사람이 마음으로 자기의 길을 계획할지라도
그 걸음을 인도하는 자는 여호와시니라"

(잠언 16:9)

[3] 선배들의 진로 선택 체험기

(1) 학과 선택, 그 터널을 나는 이렇게 헤쳤다

대부분의 고등학생들은 자신의 진로나 학과 선택에 있어서 많은 어려움을 겪는다. 나 역시 예외는 아니다. 특히 고등학교 3년 동안 나 자신의 진로와 학과 선택에 대한 내 생각은 너무나도 많이 바뀌었었다. 너무도 변덕이 심했던 나의 진로·학과 선택 체험을 여기에 쓰는 것이 부끄럽기는 하지만, 그래도 이 글을 읽는 여러분에게 이렇게 하면 안된다는 충고의 의미도 있을 것 같아 감히 이 글을 쓴다.

나의 진로 선택에 있어서의 첫 갈등은 고1 여름때 시작되었다. 문과로 갈 것인가, 이과로 갈 것인가를 결정해야만 할 때였는데, 적성검사 결과는 문·이과가 거의 같이 나와 있었다. 부모님께서는 문과 쪽을 바라는 눈치셨지만, 나 자신은 그때 컴퓨터나 전자공학 쪽에 관심이 있어, 그 분야로 가보려는 생각이 있었다. 결국 그때는 그리 큰 문제 없이 이과 쪽으로 결정할 수 있었다.

그런데, 이번에는 나의 실력에 의심이 가기 시작했다. 특히, 1학년 여름방학을 전후한 두 번의 시험에서 수학을 65점 연속으로 받았을 때의 충격은 아직도 생생하다. 과연 내가 커트라인이 제일 높다는 서울대 전자공학과나 전산기공학과에 갈 수 있을까 무척 고민하게 되었다. 그래서, 한 단계 낮춘 것이 화학과였다. 옛날부터 실험을 하는 과학자가 되고 싶었고,

또 잘하면 유전공학 쪽으로도 갈 수 있었기 때문이었다. 그래서, 1학년 겨울방학 때 와서 나의 진로는 화학 쪽으로 거의 굳어져 있었다.

그런데 왜 내가 문과로 오게 되었을까? 지금 생각해도 너무나 어처구니없이 나의 진로는 180도 바뀌고 말았다.

재작년 2월이었다. 어떤 친척 아주머니가 우리집을 계속 드나들고 있었다. 어머니와 몇 차례 이야기가 오가더니만 갑자기 나를 불렀다. 그 아주머니에게 돌아가신 영이 들어앉았다면서, 할아버지의 뜻인즉 나는 문과인 법대로 가야 한다는 것이었다. 2학년의 시작을 불과 몇 주 앞두었던 나로서는 대단한 충격이었다.

나는 물론 싫다고 했다. 그러나, 그로부터 며칠간 어머니는 내게 정말이지 집요한 설득을 폈다. 화학과로 가서 여러 독한 약품을 만지면 몸에 해롭다는 이야기며, 꼭 법대를 안 가도 좋으니 문과로 돌리기만 하자, 선생님과도 다 상의를 드렸으니 이제 네 결정만 남았다.

결국 나의 진로는 문과 쪽으로 바뀌고 말았다. 법대는 절대로 안 가겠다는 이상한 거부감 속에, 막연히 경제학과 쪽으로 가보아야겠다는 생각이 들었던 것이다. 그런데 2학년 때 정치·경제를 배우면서 나의 진로에 대한 생각은 또 바뀌어 갔다. 헌법에 관한 내용을 배우면서 나의 관심은 어느덧 그쪽으로 다가갔다. 헌법에 관심이 많아지면서, 전에는 죽어도 싫다던 법학과로 갈까 하는 생각이 들기 시작했다.

아버지께서 졸업하신 서울대 법대에 나도 입학하는 것이 멋있게 보일 것 같기도 했다. 그리고, 2학년 가을 이웃에 사시는 한 판사님을 만났던 것도 영향이 있었다. 하지만 어쩐지 판사나 검사·변호사와 같은 직업은 어찌보면 우유부단하고 변덕만 심한 나의 성격에 맞지 않을 것만 같았다. 법대를 들어간다 해도 되도록 순수하게 법을 연구하는 대학교수가 되고 싶기도 했다.

하지만, 결국 나의 장래 진로에 대해 뚜렷이 결정짓지 못한 채 3학년을 맞이하게 되었다. 1학년 때 부진했던 성적도 2학년 때 어느 정도 만회가 되어 2학기말에는 처음으로 전교 1등(환산총점에 의한)을 해보기도 했다. 주위의 기대가 점점 무거워지는 가운데, 3학년 초 한때는 경영학을 전공해 볼까 하는 생각도 들었다. "미국에 가보니 경영학 전공하는 사람이 제일 편하게 공부하더라."는 친척 형님의 말씀 때문이었다. 하지만 순수학문이라기보다는 응용학문이라고 볼 수 있는 경영학이란 학문에 나는 별로 흥미가 가지 않았다.

한편, 3학년 들어 경제학의 기초이론들을 배우게 되자, 경제학을 전공할까 하는 생각도 다시 고개를 들었다. 그러면서도, 4월에 있던 모의고사에서는 지망학과를 법학과라고 썼다. 무엇을 전공할 것인가 확실한 결정도 하지 않은 채 '공부'만 하다가 1학기도 그냥 지나가 버렸다.

여름방학 동안 나는 많은 생각을 했다. 아직까지도 이과(화학과)의 미련이 조금이나마 남아 있는 듯도 했다. 하지만 이제 와서 이과로 다시 바꿀 수도 없었다. 법대냐 경제과냐, 양자택일이라고 할 수 있는 기로에서, 나는 마침내 경제학과 쪽을 택했다. 전부터 있어 오던 법대에 대한 거부감이 작용하기도 했고, 1학기 때부터 계속 경제학과로 가라던 친구의 충고 때문이기도 했다.

9월의 모의고사에서는 경제학과를 지망한다고 썼다. '한국 경제의 발달에 일익을 담당하련다'는 포부가 생기기도 했다. 어쨌든, 경제학과로 나의 진로를 결정하고 보니 마음은 편했다.

학력고사가 끝나자 다시 고민이 시작되었다. 이번에는 정치학이나 사회학쪽에 관심이 가기도 했다. 하지만 여러 가지 사회문제 중 가장 근본적인 것이 경제문제 같았고, 여러 가지 사회과학 중에서 그래도 가장 '학문으로서의 뿌리'가 깊은 것 같아 역시 '나는 경제학을 전공해야겠다'고 마음을 굳혔다.

이제는 신문에서도 경제 기사를 먼저 보게 된다. 경제학에 관한 책도 보고 싶다. 나의 적성과 흥미에 꼭 들어맞지는 않는다 할지라도 대체로는 맞는 것 같아 그래도 안심이 된다. 이것이 정말 나에게 맞는 길일지는 훨씬 뒤에나 알게 되겠지만 말이다.

마지막으로, 이 글을 읽는 분들에게 몇 가지 당부를 하고 싶다.

첫째, 되도록 빨리 자신의 진로를 정하라고 말하고 싶다. 여러 길 사이에서 방황하는 것보다는 하나의 진로를 미리 결정하는 것이 공부에도 도움이 된다.

둘째, 어떤 학과가 자신의 적성에 맞을지에 대해 너무 걱정하지 말라고 말하고 싶다. 사실, 한 개인의 적성이란 것은 그렇게 뚜렷이 나타나지는 않는다. 적성에 너무 얽매이기보다는 자신이 정말 좋아하는 것을 선택하는 것이 나중에 후회하지 않는 길이다.

셋째, 여러 학과에 대한 정확한 정보를 일찍부터 알고 진로를 정했으면 한다. 3학년이 될 독자들은 여러 학과에 대한 정보를 얻는 시간을 아깝게 생각하지 말고 빨리 지망학과를 결정했으면 한다.

결국, 주위에서 아무리 영향을 끼친다 해도 진로와 학과 선택은 자기 자신이 결정할 문제이다. 내가 그러지 못했기에 이 글을 읽는 분들이라도 빨리, 그렇지만 신중하게 자신이 갈 길을 스스로 결정하라고 당부하고 싶다.주)

(2) 미래는 마음먹은 그대로 펼쳐진다

주) 오석태('86 학력고사 전체 수석)

비가 주룩주룩 내리는 어느 여름날, 우리 몇몇은 학교 앞 호떡집에 심각하게 앉아 있었다. 그때도 요즘같이 짜장면집이 있었고 팥빙수집이 있었지만, 오리지널 중국인이 서툰 우리말을 하던 그 호떡집은 값이 싸고 선생님들의 발길이 미치지 않는다는 이유로 우리들에게는 아늑하기조차 한 아지트가 되었다. 우리는 수중에 돈이 있든 없든 배만 출출해지면 으레 그 호떡집으로 달려갔고, 심심할 때나 애들이 안 보인다 싶을 때 그 집으로 가서 잔당들과 뭉쳤다. 어떤 녀석은 여자애를 불러내서 호떡접시를 놓고 까뮈와 소크라테스를 논하기도 했다.

3학년이 되면서 천하(?)가 우리 수중에 들어오자 선배라는 알량한 권력을 휘둘러 하급생들의 호떡을 무수히 약탈해 먹기도 했다.

본격적인 장마가 시작되던 그 날.

그러나 우리는 매우,퍽,몹시 심각했다. 그날 그 구석자리 논제의 하이라이트는 외상호떡값이었다.

"야 우리 그냥 뭉기적 뭉기적 끌다가 졸업 딱 하고서 토까는거야!"

"토까다니!"

"설마 학적부 뒤져서 집에까지 찾아 오겠냐?"

"떼어먹잔 말이야? 야, 이 도둑아! 사람이 양심이 있지."

"그럼 어떡하냐? 돈 생길 데가 없는데……"

"임마 아무리 그래도 그렇지 호떡값 같은거 떼어 먹으면 3대(代)가 망한대잖아."

"떼어 먹어 그냥.", "안 돼 벌받아!"

"야 하느님도 되게 바쁠텐데 호떡값 몇 푼 떼어먹는 거 일일이 쫓아다니면서 벌 줄라고.", "안 돼 벌받아!"

"야 그러지말고 우리 있잖냐, 기집애들 불러내갖고 어떻게 좀 해결해 달래자."

"안 돼 임마! 치사하게!"

"그럼 어떡해? 아까도 저 아저씨 은근히 외상장부 보여주고 그랬어! 우리 어쩌면 호떡구경 다 하게 될지도 몰라! 그냥 떼어먹고 단골 옮기자!"

"안 돼! 니들 떼어먹기만 해봐! 내가 파출소 가서 고발할 거야!"

"이짜식 좀 봐! 임마 그럼 너 친구를……"

"야 만화장이, 넌 왜 가만있냐? 넌 무슨 기발한 아이디어 없어?"

그리고 세월이 흘렀다. 내가 지금 말하고자 하는 것은, 그때 그래가지고 외상값을 어떤 식으로 처리했노라 하는 것이 아니다. 20여년이 지난 오늘, 나는 새삼스럽게 무서운 사실들을 발견하고 그 기묘한 전율을 여러분들께 소개하고 싶기 때문이다.

이것이 바로 운명이라는 것일까?

놀랍게도 그날 그 호떡집에서 떼어먹자고 하던 녀석은 연전 조그만 사업을 하다가 부도를 내고 지금까지 종적을 감추었고, 외상값 떼먹으면 벌받는다던 녀석은 목사가 되었고, 파출소에 고발한다던 녀석은 검사가 되어 지금 D시(市) 지청에 근무중이다. 더욱 놀라운 사실은 기집애들한테 해결해 달래자던 녀석은 그 후 제비족이 되어 왔다갔다 하더니 요즘은 이태원 어떤 디스코클럽에서 웨이터생활을 하고 있다. 마지막으로 나는 무엇이 되었냐 하면, 이렇게 그날의 현장을 원고지에 옮겨쓰는 시나리오작가 겸 만화가가 되었다.

독자 여러분, 과연 이것은 우연의 일치일까요? 나는 결코 그렇게 생각지 않는다.

어떻게 하면 돈을 벌 수 있느냐는 기자들의 질문에 희대의 재벌 오나시스는 에게海를 물끄러미 바라보며 이렇게 말했다고 한다.

"돈이요? 간단해요. 벌려고 마음 먹으면 돼요."

여러분들의 미래는 바로 여러분들의 마음 먹은 그대로 펼쳐진다. 이것은 아무리 강조해도 지나침이 없는 동서고금의 진리이다. 무엇이든지 굳게 마음먹어 보라! 그러면 그렇게 된다. 왜 그렇게 되는지는 알 수 없지만 하여튼 그렇게 된다.

"생긴대로 논다", "주둥이가 운명"이라는 천박해 보이는 말 속에도 깊은 의미가 있다는 것을 알아두면 당신은 결코 실족하지 않을 것이다.[주]

주) 강 철수(만화가)

5. 공부를 습관화할 것

사람의 일생 중에서 청소년 시기는 그 사람을 성공이냐 실패냐의 어느 쪽인가로 이끌어 갈 '습관형성'에 극히 중요한 시기이다. 그 시기에 만들어진 습관은 그 사람의 일생을 지배하기 때문이다. 좋은 학습습관이 만들어지지 않으면 안될 시기가 청소년시기이다. 그 시기에 만들어진 습관은 좋은 것이건 나쁜 것이건 일생 계속되는 것이기 때문이다.

"세살 버릇 여든까지 간다(Old habits die hard.)"

(1) 습관은 제2의 천성

"습관은 제2의 천성(天性)"이라는 말이 있듯이, 무슨 일이든지 처음에 습관들이기가 힘들 뿐이지 일단 습관이 되면 천성이 되어, 거르기가 힘들게 된다. 안 하면 좀이 쑤시고, 양심의 가책까지 생긴다. 공부를 습관화한 사람은 우선 하루라도 공부를 빼먹으면 께름칙한 느낌과 임무 소홀에 대한 후회감이 뒤따른다. 이러한 감정은 자신에 대한 압력이 되어 계속 공부하게 한다.

공부를 습관화하는 것은 바로 능률이 그 정도 오르는 것을 의미한다. 안하다가 별안간 하는 공부, 간헐적으로 하는 공부는 매번 공부를 시작할 때마다 능률에 차질을 초래하고, 피로와 따분함도 더 빨리 느끼게 된다. 공부는 1, 2년 해서 끝나는 것이 아니라 평생의 과업이다. 따라서 느긋하게 마음먹지 않고는 할 수가 없다. 기왕 오랜 세월 해야 할 공부를, 하다가 안하다가 하는 식으로 지리멸렬하게 한다는 것은 시간낭비요, 정력낭비이다. 따라서 공부는 습관화가 되어, 세수하고 밥먹는 것과 같이 우리 생활의 일부가 되어야만, 크게 힘들이지 않고 공부할 수 있고, 좋은 성적도 기대할 수가 있는 것이다.

(2) 놀 때 철저히 놀고, 공부할 때 철저히 공부한다

하고 싶은 일을 못했거나 또 몰래 하게 되면, 그 일이 더 하고 싶어지는 것은 누구라도 겪어본 일이다. 하고 싶은 일을 할 때에는 철저히 함으로써 그에 대한 미련이나 아쉬움을 남기지 말 것이다. 따라서 놀 때에는 공부에 대한 걱정과 미련을 모두 떨쳐버리고 철저히 노는 데 열중해야 하고, 공부할 때에는 노는 것에 대한 모든 사념을 칼로 자르듯이 잘라 버리고 온전히 공부에만 몰두해야 한다. 놀 때 놀고 공부할 때 공부하는 것만이 어느 쪽에도 다 충실할 수 있는 길이다. 따라서 나쁜 습관 즉, 공부를 하는 건지 노는 건지 도대체 알 수가 없는 태도를 버리고, 새로운 습관 즉, 놀 때 놀고 공부할 때 공부하는 습관을 기르는 것만이 학습능률을 올리는 길임을 명심하자.

(3) 본격 공부를 하기 전에 머리의 워밍업을 실시한다

워밍업은 근육의 긴장을 풀어줄 뿐만 아니라, 정신을 집중시켜 실제 경기에서 실력을 발휘하는 데 꼭 필요하기 때문에 운동선수는 누구나 경기에 앞서 스트레칭이나 조깅 등 워밍업을 한다. 운동뿐만 아니라 날마다 하는 공부에도 이러한 워밍업이 필요하다. 예컨대, 국어 공부를 하기 전에 좋아하는 시나 시조를 몇 수 암송한다든가, 영어라면 좋아하는 팝송이나 영어성경요절의 음독연습, 수학이라면 간단한 계산연습 등 해야 할 공부에 앞서 잠깐 머리의 워밍업을 해두면 집중력도 높아지고 저항감도 줄일 수 있다.

(4) 정신이 산만해지면 물구나무서기·줄넘기 등 가벼운 운동을 한다

정신이 산만해져 공부에 집중이 되지 않을 때 우리는 어떻게 해서든 신경을 집중시키려고 한 방향으로만 의식의 초점을 맞춘다. 그러나 그것이 더욱 공부로부터 멀어지게 하고 또 정신도 흐트러뜨린다. 인간의 대뇌에는 감정을 관장하는 부분이 있는데 그 부분이 흥분상태가 되기 때문이다.

따라서 공부에 집중하기 위해서는 그 부분의 흥분상태를 가라앉혀야 한다. 그러기 위해서는 단순한 운동을 잠시 하는 것이 가장 바람직하다. 물구나무서기·팔굽혀펴기·줄넘기·테니스라켓 휘두르기·목검 후려치기 등 가벼운 운동을 한 뒤에는 분명히 집중력이 증가된다.

(5) 몸 전체로 공부하면 장시간의 공부에 견뎌낼 수 있다

좋은 성적을 얻을 수 있느냐의 여부는 우선 공부에 대한 지속력을 어떻게 갖추느냐에 따른다고 해도 과언이 아니다. 그런데 공부에 대한 지속력은 공부에 대한 집중도에 따라 결정된다. 하고 있는 공부의 내용을 이해하고 있는 한 공부에 대한 집중력은 높다. 그런 상태가 계속되면 공부하는데 권태를 느끼는 일은 거의 없다. 그 집중력을 높이는 가장 효과적인 방법은 몸 전체를 사용하는 것이다. 눈으로 보면서, 입으로 소리를 내기도 하고, 손으로 쓰기도 하면서 재미있게(?) 공부한다면 장시간의 공부에도 견딜 수 있는 것이다.

(6) 화장실에는 잘하지 못하는 과목의 책을 놓아둔다

화장실은 오직 혼자만 있을 수 있는 공간으로, 그 속에 들어가면 완전히 자기 자신을 되찾아 안정감을 느끼게 된다. 따라서 집중력도 높아지고 상당히 높은 수준의 책을 읽어도 차분히 이해하면서 기억을 강화시킬 수가

있다. 기억한 것을 되풀이하거나 자문자답하기에는 다시 없는 기회이다.

특히 그다지 잘하지 못하는 과목을 정복하는 데 이 화장실 학습법은 특효가 있다. 거의 매일 반강제적으로 가야 하기 때문에 거기에 놓여진 책과 접촉하게 되고, 그밖에 아무 것도 없으니까 싫어도 그 책을 손에 들고 들여다보지 않을 수 없게 된다. 그런 시간이 매일 반복됨에 따라 정이 붙게 되고 애정마저 느끼게 되어, 어느 사이엔가 그 책을 독파, 정복하여 그 과목에 대한 실력이 눈에 띄게 높아진다.

(7) 공부하고 싶지 않을 때는 잠시 공부를 떠나라

마음이 내킬 때는 시간이 얼마나 흘렀는지조차 모를 만큼 능률이 오르지만, 억지로 공부할 때는 오랜 시간 공부한 것 같아도 진도는 좀처럼 나가지 않고 지루하기만 하다. 아무래도 공부가 손에 잡히지 않을 때는 미련 없이 책상을 일단 떠나야 한다. 기분이 전환되어 질질 끌리는 기분이 말끔히 없어지고, 공부하고 싶은 의욕이 생길 때까지 하루든 이틀이든 공부를 중단해야 한다. 그렇게 하다가는 남에게 뒤떨어지게 될까봐 걱정하겠지만, 전혀 공부에 손을 대지 않고 초조해질 때까지 자신을 몰아넣어 정말로 이제는 해야 하겠다고 생각될 때야말로 진짜로 공부도 할 수 있고 또한 몇 갑절의 능률도 올릴 수 있다.

6. 혈액형별 학습법

[1] 혈액형이란 무엇인가?

혈액형은 혈액의 적혈구와 혈청의 응집반응을 기초로 분류한 혈액의 유형이다. 1901년 독일의 의학자 란트스타이너가 발견한 ABO식 혈액형이 최초이며, MN식, P식, Rh식 등의 많은 혈액형이 있지만, 항A 및 항B 항체에 대한 응집 유무에 따라 A형, B형, AB형, O형의 4가지로 분류하는 ABO식이 혈액형별 이질성이 가장 크고 주요하며 널리 쓰이고 있다.

여러분이 기억해야 될 중요한 것은 혈액형이 혈액만의 형이 아니라는 것이다. 이 현상은 맨 처음에 혈액에서 발견되어서 그렇게 이름지어진 것뿐이고, 실제에 있어서는 몸속의 체액(타액·정액·위액 등)에서부터 장기(臟器), 근육, 뼈, 치아, 손톱, 발톱, 머리털을 포함한 온몸의 세포에 존재한다. 때문에 최소 4cm 정도의 머리카락 한 가닥만 있어도 무슨 혈액형인가를 감별할 수 있다. 그래서 혈액형이라기보다는 체질형 또는 생화학형이라고 하는 것이 더 적절하다는 법의학자도 있다.

[2] 혈액형과 기질 및 성격과의 관계

혈액형은 머리털 끝부터 발끝까지에 이르는 온몸에 분포된 생화학적 형(型)물질의 차이에서 일어나는 현상으로서, 혈액형이 인간의 체질과 기질의 특징에 대응한다는 것은 과학적으로 증명되고 있다. 그 혈액형을 구분하는 적혈구 안의 형물질에 대한 정확한 성분이나 분자량, 구조식까지는 아직 규명되지 않았지만, A형의 사람과 B형의 사람은 신체적으로 구성된 재료물질이 각기 다르기 때문에 그 기능이나 특성이 다른 것은 당연한 일이다.

인간의 성격은 타고난 선천적 기질이 후천적인 형성 작용을 받아서 만들어진다. 예컨대, '성격'을 '요리'라고 할 때 '기질'은 그 요리의 '재료'이다. 이 기질은 혈액형에 따라 특징적으로 분류된다. 즉, '성격'이라는 〈요리〉는 A형, B형, AB형, O형이라는 4개 그룹의 재료에다가 후천적 영향〈사회·교육·학습·수양 등〉과 요리사〈가족·선생님·친구·자신의 손길〉에 의해 만들어지는 것이다.

똑같은 재료로도 여러 가지 종류의 다양한 요리를 할 수 있듯이 동일한 혈액형 기질을 재료로 해서 만들어지는 성격도 만들기에 따라서 각기 달라진다. "동일한 O형인데 성격이 다르다"고 하는 것은 매우 당연한 일이다. 그러나 생선 요리가 아무리 여러 가지라 해도 생선요리는 '생선'요리일 뿐이지, 쇠고기요리나 야채요리하고는 분명히 구별된다. 요리의 종류가 다르다고 해도 생선에서 나오는 맛의 특성은 모든 곳에 남아있게 마련이다. 성격도 O형이면 O형의 성격이 아무리 변화가 있어도 O형 기질의 본성과 그 특색은 성격의 모든 곳에서 더하고 덜하고의 차이는 있지만 뚜렷이 나타난다. 그것은 A형 성격이나 B형 성격과는 명확하게 구별되는 것이다.

좋은 요리는 재료의 특질을 충분히 알고서 그 특성을 잘 살리도록 배려한 것이다. 성격도 마찬가지이며 각 혈액형별 기질의 특성과 본성을 최고로 살린 경우가 좋은 성격이 된다. 그런데 종래의 교육이나 학습은 고기, 야채, 생선 등의 재료의 차이는 완전히 무시하고 동일한 요리법을 사용한 것과 같은 무모한 것이었다.

결론적으로 모든 인간은 혈액형의 지배를 받기 때문에 혈액형이 다르면 성격이나 행동 패턴도 다르고 당연히 학습방법도 다르게 마련이다. 그러므로 자신이 타고난 기질을 잘 알고 그것에 맞는 학습법을 스스로 개발해 간다면 학습에 큰 도움이 될 것이다. 또, 공부를 잘하는 친구들과 못하는 친구들의 혈액형 및 학습방법을 서로 비교·분석해보면 매우 유익한 결과를 얻을 수 있을 것이다.

[3] 혈액형별 기본 성격 및 학습방법

혈액형이 다르면 성격이나 행동 패턴도 다르다. 그러니 당연히 학습방법도 다르게 마련이다. 성적 부진으로 고민하는 수험생들은 혹시 이 혈액형을 도외시하고 있는 것이 아닌지 한번 살펴보아야 할 것이다.

[O형: 격려, A형: 눈, B형: 라이벌, AB형: 잡담]

(1) O형

1) 기본성격 : 개성파이며 목적지향주의

O형은 개성을 존중하며, 신념이 강하고, 이상이 크기 때문에 어디서나 어떤 상태에서나 늘 자기주장을 관철시키려고 한다. 게다가 자기의 생각이나 사상을 상대방에게 100% 전하려는 경향이 있다. 이것은 A형의 안정성, B형의 자기도취성의 특징과 크게 다른 점으로서, 모든 사람을 자기의 영향 밑에 두려는 강한 작용에서 이런 경향이 생긴다. 그러므로 주위의 어떤 상황에서도 어떤 사람과도 어울릴 수 있으며 순응성이 뛰어나다. 그리고 주위 사람들을 격려하고 노력을 하게 하여 향상시키려고 한다.

O형은 리더십이 강한데다가 자기가 중심이 되어 행동하기를 무척 좋아하며 목적지향성이 강하다. 목적이 뚜렷하고 자신의 인생이나 생활에 밀착되면 힘은 배가되어 자기 본연의 생명력을 발휘하여 돌진하기 때문에 목적달성 능력도 뛰어나다. 그러나 목적이 분명치 않으면 집중력이 없어지고 자기의 힘을 절반도 내지 못하며 삶의 보람까지도 감소된다. 그리고, 집중력이 고르지 않기 때문에 기계적 작업에는 부적당하다.

2) 학습법 : 재능을 이해하여 주는 사람이 필요

O형에게는 자기의 재능이나 장래성을 인정해 주는 사람이 있으면 굉장한 플러스 요인이 된다. 선생님이나 부모, 오빠, 누나, 친구 등 그 누구라고 좋다. 언제나 여러분을 칭찬하고 장래성을 기대해 주는 사람을 찾자. 슬럼프에 빠졌을 때라든지 기분이 침울할 때 친절하게 여러분에게 어드

바이스나 의견을 말해 주기도 하고, 정다운 눈길로 격려해주는 사람을 가지고 있다면 언제나 좋은 기분으로 학습에 몰두할 수 있다.

집에서의 학습은 문제집으로 자기의 지식을 총복습해 나가는 것이 좋다. 또한 O형은 향토애가 강한 나머지 외국어를 경시하는 경향이 있으므로 학습의 주력을 외국어에 두는 계획을 세우면 자신도 붙고 실력도 늘게 된다. 공부가 가장 잘 되는 시간대는 밤 9시부터 새벽 2시까지이다.

(2) A형

1) 기본성격 : 사색파이며 완전주의

A형은 안정을 좋아한다. 왜냐하면 생활의 격심한 변화나 기복에 대응하는 데 약하기 때문이다. 따라서 자기 자신을 언제나 안정된 상태에 머물도록 애를 쓰거나 고민하는 경향이 강하다. 책임감이 강하고 신중한 데다가 인내심이 있으며 성실하고 꼼꼼해서 힘든 일이라도 피하려 하지 않는다. 또한 무리한 계획을 세우면 그것을 실행하는 데 온 힘을 기울이는 향상심이 있고, 사람 사이의 화합에도 마음을 쏟는다.

다른 혈액형에 비해서 A형은 본래 '현상탈피'의 꿈을 품고 있으며 그 도수가 가장 심하다. 그래서 서둘러서 보다 높은 지위나 안정된 곳에 있고 싶어 한다. 그래서 공부나 노력을 아낌없이 하며, 어떻게 하면 빨리 목적지에 도달하는가에 대한 지혜와 독창성이 많은 것이 특징이다.

2) 학습법 : 종이에 적어서 외워라

A형은 새벽이나 저녁때처럼 기상 상황의 변화가 심한 시간대에는 약하다. 태풍이나 눈보라가 몰아치는 날도 마찬가지이다. 쾌청한 날, 햇살이 가장 선명한 오전 10시경부터 오후 4시까지가 정신집중이 가장 잘 되는 때다. 그러므로 중요한 외울거리는 낮 동안에 집중시키는 것이 현명하다. 밤에 공부할 때는 형광등보다는 백열전구가 달린 스탠드가 좋다. 정신통일이 되고 마음 편히 공부할 수 있기 때문이다.

A형에게 가장 좋은 학습법은 종이에 적어서 외우는 것이다. A형의 사람은 눈으로 들어오는 것이 대뇌 속에 가장 쉽게 새겨지기 때문이다. 영어 단어나 국사 따위의 암기력으로 승부가 나는 것은 요점정리노트를 활용하도록 하자. 그러면 좋은 성적을 기대할 수 있다. 학교수업에는 절대로 지각하지 말아야 한다. 지각한 날은 온종일 기분이 좋지 않으며 선생님의 강의가 머리에 들어오지 않는다. 그리고 학원보다는 독방에서 자기 나름대로 공부하는 것이 효과적이다.

(3) B형

1) 기본성격 : 감각파이며 낭만주의

B형은 형식이나 관습에 구애되지 않고 자유로운 생활을 추구하는 자기중심주의의 사람이다. 자기가 흥미를 갖게 되면 끝장을 보고마는 성격이지만, 틀에 박히거나 구속되면 그만큼 의욕이 감소된다. 사고방식이 틀에 박히지 않으며 변화에 즉시 대응할 수 있고 아이디어를 좋아하며 또 그것이 풍부하다.

A형과는 대조적으로 B형은 심한 변화가 짧은 기간에 집중적으로 발생할 때에 능력을 발휘할 경우가 많다. 그런 움직임이 있을 때가 이상하게도 정신통일이 잘되고 능력이나 재능을 날카롭게 발휘한다. 그래서 B형 인간은 '감각파'라고도 불리우며 꾸밈없는 성격이고 행동력이 뛰어나게 높다. 두뇌나 기분의 전환이 빠르며, 판단이 신속하고 유연성이 있으며 이해의 폭이 넓다.

2) 학습법 : 라이벌을 만들라

B형은 시험 전이나 또는 반의 누군가가 자기가 알지 못하는 데서 분발하고 있다는 것을 알았을 때 더욱 힘을 얻는다. 단기간에 라이벌을 이겨야지 하는 사명감을 갖게 되면 의욕이 불처럼 솟아난다. 그러므로 B형은 늘 라이벌을 의식하고 있는 것이 좋다. 그것도 학급에서 성적이 톱에 있는 사람

과 싸워 이겨야겠다는 목표를 세워서 행동에 옮기는 것이 좋다. 벽이나 책상에 격려문을 써붙일 때도 '서울대 절대 합격', '인내·노력·끈기'같은 추상적인 것보다는 노골적으로 "***에게 영어로 이긴다!"라든지 "***를 수학으로 KO시킨다!" 등의 직설적인 말로 쓰는 것이 효과적이다.

공부방은 깨끗이 정리하는 것보다 책상이나 방안도 흐트러져 있는 미정리의 상태가 마음이 안정된다. 가장 효과가 오르는 공부시간은 새벽부터 오전까지, 오후 3시부터 10시까지이다. 흥미를 잃기 쉽고 싫증을 잘 내며 집중하지 못하는 경향이 있기 때문에 휴식시간을 자주 갖는 것이 좋다.

(4) AB형

1) 기본성격 : 동심적이며 합리주의

AB형은 자유를 중시하며 누구하고도 한패가 되지 않고 담담하게 자기의 길을 지키려는 자유인간을 겨냥하는 사람이다. 누구하고라도 상냥하게 어울릴 수 있는 서비스 정신이 많은 반면에 상대방이 속박하려 들면 꼬리를 감추고 도망친다. 특정한 사람과 특별한 관계가 되는 것을 싫어하기 때문이다. 또한 빈틈이 없고 매몰찬 성격인데다가 합리정신이 발달되어 있으며, 자기가 지금 무엇을 하지 않으면 안되는지를 잘 알고 있는 터여서, 데이터나 자료를 수집해서 대책을 게을리하지 않지만, 지나치게 집착성이 없어서 끈기나 집념이 부족하다. 그리고, 머리가 날카로운 사람이 많으며 학생시절에는 충실도가 높다.

2) 학습법 : 떠들며 공부하는 것이 더 효과적

AB형은 여럿이 어울려서 와글와글 떠들면서 학습하는 것이 가장 좋다. 우스갯소리를 하면서 공부하는 것이 머리에 잘 들어가고 그런 때 외운 것이 또렷하게 대뇌 속에 새겨진다. 피곤이 잦고 권태를 잘 느끼며 자주성이 없는 편이므로 집에서 혼자 공부하기보다는 학교나 학원의 수업에서 계획대로 배우는 것이 효과가 있다. 만약 혼자서 공부하려 한다면 도서관이나 독서실을 이용하는 것이 좋으며, 공부방도 독방보다는 형제와 함께 쓰도록 한다.

AB형은 시간표를 상세하게 세워서 공부하기를 좋아하므로 플랜은 면밀하게 짜는 것이 좋다. 또한 중요한 것은 공부시간 사이사이의 휴식을 위한 담소이다. 지껄이면서 기분을 전환시키는 것이 필요하다. 그러나 지껄이는 것이 너무 지나치면 오히려 역효과가 난다. 그리고 암기카드나 미니노트를 만들어 통학하는 버스나 전철 속에서 쉬는 시간의 토막시간을 이용해서 외우는 것이 효과가 오르는 학습법이다. 또한 하루 8시간의 수면을 취해야 제대로 공부할 수가 있으니 수면부족은 절대 금물이다.

"인간은 어둠을 뚫고 빛을 찾으며,
희망의 빛으로 절망을 넘어서고,
신념의 힘으로 비극을 극복할 수 있는 존재다.
인간은 모든 고뇌를 이길 수 있을 만큼 굳세다."

제2장

능률적인 학습환경

학습의 능률을 올리기 위해서는 어떤 조건이 가장 좋은가를 아는 것이 긴요하다. 우리가 학습능률을 올릴 수 있는 제반 조건을 알고, 그러한 조건을 갖추어서 공부한다면 아주 효과적일 것이기 때문이다. 그러면, 구체적으로 어떤 조건이 학습을 촉진하며 학습능률을 향상시키는가?

학습을 촉진하는 요건은 크게 나누면 두 가지로 나눌 수 있는데, 하나는 학습자 자신의 조건이고, 또 하나는 환경적 조건이다. 이 두 가지가 적절할 때 비로소 학습의 능률이 오른다.

1. 학습자의 조건

(1) 건강이 좋아야 한다

건강이 좋지 않으면 지구력이 약해져 공부를 오래 계속해서 할 수 없을 뿐 아니라, 집중력과 기억력도 떨어져 학습능률이 오르지 않는다. 그로 인하여 짜증과 불만이 생기고 자신에 대한 회의와 실의에 빠지는 악순환이 계속된다. 그러므로 공부를 잘하기 위해서는 우선적으로 건강해야 한다. 몸에 병이 있다면 먼저 병부터 고치고 볼 일이다. 그리고 절대로 피로가 누적되지 않도록 적당한 운동과 휴식을 취함으로써 늘 최상의 컨디션을 유지하도록 한다.

(2) 정신상태가 안정되어야 한다

학습의 능률을 올리기 위해서는 신체적 건강뿐만 아니라, 정신건강도 매우 중요하다. 누구나 마음에 어떤 걱정거리가 있거나, 기분이 언짢고 불안하든가 하면 공부에 집중할 수가 없다. 심리적인 고민과 불안이 있으면 쉽사리 정서의 안정을 잃고 주의집중이 안되며 사고기능이 저해되어 학습능률이 저하된다. 이럴 때 억지로 책상 앞에 앉아 있는 것은 아까운 시간만 허비하는 것이다.

수험생의 마음이 불안에 차 있는 것은 어떤 의미에서는 당연한 것이고, 그 정도가 심하지만 않다면 오히려 공부에 도움이 될 수도 있지만, 불안의 정도가 깊고 심하다면 숨기거나 외면하려 들지 말고, 그것의 원인을 알아내어 신속히 마음속으로부터 제거해야 한다. 문제해결이 혼자 힘으로 불가능할 때에는 이해성있고 신뢰할 수 있는 친구나 선배 또는 부모님이나 선생님께 솔직하게 문제나 고민거리를 털어놓고 조언을 구하는 것이 좋다.

(3) 가족들과 원만한 관계를 유지한다

가정은 우리에게 휴식과 편안함을 주는 안식처이며, 공부할 의욕을 새롭게 다짐하는 재충전소이다. 물리적인 조건이 아무리 잘 갖추어져 있어도 가족간의 따뜻한 마음의 만남이 없으면 학습의 효과를 올릴 수 없다. 하루에 한 번 정도는 부모님과 대화할 수 있는 시간을 가져야 한다. 가족간에 서로의 입장에 대한 충분한 이해가 없이는 원만한 관계를 유지하기가 어렵다. 솔직한 대화로 가족간에 쌓여있던 벽을 허물고 서로가 이해하고 사랑한다면 여러분이 하고자 하는 공부도 잘 되어질 것이다.

(4) 강한 의욕을 가져야 한다

식욕이 없는 사람에게는 산해진미도 아무런 의미가 없듯이 학습자 자신이 스스로 공부하려는 의욕을 갖지 않으면 만사가 허사다. 미지의 학문세계를 탐색하고 새로운 지식을 습득하는 데 재미와 의욕을 느끼지 못하면 도저히 공부에 몰두할 수 없고 따라서 학습효과도 나타나지 않는다. 그러므로 학습의 능률을 올리기 위해서는 자발적으로 강한 의욕을 가져야 한다.

그런데 학습의 의욕과 동기는 목적의식이 뚜렷할 때 강해진다. 인생의 목표가 뚜렷하고 대학진학의 의의와 목적을 분명히 인식할 때 학업에 매진하게 된다. 때로는 단기적이고 구체적인 목표를 설정해 놓고 그것을 달성하려고 할 때 학습의욕이 돋아나기도 한다.

(5) 추구적인 태도를 가져야 한다

효과적인 학습은 학습자의 태도와 사고방식에도 달려있다. 공부를 함에 있어서 모르는 것을 그냥 넘기지 않고 끝까지 파고드는 태도, 주의를 한 곳에 집중시켜 공부하려는 태도, 합리적인 사고과정을 통해서 문제해결을 시도하는 태도, 일정한 학습량을 마칠 때까지는 다른 생각이나 일을 하지 않고 공부를 계속하는 태도와 습관이 필요하다.

(6) 계획을 세워야 한다

계획을 세워서 공부를 하거나 일을 하면, 쓸데없는 데 시간을 낭비한다든지 또는 '해야지' 하면서도 어떤 공부부터 해야할지 몰라 망설이는 일이 적어진다. 학습계획의 필요성과 작성법에 관해서는 〈제6장 학습계획 작성법〉을 참고하기 바란다.

(7) 풍족하지 못한 조건은 도리어 공부의욕을 높인다

무엇이든지 준비가 다 된 훌륭한 환경 속에서 공부할 수 있는 사람은 극히 일부분밖에 안될 것이다. 그러나 이와 같이 모든 조건을 구비해야만 공부를 진전시킬 수 있는 것은 아니다. 동서고금의 위인들 중에서도 평균 이하의 열등한 생활조건 속에서 살아온 사람은 얼마든지 있다. 한마디로 풍족하지 못한 조건이라고 생각되는 것도, 본인이 그것을 어떻게 받아들이느냐에 따라 의외로 면학의욕을 고취하는 계기가 될 수 있다. 역경을 극복하는 정신력이 그대로 공부를 소화시켜 가는 정신력이 되기 때문이다.

'형설(螢雪)의 공'이란, 중국의 고서 《진서(晋書)》에 있는 차윤과 손강의 전기에서 나온 말이다. 중국 진(晋)시대의 사람 차윤(車胤)은 어렸을 때부터 독서를 좋아했는데 집이 가난하여 기름을 살 돈이 없어서 여름이 되면 반디(형:螢)를 모아 그것을 자루에 넣어서 그 빛으로 책을 읽어 후에 관리등용시험에 합격하여 입신출세를 했고, 또 그와 거의 동시대의 사람 손강(孫康)도 역시 가난한 집에서 출생하여 겨울이 되면 눈을 모아 그 빛으로 공부를 해서 후에 출세하여 대신이 되었다는 이야기에서 나온 말로서, 고학역행(苦學力行)하여 출세를 한 교훈을 이야기한 것이다.

공부란 부자유를 참고 고된 것을 견디며 힘써 나가야 하는 것으로서, 마음속으로부터 공부할 의욕이 있는 사람은 어떠한 어려운 역경 속에서도 공부를 할 수가 있다는 이야기이다.

2. 환경적 조건

유명한 심리학자 레빈은 "행동은 사람과 환경의 함수이다."라고 말하고 있다. 즉, 그 사람의 성격이나 심리상태 등과 환경과의 배합으로 행동이 정해진다는 것이다.

공부도 물론 행동의 일종이므로 환경의 영향을 받는 데는 변함이 없다. 즉 '공부는 사람과 환경의 함수'이다. 견실한 마음의 자세가 되어 있다고 해도 환경을 전혀 무시해서는 학습의 효과를 올릴 수 없다. 오히려 공부하고자 하는 의욕이 강하면 강할수록 환경에 대해서 더욱 민감해진다.

그런데 "정들면 고향"이라는 속담이 있듯이, 인간은 환경에 순응하는 능력이 뛰어나기 때문에 매우 나쁜 환경에도 익숙해질 수 있다. 그러므로 좋은 환경을 만든다는 것은 자신을 전혀 바꾸지 않는 것이 아니라, 환경의 정비와 자신의 순응력을 조화시킴으로써 능률의 극대화를 이루고자 하는 것이다. 말하자면, 환경과 자신의 어느 쪽을 일방적으로 바꾼다는 것이 아니고, 자신이 보다 더 순응하기 쉬운 환경적 조건을 만들어 내는 것이야말로 현실적인 환경조성이라 할 것이다. 그러면 학습능률을 높이기 위해 고려하지 않으면 안될 물리적 조건을 알아보기로 하겠다.

[1] 공부하는 장소 … 공부방의 조건

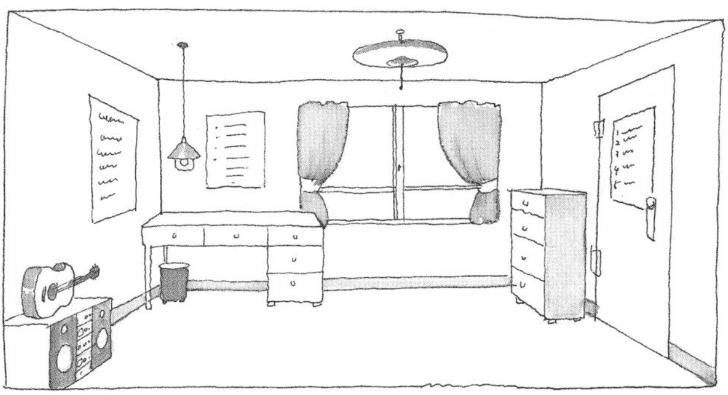

(1) 모든 장소가 공부방이다

오늘날의 주택 사정으로 볼 때 자기만의 독립된 공부방을 갖고 있는 학생은 그리 많지 않을 것이다. 설사 자기만의 공부방이 있을지라도 지나치게 자기만의 방에 구애된다면 여러 가지로 변화할 수 있는 현실의 장소에서 필요할 때 실력을 발휘할 수 없게 된다. 어떠한 장소이건 환경적 마이너스 요인을 배제하는 요령을 체득하여 모든 장소가 자기의 방, 자기의 장소가 될 수 있는 내공을 쌓아야 한다.

(2) 주의가 산만해지지 않는 장소여야 한다

공부에 집중할 수 있기 위해서는 주의를 산만하게 하는 장소는 피해야 한다. 공부하는 데 가장 좋은 곳은 교실과 도서관이다. 여러 학생들이 함께 공부하는 곳이기 때문에, 자기 마음대로 행동을 못할 뿐만 아니라 은연중에 공부하는 분위기 속에 젖어들도록 만든다.

(3) 늘 일정한 장소에서 공부하는 것이 좋 다

공부를 일정한 장소에서 하게 되면 여러 가지 이점이 있다. 무엇보다도 늘 같은 장소에서 공부하는 습관을 붙이면, 그 장소와 공부와의 사이에 일종의 조건반사 관계가 성립되어, 비교적 쉽게 또 빨리 공부에 몰두할 수 있다. 나아가 공부하는 장소와 과목을 한데 묶어서, 예컨대 새벽에는 집에서 수학을 공부하고, 방과후 도서관에서는 그날 배운 것을 복습하고, 집에 돌아와서는 영어를 집중적으로 공부한다면 훨씬 능률적일 것임은 자명하다.

(4) 목표의 분위기가 늘 감돌게 한다

주의력을 집중하기 위해 목표를 상징할 만한 무엇인가를 즉, 들어가고자 하는 대학의 사진이나 달력, 가장 존경하는 인물의 사진 등을 붙여 둔다든가, 목표로 하는 점수 내지는 등수를 크게 써 붙여놓는다든지 하여 목표의 분위기가 늘 주위에서 감돌도록 하는 것도 좋은 방법이다. 평소에는 특별히 강하게 의식하지 않더라도 잠재의식 속에 강하게 남아 자신의 마음을 목표로 향하여 집중시켜가는 효과가 있다.

(5) 공부방의 벽지와 커튼은 차분한 색깔의 것이 좋 다

색에는 색상·명도·채도의 3요소가 있는데, 색채심리학에 의하면 색상에서 난색계(적색·황색)의 색깔은 사람의 감정을 자극하여 발산시키는 효과가 있고, 냉색계(청색·녹색)의 색깔은 감정을 안정시키는 작용이 있다고 한다. 한편, 명도의 고저는 명쾌·불쾌와 관계가 있고, 채도의 고저는 긴장·휴식에 관계가 있으므로 공부방이나 일하는 방의 벽에는 불쾌하고 긴장을 주는 저명도, 고채도의 색깔은 적당하지 않다고 한다. 기분을 가다듬게 하고 안정된 기분으로 공부에 착수하는 데는 고명도이고 저채도인 냉색계의 색깔이 좋다. 공부가 형식화에 빠져 공부할 의욕이 나지 않을 경우에는 난색계의 벽지로 바꾸어 보는 것도 좋은 기분전환이 된다.

(6) 방의 공간을 기능적으로 분할하여 정리한다

방의 공간을 학습코너, 취미코너, 생활코너 등의 세 가지로 분할하여 기능적으로 정리한다. 작업과 생활에 따라 공부방의 공간을 능률적으로 사용하는 방법이다. 이와 같이 공부방을 분할하여 정리하면 방을 넓게 쓸 수 있을 뿐아니라 무슨 물건을 찾을 때도 온 방안을 휘젓지 않아도 된다.

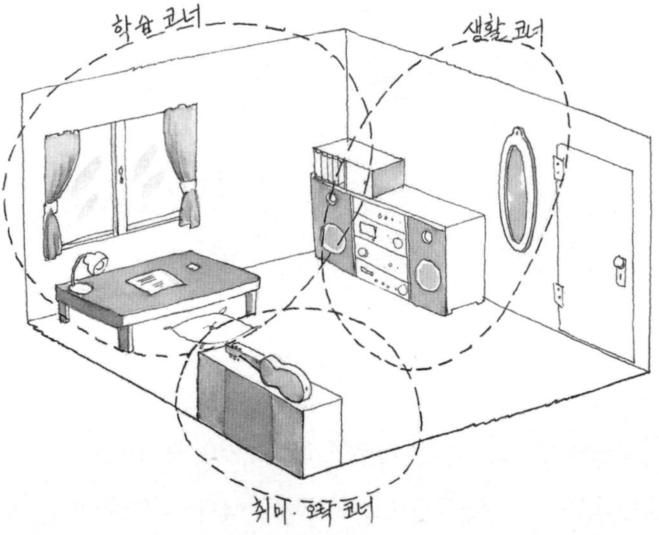

[학습능률을 높이는 공부방 설계]

[2] 책상

(1) 앉은뱅이 책상을 활용하면 의외의 효과가 있다

요즘에는 양식생활이 일반화 되어서 무엇이든지 양식 쪽이 능률적이며 기능적이라고 생각하는 사람이 많은데, 우리의 옛부터 내려온 앉은뱅이 책상은 기능적으로나 능률면에서 의자식 책상보다 좋은 점을 갖고 있다. 허리를 안정시켜 차분히 공부하고자 하는 분위기를 주며, 의자식에 비해 자세의 변화가 훨씬 자유로우며 기분전환을 하면서 피로하지 않고 공부를 계속할 수가 있다.

또한, 공부에 필요한 교과서·참고서·사전 등을 책상 위에 다 놓을 수 없을 때에는 손 가까운 좌우의 방바닥에 놓아 책상을 넓게 사용하는 효과도 있다. 지금까지 써 오던 의자식 책상은 앉는 책상 옆에 붙여놓고 책꽂이를 올려놓거나 자료정리용 책상으로 쓰면 된다.

(2) 책상의 위치

1) 책상은 벽에 붙여 놓는 것이 좋다

공부할 때 창문을 통해서 밖을 내다볼 수 있게 되면 아무래도 주의가 산만해지기 쉽다. 그러므로 책상은 창문을 통해서 밖을 내다볼 수 있는 쪽보다 앞이 막힌 벽쪽에 붙여 놓는 것이 좋다.

2) 개방적인 방에서는 책상을 한가운데 놓는다

두 군데나 세 군데 창문이 있는 개방적인 방이라면 방구석에 책상을 놓으면 곧 앞이 창문이 되는 경우가 많아 마음이 흩어지는 원인이 된다. 그래서 이와 같은 방에서는 책상을 방 한가운데로 가져오면 책상이 주위에 공간을 갖게 되어 마음이 흩어지지 않고 안정되게 된다.

3) 때때로 책상의 위치를 바꿔본다

능률적인 공부를 하기 위해서는 싫증이 나지 않도록 주위 환경을 바꿔

보는 것이 좋다. 방안에 있는 가구나 장식물의 위치를 바꾸어 놓으면 전혀 새로운 방에 들어서는 것처럼 느끼게 되고 기분전환이 되어, 새로운 학습 의욕을 일으키는 데 도움이 된다. 책상의 위치를 바꿔보는 것은 이러한 의미에서 쉽고도 효과적이다.

(3) 주의할 사항

1) 책상 위에는 불필요한 것들을 놓아두지 않는다

책상 위에 불필요한 물건들이 이리저리 흩어져 있으면 정신이 산만해지고 집중력이 떨어진다. 학습능률을 올리고 싶다면 책상 위에는 꼭 필요한 물건 외에는 두지 않는 습관을 들이는 것이 좋다.

2) 자세를 똑바로 해야 한다

의자에 앉을 때는 엉덩이를 의자 깊숙이 집어넣어 허리와 등이 등받이에 닿아 곧게 펴야 한다. 앉은뱅이 책상을 사용할 때는 허리를 받치는 힘이 약해 등과 허리가 구부러지기 쉽다. 늘 자세가 굽지 않도록 신경을 써야 하는데, 이를 위해서는 다리가 없이 등받이가 있는 앉은뱅이 의자를 사용하는 것도 하나의 방편이라 할 수 있다.

[3] 조명과 채광

날마다 밤늦게까지 책상 앞에 앉아 있는 학생에게 공부방의 조명과 채광은 학습의 능률과 건강이란 두 가지 면에서 매우 중요하다. 적절하지 못한 조명 아래서 공부를 하게 되면 피로해질 뿐 아니라 쉽게 싫증이 나고 학습능률도 떨어진다. 조명이 너무 밝으면 마음이 안정이 안되며, 어두우면 눈이 피로해진다. 공부에 가장 적당한 밝기는 150~300Lux라고 되어 있는데, 이것은 60~100W의 전구를 켰을 경우에 광원에서 약 1m 떨어진 장소의 밝기이다.

빛의 방향은 왼쪽 위에서 받도록 하는 것이 가장 좋은데, 광원에서 직접 빛을 받으면 눈에 피로를 가져오기 쉽다. 그래서 간접조명 내지는 반간접조명을 하면 빛이 부드러워지고 눈에도 좋지만, 빛의 이용이라는 점에서 비경제적이다. 보통은 스탠드를 사용하는데, 비치는 부분만 밝고 주위가 어둡기 때문에 시선이 책에서 떨어졌을 때 안구의 조절작용이 커서 눈의 피로를 빠르게 한다는 결점이 있으므로, 방 전체를 은은하게 밝히는 전체등을 켜고 취향에 맞는 스탠드를 사용하는 이중조명의 방식을 쓰면 이상적이다.

그렇지만 조용한 분위기를 좋아하거나 이중조명에는 쉽게 마음이 들뜨는 사람이라면 스탠드만을 사용하되 이중조명과 같은 밝기를 유지하도록 해야 한다. 제도용 스탠드로서 왼쪽 머리 위에서 빛을 비춰주고, 방향과 높낮이 그리고 밝기를 쉽게 조절할 수 있는 스탠드를 사용하면 무난할 것이다.

[4] 온도, 습도, 통풍

방의 온도는 몇 도쯤이 좋을까? 이것은 그 지방의 기후·계절·날씨·습도와 통풍 또 개인적인 생활습성에 따라 다르기 때문에 간단히 정할 수는 없으며, 본인이 느끼기에 쾌적한 상태면 된다. 공부방에 온도계와 습도계를 설치해 놓으면 자신이 가장 좋은 컨디션을 유지할 수 있는 온도와 습도를 계절별로 찾아내어 그 상태를 유지시킬 수 있다.

통풍도 중요한데, 통풍이 나쁘면 공기가 탁해지고 피부의 발한(發汗)작용이 둔해져서 체열의 발산을 방해하므로 불쾌감과 권태감을 느끼게 하여 능률을 저하시킨다. 하루에 일정한 시간을 정해놓고 통풍을 시키는 것을 습관화하자.

[5] 소음과 음악

(1) 소음은 학습자의 능률을 저하시키는 원인

소음은 학습자의 주의를 빼앗아 능률을 저하시키는 원인의 하나가 된다. 또, 소음 속에서 일을 계속하면 그 자극을 이기기 위해서 과다한 에너지를 소모하므로 피로가 증대된다. 따라서 공부방은 되도록이면 조용한 환경이 좋다. 그런데 인간의 감정은 대단히 미묘한 것이어서 조용함이 오히려 마이너스가 되는 경우도 있다. 예컨대, 도시의 소음을 피해서 시골의 절이나 농가 등에 공부를 하러 갔다가 그 조용함이 도리어 마음에 걸려 공부를 하지 못하고 일찍 돌아왔다는 예나, "항구의 떠들썩한 소리가 시작(詩作)을 돕는다."고 한 시인 발레리처럼 주위의 소음이 오히려 도움되는 경우도 있으나, 일반적으로 조용한 환경 속에서 일의 능률이 오르므로 학습장소는 조용한 곳을 택하는 것이 좋다.

(2) 소음에 대한 대책

조용한 환경 속에서 어떤 방해도 받지 않고 공부에 몰두하고 싶은 것은 우리 모두의 공통된 소망이다. 그러나 오늘날의 우리 환경은 그런 소망과는 반대로 소음이 나날이 늘어가고만 있다. 따라서 공부에 집중하는 데 큰 방해가 되는 소음을 어떻게 해서든 줄이도록 대책을 강구하는 수밖에 없다. 소음에 대한 대책을 몇 가지 제시하고자 한다. 어떠한 방법이든 완전할 수는 없으나 몇 가지 방법을 혼성하여 종합대책을 세운다면 훌륭한 효과를 거둘 수 있을 것이다.

1) **소리의 차단** : 소리의 원천에서부터 전달되어 오는 음파를 도중에서 커트하자는 것이다. 창문의 유리를 이중유리로 하고, 두꺼운 스치로폴을 대거나 이중 삼중의 덧문을 만들고 두꺼운 커튼을 침으로써 밖으로부터의 소음은 어느 정도 차단시킬 수 있다. 또 책꽂이라든가 옷장 등의 가구를 소리가 많이 나는 쪽에 놓는 것도 효과가 있다.

2) **장소의 이동** : 집에 일이 있어 시끄러우면 근처의 독서실에 간다든

가, 독서실 근처가 공사때문에 소음이 심하면 집으로 옮긴다든가, 집안에서도 가장 조용한 장소를 찾아 이동하는 방법으로 소음을 피하는 방법이다.

3) **공부시간의 변경** : 외부의 소음에는 반드시 높낮이가 있기 마련이어서, 그다지 방해가 되지 않는 시간대도 있을 것이다. 소음이 일시적인 것이 아니라 지속적인 것이라면 소음이 심한 시간에는 잠을 잔다든지, 단순노동을 필요로 하는 일, 예컨대 공부방의 청소, 책상과 서랍의 정리, 신경을 많이 쓰지 않아도 되는 숙제 등을 하고, 소음이 적은 시간대에 - 새벽이나 밤늦게 - 공부를 하는 방법이다.

4) **'소리에는 소리'로 대항** : 소리 에너지는 거리의 제곱에 반비례하여 작아진다. 즉, 먼 곳의 큰소리보다 가까운 곳의 작은 소리쪽이 강하게 들린다. 이 원리를 이용하여 밖에서부터 들려오는 소리를 집안의 소리로 어느 정도 커버하는 방법이다. BGM(Back Ground Music)이 그 좋은 예이다.

또는 자신이 소리를 내면서 공부를 하는 방법도 있다. 교과서를 큰 소리로 읽으면서 암기하거나, 입으로 중얼거리면서 공부하면 시끄러운 소리도 귀에 들려오지 않게 되고, 또한 암기에도 도움이 되므로 일석이조(一石二鳥)의 효과를 거두는 셈이 된다.

5) 귀마개나 헤드폰을 사용하는 방법 : 갖은 방법을 다 써봐도 소음이 없어지지 않으면 마지막 수단으로 귀를 막아버린다. 헤드폰을 끼는 방법도 있겠으나, 실리콘으로 만든 'EAR PUTTY'라는 수영할 때 쓰는 귓구멍 마개를 이용하면 매우 효과적이다.

지금까지 소음에 대한 대책을 몇 가지 살펴보았지만, 가장 중요한 것은 여러분의 공부에 대한 열정이다. 전심으로 공부에 집중하고 있으면 주위의 소음은 귀에 들어오지 않는다. 소음이 마음에 걸리는 것은 공부에 주의를 집중하고 있지 않은 증거라고도 할 수 있으니, 소음에 신경이 쓰이지 않도록 공부 그 자체에 정신을 집중하도록 노력하는 것이 더욱 중요하다고 하겠다.

(3) 공부촉진제로서의 음악의 효용

소음과 달리 음악은 반드시 공부에 방해가 되는 것은 아니며, 도리어 훌륭한 공부촉진제가 될 수 있다. 첫째는 공부의 단조로움과 싫증을 해소시켜 주는 정신의 청량제로서의 역할을 하며, 둘째는 주위의 잡음을 지워주는 소음기로서의 역할도 한다. 그런데 누구에게나 어떤 음악이라도 효과가 있는 것이 아니라, 사람에 따라 또 공부의 내용이나 음악의 종류에 따라 공부에 방해가 될 수도 있다.

음악이 학습능률에 어떠한 영향을 미치는가를 연구한 심리학자들의 보고에 의하면, 단순한 어휘검사에서는 대중가요나 팝송도 클래식음악과 마찬가지로 음악 없이 하기보다는 성적이 좋아지나, 고도의 독해력을 측정하는 실험에서는 클래식음악은 거의 방해가 되지 않은 반면 대중음악은 문절을 이해하는 데 큰 장애가 된다고 한다. 그 이유는 대중음악의 멜로디가 클래식보다 단순하고 명백하여 쉽게 그것을 이해하고 귀를 기울이기 때문이라고 한다.

공부는 고도의 사고력과 집중력이 요구되는 높은 수준의 지적작업이므로, 가능한 한 조용한 분위기에서 공부하는 것이 바람직하지만, 지루하거나 졸음이 와서 정신집중이 안될 경우에는 음악을 듣는 것이 학습에 도움이 된다. 공부에 도움을 주는 음악이라면 서양의 클래식음악도 있겠지만, 우리의 전통음악은 청아하고 맑은 분위기를 만들어 주어 공부하는 데 매우 효율적이다. 합주곡보다는 대금산조나 가야금산조·거문고산조 등을 추천한다.

[6] 이것만은 하지 말자

(1) 밤낮으로 이부자리를 펴놓지 말자

밤낮으로 이부자리를 펴놓으면 방이 지저분해져 공부에 집중하기가 어렵고, 금방 드러눕게 될 뿐만 아니라 건강에도 좋지 않다. 침대를 쓰고 있는 사람은 늘 이부자리를 펴놓고 있는 셈인데, 깔끔하게 정돈한 후 초록색 계통의 커버를 씌어 놓으면 문제가 없을 것이다.

(2) 벗은 옷을 정돈도 하지 않은 채 여기저기 두지 말자

방안이 어지러우면 정신집중도 안되고 불쾌감마저 들어 공부할 기분이

나질 않는다. 벗은 옷은 옷걸이와 장롱 속에 가지런히 정리해 두는 습관을 들이자.

(3) 방안에 TV를 놓지 말자

TV는 마약과 같아서 한번 보게 되면 계속 보게 되는데, TV가 자기 방안에 있으면 항상 보고 싶은 마음이 생기게 마련이다. 꼭 봐야 할 프로라면 다른 방에 가서 보고, 자기방은 공부만 하는 방으로 해두자.

(4) 특별히 필요없는 물건은 방안에 두지 말자

방안에는 공부에 필요한 최소한의 물건들만 두도록 한다. 유명 가수나 탤런트의 사진, 주간잡지 등 공부에 하등의 쓸모가 없는 잡다한 물건들은 눈에 띄지 않게 하자. 이런 물건들이 많이 놓여 있으면 주의가 산만해지기 때문이다.

(5) 참고서나 문제집 등을 여기저기 어지럽게 벌려놓지 말자

참고서·문제집·교과서 등은 책꽂이에 과목별로 정리해 두어 언제든지 손쉽게 사용할 수 있도록 한다.

제3장

머리가 좋아지는 법

우리는 어릴 적부터 "쟤는 머리가 좋아서 공부를 잘해." 또는 "쟤는 머리가 나빠서 공부는 젬병이야."라는 말을 들으면서 자랐다. 공부를 잘하기 위해서는 정말 머리가 좋아야 할까? "머리가 좋다, 머리가 나쁘다."는 것은 무엇을 의미하는 걸까? '머리', '두뇌', '지능지수(IQ)', '기억력' 등은 서로 어떤 관계인가? 머리가 나쁜 사람도 공부를 잘할 수 있을까?!?

본서는 공부를 잘하기 위해 할 수 있는 거의 모든 방법을 집약시켜 놓은 책이므로, 당연히 공부를 잘하는 데 필수적인 머리가 좋아지는 방법을 명쾌하게 밝혔다. 이 장에서 제시한 내용을 충분히 숙지하고 믿음으로 실천한다면 여러분의 머리는 현저히 좋아질 수 있음을 확언하는 바이다. 머리는 쓰면 쓸수록 좋아진다!

1. 두뇌란 무엇인가?

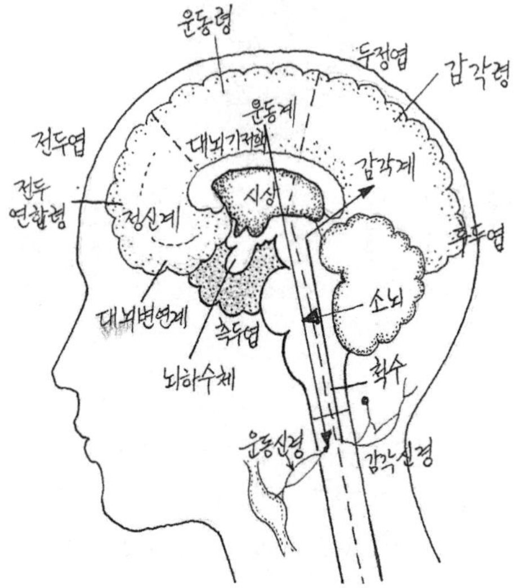

[두뇌의 구조와 기능]

[1] 두뇌의 생리적 구조

인간의 두뇌는 약 1,300g ~ 1,500g 정도 되는 작은 조직으로, 크게 대뇌와 뇌간으로 나누는데 대뇌는 좌우 두 개로 나뉘고, 그 중간 하부에 간뇌·뇌간이 이어지며, 그 밑이 척추가 된다. 간뇌·뇌간·척추는 생명을 보존하는 데 있어 절대로 필요한 신체 내부의 일을 관장하고, 대뇌는 신체와 외계와의 관계를 관장하는 일을 한다. 무엇을 보고 들으며, 그에 의해 느끼고 행동하고, 또 어떤 것은 나중까지 기억하며, 그것을 바탕으로 새것을 상상하는 것 등은 모두 대뇌가 하는 일이다.

이러한 인간의 두뇌는 약 860억 개의 뇌신경세포(neuron)로 이루어져 있으며, 뇌세포 1개가 할 수 있는 기능은 퍼스널컴퓨터 1대의 기능과 비슷하다고 한다. 따라서 별로 신통치 않게 생각했던 우리의 머리에는 상상하기 어려운 거대한 컴퓨터가 들어 있는 셈이다. 그러나 보통 사람들이 평생 사용하는 뇌세포의 양은 전체의 약 7~8% 정도이며, 역사상 대표적인 천재였던 아인슈타인도 10~12%정도 사용했다고 전해진다. 그러니 아무리 머리가 좋은 천재라도 90%의 뇌세포를 사용하지 않은 채 잠재능력으로 묵히고 있는 셈이며, 보통사람은 천재보다 겨우 2% 덜 사용함으로써 보통능력만을 발휘하고 있는 것이다. 결국 지능개발을 한다는 것은 바로 8% 사용의 뇌기능을 10% 사용의 뇌기능으로 접근시켜 가는 일이라고 할 수 있다.

그러면, 머리의 좋고 나쁨은 무엇으로 결정되는 것일까?

생리적으로 볼 때, 대뇌피질을 형성하는 신경세포, 특히 전두엽이나 측두엽 부분에 있는 세포 수와 그 부분의 주위가 나타내는 발달 가능의 여유가 많으면 많을수록 그 부분의 주름도 증가되고, 신경세포 사이를 연결하는 전깃줄 모양의 수상돌기도 그 얼키는 것이 증가하게 된다. 그래서, 그의 배선이 정리·통합되어 있는 상태가 복잡할수록 지능수준도 높아진다고 최근의 대뇌생리학은 말하고 있다.

[2] 두뇌의 물리적 성질

만물이 모두 그러하듯이 뇌에도 관성이 있다.

관성(慣性)이란 "일정한 힘을 가한 물체는 반대되는 힘을 만나지 않는 한 그 운동을 지속하고, 정지한 물체는 다른 힘이 가해지지 않는 한 정지해 있다."는 물체의 일반적 성질을 말한다.

뇌의 관성이란, 어떤 방향으로 머리를 써 버릇한 뇌는 그 방향으로 계속 발전하려는 경향을 가지게 되고, 여기에 가속도까지 붙어서 그 방향으로의 진행은 더욱더 빨라지게 되는 것을 말한다. 무엇을 하든 머리는 그 방면으로는 가속도가 붙어서 더욱더 능률이 나는 반면에, 어느 방면의 뇌 활동을 중지하면 자연 그 방면의 발전은 중지해 버리고, 얼마 지나면 녹이 슬어 그 녹을 제거하는 데에도 적잖은 시간이 걸린다.

따라서 우리는 어렸을 때부터 뇌를 골고루 쓰는 훈련을 해야 한다. 어느 한 방면으로 쓰는 것은 그 방면으로만 발전하니까, 할 수 있는 한 성질이 서로 다른 분야에도 뇌를 널리 쓰도록 하는 것이 좋다. 특히 고등학교 때까지는 적어도 전과목에 다 능숙해야 하기 때문이다. 물론 여러 방면으로 고루 쓴다는 것은 한 곳에만 쓰는 것보다 훨씬 힘들고 능률도 나지 않지만, 그 어려움을 뚫어야만 공부를 정말 잘하는 학생이 될 수 있는 것이다.

결론적으로 말하면, 우리는 머리가 나쁜 것이 아니라, 머리를 사용하지 않고 있어서 머리가 둔해진 것이다. 그래서, 일찍 머리 쓰기를 중지한 사람은 중지한 기간이 길수록 불행한 일이 아닐 수 없다.

인간의 머리는 쓰면 쓸수록 능률이 오르고 더욱더 좋아진다는 관성의 법칙과 가속도의 법칙을 잊지 말고, 두뇌가 유연할 때 여러 곳으로 쓰는 훈련이 중요하다.

[3] 전기가 흐르는 머리

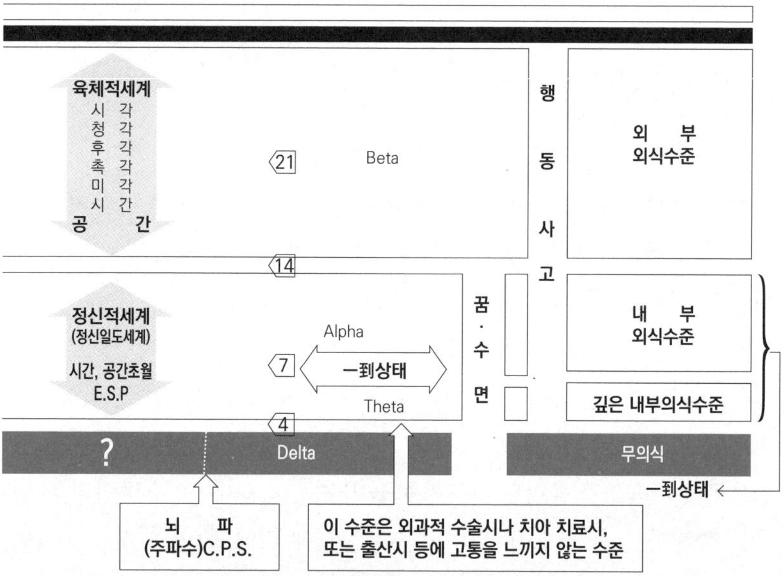

[정신일도와 뇌파(腦波)와의 관계]

주파수(C.P.S = cycle per second)

주파수	뇌파	
21~14	베타(β)파-외부 의식상태	- 평상시 공부할 때의 뇌파 진동수
14~7	알파(α)파-내부 의식상태	- 집중해서 공부할 때의 뇌파 진동수
7~4	세타(θ)파-심(深)내부 의식상태	- 무념무상, 참선 때의 뇌파 진동수
4~0.5	델타(δ)파-무의식상태	- ? 아직 밝혀지지 않았음

[뇌파의 종류]

인간 두뇌의 뇌신경세포에는 50μV.(마이크로볼트)의 기전력이 끊임없이 작동하고 있다. 독일의 정신의학자 한스베르거는 동물의 뇌파실험을 통해 "인간의 뇌는 의식수준에 따라 네 차원으로 구분되며, 그 네 차원은 뇌파의 초당 주파수에 따라 분류된다."고 발표한 바 있다. 즉, 1초에 뇌파가 몇 번 뛰느냐에 따라서 뇌의 차원을 분류하는 것으로써, 0.5~4사이클을 델타(Delta), 4~7사이클을 세타(Theta), 7~14사이클을 알파(Alpha), 14~21사이클을 베타(Beta) 상태라고 하였다.

우리가 눈을 뜨고 이야기하고 듣고 만져보고 냄새맡고 바라보는 즉, 5감(五感)으로 사물을 알아차리는 수준을 베타상태라 하고, 집중하여 공부하거나 골똘히 생각에 잠기게 되면 뇌파는 1초당 14사이클 이하로 내려가 알파상태가 된다. 이 알파상태는 내부의식 상태로서 시간과 공간을 초월하여 사물을 알아차릴 수 있고, 보다 좋은 생각을 얻어낼 수 있는 깊은 정신차원이다. 우리가 묵상하거나 공부에 몰두할 때 우리의 뇌파는 다분히 알파상태에 잠기게 되지만, 화를 내거나 질투·시기할 경우에는 우리의 뇌파는 올라가게 되어 있다.

뇌파를 더 내려서 1초당 7사이클 이하로 내리면 심(深)내부의식인 세타상태에 잠기게 된다. 이 상태를 깨달음의 경지, 자가치유력의 경지라 하고, 창조적 차원이라고도 부르는 것이다. 옛날 도인들이 이 차원에 많이 잠긴 것으로 볼 수 있으므로, 우리도 이 차원에 자주 잠김으로써 보다 창의적인 생각, 보다 깊은 깨달음의 경지에 이르게 되는 것이다. 뇌파를 더 깊은 차원으로 내리면 무의식 수준인 델타 상태에 이르게 된다. 이 차원에서는 어떠한 일을 뇌에서 하고 있는지 아직 현재의 과학기술로는 측정하지 못하고 있으나, 인간의 정신이 극도로 발달되면 무의식 차원도 조절될 수 있을 것으로 보인다.

이와 같이 뇌파를 내리면 보다 유익하고 깨달음의 경지에까지 이를 수가 있는 것이다. 그런데 지금까지 우리의 뇌파가 깊이 내려간 상태는 잠을 잘 때에만 가능했다. 그러나 이제부터는 의식적으로 스스로 뇌파를 내리는 수련을 쌓아서, 뇌파가 깊이 내려진 상태에서 원하는 일을 계획하고 연구하며, 또 그 깊은 차원에다 옳은 마음을 심어, 모든 행위를 옳은 방향으로 이끌어갈 수가 있다.

2. 인격이란 무엇인가?

인격(人格, Character)이란 인간에게서 비교적 일관되게 나타나는 성격 및 경향과 그에 따른 독자적인 행동경향을 나타내는, 개인의 지적(知的)·정적(情的)·의지적(意志的) 특징 등을 포괄하는 정신적 특성을 말한다. 인간의 인격(Personality)은 본능·자아·초자아의 세 가지로 구성되어 있는데, 본능(本能)은 창조와 유전의 소산으로 생물학적·생리학적 자질의 정신적인 표현이고, 자아(自我)는 현실과의 접촉으로 고도로 발달되는 우리 인격의 대변자이며, 초자아(超自我)는 사회적 내지 문화적 전통의 계승자로서의 인류생활의 향상과 가치를 추구하는 우리 인격의 이상(理想)이다.

그러나 이 세 기능이 서로 독립적으로 작용한다거나 따로따로 의식되는 일은 현실적으로 없으며, 오히려 전혀 의식되지 않는 가운데 움직이는 역학적인 기능을 갖는 관계라고 할 수 있다. 이 인격의 세 요소가 잘 조화되어 협조해 나가면 그 인격은 정상적인 인격이요, 그렇지 못하면 노이로제 환자나 정신병 환자가 되는 것이다. 그래서 인격은 자신의 행위에 책임을 질 수 있는 주체로서 도덕적으로 평가를 받는 즉, 칭찬이나 비난에서 언급되는 대상이다.

[인격은 유전과 환경의 함수]

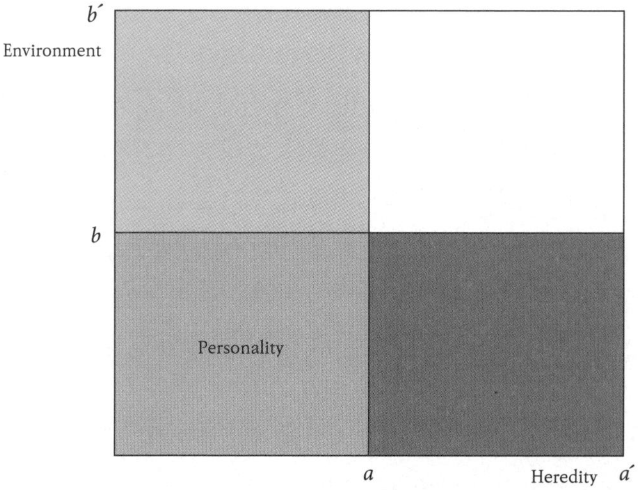

우리의 운명은 우리의 인격(Personality)에 따라 좌우되는데, 인격은 유전(Heredity)과 환경(Environment)과의 함수관계이다. 이를 수식으로 쓰면, f(P)=H·E이고 도표로 표시하면 위와 같다. 즉, 유전으로 받은 것이 보통이어서 밑변이 a까지인 사람이 환경(교육과 후천적인 노력을 모두 포함)도 보통이어서 b정도밖에 안되면, 그 사람의 인간의 크기는 $a \times b$에 불과하다. 그리고 유전은 좋지 않지만 환경이 좋은 사람의 크기는 $a \times b'$이고, 유전과 환경이 모두 좋은 사람의 크기는 $a' \times b'$로서 정말 큰 그릇이 될 수 있는 가능성을 그만큼 갖고 있는 셈이다.

[1] 본능 (本能, Instinct : Id)

인격 구조의 세 요소 〈본능·자아·초자아〉 중에서 가장 기본적이고 원시적인 것이 〈본능:이드(Id)〉이다. 이드는 인간이 외계와 접촉을 하기 전부터 타고나는 원초적인 심적 실재로서, 본능적 충동의 원천인 무의식의 층이다. 또한, 이드는 모든 정신에너지의 원천이 되기 때문에 사람의 정신활동의 활력은 모두 이드에서 생기는 것이다. 사람이 음식물을 섭취하면, 그 중 일부는 신체에너지(화학에너지)로 되고, 또 일부는 정신에너지가 된다고 한다. 잘 먹지 못한 사람들은 정신활동도 쇠퇴하는 것을 보아, 음식물의 일부가 정신에너지가 되는 것은 부인할 수가 없다.

이 정신에너지는 이드에 보유되어 있으면서 신체 내부에 어떤 흥분이나 긴장을 일으키는 것을 일차적인 역할로 한다. 그리고 그 긴장은 해소되기를 원하는데 이것은 소위 '욕구'이다. 가령 배가 고프다, 소변이 마렵다는 것은 이드의 심적 에너지에서 오는 일종의 긴장 또는 흥분으로서, 배가 고프면 '먹겠다'는 식의 욕구를 띠며, 소변이 마려우면 '누어야겠다'는 식의 욕구가 생긴다. 배가 고픈 사람이 밥을 먹어서 만족스럽게 되면, 이는 욕구충족이요, 못 먹게 되면 욕구불만이 된다.

다시 말하면, 이드는 긴장이 풀어질 때의 쾌감을 추구하는 존재로서, 수단방법을 가리지 않고 욕구를 충족시키려는, 소아적이고도 비합리적인 존재이다. 쉽게 말하면, 이드는 맹목적이고 또 충동적이므로, 그 욕구를 채우기 위해서는 남의 집 빵이라도 훔쳐 먹으려 하며, 큰 길에서도 변을 보려고 한다. 그래서 이드에 의해서만 조정되는 정신병자는 수치심이나 양심의 가책이 없이, 길거리를 벌거벗고 다니는가 하면, 빵을 훔쳐 먹고, 기물을 부수고, 또 살인을 하고서도 태연한 것이다.

다시 말해서, 이드는 우리 마음이 외계와 접촉하기 이전의 원형적이고도 충동적이며 원시적인 우리 마음의 일면이다. 꿈은 이드가 욕구불만이었을 때, 과거의 기억표상을 재생시켜 현재지각처럼 체험하는 과정이다.

[2] 자아 (自我, Self : Ego)

자아란 타아(他我)에 상대되는 말로서, 자기 자신에 대한 의식이나 관념을 말한다. 자아는 인격 구조에 있어서의 중심 부면으로, 인격의 세 요소에 대해서 그 인격을 통솔하고 책임지는 주체적 존재이다.

자아는 이드의 욕구가 주객(主客)의 혼동에서 생기는 일차 과정으로써는 충족되지 못할 때, 서서히 주관과 객관을 구별해 감으로써 발생한다. 성인에게 있어 자아는 이드의 욕구를 알맞게 억제하지만, 결국은 이드의 욕구충족을 위해 활동을 해주는 기능이다.

"이드야, 아무리 배가 고프다지만 저걸 훔쳐 먹으려 해서야 되나? 당장 순경한테 붙들려 경찰서에 끌려가, 절도죄로 감옥에 들어가게 된단 말이야. 조금만 기다려. 내가 돈은 없지만 주인한테 적당히 말해서 먹을 것을 조금 얻어 볼테니까!"

이런 식으로 자아는 이드의 충동을 잠시 억제하고, 그 사이에 현실적으로 접촉해서 합리적인 방법으로 이드의 욕구충족을 가능하게 해준다. 따라서, 이드가 철부지처럼 쾌감원칙(Pleasure Principle)에 지배될 때, 자아는 현실원칙(Reality Principle)을 지킨다. 어쨌든 자아는 이드만으로는 욕구충족이 이루어질 수 없다는 데서 생겼다고 할 수 있다. 이드는 에너지의 원천이므로, 자아도 물론 그 추진력을 이드에게서 공급받는다고 하는 것이 프로이트의 주장이다.

[3] 초자아 (超自我 : Super-Ego)

우리는 성장하는 동안 선악의 판단이나 가치의 인식에 항상 부모님과 사회 등 외적인 환경의 영향을 받게 되는데, 초자아는 부모님과 사회의 가치기준이나 도덕적인 관념을 표현하는 우리 마음의 한 요소인 것이다. 즉, 이드가 마음의 실제요, 자아가 이드의 욕구를 현실적이고도 합리적인 방법으로 충족시켜 주기 위해서 그 안에서 생겼다면, 초자아는 처음부터 외계에서 뛰어 들어온 제3의 마음이다.

초자아는 두 가지 역할을 한다. 하나는 사회적인 가치기준을 실현하려고 무한히 애쓰는 가운데 자아가 그 기준에 맞는 행동을 했을 때, 그를 칭찬하는 기능이요, 다른 하나는 자아가 나쁜 일을 저질렀을 때 그를 꾸짖는 기능이다. 둘 다 부모와 사회의 가치기준이 우리 안에 이식된 결과임은 말할 것도 없다. 초자아에게서 칭찬을 받으면 자아는 자부심을 느끼고, 꾸지람을 들으면 자아는 죄악감 또는 열등감을 느낀다. 그래서 자아는 이드의 충동을 현실적으로 만족시키면서도, 항상 초자아의 눈치를 보거나 기분에 맞도록 하지 않으면 안 된다. 그리고 대부분의 이드의 충동은 초자아의 비위에 거슬리는 것이기 때문에 자아는 그 사이에서 현명하게 굴지 않으면 안 된다.

이드와 초자아를 적당히 견제할 수 있지 않고는 자아의 균형(Equilibrium)은 유지될 수가 없다. 자아가 완전히 그 균형과 통솔력을 잃으면 신경증(노이로제, Neurose)이라 하고, 자아가 완전히 마비상태에 이르러서 이드가 판을 치게 되면 정신병(Mental Disease)이라고 한다. 그러므로 초자아와 이드 사이에 끼어 있는 자아는 강력할 필요가 있다.

3. 잠재의식이란 무엇인가?

[1] 현재의식과 잠재의식

인간의 의식은 두 가지로 나누어진다. 하나는 현재의식(顯在意識)이요, 또 하나는 잠재의식(潛在意識)이다.

현재의식(Consciousness)은 인간의 지성과 이성의 작용에 의해 스스로 판단하고 스스로 선택하여 만들어지는 생각으로서, 객관성이 있고 능동적인 의식이다. 현재의식은 스스로 조정하고 만들며 선택하고 폐기시킬 수 있는 것이다.

잠재의식(Subconsciousness)은 우리가 의식하지 못하는 가운데, 우리로 하여금 어떤 일을 하게 하는 우리의 심층에 있는 마음으로서 무의식(Unconsciousness)이라고 할 수 있다. 잠재의식은 무조건 현재의식을 받아들여 실현시키려는 것으로, 잠재의식의 기능은 무한능력이다. 이러한 잠재의식의 작용기능을 분석함으로써 여러분 자신을 성공으로 이끌어 갈 수가 있는 것이다.

에머슨은 "사람이란 그 사람이 하루 종일 생각하고 있는 그대로이다.", 아우렐리우스는 "사람의 일생이란 그 사람이 어떻게 생각하느냐 하는 일이다.", 예수는 "너의 마음속에 되리라고 믿는 믿음이 있다면 저 태산도 저 바다에 빠뜨릴 수가 있다."라고 하였다.

이러한 말의 뜻은 모두 다 같은 것으로, "사람은 자기의 생각하는 것들이 자기 자신의 결과로 나타난다."는 말이며, 그만큼 마음가짐이 중요한 것임을 알려주고 있는 것이다.

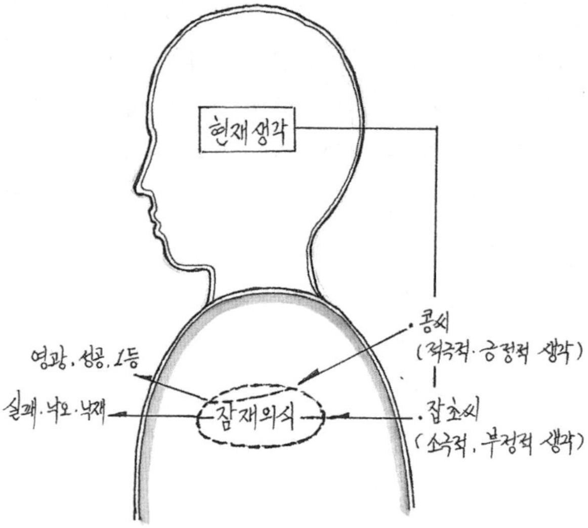

[2] 잠재의식이 존재하는 실제 예

가) 우리는 운전을 하면서 옆 사람과 이야기를 하거나, 다른 생각을 할 수가 있다. 물론 운전을 시작한 지 얼마 되지 않은 초보자는 운전하는 일에 온 신경이 쓰여져, 옆에 앉은 사람과 이야기를 할 수가 없으며, 만약 딴 생각을 하거나 이야기를 했다가는 사고를 일으킬 것이 분명하다. 그러나 운전이 어느 정도 익숙해지면 운전하면서 노래를 부른다거나, 옆 사람과 자연스럽게 이야기할 수가 있다.

그러면 이야기 중의 운전은 무엇이 해주었겠는가?

그 원리는 간단하다. 운전은 잠재의식이 해주고, 이야기는 현재의식이 해준 것이다. 잠재의식이 핸들을 움직이고, 기어를 넣게 해주고, 클러치와 악셀레이터 및 브레이크를 밟게 해주는 것이다. 물론 두 눈이 사람과 신호를 보아서 이리저리 피하게도 해준다. 이것을 보면, 우리의 의식과 잠재의식은 따로 있어서 각각 우리의 마음과 행동을 지배하고 있음을 알 수가 있다.

나) 우리는 국어·영어·수학 등 여러 과목을 공부하고 있다. 그런데 서로 다른 내용이지만 서로 방해하지 않고 필요할 때에 필요한 것만 떠오른다. 가령, 우리가 외워둔 영어 단어가 7,000개가 되고, 수학 공식이 200개 정도가 있다고 하자. 그런데 이것들은 보통 때에는 머릿속에 전혀 없다. 열심히 테니스를 치고 있는데 그때 영어 단어가 머리에 떠오른다는 것은 우스운 일이다. 대개의 사람들은 놀고 있을 때는 즐거움만 느끼지, 머릿속에는 영어 단어가 한 단어도 없음을 깨달을 것이다. 그럼 이 단어가 어디에 숨어 있기에 나중에 영어책을 읽을 때야 솟아나는가 !

바로 우리의 잠재의식 속에 들어 있다고 할 것이다. 이처럼 잠재의식은 모든 지식을 저장하고 있으면서도 필요할 때 필요한 것만 의식으로 떠오르게 하고, 불필요한 것은 자기 안에 고스란히 간직하는 것이다.

다) 우리는 밤에 잘 때 꿈을 꾼다. 우리의 의식은 아무것도 못하면서 잠재의식이 꾸미는 꿈을 구경만 하고 있다. 또 의식이 없는 잠자는 가운데

에서 잠재의식은 우리로 하여금 숨을 쉬게 하고, 모기가 물면 그 자리를 긁게도 해준다.

이상에서 살펴보았듯이, 우리의 마음에는 현재의식과 잠재의식이 함께 있음을 알 수 있고, 의식은 얼음의 물 위에 뜬 부분 정도로 작은 데 비해, 잠재의식은 물 속에 가라앉은 부분만큼이나 그 부피가 큰 것도 알 수 있다. 왜냐하면, 영어 시간에 머릿속에 있는 것은 영어 단어 몇 개뿐이지만, 잠재의식은 그 밖의 모든 지식·경험을 마음속에 간직해 두고 있기 때문이다. 한마디로 뇌간·간뇌·연수가 하는 일은 모두 잠재의식이 관장하므로, 사람은 (현재)의식이 없이 혼수상태로는 얼마간 살 수 있지만, 잠재의식이 없이는 생명 자체를 부지할 수가 없다.

이처럼 잠재의식은 우리의 마음 세계에서 더할 수 없이 소중한 것인데, 우리의 모든 잠재능력 또한 이 안에 간직되어 있다면 얼마나 놀라운 일인가! 잠재능력이란 아직 의식되지 않으면서도 실제로 존재하는 능력이기 때문에, 잠재능력을 개발하기 위해서는 잠재의식이 하는 일을 구체적으로 알아야 한다.

[3] 잠재의식이 하는 일

(1) 생득적인 신체작용의 관장

잠재의식은 우리의 호흡작용이나 심장의 고동, 발한(發汗)작용, 위· 장의 활동 등과 같은 여러 생득적(生得的)인 작용을 지배한다. 즉, 잠재의식은 우리의 뇌간·간뇌·연수가 하는 일인 교감·부교감 신경계의 활동, 선(腺)의 분비 등 일체의 신체 내부작용을 관장한다. 이 중에서 호흡작용은 의식적으로도 할 수 있기 때문에 수의근의 작용이고, 나머지는 우리 뜻대로 근육이나 신경계를 움직일 수 없기 때문에 불수의근의 작용이라 하는데, 이 불수의근의 작용을 잠재의식이 관장하기 때문에 기질적인 질병이 아닌 기능적인 질병은 잠재의식을 움직이면 고칠 수 있다.

(2) 욕구·충동의 지배

잠재의식은 욕구나 충동을 지배하고 있다. 그래서 잠재의식에 암시를 주어 평소에는 없던 욕구나 강렬한 충동을 일으켜 어떤 행동을 시킬 수가 있다.

"너는 물이 먹고 싶다."하고 암시를 하면 암시받은 사람의 입속이 마르고, 그래서 물을 벌컥벌컥 마시는 것을 볼 수가 있다. 식욕을 돋게도 하고, 식욕을 없애는 것도 잠재의식에 명해서 할 수가 있는데 모두 일시적으로만 가능하다. 따라서 비만증이나 편식벽을 고치려면 장기적인 암시를 행할 필요가 있는데, 이는 모두 잠재의식이 우리의 욕구와 충동을 지배한다는 증거이다.

(3) 지적 과정의 지배

감각·지각·관념연합(연상)·기억·상상·사고 등은 지적 작용에 속하는데, 이것들은 의식도 지배하지만 잠재의식도 지배한다.

1) 감각(感覺)의 지배 : 감각은 주의를 다른 곳에 강력히 집중하면 없어질 수가 있다. 다리에 총을 맞았는데도 모르고 진격하다가 나중에 총 맞은 것을 알고서야 아프기 시작했다는 이야기, 또 잠재의식에 암시를 주어 감각이 없어진 뒤 바늘로 손을 찌르면 감각이 없어져 아무 반응이 없는 것, 책을 읽을 때 아주 좋아하는 노래가 흘러나와 귀를 기울였다면 눈은 책을 보아도 건성으로 보는 것이 된다는 것 등은 잠재의식이 감각을 지배하는 좋은 증거라고 할 수 있다.

2) 지각(知覺)의 지배 : 잠재의식 상태의 피험자의 손등에 동전을 놓으며 '뜨겁다"라고 암시하면, 진짜 뜨거움을 느끼고 손을 휙 비키는 것을 볼 수 있다. 심하면 동전이 닿은 자리가 실제 빨갛게 부풀어 오르는 경우까지도 있다. '춥다'고 생각하면 더 춥고, '덥다'고 생각하면 더 덥게 느껴지는데, 이는 우리의 생각이 잠재의식에 암시가 되어 실제 추운 것으로 또는 더운

것으로 착각하기 때문이다.

3) 관념연합(연상:聯想)의 지배 : 보통 〈공책〉하면 〈연필〉이 연상되기 마련인데, 조건화(Conditioning)를 시키면 엉뚱한 관념연합이 이루어질 수 있다. '조건화'란 후천적으로 서로 생소한 관념을 서로 연합시킨다는 말이다. 예컨대, 개가 먹이를 보면 침을 흘리는 반응은 선천적으로 타고난 반사로서 '무조건반사'라고 한다. 그런데 밥을 줄 때마다 벨을 울리면, 얼마 지나서는 밥은 없이 벨만 울려도 침을 흘리게 되는데 이것을 '조건반사'라고 한다. 즉, 〈밥〉과 〈침 흘리기〉가 연합된 것이 아니고, 후천적으로 〈벨소리〉와 〈침 흘리기〉가 연합되어 〈벨소리〉에 〈침 흘리기〉 반사가 조건화된 것이다.

〈공부〉와 〈싫다〉도 잠재의식에 준 부정적 암시 때문에 후천적으로 잘못 생긴 관념연합 즉, 조건화이다. 따라서 다시 긍정적 암시로서 〈공부〉와 〈재미있다〉라는 관념을 연합시켜서 공부를 재미있도록 만들어야 하는데, 그것은 바로 암시에 의해 잠재의식이 해주는 일이다.

4) 상상(想像)과 사고(思考)의 지배 : 상상은 보다 복잡한 관념연합으로서 관념연합이 길어지고 다양해진 결과로 생기며 비교적 조직적인 상상을 사고(思考)라고 한다. 그리고 상상과 사고를 합쳐서 '생각'이라고 한다. 생각은 의식적으로 할 수 있는 정신과정이므로 잠재의식이 관여하지 않는 것 같으나, 사실 의식적인 생각이 중지될 때는 잠재의식이 이를 도맡는다. 소위 영감(靈感)이나 직감 따위는 의식적인 생각으로 얻어지는 것이 아니라, 의식적으로 생각한 적이 없는데도 갑자기 묘안이 떠오르는 것인데, 이것은 바로 이를 잠재의식이 맡고 있기 때문이다.

예컨대, 우리가 무엇인가 열심히 생각하다가 막히면 생각을 중지하고 잠을 잔다. 그런데 깨어나 보니까 갑자기 멋진 생각이 떠오를 수가 있다. 이것은 잠재의식이 생각을 해놓은 증거이다.

5) 기억의 지배 : 기억을 관장하는 것은 잠재의식이다. 따라서 기억력의 향상도 잠재의식에 기대하면 된다. 그 방법은 〈제4장 천재가 되는 기억법〉에서 자세히 다루기로 하겠다.

(4) 감정·정서의 지배

감정은 본능과 직접적인 관계가 있어 의식적으로는 일으킬 수가 없지만, 암시로써 잠재의식에 명령하면 인위적으로 분노나 기쁨을 일으킬 수가 있다. 이는 감정을 잠재의식이 관장하기 때문이다. 우리가 노여움을 '참자, 참자'하면 어느 정도 참아지는 것을 알 수 있는데, 이것은 그 '참자'는 생각이 잠재의식에 영향을 주어 효력을 내기 때문이다. 따라서, 늘 즐거운 마음을 지니며 어떠한 경우에도 화를 내지 않는 일은 훈련에 의해서 가능하다. 우리는 잠재의식을 이용하지 않았기 때문에 타고난 성질대로 마구 화를 내거나 우울한 버릇이 있는 것이지, 일찍 잠재의식의 힘을 알아서 이용했다면 많은 감정을 우리 뜻대로 통제할 수가 있는 것이다.

(5) 행동의 변화

성격을 바꾸려면 행동을 바꿔야 하고, 행동은 생각을 바꿈으로써 고칠 수 있다. 자기도 모르게 하는 행위는 보통 충동적 행위라고 하는데, 의식적인 행위든 충동적 행위든 잠재의식을 이용해서 억제할 수도 있고, 고양시킬 수도 있다. 왜냐하면 이것도 잠재의식이 관장하기 때문이다.

'나는 행동이 경망하다'고 자신을 비관하는 것은 문제해결에 아무 도움이 되지 않는다. 오히려 부정암시가 되어 번번히 잠재의식에게 경망한 짓을 하도록 장려하기 때문에, 이러한 부정암시보다는 긍정적인 암시를 통해 잠재의식을 설득해야 한다. 그러면 원하는 대로 성격이 바뀌어진다. 어떤 행위가 연습에 의해 무한히 숙달된 경우가 습관이다. 습관은 잠재의식이 관장하는데, 습관적인 동작은 자동적이어서 능률이 있으며, 피로를 적게 한다. 습관적으로 어떤 일을 한다는 것은 무의식적으로 한다는 뜻이다.

따라서 제2의 천성인 나쁜 습관을 고치려면 잠재의식을 이용해야 한다.

이렇게 잠재의식은 의식이 하는 모든 일을 할 수가 있으며, 의식이 못하는 훨씬 많은 일까지도 도맡아 하고 있다. 따라서 잠재의식을 개발하면 여러분은 무한한 능력을 얻게 되는데, 그 개발 방법은 바로 '암시(暗示)'를 주는 것이다. 신념을 가지고 반복적으로 꾸준히 암시를 주면 언젠가는 반드시 원하는 능력을 자기 것으로 할 수가 있다.

[4] 잠재의식을 이용한 지적 능력의 개발

(1) 현재의식의 중요성

잠재의식은 마치 논·밭과 같은 성질을 갖고 있다고 할 수 있다. 논이나 밭은 떨어진 씨앗이 콩씨이든 잡초씨이든 모두 잘 자라게 해준다. 말하자면 콩 심은 데 콩나고, 잡초씨 심은 데 잡초가 나듯이, 잠재의식은 현재의식과 같이 옳고 그름의 선택능력은 없고 분별없이 성장시키는 능력만 있다. 그러므로 현재의식의 생각이 중요할 수밖에 없다.

만약 여러분이 '나는 공부와는 인연이 없는 별 볼일 없는 인간이다'라는 생각을 갖는다면, 그 부정적 생각이 씨앗이 되어 잠재의식에 심어져, 실제로 공부를 잘할 수 없도록 만들어 버린다. 그러니 여러분의 현재의식이 얼마나 중요하겠는가?

따라서, 여러분은 소극적·부정적인 생각보다는 적극적·긍정적인 생각을 가져야 하며, 태만한 생각보다는 근면한 생각을 가져야 하고, 여러분의 마음속에는 항상 "Yes, I can."의 신념이 살아 있어야 한다.

(2) 강한 욕구를 지닐 것

어떤 일을 추진하고자 할 때, 의욕이 없으면 아예 추진력은 생겨나지도 않는다. 따라서 무슨 일을 할 때에는 의욕이 먼저 있어야 하는데, 공부라고 예외일 수는 없다.

의욕은 본능에서 나오는 일종의 욕구이다. 그런데 욕구는 우리가 타고난 본능을 충족시키기 위해 음식물을 먹을 때 얻는 심적 에너지를 빌려 강한 추진력을 얻는다. 가령 배가 고픈 사람은 먹고 싶은 강한 욕구를 지니며, 본능을 충족시키기 위해 에너지를 얻어 강한 추진력을 갖는다. 그는 그 추진력으로 집안에 먹을 것이 있나 없나를 찾아보며, 발견되지 않으면 머리를 써서 쌀을 꺼내다가 밥을 짓거나 라면을 사다가 삶거나 한다.

따라서 모든 머리 쓰는 일, 활동하는 힘이 모두 욕구에서 나오는 것이라고 할 수 있기 때문에 무슨 일을 하려면 먼저 욕구부터 강력하게 지녀야 한다. 그런데 이 욕구는 목적의식과 밀접한 관계가 있어서, 목적의식과 결합하면 '동기(動機, motive)'라고 부르고, 맹목적인 욕구는 '충동(衝動, impulse)'이라고 부른다. 충동은 본능을 충족시키기 위해 아무 생각없이 어떤 일을 하는 추진력이기 때문에 실수도 많고 에너지의 낭비만 가져오는 경우가 대부분이다. 반면에 동기는 뚜렷한 목표를 향하는 추진력이기 때문에, 우리는 강한 동기를 지녀야 어떤 목적을 쉽사리 달성할 수 있다고 바꾸어 말할 수 있다.

욕구를 관장하는 것은 잠재의식이므로 욕구를 강하게 하기 위해서는 암시를 사용해야 하는데, 목적의식이 뚜렷할수록 이 암시의 힘도 강력한 것이므로, 욕구를 강하게 하기 위해서는 목표를 뚜렷이 할 필요가 있다.

(3) 긍정적인 자기암시를 반복적으로 할 것

암시는 현재의식이 잠재의식에게로 들어가기까지의 과정을 말한다. 이러한 암시에는 외부로부터 영향을 받는 '외부암시'와 자기 자신의 내적 감정으로부터 발생되는 '내부암시'가 있으며, 또한 미래의 계획·목표가 틀림없이 이루어질 것이라는 '예시암시'와 이미 자기 마음속에 미래의 일이 이루어졌다는 생각의 '달성암시'가 있다. 그리고 암시는 자기 발전에 보탬이 되는 '긍정암시'와 자기를 해치는 '부정암시'로 구분되기도 한다.

암시는 여러분 스스로 알게 모르게 여러분의 생각 속에 들어오고 있다.

특히 여러분을 에워싸고 있는 환경에서 받는 암시야말로 그 영향이 지대하다. 어떤 종류의 암시이건 간에 일단 여러분의 생각과 동화되면 중대한 영향을 미치므로, 여러분 자신의 생각에 의해 나쁜 암시, 부정암시는 받아들이지 말고, 좋은 암시, 긍정암시만을 받아들이려는 의지와 능력의 양성훈련과 습관 그리고 자세가 중요하다.

"자, 나는 공부를 하는 목적이 뚜렷하다. 이 뚜렷한 목표를 달성하기 위해 나는 공부에 강한 의욕을 느낀다. 그래서 그동안 이성과의 교제 쪽으로 갔던 내 욕구와 추진력은 오늘부터는 공부 쪽으로 모인다.

공부에 의욕이 생기고, 그 의욕에 의해 공부를 열심히 하게 되니, 공부를 시작하면 주의집중이 잘 되고 공부에 흥미가 느껴져, 그 결과 공부를 잘하게 된다!"

이런 암시를 꼭 잠들기 전에 누워서 스스로에게 힘차게 반복적으로 준다. 굳은 신념을 가지고 계속하면 반드시 암시한 내용대로 되어 감을 발견할 것이다. 이는 암시가 잠재의식과 관계되는 강한 자극으로서 잠재의식을 움직이기 때문이며, 잠재의식만이 의식이 할 수 없는 이런 일을 가능하게 만들어 준다.

(4) 잘하고 못하는 것은 마음가짐에 달려 있다

같은 수준의 두 학급에 같은 시험문제로 시험을 치르게 한 다음, 성적 여하를 불문하고 한 학급의 학생들에게는 "문제가 어려웠는데 잘했다."고 칭찬하여 그들의 기분을 흐뭇하게 하고, 또 다른 학급에는 "이런 문제도 잘 못하다니, 가망이 없다."고 엄하게 책망하여 그들의 기를 꺾어놓는다. 그 후에 또 같은 문제로 시험을 보았더니, 칭찬을 받은 학급의 학생들은 예상보다 훨씬 좋은 성적을 올렸지만, 책망을 들은 학급의 학생들은 성적이 형편없이 떨어졌다는 실험결과가 있다.

이 실험은 마음가짐이 두뇌의 작용에 결정적으로 큰 영향을 준다는 것을 여실히 보여주고 있다. 즉, 선생님이 칭찬하거나 책망한 한 가지 사실만으로 한쪽은 자신을 얻어 성적이 오르고, 다른 한쪽은 불안을 느껴 그때까지 곧잘 풀던 문제도 풀지 못했던 것이다.

이와 같이 타인에 의해서가 아니라, 자기가 자신의 마음을 조정하여 두뇌를 가동시킬 수가 있는 것이다. 다른 사람으로부터 암시를 받을 때까지 기다리지 않고, 자기에게 〈좋은 계기〉를 찾아내어 실현하는 것이다. 유능한 사람이기 때문에 중요한 자리를 차지하게 된 것이 아니라, 중요한 자리에 있기 때문에 웬만한 사람은 그 자리에 합당한 일을 할 수 있는 것이다. 공부를 하는 경우에도, 우등생답게 행동하면 그것이 점점 자신의 마음에 영향을 주어, 드디어 진짜 우등생이 된다.

(5) 신념은 목표를 성공으로 인도하는 등불이다

신념이란 자기 자신을 믿는 마음이다. "나는 서울대 의대에 들어갈 수 있는 능력과 자격을 갖고 있다. 그때가 언제일지는 몰라도 반드시 들어가고야 말겠다!"고 하는 자기의 능력에 대한 무한한 신뢰이다. 신념은 그 인간보다 훨씬 높은 곳에 있는 힘에 부탁하여, 그 힘에 의해서 행동하고 그 부탁의 실현을 창조한다.

"신념은 사실의 어머니"라고 한다. 신념은 굳은 의지를 만들어내는 샘이요, 신념이 있어야 성공적인 결과를 창조해 낼 수 있기 때문이다. 강한 신념은 여러분이 하고자 하는 일을 달성할 수 있는 수단과 방법을 찾아내는 힘과 기술을 길러준다. 의심과 불신, 실패할지도 모른다는 여러분의 현재 생각은 잠재의식에게 그대로 전달되어 실패하게 만든다.

승리만을 생각하라! 합격만을 생각하라! 그리고 계속 실천하라! 그러면 여러분의 목표는 틀림없이 이루어질 것이다.

그런데 장기간에 걸쳐 끈기있게 지속적으로 자기가 성공한 모습을 상상해 가는 사람은 의외로 적다. 일반적으로 많은 사람들은 도중에 포기를 하게 된다. 신념을 잃지 않고 끝까지 버티는 자만이 승리의 월계관을 차지하게 되는 것이다.

(6) 높은 이상을 가져라

조그만 사과씨 속에는 눈에 보이지는 않지만 거대한 사과나무의 원형이 들어 있듯이, 인간 내부에도 눈에는 보이지 않지만 마침내 현란하게 피어날 원형이 깃들어 있으니, 그것이 다름아닌 '이상(理想)'이다. 여러분의 꿈과 이상이 설령 지금은 막연하게 생각될지라도 그것은 헛된 것이 아님을 알아야 한다. 이상은 아득히 먼 수평선상에 떠 있는 큰 배와 같다. 그것은 한낱 환영(幻影)이 아니라 반드시 실체가 있는 것이다. 눈 앞에 나타나기에는 아직 시간적으로 거리가 너무 멀기 때문에 막연하게 보일 뿐이다. 여러분이 타고 있는 배가 아무리 작은 쪽배나 나룻배라도, 그 거대한 목표인 큰 배를 향하여 혼신의 정열을 바쳐 힘껏 노를 저어 나간다면, 차츰차츰 목표와의 거리가 좁아지고 마침내 그 큰 배에 닿을 수가 있는 것이다.

"우리들이 마음속에 그린 것을 생생하게 상상하고,
간절히 바라며, 진심으로 믿고, 열의를 다해 행동하면,
그것이 무슨 일이든 반드시 이루어진다."

\- 폴 마이어

4. 지능의 구성요소와 개발

[1] 지능의 구성요소

공부의 기본 바탕요소인 '연상능력'은 다음과 같은 요소들로 구성되어 있다 ; 연상능력=집중력+상상력+의지력.

이 중에서 집중력과 상상력의 결합요소가 '지능'이다.

즉, 〈지능=집중력+상상력〉으로 구성되어 있으며,

〈상상력=지각속도+구상력+판단력+이해력+기억력+수리력+추리력〉으로 구성되어 있다.

즉, 지능(知能, intelligence)은 여러 과목들의 문제를 이해하고 응용하며 기억하고 회생하는 능력을 발휘하는 힘과 슬기라고 할 수 있다. 이러한 지능은 노력 없이는 개발될 수 없다. 두뇌는 활용할수록 더욱더 발달한다. 여러분의 당면 목표인 공부를 잘하기 위해서는 지능을 개발하는 데 총력을 기울여야 할 것이다.

[2] 집중력의 개발

(1) 천재와 평범인과의 차이는 집중력

세상에서 '천재'라고 불리우는 사람들과 평범인과의 근본적인 차이점은 '집중력'이다. 일에 열중한 나머지 달걀 대신에 시계를 집어넣은 뉴턴, 한 번 생각에 빠지면 문제가 풀릴 때까지 언제까지나 길가에 서 있던 소크라테스 등 천재들 주변에는 이런 에피소드가 많다.

따스한 햇빛도 렌즈를 통과함으로써 종이를 태울 만큼 뜨거워진다. 천재란 집중력이라고 하는 렌즈를 통해서 자기의 능력을 최대한으로 발휘한, 말하자면 집중력에 통달한 사람들이다. 집중력의 개발 없이는 공부를 잘할 수 없다. 집중력이 없이는 연상능력의 구성조화를 잃게 되어, 학습내용이 이해가 되지 않고, 또 이해가 되었다 해도 후에 회생이 불가능하다. 오늘 학습한 것을 일 년이 지난 다음에 기억할 수 있는 것도 여러분이 어느 정도로 주의를 집중하는가에 달려 있다.

두뇌는 사진기에 비유할 수 있다. 렌즈의 초점을 제대로 맞춘 사진기를 흔들리지 않게 받치고 찍으면 세밀한 곳까지 뚜렷하고 선명한 사진을 찍을 수 있다. 그렇지 않으면 사진은 윤곽이 흐려져 잘 알아볼 수 없는 사진이 되어버린다. 마찬가지로 공부할 때 정확하게 뇌리에 새겨져 있지 않은 기억은 기억해 낼 수가 없는데, 그 이유는 기억력이 나쁘기 때문이 아니라 렌즈의 초점이 제대로 맞지 않듯이 필요충분한 집중력이 결여되어 있었기 때문이다.

우리가 일정한 시간 동안 오로지 하고 있는 일에만 관심과 정신력을 쏟고, 그 밖의 것과는 심리적으로 완전히 분리되어 있을 수 있는 시간은 단지 몇 초에 불과하며, 주의집중력은 주기적으로 낮고 높은 상태를 되풀이한다. 방안에 걸려 있는 시계의 똑딱 소리가 어떤 때-공부에 몰두해 있을 때-는 전혀 들리지 않지만, 어떤 때-공부하기 싫으면서 책상 앞에 앉았을 때-는 신경이 거슬릴 정도로 크게 들리기도 한다.

이처럼 주의집중은 변화하는 것이고, 항상 완전한 집중상태에 있을 수는 없지만, 노력에 의해서 낮은 상태에서 높은 상태로 주의집중력을 향상시킬 수 있다. 또한 우리가 주의집중력에 대해 얘기할 때 꼭 염두에 두어야 할 것은, 인간은 한 번에 한 가지 일에만 주의를 집중시킬 수 있다는 사실이다. 때로 두세 가지의 일을 동시에 해내는 경우도 있지만 한 가지 일만 하는 것보다 능률이 떨어짐은 말할 것도 없다.

집중력은 누구에게나 갖추어져 있다. 문제는 어떻게 그것을 발휘시키느냐에 달려 있다. 그 방법을 알아서 실천한다면 여러분도 천재가 될 가능성은 있다. 그럼, 구체적으로 어떻게 하면 주의집중력이 높아져서 학습능률을 향상시킬 수 있는지 알아보자.

(2) 목적의식이 뚜렷하며 구체적이어야 한다

학습자 자신이 공부에 대한 뚜렷한 목적의식과 강한 의욕을 갖지 않으면 공부에 정신이 집중될 리가 없다. 미지의 학문세계를 탐색하고 새로운 지식을 습득하는 데에 재미와 의욕을 느끼지 못하고, 자기가 무엇을 위해 공부하는지도 뚜렷이 알지 못하면 도저히 공부에 몰두할 수가 없고, 따라서 학습의 효과도 나지 않는다. 내용이 재미있고 확실한 목적이 있는 것일수록 집중도 용이해진다. 그러므로 집중하고자 할 때는 언제든지 그 목적을 자기 자신이 강조하지 않으면 안 된다. 인생의 목표가 뚜렷하고 대학진학의 의의와 목적을 분명히 인식할 때 학업에 매진하게 된다.

또한 단기적이고 구체적인 목표를 단계적으로 설정하는 것이 좋다. 많은 학생들은 학기 초마다 공부를 열심히 하리라 다짐하고 항상 '해야지, 해야지' 하면서 한 학기를 다 보내고, 또다시 결심과 후회를 되풀이한다. 이는 목표설정을 구체적으로 하지 못한 데에 큰 이유가 있다. 이런 어리석음을 범하지 않으려면 년(年) 단위, 학기 단위, 월(月) 단위, 일(日) 단위로 구체적으로 목표설정을 하는 것이 좋다.

(3) 학습하고 있는 것에 진심으로 강한 흥미를 갖는다

아무리 주의를 집중하고자 해도 좀처럼 주의집중을 할 수 없고, 멍청할 때가 있는 것은 그것에 강한 흥미를 느끼지 않기 때문이다. 우리들은 가장 흥미를 갖고 있는 것을 가장 잘 기억하는 것이 보통이다. 그것은 충분한 주의를 하기 때문이다. 그러므로 어떤 것에 집중하기 위해서는 무엇이든지 흥미를 갖지 않으면 안 된다. 재미없는 일에 주의를 집중하는 것은 확실히 힘든 일이다. 학습하고자 하는 사실이나 관념에 흥미가 없을 경우에는 그것들의 주위에 재미있는 연계를 갖게 하는 등 자기 자신이 흥미를 만들도록 하지 않으면 안 된다.

(4) 정신을 산만하게 만드는 원인을 정신집중의 수단으로 만든다

이것은 이른바 심리학에서 '보상의 효과'라고 하는 것인데 일정한 보상을 줌으로써 정신집중을 유도하는 것이다. 예를 들면, 여러분이 공부하고 있을 때 바람을 쐬고 싶다, 텔레비전을 보고 싶다, 어제 읽다 만 만화책을 보고 싶다, 아이스크림을 먹고 싶다는 등의 유혹에 신경이 쓰여 정신집중이 안될 경우가 있다.

이럴 때에는 이러한 욕망을 거꾸로 역이용하여, 얼마만큼의 공부량을 다 하고 나면 아이스크림을 먹어도 좋다, 만화책을 봐도 좋다는 식의 보상을 스스로에게 약속한다. 그러면 빨리 그 보상을 얻기 위해서 목적을 달성하는 데 정신을 집중하게 되어 평소보다도 더 빨리 학습량을 끝낼 수 있게 된다. 또 이러한 가벼운 성취감은 따분하고 지루해지기 쉬운 공부를 보다 쉽게 해낼 수 있는 힘이 되기도 한다. 당근을 눈앞에 매달아 놓은 말과 같이 생각되겠지만, 인간 역시 눈앞에 작은 목표가 만들어지면 쓸데없는 데에 정신을 빼앗기기는커녕 오히려 그 목표를 향해 돌진해간다.

집중력이란 주의와 긴장을 어느 한 점에 지속시키는 힘을 말한다. 진짜 집중력을 발휘하기 위해서는 첫째, 고민과 걱정으로 흐트러진 마음을 깨끗이 정리하고 비워두어야 하며 둘째, 여러분의 공부방에서 시력이 미치는 범위내에 눈길을 끄는 것들을 말끔히 치워야 한다.

(5) 건강해야 한다

공부를 효율적으로 하기 위해서는 정신뿐만 아니라 육체의 건강상태가 좋아야 한다. 만일 피로하거나 병들었을 때는 억지로 공부하려 하지 말고 먼저 건강회복에 힘써야 한다. 건강상태가 좋지 못하면 두뇌기능이 민활하지 못해 학습이 잘 안되는 것은 물론이고, 더욱 나쁜 것은 아픈 곳에 신경이 쓰여 주의집중이 잘 안되고 학습능률이 오르지 않음으로 해서 불만이 생기고, 자신에 대한 회의와 실의에 빠지게 되어 더욱 공부가 잘 안되는 악순환이 이루어진다.

건강을 위해서 가장 기본적으로 고려해 볼 수 있는 것이 규칙적인 생활이다. 규칙적인 식사와 수면, 그리고 적당한 운동과 휴식을 취함으로써 건강을 잃지 않는 것이 중요하다.

(6) 졸음과 정신적 피로감을 해결해야 한다

공부라는 것은 조용한 활동이고 때로는 권태로울 수 있으므로 피로감과 졸음이 몰려오기도 한다. 졸려도 공부를 계속해야 된다는 부담감 때문에 계속 졸면서 책상에 앉아 있으면 시간만 허비할 뿐, 머리는 무겁고 공부한 것은 아무것도 없다. 그렇다고 졸릴 때마다 자버릴 수도 없는 형편이니 잠을 쫓는 방법을 찾는 수밖에 없다.

잠깐 책상에 엎드려 10분 정도 자거나, 찬물로 세수를 하거나, 공부하는 장소나 자세를 바꿔보거나, 음악을 듣는다든지, 가벼운 운동을 하거나 방안을 왔다갔다 하며 몸을 움직이거나, 밖에 나가 밤하늘을 바라보며 찬 공기를 마시는 것 등 나름대로 효과적인 방법을 찾아야 한다.

또한 한 과목의 공부를 몇 시간씩 계속하는 것보다 여러 가지 과목들을 짧은 시간에 걸쳐 번갈아 공부하는 것이 정신적 피로감을 없애주기도 한다. 또, 피로와 싸워보기 위해서 흥미없는 과목을 먼저 공부하고, 흥미있는 과목을 뒤에 공부하는 것도 도움이 된다.

그런데 사람마다 피로를 느끼는 시간이 거의 일정하며, 피로하다고 느껴서 휴식을 취하고 난 후 다시 공부를 시작했을 때는 먼저보다 훨씬 빨리 피로를 느끼게 된다. 이것을 우리가 의식 못하는 중에, 피로해서 쉰다기보다는 쉬기 위해 피로감을 재촉하는 결과가 되어버린 것이다. 이런 현상을 막기 위해서는 졸리거나 쉬고 싶다는 느낌이 드는 시간보다 1~2분 빨리 쉬는 것이 좋다. 며칠 동안만 계속해서 자신의 학습 습관을 세심히 살

피면, 자기가 보통 언제쯤 피로를 느끼며, 거기에 대해 어떻게 대처하는지 등을 알 수 있을 것이다. 피로를 느끼는 시간보다 1~2분 빨리 쉬게 되면, 공부한 것에 대해서 휴식을 강화제로 준 것이 되므로 결과적으로 학습능률을 향상시키게 된다.

(7) 고민을 떨쳐버리고, 편안한 심리적 조건을 갖추어야 한다

아무리 공부할 준비를 잘 하고 환경적 조건이 좋은 곳에서 공부를 하겠다는 의욕으로 책상에 앉아도, 마음이 안정되어 있지 않으면 자꾸 딴 생각만 들고 공부가 잘 안된다. 누구나 마음에 걱정거리가 있거나, 기분이 언짢고 불안하거나, 대인관계가 원만하지 못하거나, 경제적인 곤란 때문에 고민이 있으면 공부에 열중할 수가 없다. 이럴 때에는 억지로 책상 앞에 앉아 있어도 시간만 허비할 뿐이다.

이와 같이 심리적으로 고민과 불안이 있으면 쉽사리 마음의 안정을 잃고 주의집중이 안되며 사고기능이 저하되어 학습능률이 떨어진다. 이럴 때는 불안이나 고민거리를 숨기거나 외면하려 들지 말고 그것부터 해결하도록 해야 한다. 자꾸 다른 생각이 머리를 어지럽힐 때는 그것이 구체적으로 어떤 생각이며, 어떤 문제와 관련된 것인지, 언제 그런 생각이 드는지, 또 그런 생각의 지속시간은 얼마나 되는지와 이에 내가 대처하는 반응은 어떤 것인지 잘 탐색해보고 해결방안을 찾도록 한다. 문제 해결이 혼자 힘으로 불가능할 때에는 주위에 있는 이해성있고 신뢰할만한 친구나 선배 혹은 부모나 선생님에게 솔직하게 문제나 고민거리를 털어놓고 도움을 구하는 것이 좋다.

(8) 일정한 장소와 일정한 시간에 공부한다

우리가 잠을 자고 아침에 일어나고 식사를 하고 공부하고 일하는 여러 가지 생활을 살펴보면 어느 정도 주기를 가지고 있음을 알 수 있다. 어느 시각이 되면 졸음이 오고, 또 얼마가 지나면 정신이 맑고, 또 어느 때가 되면 배가 고파오는 등은 거의 자동적으로 일어나도록 우리 몸이 조건화되어 있다. 만약에 이런 생활리듬을 어기고 불규칙하게 생활하면 실제로 활동한 시간과 휴식시간의 양은 달라지지 않았더라도 피로를 더 심하게 느끼게 된다.

이와 마찬가지로, 공부하는 것도 되도록 일정한 시간에 하는 습관을 들이면 같은 시간에 더 높은 효과를 볼 수 있다. 신체와 정신이 그 시간에는 공부해야 하는 것으로 조건화되어 있기 때문에 어렵지 않게 공부에 몰두할 수 있다.

또 공부는 일정한 장소에서 하는 것이 좋다. 여기저기 아무데서나 공부하면 장소가 바뀜에 따라 주의가 산만해지기 때문이다. 조명이 잘 되어 있으며, 적당한 온도가 유지되고, 편안하고 안정감을 주는 곳을 택해서 늘 그 장소에서 공부하는 습관을 들이면 비교적 쉽게 또 빨리 공부에 몰입할 수 있게 된다.

(9) 제한시간을 정해 놓고 긴장감을 재생시킨다

공부가 영 하기 싫고 의욕이 나지 않을 때에는 자기 자신에게 강제적인 제한시간을 정해 본다. 내키지 않는 공부도 의도적으로 목표를 정하면 집중이 가능하다. 시간과 달성량을 결정해서 분발하면 집중력이 발휘되어 평상시보다도 훨씬 짧은 시간에 공부를 끝낼 수가 있다.

또 중간에 해이해지는 것을 막기 위해 '중간 목표'를 설정하면 집중력을 지속시킬 수 있다. 그런데 집중력은 순발력과 비슷해서 지속시키기가 꽤 어렵다. 시간이 흐르면 집중력은 약해지기 마련이지만 문제는 어떻게 재빨리 다시 집중하느냐에 있다. 마음속에서 생기는 싫증을 자기의 노력으로 어떻게 물리치느냐가 열쇠이다.

심리학의 실험에 따르면 동일한 작업을 반복함으로써 작업능률이 떨어진 사람도 다른 작업을 하게 되면 다시 집중력을 낸다고 한다. 이것은 매너리즘이 집중력을 둔화시킨다는 증거가 된다. 이 단조로움을 막는 방법으로는 휴식과 기분전환 또는 다른 작업을 한다든가 작업 장소를 바꿔본다 등을 들 수 있다.

(10) 집중력을 양성하는 훈련법

1) 수리 감산법(數理 減算法) : 이것은 100이나 500 등의 숫자로부터 1씩 또는 3씩 빼가는 감산(減算) 과정에서 집중력을 길러주는 방법이다. 숫자를 감산하는 동안은 숫자 계산 이외에는 일체의 잡념이 없어지게 된다. 1씩 감산하는 것보다 3씩 감산해 나가는 것이 심리적으로 더욱 효과가 있다.

2) 청음법(聽音法) : 율동적으로 규칙성있게 들리는 소리를 듣는 데 정신을 통일하여 집중력을 양성하는 방법이다. 시계의 초침 소리도 좋고, 시냇가와 산골짜기를 흐르는 물 소리, 바람 소리, 귀뚜라미 소리 등 일상 생활에서 쉽게 들을 수 있는 규칙성 있는 소리를 이용한다. 처음에는 희미하게 들리던 소리가 점점 명확하게 들리고, 나중에는 자기 자신을 잊어버린 상황에 놓이게 되며, 오로지 그 소리만이 여러분 자신을 휩싸게 된다.

3) 정점(定點) 응시법 : 어떠한 장소나 물체에 의식을 집중하기 위해 시선을 한 곳에 모으는 방법이다. 응시하고 있는 동안은 어떠한 잡념도 일어나지 않도록 계속 훈련해야 한다. 하얀 백지 가운데에 직경 3~4cm 정도의 검은 점을 둥글게 그린다. 긴장을 풀고 마음이 편안한 자세에서 자기 위치로부터 2m 정도 떨어진 벽에 눈높이보다 약간 아래인 곳에 붙인다. 그리하여 이 흑점을 응시하는 것이다.

눈을 반쯤 뜨고 처음에는 5초 동안 응시하고, 같은 시간 동안 눈을 감는다. 눈을 감고 있을 때에도 그 상(像)이 남아 있도록 해야 된다. 이 상을 오랫동안 착상하도록 붙들려고 노력해야 한다. 이 상을 오랫동안 붙잡을 수 있으면 정신집중이 잘 되고 있는 것이다. 정점을 응시하고 있는 동안은 눈동자를 다른 곳으로 돌리거나 눈을 깜박거리면 안된다. 처음에는 눈물이 나고 아프며, 바라볼 때의 흑점이 백색으로 연상되는 경우도 있으나, 계속해서 꾸준하게 실천하면 좋은 결과가 있을 것이다.

[3] 상상력의 개발

상상력(想像力)은 연상능력의 가장 중요한 부분인데, 지각속도·구상력·판단력·이해력·수리력 및 추리력의 종합개념이다. 이러한 상상력은 인간에게 무한히 주어져 있다. 상상력을 얼마만큼 발휘할 수 있느냐가 공부 성적을 좌우한다 해도 과언이 아니다. 상상력은 의지력을 능가하기 때문이다.

폭 30cm 정도의 널판지를
50층 높이 빌딩 사이에 놓고
걸을 수 있는 사람은 없다

예를 들면, 폭 30cm 길이 10m 가량 되는 두꺼운 널빤지를 길 위에 뉘어놓고 그 위를 걷거나 뛰어다니는 것은 아주 쉬운 일이다. 그러나 만약 이 널빤지를 50층 건물 양쪽에 걸쳐놓고 건너가라고 한다면 거의 모든 사람이 건너가지 못할 것이다. 왜냐하면 떨어지면 큰일난다는 상상이 그 사람으로 하여금 건너가지 못하게 한다.

우리의 육체는 좋은 것을 상상하면 거기에 상응하는 반응이 나타나고, 반면에 좋지 못한 상상을 하면 우리의 인체에서는 거기에 상응하는 변화가 일어나며 많은 에너지가 소비된다.

그렇다면 과연 상상력을 개발할 수 있는 것일까?
그렇다. 여러분은 얼마든지 여러분의 상상력을 개발할 수가 있고, 또 개발할 수 있는 넓이와 깊이는 무한대라고 할 수 있다.

[4] 의지력의 개발

옛날에는 지능(집중력+상상력)이 좋으면 무조건 공부를 잘할 수 있다고 생각하였다. 그러나 오늘날에 와서는 지능개발이 가능해짐에 따라 오히려 의지력에 중점을 두지 않으면 안되게 되었다.

의지력이야말로 공부를 잘할 수 있는 원동력이다. 자신과 신념을 갖고 굳은 의지로 밀고 나가면 목표달성은 이루어지고야 만다. 처음에는 공부가 딱딱하고 재미없다는 느낌이 들지만, 적극적인 자세로 굳은 의지를 가지고 실행하면 결국 자신을 스스로 극복하게 된다.

유명한 심리학자 에머슨은 다음과 같이 말하였다.

"할 수 있다고 믿는 자는 기어코 해 내게 된다."

"여러분이 두려워하고 불신하는 여러분의 그 일을 하라. 그리하면 그 두려움과 불신은 여러분의 의지 앞에 굴복하고야 만다."

성서에도 "구하라 그러면 너희에게 주실 것이요, 찾으라 그러면 찾을 것이요, 문을 두드리라 그러면 너희에게 열릴 것이니, 구하는 이마다 얻을 것이요, 찾는 이가 찾을 것이요, 두드리는 이에게 열릴 것이니라."(마 7:7~8)라고 하였다. 이것은 여러분의 마음 자세 즉, 굳센 의지력에 따라 원하는 결과가 온다는 뜻이다.

이러한 의지력을 가지려면 긍지와 자부심을 가져야 한다. 사람이 자기 능력에 대한 가치를 의심할 때 무기력하게 되고 무기력한 상태에서는 의지력이 약화된다. 이스라엘 민족이 세계 속에서 방랑생활을 이천 년 동안이나 계속하면서도 그 민족성을 잃지 않고 오늘날에 와서 떳떳하게 국가를 재건할 수 있었던 것도 끈질긴 의지력이 있었기 때문이다.

5. 두뇌를 좋게 하는 방법

두뇌는 노력에 의해서 얼마든지 좋아질 수 있다. 중요한 것은 두뇌가 좋아지는 방법을 아는 것이 아니라, 그 방법을 생활 속에서 끈질기게 실천할 수 있느냐는 것이다. 두뇌가 좋아지는 방법은 간단하다.

첫째는 충분한 영양을 섭취하는 것이요,
둘째는 충분한 휴식과 수면을 취함으로써 피로를 남기지 않는 것이요,
셋째는 적당한 운동을 하는 것이요,
넷째는 두뇌를 나쁘게 하는 원인을 제거하는 것이다.

[1] 충분한 영양

(1) 산소 – 생명의 기본요소

인간은 음식물을 섭취하지 않고서 50일 정도는 살 수 있고, 또 물은 5일 정도 안 마셔도 생명을 유지시킬 수 있으나, 공기 즉 산소는 단 3분간을 안 마시면 생명을 잃는다.

생명의 기본요소인 산소는 폐세포를 통하여 흡입되면 혈액 중의 헤모글로빈의 핵인 철분과 결합되어 체내의 각 조직세포에 산소를 운반해주고, 정맥을 통하여 헤모글로빈이 돌아올 때는 그 조직의 노폐물인 탄산가스와 결합하여 폐에서 방출된다. 빈혈이 심한 사람은 철분이 들어있는 조혈제를 섭취하여 헤모글로빈의 철분을 보충해주지 않으면 산소 운반체가 적음으로써 생기는 기억력 감퇴, 두통 등을 면할 수 없다.

약 860억 개의 세포로 이루어져 있는 두뇌의 무게는 몸무게의 1/40정도인 1.3~1.6kg이지만, 산소 소모량은 전체 흡입량의 20~23% 정도로 신체 각 부위 중 가장 많은 산소를 필요로 하고 있다. 따라서 충분한 산소가 공급되면 두뇌활동이 활발해져서 공부가 잘 되고, 산소가 부족하면 두

뇌의 신진대사가 둔화되어 두뇌활동이 나빠진다. 시험공부를 오랜 시간 하다보면 머리가 무겁고 아픈 일이 가끔 있는데, 이것은 산소를 좋아하는 뇌세포에 산소 결핍현상이 생겼을 때 생기는 증세이며, 빈혈상태에 있는 경우엔 더욱 자주 일어난다. 이럴 때는 밖에 나가 맑은 공기를 마심으로써 뇌세포에 산소를 담뿍 보내줄 필요가 있으며, 찬물로 세면을 자주 하는 것도 필요하다.

뇌세포에서 일어나는 산소반응은 발열반응이므로 발생된 열을 식혀주지 않으면 뇌세포에서 반응될 효소가 파괴되기 쉬우므로, 공부를 열심히 할 때에는 찬 얼음수건 등으로 머리를 둘러매는 것도 매우 효과적이다. 머리는 항상 차게 하여야만 산소의 신진대사가 활발하게 되어 기억력이 증가된다.

(2) 단백질

대뇌를 위해 필요한 물질은 주로 단백질이다. 단백질은 분해되어 글루타민산이 되며, 그것은 다시 뇌수에서 대부분 만들어지는 감마아미노산이 된다. 이것은 두뇌작용의 두 가지 측면 즉, 플러스와 마이너스 작용을 위해 기본이 되는 중요한 물질이 된다. 머리를 쓸 때에는 플러스와 마이너스의 두 가지 물질이 없어서는 안되는데, 어느 쪽도 단백질에서 생성되는 것임은 말할 것도 없다.

라이프 사이클로 본다면, 갓 태어난 아기의 뇌는 400g 정도, 생후 6개월에는 800g, 7세에는 1kg, 20세 이상의 성인은 1.3~1.6kg의 표준에 달하게 된다. 그러나, 60세를 넘으면 노화의 결과 10% 정도 줄어든다고 한다. 이와 같이 성장에 따라서 신경 발달에 필요한 세포성분으로서 가장 빠뜨릴 수 없는 것이 단백질이다. 단백질을 제한하면 뇌의 신경세포의 수가 줄어들고, 학습능력마저 저하한다는 것이 증명되었다.

그러므로, 아직 급속한 성장기에 있는 여러분의 두뇌를 좋게 하기 위해 가장 먼저 해야 할 것은 질이 좋은 단백질을 많이 포함하고 있는 음식물을 충분히 섭취하는 것이다.

(3) 탄수화물

뇌수 안으로 들어가는 혈액과 뇌수 안에서 나오는 혈액의 두 가지 성분을 비교해보면, 뇌수의 유지대사(維持代謝)를 위해 필요한 영양소가 무엇인지 알 수 있다. 이 방법으로 정확하게 측정해 본 결과 탄수화물이 쓰여지고 있다는 것을 알게 되었다.

그렇다고 뇌수를 작동시키기 위해서 탄수화물만을 섭취해야 하는 것은 아니다. 뇌수라든가 신경이라고 하는 것은 유지대사 즉, 생명을 유지한다는 것뿐만 아니라 작동을 언제라도 수행할 수 있도록 항상 준비되어 있어야 하기 때문에, 뇌의 영양이라는 입장에서 본다면 탄수화물을 충분히 공급하는 동시에 기타 다른 물질도 주지 않으면 안된다.

(4) 비타민B

두뇌가 작동하기 위해서는 두 가지 물질이 필요하다. 그 원료는 단백질이고, 뇌수 안에 있는 특별한 효소인 〈B_1, B_6, B_{12}〉가 단백질을 분해해서 필요물질을 만든다. 이 중에서 마이너스 물질을 만드는 B_6는 소량의 에너지를 쓰지만, 플러스 물질을 만드는 데 쓰이는 B_{12}는 다량의 에너지를 소비한다. 에너지는 뇌수 안에 존재하는 ATP에서 취하는데, 인간의 모든 에너지는 전분에서 취해진다고 볼 수 있다. 전분에서 플러스 물질을 만드는 에너지를 취할 때 B_1이 필요한 이유는 B_1이 포도당을 분해하고 ATP를 만들기 때문이다.

그러므로, 학습의 연속으로 피로하기 쉬운 여러분의 뇌의 힘을 유지하기 위해서는 이 비타민B의 결핍을 주의해야 한다. 특히 계절적으로 볼 때 더운 여름철에는 비타민B가 봄과 가을에 비하여 3배나 소비되므로, 여름을 중심으로 그 부족이 생기지 않도록 하는 주의가 학습의 효율을 높이기 위해서도 필요하다.

비타민B는 쌀이나 밀의 배아·콩·효모·간·돼지고기·햄·소시지·달걀의 노른자 등에 많이 함유되어 있고, 마늘은 비타민B의 흡수를 도와주며, 장

내균에도 비타민B를 합성하는 것이 있다. 신선한 야채나 과일을 가공하지 않은 채 그대로 먹는 것도 두뇌를 좋게 하는 데 큰 역할을 한다.

[2] 충분한 휴식

아무리 튼튼한 기계라도 완전가동으로 무리한 작업을 계속하다보면 고장이 일어나게끔 되어 있다. 가끔씩 기름도 쳐주고 조금은 쉬도록 해주어야 한다. 사람도 생활의 리듬을 유지하기 위해서는 충분한 휴식과 수면을 필요로 한다. 나폴레옹이 하루에 세 시간밖에 자지 않았다는 이야기는 유명하지만, 그것은 그가 업무시간에 짬을 내어 잠깐씩 휴식과 가면을 취함으로써 피로를 회복했기 때문에 가능한 것이었다.

여러분의 수험공부도 결국은 장기전이므로 단시일에 성적을 올리겠다고 밤을 꼬박 새워가며 공부하려는 것은 단기적으로는 어떤 효과가 있을지는 모르나, 최후에는 기진맥진해서 불행한 결과를 맞게 된다. 휴식의 문제는 어떻게 제한된 시간에 몸의 피로를 풀고 맑은 정신으로 공부할 수 있겠는가 하는 것과 연결되며, 학습의 능률을 올리는 중요한 관건이 된다.

(1) 피로를 남기지 말 것

피로란 다음 일을 할 수 없게 되는 상태를 말한다. 예를 들면, 오른손으로 무거운 물건을 들어 올리는 일을 한동안 계속해서 하면, 오른손만은 다음 일을 하기 힘들게 된다. 이것은 오른손이 피로에 빠진 것인데 그 이유는 오른손 근육에 유산이 증가한 탓이다.

전신피로의 원인에는 두 가지가 있는데, 하나는 회복에 방해가 되는 유산물질이 증가하기 때문이고, 또 하나는 근육을 움직이는 데 필요한 물질이 감소되기 때문이다. 회복에 방해가 되는 물질은 유산과 암모니아인데, 근육에서는 유산이, 뇌수에서는 암모니아가 작용한다. 이것이 제거되지 않으면 회복의 진행이 방해를 받는다. 그래서 휴식이 필요하며, 휴식하는 사이에 방해물질이 제거된다. 유산은 산소가 분해하고, 암모니아는 혈액이 운반하여 신장이 배출시켜 버린다.

그런데 피로와 싫증을 혼동해서는 안된다. 피로와 싫증은 반드시 비례관계에 있는 것은 아니어서, 싫증이 난다고 해서 꼭 몸의 피로를 수반하는 것은 아니다. 그렇지만 일반적으로 싫증이 나면 심적으로 피로를 느끼게 되는 것이 사실이므로, 피로와 함께 싫증을 모두 덜어줄 수 있는 방법을 강구해야 한다.

(2) 충분한 수면을 취할 것

능률적인 정신활동을 위해서는 머리가 맑고 깨끗해야 하는데, 이를 위해서는 두뇌의 휴식을 충분히 취해야 한다. 수면은 가장 적극적이고 효과적인 피로회복의 수단이다. 수면이 두뇌의 회복에 소용되는 까닭은, 머리가 작동하는 데 필요한 물질 즉, 플러스 물질과 마이너스 물질이 만들어지는 것은 자고 있을 때이기 때문이다. 뇌수에서는 밤 동안에 많은 플러스 물질과 마이너스 물질을 만들어서, 그것을 낮에 충분히 쓸 수 있도록 저장해 두는 작용이 일어나고 있다.

이것이 수면이 필요한 이유다. 다시 말해서 수면을 충분히 취해 두지 않으면 뇌수는 일을 할 수가 없다. 그러므로 잠을 자야 할 시간에 공부에 매달리는 것은 오히려 머리를 나쁘게 하는 원인이 될 수도 있다. 정신이 멍한 상태에서 4시간 공부하는 사람보다, 맑은 정신으로 2시간 공부하는 사람의 성적이 더 나을 건 분명하다. 수면의 효과는 시간의 다소에는 관계없이 얼마나 깊이 잤느냐에 달려 있다. 얕게 오래 자는 것보다 짧은 시간이라도 깊이 자는 것이 중요하다. 수면에 관한 상세한 내용은 〈제12장 단시간 수면법〉을 참고하기 바란다.

(3) 자주 씻도록 할 것

몸을 자주 씻어 주는 것은 근육을 주무르고 마찰해 주는 효과가 있어서 피로를 풀어 주는 역할을 한다. 근육의 피로를 풀어 주는 효과는 그만두고서라도 아무래도 몸이 청결하지 않으면 피로감을 더 느끼고 머리가 무거워지는 것은 당연하다. 그러므로 목욕은 자주 하는 것이 좋은데, 목욕 직후에는 몸의 긴장이 풀려 학습능률이 잘 오르지 않으므로 목욕시간은 너무 길지 않게 잘 조절해야 한다.

그리고 학교에서는 점심시간 등을 이용하여 세수를 한다든가 이를 닦으면 식곤증으로 짜증나기 쉬운 오후 수업시간을 좀 더 상쾌한 기분으로 보낼 수 있다. 양치질이나 세수를 자주 하는 것은 이처럼 피로감을 덜어줄 뿐만 아니라, 그것을 행하는 것 자체가 부지런함을 길러주는 효과도 있다.

(4) 휴식시간에는 적극적으로 피로를 풀 것

피로하다고 해서 그 자리에 멍하니 앉은 채 쉬고 있어서는 안 된다.

그 자리에 그냥 앉아 있기보다는 가벼운 운동을 하거나, 음악을 듣거나, 밖에 나가 바람을 쐬는 등 오히려 적극적인 행동을 취하는 것이 피로를 푸는 효과적인 방법이다. 아무것도 하지 않고 쉬기보다는 몸의 각 부분을 움직임으로써 적극적으로 피로를 푸는 것이 작업능률을 훨씬 높여준다는 사실이 실험에 의해 증명되었다.

(5) 하품과 기지개를 자주 크게 할 것

사람이 하품을 하는 이유는, 심신이 피로해져서 체내에 있는 이산화탄소가 몸 밖으로 빠져나가지 않고 산소 흡수율도 떨어질 때 스스로 경련을 일으켜 이산화탄소를 체외로 배출하고 산소를 체내로 공급하기 위함이다. 따라서 하품이 나올 때는 참지 말고 예의에 어긋나지 않도록 숨을 크게 들이마시고 내쉬는 것이 좋다.

기지개는 피로해진 근육을 강하게 잡아당겨주는 작용을 한다. 이처럼 근육을 이완시키면 그 속의 감각기관을 통해 뇌세포를 자극하게 된다. 그래서 머리가 맑아지고 근육의 긴장도 풀어지게 되는 것이다. 아침에 일어나 쉽사리 잠에서 헤어나기 힘들 때는 기지개를 크게 켜보면 효과가 있다. 또 수업이 끝나면 자리에 그냥 앉아있지 말고 다음 수업을 위해서 기지개를 켜라. 그리고 기지개를 켤 때도 하품과 마찬가지로 크게 하는 것이 효과적이다.

(6) 기분전환을 시도할 것

정신적 긴장을 이완시키기 위해서는 기분전환이 필요하다. 정기적으로 기분전환을 함으로써 정신적인 긴장을 완화시키면 학습능률을 크게 향상시킬 수 있다. 공부나 그로 인한 스트레스에서 잠시 벗어나서 여러분이 원하는 대로 오락을 즐겨라. 이를테면, 좋아하는 운동을 하면서 땀을 흘린다든지, 좋아하는 소설을 읽는다든지, TV를 시청한다든지, 친구와 잡담을 한다든지, 음악감상을 한다든지, 스포츠 경기의 관람, 친구와의 전화통화 등 기분전환거리는 많다.

하지만 기분전환을 위해 너무 오랜 시간을 들여서는 안 된다. 지나치게 레크레이션에 깊이 빠지는 것은 공부가 본업인 여러분에게 바람직하지 않다. 반면에, 레크레이션의 기회가 너무 적으면 공부하는 데 있어서 지루함을 느끼기 쉽다. 따라서, 공부와 놀이의 양을 균형있게 조절하는 지혜로움이 있어야겠다. 여러분들이 공부 도중에 취하는 간단한 휴식이나, 기분전환을 위한 활동은 결국 다음 공부를 준비하는 수단이라고 할 수 있다.

[3] 적당한 운동

산림과 평원 위를 자유롭게 뛰어다니며 사냥하던 인간이 오늘날 거의 매일 매시간 책상 앞에 웅크리고 앉아서 어떻게 자신의 신체기능을 건강하게 유지할 수 있겠는가? 적어도 매일 30분은 땀을 흘리며 운동을 해야만 맑은 정신과 강건한 육체를 유지할 수 있다. 그러나 매일 반복되고 연속되는 바쁘고 짜증스러운 생활 속에서, 시간을 내서 운동을 한다는 것은 무척 힘든 것이며, 이로 인해 현대인들은 온갖 종류의 질병과 스트레스에 시달리면서 살아가고 있는 것이다.

"건강한 신체에 건전한 정신이 깃든다."는 속담이 말하듯이, 육체의 건강은 그 사람의 정신의 건강을 지배한다. 따라서 무엇보다 먼저 운동의 필요성을 깨닫고, 신체의 건강유지를 위해 규칙적으로 운동하는 습관을 들여야 한다. 그런데 건강이 나쁜 사람이 과다한 운동을 함으로써 오히려 지치고 건강악화를 초래하는 경우가 있다.

운동은 자신의 신체적인 컨디션을 회복할 수 있도록, 분수에 맞는 적절한 운동을 택해 오랜 기간 꾸준히 하면 더욱 건강해질 것이며, 아울러 학습효과도 증가할 것이다. 단, 혈액순환과 소화기관의 기능이 최고의 컨디션을 유지할 수 있을 정도로 운동하라. 운동은 유쾌하고 기분좋은 운동일수록 보다 유익하다.

[4] 머리를 나쁘게 하는 원인의 제거

(1) 두뇌의 적 '열등감'을 극복하라

수험생의 고민 중에 압도적으로 많은 것은 '열등감'으로 인한 고민이다. 이 열등감을 심리학적으로 분석한 오스트리아의 정신의학자 아드라는 인간행동의 동기가 되는 것은 '우월감과의 투쟁'이며, 그것은 자기 자신에 대한 열등감에서 출발한다고 한다. 그래서, 열등감은 우리들 생활의 여러 가지 장면에서 생기고 또 어떠한 형태이든 인간은 모두 열등감을 갖고 있으며, 어떤 의미에서는 인간의 생애는 열등감을 극복하는 과정이라고 할 수 있다.

이 열등감은 반드시 실제의 열성(劣性)이나 결함에 대응하는 것은 아니다. 우수하고 결함이 적은 사람이 욕망이 너무 높았기 때문에 약간의 실패 등으로 심한 열등감에 빠지는 경우가 있다. 세상에는 완전한 사람이란 없기 때문에 열등감을 갖는 것은 당연하며 그리 문제가 되지 않는다. 다만 자신의 불완전을 깨닫고, 그것을 극복하기 위해 노력을 하느냐 안하느냐에 의해서 인간의 가치가 정해지는 것이다.

아드라는 '열등감은 인간을 노력으로 몰고가는 연료'라고 하였다. 대학입시는 완성에의 노력이다. 자기 능력의 부족을 확실히 인식하고 그것을 극복하려는 노력의 연속에서 승리의 길에 도달할 수 있다. 열등감이 심해져 불안·초조감이 더해진다 할지라도 걱정할 것은 없다. 오히려 그것을 연료로 해서 노력을 쌓는다면 여러분의 미래는 밝을 것이다.

(2) 두뇌활동을 저해하는 고민을 해결하라

고민은 일종의 두뇌에 대한 억제행위다. 마치 배가 고프면 공부를 할 수 없다든지, 화를 내고 있을 때는 공부가 안된다든지 하는 경우와 같아서, 작동을 하려고 하는 대뇌에 불필요한 보고가 계속해서 들어오는 것과 마찬가지 이치다. 고민의 종류와 그 해결방법을 살펴보기로 하자.

1) **장래의 진로** : 진로문제로 자신의 희망과 부모의 의견이 서로 다른 경우, 예컨대 자기는 심리학을 공부하여 학자가 되고 싶은데 부모는 법학과에 들어가 판사가 되라고 한다든지, 자기는 천문학을 연구하여 우주의 신비를 벗겨보겠다는 의욕으로 가득 차 있는데 부모는 의대에 들어가 의사가 되라든가 할 때는, 결국 개운치 않게 수험공부를 하게 된다. 이렇게 고민을 안고 공부를 해서는 대뇌가 올바르게 잘 움직일 수 없는 것은 당연하다. 그러므로 진로문제는 자신의 의향과 부모님의 기대, 그리고 선생님의 의견 등을 잘 고려하고 많은 대화를 거쳐 신중하게 결정해 두는 것이 좋다.

2) **성격의 결함** : 학생들의 고민 중에는 자기 성격에 관한 것이 의외로 많다. '나는 왜 꾸준하지 못할까, 나는 왜 집중력이 없고 이렇게 산만할까?' 등 공부를 안 하는 것 조차도 성격 탓으로 돌리면서 고민하는 학생도 있다. 이러한 자기 성격에 대한 불평 같은 것은 안 하는 것이 좋다. 왜냐하면, 그 불평이 그대로 부정암시가 되어 한층 더 가상적인 그 성격으로 자신을 만들어버리기 때문이다. 성격을 고치려면 행동을 고치고, 행동을 고치려면 생각을 고쳐야 한다. 따라서 좋은 성격이 되었을 때의 행동을 생각하고, 그에 따라 행동하려고 노력하여 완전히 제2의 천성이 되도록 그 행동을 습관화하면 그대로 변화된 자신의 모습을 발견하게 될 것이다.

3) 용모에 대한 걱정 : 사춘기 때에는 특히 이성문제와 관련해서 자기 용모에 관한 고민을 많이 하게 된다. 그런데, 미추(美醜)에 대한 관념은 암시로서 얻은 것이 많기 때문에, 긍정적인 암시를 사용해서 자신을 아름답게 가꿀 수가 있다. 용모를 결정하는 것은 얼굴보다는 마음이고, 생김새보다도 얼굴의 표정과 건강미 등이므로, 먼저 자신감을 가지고 밝은 표정을 짓는 습관을 들여야 한다. 키가 작다거나, 너무 크다거나, 너무 말랐다거나, 너무 뚱뚱하다거나 하는 것은 인생의 성공이나 행·불행에 아무 영향을 미치지 않는다. 따라서 그런 것으로 고민하는 것은 시간낭비요, 정력낭비에 불과하다. 고민한다고 작은 키가 커지지는 않는 것이며, 그 시간에 공부를 열심히 하는 길만이 그에 대한 보상을 이룰 수가 있기 때문이다.

(3) 스트레스를 해소하라

1) 스트레스란 무엇인가?

인간이 환경의 자극에 적절하게 반응하여 생존을 유지해 가는 과정을 '적응'이라고 하는데, 자극에 따라서는 적절하게 반응하기 어려운 것들이 있어서 곤란을 겪을 때가 있다. 이러한 적응상의 곤란에서 생기게 되는 신체적·정신적인 긴장을 스트레스라고 한다.

스트레스는 크게 두 가지로 나눌 수 있는데, 첫째는 만성적 스트레스로서 이것은 주로 고혈압이나 편두통과 같은 신체적 질환들과 관련을 맺고 있다. 둘째는 상황적 스트레스로서 어떤 특정한 상황에 처했을 때 개인에게 미친다. 이것은 시험을 치를 때와 같은 일정 상황에서 개인이 주어진 목표 내지 과제를 효과적으로 수행하지 못하도록 하는 특징이 있다.

2) 스트레스의 원인

현대사회에 사는 사람들은 환경 공해, 경쟁적 사회구조 속에서 끊임없는 스트레스를 일으키는 여러 가지 자극 상황에 노출되어 있다. 그중에서도 수험생들에게 영향을 미치는 스트레스의 주요 원인은 좌절·갈등·압박감 등이다.

❶ **좌절** : 우리는 일상생활에서 자신이 원하는 바를 성취하고자 할 때 많은 장애에 부딪히게 된다. 좌절이란 바로 개인의 목표지향적인 행동이 차단되었을 때 나타난다. 개인의 욕구를 좌절시키는 장애로는 신체적·경제적 여건, 지적 수준의 미달 등을 들 수 있다. 자신은 이과 계통으로 진출하고 싶은데 색약·색신 등의 신체적인 결함이 있거나, 수리적 능력이 부족하여 할 수 없이 문과를 택하게 되었을 때 좌절에 의한 스트레스를 받게 된다. 또, 학습에 필요한 교재를 사고 싶은데 돈이 없을 때는 경제적인 이유로 인한 좌절감에 빠지게 된다.

❷ **갈등** : 갈등이란 개인이 둘 이상의 서로 대립되는 목표나 욕망에 대응해야 하는 압박 때문에 일어나는 심리적 상태를 말한다. 즉, 갈등은 둘 이상의 가치가 충돌할 때 일어나는 것으로 어느 한 목표를 이루기 위해서는 나머지 목표를 무산시켜야만 한다. 수험생들은 주로 열심히 공부해서 대학에 가고 싶은 욕망과 마음껏 놀고 싶은 욕망이 대립되어 갈등을 겪는다.

❸ **압박감** : 사람들은 내적·외적인 욕구 때문에 압박감을 느끼게 된다. 특히 수험생은 일류대학에 합격해야 한다는 자신의 내면의 압박감과 부모님이나 주위사람들의 외적인 요구로 인한 압박감으로 인해 스트레스를 받고 있다. 더구나 재수를 하고 있는 학생들은 1년간의 손해를 보충하기 위해서 좀 더 좋은 대학에 들어가야겠다는 내적·외적인 압박감을 모두 강하게 받고 있으므로, 자칫하면 고3 때보다 성적이 떨어질 우려가 있는 것이다.

3) 스트레스에 대한 대응책

사람들은 스트레스가 유발되는 상황에 처하게 되면 여러 가지 어려움을 겪게 된다. 목표를 효과적으로 달성하지 못하고 정신적 불안감에 빠지기도 하고, 소화불량·두통·불면증과 같은 신경성 질환에 시달리기도 한다. 어떤 학생들은 근심과 걱정 때문에 학업을 제대로 할 수 없고, 시험준비도 잘 못하게 되어 더욱 큰 불안감과 스트레스를 유발시킨다. 스트레스가 해소되지 않은 채 쌓이고 쌓여 장기간 지속되는 경우에는 신체적·정신적 조건에 매우 심각한 영향을 미친다.

그러므로 수험기간 중에 생기기 쉬운 각종 스트레스를 해소하기 위해서는 스트레스의 원인들을 잘 분석하고 적절한 대응책을 세워야 한다. 그런데 스트레스의 강도는 스트레스를 일으키는 객관적 자극보다는 그 자극을 받아들이는 사람의 심리 상태에 달려 있다. 따라서 스트레스의 강도를 결정하는 주관적인 조건을 이용하면 보다 효과적으로 스트레스를 극복할 수 있다.

❶ **스트레스를 일으킬 자극을 예측할 수 있을 때는 스트레스를 당하는 강도가 줄어든다.** 따라서, 시험 준비기간에는 으레 스트레스를 받게 된다고 생각하는 것이 스트레스를 최소한으로 줄일 수 있는 한 방법이다.

❷ **스트레스를 극복할 수 있다는 자신감이 있을 때에는 정신적·신체적인 질환을 일으킬 가능성이 적다.** 따라서 자신을 능동적인 입장에 서도록 하고, 자신이 성공할 수 있으며, 목표를 달성할 수 있다는 신뢰를 갖도록 하는 것이 좋다.

❸ **자신이 못났다고 자신을 비하하거나 험담하는 버릇을 갖지 않도록 한다.** 부족하게 된 원인을 만성적이고 고칠 수 없는 데서 찾지 말고, 자신을 비판하되 건설적이고 바람직한 방향으로 이끌도록 노력해야 한다.

❹ **자신의 고민을 함께 공감할 수 있고, 기쁨과 슬픔을 함께 나눌 수 있는 가까운 친구들을 갖도록 노력한다.**

❺ **시간과 마음의 여유를 가지고, 긴장을 풀고 명상에 잠기거나, 자기자신과의 내면적인 대화를 자주 하도록 한다.**

❻ 주어진 스트레스 상황에서 타인이라면 이를 어떻게 극복할 것인가 하고 타인의 입장에 서 보는 것도 좋다.

(4) 공복도 만복도 피하라 !

공복(空腹)이나 목마름은 공부에 무척 방해가 된다. 마찬가지로 만복(滿腹) 즉, 배불리 먹고나서 머리를 쓰거나 공부를 한다는 것은 생리학적으로도 효과를 기대할 수 없다. 식사를 하면 소화를 위해 위에 혈액을 더 많이 보내야 하는데, 그러기 위해서는 몸의 다른 부분에서 혈액을 가져올 수밖에 없으므로, 뇌에 필요한 혈액의 양이 그만큼 적어지기 때문이다.

또한, 위 안에 음식물이 들어가게 되면 뇌간이 작동하는 동시에 같은 보고가 대뇌쪽으로도 간다. 보고가 대뇌로 가면 대뇌의 작용이 방해를 받는다. 그것은 마치 글을 쓰고 있을 때라든가, 다른 사람과 얘기하고 있을 때 끊임없이 전화가 걸려오는 것과 마찬가지다. 대뇌 안에서 정보의 교환이 이루어져 사물을 생각한다는 중요한 작동이, 밑에서 올라오는 보고로 중단되고 억압을 받기 때문에 대뇌에서의 그 생각하는 작용이 방해를 받게 되는 것이다. 물론 공복 때나 목이 마른 때도 이와 마찬가지 현상이 일어난다.

(5) 약물복용의 해독을 주의하라

각성제와 같은 약을 복용하는 것은 두뇌작용을 활발히 하는 데 아무런 도움이 안되는 어리석은 방편이다. 시험치기 전에 정신을 집중시키고 마음을 다그치기 위해 각성제를 복용한다면, 정작 시험을 볼 때에는 그 각성제의 효험은 나타나지 않는다. 각성제의 복용은 과도하게 흥분을 불러오며, 마음을 들뜨게 한다. 즉, 좋은 성적을 거두기 위해 필요한 비판력이나 침착한 판단력과는 전혀 거리가 먼 상태를 만든다. 단지 다소 술에 취한 듯한 흥분상태와 몽롱한 기분을 느낄 뿐이다. 이러한 각성제의 효과란 무한히 지속되는 것이 아니며, 중독성이 있어 각성제의 약효가 떨어지면 어찌할 줄 몰라 또다시 더 많은 각성제를 복용해야 하는 악순환이 계속된다.

각성제는 특별히 필요한 경우에 전문의사의 처방에 따라 복용해야지, 자의적으로 복용하다간 그 후유증으로 무척 고생하게 된다는 것을 명심하기 바란다.

(6) 병은 고쳐라

당연한 얘기지만 몸이 불편해서는 머리를 좋게 할 수 없다. 독감에 걸려 두통이 있고 열이 심하면 그만큼 집중력이나 기억력도 크게 감퇴된다. 그리고, 장기간 뇌의 집중력을 저해하는 것은 위장 장애이다. 만성위염이 있으면 그 불쾌감이 늘 머리의 예민도를 저하시키므로 하루빨리 고쳐야 한다. 만성적인 위장병에는 단식요법보다 더 확실한 치유법은 없다. 방학기간을 이용하여 집이나 조용한 곳에서 3~7일 정도 (본)단식하기를 권한다. 그후에는 생수와 무즙 그리고 차(茶)를 생활화하면 위장병은 더 이상 재발하지 않는다.

변비도 뇌의 집중력을 저하시킨다. 생수와 녹차를 많이 마시고, 배변을 하루에 한 번만으로 정하지 말고 두 번이고 세 번이고 변의(便意)를 느끼면 바로 화장실로 가서 배변하도록 한다.

(7) 화를 내지 말라

"화를 내는 것은 자신의 뇌를 죽이는 자살행위이다."

어떤 사람이 잘못하여 나의 발등을 밟았을 경우, 우리는 불쾌하여 화를 낸다. 이때 화를 내는 것은 상대방을 질책하고자 하는 행위이지만, 자세히 따지고 보면 먼저 화를 낸 자기 자신의 뇌파가 올라가고 자기의 기분이 나빠져 자신부터 해치고 나서, 상대에게 나쁜 인상을 주게 된다는 것을 알아야 한다. 뇌파 측면에서 생각해 볼 때 화를 내면 자동적으로 뇌파가 올라가고, 뇌파가 올라가면 우리의 뇌에서는 뇌화학적 변화가 일어나서 독소가 발생한다. 이 독소는 자신의 간장에서 해독시켜야 되는데, 그 독소를 한번 해독하는 데에는 엄청난 에너지가 소요된다.

또 의학적으로 말하면 뇌파의 상승은 육체와 정신의 긴장과 비례하기 때문에, 뇌파를 내려 육체를 긴장으로부터 해방시키면, 긴장에서 오는 많은 질병으로부터 벗어나게 된다. 우리가 생활을 하면서 하루에 10번 정도 화를 낸다고 할 때, 10일이면 100번, 한 달이면 300번 화를 낸다는 계산이 나온다. 이것은 엄청난 자기 손실을 가져오며, 아울러 육체의 건강도 나빠질 수밖에 없다. 수십만원짜리 보약을 먹는 것보다 화를 한 번 안내는 것이 여러분 건강에 더 이롭다는 사실을 알아야 한다. 그러므로 이제부터는 내 몸에 해를 끼치는 화를 내는 일, 다시 말해서 뇌파를 올려 독소를 만드는 어리석은 행위는 삼가야 할 것이다.

"노하기를 더디하는 자는 용사보다 낫고 자기의 마음을
다스리는 자는 성을 빼앗는 자보다 나으니라"
(잠언 16:32)

제4장

천재가 되는 기억법

"기억은 지혜의 어머니"
-아이스킬로스(B.C.5C경의 그리스 극작가)-

알렉산더 대왕의 스승이며 위대한 사상가였던 아리스토텔레스는 기억의 힘을 높이 평가하고, 학생인 알렉산더의 기억력을 증진시키기 위하여 여러 가지 방법을 사용했다. 프랑스의 영웅인 나폴레옹은 프랑스 해안에 설치된 대포의 종류와 위치를 정확하게 기억하고 있어서, 부하가 제출한 보고서의 잘못을 고쳐 부하를 놀라게 했고, 또 체신부장관도 모르는 우편의 루트와 거리까지도 정확하게 기억하고 있었다고 한다.

성공한 사람은 남녀를 불문하고 우수한 기억력의 소유자라는 것은 잘 알려진 사실이다. 옛날부터 성공과 행복을 획득하기 위한 요건은 '우수한 기억력'으로 되어 있다.

본 장에서 제시하는 방법을 정확히 숙지하고 꾸준히 실천한다면 아무리 암기력이 부족한 사람일지라도 반드시 기억력의 대가가 될 것임을 의심치 않는다.

1. 기억이란 무엇인가?

기억은 정신의 한 기능이며 보다 뛰어난 사고력과 보다 훌륭한 기억력은 언제나 함께 생긴다. 또, 기억이라는 것은 사용되지 않거나 반복되지 않으면 차츰 쇠퇴해 버린다. 기억을 생리학적으로 설명하면, 우리가 경험했거나 학습한 모든 것은 대뇌에 무엇인가 물리적 변화를 일으키고 신경세포 안에 일종의 흔적을 남기는데, 이 흔적을 기억(記憶, Engram: 기억의 흔적)이라고 한다.

[1] 기억은 지능의 한 인자로서 핵과 같은 존재

심리학자들은 '지능'을 7개의 인자(因子)로 나누는데, 그 하나에 기억력을 들고 있다. 지능의 '7개' 인자란,

❶ 수(數): 수를 이해하고 세는 능력.
❷ 지각(知覺): 더위·추위·크고·작음을 아는 능력.
❸ 공간(空間): 원근·고저·넓이를 재는 능력.
❹ 언어(言語): 말을 하고 듣는 능력.
❺ 귀납(歸納): 구성적·논리적인 능력.
❻ 기억력(記憶力): 한번 지각(知覺)하였거나 경험한 사실·사건 등을 잊지 않고 다시 인식하는 능력.
❼ 말(言辯)의 유창함 등이다.

이와 같이, 지능의 높고 낮음은 결코 기억력의 좋고 나쁜 것만에 의한 것은 아니지만, 기억력이 우리 생활에서 차지하는 역할은 매우 중요하다. 기억하는 능력이 없으면, 수를 세는 것도, 문자를 읽는 것도, 자기 집에 돌아가는 길도 알 수가 없다. 즉, 앞에서 제시한 7개의 인자를 서로 연결해서 '지능'을 기능케 하는 '핵(核)'과 같은 것이 기억이다.

[2] 기억은 능력증진의 기초요, 모든 활동의 무기

인간이 다른 동물과 달리 '만물의 영장'으로서 살고 있는 것은 '생각한다'는 이성이 있기 때문이다. 그런데, 이 '생각한다'는 일을 위해서는 과거에 일어난 경험이 잠재의식에 저장되어, 필요에 따라 불러 일으켜지지 않으면 안된다. 이 과거의 경험을 불러 일으키는 것이 '기억'이다. 그러므로, 기억은 '생각한다'고 하는 기능을 함에 있어서 꼭 필요한 기능이라고 할 수 있다.

모든 학문에 있어서 기억이란 것이 얼마나 중요한가는 말할 필요도 없다. 아무리 책을 읽더라도 그 내용을 전부 잊어버린다면 책을 읽는 의미가 전혀 없다. 특히, 어학 공부에서는 단어와 숙어를 얼마나 많이 기억하고 있느냐가 그 사람의 실력을 대변해 준다고 할 수 있다.

어학뿐만 아니라 다른 모든 과목에서 기억력은 매우 중요하며, 또 여러 가지의 관념이나 사실을 잘 기억할 수 있다는 것은 IQ(지능지수)를 높이는 데 도움이 된다. 수험공부를 아무리 열심히 해도 시험을 치를 때 저장된 것을 기억해 낼 수 없다면 도로아미타불이다.

나아가 실제 사회에서 사람의 이름이나 얼굴을 잘 기억할 수 있다는 것은 그 사람들과 협조해서 일을 해나가는 데 있어서, 인간적 신뢰감을 깊게 하고 능력증진에 큰 도움이 된다. 기억력을 증진할 수 있으면 능력을 높일 수 있고, 남보다 우위에 설 수도 있다.

[3] 기억력은 지속적인 훈련으로 향상될 수 있는 '기능'

기억력은 팔다리와 근육이 공동으로 협력해 이루어지는 보행과 같은 '기능'이지, '재능'이 아니다. 기억력은 두뇌의 기능을 작동시키고, 그 다음에 여러 가지 생각을 마음속에 불러 일으킴으로써 작용한다. 따라서 좀 더 완전하게 배워야 할 것을 배우지 못한 사항은 기억에서 끄집어낼 수가 없다. 여러분이 기억해 낼 수 있는 것은 그 사항에 대해서 학습할 때 생각한 것, 암기한 것에 한정된다.

기억력은 거의 다른 기술과 마찬가지로 끊임없이 훈련을 함으로써 향상된다. 하루나 이틀만에 초연의 긴 대사를 외는 연극배우, 베토벤의 소나타를 악보도 없이 치는 피아니스트, 모든 카드를 기억하고 있는 노름꾼, 많은 시합의 기보를 외는 바둑기사, 빌딩 내의 모든 사람의 이름과 얼굴과 직책을 알고 있는 수위 등을 보면 규칙적인 반복훈련이 얼마나 중요한가를 알 수 있다.

[4] 기억의 3단계 작용

기억이란 '어떠한 사실을 이해하고〈기명〉, 그 이해된 사실을 보존시키며〈파지〉, 현재도 그것을 다른 경험과 구별하여 필요에 따라 재생시키는〈재생〉 모든 마음의 작용현상'을 말한다.

(1) 의식 작용 - 〈기명 : 記銘〉

기억의 첫째 과정은 의식작용이다. 인간은 누구나를 막론하고 '생각하는' 특성을 갖고 있는데, 기억이란 '생각한다'는 작용에 있어서 근본적인 역할을 하고 있다. 어떤 학습내용에 대해 이해하려고 착수하여, 모양·성질·원리·작용되는 힘 등 모든 면을 분석 음미해보며 깨닫고 의식하는 단계이다.

수업을 받을 때 또는 공부할 때 할 수 있는 것은 기명뿐이다. 새겨진 것이 잠재의식 속에 잘 간직되느냐, 간직되지 않느냐는 마음대로 할 수 없는 파지 과정이다. 그런데, 파지는 기명이 뚜렷할수록 오래 지속된다. 인간의 뇌는 나무와 같아서 끌로 깊이 파면 팔수록 그 새겨짐이 분명하고 그래서 뒤에 오래까지 그 자국이 남는 것이다. 그러므로, 무엇을 외우려 할 때에는 외우는 내용을 이해하고 몇 번씩 마음에 새겨야 한다. 그것도 주의를 집중해서 여러 번 새겨야 한다.

(2) 보존 작용 – 〈파지 : 把持 〉

의식이 완료된 학습내용은 여러 가지 형태와 조직으로 두뇌 속에 보관된다. 어떠한 조직으로 어떻게 보관하느냐가 중요하다. 의식된 내용의 고유특성에 맞게 논리적·과학적으로 분류하여 보존시켜야 한다. 보존시키는 방법이 기억력 발달에 중요한 관건이 되는 것이다.

기억력이 좋다, 나쁘다는 사실상 파지력이 좋다, 나쁘다와 뜻이 같다. 잘 새겨듣지 않아서 잊어버린 것은 노력이 부족한 탓이요, 잘 새겨듣고 외웠는데도 뒤에 기억되지 않는다면 그것은 파지력이 나쁜 탓이다. 파지과정은 선천적으로 타고난 기능으로서 잠재의식이 관장하기 때문에 암시에 의해 파지력은 얼마든지 향상시킬 수 있다.

그런데 파지력이 아무리 좋은 사람이라도 외운 것은 시간이 가면 갈수록 잊혀진다. 외운 것을 잊는 것은 우리 두뇌의 자연스러운 과정이며 잊지 않고 모두 기억한다면 그것이 도리어 비정상이다. 그러므로, 외웠는데 뒤에 잊었다고 경솔하게 '나는 기억력이 나쁘다'는 식의 속단은 금물이다.

(3) 재생 작용 – 〈재생 : 再生 〉

의식되고 보존된 학습내용은 필요에 따라 재생과정을 거친다. 재생과정은 파지된 것이 필요할 때 떠오르는 과정이다. '어떻게 의식할 것인가?' 그리고 '어떻게 보존할 것인가?' 의 문제 못지않게 '어떻게 재생시켜야 할 것인가?'가 더욱 중요한 사항이다.

파지상태가 나쁘면 재생되지 않을 것은 뻔하다. 그러나 파지가 되어 있어도 순간적으로 재생이 되지 않는 경우가 있다. 입안에서 뱅뱅 돌기만 하고 생각이 안 나다가도 어느 순간에 문득 생각이 나는 경우라든지, 시험장에서는 생각이 안 나던 것이 시험장을 나오면 '탁!' 생각이 나는 경우이다. 이것은 사람을 골탕먹이는 기억의 과정인데, 감정상태와 밀접한 관계가 있다.

시험 중에 긴장해 있다든지 초조하고 불안해하면 잘 기명되고 파지된 것이라도 재생되지 않을 수 있다. 또 죄악감이나 열등감과 관계가 있는 일은 생각나면 불쾌하기 때문에, 아주 잠재의식에 가두어두고 내보내지 않아 재생이 안 될 수도 있다. 따라서, 재생을 잘 하려면 마음이 이완상태가 되어야 하고, 또 죄악감·열등감 등이 없어야 된다는 감정적·정서적 차원을 고려해야 한다.

[5] 기억체계의 세 가지 유형

기억의 체계에는 세 가지 유형 즉, 즉시기억·단기기억·장기기억 등이 있다. 이러한 각각의 기억은 각기 다르게 학습내용을 보존하고 상실하며, 각기의 특성에 따라 활용되는 목적 및 처리대상도 달라지게 된다.

(1) 즉시기억 : 세 가지 기억체계 중 학습내용에 대한 이해가 가장 적으며 잠깐 스쳐가는 기억이다. 그저 잠깐 동안만 유지하면 되는 기억이다. 예를 들어, 114 전화 교환수가 전화번호 문의를 받고 곧 전화번호를 본 후 문의자에게 그 번호를 알려주는 동안만 기억하는 유형이다. 전화번호를 말해주고 나면 금방 기억에서 사라져 버린다. 아무런 뜻도 생각하지 않고 번호내용이나 그 숫자 구성에 대한 어떠한 의미도 연상하려고 하지 않으며, 그 정보를 쓸 수 있을 동안만 두뇌에 보존시키는 기억을 말한다. 타자수가 타자를 칠 때도 즉시기억에 의한 기억을 하고 있으며, 여러분이 학습할 때도 이러한 기억에서부터 출발하는 것이다.

(2) 단기기억 : 즉시기억보다는 더 오랫동안 기억하는 유형이다. 예를 들면, 학습할 때에 중요사항을 노트할 때까지 머릿속에 내용을 보존하여 재생해내는 기억유형이다. 이렇게 잠시 동안 기억하기 위해서는 내용을 몇 번이고 중얼거리거나, 손가락이나 볼펜 등으로 써보는 등의 반복 노력을 하게 된다. 이와 같이 인간의 두뇌는 단기기억을 하기 위해 간단한 방법 및 수단을 통해서 노력한다.

(3) 장기기억 : 장기기억은 시험공부하는 유형으로서 몇 달 몇 년 동안 학습내용을 보관하였다가 재생하는 기억을 말한다. 장기기억의 생명은 심상에 의한 조직적인 연상능력이다. 보관된 학습내용을 어떻게 재생시켜 낼 수 있는가를 연상해 놓아야 한다. 그런데, 장기기억된 학습자료가 많을수록 추가된 학습을 기억하기가 더욱더 쉬워진다. 왜냐하면, 여러분이 많이 알면 알수록 두뇌의 조직력이 더욱 강화되고 새로운 학습을 보다 빨리 체계화하여 연상하기가 쉽기 때문이다.

결론적으로, 위의 세 가지 기억유형은 서로가 완전히 독립적으로 작용하는 것은 아니다. 즉, 장기기억은 단기기억에 의존한다. 왜냐하면 새로운 학습을 장기기억 처리하는 조직화 작업은 시간이 걸리기 때문이다. 따라서 조직적·체계적으로 의미를 부여하여 연상하는 장기기억 처리를 할 때까지는 단기기억에서 시연·반복함으로써 기억을 유지해 줄 수 있어야 한다. 이러한 단기기억은 즉시기억에 의존하게 된다. 결국 이들 세 가지 기억은 상호 의존하고 있는 것이다.

"신발을 정리하는 일을 맡았다면 세상에서 신발 정리를
가장 잘 하는 사람이 돼라. 그러면 세상은 당신을
신발 정리만 하는 심부름꾼으로 놔두지 않을 것이다."

2. 왜 우리는 잊어버리는가?

(1) 충분하지 못한 학습은 기억을 방해한다

충분하지 못한 학습이란 정보가 머릿속에 잘 저장되지 않았음을 뜻한다. 어떤 학생은 공부하는 데 있어서 겨우 윤곽만 파악하는 것으로 끝내는가 하면, 어떤 학생은 아주 철저히 공부하여 그 과제의 구석구석을 기억할 수 있도록 한다. 하나의 과제를 철저하게 공부하려면 시간이 많이 소요되나, 이렇게 철저하게 공부를 하면 머릿속에 잘 저장되어 기억이 잘되므로 결국 능률적이며 오히려 시간 절약의 효과도 있는 것이다.

(2) 반복·복습의 결여는 망각을 촉진한다

일반적으로 학습 후 시간이 지남에 따라 망각은 급속도로 이루어진다. 특히 학습초기에는 망각의 양이 많다. 연구 결과, 외운 후 20분이 지나면 42%를, 1시간 후에는 56%를, 8시간 후에는 65%를 잊어버렸으며 그 후에는 망각의 양이 아주 줄어서 2일 후에는 72%를 잊어버렸다. 이렇게 학습 직후 망각의 양이 많으므로, 학습 직후 반복·복습을 하면 망각의 양을 줄일 수 있다.

(3) 이해의 부족은 기억을 방해한다

이해하지 못한 것은 잊어버리기 쉽다. 시험볼 때 잘 이해가 안되어 무조건 외운 내용은 입안에서만 뱅뱅 돌 뿐 뚜렷하게 생각이 안나는 경우를 경험하였을 것이다. 우리는 중요하다고 생각되는 것은 잘 이해하려고 노력을 한다. 그러나 철저하게 이해가 안되었을 경우, 이전에 믿었던 바나 이해했던 식으로 정보를 왜곡하여 저장하게 된다. 즉, 이해의 부족은 정확한 기억을 방해한다.

(4) 주입식 벼락공부 내용은 쉬 잊어버린다

당일치기 시험공부를 하여 시험을 치른 후, 공부한 내용을 곧 시원스럽게 잊어버리는 경험을 많이 했을 것이다. 이와 같이 벼락공부를 하여 월말고사나 중간고사에서는 성적이 우수한 학생이 기말고사나 모의고사에서는 크게 두각을 나타내지 못하는 경우가 많다. 왜 그럴까? 학습자료는 공부와 공부 사이에 적절한 휴식을 취할 때 가장 잘 기억된다. 공부시간의 양은 얼마나 오랫동안 잊어버리지 않느냐를 결정한다. 두세 달 동안에 배운 내용을 하루저녁에 외워 시험을 볼 때, 시험을 친 후 곧 잊어버리는 것은 놀라운 일이 아니다.

(5) 기억할 의사가 적으면 기억이 안된다

책을 여러 장 넘겼으나 무슨 내용을 읽었는지 기억이 안되는 경우가 많다. 그것은 기억하고자 하는 적극적인 마음이 없이 읽었기 때문이다. 이와 같이 수동적 독서보다 읽은 내용을 적극적으로 기억하고자 하는 독서의 경우가 기억량이 많은 것은 당연하다.

그러므로 여러분은 공부한 것을 정말로 기억하기를 간절히 원해야만 한다. 특히 지속적인 관심이 기억에 영향을 준다. 한 연구에서, 일정한 자료를 주면서 한 집단의 학생들에게는 2주 동안에 외워오도록 하였고, 다른 집단의 학생들에게는 하루만에 외워오도록 하였다. 두 집단의 학생들이 그 자료를 기억하기 위하여 실제로 사용한 시간의 양은 같았으나 2주 동안 외운 학생들이 더 오랫동안 기억을 하였다. 이 결과로 알 수 있듯이 장기간에 걸쳐 의도적으로 공부하는 것이 기억에 도움을 준다.

(6) 공부하는 과목과 선생님에 대한 편견은 기억을 방해한다

대체로 싫어하는 과목의 성적은 좋지 않다. 또 좋아하는 과목도 싫어하는 선생님이 가르치게 되면 그 과목까지 싫어져 성적이 떨어지는 경우가 많다. 보통 부정적 태도를 갖는 과목은 긍정적 태도를 갖는 과목보다 못하게 된다. 심리학의 연구에 의하면, 우리가 불쾌하게 생각했던 것이나 갈등을 느꼈던 것은 무의식세계 속에 넣어버리려는 경향이 있다고 한다. 즉, 이전에 갖고 있던 신념이나 믿음과 일치하는 것은 기억에 도움이 되는 반면, 그렇지 않은 것은 잊어버리려 한다는 것이다. 그러므로 공부해야 할 자료나 과목에 대한 부정적 태도는 기억을 저해한다는 사실을 명심해야 한다.

(7) 학습 후의 활동에 따라 기억량이 다르다

일정한 양의 과제를 학습한 후, 한 집단의 학생들은 잠을 자게 하고, 다른 집단의 학생들은 일상활동을 하게 하여 8시간 후 이들의 기억량을 비교하여 보았다. 그 결과, 잠을 잔 집단의 망각의 양이 다른 집단보다 훨씬 적었다. 여기에서 우리는 단순한 시간의 흐름만이 아니라 그 시간 동안에 어떠한 일이 있었는가가 기억에 영향을 줌을 알 수 있다. 나중에 일상활동을 한 것이 이전에 공부한 것에 영향을 주어 기억에 지장을 주었다. 그래서 다른 활동을 할 때 간섭현상이 더 많이 나타났다.

실제 공부에 있어서는 최근에 공부한 것이 이전에 공부한 것을 간섭하는 경우는 드물다. 왜냐하면, 이 둘 간에는 서로 관련이 되어 있기 때문이다. 다시 말해 새로 공부한 것과 이전에 공부한 것이 일관성이 있을 경우, 새로운 공부는 이전에 공부한 자료를 오래 기억하는 데 더 도움이 된다는 것이다.

3. 기억력 증진을 위한 11가지 법칙

여기에 제시하는 '기억력 증진을 위한 11가지 법칙'을 마음 깊이 새기고, 그대로 실행하려고 꾸준히 노력한다면, 아무리 머리가 나쁜 사람이라도 기억력의 대가가 되어 성적이 놀라우리만큼 향상될 수 있음을 확언한다.

제1법칙 : 몸과 마음을 건강하게 할 것 !

제2법칙 : 기억의 필요성에 대한 강한 동기를 작용시킬 것 !

제3법칙 : 기억하려고 의도할 것 !

제4법칙 : 기억할 수 있다는 자신을 가질 것 !

제5법칙 : 기억하고 싶은 것에 흥미를 가질 것 !

제6법칙 : 기억하고자 하는 것에 주의를 집중시켜 정확히 관찰할 것 !

제7법칙 : 기억해야 할 것의 의미를 분명히 이해할 것 !

제8법칙 : 기억해야 할 것을 분류, 정리, 시각화할 것 !

제9법칙 : 되도록 많은 감각기관을 사용할 것 !

제10법칙 : 상상력을 최대한 발휘하여 연상을 잘 할 것 !

제11법칙 : 거듭 반복하여 마음속에 고정시킬 것 !

[제1법칙] 몸과 마음을 건강하게 할 것

기억력을 강화하려면 우선 기억력을 악화시키는 조건을 제거해야 한다. 기억력을 악화시키는 조건이란, 질병·피로·수면부족·걱정·흥분·불안·고독·초조감 등이다. 피로감·질병·걱정거리 등이 있으면 인간의 뇌세포는 활동이 쇠퇴된다. 따라서 들어오는 정보에 대한 이해력과 기억력이 둔화된다. 둔화되지 않기 위해서는 항상 몸과 마음의 건강에 유의해야 한다. 그러기 위해서는 일상생활 전반에 걸쳐 규칙적인 배려가 불가결의 조건이다. 그 조건을 충족시켜 나가면 활력이 넘치게 되고, 세포도 보다 활발해지면서 기억력도 높아진다.

요컨대, 기억력을 양호한 상태로 유지하기 위해서는 건강해야 하고, 매일 숙면할 수 있어야 하고, 때에 따라 기분전환을 해야 하고, 균형이 잡힌 식사를 해야 하고, 뇌세포가 젊어야 한다. 따라서, 누구나 심신이 모두 건강하게 유지되도록 노력하는 것이 기억력을 높이는 최대의 조건임을 잊지 말아야 한다.

(1) 기억을 위해서는 우선 깊은 수면을 취하라

기억은 두뇌의 피로가 없는 상쾌한 기분으로 할 때 효과를 높일 수 있다. 피로해진 뇌세포를 휴식시키고, 새로운 활력을 부여하기 위해서는 숙면(熟眠)이 절대 필요하다. 그러나 오래 자기만 하면 되는 것은 아니다. 중요한 것은 '수면의 질'이다. 즉, 수면이 얕으면 긴 수면시간이 필요하고, 반대로 깊은 수면을 취하면 짧은 시간으로도 충분하다. 바람직한 수면법에 관해서는 〈제12장 단시간 수면법〉에 상세하게 서술하였다.

(2) 기억한 후에는 잠들어 있는 쪽이 오래 기억한다

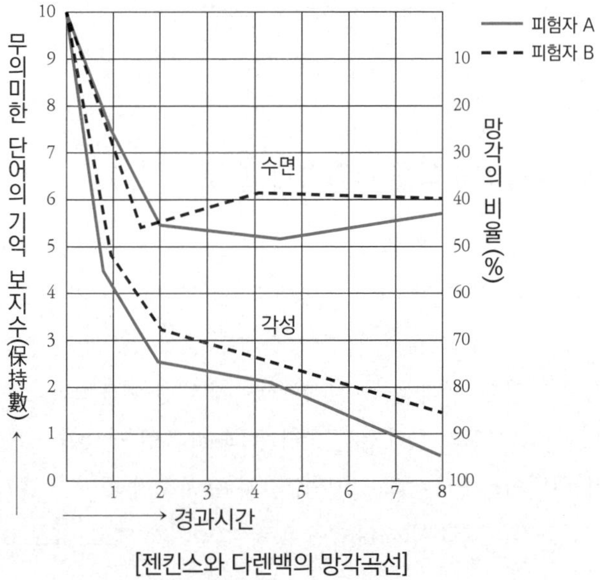

[젠킨스와 다렌백의 망각곡선]

기억과 수면의 관계에 대하여 심리학자 젠킨스와 다렌백이 공동연구를 했다. 이 연구에서 두 사람에게 10개의 무의미한 글자를 기억시킨 다음, 한 사람에게는 즉시 수면을 취하게 하고 다른 한 사람은 수면을 취하지 못하게 했다. 그리고 1, 2, 3, 4, 8시간 뒤에 그것을 재생시켜 두 사람의 경우를 비교했다.

그 결과는 위 그래프에서 보듯이, 공부하고 나서 곧 잠들었을 경우에는 두 시간 후까지는 기억이 감소되지만 그 뒤에는 수면이라는 두꺼운 벽에 방어됨으로써 기억이 유지되어, 잠에서 깼을 때도 70% 정도의 기억이 가동 가능한 상태에 있게 된다. 반대로, 계속 깨어 있으면 마치 바구니에서 물이 새어나가듯, 기억한 후 8시간이 지나면서 계속 급격한 감소를 보이고 있는 것이다.

왜냐하면, 깨어있는 한 아무리 안정을 취해도 인간의 머리에는 여러 가지 정보(자극)가 들어오게 마련이며, 이 정보의 양이 많으면 많을수록 방금 외운 기억은 새로운 정보 속에 묻혀버리기 때문이다. 그런데, 학습한 다음 잔다는 것은 깨어있을 때의 활동으로 학습한 것을 억제하거나 말살해 버리는 일이 없으므로 그것은 가장 좋은 결과를 낳는다. 여기에는 수면이 기억흔적을 어느 정도 정리하고 정착시키는 작용을 하기 때문이기도 하다. 따라서, 어쩔 수 없이 밤을 새우면서 공부해야 할 경우라도, 적어도 '완전한 철야'보다는 '반철야'가 시험에 플러스가 된다. 완전히 밤을 새우기보다는 조금이라도 자는 편이 기억이 더 잘되기 때문이다.

(3) 기억을 잘 하려면 '균형잡힌 영양섭취'를 하라

'영양'과 '기억' 사이에 직접적인 관계는 없다. 그러나 '건강'과 '기억'에는 깊은 관계가 있으므로, '영양'을 무시할 수 없다. 바른 영양을 섭취하지 않으면 몸에 이상이 초래되고, 나아가서는 신경과 마음에도 영향을 미치게 된다. 당연히 뇌세포의 활동은 둔화되고 기억력이 약해진다. 그렇다고 마구 먹어 위나 장에 지나친 부담을 주어 소화기관이 건강을 잃게 되면, 역시 몸의 일부인 '머리'에 나쁜 영향이 오므로 기억력을 저하시키는 원인이 된다. 그러므로 편식하지 않고 균형잡힌 식사를, 먹고 싶은 양의 8할 정도를 섭취하는 것이 기억력 증진을 위한 이상적인 조건이다.

균형잡힌 영양섭취 못지않게 중요한 것은 '술'과 '담배'의 문제이다. 술을 마시면 뇌세포의 활동이 둔해져서 기억력이 저하되고, 담배를 피우면 혈관이 수축되고 대뇌의 혈액량이 감소되어 두뇌의 작용이 나빠진다. 담배는 영원히 피우지 않는 것이 좋고, 술은 성인이 된 후에 적당히 마시는 것이 좋다.

(4) 기억을 잘 하게 하는'기분 전환법'

'병은 마음에서 생긴다'는 말이 있듯이, 걱정거리·흥분·불안감·고독감·초조감 등은 기억을 약화시키는 전형적인 조건이다. 기억을 잘 하기 위해서는 이런 조건들을 어떤 방법으로든 제거할 필요가 있다. 그 방법이 '기분전환'이다.

공연히 마음이 언짢을 때 그것을 지나치게 인식하거나 초조하게 생각하는 것은 금물이다. 기분전환을 해야 한다. 이런 때 여행을 하는 사람도 있고 술을 마시는 사람도 있다. 음악에 흥미가 있는 사람은 조용한 음악으로 마음을 안정시키려 한다. 또한 잠깐 산책을 하는 것도 효과가 있다. 공부나 일에 쫓겨 초조할 때는 잠깐의 시간도 아깝게 느껴진다. 그러나 기분전환 뒤에는 공부나 일의 능률이 몇 배나 높아진다는 점을 생각하면 결코 낭비가 아니다. 건강하고도 효과적인 기분전환 방법이 필요하다. 각자의 성격과 취향에 맞는 기분전환법을 개발하여 실시하는 것이 좋다.

(5) 젊은 뇌세포를 유지하기 위한 방법

지금까지 설명한 조건을 충족시켜도 막상 뇌가 잘 움직여주지 않는다면 아무 소용이 없다. 뇌의 세포가 젊어야 한다는 점이 가장 중요한 조건이다. 뇌세포를 젊게 유지하기 위해서는 항상 새로운 자극을 줌으로써 뇌세포를 경직시키지 않고 유연하게 두어야 한다. 지적 호기심을 왕성하게 하고 새로운 지식이나 연구에 관심을 갖도록 습관화해야 한다. 이렇게 뇌세포를 젊게 유지함으로써 머리회전을 빠르게 하고 사고를 유연하게 하면 기억력의 증강을 도모할 수 있게 된다. 다음에 열거하는 몇 가지를 실행함으로써 뇌세포를 젊게 할 수 있다.

1) **상식을 버릴 것** : '상식을 버린다'고 해서 사회생활을 원만하게 유지하는 데 필요한 룰이나 상식을 버리라는 것은 아니다. 버리는 쪽이 바람직하다는 상식은 말하자면 '사고법의 상식'에 대한 고정관념이다. 역사상의 발견 또는 발명에 대해 생각해 보면 잘 알 수 있다. 모든 탐험가나 과학자는 그 시대의 상식에 구애받지 않고, 비약적인 반짝 사고력에 의해 훌륭한 발견 또는 발명을 해냈다.

2) **현실을 있는 그대로 긍정하지 말 것** : 현실에 대해 아무런 의문 없이 그저 막연하게 살다 보면 뇌세포는 노화된다. 현실은 최악의 상태이고, 불만도 있고 개선의 여지도 있다고 생각하라.

3) **항상 백지상태로 돌아가 생각할 것** : 눈에 띄는 것은 그 형태가 있고 양식을 갖추고 있다. 추상적인 것에도 약속이나 규칙 등 제약이 있다. 그것들을 '이미 되어 있는 것이니까'하고 긍정해 버리지 말라. 아무런 제약도 없는 백지상태로 돌아가 생각하는 습관을 들이지 않으면 뇌세포는 탄력성을 잃고 노화한다.

4) **항상 '다른 무엇인가'를 추구할 것** : 현재 자신이 갖고 있는 지식이나 행동의 기준 또는 그것밖에 없다고 믿고 있는 방법이나 수단을 절대적이라고 생각하지 말라. '다른 어떤 방법이 있을 것이다!'라는 기분으로 나날을 보내면 뇌세포는 언제나 활발하게 작용한다.

5) **지적(知的) 놀이를 즐길 것** : 퀴즈나 퍼즐뿐 아니라 장기나 바둑처럼 머리를 쓰는 게임은 뇌세포의 유연훈련에 적합하다. 또한 취미활동은 자신이 좋아하며 탐구하고자 하는 것 또는 연구하고자 하는 것을 찾아낼 수 있다는 의미에서 세포를 젊은 상태로 유지하는 데 효과적이다.

[제2법칙] 기억의 필요성에 대한 강한 동기를 작용시킬 것

(1) 어떤 것을 기억하려는 동기가 강하면 강할수록 기억도 용이하다

[상황 ①] 갑(甲)은 한가한 시간이 충분히 있으며, 심심풀이로 《영어회화 입문》을 하루에 10페이지씩 공부한다.

[상황②] 을(乙)은 한 달 후에 취직시험을 앞 둔 대학 4년생으로, 목표로 하는 회사는 전세계에 많은 지사를 갖고 있는 종합상사이다. 이번 신규채용자는 해외근무를 할 수 있는 특권적 조건부이므로 '당연히 영어회화를 할 수 있는 자'가 우선적이다. 그래서 이 한 달 사이에 《영어회화입문》을 매일 10페이지씩 공부하지 않으면 안된다.

위 두 사람 중에서 어느 쪽이 기억하기 쉬운 상황이라고 생각하는가?

당연히 영어회화 학습에 앞날의 운명이 달려 있는 을(乙)일 것이다. 이와 같이 기억에는 기억하는 것에 대한 동기가 중요한 역할을 한다.

동기는 여러분을 기억을 향해서 몰아대는 강한 힘이 된다. 동기가 강하면 강할수록 기억코자 하는 의도도 강해져서 잘 기억할 수 있게 된다. 따라서, 모든 학습이나 기억의 기본은 동기부여에 있다. 충분히 강한 동기 내지 목적이 없으면 어떤 것을 기억하고자 해도 도저히 기억할 수가 없다. 이미 강한 목적이 있는 경우에도 더욱 그 동기를 강하게 하면 학습과 기억의 능률은 훨씬 향상된다.

(2) 왜 작가는 일기를 쓰는가?

우리들은 일기를 쓰는 습관을 몸에 붙이려 해도, 시작한 지 3일이나 1주일이 경과하는 동안에 점점 게을러지고 마는 것이 보통이다. 그러나 같은 일기를 쓰는 습관을 가지고 있더라고 작가라면 하루도 잊지 않고 쓰는 경우가 대부분이다. 그것은 우리에게는 일기를 쓴다고 하는 것에 강한 동기도 목적도 없지만, 작가에게는 집필활동이라는 강한 목적이 있으며, 가급적 정확하게 일상생활 속에서 경험한 것을 기억해 두고자 하는 동기가 있기 때문이다. 이것이 작가에게 게으름 없이 일기를 쓰게 하고 있는 것이다.

또 많은 실험에 의해 보상 쪽이 벌보다도 효과적임을 알 수 있다. 어떤 것을 기억한다는 것이 특별히 적극적인 의미에서 여러분에게 얼마나 이익이 되는가, 어느 정도의 보상이 되는가를 생각하는 것도 좋은 것이다.

(3) 무엇을 위한 공부인가를 생각하라

확고한 기억을 위해서는 무엇 때문에 공부해야 하는가를 먼저 생각해야 한다. 그저 막연히 책상 앞에 앉기만 하지 말고, 목표를 정하여 과녁을 좁힌 다음에 공부를 진행시켜 나가는 것이 기억의 효율을 올리는 데 도움이 된다. 학습시의 마음의 긴장은 '학습 의욕'에서 생겨나는 것이다. 이와 같은 의욕을 만들어내기 위한 조건은 복잡하지만 수험생활에 도움이 되는 것 세 가지를 제시하겠다.

첫째, 장래의 직업에 대한 목표와 지망 대학과 학과를 빨리 설정한다.
둘째, 입시라는 목적만으로는 너무나 막연하다. 자신없는 과목의 정복이라든가, 기초력의 충실이라는 구체적인 목표를 세워야 한다.
셋째, 친구와의 그룹학습, 모의시험 등을 이용해서 경쟁의 기회를 만든다.

[제3법칙] 기억하려고 의도할 것

(1) 기억하고자 하면 기억할 수 있다

기억력을 높이기 위해서는 우선 기억하려고 의도해야 한다. 의도가 기억을 증대시킨다. 기억하고자 하는 것은 기억하고, 망각하고자 하는 것은 망각한다. 즉, 주의한 것 외에는 잊어버리고 만다. 눈앞에 일어나는 모든 일이나 대상을 그저 지나쳐 버릴 것이 아니라 기억해 두도록 노력한다. 기억하려는 작용은 그렇게 습관이 되어 항상 신경을 쓰게 되고 따라서 뇌세포는 당연히 기억을 위해 활발히 작용하게 된다.

또, 기억하고자 하는 의도가 기억을 증대시키는 이유는 그것이 우리들의 주의력을 집중시켜, 우리들의 지식을 지적인 패턴으로 구성해 주기 때문이다. 지식은 잘 구성되어 있을수록 잘 기억하게 된다. 시험 때에 공부가 잘 되고 머리에 남는 이유는 기억하려는 강한 의도가 있기 때문이다.

(2) '어떻게 기억하는 것이 좋을까'하고 궁리하는 것 자체가 기억력을 증가시킨다

'어떻게 기억하는 것이 좋을까'하고 이리저리 생각해보고 궁리하는 것이 기억에 매우 효과적이다. 왜냐하면, 적당한 기억방법을 만들어내기 위해서는 암기할 내용의 의미를 정확히 파악하고 이해해야 하므로, 이런저런 방법을 생각하는 동안에 그 의미가 저절로 파악되기 때문이다. 설령 좋은 기억방법이 생각나지 않더라도 두뇌에 강한 인상을 심어 줄 수 있기 때문이다. 또, 어떠한 방법을 사용하는 것이 그 내용이나 성질에 가장 적합한 것인가도 명확해진다. 그중에서 '이 방법으로 기억하자'고 한 가지를 결정하면, 기억할 수 있다는 자신감도 생겨 그만큼 기억에 대해 적극적인 자세가 된다. 이처럼 기억하기 쉬운 방법으로 기억된 것은 잊어버리기도 힘들다. 왜냐하면 뇌 속에서의 정보들이 서로 원활하게 결합되고 단단하게 이어지기 때문이다. 반대로 '이런 방법으로 기억할 수 있을까'하고 망설이면서 기억하면 잡념에 사로잡혀 집중력이 떨어져 능률적인 기억을 할 수 없다.

[제4법칙] 기억할 수 있다는 자신을 가질 것

기억을 잘하기 위한 가장 중요한 요소 중의 하나는 '기억할 수 있다'는 자신감을 갖는 것이다. '나는 기억력이 나쁘다'고 단정해 버리면 모든 것이 그것으로 끝나버린다. 자신이 없으면 뇌세포 활동이 억제·저하되어 기억력이 둔해진다는 것은 생리학에서도 증명된 사실이다.

이를 심리학에서는 '억제 효과'라 부르는데, '자신이 없다 → 뇌활동이 억제된다 → 기억할 수 없다 → 자신이 더욱 없어진다'는 악순환을 되풀이하게 된다. 자극은 없어지고, 뇌는 하루하루 노화되며, 기억력은 더욱 더 나빠질 뿐이다. 스스로 가능성을 없애 버린다면 뇌세포가 아무리 잘 하려 해도 무리이다.

자신감을 갖는 것은 매우 중요하다. 우선 자신감을 가짐으로써 이 악순환을 '양호한 순환'으로 바꾸는 것이 기억법의 출발점이다. 남은 할 수 있는데 자기만 못하라는 법이 있을 리 없다고 생각해야 한다.

지난날을 돌이켜 보라. 어린 시절에 배운 동요는 애쓰지 않아도 생각이 잘 나지 않는가. 친구나 친척들의 이름은 잊어버리려 해도 잊혀지지 않는다. 자기집 전화번호나 친한 친구 특히 여자(남자)친구의 전화번호는 틀림없이 외운다. '외울 수 있다'고 생각하기 때문에 아무런 저항없이 기억되는 것이다. 자신감은 이윽고 가능성으로 이어지며, 다시 자신감으로 증폭되어 돌아온다.

물론, '자신감'이 선행되어도 노력을 하지 않으면 효과는 반감된다. 그리고 그런 노력도 과학적인 방법에 입각하지 않으면 물거품이 되고 만다. 이 책을 읽고 자신감이 솟구침을 느낀다면 이미 기억법의 반은 터득한 것이다. 무엇이 기억할 가치가 있는 것인가를 주의하여 결정한 다음, 기억할 필요가 있는 것은 반드시 기억할 수 있다고 하는 강한 자신감을 갖고, 전력을 기울여 바로 그것만을 기억하고자 결심하고 노력하라.

"기억력은 무거운 짐을 짊어지게 함으로써 더욱 좋아지며,
신뢰하면 그것을 견딜 수 있게 된다."

[제5법칙] 기억하고 싶은 것에 흥미를 가질 것

(1) '흥미'는 기억을 위한 '식욕 증진제'

흥미가 있는 것은 기억할 수 있어도, 흥미를 끌지 못하는 것은 잊어버린다. 어떤 대상에 흥미를 가지면 가질수록 그것을 기억하기 쉽게 된다. 흥미가 있는 것에 의식을 집중하는 것은 비교적 용이하기 때문이다. 어렸을 때는 세상 모든 일이 흥미의 대상이며 호기심의 표적이었으나, 나이가 들면서 사물에 대한 '흥미'도 '호기심'도 희미해진다는 심리적 변화는 어쩔 수 없는 사실이다. 감동을 느끼지 못하는 인간의 뇌가 활발하게 움직일 리도 없고 따라서 기억력도 나빠진다. 그리고, 스스로 욕구를 느껴 기억한 것은 기계적으로 암기한 것에 비해 그 지속력도 달라진다.

흥미는 기억의 결정적 요인이다. 조그만 흥미라도 느끼게 되면 곧 '식욕 증진제'와 같은 작용을 하게 되어 식욕이 아닌 지식욕이 불타오른다. 사소한 계기로 느끼게 된 조그만 흥미가 돌파구가 되어 모래가 물을 빨아들이듯 지식을 흡수하게 되고, 그것이 곧 기억력을 높이는 것이다.

(2) 인위적으로 흥미를 북돋우라

흥미가 기억의 원천이라고는 하지만, 싫은 과목에 흥미를 가진다는 것은 어려운 일이다. 그러므로 기억하고 싶은 것에 강한 흥미가 일어나지 않을 때는 흥미를 만들어 내도록 힘써야 한다. 필요하다면 상상력을 빌려서라도 흥미를 만들어 내도록 애써야 한다. 그런데 흥미가 없다, 재미가 없다, 싫다는 원인은 의외로 사소한 데에 있는 경우가 적지 않다. 그런 때는 그 과목을 담당하고 계신 선생님이나, 그 과목을 특별히 잘 하는 친구나 선배를 만나 의논하는 것이 가장 효과적이다. 그들과 이야기하는 가운데 지금까지 자신이 알지 못했던 뜻밖의 재미라든가 매력을 발견할 수도 있고, 그것이 흥미로 이어지기도 한다. 기억을 하려면 흥미를 북돋는 것이 선결 문제이다.

자기 중심적이고 이기적인 사람은 자기만을 사랑하고 타인에게 흥미를 느끼는 일 따위는 하지 않기 때문에, 다른 사람의 이름이나 얼굴 등을 기억하는 힘이 빈약하다. 이기적인 마음을 버리고, 타인도 나와같이 아끼고 사랑할 수 있는 심성을 기르는 것이 필요하다.

(3) 기억해야 할 것의 유쾌한 면을 강조할 것

사람은 어렸을 때부터 자라는 동안 갖가지 체험을 하게 되며, 일반적으로 슬픈 일이나 괴로웠던 일은 잊어버리고 즐거웠던 일은 기억한다. 자아에게 위협을 주는(Ego-threatening) 사항은 무의식의 세계에 억압되어 좀처럼 의식수준으로 상승되지 않는다. 우리가 때로 '어두운 기억'을 꿈에서 보게 되는 것은 그곳이 무의식에 지배되는 세계이기 때문이다. 이러한 인간의 정신활동을 생각할 때, 무엇인가를 기억할 때는 되도록 즐거운 체험과 결부시키면 쉽게 기억할 수 있다는 것을 알 수 있다.

좋은 실험의 예가 있다. 그것은 E.N.헨더슨이 행한 실험인데, 10명의 사람을 뽑아 그들의 일생에서 일어난 100가지 일을 이야기하게 했더니, 그 결과는 〈55%는 유쾌한 일, 33%는 불쾌한 일, 12%는 평범한 일〉이었다. 이것은 자기를 만족시키는 유쾌한 경험은 다시 회상되기 쉬운 반면, 자기를 만족시키지 않는 불쾌한 경험은 회피하려고 하는 경향이 있기 때문이다.

나이가 들어감에 따라서 우리들은 과거에 대한 향수를 품고, '지나간 좋은 옛날 일'을 이야기한다. 그런데 그것은 시간이 지나감에 따라 유쾌한 기억에 집착하여 불쾌한 기억은 잊어버리고, 지난날의 좋은 추억은 즐거운 것으로서 유지되는 경우가 많기 때문이다.

[제6법칙] 기억하고자 하는 것에 주의를 집중시켜 정확히 관찰할 것

(1) 진정한 기억술은 주의술이다

주의(注意)란 어떤 사물이나 행위를 알아차리는 것, 거기에 의식을 조정시키는 것을 말한다. 그러므로 하나의 사물에 주의를 기울이면 기울일수록 그것으로부터 받는 인상은 강해지는 것이다. 우리가 보통 보거나 듣거나 느끼거나 한 것의 태반을 경험한 후 곧 잊어버리는 것은 그것들에 충분한 주의를 기울이지 않았기 때문이다. 충분한 주의를 한 사건은 별로 기억하고자 생각하지 않아도 쉽게 기억한다. 그러므로 어떤 것을 기억하고 싶다면 그 사항에 대해서 전 주의력을 기울이는 것이 중요하다.

주의를 집중하면 할수록 우리들은 그것을 오래 기억한다. 주의가 적으면 그만큼 잊어버리기 쉽기 때문에 오래 기억할 수가 없다. 물론 전혀 주의하지 않은 것을 잊어버리는 것은 당연하다. 따라서 기억력을 높이려면, 기억하고 싶은 단어나 사물이나 사람을 날카롭게 관찰하며 주의를 집중하는 습관을 몸에 붙이지 않으면 안된다.

(2) 기억하고 싶은 것의 특징을 자세히 관찰하는 것이 그대로 기억으로 이어진다

모든 학습의 경우, 충분히 관찰을 하는 즉 기억하고자 하는 사항에 대해서 충분히 알아보고 의미와 본질을 파악하는 것은 기억을 효과적으로 하게 한다. 기억하고 싶다고 생각하는 모든 단어·사물·사람·사진을 방심하지 않고, 사소한 사항에 구애받지 말고 가장 본질적인 면을 관찰하지 않으면 안 된다. 특히 어학학습에는 사전을 활용하여 기억하고자 하는 단어의 본질적인 의미를 파악하는 것이 기억의 법칙으로 보아 대단히 중요하다.

인상을 남기려 할 때에 명확한 이미지를 만들지 않았기 때문에 그 이미지를 재현하지 못하고 망각하는 일이 종종 있다. 인상을 남게 하는 데 있어서는 기억하고자 하는 의도를 갖고 확실히 관찰하는 것이 무엇보다 중요하다. 기억하고자 하는 의도를 갖고 주의깊게 관찰하면 무엇이나 기억할 수 있는 것이다. 지엽적인 것은 젖혀놓고 가장 본질적인 면을 관찰해야 한다. 완전히 그리고 정확하게 관찰하지 않은 것은 완전히 그리고 정확하게 기억할 수 없음은 물론이다.

이전에 부딪쳤던 단어나 역사의 연대나 사람 이름이나 수식을 기억하지 못하는 것은, 대개 처음에 부딪쳤을 때 충분한 관찰이 행해지지 않고 특징적인 점을 파악하는 습관이 몸에 붙지 않았기 때문이라고 할 수 있다. '확실하게 관찰'하는 것, 이것은 우리들이 학습할 때에 특히 중요하다. 예컨대, 어학의 경우 어떤 새로운 단어에 부딪쳤을 경우에 다음과 같이 한다.

❶ '이것은 새로운 단어다'라는 것을 잘 유의한다.
❷ 철자에 잘 주의해서 의미를 상세히 알아본다.
❸ 철자의 특징, 발음의 특징을 찾는다. 이때 사전을 찾아 발음기호로 정확한 발음을 파악하는 것은 특히 효과가 있는데, 원어민의 발음을 들려주는 네이버사전이나 전자사전 등을 잘 활용해야 한다.
❹ 이 단어의 전후관계에 주의해서 그 단어의 문장에서의 위치·역할을 안다.
❺ 그 단어는 철자나 발음이나 의미 등에 있어서 다른 단어와 관련되어

있지 않는가? 이때도 사전을 찾아 의미에 있어서 유사와 대조에 주의하면 더욱 효과적이다.

(3) 적당한 긴장감을 갖는다

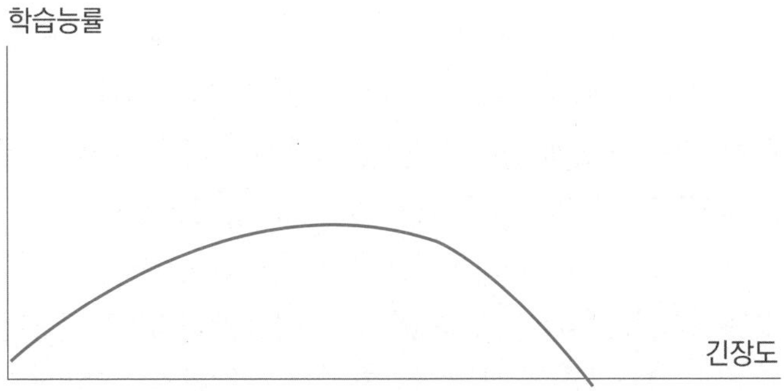

공부에 있어서 지나친 긴장감은 두뇌의 활동을 저하시켜 시험장에서 어이없는 실수를 저지르게 하는 원인이 되고, 또한 평상시의 공부에 대한 지나친 불안감은 노이로제와 같은 신경쇠약 증세를 일으키는 원인이 되기도 한다. 그러나 적당한 불안은 두뇌활동을 활발하게 하는 촉진제가 될 수도 있다. 여러분도 시험을 앞두고 시험공부를 할 때가 평상시보다 훨씬 더 머릿속으로 잘 들어오는 것을 경험했을 것이다.

만사가 천하태평이라는 식으로 세상을 걱정거리 하나 없이 살아가는 사람들은 어쩌면 낙천적이고 유유자적하는 삶을 살고 있다는 여유가 부럽기는 하지만, 중대한 시험을 목전에 두고 있는 수험생에게 있어서 이러한 긴장감 없는 느슨한 생활태도는 커다란 적이 아닐 수 없다. 적당한 긴장감 없이 아무리 장시간 동안 책상에 매달려 있어 봐야 별 효과가 없는 것은 당연하다.

결론적으로, 지나친 긴장은 학습에 지장이 되지만, 그것을 적당하게 조절할 수만 있으면 자기 발전에 보탬이 된다는 것을 알기 바란다.

(4) 제한시간을 정해놓고 기억하면 집중력이 높아진다

제한시간이 있으면 뇌는 그 시간을 향해 '배수의 진'을 친다. 기억을 향해 뇌의 여러 기능이 집중적으로 활동을 개시하는 것이다. 시험을 앞두고 하룻밤 사이에 급조한 공부가 뜻밖의 멋진 결과를 맺는 것도 뇌가 배수의 진을 분명히 의식함으로써 집중력이 높아지기 때문이다.

연극배우들도 '상연일까지 이제 며칠' 하는 초읽기가 시작되면 대사를 외우는 능률이 갑자기 높아지고, '상연까지 나머지 몇 시간' 하고 아주 다급해지면 자신을 채찍질하며 힘을 쏟는다고 한다. 공부할 때도 능률이 오르지 않을 때는 일부러 시계를 앞에 놓고 '초읽기'를 시작하면 자신의 힘을 북돋는 데 크게 도움이 된다.

[제7법칙] 기억해야 할 것의 의미를 분명히 이해할 것

(1) 기억하기 전에 먼저 이해하라

무엇인가를 '잊어버렸다'고 할 때 사실은 그 일에 대해 전혀 '알지 못했던' 때가 의외로 많다. 어중간하게 이해한 것은 뇌리 속에 정확히 자리를 잡지 못했기 때문에 기억하기 힘들다. 자신의 기억력이 정말 나쁘다고 생각할는지 모르지만 사실은 바르게 이해하지 않았기 때문에 즉, 본래 기억하지 않았던 것과 같은 경우가 된다. 바르게 이해하면 그것이 곧 기억력의 증진으로 이어진다는 것은 움직일 수 없는 대원칙이다.

자기는 태어날 때부터 기억력이 나쁘다고 체념해 버리기 전에 다시 한 번 더, 정말로 이해하고 있는가를 체크한 다음 이해하기 위한 노력을 계속하라. 멀리 돌아가는 길같지만 사실은 기억력을 확실하게 향상시키는 가장 빠른 지름길이라는 사실을 잊지 말아야 한다.

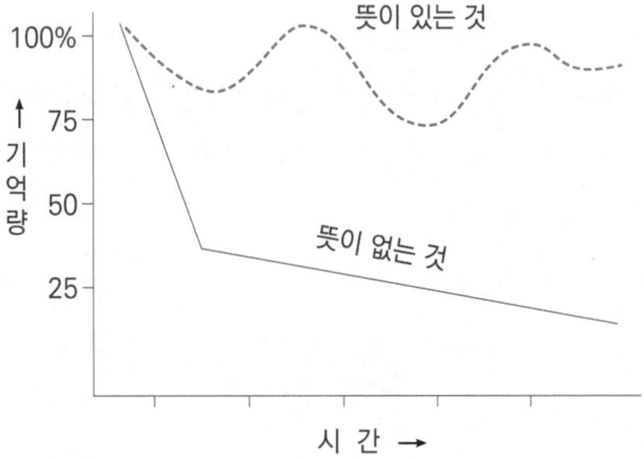

(2) 이미 알고 있는 것과 결부된 기억은 확실한 것이 된다

기억이란 하나하나 흩어져 존재하는 것이 아니다. 건축과 마찬가지로 기초에서부터 쌓아 올려지게 된다. 갓난아기 때부터 습득·복습해 온 '기초정보'에 새로운 정보를 효과적으로 뿌리내리게 하는 것이 기억력을 증진시키는 비결이다. 심리학에서는 이것을 '앵커링'(anchoring: 닻을 내린다)이라고 하는데, 실제로 우리는 무의식 중에 앵커링을 하고 있다.

사실·관념·단어·인물 등은 모두 그것과 관계가 있는 다른 사실·관념·문장·인물과 결부시켜 이해하지 않으면 안된다. 그리고 그것에 의해서 그것들의 사실·관념·인물 등을 하나의 질서있는 체계로서 조직하지 않으면 안된다. 왜냐하면, 하나하나 고립되어 있어서 전후에 관련이 없는 사실이나 관념은, 질서와 의미를 갖고 어떤 형태로 묶여진 것보다는 기억하기 어렵다. 또한, 그렇게 함으로써 여러분은 여러분이 배운 것의 의미를 이해했다고 말할 수 있을 것이다. 사실이나 관념이나 인물은 그것에 다른 의미를 또 하나 첨가하는 것으로 한층 더 그것을 잘 기억할 수 있게 되는 것이다.

[제8법칙] 기억해야 할 것을 분류·정리·시각화 할 것

(1) 기억하고 싶은 것을 분류·정리하는 것이 기억의 첫걸음

머릿속에 구겨넣기만 하면 된다는 식으로 기억하면 모처럼 열심히 공부해서 머리에 담은 기억도 막상 생각을 떠올리려 할 때 혼란을 일으켜 '에베레스트'인지 '에레베스트'인지 엉크러진 실처럼 되어 뭐가 뭔지 모르게 되어버리고 만다.

예컨대, 다음 10개의 단어 〈개·모자·고양이·벽시계·테이블·장롱·안경·잉꼬·구두·반지〉를 기억한다고 하자. 물론 아예 통째로 암기하는 방법도 있지만, 이를 기억하기 쉽게 하려면 이 단어들을 분류·정리하면 된다.

ⓐ 동물 = 개·고양이·잉꼬

ⓑ 장신구 = 모자·안경·구두·반지

ⓒ 집안에 있는 것 = 벽시계·테이블·장롱

이렇게 각 카테고리별로 기억하면 훨씬 빠르고 정확하게 외울 수 있다. 때문에 기억할 때에 처음부터 질서있게 분류해서 특히 비슷한 것, 파생한 것, 반대어, 관계있는 것 등을 정리해서 익히면 굉장히 기억하기 쉬울 뿐 아니라 생각을 끌어낼 때도 혼란을 일으키지 않고 정확하게 재생시킬 수 있어 좋다. 비슷한 것끼리는 그 비슷한 점과 다른 점을 명확하게 하면 기억하기 쉽다.

인간의 머리는 장롱과 마찬가지여서 몇 개의 서랍이 달려 있다고 할 수 있는데, 밖에서부터 정보가 들어오면 그것을 적절한 서랍에 분류하여 넣는다. 그렇게 되면 보다 오랫동안 그리고 정확하게 기억이 유지된다. 이 서랍을 심리학에서는 '관계 테두리(frame of reference)'라 부른다. 어떠한 정보든 적절한 서랍에 넣어져야만 자유롭게 다시 꺼낼 수 있는 즉, 다시 생각해낼 수 있는 길이 열리는 것이다.

기억력이 좋은 사람이란 프레임 정리가 잘 되어 있는 사람을 말하며, 기억력이 나쁜 사람이란 서랍 하나에 잡다한 것이 멋대로 들어 있는 사람을 말한다. 그것을 잘 정리하게 되면 기억은 완료된 것이나 같다. 평소부터 잘 분류해서 기억하도록 유의하면 차츰 서랍(프레임)이 정리되고, 따라서 넣고 꺼내기가 자유로워진다.

(2) 중요 사항만을 골라 기억하면서 축을 만들라

교과서나 노트를 글자 하나 글귀 하나 빼놓지 않고 암기하는 사람이 있는데, 이것은 효율성 면에서 매우 비능률적인 방법이다. 복잡하게 얽힌 내용은 먼저 큰 '흐름'을 파악하여 중요사항을 조목별로 엮어내는 것부터 해야 한다. 그렇게 함으로써 우선 머리를 정리하고 기억하기 쉬운 형태를 만들어 낼 수 있다. 그렇게 해서 기억해두면 다시 재생할 때 조목별 형태가 떠오르고 그것들이 서로 유기적으로 연결·상기된다. 설사 부분적으로는 잊고 있더라도 큰 줄거리는 기억하고 있으므로 '확실한 기억'을 과시할 수 있게 된다.

역사 과목에서는 중요사항을 골라, 그것을 띄엄띄엄 기억하며 '흐름'으로서 머리에 담아야 한다. 그 다음 그 사이사이를 메꾸어 나가면 된다. 말하자면 기억에 격차를 주면서 진행하는 것이 바람직한 것이다.

조목별로 만드는 시간이 아깝다고 할는지 모르지만 이것은 눈앞의 욕심에 사로잡혀 도움이 되지도 않는 피라미만 낚을 뿐, 큰 고기는 놓치는 낚시꾼과 같은 사람이다. 덮어놓고 외운 것은 나중에 다시 생각하려 할 때 필요없는 부분만 떠오른다. 조목별로 만드는 시간의 손실은 '정확한 기억'이라는 결과에 의해 충분히 보상받고도 남음이 있다. 즉, 기억이란 단독으로 기억하기보다는 관련사항과 하나로 묶어서 하는 편이 기억하기도 쉽고 또 오래 기억할 수 있는 것이다.

순서나 틀, 계통 등을 세우는 데에는 일정한 기준이 필요하다. 예를 들어, 순서에 대해서 보면 다음과 같은 것이 있다. : ⓐ 연대순, ⓑ 대소순, ⓒ 논리적인 순서, ⓓ 공간적인 순서, ⓔ 중요도 순서 등.

(3) 기억할 것을 시각화하라

"백문불여일견(百聞不如一見: 백 번 듣는 것보다 한 번 보는 것이 더 낫다)"라는 속담이 있듯이, 대개의 사람에게 있어서 본 적이 있는 것은 기억하기 쉽다. 그래서 기억하고 싶다고 생각할 때에는 그 기억하고 싶은 실제의 상을 심상 속에서 그리도록 노력하면 보다 명확히 기억할 수 있게 된다. 복잡한 통계숫자 등도 그래프로 잘 표시하면 알기 쉬울 뿐만 아니라 훨씬 잘 기억할 수 있다.

기억하고자 생각했다면 그것을 시각화하라. 머릿속에 사건이나 단어나 사물이나 사람을 뚜렷하게 그리면 그것들을 재생하는 것은 훨씬 쉽게 될 것이다. 기억에 있어서 시각화는 무엇보다도 중요하다.

1) 도표화하면 전체를 한 묶음으로 기억할 수 있다

인간의 감각 중 성장과 함께 가장 발달하는 것은 '시각(視覺)'이다. 따라서 지도화 즉, '시각화'시킬 수 없는 사람은 감각기관의 발달이 미숙한 사람인지도 모른다. 누군가가 길을 물었을 때 말로 길게 설명하는 것보다는 종이에다 약도를 대강 그려주는 것이 훨씬 빠르고 이해하기 쉬운 방법이다. 눈으로 볼 수 있도록 정보를 처리·정리하는 것이 이해와 기억을 촉진시키는 지름길이므로, 한눈에 알아볼 수 있는 그림이나 표를 만들 수 있는 훈련을 쌓아야 한다.

공부를 하는 경우에도 요점을 문자로 표현할 뿐 아니라 도해(圖解)노트를 만드는 것이 시각화를 위한 훌륭한 훈련이 된다. 국어·영어·역사·사회·윤리 등은 특히 논술고사에 대비해서라도 한 가지 테마를 전체적으로 요령있게 종합하는 능력을 길러야 하는데, 이에는 도해 트레이닝이 큰 도움이 된다. 인과관계·시간·인물 등을 그림으로 나타내면 즉, 도해하면 문장으로 익히는 것에 비해 내용이 훨씬 간략화되며 명확해지기 때문에, 기억이 분명해질 뿐 아니라 학습능률도 높아진다. 게다가 시각적으로 노트를 정리해두면 노트를 보지 않을 때도 눈으로 본 기억이 뚜렷하게 남아 있어 재생에 유리하다.

때로는 글자를 크고 굵게 쓰기도 하고, 도형을 색연필로 칠해 보라. 더욱 시각적이고 입체적인 도표가 된다. 또한 자신만의 독자적인 기호를 창작하여 표현하면 그 기호를 쓸 때부터 이미 기억작용이 시작되는 것이다. 이러한 도해식 기억법을 가능한 한 많이 자기 것으로 만들어서 공부의 능률을 꾀해야 한다.

2) 관련사항은 커다란 종이에 도시하면 쉽게 생각이 난다

시험을 보다가 아무리 생각해도 떠오르지 않는 문제를, 교과서 몇 페이지의 언저리에 쓰여져 있었는가에 생각이 미쳤다가 '왼쪽 페이지 위쪽 사진 밑에 있었으니까, 그건…'하고 맞춘 경험을 가진 사람이 많을 것이다. 공간적인 위치를 단서로 기억이 재생되는 것은 인간이 스페이스에 대해 날카로운 감각을 갖고 있다는 증거이다.

이것을 기억에 이용하여, 중요한 사항 전체를 한눈에 볼 수 있을 만큼 커다란 종이에 필요한 사항 상호간의 관련을 시각적으로 도시(圖示)하는 방법이 있다. 필요한 사항을 수직축과 수평축을 중심으로 사선·곡선·점선 등으로 또는 색깔로 분류한다. 이 종이를 벽에 붙이거나 바닥에 펴놓고 뇌의 주름에 이미지로 직접 새겨지도록 기억하는 것이다.

다음에는 눈을 감고 그 전체 모습이 떠오르는가를 확인해 본다. 이것을 되풀이하다 보면 커다란 종이 전체가 눈을 감아도 분명하게 보이게 된다. 이로써 정보를 완벽하게 스페이스화하는 데 성공한 셈이다.

3) 기억의 난이도를 일정한 색깔로 구별하면 복습하기 쉽다

수험생의 참고서를 보면 대개 붉은 밑줄이 가득 쳐져 있다. 나름대로 중요한 대목을 강조하기 위해서일 것이다. 이때 붉은 색만을 사용하지 말고, 붉은색·푸른색·노란색의 3가지를 효과적으로 사용하여 복습하기 쉬운 참고서나 노트를 만들어 보는 것도 매우 효율적이다. 붉은색은 주요사항 중에서도 흔히 잘 틀리는 것, 그리고 잘 기억되지 않는 것에 사용하고, 푸른색은 비교적 잘 기억되는 것이나 기억하기 쉬운 것에 사용하며, 노란색은 애매하고 분명하지 않아 기억하기가 까다로운 것 등에 구별하여 사용한다. 또, 푸른색 펜을 붉은색 펜으로 바꾸어 쥐는 동작 그 자체에 '이 사항은 중요하다'고 스스로를 환기시키는 효과가 있음도 간과할 수 없다.

그렇게 함으로써 자신에 대한 기억의 난이도가 한눈에 나타나게 되어, 복습할 때 어떤 대목에 포인트를 두고 해야 하는가 즉, '전략'을 즉시 세울 수 있다. 시간이 많지 않을 때에는 붉은색으로 칠해진 부분만 집중적으로 공부할 수도 있고, 푸른색 부분은 한번 훑어보는 것만으로도 충분하니까 훨씬 능률적인 복습을 할 수 있다. 뿐만 아니라 검은 활자로만 되어 있는 '매력없는' 교과서나, 마지못해 만든 2색도·3색도의 참고서에 비해 자기 손과 머리를 써서 다채롭게 만든 교재는 공부하기 수월할 뿐 아니라 기억의 효과면에 있어서도 월등하다.

4) 온 방안에 메모를 붙여두고 그 장소와 위치를 기억해 두면 쉽게 생각난다

고대 그리스나 로마의 웅변가들이 긴 연설을 유창하게 해냈다는 것은 잘 알려진 사실이다. 당시에는 오늘날과 같이 펜이나 연필이 없었다. 때문에 어떤 종류의 기억법에 의해 연설을 암기해야만 했다. 따라서 기억법에 숙달되는 것이 웅변가가 되는 조건이었던 것이다. 많이 활용되었던 기억법은 자기 집의 각 부분과 연설내용을 결부시켜 기억하는 방법이다. 예컨대 연설 첫머리는 현관, 가운데 부분은 거실, 나중 부분은 침실이라는 식으로 결부시키는 것이다. 이렇게 해두면 연설 내용을 다시 생각할 때 낯익은 집안의 모습을 차례로 생각해 내면 된다.

이 방법은 공부에도 충분히 활용할 수 있다. 공부방 각 부분에 종이를 붙여두고 그 위치와의 연상으로 기억해 가는 것이다. 예컨대, 영어 단어의 접두사를 기억하려는 경우에는 접두사를 크게 쓴 종이를 여러 군데에 붙인다. '강력함'을 의미하는 「super-, extra-」는 천정에 붙이고, '아래'를 의미하는 「sub-, de-」는 책상의 맨 아래 서랍옆에, 그리고 책상 앞 벽에는 「pre, pro, ante-」, 뒷벽에는 「post-, re-」, 방문 바깥쪽에는 「ex-」라 쓴 종이를 붙인다. 그 종이를 볼 때마다 어쩔 수 없이 눈에 비치도록 하는 것이다.

만일, 「postwar」라는 단어를 만나 한순간 의미를 알 수 없었다 하더라고 뒷벽에 「post-」가 있었던 것을 생각해 냄으로써 「후+전쟁」 즉, 「전후」로 추정할 수 있다. 또한 「subconscious」라는 긴 단어를 만나도 당황할 필요는 없다. 「sub-」는 책상 아래쪽에 있었고, 「conscious」는 '의식의'라는 의미이므로 '의식의 아래' 즉, '무의식'이라고 추정할 수 있다. 물론 접두사에 있어서는 예외도 있으므로 언제나 이 방법으로 해결되는 것은 아니지만, 생각이 나지 않을 때, 아무런 방법도 없는 것에 비하면 훨씬 유리하다. 고대의 현인들이 사용한 이 기억술은 오늘날에도 기억력을 높이는데 있어서 빠뜨릴 수 없는 방법인 것이다.

5) 잊어버린 것을 다시 생각해 내야 할 때는 그것이 쓰여져 있던 책이나 노트의 페이지를 생각하라

잊어버린 것을 생각해 낼 때 가장 중요한 것은 생각해 내기 위한 '단서를 발견'하는 데 있다. 일단 한 번이라도 외웠던 것은, 아니 모든 기억은 그것만 단독으로 기억된 것이 아니라 다른 여러 가지 사항과의 관련 위에서 기억된 것이므로 단서를 발견하게 되면 그것을 통해잊어버린 것을 쉽게 끌어낼 수 있다. 잊어버린 것을 생각해 내는 기억의 재생은 마치 범인을 쫓는 형사의 작업과 같다. 형사는 현장에 남겨진 사소한 단서를 바탕으로 범인을 추적해 나가는데, 잊어버린 것을 다시 생각해 내는 작업도 머리에 남겨진 단서가 출발점이 되어, 거기에서부터 차츰 기억의 실마리를 더듬어가는 것이다. 말하자면 그 단서를 발견할 수 있는가가 기억재생의 키 포인트가 된다.

그 유력한 단서가 되는 것이 앞에서도 설명한 책이나 노트에서의 공간적 위치관계이다. 무턱대고 잊어버린 것을 생각해 내려 하지만 말고 그 정보를 어디에서 얻었는가를 생각해 보는 것이다. 노트였는가, 교과서였는가, 아니면 참고서였는가. 그것을 알게 되면 이번에는 그것이 어느 페이지에 실려 있었는가를 생각해 본다. 왼쪽 페이지에 있었는가, 오른쪽 페이지에 있었는가, 그 페이지의 오른쪽 위였는가 아래였는가, 또는 왼쪽 위였는가 아래였는가, 그 단서만 발견되면 잊어버린 것이라도 생각해 내기가 어렵지 않다.

인간은 시각적인 동물이다. 따라서 공간적인 위치 설정에 있어서 뛰어난 능력을 갖고 있다. 특히 수직·수평·좌우·상하·비낀 위·비낀 아래 등 대표적인 공간적 위치설정은 머릿속에서 만들어진다. 교과서나 참고서에 인쇄된 제목·글자의 형태·밑줄 등으로부터 기억의 실마리를 하나씩 더듬어 마침내 목적지에 이르렀을 때의 기쁨은 말로 다할 수 없을 정도이다.

그리고, 교과서와 참고서에는 여러 군데에 사진과 삽화 또는 도표 등이 실려 있는데, 이것을 단순히 장식이나 참고자료 정도로만 생각하고 있다면 매우 안타까운 일이다. 사진·삽화·도표는 기억에 좋은 길잡이가 된다. 기억할 때 외운 내용과 함께 그 페이지의 삽화나 사진, 도표를 주목해두는 것도 좋은 단서가 된다. 그리고 평소부터 책이나 노트의 중요한 페이지에 기억재생의 단서가 될 수 있는 기호라든가 그림을 그려두는 것도 좋은 방법이라 하겠다.

6) 눈을 감고 외우면 기억이 정착된다

암기는 '暗記(어둠 속에 적는다)'라고 쓴다. 머릿속 어두운 부분에 지식을 새겨 넣는다는 말이다. 이 어둠을 현실적으로 만들기 위해서는 굳이 어두운 장소를 찾지 않더라도 눈을 감기만 하면 언제 어디서든 순식간에 만들어진다. 눈을 감으면 외계의 시각자극이 차단되고, 따라서 자신의 자유로운 이미지를 만들 수 있다. 이 이미지 조성이 기억을 튼튼하게 정착시키는 데 도움이 된다. 그것을 보다 더 효과적으로 하기 위해서는 눈을 감기도 하고, 눈꺼풀을 스크린 삼아 거기에 기억하고자 하는 단어의 스펠을 쓰거나, 사람이라면 그 이름과 모습까지 새기면서 기억하기도 한다.

시험장에서도 외울 때와 마찬가지로 눈을 감으면 그 동작에 촉발되듯이 눈꺼풀에 어떤 상이 선명하게 떠오른다. 눈을 감고 외계를 차단시키면 정신이 집중되어 그것만으로도 충분히 기억촉진의 효과가 있다.

[제9법칙] 되도록 많은 감각기관을 사용할 것

우리 몸에는 많은 감각 수용기관이 있다. 이들 수용기관이 외부로부터 또는 내부로부터 발생되어오는 여러 가지 자극을 받아들여 '감각'을 일으키게 된다. 감각기관은 그것을 통해서 우리들이 외계의 일을 배우는 도구로서, 이 기관은 유리하게 이용하면 할수록 많은 정보를 뇌 속으로 보내어 보다 효과적인 '기억 흔적'을 남겨준다.

기억에는 모든 감각이 전부 동원되어 이용된다. 감각은 사용하면 사용할수록 그것도 효과적으로 사용하면 사용할수록 더욱더 완전히 사물을 배울 수 있게 되며, 또 그것을 기억하는 것도 쉬워지게 된다. 그러므로 기억의 속도를 빠르게 하고 또한 확실하게 기억하기 위해서는 되도록 많은 감각기관을 의식적으로 공동 작용시키는 것이 효과적이다. 단지 눈으로만 읽을 것이 아니라 소리를 내거나 손으로 쓰는 등, 시각·청각·운동감각을 모두 활용하여 하나의 기억해야 할 대상에 관한 정보를 뇌속으로 〈밀어

넣는〉것이다.

시각이나 청각뿐 아니라 촉각·미각·후각 이외에 운동감각·압각·통각 등 모든 감각이 기억의 단서가 된다. 그중에서도 손은 손가락 끝의 압각, 운동감각, 손가락 끝의 움직임 등에 대한 감각을 포함한다. 책상 위에 펜으로 쓰면서 단어 철자를 생각해내는 것도 단어를 기억할 때 손가락으로 스펠링을 써 보기도 하고 직접 종이에 여러 차례 썼을 때의 기억이 손에 보존되어 있었기 때문이다. 영어 단어뿐 아니라 한자를 외울 때도 종이에 여러 차례 쓰면서 손으로 하여금 기억하게 하라. 다시 생각해 낼 때 크게 도움이 된다.

[제10법칙] 상상력을 최대한으로 발휘하여 연상을 잘할 것

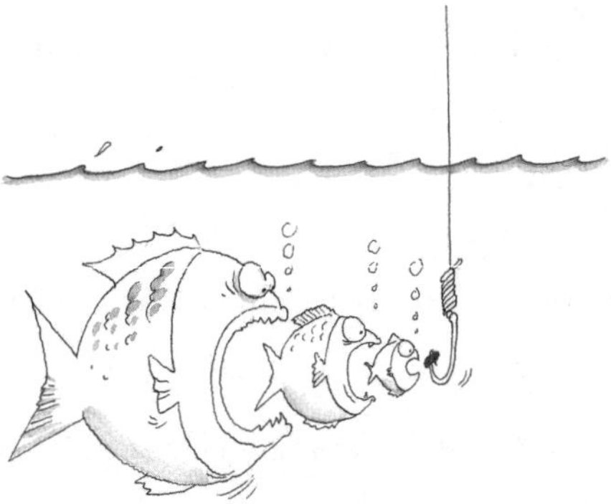

(1) 기억술의 비결은 연상(聯想)을 잘하는 것

사물을 이해하는 가장 좋은 방법은 관계를 찾는 것이다. 관계란 기억하고자 하는 것이 다른 것과 어디가 비슷하고 어디가 다른가, 어떻게 하면 이것을 다른 것과 논리적으로 연결시킬 수 있는가를 생각하는 것이다. 단어·관념·사물·사람에 대한 연결은 관계를 가지면 가질수록 잘 기억할 수 있게 된다. 이것 저것 사실의 상호관계를 알면 사실의 골자를 잘 기억할 수가 있다. 이것은 기억이 이해에 의존되어 있기 때문이며, 그 관계에 주목하면 그것을 잘 이해할 수 있는 것이다.

하나의 사실은 마음속에서 다른 많은 사실과 연상되면 될수록 잘 기억되고 마음에 남겨진다. 연상되는 하나 하나는 낚시바늘이며, 기억해야 할 사실이 거기에 매달려 있다. 낚시바늘은 기억이 표면에서 가라앉아 있을 때에 그것을 낚아올리는 하나의 수단이 된다. 연상이라는 낚시바늘로 한 마리를 끌어올리면 다음에서 다음으로 추억이 되살아 난다. 즉, 어떤 관념을 다른 관념에 교묘하게 연상케 함으로써 기억은 대단히 증대한다. 연상이 많고 강렬하면 할수록 외우는 것도 쉬워진다.

(2) 모든 기억의 기초는 연상

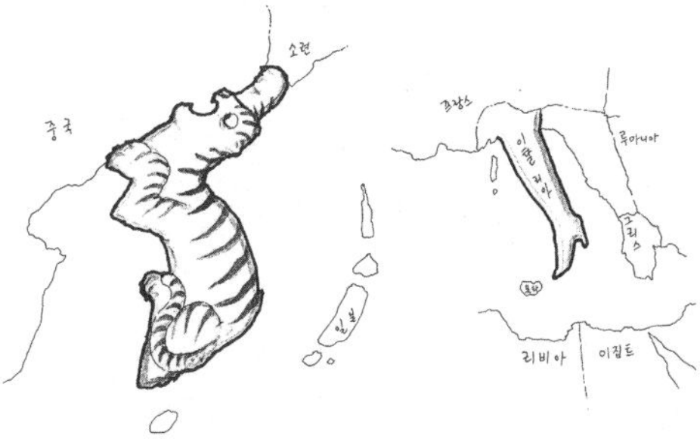

법학전문서를 보통사람이 읽을 경우, 판사나 변호사가 읽을 때보다 기억하기 어려운 것은 실은 연상에 원인이 있는 것이다. 보통사람에게는 새로운 사실을 이해하고 질서있는 사상의 체계로 구성할 만한 기초지식이 없기 때문이다. 사실, 어학, 인물 등 모든 것에 대한 지식이 늘어나면 더욱 많은 연상을 만들 수가 있어서 기억하는 데 도움이 되고, 그래서 더 많은 내용을 기억하게 되면 새로운 사실에 대한 연상을 더 많이 강하게 할 수가 있어 더 잘 기억할 수 있게 되는 연쇄반응이 일어나는 것이다.

이와 같이 모든 기억의 기초는 연상이다. 새로운 사실을 이미 마음속에 존재하는 것과 관계짓고 연결시키면 시킬수록 새로운 사실을 잘 기억할 수 있게 된다. 어떤 사실이든 과거의 사실과 연결되지 않고 마음속으로 들어온 경우에는 언젠가는 잊어버리게 된다. 새로운 사실은 강력한 연상에 의해 정착시켜야 한다.

예를 들면, 이태리 반도의 형태를 기억할 때에 긴 구두를, 우리나라 한반도의 형태를 기억할 때는 호랑이를 마음에 그리는 것이 좋음도 이 이유에서이다. 단어를 외울 때 유사어와 반의어에 주의하는 것은 그 단어의 기억에 도움이 될 뿐만 아니라, 그것과 관련된 말을 몇 개 외우는 것이 되어 일석이조의 역할을 하게 된다.

(3) 연상의 법칙

사람의 머리는 어떤 자극을 받으면 그 순간 그 자극과 관련이 있는 사항을 머릿속에 떠올리곤 하는데, 그 떠올리는 작용이 '연상'이다. 두뇌의 연상흐름의 법칙을 앎으로써 효과적인 공부가 가능해진다. 인간의 두뇌 속에 어떤 연상·연합 현상이 있는지에 대한 철학자이며 신학자이고 심리학자인 토마스 아퀴나스의 분석 결과는 다음과 같다.

1) 연상의 1차적 법칙

제1법칙 – '상사(相似) 또는 유사(類似)의 법칙' : 우리 인간은 빨간색을 보거나 생각하면 빨강과 비슷한 분홍을 쉽게 연상하게 되어 있으며, 초록색을 보거나 생각을 할 때엔 파란색을 쉽게 연상하게 되는 흐름이 있다는 사실이다. 이와 같이 서로 비슷한 것을 쉽게 생각할 수 있는 두뇌의 흐름이 있다는 것을 '상사 또는 유사의 법칙'이라고 한다.

제2법칙 – '대조(對照) 또는 대극(對極)의 법칙' : 우리 인간은 백색을 보거나 생각하면 흑색을 연상할 수 있으며, 천당을 생각하면 지옥이 쉽게 연상되는 반대 연상흐름이 있다는 사실이다. 이와 같이 인간의 두뇌는 어느 인상의 존재는 다른 인상을 상기시켜 준다는 근본법칙의 흐름이 존재하고 있는 것을 '대조 또는 대극의 법칙'이라고 한다.

제3법칙 – '인접(隣接) 또는 연속(連屬)의 법칙' : 인간의 두뇌는 상호 관련된 것을 즉, 인접해 있거나 연속되어 있는 것을 쉽게 생각하는 흐름이 있다. 아버지에 대한 생각은 어머니를, 지옥에 대한 생각은 불을, 왕에 대한 생각은 왕비를, 그리고 학교는 선생님과 학생을 생각하게 되는 연상의 흐름을 말한다.

2) 연상의 2차적 법칙

제1법칙 – '신근성(新近性)의 법칙' : 현재 시점으로부터 과거를 소급해 가자면 가까운 과거일수록 기억이 생생하다는 인간두뇌 현상을 말한다. 여러분은 오래된 학습일수록 기억에서 사라져가는 체험을 하고 있을 것이다.

제2법칙 – '빈수성(頻數性)의 법칙' : 인간의 두뇌에 일단 기억한 학습에 대해서 자주 되풀이할수록 연상 즉, 기억이 더 잘된다는 사실을 말한다. 예컨대, 구구단 같은 것은 평소 생활에서 자주 되풀이되어 사용하고 있기 때문에 일생 동안 기억할 수 있으며, 복습을 자주 해 주는 공부일수록 기억이 잘되는 원리이다.

제3법칙 – '생동성(生動性)의 법칙' : 인간의 두뇌속에 기억을 오랫동안 보존시키기 위한 방법의 하나로 활용되고 있는데, 공부할 때 연상내용을 강렬하고 현저하게 할수록 기억의 재생이 잘 된다는 사실을 말한다.

이상과 같은 토마스 아퀴나스의 분석 결과는 오늘날 선진국가의 영재교육은 물론 일반 교육에 있어서 많이 응용되고 있다. 연상의 법칙을 모르고 공부하는 것은 마치 '장님 문고리 잡기'와 같다고 할 수 있다. 이와 같은 인간두뇌의 기본흐름을 파악하며 그 흐름에 맞는 공부를 한다면 그 길이 바로 우등생이 되는 지름길이라는 것을 믿어 의심치 않는다.

(4) 인공적인 연상을 만들라

새로운 단어·관념·사실·사람을 이미 알고 있는 단어·관념·사실·사람에게 연결하여 연상한다. 연상은 가급적 강렬하고 재미있고 눈에 띄는 것으로 한다. 또한 지식과 현실을 항상 관련지으면 기억이 강화되어 이해가 깊어진다. 그리고 가급적 종종 이들의 연상을 되풀이하여 복습한다.

연상은 자연스러운 것 또는 논리적인 것이 좋겠지만, 유감스럽게도 과거에 기억한 사실과 아무런 논리적인 연상이 되지 않는 것도 기억해야만 하는 경우가 있다. 이러한 사실을 기억 속에 견실하게 연결시키려면 인공적인 연상을 만들어 낼 필요가 생긴다. 인공적인 연상은 때로는 우스꽝스럽게 보이지만 그것이 생생하게 나타나고 재미있는 것이면 기억을 돕는다고 하는 목적에 적합한 것이다. 만약, 아무리 해도 연상과 결부시킬 수 없을 때에는 기억은 잡동사니의 산이 되고 말 것이다. 그것은 서로 아무런 관계도 없기 때문이다. 그러므로 새로운 관념이 마음속에 들어왔을 때에는 그것을 분류하고 정리해서, 그 새로운 관념에 대해서 강한 의미가 있는 연상을 많이 만들어 두면 나중에 훨씬 쉽게 생각해 낼 수가 있다.

연상을 만들려면 우선 새로운 사실에 대하여 주의깊게 생각하지 않으면 안된다. 그것에 대하여 깊이 생각하면 연상이 자연히 떠올라 잘 기억할 수 있게 된다. 연상이 발전하게 되면 사고는 더욱더 체계적이고 질서있게 된다. 체계가 잡힌 지식을 갖고 그 사실을 잘 이해한 사람은 그것을 이해하지 못한 사람보다 잘 기억할 수 있다.

어쩐 일인지 연상을 만들어 내려고 해도 안될 때가 있다. 그런 때에는 기억하고자 하는 것에 대하여 하나의 배경을 만들어 낸다. 기억한 내용 자체를 잊어버렸을 때라도 기억했을 당시의 상황을 상기하면, 거기서 기억의 실마리를 끄집어낼 수 있다. 가령, 사람의 이름을 생각해 내고자 할 경우에는 그 사람과 만났을 때의 상황, 혹은 헤어졌을 때의 광경을 생각하는 것이 좋다. 그것이 사소한 일일지라도 이름을 생각해 내는 데 도움이 될 때가 있다.

(5) 여러 가지 사항을 순서대로 기억해야 할 때에는 불변의 순서를 가진 것과 대비해서 기억하라

순서대로 기억할 필요가 있는 것은 다른 한쪽에 그 순서를 절대로 잊어버릴 수 없는 '쌍'을 놓고 거기에 얽어서 기억하면 순조롭게 외울 수 있다.

이것은 학습심리학에서 '쌍연합 학습'이라 불리는 방법의 하나로 설사 기억해야 하는 사항을 잊어버리더라도 한쪽 '쌍'만 기억하고 있으면 다른 한쪽도 자연히 끌려 나오게 되는 방법이다.

이 방법은 국사·세계사·사회·지리 등 많은 기억재료가 병렬로 있고, 특히 그 순서를 틀리지 않아야 할 때에 도움이 된다.

1) 가족과 대비시켜 기억하는 방법

영어의 1월~12월을 가족과 대비시켜 기억하는 방법이다. 즉, 1월은 할아버지인데 할아버지는 재주꾼이므로 재뉴어리(January), 2월은 할머니인데 폐백이 까다로워 페브러리(February)…. 이 예는 할아버지·할머니와 같이 누가 보기에도 명백한 가족의 순서를 영어의 달 순서로 바꾸어 결부시킨 것인데, 가족의 서열은 변함이 없으니까 어느 달을 영어로 뭐라 하는지 잊어버렸다 하더라도 가족 순서대로 찾아보면 알 수 있게 된다.

물론 가족마다 특징을 지어서 연구하는 데에는 노력이 필요하겠지만, 한 번만 연구해두면 평생 잊지 않고 기억할 수 있다.

2) 신체의 부분과 연결시켜 기억하는 방법

자기 몸의 각 부분 즉, 〈머리-이마-눈썹-눈-귀-코-입-턱-목-가슴-배

꼽-거시기-무릎-발〉 등에 각각의 사항을 순서대로 잘 결합시키면, 자기 몸은 언제 어디서나 순서대로 상기할 수 있으므로 기억을 끄집어내는 실마리가 된다.

3) 통학하는 길과 역명의 특징과 연결시키는 방법

전철을 타고 통학을 할 경우에는 각 전철역명을, 버스로 통학할 경우에는 버스정류장명을 기억의 실마리로 삼아 그 역의 특징과 결합시켜 외우면 좀처럼 잊어버리지 않는다.

지하철 1호선~9호선, 분당선, 신분당선, 경춘선, 경강선, 경의중앙선, 인천1호선, 인천2호선, 부산지하철, 대구지하철, 광주지하철, 대전지하철 등의 역명을 그 역의 특징과 함께 눈에 선명하게 기억해 놓으면, 그 자체만으로도 기억력을 강화시키는 훈련이 됨은 물론이거니와, 순서대로 기억할 필요가 있는 내용을 기억할 때 요긴하게 써먹을 수 있다. 머리는 쓰면 쓸수록 좋아지듯이, 기억력도 자꾸 기억하려고 애쓰면 애쓸수록 강화된다는 사실을 잊지 말고 줄기차게 노력하기 바란다.

[제11법칙] 거듭 반복하여 마음속에 고정시킬 것

(1) 에빙하우스의 망각곡선

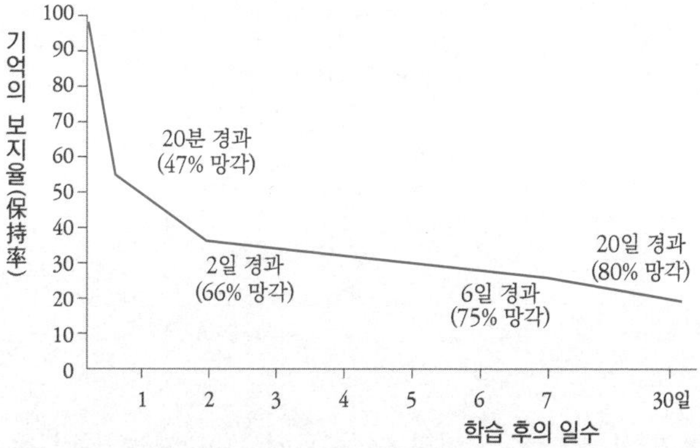

[에빙하우스의 망각 곡선]

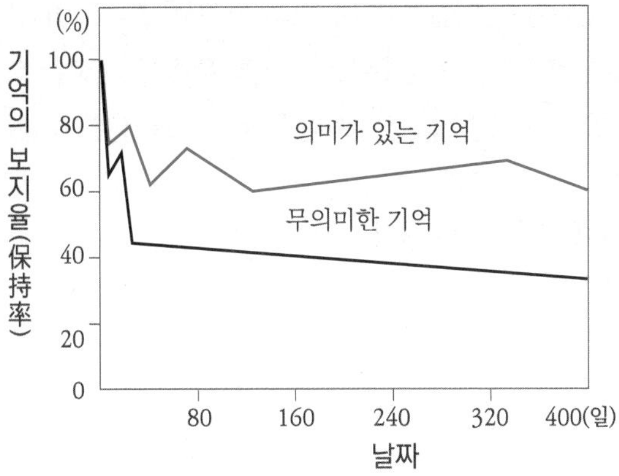

[보브랜드의 망각 곡선]

두뇌에 넣은 사실들(공부·지식·사건 등)은 두뇌에 기억·처리한 후 얼마만큼 보존되며 유지되는가, 명기(銘記)된 것은 일반적으로 시간이 경과하면 할수록 잊어버리는 것이 보통이지만 대개 시간의 흐름과 함께 어떠한 비율로 잊어버려지는 것일까, 이러한 현상을 연구분석한 것이 바로 에빙하우스의 망각이론이다.

어떤 설명을 통해 기억했건 또는 스스로 책을 보고 기억했건 간에 그 내용에 대해 이해가 되었으면 그 당시 그 시점에서 100% 기억상태라고 할 수 있다. 그런데 시간은 계속 흘러갈 것이고, 시간이 흘러가면서 인간의 뇌에 기억되었던 지식은 급속히 잊혀지고 있는 것이다. 위 곡선에서 알 수 있는 바와 같이 20분이 경과하면 무려 47%가 사라지며, 이틀이 경과하면 66%의 망각현상이 온다. 심지어 6일이 경과한 후에는 75%가 망각되며, 30일이 지나면 89%의 기억손실이 일어나게 된다.

또한 위 망각곡선을 보면 100% 기억상태로부터 짧은 시간 안에 많은 양의 망각현상이 일어나고, 시간이 지나감에 따라서 망각의 비율도 작아져가고 있음을 알 수 있다. 물론 이와같은 망각현상은 여러분이 이미 얻은 지식이나 상식 등과 전혀 연관이 없는 새로운 공부나 사실을 기억했을 때의 경우이다. 그러니까 만약 자기가 알고 있는 지식이나 상식 등과 관련된 것을 새로이 기억했을 때는, 보브랜드의 망각곡선과 같이 망각현상이 조금 느리게 온다. 그러나 이 경우에도 에빙하우스가 지적한 요점에는 변함이 없다. 즉, 망각은 학습한 그날과 다음날이 가장 심한 것이다.

(2) 학습 횟수와 기억 증강 곡선

[도표 A]

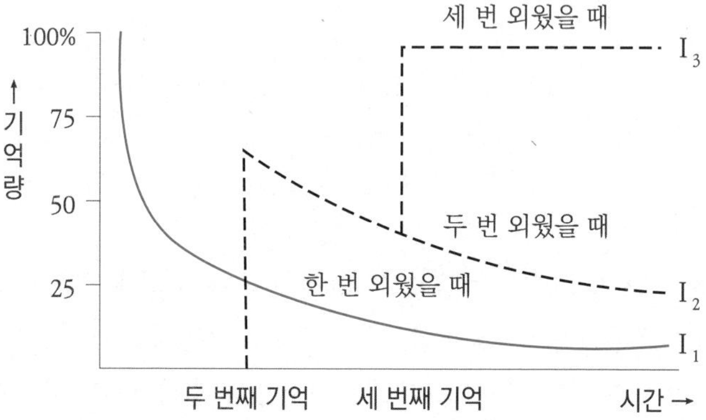

[도표 B]

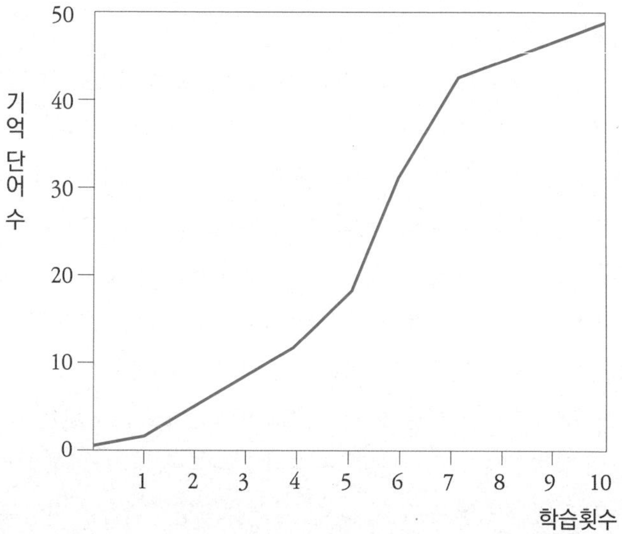

[기억 증강 곡선]

[도표 A]에서 보다시피, 처음으로 기억한 후 급속히 잊혀져가고 있을 때, 잊혀가던 것을 다시 외우면 망각곡선이 50%쯤 되는 곳에서 머무르게 되는데, 이때 다시 세 번째로 외우면 그땐 여간해서는 잊지 않게 된다. 이렇게 하면 다시 외울 때도 시간이 얼마 걸리지 않고, 기억의 양도 아주 많아져 최대한의 능률학습을 할 수 있다.

10일 후의 1시간 복습보다 9시간 이내의 10분 복습이 기억정착률이 더 높다. 그러므로 잊어서는 안되는 것, 꼭 기억하고 싶은 것은 학습한 후 가급적 빨리 복습하는 것이 좋다. 그렇게 해두지 않으면 모처럼 배운 사항의 많은 것을 곧 잊어버리기 때문이다.

이것을 학습방법에 꿰어맞춰 본다면, 우선 수업시간에 첫 번째의 기억, 집에 돌아와 잊혀질 무렵 그날의 복습으로 두 번째 고쳐 외우고, 토·일요일쯤 해서 정리하는 셈치고 총복습을 한다. 이렇게 하면 이젠 기억이 접착제라도 바른 것처럼 뇌 속에 찰싹 달라붙어 절대로 잊을 수 없게 된다. 다만, 잊혀가는 중이라는 굿 타이밍을 노려, 정성을 다해 두 번이나 되풀이할 수 있는 끈기와 정성이 있느냐가 문제이다.

[도표 B]의 곡선은 무의미한 숫자나 철자를 기억할 때라도 반복 횟수를 늘리면 늘릴수록 기억이 잘 되는 것을 말해주고 있다. 그리고 반복하는 횟수가 5회 이상일 때부터 급격하게 기억이 상승됨을 알 수 있다. 이로써 학습한 사항은 5회 이상 복습하면 학습효과가 급상승함을 알 수 있다.

"망각이란 낡은 인상이나 연상이 쇠퇴한다기보다는 새로운 것 때문에 낡은 것이 방해되고 억제되거나 또는 말살되는 것이다."

(3) 반복은 두뇌기능 발달의 요소

뇌의 작용·성질을 전기화학적 과정에서 조사한 결과, 모든 사고는 일정한 신경세포와의 결합을 생성하며, 이러한 결합은 하나의 통로가 되어 같은 사고를 반복하게 되면 그 다음부터는 이 통로를 통과하려는 경향이 있다. 다시 말해서 동일한 자극은 그 전에 이미 형성된 통로를 쉽게 가려는 성질이 있어, 이것은 마치 물리학과 화학에서의 "모든 흐름은 저항이 가장 적은 곳을 따라 흐른다."고 하는 법칙과 같다.

반복된 습관은 그 통로를 더욱 깊게 하고 마침내는 완전히 뿌리박히게 한다. 간단한 물리작용에서 보아도 물을 땅에 부으면 물이 흘러감에 따라 통로가 생기며, 그 다음에 물을 같은 곳에 다시 부으면 그 물은 먼저 형성된 통로를 따라 흐르게 된다. 이것은 어떤 행동을 계속 반복하면 처음보다 더 잘하게 되는 즉, 더욱 능숙해진다는 것을 말해준다. 한 장의 종이도 먼저 접었던 곳을 다시 접으면 그 접은 자리가 더욱 뚜렷해지는 원리나 마찬가지이다.

따라서, 학습한 내용을 틀림없이 기억하기 위해서는 되풀이 연습하며 마음속에 고정시키는 것이 중요하다. 한 번밖에 지나가지 않은 발자국은 이내 지워져 버리지만, 같은 장소를 여러 번 다니게 되면 흔적이 뚜렷하게 남는다. 반복은 기억의 흔적 이론으로 보아도 매우 중요한 기억술인 것이다.

(4) '집중법'보다 '분산법'이 더 능률적이다

새로운 학습내용을 의식하고 머릿속에 보존하기 위한 반복·복습에는 두 가지 방법이 있는데, 집중법과 분산법이 그것이다.

'분산법'은 공부하는 시간과 쉬는 시간을 기억장치가 완전히 될 때까지 기다리지 않고 규칙적으로 간격을 두고 반복하는 학습법이다. 예를 들면, 30분 동안 공부한 다음 5분 정도 쉬는 것을 되풀이하는 학습이다. 이에 반해 '집중법'은 완전히 기억될 때까지 한 시간이고 두 시간이고 계속적으로 학습을 집중해가는 방식이다.

그런데 여러 가지 시험결과, 분산법을 통한 학습이 보다 능률적이라는 사실이 확인되었다. 머리가 멍해져서 피로하고 졸릴 때까지 몇 시간이고 계속적으로 학습을 하는 집중법보다는 적당한 간격을 두고 중간 휴식을 취하면서 공부하는 분산법이 보다 효과적이라는 사실이다. 그러나 분산법을 사용한다고 해도 사람에 따라 집중력과 체력의 차이가 있는 것이다. 따라서 학습 지속시간과 쉬는 시간의 배분은 개성에 따라 적절하게 조정해야 한다.

"수영은 겨울 동안에 능숙해지고, 스케이트는 여름 동안에 익숙해진다."는 말이 있다. 이 말은 새로 학습하여 기억·처리하는 뇌의 작용에 있어서는 휴식을 하고 있는 동안 무의식 중에 정리·정돈되어 다른 기억과 결부되고 뇌 속에 정착됨을 알려주는 것이다.

그러면 어찌하여 휴식 중에 기억이 정착되어 확실하게 처리되는가?

비유를 들어 말하면, 어떤 사항을 머리에 기억·처리한다는 것은 마치 찰흙으로 어떤 형체를 빚어놓은 것이나 마찬가지여서, 다 빚어놓은 다음에는 일정한 기간 가만히 놓아두어 굳어지도록 할 필요가 있다. 그런데 미처 굳어지기도 전에 계속해서 두뇌활동을 쉬지 않고 하면 그로 인해 정착될 시간이 없이 혼란을 일으켜 형체가 비뚤어지거나 부서지게 되는 것과 같다. 따라서 몇 시간씩 계속적으로 기억하려고 하는 것보다는 몇 번으로 나누어서 학습하는 편이 더 능률적이다.

(5) 새로운 부분을 이미 배운 부분에 이어붙이는 '직접 반복법'은 기억을 정확하게 만든다

직접 반복법은 첫째 부분을 마치면 바로 둘째 부분을 시작하지 않고, 다시 첫째 부분부터 시작하여 둘째 부분으로 넘어가는 공부법이다. 새로운 부분을 이미 공부한 부분과 연결지어 나가는 것이 이 방법의 특징이며, 연결지은 부분이 많을수록 이미 공부한 부분은 확실히 자기것으로 소화되어 있는 것이다. 직접 반복법과 비슷한 것으로 점진 반복법이 있는데, 이것은 '세 걸음 나가고 두 걸음 후퇴'하는 방법이다.

이러한 것들은 반복의 효과뿐 아니라, 기억의 연결고리를 강하게 함으로써 재생시킬 때 수월하게 하기 위한 방법이다. 공부할 때에는 누구나 짧은 시간에 많은 양의 공부를 마치려고 하는 법이다. 그러나 중요한 것은 얼마나 많이 공부했느냐가 아니라 얼마나 정확히 기억하고 있느냐이다. 최후의 승리는 한 걸음 한 걸음 착실히 소화해 나가는 사람의 것이다.

(6) '과잉학습'은 왜 필요한가?

철저하게 학습을 한 것은 대충 소홀하게 한 것보다도 오랫동안 기억·보존된다. 그러므로 이미 기억했다는 자신이 들더라도 거기서 방심하면 안 된다. 완전히 기억한 다음에도 가끔 되풀이해서 체계적인 복습을 해야 한다. 심리학자는 이것을 '과잉학습'이라고 하여 기억을 확실하게 하는 방법으로 제시한다. 그러니까 과잉학습이라는 것은 결코 지나치게 학습을 한다는 뜻이 아니다.

심리학의 연구 결과 기억된 것을 방치하는 것은 심리적으로 기억상실을 가속시켜 준다는 사실이 확인되었다. 단지 배웠다고 하는 것만으로 후에 전혀 쓰지 않고 있으면 잊어버리고 만다. 그러나 과잉학습을 하여 기억 초기에는 되도록 자꾸 되풀이해서 익히고, 그 후에는 규칙적으로 간격을 두고 가끔 되새기면 거의 반영구적으로 기억할 수 있게 된다.

흥미없는 일보다 재미있었던 일이 더 뚜렷이 기억에 남는 이유는 바로 이 과잉학습의 효과에 있는 것이다. 예를 들면, 여러분이 공휴일에 친구와 영화 구경을 했는데, 만약 그영화가 매우 재미있었고 감동적이었다면 여러분은 극장에서 돌아오는 중에 줄곧 친구와 함께 본 영화에 대한 이야기를 할 것이며, 밤에 잠자리에 누워서도 감동적인 영화의 장면들을 마음속에 되새기게 될 것이다. 어디 그뿐이겠는가? 그 이튿날 다른 친구들을 만나면 그 영화를 보러 가도록 권하면서 또다시 그 영화의 감동적인 장면과 스토리를 마음속에 되새겨 볼 것이다.

이와 같이 여러분은 무의식 중에도 24시간 이내에 서너 번씩이나 그 영화의 기억을 되풀이해서 익히고 있는 셈이 된다. 이처럼 흥미있었던 일은 반복하는 기회가 많아지기 때문에 그것이 기억 속에 뿌리박게 되는 것이다. 그러므로 공부할 때 장기 기억·처리하면서 연상내용을 흥미있게 해야 한다.

4. 기억력 향상에 도움이 되는 조언

(1) 목차는 흩어져 있는 기억을 체계화시키고 정착시키는 역할을 한다

목차(目次)란 어떤 책에서 가장 중요한 전체적 흐름에 대해 필요한 최소의 간결한 요약이라 할 수 있다. 목차야말로 자칫 단편적으로 되기 쉬운 개개의 기억을 체계화하고 정리하여 머리에 담아주는 즉, 보다 확실하게 기억하도록 해주는 안내판인 것이다. 목차에 기록되어 있는 「제1장, 제2장, 제3장…」하는 장 나누기는 그 책에 설명되어 있는 내용의 가장 굵은 골격을 나타내며, 그 장 안에 다시 「제1절, 제2절…」식으로 그 장을 구성하는 중요한 요소가 기록되어 있다.

따라서, 극단적으로 말하면 무엇보다도 먼저 기억해야 하는 것은 세밀한 내용보다도 오히려 목차 그 자체이다. 그리고 우리 기억에 있는 세밀한 사항은 이 목차의 어디에 속하는가를 통해서 비로소 확실한 기억으로서 머릿속에 정착된다.

목차를 기억술의 훌륭한 무기로 활용하는 방법에는 몇 가지가 있다. 예컨대, 그 책을 펴놓고 공부할 때는 언제나 우선 목차를 한 차례 훑어보고 나서 그날의 공부할 부분을 공부한다. 그렇게 함으로써 지금까지 배운 것, 이제부터 배워야 할 것과의 관계 속에서 그날 하려는 공부의 전체적인 위치 설정이 명확해진다. 또한 목차에 열거되어 있는 항목은 논술식 문제의 주요 테마가 될 수도 있다. 그 항목을 보고 그 내용을 떠올릴 수 있게 됨으로써 그 과목의 완전한 정복으로 이어지고, 논술식 사고방식의 발전으로도 이어진다.

목차가 잘 되어 있는 책은 목차 부분만 따로 복사하여 놓고, 목차가 상세하게 되어 있지 않은 책은 여러분 자신이 책의 내용을 보면서 따로 상세한 목차를 만드는 것도 좋은 방법이 될 것이다.

(2) 색인은 절호의 '기억 체크 리스트'

색인(索引)은 목차와는 달리 중요사항이 체계적으로 되어 있는 것이 아니라, '가나다'순이라든가 'ABC'순으로 사전식으로 배열되어 있다. 그런데 이 사전식으로 앞뒤의 맥락없이 놓여 있는 점이야말로 색인이 목차와는 다른 의미에서 기억술의 무기가 되는 이유이다. 색인은 항목 하나하나가 앞뒤 항목과는 전혀 관계없이 독립되어 있기 때문에, 항목 하나하나에 대해 충분히 알고 있는가 아닌가를 공정하게 테스트해 볼 수가 있다. 항목 하나하나를 더듬어 가며 기억의 정확성을 체크할 수 있다는 점에서 색인은 그 책에 관한 기억의 다시없는 '체크 리스트'인 것이다.

이때 놓인 순서에 따라 모조리 체크해 가는 것도 좋지만 좀더 효율적인 방법도 생각해 볼 수 있다. 예컨대, 색인 중에 특히 중요한 항목은 굵은 글자로 인쇄하는 경우가 있다. 또한 그 항목이 등장하는 페이지 수를 「*** : 27, 58」, 「@@@ : 36, 97, 105, 185, 205」와 같이 빠짐없이 기록한다. 페이지 수의 많고 적음은 그 책에서 그 항목이 얼마나 자주 등장하는가 말해주며, 따라서 중요도의 랭킹을 나타낸다. 지식을 확인할 때는 중요도가 높은 것부터, 굵은체로 인쇄된 것부터, ***보다는 @@@쪽을 우선적으로 복습하는 것이 효과적이다.

(3) 불필요한 기억은 불필요할 뿐 아니라 필요한 기억을 방해한다

머리를 식히려고 영화를 보러 갔다가 돌아온 뒤에 공부를 하게 되면 방금 보고 온 영화의 내용이 머리에 떠올라 좀처럼 공부가 되지 않는 경험은 누구에게나 있다. 이것은 영화의 기억이 필요한 기억의 진입 및 정착을 방해하기 때문이다.

인간의 뇌세포 수는 860억 개라고 하는데, 그중에서 제 역할을 하는 것은 5% 정도에 불과하다고 한다. 그렇다면 뇌에는 충분한 잉여능력이 있으며, 아무리 기억해도 뇌세포가 모자랄 이유가 없다. 그러나 기억의 구성은 '뇌세포의 수' 정도의 간단한 문제가 아니다. 뇌로 들어간 정보는 뇌 안에서 그물눈처럼 서로 이어지면서 기능을 하기 때문이다. 그리고 그것은 밖으로부터의 자극에 따라 재생된다. 별로 도움이 안되는 정보가 막연하게 그 속에 채워져 있으면 필요한 정보 사이에서 걸리고, 따라서 새로운 정보를 억압하게 된다. 설사 필요한 것이 기억 속에 들어 있더라도 재생될 때는 불필요한 것이 함께 따라 나오는 등, 마치 잡음이 섞인 라디오처럼 불명확한 정보밖에 제공하지 못한다. 따라서 공부를 시작할 때는 머리를 완전히 전환하여 잡념이 없는 일념의 상태로 해두어야 한다.

(4) 메모로 끝낼 수 있는 것은 기억하지 않는다

인간이 기억을 하려 할 때는 뇌세포를 최대한으로 움직임과 동시에 심적인 에너지를 충분히 주입해 주어야 한다. 공부를 한 뒤에 머리를 비롯하여 온몸이 피로해지는 것도 그 때문이다. 공부에 관계없는 것은 메모해 두도록 한다. 메모했다는 사실만을 기억해 두고 그 내용은 잊어버리면, 그만큼 공부에 의식을 집중하여 에너지를 쏟을 수가 있다.

뇌(腦)라는 '살아 있는 메모'로부터 직접 재생할 필요가 없는 정보는 메모로 보충하고 기억에서 배제시켜라. 그렇게 하는 것이 우리의 기억을 기동성있는 상태로 만든다. 좋은 기억력이란 기억하지 않으면 안될 것과 기억할 필요가 없는 것과를 구별하는 능력이기도 한 것이다.

(5) 기억하고 싶지 않을 때는 기억을 위한 준비를 한다

기억이 안될때는 단어장 등을 정리한다.

누구나 술술 기억될 때와 기억하려는 의욕조차 느끼지 못할 때가 있게 마련이다. 의욕이 떨어졌을 때는 아무리 상황이 절박해도 마음만 급할 뿐 기억이 제대로 되지 않는다. 이와는 반대로 공부에 대한 의욕이 강할 때는 별다른 저항감 없이 끌려가듯 기억된다. 따라서 기억하려는 의욕이 떨어진 상태에서는 다음 '기억의 높은 주기'에 대비하여 기억방법에 대한 연구라든가, 기억하기 위한 환경조성에 힘을 쏟는 것이 현명하다. 막상 기억을 시작하게 되면 이미 길을 닦아 둔 셈이므로 아무런 문제 없이 기억할 소재를 궤도에 실어 기억장치로 보내기만 하면 된다.

(6) 한 번 읽고 네 번 암송하는 것이 효율적인 기억의 시간배분이다

어떤 문장을 한두 번 읽은 다음 의미를 완전히 이해할 수 있다면, 그 후 바로 눈을 감고 외워보는 것이 효과적이다. 암송(暗誦) 즉, 쓴 것을 보지 않고 외우는 것이 기억에 매우 유효하다는 것은 누구나 알고 있을 것이다. 기억을 위해서는 단순한 되풀이 읽기만으로는 충분하다고 할 수 없고, 끊임없이 외우려고 노력하며 스스로 자신을 채찍질하는 것이 훨씬 기억을 강화시킨다.

학습심리와 기억의 연구로 유명한 게이츠라는 학자의 실험에 의하면, 암송하는 시간이 길수록 기억량이 늘어간다. 일정한 시간 학습을 한 직후의 기억하는 비율이 몽땅 읽기만 했을 경우에는 35%였는데, 4/5를 암송에 충당했을 경우는 74%여서 큰 차이를 보이고 있다. 그리고, 4시간 후에 조사해 보았더니 읽기만 했을 경우는 15%, 4/5를 암송했을 경우는 48%라는 차이를 보이고 있다.

이 실험으로 암송은 단지 직후의 기억량이 많을 뿐만 아니라, 기억을 오랫동안 유지하는 작용도 한다는 것을 알 수 있다. 그리고, 암송을 하면 분명히 기억했는지, 어디가 기억하기 어려운지 알 수 있다. 읽기와 암송의 효율적인 시간배정은 대체로 한 번 읽고, 네 번 암송하는 것이다. 그리고 암송할 때는 가급적 글자를 보지 않도록 해야 한다. 암송 또는 자가 테스트가 효과있는 이유는,

첫째, 동일 문장을 그냥 되풀이해서 읽는 것보다는 변화가 있다.

둘째, 정확히 기억했는지를 확인해 봄으로써, 성공했을 경우에는 성취감과 자신감을 갖게 되고, 실패했을 경우에는 자신의 부족함을 깨닫고 더욱 분발하여 외우려는 의욕이 솟아나게 된다.

셋째, 읽을 때의 주의를 높여 정확한 이해력과 관찰력을 길러준다.

(7) 암송은 전체를 한 묶음으로 기억한다

암송방법에는 집중적 암송법과 분산적 암송법이 있다. '집중적 암송법'

이란 완전히 암송할 수 있을 때까지 전체를 한 묶음으로 기억하는 방법이고, '분산적 암송법'은 전체를 몇 부분으로 나누어 기억하는 방법이다.

이 두 가지 중에서 전자 쪽이 능률적이며 또한 확실하다. 왜냐하면, 집중적 암송법으로는 처음부터 끝까지 통째로 외우기 때문에, 전체 논리의 흐름이나 문맥을 함께 기억하게 되고, 문장 전체를 한 가닥 줄로 꿰듯이 통째로 머릿속에 담을 수 있다. 이렇게 기억하면 일부 기억이 탈락될 염려가 없다.

이에 비해서 분산적 기억법에서는 전체를 몇 군데로 토막을 내어 외우기 때문에, 일부가 탈락되어도 그만 알지 못하고 넘어가게 될 우려가 있다. 다만 지나치게 긴 내용을 암송해야 하는 경우라든가 무의미한 것이 길게 늘어서 있는 경우에는, 집중적 기억법이 실용적이라 할 수 없다. 그럴 경우에는 적당히 나누어 기억하는 편이 좋다.

(8) 배고플 때와 식사 직후에는 기억력이 둔해진다

뇌의 기능은 배고플 때나 식후에는 평소보다 무디어진다. 따라서 그런 상태에서는 기억을 하려고 해도 좀처럼 능률이 오르지 않는다. 동물은 일반적으로 배가 고프면 안정을 잃고 집중력이 저하된다. 그래서 자신도 모르게 밖으로 나가 먹이를 찾아 움직이게 되는데 이것은 기억에 있어서 최악의 상태이다. 배고플 때에는 기억력이 저하된다. 배고픈 것을 참고 둔해진 두뇌를 채찍질하는 것보다는 방 밖으로 나가서 요기를 하는 것이 기억의 능률을 올릴 수 있다. 그런데 이 배고픔을 최대한 활용할 수 있는 방법이 있다. 그것은 배가 고프다고 무작정 음식을 먹는 것이 아니라, 기억해야 될 일정한 분량의 학습물을 기억해야만 그 보상으로써 먹을 것을 주겠다는 식으로 하여 최후의 순간까지 알뜰하게 활용하는 방법이다.

또한 아무리 시험 직전이고 하룻밤 사이에 외워야 하지만, 식사를 하면서나 식사 직후에 기억하려고 해서는 안 된다. 식사 직후에는 뇌를 포함하여 몸 전체의 활동수준이 저하된다. 뱃속이 안정되고 혈액이 위에서 뇌로 환류되기를 기다리는 것이 상책이다. 따라서 식사중이나 식사 직후에는 몸을 쉬고 머리도 사용하지 않으며 편안한 상태로 있는 편이 에너지도 저장이 되어, 결국 기억을 위해서 플러스가 된다.

(9) 암기에는 트레이싱페이퍼(유선지)를 사용한다

교과서의 암기하고자 하는 페이지에 트레이싱페이퍼를 몽땅 덮고, 윗부분을 스카치테이프로 고정시킨다. 그리고는 암기할 필요가 있는 낱말 또는 문장 일부분을 검은색 색연필로 칠하여, 그 부분이 보이지 않게 한다. 트레이싱페이퍼를 통하여 다른 부분은 읽을 수 있으므로, 교과서를 읽을 때는 검게 칠해 가려진 부분을 생각해보면서 암기하는 것이다. 검은색뿐 아니라 빨강·파랑 등 다양한 색을 사용한다. 국어라면 어려운 한자는 검정, 중요한 접속사는 파랑, 단원의 핵심어는 빨강 하는 식으로 해놓으면, 보기에도 지루하지 않고 더욱더 효과적으로 암기할 수 있다. 이 방법은 처음 만들 때 번거롭지만, 만드는 동안 충분한 이해와 분석이 이루어지고, 한번 만들어 놓으면 몇 번이고 되풀이 사용할 수 있고 가볍게 반복할 수 있어 매우 효과적이다.

(10) 기억한 것을 남에게 가르치면 기억이 한층 강화된다

남에게 가르치기 위해서는 자신이 먼저 확실하게 이해하고 있어야 한다. 즉, 완전히 암기를 하고 있는 것이나 마찬가지이다. '가르친다'는 행위는 '반복한다'는 것과 같은 의미를 갖는다. 또한 언제 어떤 질문을 받을지 모르므로 마음의 준비도 되어있는 셈이다. '나는 서툴다', '나는 기억할 수 없다', '남에게 나의 지식을 가르쳐 주기 싫다'는 등의 약하고 이기적인 마음을 버리고, 자신이 알고 있는 것은 적극적으로 다른 사람에게 가르쳐 주도록 하라. 가르쳐 줌으로써 머릿속에 있는 지식이 정리가 되고 이해도 깊어지며 복습의 효과도 볼 수 있는 그야말로 일석삼조의 효과를 거둘 수 있다.

(11) 머리글자를 모아 리드미컬한 문장을 만들어 외운다

어떤 종류의 사실을 기억하는 데는 기억매체가 도움이 된다. 기억매체는 그 자체로 외우기가 쉬운 운율이나 단어, 또는 간단한 문장으로 기억하고 싶은 사항들을 자연스럽게 해주는 것이다. 즉, 기억매체는 형식이 없는 것에 기억을 쉽게 하기 위하여 일부러 하나의 형식을 부여하는 것이다. '손수건·컴퓨터·녹차·공부하다·농구'와 같은 무의미하게 뒤범벅이 된 사실의 집합체에 알기 쉬운 구도를 부여하고 연상을 하는 것이다. 여러분은 여러 가지 기억매체를 만들어 낼 수가 있다. 그리고, 그렇게 하려고 노력하는 것이 그 사실에 정신을 집중시키게 하며, 특별한 수단을 쓰지 않더라도 그 사실이 머릿속에 박혀서 잊을 수 없게 된다.

예컨대, '빨주노초파남보' 누구나 알고 있는 이 리드미컬한 글자의 배열은 무지개의 7색깔을 외우기 위한 것이며, '태종태세문단세 예성연중인명선 광인효현숙경영 정순헌철고순' 4.3조의 7언절구같은 이것은 조선시대의 역대 임금을 외우기 위한 방법이다.

또, 세계지리에서 북미의 5대호의 이름을 외우려면, 「HOMES(홈즈)」라는 단어만 기억하면 된다. 「HOMES」는 「Huron(휴런)호, Ontario(온타리오)호, Michigan(미시간)호, Erie(이리)호, Superios(슈피리어)호」등의 첫 글자만을 따서 만든 것이기 때문에, 「HOMES」만을 생각하면 5대호의 이름을 모두 생각해 낼 수 있는 것이다. 이와 같이 머리글자를 한데 묶어 리드미컬한 문장으로 만들면 그 수가 비록 많더라도 쉽게 기억할 수 있고 또한 어지간해서는 잊혀지지 않는다.

(12) 비슷한 한자는 짧은 문장을 만들어 기억한다

기억할 때에 짧은 문장을 만드는 것은 옛날부터 자주 사용되어 온 방법이다. 이 방법은 연호뿐만 아니라, 혼동하기 쉬운 한자를 외울 때에도 사용할 수 있다. 예를 들면, 「構, 講, 購」에 대하여 〈구내(構內)의 나무[木] 울타리, 강당(講堂)에서의 언[言]론인 대회, 구입(購入)에 사용하는 돈은 옛날에는 조개[貝]〉라는 식으로 외우는 것이다. 그리고, 「儉, 檢, 驗」에 대해서도 〈검약(儉約)은 사람[人]의 도, 나무[木] 판 검인(檢印), 시험(試驗)에 떨어지는 것은 말[馬]에서 떨어지는 격〉이라는 식으로 외우면, 비슷하게 틀리기 쉬운 한자의 차이를 분명히 알 수 있다.

자신이 평소에 자주 틀리고 헷갈리는 한자를 표시하여 이렇게 말을 만들면 그 작업과정에서도 잘못이 상당히 시정되어 정확히 기억할 수 있게 된다.

(13) 이해가 된 암기사항은 선 자세에서 외운다

장시간 동안 똑같은 자세로 의자에 앉아 있게 되면 자연히 몸이 뻣뻣해지고 졸음이 쏟아지는 것을 막을 수 없다. 이와 같이 자세를 변경시키지 않고 계속 같은 자세를 취하면 두뇌에 아무런 자극을 주지 않게 되어 두뇌의 운동을 감퇴시키게 된다.

그러므로 앉아 있는 시간에 비중을 많이 두도록 하되 때에 따라서 자세를 임의적으로 변경시켜서 두뇌작용을 잘 조절할 필요가 있다. 특히 서 있는 자세는 단기적으로 암기하는 데 가장 큰 효과가 있으므로 암기사항을 완전히 이해·정리하고 나서 이제 암기만 하면 된다고 생각되면 선 자세를 이용해 보는 것이 좋다. 이처럼 서서 하는 공부는 졸음을 쫓는 데에도 도움을 주지만 두뇌활용이라는 측면에서 볼 때도 탁월한 효과가 있다.

(14) 만원 전철이나 버스 안은 절호의 암기 장소

흔히 '군중 속의 고독'이라든가 '시끄러움 속의 고요함'이라는 말을 하는데, 자신과 알지 못하는 사람들 속에 있을 때는 혼자 있을 때보다 오히려 고독함을 느끼는 법이다. 주위 사람이 자신과는 관계가 없을 뿐 아니라, 그들이 말하는 것도 자신과는 관계가 없는 내용들뿐이다. 분명히 물리적으로는 불편하고 시끄러울지 모르지만, 자신과 관계가 없는 장소인 경우 사람들의 관심은 자신의 내부로 모아진다.

따라서 만원 전철이나 버스 안의 복잡함 속의 고독은 공부하는 데 절호의 기회가 된다. 특히, 국어의 시나 시조, 영어 단어나 숙어, 역사 연대 등의 암기물은 집중력이 필요하므로 외부 사항으로 인해 신경이 흩어지지 않는 '장소'로서 그 기회를 충분히 이용할 수 있게 된다. 더욱이 소설을 읽는 것과는 달리 빈번하게 페이지를 넘길 필요가 없다는 점도 암기물을 외우는데 그런 장소가 적합한 이유이다.

또한 정거장이 연상의 실마리가 되기도 하고, 하나의 구획 즉, 고비가 되어 주는 장점도 생각할 수 있다. 또 내려야 할 정거장이 가까워짐에 따라 집중력이 증대되고 '이제 세 정거장 남았다', '이제 한 정거장 남았다'고 그 장소를 의식하면서 암기하면 더욱 능률이 높아진다.

(15) 기억은 사용함으로써 보다 더 확실해진다

기억은 주머니 속에 있는 돈이나 저수탱크 속의 물과는 달리, 쓴다고 해서 줄어들지 않는다. 줄어들기는커녕 씀으로써 기억의 내용이 체크되고 불완전한 기억이 보강되어 언제든지 필요에 따라 꺼낼 수 있는 임전태세가 갖추어진다. 기억을 항상 신선하게 유지하기 위해서는 늘 사용해야 하는 것이 불가결의 조건이다. 기억하고 있는 지식을 현실적인 것에 적응시켜 일상생활에서 수시로 사용하도록 하면 좀처럼 잊어버리지 않는다.

따라서, 누구든지 한번 기억한 지식을 두뇌의 창고 속에 보관만 하여 녹슬게 할 것이 아니라 가끔 써 보아야 한다. 약간의 틈이라도 있으면 반복·복습해 보는 노력이 기억을 완벽하게 한다.

(16) 중요한 것은 공부시간의 처음과 끝에 기억한다

12개의 단어를 늘어놓고, 어느 위치에 있는 말이 가장 틀리기 쉬운가에 대해 조사한 결과, 거의 기억하는 것은 첫 번째 단어이며, 그 다음 실수가 차츰 많아지다가 7~8번째에서 절정에 이르고, 그리고 나서 급격하게 실수가 적어져 12번째에는 두 번째로 실수가 적어진다는 사실이 확인되었다.

대부분의 사람이 처음과 끝의 내용은 기억한다.

이것은 먼저 기억된 흔적은 나중 것을 억제하고, 뒤에 비슷한 것을 기억하게 되면 앞의 흔적이 억제되는 데 비해, 계열의 최초에 기억한 것은 그 앞에 아무 것도 기억하지 않았으므로, 반대로 맨 나중에 기억할 것은 뒤에 기억한 것이 없으므로 억제를 받지 않는다.

그러나 중간에 기억한 것은 2중의 억제를 받기 때문에 그만큼 기억이 잘 되지 않는 것이다.

"끈질긴 것은 기억의 지름길이다"

“코 호흡, 기억력 높인다”

후각 활성화… 뇌 자극해 도움

코로 호흡하는 게 기억력 강화에 도움 된다는 연구결과가 나왔다.

스웨덴 카롤린스카대 연구팀은 성인 46명을 두 그룹으로 나눠, 한 그룹은 코로만 숨 쉬게 하고, 다른 그룹은 입과 코를 이용해 숨 쉬게 했다. 두 그룹에게 동시에 열두 가지 향을 맡게 한 뒤 한 시간 후에 냄새의 순서를 맞히게 했는데, 코로만 숨 쉰 그룹의 기억력 점수가 1.5배로 높았다. 연구팀이 맡게 한 냄새가 정확히 무엇의 냄새인지 인지하는 능력도 뛰어났다.

연구팀은 “코로만 숨 쉬면 다른 자극은 차단되고 후각이 더 활성화되는데, 후각 기능은 기억력과 관련된 뇌 부위와 밀접한 관련이 있다”며 “평소에 코 호흡을 해서 후각 세포를 꾸준히 자극하면 기억력을 향상시킬 수 있고, 더 나아가서는 알츠하이머병 등을 예방하는 데에도 도움이 될 것”이라고 말했다. 실제로, 이전에 실시된 여러 연구를 통해서도 후각을 담당하는 뇌 부위인 편도체가 자극받으면 해마(기억을 담당함)가 같이 활성화돼 기억을 저장·통합하는 데 도움이 된다고 알려져 있다. [한희준 헬스조선 기자 2018.10.26]

제5장

독서술 및 속독법

"훌륭한 교육이란 전문지식을 가르치는 것보다,
근본적인 토대를 마련해 주는 것이어야 한다."

1. 독서술은 왜 필요한가?

옛날부터 읽는 것은 쓰는 것, 계산하는 것과 함께 학습의 기본이다. 더구나 활자 범람의 시대이며 고학력 시대인 오늘날에는 옛날과 비교할 수 없을 정도로 읽는 것의 비중은 커지고 있다. 특히 대학입시라는 험난한 시험을 무난히 치르고 원하는 대학에 합격하기 위해서 읽어야만 되는 책의 양은 오거서(五車書)는 안될지라도 삼거서(三車書)는 될 것이다. 그것도 소설이나 만화와 같이 재미있는 것이 아니라, 교과서나 참고서와 같이 무미건조하고 또한 한번 읽고 지나쳐서는 안되고 완전한 이해와 암기를 요하는 책을 보아야 하니, 뛰어난 독서능력을 몸에 익히지 못한 학생들의 어려움과 괴로움은 이루 말할 수 없는 것이다.

효과적으로 학습하고 어떤 과목에서도 상위권에 들 수 있는 것은 거의 전적으로 철저한 이해가 동반된 독서능력에 달려있다. 그것은 곧 인쇄된 페이지에서 여러 가지 개념들을 끌어내어 그것들을 자신의 것으로 만드는 능력이다. 계산이 주된 수학에서도 먼저 지시를 읽고 문제를 풀기 위해서 무엇을 해야 하는지 정확히 이해하여야 한다. 정확한 이해를 하지 못한 채 과제를 읽어 나간다면, 매 문장을 고통스럽게 정독해도 부분적인 이해에 그치고 말아 여러 번 반복하여 읽어야 하므로 모든 과제가 배로 어려워진다. 또, 지식의 부족에서와 마찬가지로 지시의 완전한 오해로 빚어지는 수많은 실수로 나머지 학교생활을 고통스럽게 보낼 수밖에 없다.

그런데 우리들의 독서능력은 단지 자연적 발달에 맡겨 두어서는 별로 발전하지 않는다. 자기 방식의 독서법이라는 것은 독서의 능률을 떨어뜨리는 여러 가지의 나쁜 습관이나 기술이 몸에 배어 있는 경우가 많다. 따라서 우리들은 서투른 독서법은 어떠한 것이며, 능률적인 독서술은 어떠한 것인지 반드시 알아야 할 필요가 있다.

2. 독서의 기초능력

독서능력의 발달은 개인의 전체적 발달 - 지적·신체적·사회적·정서적인 종합발달과 대체로 병행한다고 알려져 있다. 즉, 인간의 독서능력의 발달곡선은 지능·체중·신장 및 유치연령 등의 발달곡선과 대단히 비슷하다는 점으로 보아, 독서는 전체적인 인간발달의 일면임을 알 수 있다. 그러나 이것은 인간을 집단으로서 전체적으로 보았을 때의 평균이나 표준을 말하는 것이지, 한 사람 한 사람의 개인에 대해서 보면 그와 같이 틀에 박힌 발달방법을 갖는 것은 아니다. 특히 독서능력과 같이 학습의 결과 획득되는 것은 학습방법이나 학습환경 등의 차이에 의한 개인차가 더욱 크다.

그러면 독서능력을 결정하는 기본적 능력으로 제시되는 네 가지 요인은 무엇인지 살펴보자.

[1] 독서의 속도

독서능력을 결정하는 첫 번째 요인은 일정한 양의 글을 얼마나 빨리 읽을 수 있느냐 하는 독서의 속도이다. 독서의 속도는 안구운동과 독서방법에 따라 규정되므로, 일정한 독서습관이 붙은 사람의 독서의 속도는 대체로 정해져 있다. 물론 읽는 재료나 읽는 목적, 읽을 때의 심신상태나 환경적 조건 등에 따라서 다르지만, 그러한 조건들이 거의 같을 때에는 우리들이 읽는 속도에는 그다지 큰 변화가 없다. 즉, 각 사람은 현재의 독서능력 단계에서 가장 저항이 적은 속도로 읽고 있다고 볼 수 있다.

그러나 많은 사람들이 독서의 속도를 느리게 하는 나쁜 습관이 붙어 있어서, 모처럼 습득한 독서능력이 살려지지 않고 있다. 예를 들면, 지능도 높고 어휘력도 풍부한 고등학생이 초등학생 정도의 독서속도밖에 갖지 못하는 경우이다. 그러나 그러한 것들은 대부분 연습에 의해 교정할 수가 있다.

첫째, '나쁜 습관을 깰 것',
둘째, '새로운 독서방법을 습득할 것'
그 구체적인 방법에 대해서는 뒤에 상세히 기술하겠다.

[2] 이해의 정확도

독서능력을 결정하는 두 번째 요인은 이해의 정확도이다. 아무리 빨리 읽는다 해도 이해가 정확하지 않으면 의미가 없기 때문이다. 이해의 정확도는 독서의 목적이나 재료에 의해서 달라지는 것은 말할 필요도 없다. 여러분들의 독서의 재료는 주로 교과서와 참고서이고, 그 독서의 목적은 저자가 말하는 사실이나 의견을 충실히 이해하고 기억하는 것이다.

[3] 어휘력

독서의 속도와 이해도를 높이기 위하여 어휘가 갖는 역할은 참으로 크다. 보다 많은 단어와 용어의 의미를 보다 정확하게 알고 있으면, 그만큼 빠르고 정확하게 글을 읽어 갈 수가 있다. 성적이 좋은 학생은 거의 언제나 그렇지 못한 학생에 비해서 어휘력이 풍부하다. 이것은 국어나 영어의 학습에서 한자와 단어·숙어 등을 잘 알고 있는 것이 그 학력에 얼마나 큰 영향을 갖는지를 생각해 보면 곧 알 수 있다. 어휘력을 늘리기 위해서는 독서량을 늘리고, 새로운 어휘나 아리송한 어휘에 부딪치면 사전을 찾아 그 뜻을 알아내고 끈질기게 외우는 것이 중요하다.

[4] 시력

시력(視力)은 독서에 있어서 매우 중요한 조건이다. 그러므로 여러분은 혹시 안경이 필요하지 않은지, 또는 지금 쓰고 있는 안경이 과연 자신의 시력에 맞는 것인지 전문의에게 가서 가끔 검사를 받아볼 필요가 있다. 만일 안경을 쓸 필요가 있는데도 안 쓴다거나, 도수가 맞지 않는 안경을 쓰고 있으면 독서시에 피곤을 느끼게 되고 싫증이 난다. 그 결과 자연히 독서능률이 오르지 않게 된다는 것을 알아야 한다.

3. 훌륭한 독서법이란 어떠한 것인가?

[1] 훌륭한 독서는 중심개념을 찾기 위한 탐색이며 요약이다

훌륭한 독서는 단순히 단어를 인지하는 것 이상의 것으로, 이들 단어를 취하여 개념으로 좁아들게 하는 기술이다. 즉, 수많은 단어로부터 하나의 생동적인 개념을 만들어내는 것이다. 훌륭한 독서란 다음과 같은 3단계를 지나는 활동적이고 능동적인 탐색과 요약의 과정이다.

첫째, 단어의 덩어리에서 중심개념을 찾아내고,

둘째, 불필요한 단어와 세부사항으로부터 그 개념을 분리해 낸 다음,

셋째, 그것을 쉽게 기억될 만한 생동적인 몇 단어로 요약한다.

이와 같은 탐색과 요약의 기술을 터득할 때, 만족할 만한 독서를 할 수 있다. 즉, 전체 과제를 부여받아 수많은 단어와 문장과 단락을, 의미가 담긴 몇 가지의 생동적인 개념으로 축소시켜 그것을 요약함으로써, 그것은 짧은 시간에 여러분의 기억에 영원히 남게 될 것이고, 필요할 때(새로운 문제를 풀거나 시험의 질문에 답할 때) 언제든지 사용할 수 있는 상태에 있게 되는 것이다.

[2] 책의 본문을 보기 전에 먼저 서문을 정독하라

서문은 저자가 본문에 손을 대기 전에 독자에게 전달하는 개인적인 메

시지이다. 여기에서 저자는,

❶ 그 책을 왜 쓰게 되었는지를 밝히거나,

❷ 왜 이처럼 특별한 제목을 선정했는지 그 이유를 설명하거나,

❸ 그가 완성하려고 시도한 것을 미리 보여주거나,

❹ 정보를 얻게 된 주요 출처를 열거하거나,

그 책이 여러분에게 중요한 이유를 말하거나,

기타 방법으로 그 책에서 독자가 나가야 할 방향과 거기에서 얻게 되는 이익에 대해 대강 설명한다.

이처럼 독자에게 책을 전체적으로 개관할 수 있게 하고, 저자 자신과 저술 동기에 대한 통찰력을 부여해 주는 것은 내용뿐만 아니라 이같은 메시지 즉, 서문인 것이다. 서문을 읽었다면 여러분이 얻고자 하는 목표가 무엇인지 정확히 알게 된다. 그리고 나서 차례를 읽으면 단계적으로 그것들을 얻기 위해 어떻게 해야 하는가를 정확히 알 수 있게 된다.

[3] 차례 부분을 조심스럽게 검토하라

차례(목차)는 이미 만들어진 그 책의 윤곽으로서, 커다란 계획 즉, 여러분이 노리고 있는 궁극적 목표를 지니고 있으면서 계단식 과정으로 분리되어 있다. 그것은 목표에 도달하기 위해 차례차례 밟아야 할 계단을 보여주기 때문에 조심스럽게 검토되어야 할 부분이다.

차례 부분을 조심스럽게 검토함으로써,

❶ 그 책의 전체적인 골격을 파악할 수 있게 되고,

❷ 각 장과 그 책의 주제 사이의 관계를 알게 되며,

❸ 우리가 매 단계 목표를 어떻게 달성할 수 있는가를 좀더 구체적으로 알 수 있고,

❹ 그 책의 독서 스케줄을 짤 수 있을 정도로 언제, 어디서부터 읽기 시작할 것인가를 정확히 알게 된다.

따라서, 최소한 차례만이라도 자세히 기억하고 있으면 전체적인 학습내

용을 기억하는 데 큰 도움이 된다.

[4] '우선읽기'를 통해서 전체 윤곽을 먼저 파악하라

독서할 때 가장 먼저 해야 할 일은 올바른 방향을 잡는 일이다. 스스로 지도를 만들어 그 과에서 얻어내고자 하는 것이 무엇인지 정확히 알고, 그것이 어디에 위치하는지 찾아내야 한다. 아무리 총명한 사람이라도 단어와 단어만을 읽기 시작해서는 할당된 과제물을 완전히 이해할 수 없다. 이는 지도를 보지도 않고 방향도 모른 채 눈에 띄는 고속도로를 따라 되는 대로 차를 몰아 자동차 여행을 시도하는 것이나 마찬가지다.

올바른 방향을 잡기 위해서는 우선 할당받은 과를 '미리 읽어야' 한다. 본격적으로 읽기 시작하기 전에 처음부터 끝까지 일별(一瞥)한다. 그리고 나서 다음과 같은 정보를 얻어낸다.

❶ 이 과의 주제는 무엇인가?
❷ 이 과는 어떤 정보를 담고 있는가?
❸ 이 과에서 내가 기억해야 할 중심개념은 무엇인가?
❹ 이같은 중심개념이 몇 개나 있는가?
❺ 개개의 중심개념에서 내가 기억해야 할 것은 무엇인가?
❻ 이 과에서 이같은 정보를 어디에서 찾을 것인가?

그리고 나서야 비로소 읽기 시작한다.

[5] 책의 내용과 관련되는 사회적·문화적 배경을 이해하도록 하라

책의 내용을 충분히 이해하기 위해서는 읽고 있는 책의 내용과 관련되는 사회적·문화적 배경에 대해서도 이해를 가져야 한다. 어떤 글이든 저자가 자리잡고 있는 사회적·문화적 배경의 토대 위에서 쓰여지지 않은 것이 없다. 특히 이러한 영향을 많이 받게 되는 인문사회과학 분야의 글은 그러한 배경적인 사실이나 여건을 이해하지 못하면 읽고 있는 내용을 겉

훑기로밖에 이해하지 못하는 경우가 많다.

[6] 목적에 적합한 독서방법을 택하라

독서의 속도와 방법은 독서의 목적에 따라 다르고, 같은 내용을 서로 다른 목적하에 몇 번씩 읽어야 할 때도 많다. 그런데 학생들은 어떤 책을 읽던 첫 페이지, 첫 문장부터 똑같이 읽어나가기 시작한다. 똑같은 방식으로 국어책도 읽고, 영어책도 읽고, 역사책도 읽고, 소설책도 읽는다. 일꾼이 수레를 끌고 가듯, 문장 속을 똑같은 속도로 걸어간다. 이렇게 모든 내용의 책을 항상 똑같은 속도와 똑같은 방식으로 읽는 것엔 문제가 있다.

이제부터 각기 다른 독서 목적과 그에 적합한 독서방법을 설명하겠다. 훌륭한 독서가는 그 독서물의 내용과 독서 목적에 따라 다양한 방법으로 책을 읽는다는 것을 명심해야 한다.

(1) 드문드문 읽기(skimming)

드문드문 읽기는 읽어야 할 독서물을 매우 빠른 속도로 보아 나가는 것을 말한다. 한 단락, 한 페이지에서 한 문장 정도, 그리고 책 전체를 통하여 중요한 부분을 띄엄띄엄 읽어나가는 것을 말한다.

드문드문 읽기는 주로 다음과 같은 목적이 있을 때 행해져야 한다.

첫째, 특정한 질문에 대한 답을 찾고자 할 때, 예를 들면 어떤 역사적 사건이 일어난 연대나, 그 사건과 관련된 사람의 이름, 그 사건이 일어난 장소 등을 알아보고자 할 때 드문드문 읽기를 한다.

둘째, 독서물의 전체적인 윤곽을 알아보고자 할 때, 예를 들면 어떤 주제에 대한 저자의 기본적인 견해를 알아보고자 그 견해를 요약해주는 핵심적인 한두 단락을 찾으려 할 때 드문드문 읽기를 한다.

셋째, 이 책이 전반적으로 어떤 방향으로 쓰여졌는지, 이 책은 얼마나 읽기 어려운지를 알아보고자 할 때도 드문드문 읽기를 한다.

(2) 빨리 읽기

빨리 읽기는 비록 간혹 가다가 건너뛰면서 읽기는 하지만, 모든 글줄을 거의 다 읽는다는 점에서 드문드문 읽기보다는 훨씬 더 꼼꼼히 읽는 방법이다. 빨리 읽기는 다음과 같은 경우에 사용한다.

첫째, 잡지나 소설 등의 흥미 위주의 독서물을 읽을 때.

둘째, 자세한 모든 정보가 요구되지 않을 때 즉, 학교의 숙제를 할 때처럼 전반적이고 기본적인 생각을 찾아보아야 할 때.

(3) 교과서 읽기

교과서를 공부할 때는 앞의 두 가지 방법보다는 훨씬 더 꼼꼼히 책을 보아야만 한다. 먼저 책을 전체적으로 훑어보아야 하고, 그 다음에 알아보고자 하는 의문과 호기심을 갖고, 그 의문의 답을 찾기 위해 책을 꼼꼼히 읽어야 하고, 그 답을 요약해보고 전체적으로 체계를 잡아야 한다.

교과서 읽기는 다음과 같은 경우에 사용된다.

첫째, 중심적인 생각을 찾아내고, 그 중심적인 생각을 뒷받침하는 여러 가지 증거를 알아보아야 할 때.

둘째, 사건의 진행순서를 외워야만 할 때.

셋째, 독서물의 중심적인 생각을 요약하고, 다른 목적(시험 등)으로 기억해 내야만 할 때.

(4) 꼼꼼히 읽기(detailed reading)

꼼꼼히 읽기는 독서물의 세부사항을 완전히 알아야만 할 때, 그 독서물의 모든 세부사항에 주의를 집중하고 읽는 방법을 말한다. 예를 들면, 국어의 고문이나 한문 또는 외국어를 읽고 번역하는 것을 배우는 경우나 수학 문제를 푸는 방법을 공부할 때에는 꼼꼼히 읽기를 해야 할 것이다.

(5) 판단하면서 읽기(judgemental reading)

어떤 경우에는 책을 읽으면서 평가와 판단을 내릴 것이 요구된다. 이런 경우에는 내용의 단순한 기억만으로는 충분치 못하다. 그 자료의 이해를 넘어서, 읽는 사람 나름대로의 판단을 내려야만 한다. 다음과 같은 경우에 특히 판단하면서 읽기가 요구된다.

첫째, 사건의 진행으로 보아 다음에 어떤 일이 일어날 것인가를 예측해야 할 경우.

둘째, 다른 저자들의 상반된 의견을 비교 검토해야 할 경우.

셋째, 제시된 증거에 비추어 저자의 결론을 평가하고, 그의 결론의 타당성을 판단해야 하는 경우.

지금까지 독서의 목적에 따른 다양한 독서방법에 대해 설명했다. 이것은 매우 중요한 것으로서, 여러분은 앞으로 독서를 할 때 독서의 목적을 잘 알고 그에 따른 적합한 방법을 선택하고 사용하는 일에 익숙해져야 할 것이다.

4. 속독법

[1] 속독법이란?

속독(速讀)이라고 하면 대체로 내용을 100% 충분히 이해하지는 못해도 대강의 줄거리 정도를 파악하는 것으로 알고 있다. 그러나 진정한 의미에서의 속독이란 내용을 충분히 파악하고 이해하면서 빨리 읽는 것을 말한다. 다시 말해서 중요한 부분만을 읽는 것이 아니라 전체의 내용을 보고 읽으면서 암기할 것은 암기하며 읽는다는 뜻이다. 읽고 이해하는데 시간이 많이 걸려도 안되지만, 아무리 빨리 읽어도 무엇을 뜻하는지 모르는 독서도 필요없는 것이다. 따라서 이해도 빠르게 충분히 하고, 시간도 단축시키는 최첨단의 독서법을 진정한 속독법이라 할 수 있다.

[2] 읽는 속도가 빠른 사람은 이해도도 높다

독서는 천천히 주의깊게 읽으면 이해가 깊게 되는 것이라고 알고 있다. 확실히 무리하게 속도를 빨리해서 읽으면 이해력은 감소하며, 어려운 재료는 속도를 늦추지 않으면 안된다. 그러나 연구시험 결과, 독서의 속도와 이해도는 정비례한다는 결과가 나왔다. 즉, 독서의 속도가 빠른 사람은 이해도도 높다. 그것은 독서의 속도와 이해력은 상당한 공통인자에 의해서 규정되고 있음을 나타내는 것이다.

그렇다고 무조건 빨리 읽는 것이 훌륭한 독서법이라는 것은 아니다. 특히 교과서나 참고서와 같이 이해하고 기억하고 더욱이 이것을 상기할 것이 요구되는 것의 독서의 속도는 그 목적에 적합하도록 잘 조정되지 않으면 안된다. 이 경우의 속도는 다만 읽기의 속도가 아니고, 그 독서물을 이해하는 속도를 나타내는 것이 된다. 독서력 발달의 방법은 능률적 학습법의 일부분이다. 그러므로 효과적인 독서법으로 이해의 정확도나 깊이를 감소하지 않는 범위 내에서 속도를 빠르게 하는 속독법을 연습하는 것이 중요하다.

[3] 독서의 생리 및 심리

독서력이라는 것은 단순한 것이 아니라 여러 가지 능력이나 특성이 부합된 것으로서 신체적 즉, 생리적인 요소와 심리적인 요소가 있다. 생리적인 요소로는 안구운동, 구순운동, 기타 신체운동 등이 독서력에 관여하며, 심리적인 요소에는 문자의 지각, 의미의 이해, 이해된 관념에 대한 반응과 이용 등이 있다.

(1) 안구운동 : 책을 읽을 때 안구는 한 자 한 자씩 글자를 따라서 완만하게 이동해 가는 것이 아니라, 어느 시간 멈추어 있어서 몇 개의 문자군을 보고 읽으며, 다 읽었으면 다음의 문자군으로 뛰어넘어 이동한다. 즉, 일정시간 정지하고 급히 이동하고 또 정지하며 읽기를 진행해 간다. 안구가 운동하는 동안은 글자는 읽어지는 것이 아니므로 한 자 한 자를 더듬어서 읽는 방법은 가장 비능률적인 독서습관이다. 서투른 독서가는 안구가 정지하는 횟수가 많을 뿐만 아니라 종종 뒤로 되돌아와서 읽는다.

독서할 때의 안구운동은 연습을 통해서 능률을 높여갈 수가 있다. 그러나 독서의 속도와 이해도는 어휘력과 지능·지식의 발달정도 등에 비례하므로, 우선 많은 공부를 해서 지적 수준을 높이면서 능률적인 안구운동을 하여야 한다.

(2) 구순(口脣)운동 : 소리를 내어 읽을 경우에는 입술·턱·혀·목구멍·성대 그리고 코·폐·두개골의 여러 부분 등이 운동을 하는데, 묵독(默讀)의 경우에도 서투른 독서가 중에는 혀와 입술을 움직이면서 읽는 사람이 많다. 이것은 아이 때의 음독 습관이 남아 있는 것이며, 독서의 속도를 감소시킬 뿐만 아니라 이해도를 낮게 한다.

(3) 기타 신체운동 : 독서할 때에 여러 가지 신체운동이 관여하는 경우가 있다. 안면 표정에 변화가 생기고, 머리가 전후 좌우로 움직이는가 하면, 한쪽 어깨 또는 양쪽 어깨가 오르락 내리락하기도 한다. 독서할 때의 이러한 신체운동은 서투른 독서가에게서 많이 보여진다.

[4] 속독법의 실천을 위한 구체적 방법

(1) 소리를 내지 말고 읽어라

책을 읽는 방법에는 음독(音讀)과 묵독(默讀)이 있는데, 속독을 위해서는 묵독 즉, 소리를 내지 않고 읽는 방법을 택해야 한다. 소리를 내면서 읽을 경우 1분에 100~125개의 단어를 말할 수 있으나, 묵독할 경우는 어려운 책은 1분에 240단어 이상, 쉬운 책은 1분에 600단어를 읽을 수 있다. 여기서 주의할 점은 크게 소리는 내지 않더라도, 소리를 내고 읽을 때와 마찬가지로 입속에서 중얼거리거나 입술을 오물오물 움직이거나, 목청이 떨릴 수도 있다. 이러한 모든 움직임을 제거해야 한다.

그 방법은 입술에 손가락을 대고 독서하면서, 입술이 움직이는가를 알아보고 움직인다면 계속 손가락을 입술에 대고 독서하여 그러한 움직임을 억누르면서 읽는 것이다. 또 혀를 위·아랫니로 가볍게 물고 독서하는 것도 도움이 된다. 이러한 장애요인을 없애야만 속독이 가능해짐을 명심하고 스스로 그러한 현상을 제거하려고 계속 노력해야 한다.

(2) 손가락·연필 등으로 글줄을 추적하지 말라

간혹 책을 읽을 때 글줄을 어길까 염려해서 손가락이나 연필 등으로 글줄을 따라 짚어가며 읽는 경우가 있는데, 이것은 속독에 방해가 된다. 눈의 움직임은 손의 움직임보다 훨씬 빠르기 때문에, 눈이 손의 움직임을 쫓아가려면 자연히 독서의 속도가 늦어진다. 그러므로 이러한 행동도 하지 않도록 주의해야 한다.

(3) 머리를 움직이지 말고 눈동자로만 따라 읽어라

문장을 따라 머리를 좌우로 움직이게 되면 안구운동이 늦어지므로 독서 속도도 그만큼 늦어진다. 그러므로 머리는 책의 중간을 향하여 고정시키고, 눈동자만 움직여서 책을 읽어야 한다.

(4) 눈을 자주 멈추거나 한 곳에 너무 오래 멈추지 말라

독서의 생리에서 밝혔듯이, 사람의 독서시의 안구운동을 아이(Eye)카메라를 가지고 찍어보면, 우리의 눈은 글줄을 따라 옆으로 움직여 나가다가 잠시 멈추고, 또다시 움직여 나가곤 한다. 눈은 멈추어 있을 때만 대상물을 볼 수 있고, 움직일 때는 볼 수 없다는 것은 이미 밝혀진 사실이다. 최소한 책을 보고 이해하려면 한 번 멈추어 1/5초의 시간이 필요하다. 한 번 멈추어 1/5초 이전에 다시 움직여서도 안되지만, 여기서 문제가 되는 것은 너무 자주 멈출 뿐 아니라, 필요 이상으로 너무 오랫동안 멈추어 있는 것이다.

여러분은 노력을 하여 이렇게 눈동자가 한 군데에 머물러 오랜 시간을 낭비하는 것을 교정해야 한다.

(5) 한번 읽은 곳에 다시 눈을 돌리지 말라

독서중의 안구운동을 아이(Eye)카메라로 찍어보면 글줄을 따라 앞으로 움직여 나가다가 수시로 이미 읽었던 앞부분으로 되돌아가는 것을 발견한다. 특히 독서를 잘 못하는 사람은 앞으로 되돌아가는 일이 매우 잦다. 이러한 회귀현상이 일어나는 이유는, 읽는 사람이 뚜렷한 목적을 가지지 않고 독서하기 때문에 주의집중이 되지 않아서다. 글씨는 보지만 그 단어의 의미는 파악하지 못하고 안구운동만을 계속하므로 이러한 회귀운동이 일어난다. 이러한 나쁜 습관은 독서하기 전에 미리 목적을 분명히 하고, 주의를 집중하여 읽고, 스스로 그러한 현상을 없애려고 노력하면 제거할 수 있다.

(6) 인지의 폭(Recognition Span)을 넓혀서 읽어라

한눈에 볼 수 있는 단어의 수를 인지의 폭이라고 하는데, 단어를 하나씩만 본다면 인지의 폭은 한 단어가 되며, 두 개 세 개를 본다면 그만큼 폭이 크게 된다. 단어를 하나하나 본다면, 안구가 멈추는 시간이 길어진다. 그러나 인지의 폭이 두 단어라면 독서의 시간이 반으로 준다. 바꾸어 말하면 같은 시간에 두 배를 읽을 수 있다는 것이다.

그렇다고 아무렇게나 몇 개의 낱말을 뭉쳐서 읽는 것이 아니라, '사고의 단위'로 잘라서 읽어야 한다.

사고의 단위란, 이를테면 「형용사+명사」, 「명사+동사」 또는 「명사구」 등과 같이 하나의 생각을 표현하기 위해 두세 개의 단어가 결합되어서 이루어진 단어군을 말한다. 사고단위를 기준으로 인지의 폭을 넓히려면 의식적으로 의미가 통하는 몇 개의 단어를 한꺼번에 읽는 훈련을 계속 쌓아야 한다.

(7) 모르는 용어는 문맥에서 이해하도록 하라

책을 읽어 나가다가 모르는 단어나 용어가 나오면 그것을 일일이 사전을 뒤져보려고 하지 말고, 일단 문맥을 통해서 이해하도록 하는 것이 좋다. 문맥을 통해서도 그 의미를 이해할 수 없고, 또 그것이 아주 중요한 것일 때에는 물론 그냥 넘기지 말고 반드시 사전을 찾아 정확한 뜻을 알아 두어야 하지만, 모르는 용어가 나왔다고 해서 그 뒤를 더 읽어볼 생각도 하지 않고 곧장 사전을 뒤지면 그만큼 읽는 속도가 느려진다.

(8) 중요하지 않은 것은 대충 보아넘겨라

앞에서도 이미 자세히 언급한 내용이지만, 읽는 목적이나 내용에 따라 읽는 속도를 조절할 필요가 있다. 잡지나 대중소설을 읽는다거나 혹은 대략적인 정보를 얻으려고 할 때에는 책에 쓰여 있는 것을 일일이 다 읽을 필요는 없다. 이럴 때는 정성들여 차근차근 읽기보다는 문맥을 이해할 정도로 대충 읽거나, 혹은 중요한 부분과 그렇지 않은 부분을 가려서 필요한 것만 읽어 넘기는 것이 좋다.

(9) 잡념을 버리고 정신을 집중하되 지나친 긴장은 금물이다

정신이 집중되지 않은 상태에서는 속독은커녕 보통속도의 독서도 불가능하다. 이럴 때에는 읽어도 머리에 남는 것이 없다. 그러므로 책을 대하는 순간부터 책 읽는 것 외에는 다른 생각을 하지 않도록 습관화시켜야 한다. 하나의 방법으로, 잡념을 버리려고 노력을 하지 말고 그대로 책을 대하면 책의 내용을 파악하려고만 노력하면 된다.

그런데, 적당히 정신을 집중시키는 것은 좋으나 너무 지나치게 긴장하면 눈에 힘이 많이 들어가, 눈이 잘 돌아가지 않고 눈이 아프며 안구가 튀어나오는 느낌이 들어 속독은 더욱 어렵다.

(10) 독서자세를 바르게 가져라

독서자세가 나쁘면 눈이 나빠지고 쉽게 피로해진다. 좋은 자세는 척추를 똑바로 펴고 올바른 자세로 앉고, 고개를 앞으로 숙이지 않도록 하며, 눈과 책과의 거리는 30~40cm로 유지한다. 바른 자세로 독서를 하기 위해서는 독서대를 이용하는 것이 좋다.

제6장

학습계획 작성법

"시간의 사용법은 인생의 삶의 방법 그 자체이다."

1. 학습계획의 필요성
2. 학습계획을 세울 때 고려해야 할 사항
3. 학습 계획을 짜는 방법
4. 각종 도표 및 그래프를 이용한 학습계획

1. 학습계획의 필요성

설계도가 치밀하고 제대로 짜여져야 좋은 건축물이 완성될 수 있듯이, 공부도 기본이 되는 계획표가 잘 세워져야 좋은 성과를 기대할 수 있다.

학습계획을 구체적으로 짜놓지 않으면 다음과 같은 일들이 벌어진다.

ⓐ 공부를 매일 일정하게 하지 못하며 이것저것 하느라고 시간을 낭비한다.

ⓑ 하루 사이에, 혹은 하루 저녁에 또는 한두 시간 사이에 너무 많은 것을 공부하려 대들기도 하는 반면, 어떤 날은 거의 공부를 하지 않고 지내기도 한다. 그 결과 생활과 공부에 일관성과 초점이 없고 어느 한 가지도 알찬 결실을 맺지 못한다.

ⓒ 공부를 실제로 시작하는 데 어려움을 지니고 있다. 항상 공부할 준비가 되어 있는 것 같으면서도 막상 공부를 하게 될 때까지는 많은 시간이 지나가 버리고 만다.

이상과 같은 문제들은 대부분의 학생들이 갖고 있는 고민거리인데, 이것은 공부를 할 때 실제로 원하는 결과를 얻을 만큼 자신의 능력과 시간을 전력투구하지 않는 데서 오는 문제들이다.

이러한 문제들을 해결할 수 있는 방법은 스스로 자기의 사정과 능력에 맞게 시간을 활용하는 것인데, 그것은 바로 학습계획을 짜는 것이다. 계획표를 잘 짜게 되면 시간을 낭비한다든지, '이걸 할까 저걸 할까' 망설인다든지, 또는 '해야지' 하면서도 막상 착수하지는 않고 망설이기만 하는 일이 적어진다. 또한 가장 적절한 시간에 가장 적절한 종류의 공부를 함으로써 시간과 노력의 효용을 극대화할 수 있다.

미네소타 대학의 심리학자 헨리 보로 박사가 학습에 관계있는 여러 가지 조건을 분석해서 만든 「학업 적응성 조사표」에 의하면, 학업성적과 가장 높은 상관관계가 있는 것은 '학습계획과 시간이용의 적부(適否)'라는 결과가 있다. 이와 같이 학력은 학습 시간의 문제가 아니라 계획과 그것에 의한 시간이용이라는 것이 결과를 좌우하는 큰 조건임을 알 수 있다.

물론 계획을 세웠다고 하는 것만으로 학력이 올라가는 것은 아니다.

계획 자체의 옳고 그름과 실행의 방법에도 큰 관계가 있음은 말할 필요도 없다.

2. 학습계획을 세울 때 고려해야 할 사항

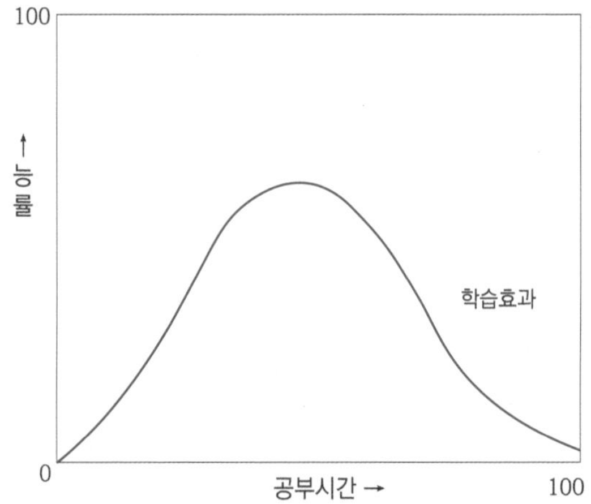

(1) 극대의 학습효과를 위한 TPM 관리 비결

1) Time(시간) : 시간관리에서는 '되도록 많은 시간 공부하고 싶다.'와 '단시간에 학습효과를 올리고 싶다.'는 두 가지 욕구가 대두된다. 오랜 시간 계속 공부를 하면 피로해지므로 능률이 저하되고, 아무리 능률이 나도 짧은 시간으로는 필요한 분량을 마칠 수 없다. 당연히 시간을 관리하는 데

크닉이 필요해진다.

예컨대, 학습효과를 장방형의 면적으로 비유해 보면, 위 그래프에서 높이는 능률, 밑변의 길이는 공부시간이라고 하면, '능률×공부시간=학습효과'라는 등식이 성립된다. 학습효과라는 면적을 갖기 위해서는 공부시간을 길게 하면 되지만 능률이 떨어지고, 또 아무리 능률을 높이려 해도 한계가 있으므로 어느 정도 공부 시간은 길게 잡아야 한다. 결국 그 균형을 어떻게 잡느냐가 포인트가 된다.

2) Place(장소) : 장소관리에서는 학습을 방해하는 악조건을 제거하여 어떻게 쾌적한 학습공간을 마련하는가가 중요하다. 이 점을 간과하고 공부는 어디서 하든 마찬가지라고 생각한다면 자신도 모르게 크게 손해를 볼 수도 있다.

3) Mind(마음) : 마음관리에서는 공부에 따라다니기 마련인 슬럼프 대책을 세울 필요가 있다. 슬럼프에 빠지지 않고 오히려 슬럼프를 도약의 발판으로 역전시킬 수 있는 지혜와 투지가 있어야 한다.

(2) 학습의 목적과 목표를 정하라

학습계획을 세운다는 것은 학습의 목적과 목표를 실행하기 위한 구체적인 방법을 계획한다는 것과 같은 말이다. 뚜렷한 목적과 목표가 없이 계획을 세운다는 것은 무의미하다.

〈목적-계획-실행-평가〉의 4과정은 학습의 원리로서 이중에서 한 가지도 소홀히 해서는 안된다.

학습의 목적·목표는 그 사람의 장래의 진로 특히 희망직업과 밀접한 관계가 있다. 그런데 중·고교시절에 장래의 직업목표가 확실하게 정해지지는 않지만, 대체로 입학하는 대학의 학과가 결정됨과 동시에 직업의 방향도 결정된다. 따라서 입학할 대학의 학과 즉, 자신이 선택한 과목이 일생동안 자신을 끌고 다니게 되는 것이 현실이다. 그러므로 지망 대학·학과를 정하기에 앞서 자신의 적성과 능력 등을 고려하여 '인생플랜'을 세워야 한다. 분명한 목적을 갖고 공부를 하는 것과 그렇지 못한 경우의 학습 효과에는 커다란 차이가 있다.

장기적인 목적이 정해졌으면, 그 원대한 목적에 도달하기 위한 실제의 학습 목표를 가깝게 설정한다. 예를 들면, 공부하는 시간이 절대적으로 적다면 공부시간을 최대한 늘리기 위한 구체적인 계획을 세울 것이며, 영어에서 문법 문제는 거의 맞추지만 어휘와 독해력이 딸린다면 어휘력과 독해력을 증진시키기 위한 획기적인 계획을 세우라는 것이다.

〈예〉

- 2019년-

[좌우명]

[인생목표]

[목표 대학과 학과]

제 1 지망 :	대학	학과
제 2 지망 :	대학	학과
제 3 지망 :	대학	학과

[1월달의 목표]

1. 국어:

2. 영어:

3. 수학:

(3) 학습계획은 자신의 학습능력에 알맞게 작성하라

훌륭한 학습계획은 자신의 학습능력에 알맞아야 하며, 실천할 수 있는 것이라야 한다. 다른 학생을 흉내낸 계획이나 너무 욕심을 내서 의욕적인 계획을 세우면, 실제로는 계획의 몇 분의 일밖에 성취하지 못하는 경우가 많다. 계획이 제대로 되어나가지 않을 때에는 학습에 대한 불만에 차게 되어 실망감과 열등감, 불안·초조 심하면 노이로제 등의 정신적 장애를 야기하는 원인이 되기도 한다. 이럴 바에야 오히려 계획을 세우지 않는 편이 더 낫다. 적당한 목표를 세우는 것은 이와 같은 부적응 현상을 예방하기 위해서도 필요하다.

학습계획을 세워놓고 지키지 못하는 사람들은 대부분 계획을 현실성 없이 무리하게 세운다. 계획을 짤 당시에는 아주 의욕적으로 공부시간과 학습량을 많이 정한다. 이것저것 해야 할 공부가 많다보니 그렇게 된 것이다. 그러나 학습계획은 자신의 능력과 여건에 맞게 지킬 수 있게 세워야 한다. 지킬 수 있는 학습계획을 세워서 그대로 몇 주 동안 실행하다 보면 자신이 붙고 요령이 생겨서 공부시간과 분량을 조금씩 늘려 나갈 수 있게 된다. 우리의 습관과 능력은 하루아침에 원하는 대로 변화시킬 수 있는 것이 아니다. 아주 조금씩 단계를 밟아서 변화시켜야 하며, 또한 이를 위해서 계획이 필요한 것이다.

(4) 시작을 잘 하도록 하라

"능숙하게 잘 시작한 것은 반은 성취한 것이다."

- 호라서우

계획을 실행하는 데는 그 시작이 중요하다. 시작을 잘 한다고 하는 것은 처음부터 달려가라는 것이 아니다. 처음부터 성과를 거두기 위해서 무리한 공부를 계속하게 되면, 틀림없이 도중에 지쳐버리고 건강이 나빠져

능률이 오르지 않게 된다. 최초의 1개월쯤은 계획을 실행에 옮기기 위한 준비운동 기간으로 하여 이 시기에 능률적인 공부방법의 습관을 몸에 붙이도록 한다. 계획표대로 일단 책상 앞에 앉으라. 공부에 대한 '조건반사'가 이루어진다.

(5) 한꺼번에 오랫동안 무리하지 말라

실험에 의하면, 인간의 집중력이란 20분 정도밖에 지속되지 못하는 것으로 되어있다. 그래서 20분 동안 집중하기 위한 예비 단계를 20분 플러스하면, 한 과목의 집중 학습시간은 40~45분이 적당하다는 계산이 나온다. 따라서 계속해서 2시간이고 3시간이고 공부하는 것은 능률상 대단히 좋지 않다. 그렇게 오랫동안 집중력을 지속할 수 없기 때문이다. 학교의 수업을 50분 단위로 하고, 10분간의 휴식시간을 갖는 것은 위와 같은 연구의 결과인 것이다.

무리한 장시간의 학습은 피로를 회복하는 데에 더 많은 시간을 필요로 하므로 다음의 학습능률을 위해서 불리하다. 즉, 피로가 몸에 몰려오기 전에 미리 잠깐 쉬어주는 것이, 피로가 밀어닥친 후에 회복시키려고 애쓰는 것보다 훨씬 경제적이라는 것이다. 그렇다고 해서 너무 자주 쉬면 공부에 정신을 집중시킬 수가 없다. 공부하는 데 알맞은 시간의 길이는 개인에 따라서 또 학습내용에 따라서 차이가 있으므로 자신에게 가장 알맞게 공부하고 알맞게 쉴 수 있도록 계획을 세워야 한다. 이때 꼭 고려해야 할 사항 중의 한 가지가 자신의 주의집중 능력이다. 만약에 주의집중력이 아주 약한 학생은 처음엔 20분 공부하고 10분 쉬도록 할지라도, 지킬 수 있게끔 계획을 짜서 점차로 시간을 늘려나가야 한다.

(6) 융통성 있는 계획을 세워라

계획을 세울 경우에는 이후에 생길 수 있는 여러 가지 조건이나 사정의 변화를 고려하여, 다소의 융통성을 갖게 하는 것이 중요하다. 계획이 무너지게 된다는 것은 무의미할 뿐만 아니라 심리적인 면에서 커다란 마이너스가 되기 때문이다. '계획을 세워 보았지만 실행할 수 없었다'고 하는 경험에서는 '더이상 계획을 세우지 않는다'고 하는 소극적 태도가 생기고, 실행불능에 빠졌던 일로 말미암아 초조·불안·열등감 등이 생기기 쉬운 상태가 된다.

그러므로 계획은 욕심내지 말고 또 너무 세밀한 것까지 정하지 말고 적당히 융통성을 갖게 하여, 비록 어떤 경우에 실행할 수 없었더라도 후에 만회할 수 있는 기회를 가짐으로써, 전체의 계획에는 별다른 차질이 없도록 해야 한다. 다만 너무 융통성이 많은 엉성한 계획이 되어서는 안된다.

(7) 계획은 작성 자체보다도 실천하는 것이 더 중요하다

계획이란 그 자체에 목적이 있는 것이 아니라 실천하는 것이 목적이다. 실천할 수 없거나 실천하지 않는 학습계획은 무용지물이며, 오히려 능률적인 학습에 방해요소로 작용한다. 학습계획은 여러분이 입시준비기간 중 시간과 노력을 절약하고, 자신의 능력을 최대한으로 발휘하도록 하는 한편 자신의 태만과 정신적 해이를 스스로 채찍질하기 위해서 작성하는 것이므로, 훌륭한 계획의 작성도 중요하지만, 작성 자체보다는 실천가능성 여부가 더 중요하다.

(8) 시간 기준제보다 작업 기준제로 계획을 세워라

시간을 일정하게 정해놓고 그동안 얼마를 하든 덮어놓고 공부하는 식으로 하지 말고, '오늘은 이만큼만 하자.'고 일정 시간내에 어느 만큼 공부하겠다는 학습량을 미리 정해놓고 그 분량을 끝낼 때까지 공부하도록 하는 것이 좋다. 즉, 자기 자신을 '시간'으로 구속하지 않고 '양'으로 구속하는 것이다. 이와 같이 일정한 양을 목표로 공부하면 그만큼 자신에게 스스로 압력을 가하게 되므로, 자연히 공부에 집중하게 되고 전력투구하게 된다. 또한 그 분량이 끝났을 때에는 일종의 성취감을 맛볼 수 있어서 좋다. 게다가 빨리 끝낼 경우, 그만큼 자유시간이 많아지기 때문에 의욕도 솟는다.

이때 주의할 점은 앞에서도 지적했듯이 학습분량을 과중하게 정하지 말라는 것이다. 많은 분량의 학습을 하고자 하는 의욕은 좋으나, 정해놓은 분량을 그 시간 안에 끝내지 못하면 항상 허덕이게 되고 그 결과 자기 능력에 대한 회의를 갖게 되는 결과를 초래한다.

(9) 적당한 변화를 갖게 하라

수험생활은 자칫하면 단조롭게 되어 처음의 열정이나 각오가 상실되는 매너리즘에 빠지기 쉬우므로, 하루하루의 생활에 항상 새로운 신선감을 불러일으키도록 연구·노력하지 않으면 안된다. 그렇게 하기 위해서는 계획을 세울 때 학습에 관한 것뿐만 아니라 수면·식사·휴식·운동·취미활동·신변잡일 등에 대한 것도 고려해 넣어서, 각 활동이 적당한 시간에 적당한 장소에서 규칙적·계획적으로 행해지도록 해야 한다.

또 학습의 재료도 각 과목의 특색을 잘 연구해서 적당한 변화를 갖게 할 필요가 있다. 부족한 과목에 대해서는 EBS 교육방송이나 유튜브 동영상을 시청한다든가, 암기과목은 요약카드를 이용한다든가 하면 기분전환도 될뿐더러 능률도 오르게 된다.

(10) 예외를 만들지 말라

계획을 작성할 때에는 다소의 융통성을 갖게 할 필요가 있지만, 계획을 실행함에 있어서는 가능한 한 예외를 만들지 않는 것이 좋다. 계획은 그것을 반복해서 실행함으로써 습관화시키는 것이 중요한데, 계획의 실행 중에 뜻밖의 장해나 기분적인 동요가 일어날 경우에 그때마다 예외를 만들어 계획을 실행하지 않거나 변경해서는 습관형성이 불가능하게 된다. 그러므로 한번 작성한 계획은 반드시 지킨다는 결연한 각오와 의지가 있어야 한다. 목표로 한 계획을 달성하지 못하면 밥을 굶겠다든가 잠을 자지 않겠다든가 하여 스스로를 강하게 구속해야 한다. 피와 땀과 눈물만이 여러분이 원하는 학교의 합격을 약속한다 !

(11) 간단하게 달성될 수 있는 목표는 목표가 아니다

앞에서는 계획을 세울 때 너무 욕심을 부리지 말 것을 경고했지만, 그렇다고 아무런 고생도 하지 않고 간단하게 달성될 수 있는 계획을 세우라는 것은 아니다. 만약 그런 식의 계획을 세웠다면 틀림없이 마음이 약해져 있었거나 게으름을 피우고 싶다는 생각이 잠재의식 속에 있었기 때문일 것이다. 어떠한 계획도 완전히 실천할 수는 없다. 그러나 가능한 한 계획한 목표를 달성하려고 노력하는 데 계획의 의미가 있는 것이다. 자신의 능력으로 실현 가능한 선에서 조금 앞선 목표야말로 참다운 목표라고 할 수 있다. 우리에겐 잠재의식이라는 비장의 무기가 있기 때문이다.

(12) 하기 싫은 과목부터 공부하라

누구나 자신이 좋아하는 일을 할 때는 의욕이 생기고, 그런만큼 재미가 있어 시간 가는 줄도 모르게 된다. 그래서 좋아하는 과목에는 더욱더 강해지는 것이다. 반대로 싫은 일을 할 때는 의욕도 생기지 않고 오히려 지루하게만 느껴진다. 그 결과, '싫다-못한다-더 싫어진다-더 못하게 된다'는 악순환이 되풀이된다. 이 악순환의 사슬을 끊어버리기 위해서는 머리가 신선하고 의욕이 있을 때, 짧은 시간이라도 싫은 과목과 접촉하여 그에 대한 알레르기를 없애야 한다.

공부를 처음 시작할 때에는 새로운 의욕이 솟아, 머리도 참신하고 체력도 넉넉하기 때문에 어렵고 싫은 과목도 쉽게 정복할 수가 있다. 한참 공부한 후 머리의 회전이 둔해지고 육체에도 피로가 쌓일 때, 잠시 휴식을 취한 후 쉽거나 좋아하는 과목을 공부한다면 똑같은 시간을 가장 효율적으로 보내게 된다. 싫은 것부터 먼저 해버리는 것이 학습의 흐름을 원만하게 하는 요령이다. 또, 잘하지 못하는 과목을 정복하려면 '짧은 시간'이라는 미끼를 스스로에게 던져 날마다 계속하는 습관을 몸에 붙인다. 짧은 시간도 매일 쌓이면 긴 시간이 되고 그만큼 실력도 향상된다.

(13) 좋아하는 과목은 맨 나중에 하라

싫어하는 과목은 덮어두고 좋아하는 과목부터 하고 싶어 하는 것이 인간의 상정이다. 이래서는 싫어하는 과목을 정복할 수 없을뿐더러, 점점 뒤져서 더욱 싫어지게 된다. 이것을 극복하기 위해서는 싫은 과목의 공부를 마치지 않고서는 좋아하는 과목에 손을 대지 않는 방법을 취하는 것이 좋다. 이것은 심리학에서 '보수(報酬)'라고 하는 것으로, 이를테면 좋아하는 음식은 나중까지 남겨 놓고, 싫어하는 음식부터 먼저 먹어치우는 것과 비슷하다. 좋아하는 과목을 미끼로 하여 싫어하는 과목을 정복하는 셈이다.

(14) 수학 다음에 물리를 하지 않도록 하라

비슷한 내용을 한꺼번에 머리에 쑤셔 넣으면 이것들이 서로 동화되어 구별하기 어렵게 된다. 전체가 잘 파악되어 있지 않은 상태에서 비슷한 과목을 계속해 공부하면, 각 과목의 인상이 겹쳐서 분명히 기억할 수 없게 된다. 사람은 누구나 같은 종류의 일을 오래 계속하면 권태와 피로가 오고 능률이 떨어지게 마련이다. 수학과 물리는 비록 과목은 다르지만 각종 법칙의 응용이나 계산문제 등 비슷한 점이 많다. 특히 그것을 잘하지 못하는 경우 그렇지 않아도 권태롭고 피곤해지기 쉬운데, 거기에 인간의 그런 속성까지 합세하여 더욱 나쁜 결과를 초래하게 된다.

이 점을 반대로 생각하면 상당히 긴 시간이라도 성격이 서로 다른 과목을 효과적으로 혼합하여 편성하면 권태나 피로를 느끼지 않고 공부를 계속할 수 있다. 예컨대, 수학 다음에는 영어나 국어를, 눈을 쓰는 과목 다음에는 귀를 쓰는 과목을 공부하는 등 되도록 성격이 다른 과목으로 계획을 짜면 능률의 저하를 막을 수 있다.

(15) 계획대로 공부가 진행되지 않을 때에는 자신의 페이스를 생각해 보라

계획이 예정보다 늦어져 초조해지면 대부분의 학생들은 더욱 피치를 올리려고 보다 빡빡하게 계획을 수정하려고 한다. 그러나 짜증만 날 뿐이다. 계획이 잘 진행되지 않는 최대의 원인은 자신의 페이스와 계획이 들어맞지 않는 데에 있다. 그 어긋남을 메꾸기 위해서는 먼저 자신의 학습능력을 파악해야 한다. '한 시간에 몇 문제 정도 풀 수 있었는가?', '하루에 몇 페이지 읽을 수 있었는가?', '한 과를 끝내는 데 평균적으로 몇 분이나 걸렸는가?'를 생각해보고 자신의 페이스와 비교해 보라. 자신의 처음 계획이 과연 무리였나 아니었나를 알게 된다. 계획이 늦어졌다고 해서 망설여서는 안된다. 실천이 가능한, 무리가 없는 페이스로 다시 스타트하면 된다.

(16)'계획은 지키지 못하기 때문에 세운다'는 여유있는 자세를 가져라

아무리 치밀하게 계획을 세우고, 열심히 그 계획을 지키려고 노력을 했어도 목표에 도달하지 못하는 경우가 많다. 그럴 경우에는 자신을 철저하게 비판하고 반성해야 하지만, 어쩔 수 없는 경우도 있는 법이다. 너무 계획을 실천하는 데만 치중한 나머지 시험 노이로제에 걸린다면 그야말로 돌이킬 수 없는 사태가 발생한다.

때로는 '계획대로 되지 않는 날도 있는 법이다', '계획이란 좋은 방향이든 나쁜 방향이든 지키지 못하기 때문에 세우는 것이다'라는 여유있고 융통성있는 자세를 갖는 것도 중요하다. 그러면서 때로는 후퇴도 하고 때로는 전진하는 가운데 가장 적절한 페이스를 파악할 수 있게 된다.

(17) 학습계획을 가족이나 친구들에게 실행선언을 하라

학습계획을 세운 뒤에는 마음 속으로만 결심을 할 것이 아니라, 가족이나 친구들에게 실행선언을 하면, 그 계획은 더욱 구속력을 갖고 그대를 채찍질 할 것이다.

(18) 휴식을 취하기 전에 다음 공부의 준비를 해두라

목표로 한 공부가 일단락되었을 때는 누구나 한시름 놓고 책상에서 물러나고 싶어진다. 그러나 여기서 조금 더 참고 휴식시간 뒤에 해야 할 공부를 미리 생각해 본다면 나중의 학습진행 정도가 달라진다. 즉, 앞 단계를 끝내고 휴식에 들어가기 전까지의 짧은 시간에 다음 단계를 위한 간단한 준비를 해두는 것이다. 책이나 노트를 꺼내놓고, CD나 동영상자료가 있는 교재라면 공부할 자료를 찾아 놓는 등의 간단한 일이라도 다음 단계의 공부에 임했을 때 그 준비가 제대로 되어 있으면 시작부터 달라진다.

(19) 책상 위에 그날 해야 할 교재들을 쌓아두고, 끝나는 차례로 치워나가라

그날에 해야 할 작업량을 자신의 눈으로 확인할 수 있는가 없는가에 따라 그 능률에는 큰 차이가 있게 된다. 아무리 노력해도 끝없이 새로운 작업이 주어지면 누구나 진절머리가 나서 하기 싫어진다. 공부도 마찬가지여서 하루의 공부량을 자기 눈으로 확인할 수 있으면 능률이 오른다. 그러기 위해서는 그 날의 계획을 달성하는 데 필요한 교과서·참고서·문제집 등을 책상 한쪽에 쌓아두고, 한 과목이 끝날 때마다 치워버리는 '치워 없애기 방식'을 취하는 것이 효과적이다.

처음에는 하루에 그것을 다 해야 한다는 데 한숨이 나올 수도 있다. 그러나 한 과목이 끝날 때마다 다른 과목의 책을 책꽂이에서 꺼내는 방법으로는 언제 끝날는지 모르는 작업을 계속하는 것과 같아 마음이 무겁다. 더욱이 끝난 과목의 책을 책상 위에 그대로 놓고 다음 과목을 할 경우에는 시간이 흐를수록 책상 위에 참고서나 문제집이 쌓여지게 되므로 심리적인 압박감도 그만큼 커진다.

(20) 시험을 코앞에 두고 세우는 계획이라도 '이제'와 '아직'은 그 자세부터가 다르다

시험을 2주일 앞두고 치밀한 계획을 세웠다 해도 '아직 2주일이나 남았다'고 생각하면 마음이 해이해진다. 여기서 마음을 다잡아 먹고 '이제 2주일밖에 남지 않았다'로 바꿔 생각하면, 시험이 며칠 앞에 다가와서야 어쩔 수 없이 책상 앞에 앉게 되는 일은 없게 된다.

이상에서 여러분이 학습계획을 세울 때 고려해야 할 사항들을 알아보았다. 각자의 능력이나 생활여건 등에 차이가 있는 만큼 자신의 입장을 충분히 고려해서 계획을 세워야 할 것이다. 그러나 자신에게 가장 알맞은 학습계획은 단번에 세워지지는 않는다. 그러므로 계획의 수립과 실천, 그리고 평가와 검토를 통하여 계속적인 수정이 필요하다는 것을 명심해야 한다.

3. 학습계획을 짜는 방법

"하루를 놀고 일년이 늦어도 좋은가?" 라는 말을 마음속에 새겨두고, 하루하루를 최선을 다하겠다는 각오로 공부해야 수험기간을 하루라도 줄일 수 있을 것이다.

[1] 연중 학습계획

학년에 따라서 연중 학습계획이 달라질 것이나, 일반적으로 1년은 다음과 같이 4단계(고3생은 5단계)로 구분할 수 있다.

제 1 단계 : 1~2월	[겨울 방학]
제 2 단계 : 3~6월	[1학기]
제 3 단계 : 7~8월	[여름 방학]
제 4 단계 : 9~12월	[2학기]
제 5 단계 : 입시 전 1개월	[최종정리기간]

(1) 제 1단계 [겨울 방학] 학습계획

1년을 4단계로 구분할 때, 다른 어떤 단계보다 중요한 단계가 바로 제 1단계인 겨울방학 기간이라고 할 수 있다. 이 기간은 한 학년씩 올라가 초6생은 중1생으로, 중3생은 고1생으로, 고1생은 고2생으로, 고2생은 고3생으로 바뀌는 과도기이기 때문에, 상대적으로 시간이 많아 부족한 실력을 보충할 수 있는 좋은 기회인데 반해, 자칫하면 자유와 방종에 흘려버리기 쉽다.

필자는 초등학교를 마치면서 중학교에 들어가기 전까지의 이 기간을 정말 잘 보냈다. 그 결과 수원중학교에 입학한 후 첫 월례고사에서 전교 1등(1/720명)을 하였다. 필자는 물론 많은 사람들이 놀랐다. 우연일 수도 있겠지~. 그런데 그후로 2학년말까지 즉, 중3때 서울로 전학가기 전까지 한 번 빼기고 줄곧 전교1등을 했었다.

각 학년별·능력별로 이 중요한 기간을 어떻게 계획하고 어떻게 보내야 할지 살펴보기로 하겠다.

1) 중3 ~ 고1 : 중학교를 졸업하고 고등학교로 진학할 중3생에게는 더더욱 중요한 기간이다. 이 기간을 어떻게 보내느냐에 따라서 고등학교에서의 생활과 학업성적이 크게 달라진다. 중3생의 겨울방학은 대학입시라는 치열한 전쟁을 치르기 위한 최초의 준비과정인 것이다. 즉, 지옥에 비유되는 고등학교 3년간을 보내기 위한 첫 단추를 끼우는 과정인 것이다. 첫 단추를 잘못 끼우면 마지막 단추인 '합격'의 단추는 끼울 수가 없게 된다.

공부를 잘하는 학생은 '영어'와 '수학'을 고2 정도의 수준까지 공부를 해둔다. 어떠한 교재를 선택하느냐의 문제는 〈제7장 학습교재의 선택 및 활용법〉을 참고하여 신중하게 과목별로 1권의 기본참고서를 구입하여 두 번 내지 세 번 정도 볼 수 있도록 한다. 단과학원 또는 인터넷강의를 이용하거나 개인지도를 받는 것도 바람직하다.

공부를 못했던 학생은 우선 자기 자신을 냉철히 검토·비판해보고, 앞으로 대학에 진학할 것인지 말 것인지를 결정한다. 대학에 반드시 가야겠다고 결정한 학생은 먼저 자신의 생활면과 학습태도 등에 있어서 잘못된 점을 발견해서 시정하려는 의지가 있어야 한다. 그런 다음 다른 과목은 신경쓰지 말고 중학 과정의 영어·수학을 가능한 한 짧은 시일내에 총정리해야 한다. 그리고 고등학교 과정의 영어·수학을 한 번 정도 훑어보기 바란다. 혼자 하기 어려우면 선배 대학생의 지도를 받는 것도 좋을 것이다.

여러분이 만약 중학교 3년 동안 아무리 빈둥빈둥 놀았다 해도, 이 마지막 기간만이라도 뜨겁게 보낼 수 있다면, 고등학교에서의 상위권 진입은 확실히 보장된다.

2) 고1 ~ 고2 : 고등학교에서 1학년이 끝나갈 무렵이면 대충 상위권·중위권·하위권으로 나뉘어지고, 친구들도 거의 끼리끼리 사귀고 친하게 되

기 마련이다. 동병상련(同病相憐)이랄까?

상위권 학생은 이 기간을 여하히 보내느냐에 따라서, 고2때부터 전교 10등 안에 들 수도 있는 반면, 반에서도 10등 이하로 떨어질 수도 있는 것이다. 이 기간 동안에 영어·수학을 입시를 치러도 될 정도로 거의 완벽하게 마스터하도록 한다. 같은 상위권 학생들과 함께 그룹스터디를 하는 것이 긴장감을 유지하고 비교할 수 있어 바람직하다.

중·하위권 학생은 이 기간이야말로 상위권으로 진입하여 대학의 문을 열 수 있느냐 마느냐 하는 마지막 절호의 기회라고 생각하여, 비장한 각오로 이 기간을 알뜰하게 보내야 할 것이다. 무엇보다 영어와 수학의 기초를 다지는 데 최선의 노력을 기울여야 한다.

반드시 하여야 하므로, 반드시 할 수 있는 것이다.

3) 고2 ~ 고3 : 고2 겨울방학은 실질적으로는 고등학교에서의 마지막 겨울방학이다. 이때쯤이면 이미 여러분의 내신성적과 모의고사 성적으로 합격가능한 대학과 학과가 거의 정해지기 마련이다.

상위권 학생이라면 지금까지 공부해오던 방식대로 꾸준히 밀고 나가면 된다. 이 기간 동안에 영어·수학을 마무리짓고, 국어에 신경을 쓰면서 여러분이 가고자 하는 대학의 입시과목에 중점을 두고 공부해야 한다. 또한 그대를 따라잡으려는 무수히 많은 학생들이 칼을 갈며 무섭게 노력하고 있다는 사실을 기억하고 결코 방심해서는 안될 것이다.

중위권 학생이라면 이 기간을 마지막 히든카드로 삼아, 각고의 노력을 기울여야 할 것이다. 절대로 한 과목도 포기해서는 안된다는 사실을 명심하고, 영어와 수학 중에서 더 약한 과목에 집중투자를 하여 자신있는 과목으로 끌어올리도록 한다.

만약 그대가 바닥을 설설 기며, 수업시간이 괴롭고, 책만 봐도 골치가 아픈 하위권 학생이라면, 공부 잘하지 못함을 서러워하거나 원망하지 말고, 자신의 장점을 최대한으로 살릴 수 있는 길을 모색해야 할 것이다.

이 사회에 대학을 졸업한 고등 실업자가 얼마나 많으며, 고등학교도 제대로 나오지 못했지만 많은 대졸 출신 사원들을 거느리는 성공자가 얼마나 많은가? 자신의 적성과 진로에 대해 심각하게 생각해 보아야 할 것이다. 만일 재수·삼수를 하더라도 반드시 대학에 가야겠다는 신념이 확고하다면, 아예 2개년 계획을 세우는 편이 현명하다. 단시일 내에 정복하기 어려운, 그러나 절대 포기할 수 없는 과목인 영어·수학을 기초부터 새롭게 정리하고, 내신 성적에 좀더 신경을 쓰도록 한다.

지금까지 각 학년별로 겨울방학 기간을 어떻게 보낼 것인가에 관해서 살펴보았다. 결론적으로, 겨울방학은 학년이 바뀌고 반도 새로이 편성되는 중요한 과도기이기 때문에,

첫째, 자기 자신에 대한 냉철한 비판을 바탕으로 자신의 위치를 확인하고, 자신의 적성과 능력을 고려해서 장차의 진로를 다시 한번 생각해봐야 한다.
둘째, 겨울방학 기간을 통해서 새롭게 태어나려는 비장한 각오로 몸부림쳐야 한다.
셋째, 내신성적과 대학입시에서 가장 큰 비중을 차지하는 영어와 수학을 확실하게 다지는 기간으로 삼아야 한다.

"뜻이 있는 곳에 길이 있다."

일생의 성패를 좌우하는 대사(大事)를 앞두고, 지금까지 길러온 모든 실력과 능력을 오로지 입시공부를 위해 바친다는 굳건한 의지와 각오로 임한다면, 반드시 길이 열릴 것이며, 험난한 수험생활도 무난히 극복할 수 있을 것이다. 나 혼자만이 아니라 전국의 모든 수험생이 이 난관을 극복하고 입시의 관문을 통과하기 위해 모든 노력을 다 바치고 있다는 사실과, 기회는 언제든지 주어지는 것이 아니라 한번 지나가면 다시는 돌아오지 않는다는 사실을 명심해야 한다.

"하루를 놀고 일년이 늦어도 좋은가?" 심각하게 생각해 볼 문제다.

(2) 제 2단계 [1학기] 학습계획

새로운 학년이 시작되는 1학기는 새로운 선생님께 새로운 교과를 배우는 과정이 시작되는 단계이다. 이 기간은 3, 4, 5, 6, 7월 중순까지 4개월 반 정도의 비교적 긴 기간으로 학교수업을 받아가면서 전과목의 실력을 연마하는 단계이다.

지난 겨울방학을 어떻게 보냈느냐에 따라서 수업에 임하는 마음자세가 다를 것이다. 겨울방학을 알차게 보낸 학생은 자신감을 갖게 되어 수업시간이 즐겁고 또한 자습시간에도 더욱 열심히 공부할 것이요, 방학 동안 하라는 공부는 하지 않고 미팅이다, 캠핑이다 하면서 빈둥거리며 보낸 학생은 초조해지고 자신감을 잃어 수업시간이 짜증스럽고 방과 후에 놀 생각이나 하게 된다.

어찌됐든 새로운 학년, 새로운 학기가 시작되었다. 겨울방학이야 어찌 보냈건, 이제부터라도 정신차리고 잘 해야겠다는 각오로 최선을 다해 공부를 해야 할 것이다.

1) 학교 수업시간을 철저히 활용하라

어느 때이고 학교 수업시간이 중요하지만, 고3의 경우에는 이 기간중의 학교수업은 입시에 절대적인 영향을 미친다. 왜냐하면, 학교에서도 저학년 때와는 달리 3학년부터는 입시위주로 수업을 이끌어 나가지 않을 수 없고, 각 과목의 담당 선생님들도 입시지도 경험이 풍부한 선생님들로 구성되어 있어, 입시공부의 핵심을 가르치기 때문이다. 따라서 이 기간중에는 특히 학교 수업시간 중 선생님의 설명을 하나도 빠뜨리지 않고 철저히 공부하는 것이 중요하다. 그 구체적인 방법에 관해서는 〈제8장 예습-수업-복습의 연결학습〉을 참고하기 바란다.

2) 국 · 영 · 수 등 중점과목에 치중하되, 다른 과목도 소홀히 하지 말라

이 기간중에는 학교 수업시간은 물론이고, 집이나 도서실에서 충실한 예습·복습을 통하여 국어·영어·수학 등 중점과목의 학습을 1차적으로 끝낼 수 있도록 많은 학습시간을 이들 과목에 할애해야 한다. 또한 다른 과목도 소홀히 하지 말고 학교 수업시간을 중심으로 그날 배운 것은 그날 정리해 둔다. 특히 가장 취약한 과목을 선정하여 2~3개월 단위로 집중공략하는 것도 매우 효과적이다.

3) 교재는 교과서와 기본참고서를 중심으로 공부하라

이 기간은 실력 평가나 실력보완 기간이 아니고, 한창 실력을 연마해야 하는 단계이므로 가급적 문제집은 피하고, 교과서와 기본참고서를 반복하여 공부하는 것이 훨씬 능률적이다. 그리하여 한 과목당 한 권의 기본참고서를 선정하여, 몇 페이지에 어떠한 내용이 있다는 것을 기억할 수 있을 정도로 철저히 공부하는 것이 중요하다.

(3) 제 3단계 [여름방학] 학습계획 … 여름방학 100% 활용법

1) 여름을 이기는 자, 입시를 정복하리라

이 기간은 7월 중순부터 8월 말까지의 약 1개월 반에 해당하는 여름방학 기간으로, 고3생은 이 기간을 어떻게 보내느냐에 따라 불과 몇 개월 뒤에 자신이 원하는 대학에 합격하여 자랑스런 대학생이 되느냐, 아니면 대학의 꿈을 저버리고 취업을 하거나 재수의 길을 걷느냐가 결정된다. 매 순간이 모두 중요하겠지만 실로 여름방학은 여러분의 인생에 있어서 가장 중요한 전환점이 될 것이다.

여름방학중에는 특히 규칙적 생활이 어렵고, 날씨도 무더워서 학습능률이 떨어지며 피로만 쌓이는 시기이므로, 이를 잘 극복하는 수험생은 이를 극복하지 못한 수험생에 비하여 두 배의 성적을 향상시킬 수 있다. 지금까지 아무리 열심히 공부해 온 학생이라 할지라도 여름방학을 무의미하게 보내면 결코 좋은 결과를 얻을 수 없으며, 1학기에는 부진했더라도 여름방학 동안 치밀한 계획을 세워 밀어붙인다면 반드시 좋은 결과가 있을 것이다. 또한 여름방학은 자신의 여건에 맞는 학습을 하기에 가장 알맞은 중요한 시기로서, 약점 과목을 만회할 수 있는 절호의 기회인 것이다. 여름을 이기는 자가 진정 입시를 정복한다.

여름방학을 맞아 수험준비는 어떻게 할 것이며, 효과적인 수험대책은 어떤 것인지 자세히 알아본다.

2) 여름방학 1개월 전에 여름방학 학습의 목표를 정하라

40일밖에 안되는 여름방학을 보다 효율적으로 보내기 위해서는 사전의 계획과 준비를 단단히 갖추어 둠으로써 여름방학의 시작과 동시에 원활하게 생활할 필요가 있다. '여름방학이 시작되면 하자'라고 생각하고 있다면 늦다. 그 1개월 전부터 여름방학 학습의 목표를 세워서, 그 방향을 향해 걸음을 옮기는 것이 중요하다.

기말시험 준비시기부터 사실상 여름방학과 연결된 학습플랜을 세우는 것이 바람직하다. 적어도 국·영·수 3과목에 대해서는 기말고사 범위뿐만 아니라, 고1~고2 시절의 학습내용에까지 거슬러 올라가서 기초지식을 체크하는 것이 좋다. 기말고사 공부가 여름방학 학습플랜을 작성하는 데 도움이 된다는 것은, 자기 실력에 대해 반성을 할 수 있기 때문이다. 여름방학의 학습목표를 어디에다 두건 모두 자기의 현재 실력 위에 쌓아가기 마련이다. 그렇기 때문에 그 바탕의 확실성, 다시 말해 기초력을 총점검해 둘 필요가 있게 된다. 그래서 이 전초 기간을 이용해서 자기의 실력이 어떤지 헤아려보는 것이 중요한 것이다. 자기 자신을 진단한 후, 자신없는 과목의 정복, 전과목에 걸친 기초사항의 정복 등을 목표로 하면 될 것이다.

3) 방학중 학습활동의 일반원칙(겨울방학에도 그대로 적용된다)

❶ 규칙적인 생활을 지속하라 !

학교학습의 이점은 엄격한 규칙적 학습활동에 있다. 아침 일찍 등교하여 귀가 시간까지 좋든 싫든 규정된 학과 공부를 하는 동안에 입시 준비과정에 들어가는 것이다. 학교와 같은 규칙적인 생활은 괴롭지만 성과 면에서는 이를 따를 방법이 없다. 방학일지라도 학교생활의 연장으로 생각하고 규칙적인 생활을 해야 하는 것이 제1원칙이다. 특히 아침 기상시간이 방학 전과 같게 실시되고 있는가를 매일 점검해야 한다.

"일찍 일어나는 새가 벌레를 잡는다."는 속담이 있듯이 입시에서 승리하고자 하는 수험생이라면 반드시 일찍(04:00-06:00) 일어나야 한다. 기상시간이 늦으면 정신력은 0점이다. 그렇다고 자신의 신체리듬을 무시하고 너무 일찍 일어나서 졸아서는 안 된다.

❷ 학습 이외의 생각은 하지 말라!

공부는 두뇌가 안정된 상태에서 이루어지는 정신작업이다. 수험생이 부모의 사업이나 가정일, 형제간의 문제에까지 관여해서는 안된다. 또한 친구와의 약속을 자주 하는 것도 위험한 일이며, 종교활동에도 지나치게 빠져들지 않아야 한다. 그리고 한 번쯤 야외놀이가 좋을 듯 하지만 그 여파(후유증?)는 너무나 크다. 복잡한 머리를 식혀주는 역할도 있지만 수험준비생은 간단한 운동으로 대신하고, 환경의 갑작스럽 변화는 주지 말아야 한다.

❸ 학습환경을 너무 자주 바꾸지 말라!

환경의 변화가 적당하면 지루함을 없애주는 등 도움을 주지만, 너무 자주 바뀌면 방해가 된다. 환경을 바꾸어 다시 정착하기까지에는 많은 시간이 소요되므로 가능한 한 그대로 현실을 중시하는 것이 좋다.

❹ 무리한 학습을 피하라!

방학이라고 해서 무리한 밤샘을 한다든가 해서 생활의 규칙을 깨거나 쓸데없이 체력을 소모시키는 어리석은 행동은 삼가야 한다. 하룻밤의 밤샘은 수일간에 걸쳐 그 후유증이 나타난다. 입시준비는 마라톤 선수의 달리는 활동과 같다. 너무 무리하면 종반에 가서 뒤처지고 만다는 사실을 명심해야 한다.

❺ 부족한 과목 중심으로 계획하라!

학기중에는 전과목이 계속 진도를 나가기 때문에 특히 부족한 과목에 많은 시간을 투자하기가 어렵다. 그러나 방학중에는 진도도 안 나갈뿐더러 자기 시간도 많기 때문에 부족한 과목을 보충할 수 있는 절호의 기회인 것이다. 매일 밤 그날의 학습성과를 반성하고, 다음날의 학습계획을 구체적으로 만들어 놓고 잠자리에 드는 것을 생활화한다.

❻ 시간의 투자효율을 생각한 계획을 세우라 !

방학이 되면 대부분 욕심을 내어 무리한 계획을 세우기 일쑤이다. 방학은 길다는 즉, 시간이 많다고 착각하는 데 기인한다. 그러나 실제로 계산해보면 그다지 많지 않은 시간이라는 것을 알 수 있다. 시간이 많다고 생각하여 힘을 분산시키다 보면 결국은 모두 중도에서 하차를 하게 된다. 따라서 이런 때야말로 돈을 쓸 때처럼 '시간의 투자효율'을 생각하여 필요한 곳에 한꺼번에 투자를 해야 한다. 적당히 해도 되는 과목에는 되도록 시간을 아끼고, 꼭 필요한 과목에만 효율적으로 시간배분을 한다. 방학중에 실력을 향상시키려면 학습목표를 몇 가지로 좁혀 그 목표에 에너지를 집중시켜야 한다.

❼ 방학숙제는 둘로 나누어, 그저 하기만 하면 되는 것은 전반기에 끝내라 !

방학은 실력을 높일 수 있는 절호의 기회이다. 그러나 숙제에 쫓긴다면 모처럼의 기회를 살릴 수 없다. 숙제도 방법을 연구하면 부담이 되기는커녕 지금까지의 배운 것을 복습할 수 있는 일석이조의 효과를 볼 수 있다. 그러기 위해서는 숙제를 '복습과 관계가 있는 것'과 리포트처럼 '그저 하기만 하면 되는 것'의 둘로 나누어서, 그저 하기만 하면 되는 것은 되도록 전반기에 끝내버리고, 복습과 관계가 있는 것은 매일 몇 페이지씩 분배를 해서 한다면 숙제의 고통을 받지 않을뿐더러 효율적인 복습의 기회가 되는 것이다.

❽ 황금시간을 놓치지 말라 !

하루 일과중 황금시간은 개인차가 있지만 대체적으로 새벽 5~7시, 오전 10~12시, 오후 4~6시, 밤 9~11시까지로 볼 수 있다. 식사 전과 취침

전 두 시간씩이다. 이들 시간을 절대적으로 잘 활용해야 한다. 공부는 시간의 양보다 황금시간에 집중적으로 몰두하는 학습이어야 지루하지 않고 짧은 시간이라도 효과를 극대화할 수 있다. 그러나 방학중에는 최소한 위에 말한 황금시간(8시간)은 공부해야 하며, 그 외의 시간에도 적절한 휴식을 취하면서 적어도 10시간 정도는 공부에 전념할 수 있어야 한다.

⑨ 건강을 체크하라 !

건강한 신체만이 건강한 정신을 약속해준다. 건강에는 이상이 나타나고 있지 않은가? 건강에 이상이 생기면 신속히 치료를 받아야 한다. 방학은 자신의 건강을 체크해보고 치료할 수 있는 절호의 기회이다. 조금이라도 이상이 있는 것 같으면 정밀검진을 받아 그 원인을 찾아 완치될 때까지 끈기 있게 치료한다.

4) 방학중 하루의 생활 점검사항

방학에는 하루에 최소한 10시간은 공부를 해야 한다.

❶ 아침 기상시간이 방학 전과 같게 실시되고 있는가?

☞ 기상 시간이 늦으면 정신력은 0점이다.

❷ 식사는 제시간에 규칙적으로 하고 있는가?

☞ 먹고 싶은 욕망으로 가득차 있는 학생은 공부에 집중력이 약화된 탓이며, 학습에 적응하지 못하는 학생이다.

❸ 어제 하루의 일과중 책상 앞에 앉아 있었던 시간이 10시간 이상 된다고 보는가?

☞ 방학중에는 적어도 10시간(황금시간대를 포함) 정도는 공부에 전념할 수 있어야 한다.

❹ 어젯밤에 오늘의 학습계획을 만들어 놓았는가?

☞ 무계획적이면 오늘 하루도 성과없이 끝나버린다.

❺ 친구와 약속이 많은가?

☞ 약속이 많을수록 학습에 대한 정신력은 0점이다.

❻ 책을 볼 때는 주위를 전부 잊고 있는가?

☞ 책을 볼 때마다 잡념이 떠오르는 사람은 요점을 정리하며 내용에 집중해야 한다.

❼ 부모의 기대 때문에 갈등이 생기지 않게 대화하고 있는가?

☞ 부모를 속이는 학습은 헛된 공부가 된다. 부모님의 간섭 때문에 독서실로 발을 옮기고, 부모님이 보는 곳에서만 책을 펴지는 않는지 되돌아봐야 한다.

(4) 제 4단계[2학기] 학습계획

이 기간은 고1생과 고2생은 9월~12월 하순까지 약 3개월 반 정도의 기간이고, 고3생인 경우에는 9월~11월 중순까지 약 2개월 반 정도의 기간이다.

고1생과 고2생은 제 2단계인 1학기와 거의 비슷한 학습계획을 세운다. 즉, 학교수업을 충실히 받으며, 국·영·수의 실력을 더 한층 심화시키는 데 주력해야 한다. 고3생은 이 기간 동안에 다음과 같은 사항에 유의해서 차근차근 공부하도록 한다.

1) 새롭고 어려운 부분을 공부하기보다는 지금까지 공부해온 것을 다시 복습하는 자세가 좋다. 그리고 지금까지 사용해온 기본참고서가 좀 부족할지라도 절대로 다른 것으로 바꾸지 말고 그대로 사용해야 한다. 부족한 부분은 다른 책에서 발췌해서 기본참고서에 삽입시키거나 따로 노트를 작성하는 방법을 취하도록 한다.

2) 잘 구성된 문제집을 중심으로 연습문제를 많이 풀어보도록 하고, 그 결과 아직도 부진한 부분에 대해서는 교과서와 기본참고서를 통해 실력을 보충한다. 이때 반드시 해야할 일은 틀린 부분은 꼭 표시를 해두었다가 그 부분만 별도로 복습하는 정성을 들이는 것이다.

3) 각종 시험을 통해 자신의 실력을 정확히 평가하는 한편, 부족한 부분을 보충하고 보완하여 실력을 한 단계 더 향상시키고, 모의고사 등에 적극적으로 응시함으로써 실전력을 키우도록 한다.

4) 자신이 충분히 풀 수 있는 문제를 실수로 인하여 틀리지 않도록 하는 훈련을 쌓아야 한다. 아무리 쉬운 문제라 할지라도 반드시 문제와 지문을 끝까지 읽어서, 출제자가 묻는 내용이 무엇인지를 정확히 파악하는 습관을 길러야 한다.

(5) 제 5단계[최종 정리기간] 학습계획

이 기간은 입시 전 약 1개월 내지 2주일간의 기간으로, 지금까지 자신이 해온 입시공부를 최종적으로 정리하고 마무리하는 단계로서, 아래의 사항에 유의하여 총정리를 해야 한다.

1) 체력관리를 잘하라 !

최후의 결전일을 코앞에 두면 누구나 긴장하여 수험공부에 총력을 기울이게 된다. 아무리 실력이 있다 할지라도 시험 당일 마음껏 발휘할 수 없다면 소용이 없다. 강인한 체력과 정신력의 소유자만이 합격의 영광을 누릴 수 있는 것이다. 체력싸움에서 이기려면 적당한 운동을 지속적으로 해야 하며, 아울러 소화흡수가 잘 되고 영양가가 높은 음식을 골고루 섭취해야 한다. 그런데, 아무리 좋은 음식이라 할지라도 과식은 금물 !

2) 새로운 참고서나 문제집을 보지 말라 !

시험을 앞두고 새로운 참고서나 문제집을 보는 것은 금물이다. 새로운 것 하나를 공부하는 시간에 지금까지 공부한 사항 특히 자주 틀린 문제 10개를 한번 더 복습하는 것이 훨씬 효과적이다. 지금까지 공부해온 교과서와 기본참고서를 중심으로 정신을 집중하여 총정리를 하되, 각 과목별 교과서의 학습개관·학습요점·학습과제·연습문제 등을 다시 한번 훑어보고 꼭 암기해야 할 부분도 확인해둔다.

3) 생활을 극도로 단순화시켜라 !

오로지 시험만을 생각해야 하는 기간이므로, 이 기간 동안에는 친구와의 만남이나 잡담, 종교활동이나 서클활동 등을 최대한 억제하고, 집안이나 친척들의 경조사(慶弔事)에도 가급적 참석하지 않는 것이 좋다. 또한 영화를 본다든가, 센치멘탈한 음악을 듣는다든가, 요상한 잡지나 만화를 본다는 것은 자신을 실패의 구렁으로 몰고가는 자살행위나 마찬가지이다. 이 기간 동안에는 공부 외에는 보지도 말고, 듣지도 말며, 말하지도 말아야 한다.

4) 조금은 무리하도록 하라 !

마라톤 주자는 골인지점을 앞두고 온 힘을 다하여 질주한다. 이와 마찬가지로 수험생도 건강을 해치지 않는 범위 내에서는 마지막 순간까지 온 힘을 다하여 힘차게 몰아붙여 공부해야 한다. 조금 편하게 공부하다가 1년 더 고생하는 것보다는 훨씬 낫다.

5) 어느 한 과목이라도 끝까지 포기하지 말라 !

자신에게 어려운 취약과목을 포기하고 대신 다른 과목에서 점수를 보충하겠다는 것은 이론상의 일이지, 실제적으로 포기했다는 데서 오는 후유증으로 오히려 손해를 보게 된다. 특히 비중이 높아진 영어나 수학을 포기하고 다른 과목에서 점수를 더 얻겠다는 것은 실제적으로 진학을 포기하겠다는 것이나 마찬가지다. 정말 공부하기 어려운 과목이 있다면, 그 과목에서 특히 어려운 단원은 포기하되 과목 전체를 포기하지는 말아야 한다.

6) 국·영·수는 시험 전날까지 꾸준히 하라 !

일반적으로 1학기 동안에는 국·영·수를 열심히 하다가 2학기부터는 소홀히 하는 경향이 있는데 이것은 잘못이다. 물론 2학기에는 암기과목을 더욱 비중있게 다뤄야 하지만, 국·영·수를 아예 놓게 되면 시험 때 방향감각을 잃게 되므로 많은 시간을 투자하지는 않더라도 감각을 잊어버리지 않도록 매일 꾸준히 공부해야 한다.

7) 모의고사를 적극 활용하라 !

본시험을 앞두고 치러지는 모의고사에 적극적으로 참여해야 한다. 특히 재수생을 포함하여 전국적으로 치러지는 모의고사에는 실전에 임하는 자세로 최선의 노력을 기울여야 한다. 모의고사에서 성적이 좋지 않던 학생이 갑자기 본 시험에서 고득점을 획득할 수는 없다.

시험에서는 물론 실력이 가장 중요하지만, 실력 못지않게 시험에 임하는 정신자세와 심리상태 그리고 테크닉 등도 중요한 변수로 작용한다. 실수 없이 답안지를 쓰는 요령, 과목별·문제별 적절한 시간의 안배, 장시간의 시험에서 오는 긴장감과 피로를 극복하는 요령, 뻔히 알면서도 사소한 실수로 틀려버린 문제의 발견, 아리송한 상태에서도 정답을 골라내는 능력 등도 실력 아닌 실력이라는 사실을 명심해야 할 것이다. 땀을 많이 흘리며 훈련을 한 사람은 전쟁에서 피를 적게 흘리는 법이다.

8) 그동안 보았던 기말고사·모의고사 시험지를 검토·정리하라 !

그동안 보았던 모든 시험지는 누가 출제하였든 가장 중요시하고 적중이 예상되는 문제만을 뽑아놓은 것이다. 일반적으로 같은 내용과 범위에서 출제자의 심리는 일맥상통하기 마련이다. 또한 그동안 치러왔던 시험지에는 여러분의 고민과 회한이 서려있기 때문에 기억을 하는 데도 더없이 좋은 기억의 단서가 된다. 특히 몰라서 틀렸거나, 실수로 틀린 문제들은 자신의 약점을 정확하게 찍어주는 것으로써, 다시 한번 확인하게 되면 본시험에서의 실수를 미연에 방지할 수 있다. 이를 위해서는 모든 시험지를 절대 버리지 말고 과목별로 자알 모아둬야 한다.

9) 토막시간·짜투리시간을 잘 활용하라 !

시험이 임박해질수록 시간의 부족을 절감하게 된다. 평소 여유부리던 때를 후회하게 되고 단 1분이 아쉬워지기 마련이다. 그런데, 보통 공부를 하려면 어느 정도 긴 시간이 있어야 한다고 생각하지만 이것은 잘못된 생각이다. 예컨대, 5분이나 10분 정도의 휴식시간을 이용하여 전 시간에 공부한 것이나, 다음 시간에 공부할 과목을 대강 훑어보고 머릿속에 정리해 둔다면, 이 짧은 토막시간도 아주 귀중한 학습기회가 될 수 있다.

또한, 등하교시의 버스나 전철에서 보내는 시간도 단어의 암기나, 어학의 청취력 향상을 위해 유용하게 쓸 수 있다. 하루에 한 번씩은 꼭 가는 화장실에서도 암기사항을 외우든가, 신문사설 등을 읽어 논술에 대비할 수 있다. 다른 사람들이 흔히 흘려보내기 쉬운 시간을 나름대로 학습에 잘 이용하는 것이 경쟁에서 이기는 학습의 요령이기도 하다.

[2] 주간 학습계획

(1) 주간 학습계획의 필요성

우리의 거의 모든 생활이 일주일 단위로 반복되고 있고, 학교의 수업시간표도 일주일별로 짜여져 있기 때문에, 학습계획을 짜는 데 있어서 연간계획 못지않게 중요한 것이 주간 학습계획이라고 할 수 있다. 특히, 매주 돌아오는 토요일과 일요일의 효율적인 활용을 위해서도 주간 학습계획은 반드시 필요한 것이다.

(2) 주간 학습계획의 작성 요령

1) 공부가 가능한 시간을 찾아라!

학습계획을 작성하기 위해서는 먼저 공부가 가능한 시간을 찾아야 하는데, 공부가 가능한 시간을 찾기 위해서는 1주일간의 활동과 그 소요시간을 정확히 점검해야 한다. 그래서 도저히 공부를 할 수 없는 시간들을 파악한다. 즉, 수면시간·세면시간·식사시간·등하교시간, 종교 및 써클활동시간 등 학습계획에 넣을 수 없는 시간들을 체크해둔다. 자기 생활의 리듬과 여건을 현실적으로 고려한 계획이 아니면 그 계획이 아무리 잘 짜여졌더라도 결국 계획으로만 끝나버리게 된다. 그러므로 학습계획은 처음부터 자기가 실행할 수 있는 범위 내에서 짜야 하는 것이다.

2) 1주일 단위로 과목마다 시간을 배분하라!

날이 갈수록 대학입시에서 내신성적이 차지하는 비중은 높아가고 있다. 따라서 국·영·수를 비롯하여 어느 한 과목도 소홀히 할 수가 없다. 때문에 과목별 공부시간의 계획적인 배분은 반드시 필요하다. 대부분의 학교수업은 1주일 단위로 전과목이 골고루 분포되어 있다. 이 시간표를 기준으로 그 과목의 예습·복습 시간과 공부할 요일을 합리적으로 결정한다. 그럼으로써 중요과목에는 충분한 시간을 할애하면서 또한 다른 과목도 소홀히 하지 않는 바람직한 계획이 작성되는 것이다.

3) 토·일요일과 공휴일을 최대한으로 활용하라 !

월요일에서 금요일까지 열심히 공부하던 학생도 토·일요일이나 공휴일이 되면, 긴장이 풀리면서 쉬고 싶은 생각이 들게 된다. 그러나 성공적인 1년을 보내기 위해서는 휴일이라고 쉴 수만 없고 효과적인 휴일계획이 꼭 수반되어야 한다.

토·일요일을 효과적으로 활용하면 공부할 수 있는 시간이 20시간 정도는 나온다. 이 시간을 5일로 나누면 매일 4시간 분량의 시간이 나온다. 이 많은 시간을 허비하고 평일에 아무리 애써도 그 효과는 반감되게 마련이다. 1년에 52번씩이나 있는 토요일과 일요일 그리고 17일의 법정 공휴일을 잘 활용하는 사람은 엄청난 실력의 향상을 가져올 것이요, 그렇지 않은 사람은 항상 밑바닥을 헤매는 낙오자가 될 수밖에 없다.

"구체적인 계획이 없는 꿈은 막연한 바램에 불과하다.
당신이 제일 먼저 할 수 있는 것부터 계획을 세우라.
최고의 계획은 기도로부터 시작된다."

4. 각종 도표 및 그래프를 이용한 학습계획

[1] 학습 발전 도표의 작성

계획을 제대로 실천하기 위해서는 그 진행 상황을 철저히 관리할 줄 알아야 한다. 그러기 위해서는 우선 학습의 진행 상황을 한눈에 알아볼 수 있는 도표를 아래와 같이 만들어야 한다.

[예] 2019년 12월 20일 ~ 2020년 2월 5일(겨울방학 지옥훈련 계획표)

"하루를 놀고 일 년이 늦어도 좋은가???"

D-☐ (연필로 기입 … 매일 지웠다 새로 쓴다)

과목			國語		英語			數學		…	
교재			교과서	한샘국어	교과서	영어의 정도	리더스뱅크	교과서	수학의 정석		
카운트다운	요일	날짜 / Page	256	335	......	......	......	......	......	......	......
50	木	12月20	15	…							
49	木	21	27	…							
48	金	22	33	…							
47	土	23	38	…							
46	日	24	45	…							
45	月	25	63	…							
44	火	26	87	…							
43	水	27	⋮	…							
⋮	⋮	⋮	⋮	…							

※ 여러분이 좋아하는 색깔의 두꺼운 켄트지에 위의 도표를 크고 깨끗하게 그려라 !
공부를 시작하기 전에 펼쳐 놓고 한 과목의 공부가 끝날 때마다 진도를 표시하라 !

[2] 모의고사 성적 분석표

〈표 ①〉 모의고사 성적 분석란

과 목 \ 횟 수		배점	1	2	3	4	5	6	7
언어영역									
수리 탐구 영역	수리영역								
	자연과학 탐구영역								
	사회과학 탐구영역								
외국어영역									
총점									
석차	반								
	계열								
	학교								

〈표 ②〉 모의고사 분석표 (월 일 실시) 석차 반 등 / 학교 등

과목		배점	득점 A	득점 B	평균	편차	실점	원인 분석					차시 목표	최종 목표
언어영역								1	2	3	4	5		
수리 탐구 영역	수리영역													
	자연과학 탐구영역													
	사회과학 탐구영역													
외국어영역														
총점														
석차	(반)													
	(계열)													
	(학교)													

(참고)

1) 득점 A는 시험 직후 모범답안과 자신의 시험지에 표시된 답안을 비교하여 득점을 기록하는 난이다.
2) 실점란은 배점에서 득점 A를 뺀 숫자를 적는다.
   시험 결과가 정식으로 발표된 후에는 득점 B에 자기 성적을 기록하고, 득점 A와 득점 B의 오차를 원인 [1]에 기록한다. 득점A가 많을 때에는 +로, 적을 때는 -로 기록한다.
3) 평균은 학교의 계열(문·이과) 평균을 기록하고, 편차는 〈득점 B-평균〉을 기록한다.
   대신 과목별 석차를 써도 좋다. 목표는 모의 고사로 정한다.
4) 원인 분석
   1 : 해답의 오기 2 : 문제 해석의 착오 3 : 계산 및 논리 착오 4 : 아리송했던 문제 5 : 전혀 모르는 문제
5) 원인별 대책
   1 · 2 : 시험 태도로 만회 가능 3 · 4 : 단기 학습 강화로 순차적 만회 가능 5 : 중·장기간이 필요함

[3] 학습 발전 그래프 … 과목별, 월별

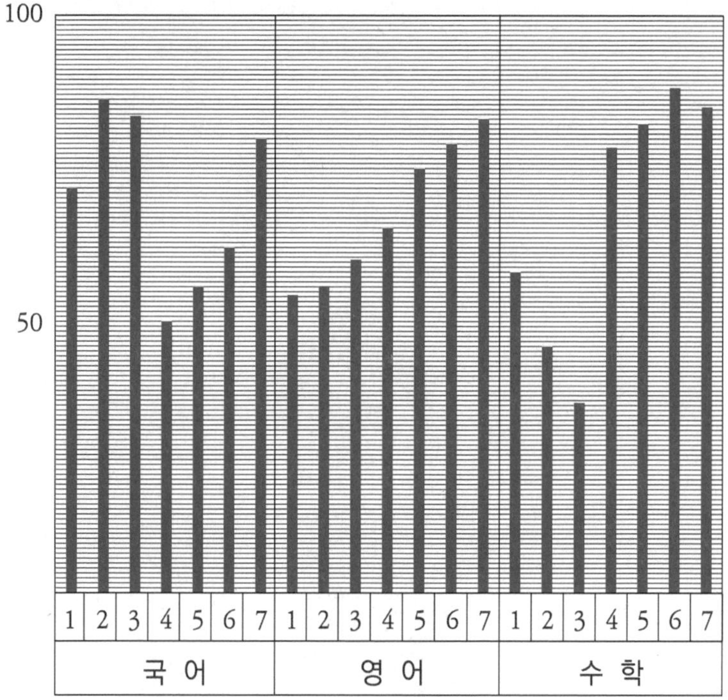

"행동이 없이는 어떠한 일도 일어나지 않는다.
실천이 가능한 것부터 계획에 따라 하나씩 실천해보자.
한 단계씩 실천해 가다 보면 어느덧 커다란 성공을 이룰 수 있을 것이다.
시도해보지 않고서 성공한 예는 없다. 일단 시작하라!!!"

실
패

제7장

학습교재의 선택 및 활용법

현실적으로 교과서나 학교수업만으로는 충분한 학습효과를 기대하기 어려워 학습 부교재를 통해 부족분을 메울 수밖에 없다. 참고서가 교과서의 내용을 보완, 심화하여 보다 체계적인 수험준비를 하는 데 상당히 중요한 몫을 담당하기 때문에, 참고서는 입시에 대비해야 하는 수험생들에게 필요충분한 조건이다.

참고서의 선택은 그만큼 중요한 문제다. 홍수처럼 쏟아져 나오는 참고서들은 모두가 최고라고 선전하고 있다. 그런데 겉으로는 그럴듯하지만 내용은 형편없는 저질품이 많고, 그럴수록 허위·과대 광고로 학부모와 학생들을 현혹시키는 수가 많기 때문에 어느 것을 선택해야 할지 쉽지 않다. 치열한 입시경쟁을 뚫고 진정한 승리자가 되기 위해선, 아주 조심스럽고 신중하게 참고서를 선택해야 한다.

1. 학습교재 선택의 전제조건
2. 참고서의 선택방법
3. 참고서·문제집의 올바른 활용법
4. 교과서 공부의 학습 전략· SQ3R법

1. 학습교재 선택의 전제조건

만약 여러분이 자신에게 가장 적절한, 자기만의 참고서의 선택법과 활용방안을 찾았다면 여러분은 이미 합격의 문턱에 다가선 것이나 다름없다고 할 수 있다.

그렇다면 수많은 종류의 참고서 가운데서 무엇을 어떻게 선택해야 하며, 또 그 효율적인 활용방안은 어떠한 것인가?

(1) 교과서가 가장 중요하고 훌륭한 학습교재이다

여러 가지 학습교재 중 수험생이 으뜸으로 생각해야 할 교재는 교과서이다. 왜냐하면,

첫째, 교과서는 기본 교육과정을 수록한 교재이다. 학교에서 선생님이 가르치고, 학생이 배워야 할 학습내용 그리고 수많은 종류의 참고서가 설명하고 해설하고 있는 학습내용도 바로 교과서에 수록되어 있는 교육과정이다.

둘째, 교과서는 학생이 꼭 알아야 할 교육과정의 핵심을 가장 체계적이고 요령있게 설명한 교재이다. 불필요하거나 내버려야 할 부분이 없기 때문에, 교육과정의 학습을 하는 데 시간과 노력이 가장 절약된다.

셋째, 교과서는 입시문제의 적중률이 가장 높은 교재이다. 입시문제는 기본 교육과정 내에서 출제되는 것이 원칙이며, 기본 교육과정이란 바로 교과서 위주의 학습내용을 말하는 것이다. 즉, 교과서 중심의 학습이 입시문제 출제경향에도 가장 알맞은 학습이다.

따라서, 다른 학습 부교재의 선택과 그 활용법도 중요하지만, 여러분이 가장 중요시해야 할 교재는 역시 교과서임을 명심하여, 교과서를 소홀히 하지 말고 다른 참고서를 공부하기에 앞서 먼저 교과서의 내용을 이해하고 소화하는 데 노력을 기울여야 한다.

(2) 개인적 특수사정을 고려해야 한다

어떤 형태의 참고서가 좋은가 하는 것은 물론 그 참고서의 질에 의해 판가름된다. 그렇지만 그에 못지않게 수험생 각자가 처해 있는 특수한 사정하에서 자기에게 가장 필요한 요소를 갖춘 참고서냐 아니냐에 의해서 더욱 크게 좌우된다. 실제로 참고서 선택에 있어서 실패의 대부분은 그 참고서의 질의 좋고 나쁨보다 그 선택 주체자의 주관적 입장에 적절한 형태의 것이 아니라는 데에서 비롯된다. 그러므로 실제적으로 가장 중요한 사항은 자신에게 가장 알맞은 형태의 참고서가 어떤 종류의 것인가를 침착히 결정하는 것이다.

자기에게 어떤 스타일의 참고서가 가장 적절한가 하는 것을 결정하는 데는 전적으로 자기가 처해 있는 특수상황의 고려가 우선되어야 한다. 그리고 이를 토대로 목적달성에 이르기 위해선 어떻게 공부해야 하며, 어떤 요령으로 공부를 추진시켜 나아가야 할 것인가를 결정해야 한다. 즉, 먼저 자기 실력과 주어진 시간과 진전능력에 대한 냉철한 통찰이 있어야만 그 위에서의 계획수립도 착실한 성과를 약속해준다는 사실을 명심해야 한다. 이렇게 작성된 계획하에서야 비로소 적절하고 유용한 참고서의 종류도 결정되고, 동시에 흡족한 결과를 얻을 수 있는 공부방법도 찾아지는 것이다.

(3) 참고서의 패턴을 알아야 한다

참고서에는 여러 종류가 있지만, 이것을 수험공부에 활용하기 위해서는 자신의 사용목적에 알맞은 패턴의 참고서를 고르는 것이 중요하다. 시판되고 있는 여러 참고서의 주된 패턴을 살펴보면,

1) 기초해설용 : 교과서에 나오는 기본 사항을 정성껏 해설해 놓은 것으로, 서툴거나 못하는 과목의 기초력 향상을 위해서 또는 교과서의 예습·복습용으로 알맞다.

2) 응용발전형 : 교과서보다 다소 넓고 깊게 파고든 것으로, 응용력을 붙

이는 데 알맞다. 일반적으로 수준이 높으므로 기초가 어느 정도 완성된 후가 아니면 무리한 형이다.

3) **요점정리형** : 중요한 것이 요령있게 간추려져 있는 것으로, 필요사항을 사전과 같이 뽑거나 스스로 총정리 할 때 참고로 하기에 좋다.

4) **문제연습형** : 기초문제에서 입시문제까지의 연습이 중심인 참고서로서, 해법의 설명, 테크닉의 연구 등이 상세하게 기술되어 있어 실전력을 붙이는 데 알맞다.

5) **입시문제형** : 과거 수년간의 입시 기출문제를 단원·종류별로 정리한 것으로, 시험문제의 출제 경향과 중요한 부분을 파악하는 데 있어 가장 효율적인 교재이다.

이상에 든 다섯 가지 패턴은 대표적인 것으로, 실제로는 몇 가지의 패턴을 겹친 종합형이라 할만한 것도 있다. 주위의 한두 사람의 좋다는 얘기, 과대광고나 세일즈맨의 감언이설에 넘어가 교재를 함부로 구입해서는 안된다. 경제적인 손실뿐만 아니라 어렵게 구입한 교재를 충분히 활용하지 못함으로써 느끼는 정신적인 부담감과 갈등은 의외로 클 수가 있다. 그러므로 여러분은 다음의 참고서 선택방법을 잘 숙지하고, 학교 선생님과 선배·친구들의 도움말을 받아, 직접 내용을 살펴보고 신중하게 골라야 할 것이다. 그리고 한 번 선택한 기본참고서는 특별한 사정이 없는 한 절대로 다른 기본참고서로 바꾸지 말아야 한다.

"지극히 작은 것에 충성된 자는 큰 것에도 충성되고
지극히 작은 것에 불의한 자는 큰 것에도 불의하니라"
(누가복음 16:10)

2. 참고서의 선택방법

(1) 교과서를 대용할 수 있는 참고서여야 한다

좋은 참고서는 교과서를 위주로 하여 교과서 내용을 체계적이고 쉽게 해설하고, 부족한 부분은 보충해 놓은 것으로 교과서 대용으로도 사용할 수 있는 것이라야 한다. 교과서와 참고서의 두드러진 차이점은 교과서는 내용을 있는 그대로 설명하고 있지만, 참고서는 이것을 보다 간략하고 암기하기 쉽도록 요점적으로 정리해놓고 있다는 것이다. 따라서 교과서 내용을 너무 축소하거나 또는 교과서의 범위를 너무 벗어나서 내용이 지나치게 깊거나 어렵게 되어 있는 것은 좋은 참고서라고 할 수 없다. 그리고, 교과서의 내용을 보기 좋게 즉, 한눈에 들어올 수 있도록 정리를 잘 해놓은 것을 고른다.

(2) 자신의 발상법과 일치되는 참고서가 좋 다

참고서를 고를 때 유명한 저자가 쓰고, 대형 출판사에서 출판되었으면 내용도 보지 않고 사버리는 사람이 많다. 그러나 이것은 큰 잘못이다. 아무리 유명하고 일류라 할지라도 발상법이나 기억의 시스템이 나와 다른 사람이 쓴 참고서는 도움이 되지 않는다. 자신의 방식과 일치되는 분류방법, 줄거리의 진행, 굵은 글자 사용, 종합방법 등으로 된 참고서를 선택함으로써 능률을 크게 올릴 수 있다. '자기에게 맞는' 참고서를 발견할 때까지는 사지 않을 정도로 철저한 자세가 아니면 참고서를 완벽하게 이용할 수가 없다.

(3) 자신이 가장 약한 부분의 내용을 비교·검토하여 선택한다

참고서를 고를 때 일반적인 평가나 선생님 또는 선배나 친구들의 의견을 청취하는 것도 중요하지만, 무엇보다 자신에게 적합한 참고서를 고르는 것이 더 중요하다. 자신에게 적합한 참고서를 고르는 방법 중의 하나는 자신이 가장 약하고 서툰 부분에 초점을 맞추어, 그 부분에 대해 가장 알기 쉽게 해설한 참고서를 고르는 것이다. 아무리 정평있는 참고서라도 누구에게나 적합하지는 않다. 요는 자신의 사고 방식과 능력에 걸맞는 참고서 즉, 자신이 보기 좋고 이해하기 쉬운 참고서를 골라야 한다. 그러나 너무 파격적이고 혁신적인 참고서는 오히려 학습 능률을 떨어뜨릴 우려가 있으니 주의해야 한다.

(4) 비판적인 시각으로 책의 특징을 살펴본다

첫째, 저자를 살펴본다 : 책의 맨 앞이나 뒤에 저자의 이름과 학력·경력·직함·저서명 등이 소개되어 있다. 입문서나 대중서적 등의 경우에는 비록 무명의 저자라 하더라도, 훌륭한 저술을 할 수 있다. 그러나, 전문성이 있는 학습교재는 그 분야의 권위자가 저술한 것이 좋다.

둘째, 서문을 살펴본다 : 참고서를 고를 때는 반드시 그 책의 서문을 읽어보아야 한다. 서문에는 그 참고서가 만들어진 목적과 수준, 사용방법 등이 적혀 있으므로, 그것을 읽으면 그 참고서가 자신에게 적합한 것인지 아닌지를 어느 정도 가늠할 수 있다.

셋째, 목차를 훑어본다 : 책의 목차는 그 책에 어떤 내용이 어떠한 순서로 전개되어 있는가를 일목요연하게 나타내 주기 때문에, 참고서를 고를 때는 반드시 목차를 꼼꼼히 살펴보아야 한다. 만일 목차를 읽는 동안 흥미가 생긴다면, 그 책은 훌륭한 교재라는 증거다.

넷째, 색인을 살펴본다 : 색인은 저자의 주의력과 신뢰도를 측정할 수 있는 부분이다. 색인의 양이나 배열이 적절한지 살펴보아야 한다.

다섯째, 출판일과 판수를 점검하라 : 문학이나 역사서적 같은 책은 출판일이 큰 문제가 되지 않는다. 그러나 과학이나 사회학 등에서는 출판일이 중요하다. 몇 년만 지나도 낡은 지식으로 평가되는 경우가 흔히 있기 때문이다. 또한 판수도 중요하다. "사전은 초판을 사지 말라."고 하는데, 아무리 주의해서 교정을 봐도 초판에는 오자나 탈자가 있게 마련이다. 따라서 참고서의 판권을 보아 발행 횟수가 많은 것일수록 미스가 없다고 볼 수 있다. 또 판을 거듭했다는 것은 그만큼 많은 사람에게 애독되었다는 증거이니, 발행 횟수는 참고서 고르기의 한 기준이 될 수 있다.

(5) 같은 경향의 참고서를 여러 권 사지 말라

참고서는 과목별로 1~2권이면 족하다. 물론 참고서마다 각기 일장일단이 있는 만큼 한 권만으론 어쩐지 불안하다는 마음이 들 수도 있다. 그러나 교과서와 병행해서 쓰기 위한 것, 시험을 바로 앞두고 마무리하기 위한 것 등 특별한 목적에 따라 갖춘다면 모르지만 같은 경향의 것을 여러 권 사게 되면 마음이 흩어져 오히려 방해가 된다. 또, 남의 떡이 커 보인다는 식으로 자신이 공부하던 참고서는 집어치우고 다른 친구가 보는 참고서를 구입해 보는 것은 머리만 복잡하게 할 뿐이다. 참고서가 여러 권이 되다보면 체계적인 학습을 할 수 없을 뿐만 아니라, 반복에 의한 기억의 효과를 충분히 살릴 수 없다. 참고서는 어디에 무엇이 쓰여 있는지를 짐작할 수 있을 만큼 철저히 학습을 해야 비로소 자신의 일부가 된다.

그러나 이미 구입했던 참고서의 내용이 조잡하거나, 너무 어려워서 자신에게 도저히 맞지 않는다고 판단된다면 과감히 다른 참고서를 구입해야 한다.

(6) 문제집은 문제의 해결법을 중시한 것이어야 한다

문제에 따라서는 잘못된 사고방식으로도 우연히 답이 맞는 수가 있다. 그 우연이 몇 차례 거듭되면 그것이 진짜 자신의 실력이라고 착각하게 된다. 문제집은 우연의 확률을 시험하기 위한 것이 아니라, 어디선가 논리관계에서 치명적인 잘못을 범하고 있지 않은가를 체크하기 위한 도구이다.

그러기 위해서는 해답만이 쓰여 있고 문제 수가 많은 것보다는 문제 해결법을 중심으로 만들어진 문제집을 골라, 해답보다는 그 과정에 대한 연습을 쌓아 올리는 것이 중요하다.

(7) 문제집은 자신의 힘으로 정답을 낼 수 있는 비율이 70% 이상인 것이어야 한다

자신의 실력을 무시하고 수준높은 문제집을 선택하여 고통을 받는 사람이 많다. 그 의욕은 가상하지만 스트레스만 쌓이고 공연히 시간만 낭비할 뿐 효과는 없다. 기초실력을 철저히 키우기 위한 문제집은 자신의 실력에 걸맞는 것을 고르는 것이 포인트다. 이를 위해서는 자기 힘으로 풀 수 있는 문제가 70% 정도 되는 것을 선택하면 된다. 그 정도면 한 문제를 푸는데 여러 시간이 걸려 공부에 대한 의욕을 상실하게 되지는 않는다. 처음에는 쉬운 문제집을 골라 기초실력과 자신감을 얻은 뒤에 정도가 높은 문제집으로 나가는 것이 올바른 문제집의 선택 방법과 사용 방법이다.

(8) 가정학습지, 잘못 고르면 오히려 공부에 유해하다

뭐든 가르치기를 원하는 부모들의 초조한 심리를 겨냥한 가정방문 학습지를 정기적으로 받아보는 학생들이 있다. 학습지가 질적 수준만 높으면 별 문제가 없을 것이나, 문제는 잘못하면 불량 학습지를 골라 오히려 학습에 해를 끼칠 우려가 있다는 데 있다.

또한 교과서와 기본참고서도 제대로 이해하지 못하는 학생이 학습지를 공부한다는 것은 모래 위에 집을 짓는 격이다. 쓸데없이 학습량만 늘이는 결과가 되어 학습에 대한 부담감만 높여주어 스트레스만 쌓이게 할 뿐이다. 그러므로 학습지는 교과서와 기본참고서 그리고 잘 정선된 문제집을 완전히 소화한 후, 솟구치는 학구열을 주체할 수 없을 때에, 그것도 수많은 선배들이 실력향상에 정말 큰 도움이 되었다고 이구동성으로 찬양하는 그야말로 '끝내주는' 학습지가 아니면 굳이 볼 필요가 없는 것이다.

3. 참고서·문제집의 올바른 활용법

[1] 참고서의 효율적인 활용법

좋은 참고서를 소유했다고 해서 그것이 곧 공부를 잘하게 된다는 등식은 성립되지 않는다. "구슬이 서 말이라도 꿰어야 보배."라는 속담이 있듯이, 아무리 훌륭하고 값진 참고서라도 그것을 얼마나 효율적으로 자신의 것으로 만드느냐 하는 것이 무엇보다 중요하다.

(1) 기본참고서는 한 권만 선택하되, 몇 번이고 반복하여 공부하라

참고서의 선택방법에서도 말했듯이 기본참고서는 제대로 된 것으로 한 권만을 선택하여, 몇 페이지에 어떤 내용이 있다는 것이 훤히 떠오를 정도로 몇 번이고 반복하여 공부해야 한다. 이것저것 잡다한 참고서를 뒤적거리는 것보다는 한 권의 참고서를 반복해서 보는 것이 훨씬 능률적이다. 아무래도 한 권으로는 부족하다는 생각이 들면, 그 기본참고서를 완전히 숙달시킨 후에, 경향이 틀린 참고서를 보면서 빠진 부분이나 부족한 부분을 기본참고서에 삽입시켜 단권화를 하거나 보충노트를 마련하여 부족한 부분만을 정리해둔다.

(2) 기본참고서는 도중에 바꾸지 말라

한번 선택한 기본참고서는 도중에 바꿔서는 안된다. 기본참고서를 완전히 숙달시키지도 않은 채 도중에 바꾼다면 엄청난 시간과 노력의 낭비를 초래하게 된다. 그래서 처음에 올바른 참고서를 선택하는 것이 더욱 중요하다. 만약 자신이 공부하고 있는 기본참고서보다 비교적 새로 나온 좋은 참고서가 있다고 할지라도, 학교 교육과정이 바뀌지 않는 한 섣불리 바꿔서는 안된다. 모든 참고서의 내용이 거의 비슷하지만 각 참고서마다 특징이 있고, 기본참고서에는 없는 내용이 다른 참고서에 들어있는 경우가 있기 때문에 다른 참고서가 필요할 경우가 있다. 그러나 이 경우에도 기본참고서를 완전히 소화시킨 후에, 기본참고서의 내용을 보완하는 정도에서 기타 참고서를 이용해야 한다.

(3) 교과서를 먼저 본 후에 참고서를 공부하라

수험생이 학습의 편의를 위해 기본참고서를 입시공부의 주교재로 사용하는 것은 무방하나, 어디까지나 교과서를 중심으로 교과서와 유기적으로 관련지어서 공부하는 것이 능률적이다. 학생들 중에는 아예 교과서는 제쳐놓고 참고서만 들추는 경우를 흔히 볼 수 있는데, 참고서에 설명이 상세히 되어 있다고 해서 교과서를 보며 생각하고 탐구하는 과정을 소홀히 하게 되면 진짜 자기 실력이 길러지지 않는다. 그리고 학교수업이나 교과서 진도와 동떨어지게 공부하는 것은 능률적이지 못하다. 따라서 교과서로 예습하고, 선생님의 강의로 공부한 후, 참고서로 복습하는 학습 습관이 가장 바람직하다. 또 참고서를 공부할 때는 먼저 그 부분의 교과서를 한두 번 공부한 후에 하는 것이 효율적이다.

(4) 문제 연습용 전용노트를 만들어 직접 스스로 풀어보라

참고서의 문제를 풀 때, 문제를 깊이 생각해 보지도 않고 약간만 막히면 곧바로 해답을 보는 잘못을 범하는 경우가 많다. 자신의 수준으로 너무 어려운 것은 예외라 하더라도 알 듯 모를 듯 정답이 머릿속에서 뱅뱅 돌고 있는 문제라면 자신이 알고 있는 모든 지식을 동원하여 정답을 찾아내려고 애를 써야 한다. 하다하다 안될 경우에 비로소 풀이와 해답을 보아야 한다.

이때 연습문제 전용노트를 만들어 자신이 생각한 풀이법을 그대로 써나간 후에 해답과 비교하면, '아하 바로 이 부분에서 착오가 있었고 생각이 막혔구나'하는 것을 깨달을 수 있다. 그리고 자신이 틀린 부분에는 빨간 볼펜으로 중요표시를 해놓고 늘 주의해서 봄으로써 그 부분에서는 다시 틀리지 않도록 주의한다. 참고서의 해답이 잘 되어 있음을 참으로 이해하는 것은 자신이 얼마나 서툴게 해답을 내었는가를 스스로 알게 되는 데서부터 시작된다.

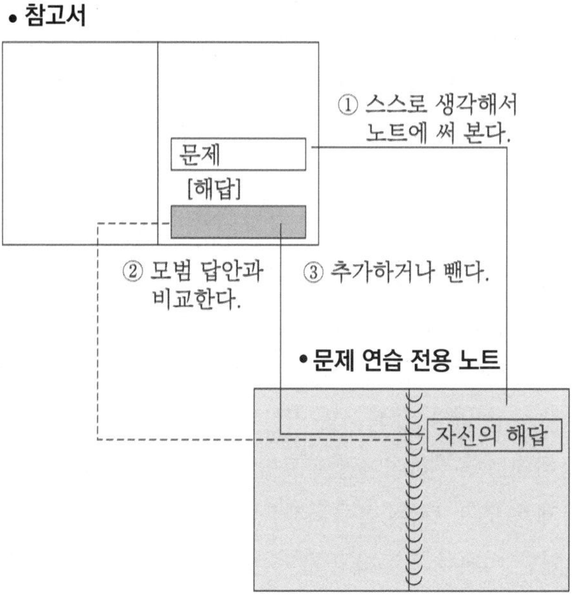

[2] 문제집의 효율적인 활용법

문제집이라는 것은 교과서의 내용을 충실히 이해하고 있는지를 확인점검하는 출제예상 문제의 묶음이며, 특히 잘 꾸며진 문제집이란 어렴풋하게 이해하고 있는 내용을 단계별로 향상시켜 주면서 확인점검하는 동안에 목표수준에 도달하게 해주는 것이다. 기초에서부터 복합적인 응용력까지 최대한 발휘될 수 있도록 잘 짜여진 문제집을 선택해야 한다. 그러면 문제집의 효율적인 활용법에 관해 살펴보기로 하겠다.

(1) 문제집은 기본참고서를 완전히 공부한 후에 풀어보라

문제집은 이미 공부한 교과서나 기본참고서의 내용을 얼마나 충실히 이해하고 있는지를 테스트해보고, 틀리는 부분이나 부족한 부분을 찾아내서 그 부분을 다시 공부함으로써 실력을 보충하는 한편, 입시문제를 풀어보는 연습을 하는 데 필요한 교재이다. 그러므로 문제집은 기본교육과정의 학습 내용을 완전히 공부한 다음에 사용해야 한다. 교과서와 기본참고서를 완전히 이해하지 못한 채 문제집을 풀면 혼란만 가중될 뿐 자신의 실력으로 정착되지 않는다.

(2) 기초문제와 기본문제를 완전히 익힌 다음에 응용문제를 공부하라

실력을 쌓는다는 것은 흡사 벽돌로 집을 짓는 이치와 같다. 기초문제는 기초공사요, 기본문제는 골조공사요, 응용문제는 내부공사와 같다고 할 수 있다. 기초공사 없이 골조공사를 할 수 없고, 골조공사를 하지 않고 내부공사를 할 수는 없다. 교과서와 기본참고서뿐만 아니라 문제집도 반드시 위의 순서대로 공부하여야만 확고한 자신의 실력이 되는 것이다. 기초와 기본 문제를 모르고서는 응용문제를 풀 수 없다는 것은 당연한 이치다. 이러한 당연한 이치를 망각하고 쉽다는 이유로 기초와 기본문제를 소홀히 하고, 어려운 응용문제에만 매달리다가는 귀중한 시간과 정력만을 낭비하게 되고 치명적인 결과를 초래하기 쉽다.

(3) 기본문제는 꼼꼼하게, 응용문제는 홀수번호만 풀어라

한 권의 문제집을 선택해서 풀고자 할 때, 첫 장 첫 문제부터 빠짐없이 푸는 것도 상관없겠지만, 잘못하다간 처음 부분에서 맴돌다가 뒷부분은 들쳐보지도 못하는 경우가 종종 생긴다. 이러한 폐단을 미연에 방지하기 위한 방법으로, 기본문제로 제시된 문제는 빠짐없이 골고루 풀어보고, 응용문제는 우선 홀수번호만을 푼다든가 아니면 3의 배수만을 푼다든가 하는 규칙성을 부여하여 전체적으로 한 번 훑어보는 것이 효율적이다. 두 번째로 풀 때는 틀렸던 문제와 나머지 문제만을 풀면 되니까 진도도 잘 나갈 수 있고 반복의 효과도 있어 학습능률이 오른다.

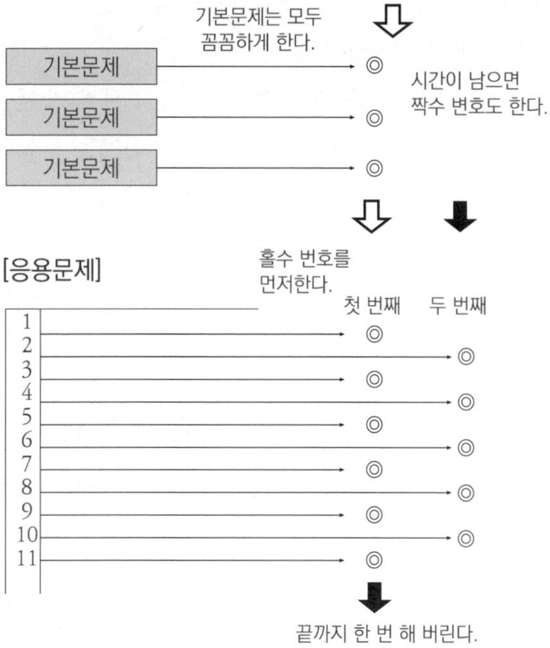

(4) 문제집은 '풀지 못하는 문제'를 발견하기 위해 있음을 알라

문제집을 풀다가 풀 수 없는 문제를 만나면 비관할 것이 아니라 기뻐해야 한다. 왜냐하면, 풀지 못하는 문제는 자신이 지금까지 알지 못했던 점을 지적해 주기 때문이다. 약점을 알고나면 그만큼 실력도 향상된다.

풀 수 없는 문제를 만났을 때는 다음과 같은 순서로 공격하라.

❶ 문제의 의미를 잘 알지 못하기 때문에 풀 수 없는지도 모른다. 따라서 먼저 문제를 자세히 읽어 출제자의 의도를 파악하도록 한다.

❷ 기본적인 이해방향이 애매해서인지도 모르므로, 그 부분의 교과서와 기본참고서를 다시 한번 복습해본다.

❸ 그래도 안되면 해답을 보고 기본을 어떻게 응용하면 되는가를 확인한 다음 ☆표를 해둔다.

❹ ☆표를 해둔 문제는 일주일 내에 다시 한번 풀어본다.

❺ 그래서 풀 수 있는 문제는 ○표를 하고, 풀지 못하고 해답을 또 보아야 했던 문제에는 ☆☆표시를 해둔다.

이와 같이 하여 ☆표, ☆☆표의 문제가 모두 ○표로 되면 문제를 모두 자기 힘으로 풀었다는 것을 의미한다. 풀 수 있는 문제를 몇십 개 풀기보다는 풀 수 없는 문제를 하나라도 줄이는 것이 실력향상의 지름길이다. 자기가 잘 하는 쪽을 늘리기 보다는 '함정'을 하나라도 없애버리는 것이 좋은 점수를 따는 비결이다. 따라서 문제집은 '함정'을 발견하기 위해 이용해야 한다.

(5) 모르는 문제가 나오면 그 부분에 대한 기본참고서를 다시 공부하라

문제를 풀어나갈 때, 풀 수 없는 문제의 해결이 문제거리가 되는데 이때는 교과서와 기본참고서를 보고 다시 이해를 배가시킨 후에 해결해야 하며, 미리 해답부터 보고 해결하려 들지 말아야 한다. 그리고 객관식 문제의 경우에는 정답이 아닌 다른 지문의 의미까지 즉, 출제자가 왜 그런 지문을 선택했는지 출제자의 의도를 확실히 알 수 있어야만 그 문제를 완전히 소화했다고 할 수 있을 것이다. 그렇지 않고 그냥 답만 무엇이다는 식으로 공부한다면 아무리 많은 문제집을 풀어도 실력향상은커녕 시간과 노력만 낭비할 뿐이라는 사실을 명심하기 바란다.

(6) 문제를 자세히 읽고, 아는 것을 틀리지 않도록 하라

문제집은 입시를 대비하여 실전력을 키우는 유용한 도구이다. 평소에 문제를 자세히 잘 읽는 버릇을 들여 아는 것은 틀리지 않도록 해야 한다. 평소에 덤벙대며 문제를 푸는 버릇을 들이면 본시험에서도 실수하기가 쉽다. 몰라서 틀리는 것도 억울한데 아는 것을 실수로 틀린다는 것은 너무 어이없는 일이다. 그러므로 평소에도 문제를 풀 때는 아무리 쉬운 문제라도 반드시 문제의 처음부터 끝까지 차근차근 읽어보고, 무엇을 묻는가를 확인한 다음에, 보기 하나하나의 내용도 그 뜻을 완전히 확인한 후에야 답을 쓰는 습성을 길러야 한다. 그리고 수학이나 과학과 같이 계산을 주로하는 과목은 어떤 경우에도 계산은 틀리지 않겠다는 각오로 문제 풀이에 임해야 한다.

(7) 해법의 패턴을 파악하는 데 중점을 두고 문제를 풀라

응용력과 실전력을 키우기 위해서는 많은 문제를 푸는 것이 필요하나, 막연히 많은 문제를 푼다고 해서 실력이 붙는 것은 아니다. 계산연습을 하는 경우라면 모르지만, 막연히 많은 문제를 푼다는 것은 오히려 시간과 노력만을 낭비시키는 매우 비능률적 단순노동에 불과할 수 있다.

짧은 시간에 되도록 능률적으로 문제집을 이용하기 위해서는 해법의 패턴 즉, 문제는 달라도 '이런 형의 문제는 이렇게 풀면 된다'는 테크닉을 파악하는 데 중점을 두고 공부해야 한다. 특히 기초가 되는 예제문제의 해법을 확실하게 익혀두면 응용력이 형성되므로 아무리 어려운 문제가 나와도 풀 수 있는 능력이 생기게 된다.

(8) 풀어본 문제에는 반드시 흔적을 남겨라

문제집도 한 번 풀어보았다고 해서 그냥 내동댕이쳐서는 안되고, 서너 번씩은 반복해서 복습을 해야 한다. 그런데, 그 후의 복습을 효율적으로 하기 위해 일단 문제를 풀어본 후에는 그 문제에 대한 평가를 하여 대체로 다섯 가지 정도로 분류해 놓는다. 즉, 완전히 이해와 암기가 되어 있어서 후에 다시 확인할 필요가 없거나, 입시와는 전혀 무관하다고 생각되는 문제에는 ×표, 지금 현재로서는 충분히 풀 수 있지만 후에 한두 번은 다시 확인해 볼 필요가 있는 문제에는 ○표, 몰랐거나 실수로 틀린 문제에는 ◎표, 문제의 질문내용이 명확하지 않거나 해답이 자신의 견해와 틀린 문제에는 △표, 풀었건 못풀었건 상당히 중요하다고 생각되는 문제에는 특별히 ☆표 등을 붙여 나간다.

이렇게 해두면 문제집 한 권을 풀고나서 다시 재습할 때, ×표를 한 것은 그냥 지나쳐도 되어 그만큼 시간이 절약되고, 틀린 문제나 중요한 문제는 더욱 중점적으로 공부할 수 있어 매우 능률적이다. 그리하여 거의 모든 문제가 ×표가 되었을 때, 경향이 다른 문제집이나 한 수준 높은 문제집을 한 권 더 풀어본다.

4. 교과서 공부의 학습전략

[1] 가장 효과적인 학습전략 … 5단계 – SQ3R법

학습 방법에 대한 광범위한 연구 결과, 가장 효과적인 학습절차는 SQ3R법이다. 이것은 개관(Survey) - 의문(Question) - 읽기(Read) - 암기(Recite) - 재검토(Review)의 단계로 이루어진 학습전략이다.

많은 실험을 통하여 이들 절차의 효과는 충분히 검토되었다. 공부를 잘하는 학생들은 의식적으로든 무의식적으로든 이 일반적인 절차를 그 나름대로 따르고 있을 뿐 아니라, 공부를 못하는 학생들에게 그 방법을 가르쳤을 경우, 그들의 학업성취도를 크게 향상시켜 주었던 훌륭한 학습방법이라는 것이 밝혀졌다.

1단계 개 요 ▶ 2단계 의 문 ▶ 3단계 정 독 ▶ 4단계 암 기 ▶ 5단계 재음미

(1) Survey … 개관하라 !

1) 개관이란?

개관(槪觀)이란 학습할 내용들을 일일이 자세하게 공부하기 전에 우선

전반적인 줄거리를 대략적으로 훑어보는 것을 말한다. 비유하자면 모르는 곳으로 여행을 가거나 등산을 갈 경우, 출발하기에 앞서 지도를 펴놓고 코스를 살펴보는 것과 같은 일이다. 상세히 책을 읽기 전에 미리 대략적인 개관을 해 두면, 앞으로 그 책을 읽을 때 그 내용을 이해하기 퍽 쉬워진다. 한 연구에 의하면, 거의 모든 학생들이 충분한 개관을 하지 않는다고 한다. 충분히 개관하는 것은 시간 낭비가 아니라 그에 대한 충분한 보상을 준다는 것을 명심해야 한다.

2) 개관의 방법

경우에 따라서 어떤 때는 한 권을 전부 개관해야 하고, 어떤 때는 그 책 중의 한두 장(章)만을 개관하면 된다. 개관의 방법에 큰 차이는 없지만, 여기서는 두 경우를 나누어서 살펴보겠다.

〈가〉 책 한 권을 전부 개관하는 경우

❶ 먼저 서문을 읽는다 : 서문을 통해서 저자가 어떤 목적으로 그 책을 썼는지, 그 책에서 어떤 내용을 다루려 하는지를 가장 쉽게 알 수 있다. 그리고 그 책은 어떤 사람을 대상으로 쓰여졌는지, 그 책을 읽자면 어떤 준비와 얼마만큼의 예비지식을 필요로 하는지 등에 대한 대략적인 윤곽을 파악할 수 있다.

❷ 목차를 읽는다 : 천천히 꼼꼼하게 목차를 읽어 가면서 그 책이 어떤 내용을 담고 있는지에 대하여 자세히 검토·파악하여야 한다. 또한, 책을 읽어 나가면서도 가끔 목차를 다시 찾아보고 그 책 내용의 진행을 살펴야 한다.

❸ 책장을 넘겨가며, 각 장의 소제목과 그 소제목 밑의 문장을 몇 줄 읽어본다 : 만약 그 책에 장마다 요약이 되어 있다면, 개관할 때 그 요약을 읽어 보아야 한다. 이러한 일은 꽤 시간이 걸리고 귀찮은 일일 수도 있으나 꼭 해야 하는 일이다. 왜냐하면 이러한 일을 통하여 그 책의 전반적인 경향과

전체적인 체계를 이해할 수 있기 때문이다.

〈나〉 시험을 위해서 한두 장만을 특별히 읽어야 할 경우

❶ 소제목을 잘 살펴본다 : 대부분의 저자들은 책을 쓸 때 책 내용을 여러 가지 소제목으로 구분·조직하기 때문에, 각 절의 제목과 그 밑의 소제목의 순서와 내용을 훑어 보아야 한다. 그러면 그 장의 내용과 구성을 알 수 있다. 각 소제목은 그 책 내용의 핵심인 것이다.

❷ 각 소제목 밑의 문장을 몇 줄 읽어본다. 또 그림이나 도표를 살펴본다

❸ 만약 그 장에 요약이 되어 있다면, 그 요약 부분을 미리 꼭 읽어야 한다

(2) Question … 질문하라

1) 질문이란?

질문을 갖게 된다는 것은 학습에 목표를 갖게 된다는 것이다. 의문은 우리로 하여금 지금 공부하고 있는 것, 알고 있는 것에 대하여 자꾸 생각하도록 만들므로 학습을 돕는 역할을 한다. 또한 질문에 대한 답으로서 배우는 내용은 그냥 외운 것보다 훨씬 오래 기억된다.

2) 질문의 방법

❶ 누가 질문하는가?

그 교과서를 공부하려는 사람은 바로 학생 자신이기 때문에 학생 스스로가 갖게 되는 질문 혹은 의문이 가장 좋다. 책의 소제목들을 읽을 때마다 마음속에서는 많은 의문이 떠올라야만 한다. 어떤 경우에는 저자가 그 책에 질문을 해놓는 경우도 있다. 각 장의 처음 부분에 질문이 쓰여있는 수도 있고, 각 장의 끝 부분에 놓여있는 수도 있다. 학생들은 이것을 무시하는 경우가 많으나, 이것을 충분히 이용하여야 한다. 3단계인 〈읽기〉 전에 그 질문은 자신의 것으로 해야 하며, 또 공부가 끝난 후에는 그것을 이용하여 자기 자신을 점검해 보아야 한다.

❷ 체계적으로 질문하는 방법은?

연습을 많이 해봐야 한다. 공부하는 모든 과에서 의문을 갖는 연습을 열심히 해야 한다. 그리고 그 의문들을 간단히 적어 본다. 이렇게 연습하다 보면 질문하는 방식의 체계가 형성되고, 나중에는 적을 필요도 없이, 개관할 때나 읽어나가는 도중에 자연히 많은 의문이 생기고, 그 의문을 중심으로 책을 읽게 된다.

(3) Read … 읽어라

1) 읽기란?

많은 학생들은 책을 읽는 것이 공부의 첫 단계라고 생각하지만, 그것은 잘못된 생각이다. 읽기란 개관에 의하여 이미 어느 정도 알려졌으며, 각각의 중요한 곳이 의문에 의해서 특별히 표시되어 있는 숲속길을 산책하는 것과 같다.

2) 읽기의 방법

❶ **능동적·적극적으로 읽어야 한다** : 공부를 위해 읽는 교과서는 소설 읽듯이 읽어서는 안된다. 그러기 위해서는 항상 의문을 되살려야 한다. 그 의문의 답을 찾는 자세로 정신을 집중하여 읽어야 한다. 단지 글줄을 따라 안구운동만을 반복해서는 안된다.

❷ **저자가 강조한 부분에는 특히 신경을 쓰며 읽어야 한다** : 저자들은 중요한 용어·개념, 혹은 특별히 강조하고 싶은 부분을 밑줄로 긋거나 고딕체를 사용한다. 이러한 부분에는 특히 주의를 집중하여 그것이 전체 문장과 어떤 관련이 있는지를 완전히 이해하고 파악하도록 해야 한다.

❸ **본문만 읽지 말고 도표·그래프·그림들도 빼놓지 말고 보아야 한다** : 이런 것들은 의도적으로 그곳에 삽입해 둔 것이니 소홀히 넘겨서는 안된다. 때로는 이런 표나 그림들이 본문보다 그 내용을 훨씬 잘 전달해줄 수도 있

다. 표 중에는 이해하기 어려운 것도 있으나, 비교를 통하여 자세히 살펴보면 많은 것을 배울 수 있다.

(4) Recite … 외워라

1) 암기란?

암기란 아주 오래된 학습 방법이다. 책이 발명되기 전과 책이 귀하던 시절에는 이 암기가 곧 학습을 의미했다. 암기는 귀찮고 시간이 오래 걸리는 일이지만 그것의 효과는 대단한 것이다. 기억량을 증가시켜주고, 앞으로의 시험준비를 위하여 따로 외울 필요가 없으므로 결과적으로 시간을 절약하게 되는 것이고, 또한 책을 읽을 때 주의집중을 하게 해주며, 잘못 아는 것을 교정할 수 있는 기회를 제공하는 것이다.

그런데 학생들은 암기의 중요성에 대하여 잘 모르고 있는 것 같다. 여러분이 책을 읽을 때는 그 책을 전부 이해하고 있으며, 앞으로도 전부를 기억할 것으로 생각하지만 사실은 그렇지 못하다. 실험에 의하면, 어떤 글을 읽은 직후에도 사람들은 그 글의 50%밖에 기억하지 못하였고, 하루가 지난 후에는 25~30%, 그리고 2주일이 지난 후에는 10%밖에는 기억하지 못하였다. 이러한 망각을 억제하기 위해서는 배운 즉시 반복하여 암기하는 수밖에 없다.

2) 암기의 방법

암기 방법에 대해서는 〈제4장 천재가 되는 기억법〉에 상세히 기술하였으니 참고하기 바란다.

(5) Review … 재검토하라

1) 재검토란?

재검토란 학습전략의 마지막 단계로서 재음미함을 뜻한다. 이것은 기억의 법칙을 응용한 학습법으로, 이미 습득한 지식을 나의 지식으로 확고히 굳히는 과정이라고 할 수 있다.

2) 재검토의 방법

❶ **재검토는 일종의 개관이다** : 학습절차의 첫 번째 단계인 개관이 책을 읽기 전의 개관이라면, 재검토는 이미 다 공부한 것을 개관하는 것이다. 즉, 앞서 공부한 장이나 절의 제목을 훑어보면서, 그 제목들이 무엇을 다루고 있으며, 서로 어떤 연관을 가지고 있는지를 자문자답 해가면서 각 제목하의 내용을 다시 되새겨 보는 것이다.

❷ **재검토할 때는 재독과 암기가 요구된다** : 배운 내용을 다시 개관하고 나서, 잊은 부분이 없는가를 알아보기 위해서 또 자신이 없는 부분을 다시 공부하기 위해서 재독을 충분히 해야 한다. 그리고 부족한 부분은 다시 암기해야 한다.

❸ **언제 재검토해야 하는가?** : 첫 번째 재검토는 공부를 끝낸 직후에 해야 한다. 이때는 공부한 내용의 주요한 부분을 암송해 보고 부족한 부분을 다시 읽어보는 것이다. 이때는 망각된 것이 많지 않으므로 시간이 많이 소요되지 않는다. 첫 번째 재검토는 주로 암기를 확인하는 과정이다.

마지막 재검토는 시험보기 전에 한다. 여기에서는 암기한 내용을 재생시키는 작업을 한다. 재생이 잘 되지 않는 부분은 암기가 불확실한 것이니 그 부분은 집중적으로 암기한다. 첫 번째 재검토와 마지막 재검토 사이에 한두 번의 재검토를 더 하면 좋다. 이때는 암기가 아니라 중요한 부분을 재독하는 일을 주로 하게 된다.

지금까지 설명한 5단계 학습전략은 수많은 학생들을 대상으로 실험되었고, 이 전략을 이용한 학생은 성적이 크게 향상되었음이 밝혀졌다. 여러분도 이 5단계 학습방법을 익히게 되면 보다 효과적으로 공부하게 될 것이다.

[2] 공부할 때 해야 될 일

(1) 밑줄긋기

1) 밑줄긋기란?

밑줄긋기란 책을 읽어가면서 중요한 부분에 밑줄을 긋는 것을 말한다. 공부를 못하는 학생들은 일반적으로 무심히 책을 읽어 나가다가 중요하다고 느껴지는 부분에 죽죽 줄을 긋기 마련이다. 책을 전체적으로 개관하지도 않고, 아무런 의미도 갖지 않은 채 그냥 읽어 나가면서, 아무런 판단의 기준도 없이 되는 대로 줄을 긋는 것이다. 그런 경우 정말 중요한 것은 빼놓고, 필요치 않은 것에 밑줄을 많이 해놓았기 때문에 그것은 다음의 시험을 위해서도 아무런 도움이 되지 못한다. 더구나 볼펜이나 사인펜으로 밑줄을 그어 놓은 경우, 나중에 그것이 중요하지 않다고 판단되더라도 지울 수 없다. 다시 읽을 때에 또 다른 부분이 중요하게 보이면 또 밑줄을 긋게 되므로, 밑줄은 자꾸 늘어나게 마련이다.

2) 밑줄긋기의 방법

❶ 언제 밑줄 긋기를 해야 하는가? : 첫 번째 읽기에서는 밑줄을 긋지 않는 것이 좋다. 그대신 읽어 나가면서 자신의 의문에 해답을 주는 부분이나 중요한 내용이라고 생각되는 부분에는 연필로 표시를 해둔다.

두 번째 읽을 때 밑줄을 긋는다. 핵심내용과 중요한 세부사항 그리고 전문용어에 밑줄을 그어야 한다. 두 번째 읽을 때라도, 읽어 가면서 그냥 줄을 긋는 것이 아니라, 한두 단락을 읽은 후에 다시 돌아가서 중요한 부분을 찾아 밑줄을 그어야 한다. 이때, 첫 번째로 읽으면서 해두었던 표시를 참고로 할 수 있다.

❷ 어떻게 밑줄긋기를 해야 하는가? : 한 문장 전체를 밑줄 긋는 것이 아니다. 한 문장 속에서도 중요하지 않은 낱말이 많다. 한 문장 중에서 핵심이 되는 낱말이나 구에만 밑줄을 그어야 한다.

너무 많이 밑줄긋기를 하는 것은 피해야 한다. 물론 내용과 길이에 따라 많은 차이가 있겠지만, 한 단락에서 약 6개 정도의 낱말에 밑줄을 그으면 적당하다.

밑줄을 너무 굵게 그으면 책을 읽기에 방해가 되고 혼란스럽게 보이므로 밑줄은 연필로 가늘게 긋는 것이 좋다.

(2) 개요(槪要)

1) 개요란?

개요란 책을 읽어 가면서 그 내용의 핵심내용을 중심으로 윤곽을 잡아 정리하는 것을 말한다. 전체의 윤곽을 파악하여 정리하려면 더욱 열심히 적극적으로 공부해야 한다. 이러한 과정은 책의 내용이 바로 학습자의 것이 되도록 한다.

이렇게 공부하면 그 내용이 매우 오랫동안 기억된다. 그리고 개요를 정리해두면 나중에 그 내용을 쉽고 효과적으로 재검토할 수 있다. 20~30페이지의 내용을 3~4페이지로 정리하여 두었기 때문이다.

2) 개요의 방법

개요를 할 때 첫 번째로 해야 할 일은 저자가 책을 쓸 때 사용한 저자의 개요를 찾아내는 일이다. 저자들은 장·절·소절을 이용하여 그에 따른 여러 수준의 제목을 사용한다. 이 제목·소제목의 체계가 바로 저자의 개요인 것이다. 그런데 그 제목은 문장이 아니라 한두 개의 단어로 이루어진 것이므로, 여러분은 이 단어를 이용하여 내용을 요약해주는 문장을 만들어야 한다. 이러한 문장들의 체계가 바로 개요이다. 이 개요는 나중에 특히 시험준비할 때 큰 도움이 되므로 개요할 때 글씨를 성의없이 쓰지말고 깨끗하게 정리하여 두는 것이 좋다.

(3) 요약(Summary)

1) 요약이란?

개요 이외에 그 책을 요약·정리하는 또 다른 형식을 말한다. 예를 들어, 문학작품을 읽을 경우 우리는 그 책에서 중요한 정보를 얻으려고 하는 것은 아니며, 그 책의 전체 줄거리의 개요를 파악하는 것이 목적이다. 이런 경우, 책을 읽어 가며 중요한 부분을 간단히 적어두는 것을 요약이라 한다. 그러나, 지식을 제공하려고 쓰여진 교과서나 참고서에는 저자가 각 장의 끝에 요약을 해놓는 경우가 많다. 요약 부분이 없는 경우에는 학생 스스로가 요약을 해야 하며, 이 작업 자체가 귀중한 공부이다.

2) 요약의 방법

교과서를 요약할 경우에는 미리 그 내용의 개요를 정리해 놓아야만 한다. 그 개요를 안내자로 이용하여 요약하는 것이다. 개요를 이용하여 개관의 내용을 핵심으로 하는 글을 한 단락씩 써 나가면 요약이 된다. 한 장(章)을 1~2페이지로 요약·정리하면 적당하다. 또한 이러한 요약은 그 장의 핵심내용을 담고 있으므로, 논술형 시험의 훌륭한 연습이 된다.

제8장

예습-수업-복습의 연결학습

"〈예습-수업-복습〉이라는 선은 학습의 기본형태로서, 그중에서 어느것이 빠져도 학습은 불구가 되고 마는 것이다."

1. 학교수업의 중요성과 학습요령
2. 예습의 효과와 방법
3. 복습의 필요성과 방법

1. 학교수업의 중요성과 학습요령

[1] 학교수업의 중요성

(1) 선생님이야말로 가장 좋은 참고서임을 알 것

공부에도 요령이 있다는 이야기를 많이 하는데, 그 요령 중에서 가장 으뜸으로 꼽는 것이 바로 학교 수업시간을 중요시하며 선생님의 강의에 열심히 귀를 기울이는 것이다. 선생님은 그 과목에 관한 한 최고의 전문가로서 학생에게는 가장 좋은 살아 있는 참고서이다. 따라서 학교시험은 물론이고 모의고사나 입학시험에서도 선생님이 중요하다고 힘주어 강조한 곳을 착실히 공부해 두면 좋은 성적을 받을 것은 당연하다.

또한 모르는 것이나 이상한 부분은 그냥 지나치지 말고 반드시 선생님께 여쭤보고 확실하게 해두어야 한다. 여러분이 모르고 이상하다며 그냥 지나치는 부분이 시험에 출제되는 수가 많다. 왜냐하면 시험은 많은 사람들 중에서 소수의 사람만 선별하는 테스트이기 때문에, 출제자는 여러분의 약점을 골라 출제할 수밖에 없기 때문이다.

좀 짓궂기는 하지만, 선생님의 허점을 찾아내는 것을 즐기면 실력이 는다. 선생님도 인간이므로 때로는 잘못 알고 있거나 뜻하지 않은 실수를 한다. 그때를 놓치지 않고 질문공세를 펴 선생님을 난처하게 만든다.

이렇게 하기 위해서는 첫째, 선생님 강의를 열심히 들어야 한다. 선생님의 가르침에 혹시 잘못이 없는가, 추궁할 점은 없는가 하고 주시하는 것이 수업내용을 깊이 이해하는 결과가 된다. 둘째, 선생님을 골리려면 그만큼 예습을 잘 해야 한다. 공부에는 별 관심이 없고 장난을 치고 싶은 마음만 앞설지라도, 결과적으로는 공부에 정성을 쏟아 예기치 않은 실력을 쌓게 되는 것이다.

(2) 학교수업이 바로 입시공부의 핵심이다

학생에게 학교수업이 중요하다는 사실은 두말할 필요가 없겠으나, 여기서는 수험생의 입시공부에 실질적으로 학교수업이 왜 중요한지, 그 이유을 살펴보고자 한다.

첫째, 선생님이 가르치는 학습내용이 바로 입시 공부의 핵심이다. 대학수학능력시험은 기본교육과정 내에서 문제가 출제되고 있는데, 수업시간 중에 선생님이 가르치는 내용이 바로 기본교육과정이다. 즉, 입시문제는 수업시간 중 선생님이 가르칠 수 있고 또 가르치는 범위 내에서 출제된다고 할 수 있다.

둘째, 선생님은 담당과목에 있어서 입시지도의 제 1인자요 전문가라고 할 수 있다. 선생님은 여러 해 동안 같은 과목을 되풀이하여 가르치기 때문에, 풍부한 경험과 좋은 교수방법으로 담당과목에 있어서 어느 누구보다도 수험생들에게 입시경향에 알맞고 요령있는 방법으로 학습지도를 할 수 있다.

셋째, 수험생은 학교수업을 통하여 가장 능률적인 공부를 할 수 있다. 학생은 의문이 있는 사항을 즉석에서 질문할 수 있고, 선생님은 학습내용을 어려운 것, 쉬운 것, 중요한 것, 틀리기 쉬운 것 등으로 구분하여 요령있게 가르치며, 또 수시로 질문을 통하여 수험생의 숙지(熟知) 여부를 확인하고 수업태도를 환기시키는 등 입체적이고 능률적으로 학습내용을 가르칠 수 있다.

넷째, 학교수업을 충실히 받으면 입시공부는 물론, 내신성적에 유리하다는 것은 두말할 나위가 없을 것이다. 학교에서 실시하는 월말고사·중간고사·기말고사 등은 평소 선생님이 수업시간 중에 가르친 내용 중에서 문제를 출제하는 것이 보통이다.

다섯째, 방학기간을 제외하고는 학교수업 시간이 입시준비 기간 중 가장 많은 양의 시간을 차지하며, 또한 하루의 시간 중 수험생의 두뇌활동이 가장 활발한 시간이다. 학교수업 시간을 허송하면 입시준비 시간의 대부분이며, 가장 머리가 맑고 두뇌활동이 활발한 대부분의 시간을 낭비하게 되는 것이다.

이와 같이 입시준비에 있어서 소홀히 할 수 없는 중요한 수업시간에 졸거나 엉뚱한 생각이나 하면서 시간을 보낸다면, 언제 어디서 어떻게 공부를 할 수 있을 것인가를 깊이 생각해 보아야 한다.

[2] 학교수업의 학습요령

여러분은 모두 강의내용을 다 잘 들을 수 있다고 생각하지만, 대부분의 학생들은 강의를 듣는 데 있어 다소의 문제를 지니고 있다. 예컨대, 듣고 싶은 것이나 익히 알고 있는 친숙한 것은 경청하지만, 강의내용에 관심이 없을 때나 강의내용이 지루할 때, 또는 강의하는 선생님이 개인적으로 싫을 때나 지루한 강의 스타일로 강의할 때 여러분은 졸거나 딴 생각을 하는 경우가 많다. 이와같은 그릇된 수강태도를 지양하고, 수업시간을 적극적으로 활용하면서 강의를 잘 이해하기 위해서는 어떤 요령이 필요한지를 살펴보기로 하자.

(1) 예습을 하고 가라

어떤 사실을 이해하고 그리고 더 나아가 자기 나름으로 사고를 하기 위해서는 이미 자신들이 어느 정도 그 사실에 대한 지식과 기본능력이 갖추어져 있어야 한다. 그러므로 선생님이 강의하는 것을 잘 듣고 충분히 이해·파악하려면, 그날 강의될 내용에 관해서 어느 정도 윤곽적인 예비지식을 가지고 임해야 한다. 그러기 위해서는, 그날 강의될 내용을 전체적 맥락 속에서 이해할 수 있도록 수업을 하기 전에 지난 시간에 적은 노트필기와 과제물을 읽어보고, 예습을 해둬야 한다. 예습의 방법에 관해서는 다음 절에 상세히 소개하겠으므로 여기서는 예습의 정도(程度)에 관해서 간단히 살펴보겠다.

1) 그날 강의될 장(章)을 개관하고,

2) 강의에서 어떤 내용이 다루어질 것인가를 예상해 보고,

3) 문제나 의문점을 머릿속에서 정리해서,

4) 알고싶은 것을 선생님께 여쭤볼 수 있도록 질문의 요지를 메모해 둔다.

(2) 적극적인 자세로 들어라

수업이 시작되면, 책을 뒤지거나 다른 잡념이나 공상을 하지 말고 귀와 눈을 선생님에게 쏟는다. 정신을 똑바로 차리고 바르게 앉아서 선생님이 말하는 강의내용에 정신을 집중시킨다.

선생님이 강의를 통해 학생들에게 전달하는 것은 그가 말하고 있는 내용 이상의 것을 포함한다. 그로부터 보다 많은 것을 얻을 수 있는 단서인 선생님의 비언어적 의사전달 즉, 서 있는 태도, 목소리의 변화, 얼굴 표정, 제스처 따위 등을 잘 포착해서 이해해야 한다.

선생님의 강의를 원맨쇼 구경하듯이 수동적으로 들어서는 안된다. 강의를 그냥 기계적으로만 듣고 있으면 강의에서 얻는 것이 적다. 강의를 들을 때에는 선생님의 말을 비판적으로 사려깊게 그리고 이해해 가면서 경청을 하는 능동적인 태도로 임해야 한다. 구체적으로 말하면, 선생님의 강의 내용을 예습에서 얻은 지식에 비추어 검토해 보고, 중요한 골자를 추려내고 미리 가졌던 문제점에 대한 해답을 추궁해가는 식으로 강의를 듣는다.

(3) 모르는 것이 있으면 서슴없이 질문하라

수업이 끝날 쯤에는 수업중에 노트한 것을 재빨리 훑어보고, 충분히 이해하지 못한 것이나 아직 풀리지 않은 의문점, 혹은 자기가 갖고 있던 기초지식과의 연속선상에서 문제가 없나를 체크해 본다. 만일 그런 것이 있으면 서슴지 말고 선생님에게 질문을 한다. 대부분의 학생들은 의문시되는 것이 있어도 나중에 생각하기로 미루고 그냥 덮어버리는데, 모르는 것이 있으면 바로 질문을 해서 그때그때 해결해 버리는 것이 가장 효과적인 학습방법이다.

나중으로 미루다 보면 영영 모르게 되는 경우가 많아, 시험장에서 탄식을 하게 되는 경우가 생긴다. 그 의문스러운 것이 시험에 나지 말라는 법은 없다. 오히려 그런 의문스럽고 아리송한 문제를 출제하여, 확실하게 공부한 학생과 그렇지 못한 학생을 구별시키려는 것이 출제자의 의도이기 때문이다.

(4) 노트필기보다는 설명에 귀를 기울여라

수업중에 필기하는 것이 제일인 줄 알고 선생님의 설명은 듣는 둥 마는 둥 하는 학생들이 있는데, 이러한 태도는 당장 버려야 한다. 수업중에 열심히 노트를 하는 학생치고 수업내용을 완전히 이해하는 학생은 드물다. 쓰는 데만 주의가 집중되어 정작 중요한 선생님의 강의는 건성으로 듣게 된다.

물론 노트를 하는 것도 중요하다. 그러나 수업중에는 선생님의 강의를 이해하는 데 주력해야 한다. 설명을 듣다가 노트를 하지 못했더라도 설명을 확실히만 들었다면 나중에 친구의 노트를 빌려서라도 얼마든지 보충할 수가 있다. 이와는 반대로 노트는 깨끗하게 정리해 놓고도 설명을 듣지 않았다면, 애써서 노트를 정리한 것이 결국 헛수고가 되고 만다.

거의 모든 과목의 경우, 설명을 놓치지 않고 잘 들어두면 혼자서 공부하는 것보다 몇 배의 효과를 얻을 수 있다. 그러므로 나중에 혼자 복습하면 되겠지 하고 불성실하게 수업을 받는 것은 절대로 금해야 한다. 지금 설명을 듣지 않으면 다시는 기회가 오지 않는다는 마음가짐으로 수업에 임하는 습관을 들이도록 하자.

(5) 중요한 요점을 노트해 두어라

강의를 들으면서 중요하다고 생각되는 부분은 노트를 한다. 그런데 문제는 무엇이 중요한 것이고, 어디에 문제의 소지가 있는지를 판별해 내고, 강의의 주요 흐름을 파악해 내는 일이다.

대부분의 선생님들은 중요한 골자나 강의의 주제를 칠판에 적어가면서 강의를 하기 때문에, 이것을 쫓아가면서 노트를 하고, 수업중에 강조된 것과 중요하다고 지적하는 것은 특별히 표시하는 것이 가장 일반적인 방법이다. 쓸데없이 잔뜩 기입한 노트보다는 요점만 기입해 두는 쪽이 복습을 할 때도 훨씬 능률적이다.

판서를 하지 않거나, 문맥의 흐름이 일정하고 특별히 중요하다고 일일이 지적하지 않는 선생님일 경우에는 그 선생님에게 얻을 수 있는 특별한 단서를 여러분 스스로가 잡아서, 그 부분부분을 기록해야 한다. 이때 여러분이 취할 수 있는 단서로는 다음과 같은 것들이 있다.

❶ 강의하다가 잠깐 멈추는 곳.

❷ "이것이 중요하다."라든가, "잘 기억해 두라."고 말하는 부분.

❸ 많은 예를 들면서 주의깊은 표현과 설명을 하는 곳 즉, 두서너 방식으로 같은 것을 반복해서 설명하는 부분.

❹ 억양의 변화가 있는 곳 즉, 강조해서 말하는 부분.

❺ '따라서', '그러나', '부언해서 말하면' 등의 전환어가 사용되는 부분.

(6) 수업 직후의 1분동안 수업내용을 정리하라

대부분의 학생들은 수업이 끝나면 노트와 책을 덮고 일어서서 나갈 채비에 마음이 바쁘다. 그러나 수업이 끝나면 자리를 박차고 일어나고 싶은 마음을 잠시 가라앉히고, 단 1분이라도 좋으니 강의 내용을 다시 한번 읽어보도록 하고, 혹시 노트에 적지 못한 것이 있으면 보충해 넣는 정성을 들이도록 한다. 아무리 그 시간에 잘 이해한 것이라도 시간이 지나가면 잊어버리게 된다. 금세 노트를 닫아버리면 잊어버리기 쉬운 것도 한 번 더 훑어봄으로써 단단히 기억할 수 있어, 나중에 복습할 때 커다란 도움이 된다. 귀찮더라도 반드시 실천하는 습관을 들이기 바란다.

(7) 강의가 끝난 후에는 학습한 것을 정리·복습해 두라

효과적인 학습방법에서 필수불가결한 것은 재음미와 복습이다. 아무리 지식을 많이 익힌다 하더라도 그것을 익히는 데 필요한 만큼의 시간을 다시 음미하고 분석하고 사고하지 않는다면, 이미 배운 지식은 살아있는 그리고 다시 재생될 수 있는 산지식이 될 수 없다.

그러므로 강의가 끝나면 필기한 노트를 중심으로 다음과 같은 요령으로 수업중에 배운 것을 정리하고 복습하라.

❶ 새로 배운 내용을 전에 배운 내용과 비교하면서 학습의 주제와 흐름 그리고 범위를 생각해 본다.

❷ 미비하다고 생각되거나 문제가 있다고 생각되는 부분을 다시 한번 살펴보고 수업중의 노트와 교과서 내용을 요약하여 정리해 둔다.

❸ 만일 모르는 점이나 미비한 점이 발견되면 교과서나 참고문헌으로 그 점을 파고들어 확실히 알아두도록 한다.

❹ 그런 다음에는 예습을 비롯하여 강의 및 복습 과정에서 학습한 것을 총정리해서 주요 골자를 자기 언어로 기억해 보고, 자기 사고로 체계화시켜 본다.

(8) 수업 중에 다른 과목을 공부하는 어리석음을 범하지 말라

시험이 닥쳐오면 많은 학생들이 시험공부와 직접 관계가 없는 과목을 배울 때는 수업을 제쳐놓고 다른 과목의 참고서를 공부하는 경우가 종종 있다. 물론 시간을 아껴가며 시험에 유리한 공부를 하고 있는 것처럼 보일지도 모른다. 그러나 그러한 '부업'이 좋은 열매를 맺을 수는 없다.

우선 선생님의 눈을 속여가며 하는 공부가 머리에 잘 들어올 리가 없다. 게다가 시험과 관계없는 과목이라고 하지만, 그렇지 않아도 시야가 좁아지기 쉬운 수험생에게 종합적인 상식을 준다는 점에서는 어떤 과목도 소홀히 할 수가 없다. 또 편파적인 공부를 하면 논술고사 등 종합적인 상식이 필요한 시험에서 불리해질 수밖에 없다.

2. 예습의 효과와 방법

[1] 예습의 효과

예습은 수업의 준비로서 오리엔테이션 또는 워밍업이라고 하는 뜻을 갖고 있다. 물론 예습에도 여러 가지가 있어서 간단한 사전조사 정도의 것이 있고, 충분히 힘을 들여서 하는 본격적인 학습도 있을 것이다. 그러면 예습은 전체적인 학습 면에서 볼 때 어떠한 효과를 가지는 것일까?

첫째, 예습을 해두면 그 수업시간의 중요한 점이 무엇인지 알 수 있고, 나아가 의문을 갖고 수업을 받을 수 있으므로, 수업에 적극적으로 참가할 수가 있다.

둘째, 예습을 함으로써 복습의 시간과 노력을 절약할 수 있다.

셋째, 예습은 기초학력 양성에 도움이 된다. 예습에서 문제에 부딪치면 앞의 기초적인 것을 다시 학습하지 않으면 안될 경우가 생기기 때문이다.

넷째, 예습은 수업중에 느끼는 열등감을 자신감으로 바꾸어준다. 예습을 하지 않으면 수업중에 '선생님께 지명을 받지 않을까'하는 불안감에 빠진다. 또한 모르는 대목이 나오면 '내 머리가 나쁜 것 아닌가'하는 열등감도 느끼게 된다. 그러나 예습을 하면 반대로 '나를 지명해 주었으면'하는 기대감이 생기고, '이 부분은 내가 생각한 바와 똑같다'는 식으로 재미있어 진다. 같은 수업을 받아도 이처럼 심리 상태에 따라 학습성과에도 커다란 차이가 나타나게 된다. 때문에 열등감을 가진 학생이라면 반드시 예습을 하는 것이 좋다.

다섯째, 예습의 효과 중에서 가장 중요한 것은 예습을 하다보면 자신이 확실히 알고 있는 것과 알쏭달쏭한 것 그리고 전혀 모르는 것이 확연히 구분되어진다. 따라서 수업중에 선생님의 설명을 쉬운 부분은 가볍게 그리고 모르는 부분은 주의깊게 들을 수 있고, 그래도 이해가 가지 않는 부분은 질문을 함으로써 확실한 지식을 얻을 수 있다.

즉, 예습을 함으로써 하루의 대부분을 차지하고 있는 수업시간을 완전히 자신의 시간으로 만들어버릴 수 있는 것이다.

[2] 예습의 방법

(1) 수업을 잘 이해할 수 없다면, 예습에 80%, 복습에 20%의 힘을 쏟으라

학교수업을 잘 이해할 수 없고, 그로 인해 성적이 오르지 않는 학생은 예습 위주로 학습방법을 전환할 필요가 있다. 예습을 잘 해두면 수업의 80~90%는 이해할 수가 있다. 따라서 복습은 나머지 10~20%만 하면 된다. 즉, 예습을 충분히 잘 해두면 수업을 잘 이해할 수 있고 복습에 소비하는 시간이 저절로 짧아진다는 것이다.

(2) 예습할 과목을 미리 정해두라

공부할 과목은 많고 공부 시간은 한정되어 있는 이상, 모든 과목을 철저하게 예습한다는 것은 어려울 뿐 아니라 그럴 필요도 없다. 교과내용에 따라서 어떤 과목은 예습하지 않고 선생님의 설명만 들어도 쉽게 이해되는가 하면, 어떤 과목은 예습을 하지 않으면 선생님이 무엇을 설명하고 있는지 도저히 감잡을 수 없다. 그러므로 그러한 과목들을 잘 골라서, 어떤 일이 있어도 이것은 반드시 예습을 해야겠다는 과목을 미리 정해 놓는다.

(3) 예습은 불명확한 점의 체크를 중심으로 하라

예습할 때 교과서나 참고서를 공부하면서 어디를 모르는가에 주의를 기울여, 그런 곳이 있으면 체크해 둔다. 그 체크된 부분을 자기 힘으로 조사해 알아두는 것이 가장 좋지만, 자료가 부족하다든지 조사해 볼 시간이 없으면 그대로 체크만 해두고, 수업시간에 선생님의 설명을 통하여 해결하겠다고 생각하면 수업 그 자체에 흥미를 느끼게 된다. 그리고, 예습할 때는 다음 수업에서 질문할 부분을 찾아내도록 한다. 모르는 부분은 물론, 자기 힘으로 이해한 것의 확인을 질문이란 형식으로 하는 것도 효과적이다.

(4) 1차 예습은 3주일 후의 진도까지 해 두라

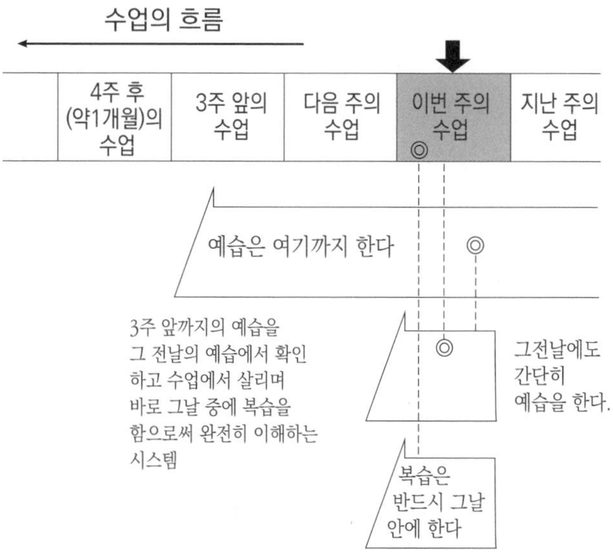

예습을 할 때, 어느 정도의 범위까지 예습을 하느냐의 문제이다. 다음 수업시간에 어디까지 진도를 나갈지 모르기 때문에, 어떤 경우에는 자신이 예습한 범위보다 더 많은 진도를 나갈 수 있다. 예습하지 않은 범위까지 수업이 진행될 경우에는 당황하게 된다.

이런 우려를 불식시키고, 여유있게 공부하기 위해서는 최소한 3주일 뒤의 진도까지 예습을 해둘 필요가 있다. 그렇게 해두면 수업의 흐름을 먼저 파악하게 되어, 예측가능한 수업이 되기 때문에 2배·3배의 효과를 거둘 수 있다. 1차 예습은 3주일 후의 진도까지 예습하지만, 2차 예습은 그 다음날 배울 내용을 다시 한번 예습을 해야 한다. 그리고 학원 강의나 과외 등으로 평소에 충분한 시간을 낼 수 없는 경우에는, 토요일이나 일요일을 이용하여 일주일분의 예습을 하는 것도 효과적이다.

(5) 수업 직전의 준비시간을 다시없는 예습시간으로 활용하라

경우에 따라서는 예습을 전혀 하지 못한 채 수업에 들어가기도 한다. 그러면 어쩐지 마음이 불안하고, 지명을 당할까봐 강의가 제대로 귀에 들어오지도 않는다. 이럴 경우에는 당일, 아무리 짧은 시간이라도 그 시간을 이용하여 교과서를 훑어보기라도 해야 한다. 예컨대, 아침에 버스나 전철을 기다리는 동안이나 타고 가는 동안에, 또 수업이 시작되는 벨이 울리고 선생님이 교실로 들어오는 동안, 그리고 출석을 부르는 동안이라도 얼마든지 가능하다. 오히려 짧은 시간이기 때문에 집중적으로 머리에 들어오는 효과를 기대할 수도 있다. 때문에 설사 예습을 했다 할지라도 다시 한번 위와 같은 요령으로 한 번 더 훑어본다면 그 효과는 무시할 수 없다.

3. 복습의 필요성과 방법

[1] 복습의 필요성

예습을 학교에서의 수업의 '준비'라고 한다면, 복습은 그 '정리' 또는 '완성'에 해당한다. 물건을 만드는 데도 '완성'이 중요하여 완성의 능숙·서투름으로 가치가 크게 달라지듯이, 학습도 수업을 받기만 해서는 효과가 반감하는 것이다.

복습은 기억하고 있는 지식을 끌어내어 보다 강하게 기억할 수 있도록 보완하는 과정이며, 또 기억 속에 쌓인 지식을 능동적으로 배열하고 정리해두는 과정인 것이다. 기억의 손실을 줄이는 방법 중에서 가장 쉽게 조정할 수 있는 방법이 바로 복습이다. 효과적인 복습은 기억력의 향상뿐 아니라 성적향상을 가져온다.

[2] 복습의 방법

(1) 효과적인 복습이란 무엇인가?

복습의 방법에는 ❶ 정리, ❷ 연습, ❸ 보강이 있다.

❶ **정리(整理)**란 여기저기 흩어져 있는 재료를 순서대로 늘어놓아 그것을 계통있게 하는 것이다. 그것에는 그 시간에 배운 것과 전에 학습한 것과의 관계를 연결하는 것도 포함된다. 지식이나 기능은 본래 흩어져 있는 것이 아니므로, 그것을 어느 조직이나 계통 속으로 집어넣는 학습이 중요하다. 그것은 이해와 기억을 높이기도 한다.

❷ **연습(練習)**은 배운 것의 반복을 의미한다. 반복은 기억강화의 절대적인 조건으로써, 반복에 의해서 뇌 속에 그 형태가 기억되는 것이다.

❸ **보강(補强)**은 잊어버린 것, 알지 못했던 것을 보충하는 것이다. 그리고 수업만으로는 불충분한 점 또는 그것의 응용면 등을 보충하는 것도 포함된다.

그러므로, 능동적이고 효율적인 복습은 본질적인 요소들만으로 요약한다면 '한 과정의 본질적인 부분들에 대한 계속적인 〈자기 시험〉의 과정'이어야 한다. 그리하여 효과적인 복습이란 다음과 같은 기본적인 두 단계를 포함하게 되는 것이다.

첫째, 그 과정의 내용을 가장 본질적인 요점들로 압축하고, 그 본질적인 요점을 다시 압축하여 그 과정을 이루는 핵심적인 의미의 모든 단어를 정복할 때까지 계속한다.

둘째, 계속적인 '자기 시험'을 통하여 그 핵심적인 내용을 주기적으로 검토한다. 그리하여 그 내용을 이루고 있는 모든 단어가 자유롭게 구사될 수 있고 즉각적으로 답이 튀어나올 수 있을 정도가 되어야 한다.

(2) 복습은 계획적·반복적으로 하라

복습과정이 무계획적이면 시간이 흐름에 따라 복습에 소홀해지기 마련이다. 일반적으로, 복습하는 시간 사이의 간격은 초기에는 짧게 잡아야 하며, 점차로 간격을 넓혀 나가야 한다. 모범이 될만한 복습방법은 다음과 같다.

1) **제1회 복습** : 대체로 50분 정도 수업을 받은 후 10분 정도 쉬는 시간이 있다. 바로 10분 쉬는 시간 중 5분 정도를 할애하여 금방 배웠던 학과를 복습하는 것이다. 망각곡선에서 알 수 있듯이, 금방 들었던 강의내용은 아직까지는 머릿속에 기억이 존재해 있기 때문에, 시간이 흐르기 전에 복습을 하면 전혀 힘들지 않고, 5분 정도면 제1회 복습을 간단히 마무리지을 수 있다. 그렇게 함으로써 여러분이 배운 학과의 기억을 계속 100% 상태로 유지할 수 있는 것이다.

2) **제2회 복습** : 그날 배운 공부는 반드시 그날 저녁에 복습해야 한다. 만약 그날 배운 공부를 그날 복습하지 않는다면 무려 66%가 머릿속에서 사라져버리게 된다.

3) **제3회 복습** : 공부를 정상적으로 하려는 학생에게 토요일과 일요일은 황금의 시간이다. 일주일간 배운 공부를 다시 완전하게 복습할 수 있는 절호의 기회인 것이다.

제1회와 제2회의 복습을 통해 무난히 주말까지 100%에 가까운 기억을 유지해 오고 있는 여러분이, 토요일과 일요일을 이용하여 세 번째의 복습을 해둔다면 여러분의 머릿속에는 계속 100%의 기억 상태를 유지하게 되는 것이다. 언제 시험을 치른다 해도 자신있게 된다. 토·일요일에 일주일간의 복습을 마치고, 다음 주의 예습까지 완성하면 월요일 아침에 등교하는 여러분의 마음은 자신감으로 충만하게 된다. 이렇게 되면 여러분은 자신도 모르는 사이에 더욱더 신념과 활력이 솟아날 것이다.

(3) 예습을 충분히 한 과목은 복습을 간단하게 하라

예습 중심의 공부를 하는 학생들 중에는 '예습을 철저히 했으니까 복습은 하지 않아도 된다'는 생각을 하는 경우가 많다. 그러나, 복습을 하지 않으면 '철저히 한 예습'의 성과가 살지 못한다. 무슨 일에나 균형이 필요하듯이 공부에서도 예습과 복습의 균형을 효과적으로 잡는 것이 중요하다. 과목의 성격에 따라 예습 시간이 많은 과목은 복습을 간단하게 하고, 예습을 가볍게 한 과목은 복습을 철저히 함으로써 균형을 잡는다.

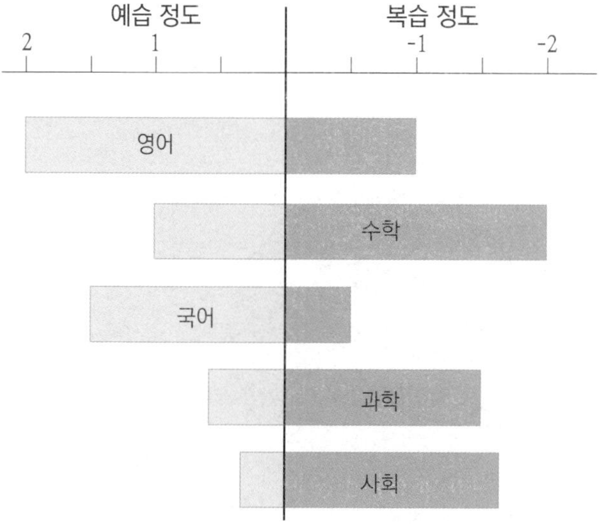

[교과별 예습 정도와 복습 정도의 균형]

(4) 학교에서 주는 프린트는 예습·복습용으로 활용하라

학교 선생님이 주시는 프린트에는 교과서에 쓰여져 있지 않지만 알아두어야 하는 사항이 수록되어 있다. 따라서 교과서 학습과 밀접하게 연결시켜 공부하면 효율적인 예습·복습이 된다.

방과 후에 집으로 돌아오면 그날의 복습을 간단하게 한 다음, 프린트와 대결한다. 예습과 관계있는 프린트는 예습과 함께 하면 곧 프린트 학습이 예습이 되기도 한다. 프린트에서 모르는 부분이 나오면 교과서와 참고서의 관련 항목을 조사해 보고, 그래도 알 수 없는 대목은 체크해 두었다가 다음 수업시간에 질문으로 해결하도록 한다. 이렇게 하면 프린트는 평소의 공부에 짐이 되기는커녕, 예습·복습의 능률을 향상시켜주는 매우 훌륭한 자료가 된다.

제9장

노트정리법

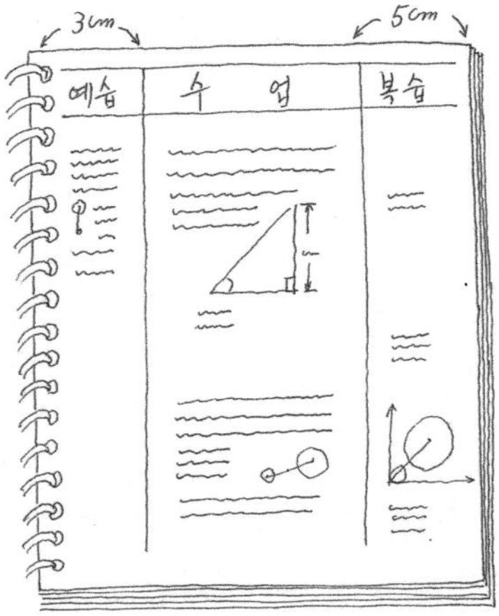

1. 노트정리의 필요성
2. 효율적인 노트필기를 위한 조건
3. 수업 중에 노트필기하는 요령
4. 오답노트의 필요성과 작성요령
5. 암기카드의 유용성과 작성 및 활용 방법

1. 노트정리의 필요성

공부하는 데 있어서 강의를 듣고 책을 읽는 것이 매우 중요한 일이나, 이에 못지않게 중요한 것이 노트정리이다. 노트정리는 들은 것을 단순히 베끼는 것이 아니라 주의깊게 듣고, 들은 것을 재빨리 요약하여 의미있는 체계로 조직하며, 선택적으로 기록하고 정리하는 것을 말한다.

따라서 노트정리는 학습의 종합 훈련장이라고도 할 수 있다. 한 연구에 의하면, 성적이 나쁜 학생들은 그 원인의 하나가 노트정리를 잘 하지 못한 데에 있었다고 한다. 평소에 노트정리를 하지 않다가, 시험이 닥치면 급하게 다른 학생의 노트를 빌려서 벼락치기로 공부하는 학생들이 있는데 그 결과는 쉽게 짐작할 수 있다.

그러면 노트정리는 왜 필요한지 구체적으로 살펴보겠다.

(1) 노트를 함으로써 강의를 더 적극적으로 들을 수 있다

강의를 들을 때 필기를 전혀 하지 않고 그냥 듣는 학생이 가끔 있다. 그러한 학생 중에는 쓰는 것이 귀찮아서 그러는 학생도 있으나, 개중에는 쓰지 않고 듣는 것이 강의를 더 잘 들을 수 있으리라고 생각해서 그러는 학생도 있다. 그러나 실은 그와 반대다. 왜냐하면, 노트정리를 하지 않고 듣고만 있으면 처음에는 선생님의 말이 귀에 잘 들어오지만, 시간이 경과하면 어지간히 흥미있는 과목이 아니고서는 자기도 모르는 사이에 주의가 산만해지기 때문이다. 그러나 노트정리를 하면, 선생님의 말을 듣고 그 내용을 기록해야겠다는 생각 때문에 끝까지 강의에 귀를 기울이게 되고, 따라서 주의가 산만해지는 것을 방지할 수 있다.

(2) 강의나 책의 내용을 파악하는 데 도움이 된다

노트를 하려면 우선 선생님의 말이나 책의 내용을 이해하고서 그것을 자신의 언어로 바꾸어 다시 써야 되기 때문에, 자연히 이해가 깊어지고 생각이 뚜렷해진다. 학습한 내용을 몇 마디의 말로 혹은 짧은 문장으로 요약해서 쓴다는 것은, 그 내용을 자기가 정말 이해했는지 못했는지를 실질적으로 테스트하는 것이 되기도 한다.

(3) 노트정리는 기억을 돕는다

무엇을 기억하는 데는 귀로 들은 것을 잘 기억하는 사람과 눈으로 본 것을 더 잘 기억하는 사람이 있다. 물론 사람에 따라서 차이가 있지만, 여러분과 같은 연령에 있어서는 청각적 기억방식보다는 시각적 기억방식을 취하는 것이 효과적이다. 때문에, 강의를 가만히 듣고만 있는 것보다는 노트필기를 해가면서, 귀로 들은 것을 시각화해서 학습하는 것이 유리하다. 물론 청각적 기억방식과 시각적 기억방식을 병행하면 더욱 효과적임은 말할 필요가 없다.

(4) 노트는 복습의 자료로서 필요하다

인간의 기억력에는 한계가 있다. 에빙하우스의 망각곡선에 의하면, 학습을 한 다음 20분 후에는 47% 가량을 잊어버리고, 이틀 후에는 약 66%를 잊는다고 한다. 이처럼 잊어버리는 속도는 대단히 빠르다. 그래서 복습을 해야 하는데, 여러분이 강의를 통해서 청취한 것을 기록에 남겨놓지 않으면, 아무리 머리가 좋은 학생이라도 그것을 기억하기가 어렵고 따라서 학습이 완전치 못하게 된다. 학교에서 성적이 나쁜 학생들 중에 노트정리를 소홀히 하거나 잘 못하는 학생이 많다는 사실도 알고 보면 이러한 이유에 근거하고 있는 것이다.

"적자생존"

"적는 자가 살아남는다!"

2. 효율적인 노트필기를 위한 조건

이상에서 여러분은 왜 노트필기가 필요하며, 그것이 학습과정에서 어떠한 역할을 하는지를 이해했으리라 믿는다. 그렇다면, 어떤 방식으로 노트필기를 하는 것이 가장 효과적일까 하는 의문이 생길 텐데, 다음과 같은 점을 고려하는 것이 좋다.

[1] 노트의 형태 : 바인딩 노트(binding note)를 사용할 것

효과적으로 노트를 정리하기 위해서는 다 쓴 다음에 노트장을 헤쳐서 다시 묶을 수 있는 바인딩 노트를 사용하는 것이 좋다. 1~3권의 바인딩 노트에 각 과목별로 견출지를 붙여 구분함으로써, 모든 과목을 한두 권의 노트에 필기할 수 있고, 나중에 분량이 많아지면 과목별로 다시 묶으면 훌륭한 노트가 된다. 바인딩 노트를 사용함으로써 얻는 효과는 한 권의 노트만 갖고 학교에 가면 되므로 책가방의 무게를 줄일 수 있고, 중간에 빼먹었거나 보충할 내용이 있을 경우에도 언제든지 중간에 삽입시킬 수가 있다는 점이다.

[2] 노트 지면의 활용 : 여백을 두고 쓸 것

노트는 답답하지 않도록 충분한 여백을 남기고 깨끗하고 정확히 써야 한다. 노트를 쓸 때, 지면을 절약하려고 빽빽하게 쓰는 학생이 있는데, 효과적인 노트를 작성하는 데 있어서 커다란 장애요인이라는 것을 알아야 한다. 왜냐하면 빽빽하게 쓴 노트는 각 항목이 붙어 있어 내용이 너저분하게 섞여버려서 구별하기 어렵고, 나중에 보충할 내용을 덧붙이려고 해도 기입할 공간이 없어 기입을 못하게 된다. 무엇보다 빽빽하고 너저분하면 다시 들여다 보기도 싫어진다. 따라서 노트는 여백을 충분히 잡고, 다음 항목과의 사이를 넉넉히 띄워놓는 것이 좋다.

또 수업시간마다 페이지를 달리해서 쓰는 것이 좋다. 선생님이 강의를 하실 때는 그날그날 수업시간의 목표가 분명히 있고 진도도 균등하게 나갈 것이기 때문에, 수업시간마다 페이지를 달리해서 쓰는 것이 합리적이다. 이것은 낭비처럼 보일지 모르나, 후에 여러분이 원하는 부분을 찾는 시간을 절약해줄 뿐만 아니라, 여백을 남겨두면 나중에 빠진 것을 더 써넣을 수 있어 편리하다.

[3] 노트필기의 체제 : 책의 체제를 따를 것

노트필기도 어느 정도 체제를 갖추어야 한다. 즉, 책과 마찬가지로 강의 주제와 소제목을 붙이고 그에 따른 진술을 요약·기입한다. 선생님들이 강의를 할 때, 대개는 주제와 소제목을 칠판에 쓰거나 큰 소리로 말하므로 그것을 쫓아가면 된다. 특별히 그러한 구분을 짓지 않고 계속 이야기해 내려가는 경우에는 여러분 자신이 내용에 따라 제목을 붙여가면서 노트필기를 해야 한다. 그리고 노트에는 반드시 날짜를 쓰고 또 색인을 붙여서 나중에 알아보기 좋도록 한다.

[4] 노트정리를 향상시키는 비결

(1) 단순화하라

압축하고 줄여서 개요를 가능한 한 짧게 하라. 문장 대신 구(句)를 쓰고, 불필요한 단어나 상세한 설명은 빼라. 종속적인 문장은 한두 단어로 해서 다른 문장에 섞어라. 몇 개의 외우기 쉬운 단어로 될 때까지 줄일 수 있는 한 줄여라.

(2) 각 개념들을 같이 꿰어라

순서대로 하나의 개념이 다른 개념과 연결하도록 하라. 이렇게 함으로써 최초의 개념만 생각하면 자동적으로 다음 것이 떠오르게 된다.

(3) 예습·수업·복습을 구별화 하라

노트를 쓰기 전에 노트의 왼쪽과 오른쪽 양 끝에 3~5cm 가량 여백이 생기게끔 위에서 아래로 줄을 그어 두고, 수업시간에는 노트의 가운데 부분에 필기한다. 수업이 끝나면 노트 중앙에 기록해 둔 것을 읽고 중요한 내용을 짤막한 단어나 구절로 요약해서 왼쪽 여백에 기입한다. 그리고 오른쪽 여백에는 그 페이지에 나오는 내용을 두서너 줄 요약해서 적어둔다. 바로 이것이 복습노트인 것이다. 이런 식으로 노트를 쓰면 필기한 내용을 일목요연하게 볼 수 있고, 또 이렇게 하는 동안에 한 페이지, 한 페이지를 복습하는 셈이 되기 때문에 매우 효과적인 학습이 된다.

(4) 숫자를 사용하라

숫자는 과목을 이해하거나 미래의 사용을 위한 기억을 위해 매우 유용하다. 예를 들어, '노트 정리를 향상시키는 비결'에는 여덟 가지 방법이 있다는 것을 알게 되면, 앞으로 노트정리에 있어서는 여덟 가지를 생각해 내야 함을 알게 된다. 만약 숫자를 모르면, 일곱 가지만 있다고 생각하여 나머지 하나를 빠뜨리게 될 수도 있다.

(5) 들여쓰기를 하라

각 장의 주제 및 부차적인 개념들을 페이지에 쓸 때, 그 중요도 및 관계에 따라 계속 뒤쪽으로 들여쓰기를 세로로 줄을 맞춰서 하게 되면 일견하여 그들의 관계를 알 수 있게 된다. 즉, 단락을 나누어서 첫 줄의 첫 글자를 안으로 2~3자 집어넣어서 쓰기 시작함으로써 행이 바뀌는 것을 쉽게 알 수가 있다.

(6) 현장감을 느끼게 하라

노트를 작성할 때, 그날의 날짜와 날씨, 그리고 수업중의 문답이나 선생님의 농담, 동료의 실수 등을 간단하게 메모해 둔다면, 현장감 있는 생생한 기억을 유지할 수 있다.

(7) 지우개를 사용하지 말라

잘못 적었더라도 지우개를 사용하지 말고, 붉은 펜으로 정정한 증거를 남겨둬라. 특히, 예습에서 풀었던 문제의 해석이나 해답이 틀렸을 경우, 어떻게 잘못되었는지, '어떻게 고쳤는지'를 잘 파악할 수 있도록 붉은 글씨로 정정하여 그 증거를 남겨두면, 다시는 그런 잘못을 저질러서는 안되겠다는 경계심을 갖게 되어 더욱 주의하게 된다.

(8) 시각화하라

인간의 기억력은 그림과 표를 사용하면 문장에 의한 설명보다 10배 이상 쉽게 이해할 수 있고, 또 기억할 수 있다. 그리고 문장으로 설명하는 것에는 한계가 있을 수 있다. 복잡한 관계라든가, 시대의 흐름 등은 글로써 번거롭게 설명하기 보다도, 그림·표·그래프·지도·연표 등으로 시각화 하면 한눈에 금방 이해할 수 있어 훨씬 효과적이다. 손으로 직접 그릴 수 없는 교과서와 참고서 또는 백과사전의 그림이나 도표는 복사하여 노트에 오려 붙이면 매우 능률적일 것이다.

"목표를 보다 쉽고 확실하게 이룰 수 있는 방법은
그러한 목표를 머릿속에 그대로 두는 것보다
그것들을 직접 써보고 눈으로 확인하는 것이다."

3. 수업 중에 노트필기하는 요령

(1) 먼저 강의 내용을 이해하려고 노력하라

강의는 먼저 잘 들어야 이해할 수 있고, 이해한 후라야 합당한 노트정리를 할 수 있다. 어려운 강의라 할지라도 흥미있는 점을 발견해서 듣도록 한다. 선생님의 수업방식에 적응하도록 한다. 선생님의 설명 방식이나 말투 또는 부적절한 수업환경에 자신을 맞추려는 노력도 있어야 한다. 힘이 들더라도 정성을 다해 듣는 훈련을 하면 선생님의 의도를 잡아낼 수 있다. 중심 아이디어에 초점을 맞추어 가면서 듣는다. 막연하게 들리는 것을 전부 듣는 것이 아니라, 중심 아이디어와 관계를 생각해 가면서 체계를 잡도록 한다.

강의중에는 노트하는 일에 지나치게 정력과 시간을 집중하지 말고, 강의내용을 조직화하는 데 중점을 두어야 한다.

(2) 설명의 요점을 잡아 노트하라

노트가 너저분해서는 노트로서의 가치가 없다. 노트를 할 때는 강의의 요점을 잡아, 그 주요 내용을 알 수 있는 항목만을 기입하는 것이 바람직하다. 일반적으로 강의의 요점을 지적해주는 단서로서 다음과 같은 것들이 있는데, 이것들을 중심으로 노트하도록 한다.

❶ 강의에서 제시하는 제목.
❷ 판서·차트·지도·그래프·실험 결과 등.
❸ 중요하다고 언급하거나 강조한 곳.
❹ 반복적으로 설명하는 내용.
❺ 가, 나, a, b, 1, 2, 등 조목별로 나누어 설명한 것.
❻ 억양의 변화가 있는 부분.
❼ 선생님이 스스로 요약해 주는 것.

(3) 노트를 집에 가서 다시 정리하는 이중 노력을 하지 말라

어떤 학생들은 학교에서 초벌 노트를 하고 집에 돌아와 정식으로 노트에 다시 옮겨 쓴다. 이런 방법을 계속하면 다시 옮겨 쓰는 버릇이 붙어버려 집에서의 공부시간을 노트정리에 다 써버리게 된다. 나중에는 정리하지 못한 노트가 많이 쌓여 손을 댈 수조차 없게 된다.

노트를 다시 고쳐쓰는 것은 참으로 낭비다. 또, 다른 사람의 노트를 빌려서 옮겨쓰는 것도 좋지 않다. 노트를 어떻게 해야 할지 모를 때는, 1~2주일 동안만 학교에서 초벌 노트를 하고, 집에서 정식 노트를 만들어 보면 그 요점의 정리방법을 알게 될 것이다. 그리고 나서는 수업중에 아예 정식노트에 써넣어 시간을 낭비하지 않도록 해야 한다.

(4) 수업이 끝난 직후에 검토하여 교정·보충하라

수업시간이 끝나면 반드시 자기가 쓴 노트를 다시 한번 훑어보고 검토한다. 가급적 가까운 시간에 다시 보고, 잘못된 부분과 부적당한 말은 교정하고, 빠진 것과 이해가 덜된 것은 보충하며, 중요한 곳에는 색연필 등으로 중요표시를 해놓으라는 말이다. 시간이 많이 흐른 후에 고치려면 더욱더 힘들기 때문이다.

(5) 교과서에다 노트를 하여, '자신만의 참고서'를 만들라

교과서는 말할 것도 없이 학습의 중심이다. 따라서 교과서를 어떻게 활용하는가에 따라 학습능률이 달라진다. 중요사항에 밑줄을 치거나 색칠을 하는 방법은 일반적인 것이다. 그 외에도 추가사항을 써넣음으로써 교과서를 멋지게 활용할 수 있다. 그 효과적인 예를 몇 가지 제시하겠으니, 이에 한정되지 말고 스스로 연구하여 가장 사용하기 쉽고 완벽하게 정리된 '자신만의 참고서'를 만들어 보라.

❶ 교과서의 문장만으로는 설명이 부족한 경우에는 써넣기로 보충해 둔다. 예컨대, 국어에서의 '지시어의 내용'이라든가 '보충해야 할 생략사항' 등이 그것이다.

❷ 설명이 길게 늘어진 문제여서 내용을 파악하기 힘들 때는 그 포인트를 조목별로 적어 여백에 써둔다.

❸ 그림 옆에 간단한 설명과 관련사항을 써넣는다.

❹ 단락의 요점이나 교과서에 나오는 제목을 더욱 세분화한 '작은 제목'을 여백에 써넣어 두면 총정리를 할 때 편리하다.

❺ 수업중에 선생님이 특별히 채택한 부분, 칠판에 적은 대목, 강조한 부분 등에 중요표시를 해둔다. 표시를 구분하여 사용하면, 수업내용을 생각해 내기가 쉽다.

4. 오답노트의 필요성과 작성요령

[1] 오답노트는 왜 필요한가?

인간에게는 무의식 중에 자신에게 부적합한 것, 싫은 것 등을 잊어버리고자 하는 경향이 있기 때문에, 시험에서 틀린 문제는 빨리 잊어버리려고 한다. 이 인간심리의 맹점에 빠지지 않도록 하는 하나의 방법은 잘못된 경험을 어떤 형태로든 기록해 두는 것이다. 가령 시험문제에서 틀린 부분만 도려내어 스크랩하거나 틀린 답을 기록해 두는 전용노트를 만들어, 정확한 해답과 함께 기록하여 가끔 펴보는 방법이다.

시험이나 연습은 자신이 틀리기 쉬운 문제를 발견할 수 있기 때문에 의미가 있다. 평소의 시험에서 자기가 틀렸던 문제들을 노트에 기록해놓고, 틈틈이 들여다보면 자기의 취약 부분이 어디인가를 금방 알 수가 있다. 매월 치르는 시험문제 중에서 한번 틀렸던 문제는 다시는 틀리지 않을 것 같은데, 사실은 같은 유형의 문제는 두 번째 세 번째도 틀리기가 쉽다. 그래서 오답노트는 매우 중요한 것이며 반드시 작성해서 활용해야 한다.

[2] 오답노트는 이렇게 작성하라

❶ 시험지를 복사해서 틀린 문제만을 오려서 풀로 붙인다. 본문이 있는 국어나 외국어는 문제 지문도 오려 붙인다.

❷ 틀린 이유를 구체적으로 분석하여 표기해둔다. 전혀 모르는 문제여서 틀렸는지, 계산착오로 틀렸는지, 실수로 틀렸는지, 문제를 끝까지 정확히 읽지 않아서 틀렸는지, 공식이나 원리의 적용이 틀렸는지를 표기해 써놓는다.

❸ 정확한 해답을 쓰고, 교과서와 참고서의 관련 페이지도 써놓는다.

❹ 특기사항이나 유의사항은 본문과 다른 색으로 특별히 눈에 띄게 기입하고, 특히 중요하거나 억울하게 틀린 것은 형광펜으로 표시해둔다.

❺ 오답노트는 기초가 충분하고 상위권 학생일수록 효과가 크다. 기초가 없는 학생은 오답노트에 기재할 것이 너무 많아 기재하기 곤란할 것이므로, 처음에는 암기과목에 국한하여 실시하다가 차츰 주요과목으로 확장해 나가는 것이 좋다.

❻ 오답노트에는 틀린 문제뿐만 아니라, 운이 좋아 찍어서 맞힌 문제나 실수로 맞은 문제도 기록해야 한다.

❼ 시험에서 틀린 문제뿐만 아니라, 문제집을 풀다가 틀린 문제도 정리해두면, 나중에 매우 귀중한 자료가 될 것이다.

❽ 교과서에 전혀 안 나오거나 출제 가능성이 없는 문제는 틀려도 제외하는 것이 좋다.

❾ 오답노트 과목 순서는 수능시험 시간표 순서대로 한다.

❿ 국어는 지문의 내용파악보다는 암기를 요하는 문장을 기록한다. 영어는 주의를 요하는 발음, 숙어, 틀리기 쉬운 문법 등을 예문을 통해 정리해 둔다.

수학·과학은 해답뿐 아니라 그와 관련된 공식이나 풀이 과정을 기록하는 것이 좋다.

5. 암기카드의 유용성과 작성 및 활용 방법

[1] 암기카드의 유용성

암기카드는 정식 노트와는 색다른 효용성을 발휘한다.

첫째, 암기카드는 언제든지 휴대할 수 있고, 그 내용도 간단명료하기 때문에 공부하기에도 마땅치 않고 휴식을 취하기도 어중간한 시간에 효과적으로 이용할 수 있다.

둘째, 암기카드는 자유로운 형태로 바꿔놓을 수 있어 입체적인 공부가 가능하다. 예를 들면, 역사적으로 유명한 사건을 한 항목씩 카드에 적어 그것을 연대순으로 늘어놓고 이해할 수도 있고, 각 시대의 토지제도라는 항목만을 추려내어 늘어놓을 수도 있다. 즉, 역사를 여러 가지 각도에서 보고, 그 각도에 따라 카드를 뽑아 기억을 다질 수 있는 것이다. 그리고, 국사와 세계사의 카드를 대조해 봄으로써 뜻밖의 상호 관련성을 찾아볼 수 있어 암기에도 도움이 된다.

[2] 암기카드의 작성 요령

(1) 카드는 크기와 색깔을 다양하게 만든다

카드는 한 종류만으로 할 것이 아니라, 크기와 색깔을 다르게 준비하여 사용하는 것이 좋다. 크기는 대·중·소로, 색깔은 백·청·황·적·녹색 등으로 구분하여 각각 과목과 암기할 내용의 특색에 맞춰서 사용하는 것이 능률적이다. 가령, 흰색의 작은 카드에는 영어 단어나 숙어를, 청색의 작은 카드에는 국사나 세계사의 주요사건의 연대를, 황색의 중간 크기의 카드에는 중요사항의 내용을 6하원칙(5W1H; 언제, 어디서, 누가, 무엇을, 왜, 어떻게)에 준하여 간결하고 깨끗하게 기재하도록 한다.

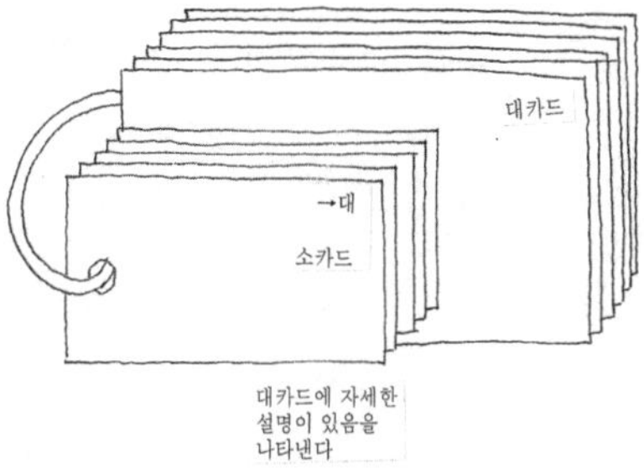

(2) 카드는 너무 많이 만들지 않는다

카드를 너무 많이 만들다 보면 카드를 만드는 데만도 상당한 시간이 소요될 뿐 아니라 그 효과도 떨어지게 된다. 그러므로 꼭 암기할 필요가 있고, 또 암기가 잘 안되는 것만을 알뜰하게 추려서 카드에 정리해야 한다. 그리고 일단 카드에 정리된 내용은 무슨 일이 있어도 조속한 시일 내에 완전히 자신의 것으로 만들어 버리겠다는 각오도 가져야 할 것이다.

(3) 카드에 다음의 것들도 고려해 넣어서 만들면 매우 편리하다

❶ 카드를 작성한 날짜를 적는다.

❷ 교과서나 참고서의 참조 페이지를 적어 넣는다.

❸ 암기한 날짜와 횟수를 적어 두면 암기하는 데 자극이 되고 격려가 된다.

❹ 도해식으로 작성했을 때는 색깔을 분류해두면 알기 쉽다.

❺ 카드를 만들 때 무작정 암기사항을 기재하지 말고 외우면서 정리한다.

❻ 항상 백지 카드를 갖고 다님으로써 그때그때 중요한 사항을 기재하는 열성을 가져야 한다.

[3] 암기카드의 활용법

(1) 암기해버린 카드는 구별해 둔다

이렇게 작성한 카드를 활용하는 과정에서, 이미 암기해버린 것과 아직 충분히 암기하지 못한 것을 뒤섞어놓은 채 카드를 들춘다는 것은 매우 비능률적이다. 따라서 고리에 꿰어놓은 카드 중에서 외워버린 것은 고리에서 빼내 따로 모아둔다. 남은 것은 아직 암기하지 못한 것으로, 반복해서 읽는 데 시간의 낭비가 없고 능률적이다.

한편 고리에서 빼낸 카드는 일정한 곳에 모아 두었다가, 어느 정도 모이게 되면 다시 체크해보고, 기억이 희미해진 것이나 애매한 것이 있으면 다시 고리에 끼워넣어 다시 암기하도록 한다.

(2) 요일마다 암기할 카드의 몫을 미리 배정해 둔다

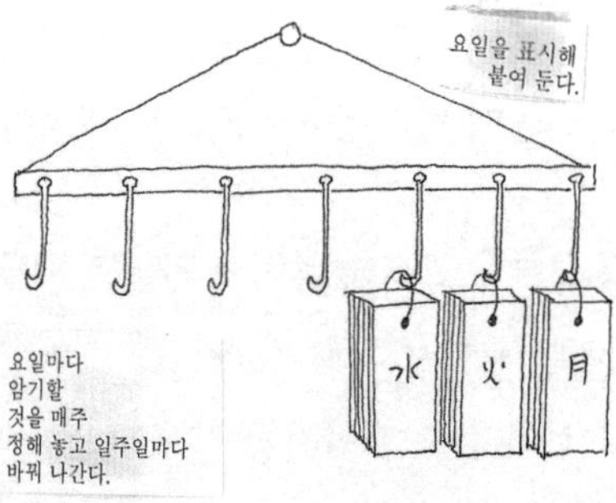

힘들게 만들어진 여러 개의 카드를 내키는 대로 아무 것이나 집어서 그날그날 사용하지 말고, 요일마다 암기할 카드를 정해서, 그날의 몫을 미리 배정해 둔다. 그러면 모든 카드를 빠뜨리지 않고 균등하게 외울 수 있고, 매일 어떤 카드를 외울까하는 갈등을 느낄 필요가 없다.

(3) 카드는 체계적으로 분류해 둔다

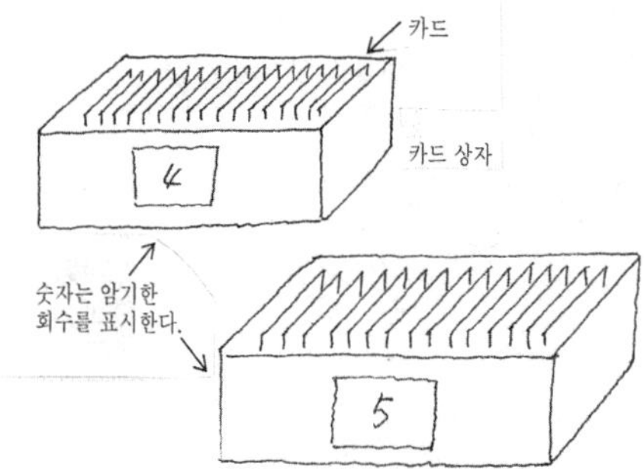

카드를 만든 차례대로만 보존해 두면 나중에 활용할 때 매우 번거로울 것이다. 체계적으로 분류해서 보관해 두면 다시 찾아 복습할 때 편리하다. 도움이 될만한 분류법을 몇 가지 제시할테니 잘 활용하기 바란다.

❶ 과목별·항목별로 분류하여, 한 항목마다 하나의 카드 상자에 정리해 둔다.

❷ 국사나 세계사와 같은 역사과목은 연대순으로 정리해 둔다.

❸ 암기한 카드를 암기한 횟수에 따라 상자를 달리해 정리한다. 이렇게 하면 어느것이 가장 외우기가 까다로운지를 한눈에 알 수 있고, 나중에 지식을 확실한 것으로 하기 위해서 우선 횟수가 적은 카드를 중점적으로 보면 된다.

❹ 영어 단어나 숙어는 알파벳순으로, 국어나 사회·과학 등의 용어 카드는 가나다순으로 정리하는 것도 한 방법이다.

제10장

그룹학습법

1. 남을 최대한 활용하라!
2. 친구는 적이 아니라, 협조와 격려의 대상인 동반자이다
3. 그룹학습을 잘 하면 좋은 성과를 올릴 수 있다

1. 남을 최대한 활용하라

공부한다는 것은 어떤 정보를 입수하여 자기 것으로 만드는 일이다. 이를 위해서는 남이 습득한 지식이나 기술을 빌리는 것도 손쉬운 방법의 하나이다. 빌리는 상대방은 선생님·친구·선배·형제 등 우리 주위에 얼마든지 있다. 선생님이나 친구를 공부에 활용하면 두 가지 면에서 효과적이다.

첫째, 지식이나 정보를 다방면으로 많이 얻을 수 있다

한 인간이 읽을 수 있는 책의 수나 수집할 수 있는 정보의 양은 한정되어 있다. 더구나 현대는 책이나 잡지 · 인터넷 · 텔레비젼 · 라디오 등을 통하여 쏟아져 나오는 지식의 양이 막대하므로, 도저히 자기 혼자서는 모두 처리할 수 없다. 어느 정도는 남이 보고 들은 것을 전해 들을 필요가 있는 것이다. 또 자기는 이렇게밖에 알고 있지 않은 것도, 선생님이나 친구는 전혀 다른 각도에서 상상 밖의 이해를 하고 있는 경우가 가끔 있다. 이와 같이 어떤 문제에 대해 이렇게도 생각할 수도 있고 저렇게도 생각할 수도 있는 다각적인 이해를 하기 위해서도 다른 사람이 필요하다.

둘째, 공부하기 쉬운 심리상태를 조성할 수 있다

친구나 선생님과의 접촉이 여러분에게 주는 심리적인 영향은 크며, 이것을 잘만 활용하면 학습능률을 높여주어 여유있는 학창생활을 할 수 있다. 공부를 잘하는 친구는 물론, 비록 성적이 나쁜 친구도 활용하기에 따라서는 여러분의 공부를 보다 효율적으로 향상시키는 요소가 될 수 있는 것이다.

"무엇이든지 남에게 대접을 받고자 하는 대로 너희도 남을 대접하라!"

2. 친구는 적이 아니라, 협조와 격려의 대상인 동반자

내신성적이 입시에서 차지하는 비중이 매우 높기 때문에, 요즘의 중·고교생들은 노트를 빌려준다거나, 모르는 것을 가르쳐주는 일이 드물게 되었다고 한다. 옆의 친구를 협력의 대상이 아니라, 밟고 일어서야 하는 원수쯤으로 생각하는 모양이다. 집에서는 독선생을 모셔놓고 밤을 새워 공부하면서도, 학교에선 친구의 마음을 해이하게 만들기 위해 자기는 아무것도 모르는 체하기도 한다고 한다. 이것은 인간의 불신의 시초로, 학력의 저하와도 관계가 있는 매우 심각한 문제다. 이런 신뢰관계에서는 서로 상대방의 머리를 이용하기는커녕 다리를 잡아당기는 꼴이 된다. 이런 상태에서는 공부의 가장 효과적인 도구인 '인간'을 상실하게 될 우려가 있다. 이것은 큰 손실이다.

여러분의 적은 가까이 있는 친구가 아니라, 전국에 흩어져있는 수많은 수험생이며, 더 나아가 세계의 학생들인 것이다. 우리나라의 미래는 바로 여러분들의 손에 달려 있다. 날로 심각해져 가는 치열한 국제경쟁 속에서 자원이 부족한 우리나라가 부강조국으로 뻗어나가기 위해서는 여러분들이 서로 협력하면서 실력을 키워나가는 수밖에 없다. 그 방법과 이유는 다음과 같다.

첫째, 모르는 것은 자기와 비슷한 실력의 친구에게 묻고, 또 질문을 받으면 알고 있는 모든 지식을 동원하여 성심성의껏 가르쳐준다. '동병상련'이라는 말대로, 자기와 실력이 비슷한 친구가 자기가 겪은 골칫거리에 대해 어떻게 고심했는가에 대해 알 수 있고, 그 방법이나 사고방식을 배우는 것이 문제를 해결하는 데 가장 좋은 참고가 되는 것이다.

둘째, 자기보다 성적이 나쁜 친구나 하급생이야말로 가장 좋은 공부상

대이다. 성적이 좋은 학생은 당연히 성적이 나쁜 친구에게 이것저것 가르쳐 주게 되는데, 불확실한 지식으로는 상대방에게 알기 쉽게 설명할 수 없고, 가르치는 동안에 불확실하게 알고 있었던 점이나 자기의 약점을 알게 되기 때문에 본인에게도 큰 도움이 된다.

셋째, 친구의 상담자가 되면 자기는 고민하지 않아도 된다. 인간은 타인의 고뇌에 관심을 갖고 상담역이 됨으로써 자기 마음을 객관적으로 바라보는 힘이 생기기 때문에, 친구의 고민에 대한 상담을 하면서 그 해결방안을 같이 모색하는 동안에 고민은 사라지게 된다.

넷째, 말을 많이 하기보다는 남의 말 듣기를 잘하는 것이 중요하다. 이는 처세술의 제1원칙이기도 하지만, 친구나 선배의 두뇌를 이용하여 공부를 더욱 능률적으로 하기 위해서는 그들의 말을 경청할 필요가 있다.

3. 그룹학습을 잘하면 좋은 성과를 올릴 수 있다

[1] 그룹학습이란?

그룹학습이란 효율적인 학습을 위해 실력이 비슷한 두 사람 이상의 사람들끼리 모여 함께 공부하는 것을 가리키는 것으로 '협동학습'이라고 할 수 있다. 의도적으로 조직된 모임이라는 점에서 즉흥적이고 무계획적으로 급우와 학습문제를 논의하는 것과는 성격이 다르다. 이 그룹에 속한 회원들은 상호간에 학습에 도움이 될 자료나 정보를 주고 받는다.

[2] 그룹학습의 장점

(1) 협력정신을 길러 서로 도와줌으로써 학습능률을 높일 수 있다

친한 친구끼리 모여서 함께 공부하는 것은, 외롭고 힘든 수험생활에서 정신적으로 안정감을 주고 피로와 권태를 경감시킬 수 있다. 또 서로 설명을 주고받게 되어 혼자 공부할 때보다 더욱 이해가 깊어지고, 자기의 껍질에서 벗어난 새로운 사고방식을 흡수할 수 있다. 그뿐 아니라, 시험준비를 할 때 여러 사람이 여러 가지 각도에서 출제를 예상한 문제를 종합해서 공통점과 상이점을 찾아보면 시험문제에 적중할 확률이 높아질 것이다.

(2) 경쟁의식을 갖게 함으로써 학습동기를 높일 수 있다

학습동기의 부여는 학습능률을 높이는 최고의 원동력이 되는 것이다. 실험 결과, 경쟁이 없는 것보다는 경쟁이 있는 것이, 또 집단간의 경쟁보다는 개인간의 경쟁이 학습효과면에서 월등히 높다는 것이 증명되었다. 사람은 승패에 민감하다. 그래서 소그룹이라 할지라도 남에게 뒤지는 것을 불쾌하게 생각하게 마련이고, 다른 사람에게 뒤지지 않으려고 나태해지려는 자신을 채찍질하여 분발하게 한다. 입시뿐만 아니라 인생은 끊임없는 경쟁의 연속이므로 정정당당하게 싸우는 정신을 키우는 것은 승리의 비결일 뿐만 아니라 인생의 소중한 수양이기도 하다.

[3] 그룹학습의 단점

(1) 개인의 자유가 제한되므로 자기에게 가장 맞는 계획이나 학습방법을 사용할 수 없게 된다

가정에서의 학습은 가정의 특수사정이나 개인의 성격·학력의 정도에 따라 결정되는 것이므로 그룹학습은 가정학습의 본래의 형식은 아니다. 이 결점이 여러 가지 장점에도 불구하고 그룹학습이 많이 이용되지 않는 주요 원인이다. 그러나 그룹학습이 갖는 이 단점은 방법이나 운영 여하로 충분히 극복할 수가 있다.

(2) 그룹 멤버간의 학력차가 심할 경우에는 우수한 자의 학습에 방해될 우려가 있다

성적이 나쁜 학생이나 자신없는 과목의 학습에는 큰 효과를 올릴 수 있지만, 우수한 학생이나 자신있는 과목의 공부에는 손해를 볼 수도 있다.

(3) 적당한 지도자를 구할 수 없을 때에는 학습집단이 아니라 사교적 집회가 되기 쉽다

사람이 여럿이 모이면 많은 이야기를 하게 마련이고 놀기도 쉽다. 실제로 그룹학습을 처음 시작할 때에나 강력한 리더가 있을 때는 서로가 주의하고 긴장하여 면학의 분위기가 감돌지만, 시간이 많이 흐르고 또 강력한 리더가 없을 때에는 긴장이 풀어져, 공부는 제쳐놓고 잡담으로 시간을 보내거나 놀자판이 될 수도 있다.

[4] 그룹학습의 방법

(1) 그룹학습은 학습의 보조적 수단으로 이용한다

공부는 남이 대신 해줄 수 없는 자기 자신의 문제이다. 각자가 스스로에게 가장 적합한 계획과 방법에 의한 개인학습을 해서 그 결과를 정리하고 평가하기 위하여 가끔 집단적으로 그룹학습을 하는 것이 효과있는 방법이다. 그리고 특정의 경우 외에는 예습보다 복습에 치중하는 것이 좋다.

(2) 각 사람이 일정한 범위의 학습재료를 다같이 학습한 후, 의문점을 갖고 와서 토의하거나 중요사항을 이야기하며 서로의 의견을 교환한다

그룹학습에서는 학습 후에 반드시 전체적인 평가를 해야 한다. 때에 따라 상호 시험관과 수험생의 역할을 맡아 테스트를 행하는 것은 대단히 효과가 있다. 예컨대, 5명의 스터디그룹일 때, 학기말 수학시험에 대비하여 시험범위 안에서 각자가 예상문제를 10개씩 출제하여 서로 교환하여 풀어본다. 시험을 본 후 예상문제의 적중률이 가장 높은 사람에게 선물을 한다면 흥미도 있고 성적도 향상될 것이다. 아무튼 그룹스터디는 여러분의 무미건조한 수험생활을 지혜롭고 즐겁게 극복할 수 있는 획기적인 방안이 될 수 있을 것이다.

(3) 그룹의 편성에 특별한 주의를 해야 한다

1) 그룹 성원간에 심한 능력차·성격차가 없어야 한다.
2) 그룹학습의 목적은 각 구성원이 충분히 이해하여야 한다.
3) 구성원의 수는 너무 많지 않은 것이 좋다. 3~7명 정도가 좋다.
4) 그룹학습에 부적당한 성격이나 습관을 갖고 있는 사람은 참가시키지 않는다.
5) 적당한 리더가 한 사람 있어야 한다.

(4) 그룹학습의 장소는 어떤 일정한 장소가 있으면 항상 그곳을 이용하는 것이 좋 다

공부를 일정한 시간에 일정한 장소에서 행한다고 하는 것은 과학적 학습방법의 원리이기 때문이다. 그렇지 못한 경우에는 구성원 가정의 공부방을 윤번으로 이용하는 것도 좋다. 서로의 가정을 방문함으로써 친구간의 우의를 더욱 돈독히 할 수 있을 뿐만 아니라 공부장소의 변화로 신선한 느낌으로 공부할 수가 있다.

(5) 그룹학습을 하는 시간은 일주일에 2~3회, 한 번에 2~3시간 정도가 적당하다

이 계획은 때에 따라 변해서는 곤란하며, 한번 정해졌으면 각자가 충실하게 지키도록 노력하고, 위반시에는 철저한 징계가 있는 것이 좋다.

"비판치 말라 그리하면 너희가 비판을 받지 않을 것이요
정죄하지 말라 그리하면 너희가 정죄를 받지 않을 것이요
용서하라 그리하면 너희가 용서를 받을 것이요
주라 그리하면 너희에게 줄 것이니
곧 후히 되어 누르고 흔들어 넘치도록 하여 너희에게 안겨 주리라
너희의 헤아리는 그 헤아림으로 너희도 헤아림을 도로 받을 것이니라"
(누가복음 6:37-38)

제11장

슬럼프의 원인 및 극복법

1. 슬럼프란 무엇인가?
2. 슬럼프의 원인 및 대책
3. 슬럼프 극복법
4. 잡념퇴치법

1. 슬럼프란 무엇인가?

슬럼프란 어떤 일을 하다가 심한 부진의 늪에 빠져, 노력에 비하여 능률이 형편없이 저조하여 자신에 대하여 심한 회의에 빠지거나 의기소침해지는 상태를 말한다. 즉, 성적향상을 위해 몸부림치는 가운데 어느 수준에 선가 더 이상 전진하지 못하고 공부 자체가 싫어지고 짜증스럽고 답답, 초조, 불안해지는 상태가 장기간 계속되는 현상을 말한다.

이러한 현상은 학기초의 긴장됐던 마음이 더워지는 날씨와 더불어 나태해지면서 생기는데, '도대체 내가 뭐 때문에 이렇게 공부를 해야 하나, 지금 이 공부가 내 인생에 있어서 무슨 소용인가, 공부가 인생의 전부는 아니지 않은가?'라는 등의 본질적인 회의에 빠지게 되거나, '내가 여태까지 지속해 온 학습방법이나 학습서는 과연 적절한가?' 라는 생각이 들면서 남의 학습방법을 모방하거나 남이 쓰는 참고서를 들쳐보는 등 자꾸 변화만을 시도하여 규칙적이고 계획적인 학습은 깨어지게 된다. 이는 시시각각으로 쌓이는 스트레스의 누적에 의하여 나타나는 증후인 것이다.

(1) 슬럼프는 누구에게나 찾아오는 것

한 인간이 성숙되어 가는 과정은 매우 복잡하고 미묘하다. 인간은 성장하여 가면서 크고 작은 경쟁을 치르게 된다. 또 그럴 때마다 사람에 따라 다소의 차이는 있지만 누구나 정신적 부담을 안게 된다. 인간의 욕구는 끝이 없기 때문에 쉽게 채워지지도 않을 뿐 아니라 때로는 좌절을 경험하기도 한다.

인간이 태어나서 최초로 맞이하는 가장 큰 경쟁이 대학입시를 치르는 수험생들의 경쟁이라고 생각된다. 특히 학벌이 중요시되고 출신 대학, 학과가 장래에 큰 영향을 미치는 우리나라에서는 더욱 경쟁이 치열하다. 대학입시라는 숨막히도록 치열한 경쟁을 치르고 있는 고3 수험생과 한 번 실패의 쓴 맛을 보고 재기를 위해 몸부림치는 재수생들에게는 이런 경쟁을 이겨 시험에서 좋은 점수를 얻어 명문대에 합격해야만 한다는 정신적으로 무거운 부담을 안게 된다.

이런 상태에서 열심히 공부하는 강행군을 해 나가는 도중에 조금이라도 차질이 생기면 불안·초조해지는 나머지, 정상적인 생활에서 조금씩 이탈되어 가고 심리적 변화가 일어나는 신경증세가 나타나는데, 이것을 흔히 '고3병'이라고 말하고 있다. 또 이렇게 되면 공부가 잘 되지 않고 그러다가 시험에 좋은 성적이 나오지 않게 되면 실망하게 되고, 의기소침하게 되어 잡념이 많아지게 되고 정신적 갈등이 야기되어 공부에서 멀어지게 된다. 그래서 성적은 더욱 떨어지고…….

이런 악순환의 연속을 슬럼프에 빠진다고 말하고 있다.

보통사람이면 누구나 경험하는 일이지만, 수험생에게 있어 슬럼프는 적절하게 대응하지 않으면 식욕부진, 의욕상실, 노이로제의 정신질환, 우울에 빠지고 심신의 피로가 더하여져서 끝내는 병원을 찾게 되는 소홀히 할 수 없는 증후인 것이다.

(2) 슬럼프는 다음의 비약으로의 발판

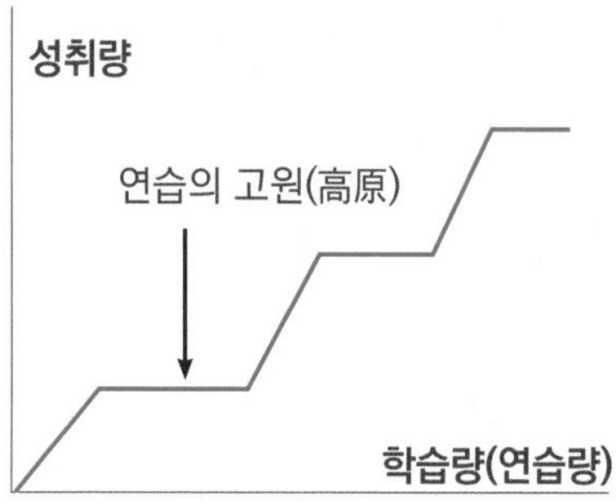

미국의 심리학자 브라이언은 학습한 양과 성취한 양의 관계는 정비례하지 않고, 그래프에서 보여주듯 누구에게나 꾸준히 공부한다 하더라도 학

습효과가 오르지 않을 때-슬럼프-가 있다고 한다.

이러한 상태를 심리학에서는 '연습의 고원(高原)'이라고 부르는데, 이것은 하급에서 상급으로 옮아가는 일종의 도약대로서, 어떤 기술을 습득하는 데 피할 수 없는 장벽인 것이다. 이때 어떻게 대처해 가느냐에 따라서 슬럼프가 실패의 나락으로 떨어지는 계기가 될 수도 있지만, '다음의 비약을 위한 발판'이 될 수도 있으니, 초조해하거나 불안해하지 말고, 평소에 소홀히 할 수밖에 없었던 건강관리에 신경을 쓴다거나, 침체된 기분을 전환시키기 위한 변화를 적절히 취해나가는 슬기를 가져야 한다.

슬럼프 기간은 도약을 위한 준비의 시기이며, 슬럼프의 극복은 보다 밝은 미래를 약속한다는 사실을 의심하지 말아야 한다.

(3) 슬럼프 자각증상의 체크

슬럼프라는 것은 언제 온다고 예고하고 오는 것이 아니다. 어느 날 갑자기 오기도 하지만 자기도 모르는 사이에 서서히 빠져들기도 하기 때문에 평소에 자신의 상태를 점검하여 미리 예방하는 것이 중요하다. 그러면, 먼저 자신이 슬럼프에 빠져 있는 상태인지 아닌지를 체크해보기로 하자. 다음의 항목에 대해서 현재 자기에게 해당하는 것을 체크해서 그 수를 합해보자.

1) 학습능률이 떨어졌다 ( )
2) 하찮은 곤란에도 기가 꺾인다 ( )
3) 멍한 채로 있거나 엉뚱한 일을 생각하곤 한다 ( )
4) 자신이 없어졌다 ( )
5) 공부에 대해 견디는 힘이 없어졌다 ( )
6) 금방 피곤해진다 ( )
7) 공부하는 것이 괴롭다 ( )
8) 공부하기가 귀찮다 ( )
9) 요즘 왜그런지 초조하다 ( )
10) 식욕이 부진하다 ( )

11) 진학하는 의미를 알 수 없게 되었다 ( )
12) 이런 짓을 하고 있으면 안된다고 생각하곤 한다 ( )
13) 인내력이 없어졌다 ( )
14) 자기에겐 능력이 없다고 여기게 되었다 ( )
15) 마음이 약해졌다 ( )
16) 모든 것에 대해 소극적이 되었다 ( )
17) 사소한 일에도 초조해 한다 ( )
18) 경쟁심이 없어졌다 ( )
19) 집착력이 없고 일을 중도에서 포기한다 ( )

이상의 체크리스트(Check List) 가운데서 자기에게 해당되는 것이 15개 이상이면 현재 슬럼프에 빠져있는 상태이므로 곧바로 적절한 조치를 취할 필요가 있다. '10-14'인 사람도 역시 장애에 충돌하고 있는 상태이므로 이것도 어떤 조치가 필요하다. '5-9'의 사람은 약간 성적이 좋은 상태로 장애를 향하고 있는 사람과 장애를 통과해서 호조를 되찾는 과정에 있는 사람의 경우이다. '0-4'의 사람은 현재 절호의 상태에 있는 사람이다.

2. 슬럼프의 원인 및 대책

길고 지루한 수험생활을 하는 수험생이라면 누구에게나 찾아오는 슬럼프를 극복하기 위해서는 먼저 왜 그런 슬럼프가 생기는지 그 원인에 대하여 정확한 지식을 갖는 것이 중요하다.

인간의 정신은 일년 내내 긴장하고 있는 것은 아니며, 개개인이 제각기의 특정한 리듬에 따라 긴장과 이완을 되풀이한다. 정신이 긴장되고 있을 때는 어려운 문제에 부딪쳐도 해결이 가능하며 자신이 붙게 되지만, 반대로 이완되고 있을 때에는 쉬운 문제라도 웬지 풀 수 없게 되고 자신을 잃게 된다. 이러한 일시적인 장애가 반복되면 점점 슬럼프에 빠지게 된다. 그러므로, 수험생들이 장애에 부딪치고 있는 원인을 파악하여 그 장애를 없애는 것이 슬럼프를 돌파하는 지름길이다.

(1) 교과목의 기초 지식이 없을 때

공부가 잘 되지 않는 원인 중에서 가장 큰 원인은 교과목의 기초지식이 없을 때이다. 자신의 수준에 맞지 않는 책을 들고 앉아 끙끙거리다 보면 진도는 제대로 나가지 않고 스트레스만 받게 된다.

따라서 이럴 때는 욕심을 버리고 현재 공부하는 교재의 수준을 낮춰서 기초를 공략하는 데 역점을 두어야 한다. 각 교과 단원 중 어려운 부분은 정신집중이 잘 되는 황금시간대에 공부하면서, 서브노트를 작성하는 것이 좋다.

(2) 과다한 의욕과 무리한 계획

획기적인 실력향상을 위해 수면시간을 줄이고 학습시간을 너무 많이 늘리는 등 학습목표를 지나치게 높게 잡으면, 실패만 거듭하게 되고 마침내는 자신감을 상실하는 어리석음에 도달하게 된다.

이와 같이 학습목표가 과다하여 자신의 능력으로 이겨내지 못할 때 나타나는 슬럼프는 학습계획을 재조정하거나 학습교과를 흥미있게 배정함으로써 해결해 나갈 수 있다. 즉, 처음부터 목표를 높게 세우는 데 집착하지 말고 낮은 목표를 성취해가는 과정을 통하여 성공에 대한 자신감을 갖는 것이 슬럼프를 예방하는 좋은 방법이다.

(3) 자신의 능력에 대한 열등감

사람은 누구나 다른 사람보다 열세에 놓여 있다고 생각하는 점이 한두 가지는 있게 마련이다. 그러나 열등감으로 괴로워하고 있는 것만으로는 진보할 수 없다. 프로이드의 제자 아들러가 "열등감을 가지고 있기 때문에 그것을 뛰어넘으려고 애를 씀으로써 사람은 성장하는 것이다."라고 했듯이, 열등감은 인간을 노력으로 이끌어 들이는 에너지라는 말이다.

옛날 아테네의 데모스테누스는 심한 말더듬이었으나 그 말더듬을 고치려고 작은 돌을 입에 물고 지껄이는 연습을 꾸준히 한 결과 아테네의 제일가는 웅변가로 탈바꿈한 사실이 말해주듯이, 열등감으로 인한 마음을 노력에로의 에너지로 승화시키는 것이 열등감으로 인한 슬럼프에 빠지는 것을 예방하는 길이다.

(4) 마음먹은 대로 성적이 오르지 않을 때

나름대로 열심히 공부한다고 생각하는데도 성적이 오르지 않을 때는 짜증이 나고 공부하기 싫어진다. 특히, 학습방법이 자기의 성격이나 기질에 맞지 않을 때, 공부하는 장소나 시간대가 적절하지 않을 때, 도중에 바꾼 학습법이나 계획이 잘 진행되지 않을 때 스트레스가 쌓이고, 그것이 누적되면 슬럼프에 빠지게 된다.

그러므로 열심히 공부하는데도 성적이 오르지 않는 원인이 초등학교 때부터 누적되어온 학습결손 때문인지, 아니면 잘못된 학습법 때문인지 그 원인을 분석하여 적절한 대책을 세워야 한다.

(5) 건강이 나빠졌을 때

건강이 나빠지면 만사가 귀찮아지고, 두뇌의 회전도 느려져 학습능률이 오르지 않아 슬럼프에 빠지게 된다. 때문에 건강이 나빠진 원인을 조속히 찾아내서 공부보다 우선적으로 건강을 회복시켜야 한다. 육체의 건강도 중요하지만 정신의 건강을 위해서 늘 밝고 긍정적인 사고방식을 갖도록 하며, 올바른 식생활과 적절한 운동, 휴식 등으로 최상의 컨디션을 갖추도록 노력해야 한다. 또한 지속적으로 좋은 컨디션을 유지하기 위해서 부작용이 없고 성분과 효능이 탁월한 건강보조식품을 꾸준히 섭취하는 것도 필요하다.

(6) 정신적인 싫증과 육체적인 피로

단조롭고 답답한 수험공부의 반복으로 공부가 싫어지고, 지나친 학습, 과밀한 스케줄 등으로 육체의 피로가 쌓이게 되면 학습능률이 떨어진다. 능률이 오르지 않으면 쉽게 회의에 빠지고 의기소침하게 되어, 대부분 잠이 많고 피로회복이 느리며, 책상 앞에 앉으면 잠이 먼저 와서 공부에 집중할 수 없게 된다. 이러한 적신호를 무시하고 무리하게 공부를 지속하면 슬럼프에 빠지게 된다. 이럴 때는 얼마간 공부를 중단하고, 흠뻑 땀을 흘릴 정도로 운동을 하거나, 내용이 즐겁고 해피엔딩으로 끝나는 연극이나 영화를 보는 것이 좋다. 또는 하루 정도 허리가 뻐근할 정도로 실컷 잠을 자는 것도 좋은 슬럼프 해결책이 될 것이다.

두뇌는 '우뇌'와 '좌뇌'로 이루어져 있는데. 공부에 너무 시달리면 '좌뇌'에서 피로를 많이 받아 공부가 싫어진다. 그런데 운동, 오락, 정서생활을 하면 우뇌에서 피로가 나타나 좌우뇌가 균형을 이루게 된다. 이와 같이 좌우뇌의 균형적 피로가 생겨날 때 다음 학습을 위한 활력소가 생기는 것이다.

(7) 인간관계의 스트레스

대인관계가 원만하지 못할 때 심한 스트레스를 받는다. 특히 선생님과의 잘못된 인간관계는 그 과목 자체에 흥미를 잃게 만든다. 그밖에 친구관계, 선후배관계, 이성교제, 가족관계 등은 공부에 직·간접으로 영향을 준다. 싫어하는 선생님이 있을 경우에는 용감하게 그 선생님을 찾아뵙고 솔직한 대화를 나누는 것이 좋다. 가깝게 대화를 나눔으로써 잘못된 오해를 풀 수 있고, 그 선생님에 대한 새로운 장점을 발견할 수 있기 때문이다.

그리고, 만남이 잦으면 다툼과 갈등도 그만큼 많아지는 법, 수험기간 중에는 되도록 지나친 교제는 삼가는 것이 좋다.

(8) 환경의 변화

인간은 주위 환경으로부터 필연적으로 스트레스를 받기 마련이다. 학생에겐 가정, 학교, 사회 등등의 분위기가 공부에 직접적인 영향을 준다. 특히 가정형편 등이 갑자기 크게 달라졌을 때 스트레스가 생기기 쉽다. 그러나 변화무쌍한 이 세상에서 이상적인 환경을 갖춘다는 것은 불가능하다. 여러분 자신이 더 능동적이고 탄력성을 가진, 다시 말하면 적응력이 강한 사람이 되는 것이 스트레스를 줄이는 길이다.

(9) 잘못된 생활습관

책상 앞에 오래 앉아 있을 수 없는 평소의 습관 때문에 슬럼프에 빠지게 되는데, 그럴 경우에는 책상에서 떠나지 않는 습성을 기르기 위하여 책상위를 새롭게 단장하고 공부방 환경 꾸미기에 신경을 쓰도록 한다. 즉, 책상의 위치를 바꿔보고, 커튼 색깔도 변화시키며, 벽지 색깔도 바꿔보면 공부방의 분위기가 새로워져 새로운 의욕이 나게 된다.

3. 슬럼프 극복법

(1) 슬럼프를 자연적인 현상으로 받아 들이라

슬럼프는 치열한 입시경쟁 속에서 누구나 겪게되는 자연적인 현상이다. 공부를 하다가 공부에 싫증을 느끼게 된다거나 성적이 떨어지는 것은 누구에게나 나타나는 현상으로 슬럼프 자체를 두려워해서는 안 된다. 슬럼프는 대부분의 사람들이 거쳐가는 하나의 시련이며 이런 시련을 통하여 인간은 단련이 되는 것이다. 마치 길을 걸으면 휴식이 필요하고, 낮에 일하고 밤에는 잠을 자야 하는 것처럼 공부에서 생기는 슬럼프는 자연현상이므로 곧 회복될 수 있다는 생각을 갖고 휴식과 안정으로 극복해 나가는 자세가 필요하다.

(2) 슬럼프에 빠졌을 때는 자신있는 과목의 복습에 전력하라

한번 슬럼프에 빠지게 되면 아무래도 공부가 잘 되지 않고, 그런 만큼 초조해지므로 공부는 더욱더 되지 않는 악순환에 빠지기 쉽다. 이럴 때는 자기가 가장 잘 집중할 수 있는 좋아하는 과목에 마음을 쏟아 초조한 기분

을 털어버려야 한다. 그리고 새로운 부분을 예습하기보다는 이미 배운 부분을 복습하는 것이 좋다.

지금 당장 '공부가 되지 않는다'고 고민하지 말고, 이제야말로 잘하는 과목을 더욱 잘할 수 있는 기회라고 생각하고 자신있는 과목의 학습에 매진하라. 슬럼프 해소는 물론 잘하는 과목을 더욱더 충실히 다짐으로써 새로운 자신감을 얻는 일석이조의 효과를 볼 수 있다.

(3) 성공적인 영상을 잠재의식에 심도록 노력하라

인간에게는 추감성(推感性)이 있어 어떤 일에 대하여 그 결과를 예측하는 신비스러운 염력이 있다. 그런데 대부분의 사람들에게 이 추감성은 불안하게 작용하는 힘이 강하며, 추감성이 나쁘게 작용할 때 예기공포가 일어난다. 이러한 예기공포를 극복하기 위해서는 불길한 이미지를 벗어버리는 연습이 필요하다. 즉, 잠재한 불안의식을 유도해 내서 밖으로 표출시키고 긍정적인 이미지를 연상시켜 좋은 감정으로 기분을 유도한다. 좋은 결과를 예측하면 자신도 모르는 사이에 자신감을 갖게 된다. 너무 완벽을 기대하지 말고 자기 자신의 좋은 이미지, 성공적인 영상을 심도록 항상 노력해야 한다.

상상력은 의지력보다 강하다. 시험을 잘 보게 되어 칭찬받는 상상을 해보며 또 대입시험에서 좋은 점수가 나와서 평소에 염원하던 대학에 들어가 캠퍼스 안을 누비고 다니는 상상을 계속해보라. 틀림없이 여러분의 상상대로 그렇게 될 것이다.

(4) 일지(日誌)를 써라

일지(日誌)는 왠지 부담스러운 일기(日記)와는 달리 가벼운 마음으로 그날의 지내온 상황을 기록해두고 다음 날의 해야 할 일을 메모하는 것이기 때문에 가벼운 마음으로 쓸 수 있다. 예컨대, 내가 오늘 몇 시에 일어났고, 몇 시부터 몇 시까진 뭘 했는지에 대해 적고, 그 아래에는 시간을 어떻게 보냈는지 자기 나름대로의 간단한 평을 적는다. 유용하지 못한 시간이었으면 반성의 글로 자신을 채찍질하고, 알찬 시간이었으면 기쁜 마음으로 자신을 격려한다. 이렇게 하면 더더욱 시간을 쪼개서 계획적으로 쓸 수 있다. 무작정 책만 붙들고 앉아 시간만 죽이는 것이 아니라 되도록이면 계획에 맞추려고 애를 쓰게 되어 자연히 집중도 잘될 뿐 아니라 잡념을 없앨 수 있다.

(5) 빈틈을 주지 말고 계속 힘차게 밀어붙여라

바쁜 꿀벌은 슬퍼할 틈이 없다고 한다. '슬럼프는 배부르고 게으른 놈에게나 오는 것이지, 나같이 목표가 확실하고 갈 길이 바쁜 사람에게 슬럼프란 사치스런 존재이다.'라고 생각하면서 계속 밀어붙이는 것도 좋은 방법이 될 수 있다. 말하자면, 슬럼프란 괴물이 비집고 들어올 틈을 주지 말고 시종일관 줄기차게 공부해 나가는 것이 슬럼프를 예방하는 최선의 방법일 것이다.

4. 잡념퇴치법

잡념은 어떤 일이나 생각을 할 때 이를 방해하는 쓸데없는 잡다한 생각을 말하며, 이는 누구에게나 이따금 일어나는 것이다. 잡념은 물론 쓸데없는 생각이지만 우리 생각의 일부임에 틀림없다.

(1) 잡념은 이래서 생긴다

정신집중이 필요할 때 왜 쓸데없는 생각이 기승을 부리는 것일까? 이것이 심리의 묘한 점이다. 정신집중이란 어떤 한 가지 대상에 정신을 쏟는 것을 말한다. 이에는 정신적 에너지가 필요하다. 다른 곳에 할당되었던 정신적 에너지가 한 곳으로 동원되어야 한다. 그러기 위해서는 긴장이 요구되고 그런 긴장은 우리의 몸과 마음에 다소의 불안과 불쾌감으로 작용한다. 긴장하면 우리의 사지나 내장 등이 수축된다. 다시 말해 굳어지는 것이다. 이런 긴장이 오래 지속되면 심신은 피로를 느끼게 되고, 심신의 여러 기능이 제대로 기능을 발휘할 수 없게 된다. 이를 정신의학적으로 '심신의 적응부전(適應不全)'이라고 한다.

우리의 심리 밑바탕에는 현실원칙과 쾌감원칙이라는 것이 있다. 현실이 불안하고 긴장이 요구될 때에는 현실을 도피하고 쾌락을 향하려는 마음이 작용한다. 그러기에 시험이라는 현실이 닥치면 이에 따른 긴장이나 불쾌감을 기피해 볼 양으로 졸음이 쏟아지거나 시험이라는 현실을 잊기 위해서 여러 가지 생각이 떠오른다.

(2) 강박의 끈을 놓아라

잡념을 없애려는 마음은 누구에게나 있다. 하지만 없애려는 데 너무 집착하면 강박의 끈에 매달리는 꼴이 된다. 강박의 끈을 놓아야만 잡념은 줄이 끊긴 풍선처럼 공중으로 날아 사라지는 것이다. 잡념이 떠올라서 공부를 못하는 경우엔 잡념을 쫓으려 안간힘을 쓰지 말고, 떠오르는 대로 내버려두는 것도 한 방법이다. 처음엔 물론 바로 효과를 보지 못할는지 모른다. 아니 처음엔 잡념이 더욱 기승을 부려 초조·불안이 더할지도 모른다.

그러나 잡념이란 쓸데없는 생각에 집착하는 마음이니까 강박증세를 없애면 없어지는 것이다. 잡념이 생기면 곧 강박이 이를 확인하고 쫓아내려 들고 그것이 곧 다시 다음 강박을 재촉한다. 이런 강박의 악순환을 없애기 위해서는 잡념을 떠오르는 그대로 놓아두면 끝내는 제풀에 사라진다.

(3) 울적 감정을 승화시켜라

잡념을 퇴치하는 데는 선행하는 심신의 컨디션도 중요하다. 이에는 공부하는 환경의 문제, 졸음과 피곤의 문제, 그밖에 억압되어 있는 미해결의 갈등의 문제 등이 있을 것이다.

첫째, 환경문제인데 공부하는 분위기를 조성하는 것이 급선무다.

공부하는 환경은 물론 조용하고 쾌적한 것이어야 하겠지만 경우에 따라서는 반드시 그렇지만도 않다. 혼자일 때 능률이 오르는 사람도 있지만 때로는 음악을 틀어놓는다든지 약간의 사람들이 드나드는 환경 속에서 오히려 잡념이 떠오르지 않고 주의집중이 되는 사람도 있다. 요는 환경이라해서 판에 박은듯 조용하고 혼자여야 된다는 법은 없다. 각자 개성에 따라 알맞은 환경을 고를 수밖에 없다.

둘째, 졸음이나 피곤은 확실히 정신집중을 방해하는 요소의 하나다.

목표를 관철하려는 수험생이라면 다소의 피곤과 수면부족은 예상할 수 있다. 다만 그런 피곤과 졸음을 적절히 처리하기 위해서는 평소의 생활리듬을 잃지 말아야 한다. 벼락치기식의 며칠간의 밤샘이라든지 무리한 목표설정때문에 언제나 짓눌린 기분의 공부라면 잡념뿐 아니라 기억력감퇴 등으로 정신집중이 방해받게 마련이다. 수면이 부족해서 졸음이 오는 경우엔 낮에 잠깐씩이라도 앉아서 눈을 붙이는 습관을 들여보는 것도 좋다.

셋째, 성적 욕구의 지나친 억압도 권태나 우울감을 야기할 수 있다.

이런 성적 욕구를 합리적인 방향, 예를 들어 운동이나 레크레이션 또는 음악감상 등으로 승화시키는 것이 보다 바람직스럽지만, 이밖에도 적절한 방법으로 성적 욕망을 처리한다는 것은 체내의 울적 감정을 발산시키고, 좀더 거뜬한 마음으로 공부에 임하게 하는 방법일 것이다. 자위행위는 결코 육체적으로나 정신적으로 해로운 것이 아니다. 단지, 그것에 지나치게 탐닉하여 자주 그런 행위를 하는 것과 자위행위가 도덕적으로나 육체적으로 나쁜 것이라는 생각이 해를 끼칠 수 있는 것이다.

제12장

단시간 수면법

"잠을 지배하는 자만이 인생을
성공으로 이끌 수 있다."

잠잔 시간은 영원히 잃어버린 시간이다.
그것은 다시 돌이킬 수 없는 시간들이다.
황금같은 시간을 수면의 강에 헛되이 버리지 말아라 !
단시간 수면법!
그것은 천재들 중에서 천재를 선택해 내는
가장 확실한 하나의 방법이요, 승리에의 길이다.
만일 이 책에서 얻은 새로운 지혜로써 공부한다면, 수많은 경쟁자를 물리치고 어려운 시험지옥을 돌파할 수 있을 것이며, 그대에게 내일의 행복과 영광이 깃들 것이다.

1. 수면이란 무엇인가?

(1) 수면은 육체계·자율신경계·두뇌계 3종류의 계통이 쉬는 것

인간도 동물로서 활동하는 존재이며 이 활동의 주체는 근육이다〈육체계〉. 이 근육이라는 것은 그 움직임을 규제하고, 정감·사고·판단 등의 기능을 하는 계통〈두뇌계〉와 그 움직임에 필요한 에너지를 공급하고 폐기물을 없애는 작용을 하는 계통〈자율신경계〉로부터 제어받고 있다.

자율신경계는 인간의 의지와 관계없이 반응하는 기관 〈ⓐ 호흡기계 ⓑ 순환기계 ⓒ 소화기계〉을 지배하는 신경으로서 교감신경과 부교감신경이 길항적으로 작용한다.

잠이란 이들 3종류의 계통이 쉬는 것을 뜻하며, 그것들의 연계에 있어서 평형을 조정하는 시간이다. 그러므로 수면이란 단순한 휴식이라기보다, 눈을 떴을 때 효율있게 활동할 수 있도록 하기 위한 일종의 준비태세라고 생각하는 것이 타당하다.

(2) 수면은 내일의 삶을 위한 힘을 기르는 활력의 샘

수면은 오늘의 피로회복이라는 의미뿐 아니라 내일의 삶을 대비하여 힘을 기르는 활력의 샘이다. 수면이 부족하면 두통·흥분·시력착란·위축감·사고장애를 일으키고 사물이 두겹으로 보이기도 한다.

90시간 이상 수면을 취하지 않게 되면 환각에까지 빠지게 된다. 대개, 안면가(安眠家)들은 명랑하고 자신에 차 있으며 또 적응력도 높다. 반면 안정된 수면을 취하지 못하는 사람들은 결단력이 약하고 매사에 주저하며 불안정하다는 것이 과학적 조사에서 입증되고 있다.

(3) 수면은 손에 앉은 비둘기

수면은 손에 앉은 비둘기와 같은 것이어서, 조용히 있으면 손에 앉아 있지만 잡으려고 하면 날아가 버린다. 졸음이 왔을 때 자연스런 기분으로 그것을 받아들이면 수면은 자기의 것이 되지만, 그것을 억지로 거머잡으려고 하면 도리어 잠은 달아나고 만다.

(4) 꿈과 수면과의 관계

꿈이 인간의 정신생활에 어떤 의미를 갖고 있는지는 모르더라도, 꿈은 건강한 수면에는 필수적이라는 것은 밝혀져 있다. 꿈은 인간의 학습행위의 특별한 종류로 볼 수 있으며, 생체가 생활에서의 긴장을 극복하기 위해 그의 수용력을 중단시키는 수단인 것이다. 꿈을 꾸지 않고 수면을 취한다는 예는 그가 꿈을 꾸고 곧 잊었기 때문이다.

모든 사람이 수면중에 꿈을 꾼다는 사실은 실험으로 입증된 사실이다. 그것도 하룻밤에 여러 차례에 걸쳐 대개 90분 정도 꿈을 꾼다고 한다. 지난밤에 한잠도 못 잤다고 하는 사람의 경우도 사실은 상당한 시간 잠을 잤는데, 단지 그가 거의 깬 상태로 밤을 지내는 시간이 많았거나 또는 그가 깨어 있다고 꿈을 꾸었기 때문이다.

2. 잘못된 수면상식

(1) 하루에 8시간을 자지 않으면 건강에 해롭다 ?

"하루 8시간을 자지 않으면 건강에 해롭다."는 것은 근거없는 낭설이다. 수면은 양보다도 질이 중요하다. 수면의 질이 좋지 않으면 하루종일 이부자리속에서 뒹굴어도 충분히 잤다는 생각이 들지 않지만, 수면의 질을 매우 좋게 한다면 3~5 시간의 짧은 수면으로도 상쾌한 심신의 상태를 얻을 수 있다.

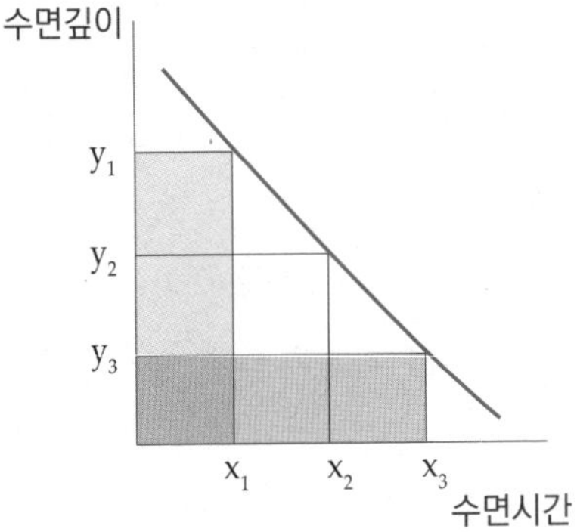

[수면량]

그래프와 같이 수면의 깊이가 깊을수록 수면시간이 짧아도 충분한 수면을 취하게 된다. 그러나 수면의 깊이가 낮으면 수면시간을 아무리 늘인다 해도 충분한 수면을 취하기가 어려워진다. 그러므로, 잠들고 있는 시간만은 그야말로 육체의 모든 신경이 휴식을 취하여 마치 죽음과 같은 경지에 들어가야만 좋은 것이다. 비록 수면시간이 짧아도 완전수면 즉, 죽음과 같은 아주 깊은 숙면(熟眠)이 이루어진다면 질이 좋지 않은 수면보다 몇 갑절이나 피로의 회복이 빠르다.

(2) 배가 불러야 수면이 잘 된다?

"배가 불러야 수면이 잘 된다."는 것은 엄청난 잘못이다. 왜냐하면 위와 뇌는 불가분의 관계에 있기 때문에 위가 힘든 일을 하고 있을 때에는 뇌도 마찬가지로 일을 하고 있다. 그래서 잠들 무렵에는 반드시 '공복'상태를 유지하는 것이 수면의 질을 높이는 가장 기본적이면서도 필수불가결한 요소이다.

그러나 배가 너무 고파서도 숙면을 취할 수 없다. 배가 고플 때는 혈액중의 영양분의 양이 저하해서, 그 경고신호가 뇌로 올라가 교감계의 활동을 끌어내려 흥분시킨다. 밤중에 배가 고프면 두유나 스프, 죽(깨죽·잣죽·호박죽 등) 등과 같이 유동적이며 영양가가 많은 음식을 적당하게 먹는 것이 좋다. 양이 많지 않으면 금방 잠자리에 들어도 자동적으로 위장이 소화시켜 준다. 과자·빵·초콜릿·커피 등은 먹지 않는 것이 좋다.

(3) 푹신한 침구에서 푸근한 잠을 잘 수 있다?

"푹신한 침구에서 푸근한 잠을 잘 수 있다."는 것은 신체의 역학적인 구조에 대한 지식의 결여에서 나온 망설이다. 지나치게 부드럽고 푹신푹신한 요를 깔고 자게 되면 배골(背骨)의 만곡이 심해짐은 두말 할 나위 없다. 사람은 잠들고 있는 동안 울혈이나 피로를 자연교정하기 위하여 하룻밤에 20~30회, 많을 때는 40~50회 몸을 뒤집고 또 모로 눕는 습성이 있다. 이 습성에 대한 학자의 실험보고에 의하면, 지나치게 푹신한 침대에서는 반듯이 누운 시간이 8%밖에 되지 않으나, 얇은 요 위에서는 30%이상 반듯이 눕는다고 한다.

수면이 인체의 건강에 필수불가결의 요소인 만큼, 침구는 평생 동안의 건강관리에 필수적인 중요조건이다. 숙면을 위해 이상적인 침구의 조건을 살펴보기로 한다.

첫째, 침대에서 자는 것보다 바닥이 따뜻한 온돌에서 자는 것이 더 좋다. 요는 목화솜으로 만들되 너무 두껍지 않게 한다. 침대생활에 익숙해진 사람은 온돌바닥에서 자는 것이 익숙해질 때까지 쿠션이 거의 없는 침대를 사용하거나, 온도 조절이 가능한 돌침대를 사용한다.

둘째, 이불은 가볍고 보온이 잘 되는 것이 좋다. 겨울에는 솜이나 오리털 이불, 여름에는 면이나 삼베 이불이 좋다.

셋째, 베개는 눌러서 6~8cm의 높이가 적당하고, 약간 넓은 것이 좋다. 최근에는 한방베개·물베개·고무베개·오리털베개 등 각종 건강베개가 시판되고 있으나, 메밀껍질을 넣은 전통적인 베개가 가장 우수하다는 연구 결과가 있다.

"항상 오늘을 위해 일하는 습관을 가져라.

내일은 저절로 온다.

그와 동시에 내일의 새로운 힘도 따라온다."

-힐티

Yesterday is History.

Tomorrow is Mystery.

Today is the Gift given by God.

That is Why we call it Present.

3. 성공적인 수면 기술

하루를 얼마나 충실히 보내는가는 전날의 수면의 상태에 의해 결정되어 진다고 할 수 있다. 활기차고 의욕적인 학습생활을 위해서는 질 좋은 숙면이 필수불가결의 요건인 만큼 성공적인 수면기술을 익히는 것은 어떤 공부방법을 익히는 것보다 기본적이며 중요한 일이다.

성공적인 수면이란, 어떠한 장소에서든지 가기가 자고 싶을 때 빨리 그리고 깊이 잠들 수 있는, 말하자면 수면을 자신의 마음대로 조절할 수 있는 능력을 말한다. 성공적인 수면 기술의 목표는 앞에서 지적하였듯이, 두뇌와 육체 및 자율신경을 동시에 휴식시키는 것이다.

[1] 신체활동 도표를 이용해서 수면을 설계한다

시간은 황금이며 운명을 좌우하는 귀중한 재산이기에, 한정된 시간 내에 가장 효과적인 수면을 취하지 않으면 안된다. 이를 위해서 우선적으로 여러분들이 해야 할 것은 자신의 신체활동의 도표를 만들어 하루 중에서 어떤 때가 가장 활동능률이 오르며, 어떤 때가 가장 능률이 저하되는가를 잘 살펴보아야 한다. 그리하여 일찍 자는 형인가 늦게 자는 형인가 그리고 어떤 잠의 형을 가지고 있는가를 종합해 본다.

신체활동 도표를 이용해서 효과적인 깊은 수면을 가져오는 기술의 기본은 다음의 세 가지로 요약된다.

첫째, 신체활동의 도표를 잘 살펴서 신체활동이 저하되어 가는 때와 맞추어서 수면을 설정한다. 만약 그 저하되어 가는 때가 자신이 수면해야 할 시간과 합치된다면 설혹 잠들기가 좀 어려워도 머리를 약간만 쉬게 하면 곧 잠에 빠지게 된다.

둘째, 잠자리에 드는 시각에 신체활동 수준이 아직 높은 경우에는 될 수 있는 한 신체활동 수준이 낮은 곳까지 끌어내린다. 이것은 수면의 형을 고쳐나가는 방법이다.

셋째, 전면적으로 신체활동 도표를 개조하거나 바꾸어간다. 늦게 자는 사람은 빨리 자는 형으로 바꾼다든지, 하루의 생활 중에서 낮잠을 적극적으로 취한다든지 해서 생활을 둘로 나누기도 한다. 이것은 수면시간을 보다 적극적으로 단축시키려는 목적을 가진 사람들을 위한 방법으로 신체활동의 도표를 특수형으로 만드는 방법이다.

[2] 수면형을 일찍 자고 일찍 일어나는 밤형으로 전환한다

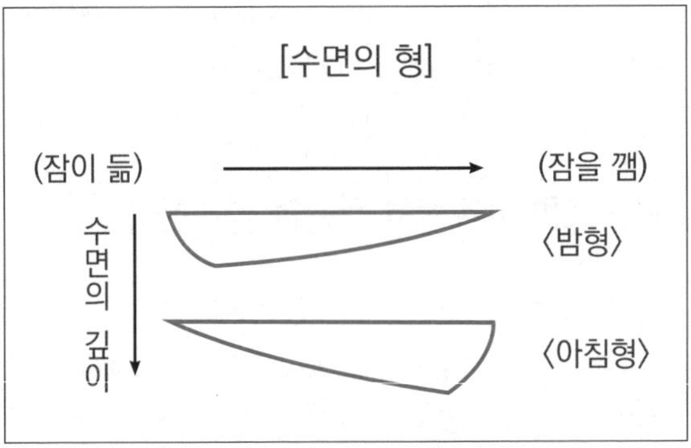

[수면의 형 그래프]

수면의 기본적인 형에는 '아침형'과 '밤형'의 두 가지가 있다는 것은 실험심리학자의 연구결과로 알려진 사실이다. 그 실험은 소리·빛·기타 여러 가지 자극을 잠이 든 후에 여러 가지 시간 간격을 두고 잠이 깰 때까지에 소요된 자극의 양으로 수면의 깊이를 조사한 것이다. 그 결과 그림에 나타는 두 가지 형이 있음을 알아냈다.

밤형은 잠이 든 후 3~4시간까지의 사이에 가장 깊은 시기가 오며 그 후에는 점점 얕아지는 형이고, 아침형은 그 반대로 잠이 들어서 훨씬 늦게 되어야 깊은 잠에 드는 형이다. 밤형은 일찍 자고 일찍 일어나는 형-새벽에 공부하는 형이며, 아침형은 밤늦게 자고 아침늦게 일어나는 형-밤에 공부하는 형이다. 학습 효과와 능률 면에 있어서 다음과 같은 이유로 밤형이 더 유리하다.

첫째, 아침에 일찍 일어나는 것은 하루의 활동을 능률적으로 행하는 데 중요하다. 밤형은 일찍 자고 일찍 일어나기 때문에 하루를 일찍 상쾌하게 시작할 수 있고, 또 일반 사람들의 생활리듬과 일치하므로 다른 사람들과의 생활과 엇갈리는 데서 오는 장해나 저항감이 적다.

둘째, 밤늦게 공부하는 형은 아침에 기분좋게 일어날 수 없으며, 낮의 수업시간 중에 졸음이 오기 쉽다. 수업은 학습의 중심이 되는 것이므로 그것을 효과적으로 활용할 수 없게 된다면 커다란 손실이다.

셋째, 대학입시를 비롯한 모든 시험은 낮에 행해지는 것이므로, 밤늦게 공부를 계속한 사람은 시험중에 두뇌의 컨디션이 나빠 맘껏 실력을 발휘할 수가 없다.

[3] 규칙적인 운동을 하여 육체를 적당히 피로케 한다

하루종일 논과 밭에서 일한 농부에게 '불면'이란 단어는 없다.

체육시간이 있는 날이나 운동경기를 한 날, 또는 등산이나 소풍 등을 다녀온 날의 밤엔 매우 달콤한 잠을 자게 된다는 경험은 누구나 갖고 있을 것이다. 완전한 숙면 즉, 건강하고 질좋은 수면에 필수적인 것이 마음과 육체의 적당한 피로감이다. 빨리 깊이 잠들 수 있을 정도 만큼의 적당한 피로가 필요한데, 이를 위해서는 열심히 살아야 함은 물론이며, 짧은 시간이나마 매일 규칙적으로 운동을 해야 한다. 또한 일 주일에 한 번 정도는 땀을 흠뻑 흘릴 수 있는 운동을 하는 것이 좋다.

〈생체시계〉

"오전 10시 기억력 가장 왕성"

- 밤엔 이해력의 반대 신진대사 … 학습능률 떨어져 -
- 공부 낮시간 이용, 운동연습은 초저녁이 효과적 -

"우등생이 되고 싶거나 슈퍼스포츠스타가 꿈이거든 생체시계를 독파하고 실천하라." 요즈음 우리 몸안에 들어있는 생체시계의 중요성이 부각되고 있다. 시간생물학자들은 24시간 주기의 생체시계는 오전중에 짧은 기간의 기억력이 최고치를 나타내고, 오후에 손재주가 절정에 이르며, 또한 운동선수는 초저녁에 연습하는 것이 하루 중 가장 기록향상이 빠르다고 한다. 여러 나라에서 관심을 모으고 있는 시간생물학자들은 체온·혈압·호르몬·두뇌운동 등 신체의 주요 요소들이 매일 일정한 리듬에 따라 변화한다는 사실을 밝혀냈다.

해조류에서 코끼리, 인간에 이르기까지 모든 동식물은 일하고 쉬고 잠자고 활동하는데 이를 하루 단위로 꾸려나간다. 1940년 이후 시간생물학자들은 살아 있는 모든 유기체는 짧으면 분 또는 시간, 며칠, 몇 달에 걸친 생체리듬을 갖고있다는 것을 밝혀냈다.

시간대에 따라 사람이 느끼는 감정·작업능률·민첩성·시각·청각·미각·후각 등이 다르고 음식물이나 음악 등을 받아들이는 정도가 각각 다르다. 시간생물학적으로 공부는 낮에 하는 것이 가장 바람직하다. 많은 수험생들이 낮시간에는 빈둥빈둥대고 밤에 잠 안자고 공부하는데 이는 낙방으로 향한 지름길이라고 경고한다. 원인은 밤에는 이해력과 정반대로 모든 신진대사 작용이 이루어지기 때문이다.

'엔도르핀'선풍을 몰고온 이상구박사도 "햇볕이 비칠 때와 밤의 뇌호르몬 종류가 다르다."며 "낮시간에 공부하고 밤에 자는 것이 훨씬 능률적"이라고 충고한다. 생체시계에서 단기 기억력으로 해결할 수 있는 벼락치기 공부의 최적기는 오전이다. 우리 몸안에서 진통제 역할을 하는 엔도르핀 분비가 오전 9시경 가장 활발해져 한 시간 뒤인 10시경에 기억력과 정신집중이 최고조에 이른다. 24시간 중 이때의 기억력이 15%이상 높다는 사실도 확인됐다.

반면 사람의 손재주와 관찰력, 창조력은 오후 2시부터 5시 사이에 절정에 도달한다. 운동선수가 연습하기에 가장 적당한 시간대는 초저녁이다. 이 시간대에는 체온이 가장 높고 스태미너가 왕성해 운동연습을 하기에도 좋고 피곤함을 덜 느낄 수 있기 때문이다. 그러나 운동선수들이 이른 새벽길을 뛰고 달리는 모습들을 매스컴을 통해 많이 보게 되는데 스포츠과학에 어긋난 일이라고 시간생물학자들은 공격한다. 실제 수영·육상·투포환·조정선수들을 대상으로 실시한 연구 결과, 아침연습보다 저녁때가 훨씬 기록이 좋다는 사실이 증명된 바 있다.

한편 24시간짜리 생체시계를 역행했을 때 일어난 사고들이 많이 보고되고 있는데, 트럭에 의한 교통사고 발생빈도가 오전 5시에서 6시 사이에 가장 높아 낮 12시 무렵에 비해 16배를 웃돈다고 한다. 또한 야간근무를 자주 하는 사람은 위궤양·고혈압 등 질병에 걸리기 쉽고 수명이 짧다는 보고도 있다.

[4] 자율신경을 쉬게 한다

완전한 숙면을 취하기 위해서는 두뇌 및 육체의 휴식뿐만 아니라 신체의 각 부분에 뻗어 있는 모든 자율신경을 쉬게 하는 것도 중요하다. 자율신경은 인간의 의지와 관계없이 반응하는 기관-호흡기계·순환기계·소화기계-를 지배하는 신경으로서 교감신경과 부교감신경이 길항적으로 작용한다.

첫째, 호흡기계의 휴식에는 산소의 충분한 공급 즉, 맑은 공기를 호흡하는 것이 중요한데, 이를 위해서는 방안의 공기를 유통시켜야 한다. 산소와 음이온을 발생시키는 에어클리너를 설치하는 것도 좋은 방법이다.

둘째, 순환기계가 쉬기 위하여는 적당한 체온이 유지될 수 있도록 방의 보온에 신경을 써야 한다. 너무 춥거나 너무 더우면 순환기계가 쉬지 못하기 때문에 숙면을 취할 수 없다.

셋째, 소화기계의 휴식을 위해서는 위가 공복 상태가 되도록 한다. 따라서 취침 2시간 전부터는 물 이외의 음식물은 섭취하지 않는 것이 좋다.

[5] 수면환경을 조절한다

편하고 깊은 잠을 자기 위해서 빼놓을 수 없는 것이 수면환경이다. 수면의 생리상태는 환경 속의 자극으로 예민하게 반응한다. 자극이 많으면 그만큼 수면은 얕아지게 된다. 환경을 고려하지 않으면 지금껏 서술해 온 여러 가지의 수면기술이 모두 소용없는 것이 되어버린다. 완전한 숙면을 취할 수 있는 훌륭한 수면환경은 어떠한 것인지 구체적으로 살펴보기로 하자.

(1) 조용해야 한다

사람의 말소리나 발자국소리, 라디오나 TV 소리 등 모든 소리가 차단되어야 한다. 될 수 있는 한 벽은 두껍게 만들고, 창문은 이중유리로 끼우고 두꺼운 스치로폴을 붙이거나, 이중 삼중의 덧문을 만들며, 두꺼운 커튼을 침으로써 밖으로부터의 소음을 차단시켜야 한다. 또 책꽂이라든가 옷장 등의 가구를 소리가 많이 나는 쪽에 놓는 것도 효과가 있다.

(2) 어두워야 한다

빛을 차단하여 방이 깜깜해야 한다. 빛을 차단하는 것은 소리를 차단하는 것보다는 훨씬 쉽지만 극히 조그만 틈만 있어도 새들어 오므로 주의해야 한다. 창문에 이중커튼을 친다면 빛을 차단할 뿐만 아니라 소리를 차단시키는 효과도 있고, 침실의 분위기도 아늑하게 할 수 있다.

(3) 온도와 습도가 적당해야 한다

적당한 체감온도는 계절과 날씨에 따라 조금씩 차이가 있는데 보통 18°C~25°C가 적당하다. 사계절의 변화가 뚜렷한 우리나라에서는 계절별로 기온의 차이가 심하기 때문에 적당한 온도를 유지하기 위해서는 노력이 필요하다. 습도는 40~60%가 좋은데 실내에 수족관이나 화분 등이 있으면 습도가 자연스럽게 조절될 뿐만 아니라 정서에도 도움이 된다.

(4) 온돌방(돌침대)에서 잔다

요즈음에는 침대가 많이 보편화되었지만, 우리의 문화는 온돌문화이다. 온돌은 수천년 동안 내려온 우리 조상들의 지혜와 슬기가 집약된, 보존할 가치가 있는 우리의 전통문화이다. 따끈한 온돌에서 자는 것이 수면의 질을 높여줄 뿐 아니라 건강에도 도움이 된다. 온돌바닥에서 자는 사람에게 요통이나 디스크 환자는 없다. 밤에 잘 때 이불을 펴고 아침에 일어나면 창문을 활짝 열고 이부자리를 개는 것을 귀찮게 여겨서는 안된다. 침대에 익숙해진 사람은 바닥을 따끈하게 할 수 있는 돌침대를 이용하는 것이 좋다.

(5) 잠옷을 입고 잔다

잠옷을 입고 자는 데는 두 가지 목적이 있다. 하나는 땀의 흡수요, 또 하나는 보온이다. 때문에 잠옷은 반드시 '잠옷'이어야 할 필요는 없으며 더더구나 화려할 필요도 없다. 잠옷은 흡습성(吸濕性)과 통기성(通氣性)이 좋으면 된다. 또한 잠옷은 그 옷만 입으면 저절로 자고 싶어지고 또 잠이 오게끔 해야 한다. 잠옷과 잠 사이에 일종의 조건반사가 일어나도록 하라는 것인데 이를 위해서는 그 잠옷을 입고 잠자는 것 이외의 행동을 해서는 안된다.

(6) 좋은 베개를 베고 잔다

베개는 가장 무겁고 귀중한 머리를 받치는 중요한 침구이다. 외국에서는 여행할 때 베개를 갖고 다니는 사람이 있을 정도로 관심이 높다. 중요한 신체의 일부인 머리와 목을 보호하기 위해 올바른 베개의 선택이 중요하다.

좋은 베개의 조건은 첫째, 너무 높거나 딱딱하지 않아야 한다. 옛말에 고침단명(高枕短命: 베개를 높이 베면 오래 살지 못함), 고침단면(高枕短眠: 높은 베개를 베고 자면 잠이 얕음)이라는 말이 있듯이 베개는 높아서는 안 된다. 높은 베개는 머리 부위의 정맥류를 압박함으로써 순조로운 혈행을 막아 뇌출혈·뇌졸중 등을 일으킬 수 있다.

좋은 베개의 두 번째 조건은 베갯속의 내용물이 좋아야 한다. 현재 시중에 나와 있는 베개류는 닭털·오리털·합성솜 등을 넣은 양식 베개와 왕겨·메밀껍질·좁쌀 등을 넣은 전통한식 베개 그리고 한약재를 넣은 한방약초 베개, 첨단소재를 이용한 베개가 있다. 가장 좋은 것은 메밀 베개인데, 메밀은 한방에서도 풍을 제거하는 작용을 가진 식물로 통한다. 그리고 왕겨는 땀을 흡수하는 기능이 있기 때문에 왕겨 베개는 잠잘 때 흐른 땀을 잘 흡수하여 수면상태의 뇌기능의 정상화에 도움을 줄 수 있다. 국화나 각종 약초를 넣은 베개는 약초 고유의 방향(芳香)을 이용한 정신건강상의 이로움과 이를 통한 한방약리적인 효과를 거두기 위해서 고안되었다. 녹차찌꺼기를 말린 것도 매우 훌륭한 베갯속이다.

[6] 기분좋게 깨는 방법을 터득한다

(1) 역설수면상의 수면상태에서 깬다

성공적인 수면을 위해서는 자는 것 못지않게 깨는 것도 매우 중요하다. 아침에 눈을 떴을 때의 기분이 하루의 생활에 큰 영향을 미치기 때문이다. 그런데 잠을 깨기 직전의 수면상태가 잠을 깬 직후의 기분에 크게 관계된다는 것이 실험에 의해 밝혀졌다. 수면의 상태는 다음과 같이 나누어 볼 수 있다.

1) **입면상(立面相)** : 잠이 한창 들려고 하는 상태이다. 이때 잠을 깨게 되면 몸은 잠에 빠지는데 두뇌는 자극에 의해 억지로 깨어나게 되어, 입면 불량의 불안이나 불쾌감이 생기며 머리가 띵해진다.

2) **중등수면상(中等睡眠相)과 심수면상(深睡眠相)** : 한창 잠자고 있는 상태이다. 이때 잠을 깨면 깨어나도 좀처럼 의식이 뚜렷해지지 않고, 깊은 잠에서 깨어난 불쾌감과 나른한 몸, 묵직한 머리 등이 혼돈해서 기분이 언짢은 멀뚱한 상태가 한동안 계속된 뒤 겨우 잠이 깨여온다.

3) **역설수면상(逆說睡眠相)** : 수면의 깊이가 각각으로 변하는 상태여서, 이때 깨면 깨는 것이 빠르고 심신도 급속히 보통때의 깨어 있는 상태로 된다. 때문에 충분한 수면이 취해진 뒤의 역설수면상, 그중에서도 얕은 시기에 깨는 것이 가장 기분좋게 깨는 것이다.

(2) 스마트폰의 알람 기능을 활용한다

역설수면상이 언제쯤이며 또 그때에 어떻게 깨느냐가 문제이다. 규칙적인 수면을 취함으로써 습관화시키는 것이 가장 좋고 확실한 방법인데, 습관화되기까지는 스마트폰을 이용한 인위적인 방법을 쓴다. 알람 시간을 두 개로 정해놓고, 첫 알람 벨소리는 좋아하는 조용한 음악으로 설정하여 가볍게 청각을 자극시킴으로써 서서히 일어날 준비를 한다. 우선 두 손을 비벼서 눈과 얼굴을 가볍게 마사지를 해주고, 위아래의 어금니를 대여섯 번 부딪친 다음, 좀더 활력있는 벨소리로 설정한 두 번째 알람 벨소리를 들으면서 잠자리에 대한 미련을 떨쳐버리고 이부자리를 박차고 일어난다.

(3) 두 번 잠을 자지 않는다

알람이 울릴 때 벨소리를 끄고 또 자지 않아야 한다. 이것은 정말 어리석은 행동이다. 소변을 보기 위해 좀 일찍 일어났다면 내친김에 세면까지 끝내버릴 일이지, 또다시 이불속을 파고들지 말라. 새벽잠은 얕고 또 꿈도 많이 꾸이기 때문에 거의 수면의 역할을 하지 못한다. “두 번 잠을 잔 후에 후회하지 않은 적이 있었던가?” 곰곰이 생각해 보라. 비록 휴일일지라도 처음 잠에서 깼을 때를 일어나는 때로 정하라. 그만큼 여러분의 인생은 여유있고 풍요로워질 것이다.

(4) 기상시간은 철저히 지켜라

기상시간은 철저히 지킬 것을 권한다. 전날 밤에 비록 늦게 잤다 할지라도 기상시간만큼은 절대로 파괴해서는 안된다. 기상은 하루의 시발(始發)이기 때문에 시발이 잘못되어 버리면 하루는 망치게 되고, 하루 하루가 망쳐진다면 그 인생 또한 잘못되어질 수밖에 없는 것이다. 이를 위해서는 취침시간도 일정하게 지킬 것이 요구된다.

[7] 졸음을 쫓는 방법

(1) 강한 지각 자극을 준다

뇌를 흥분시키는 데 가장 효과가 있는 것이 지각 자극이다. 즉, 빛·소리·피부감각·근육감각 등이 그것이다.

1) 빛 : 인간은 시각의 동물이라고 불리울 정도로 정신 가운데서도 시각이 갖는 힘은 강하다. 그래서 어떤 부분보다는 방 전체를 밝게 하는 것이 정신의 활동을 훨씬 높여준다.

2) 소리 : 소리의 경우에 주의할 것은 단조롭고 무의미한 소리나 음악은 도리어 졸음을 재촉하는 결과를 준다. 음향에 변화가 있고 흥미깊은 것이 좋다.

3) 피부 감각 : 머리를 찬 수건으로 싸매거나 손발과 얼굴을 찬물로 씻는 것은 매우 효과적이다. 날씨가 춥지 않으면 찬물로 샤워를 하는 것도 좋을 것이다. 추운 겨울이라면 따스한 욕탕에서 3~5분 정도 잠깐 몸을 담근다든지, 샤워를 하는 것도 좋겠다. 다만 목욕은 오래하면 피부 자극 효과보다는 열기에 의한 전신의 반응이 나와 도리어 졸음이 오므로 잠깐 들어갔다 나오는 것이 요령이다.

4) 근육 감각 : 근육 감각을 자극한다는 것은 몸을 움직이는 것이다. 졸음이 오면 기지개를 실컷 켜거나, 크게 하품을 하며 가슴을 쫙 펴는 것이 좋다. 이외에 팔굽혀펴기, 스쿼트(기마자세로 앉았다 일어나기), 윗몸일으키기, 맨손체조, 무릎꿇고앉아 목검으로 상하 내려치기, 산보 등 그때그때 각자의 환경과 취향에 맞게 전신운동을 하면 졸음을 쫓을 수 있을 뿐 아니라, 체력단련의 효과도 볼 수 있다.

(2) 각성 효과가 있는 음료를 마신다

뇌를 각성시켜주는 것에는 카페인이 많이 들어있는 커피, 녹차·홍차·보이차 등의 차와 담배 또는 각성제가 있다. 카페인의 작용은 주로 뇌의 정신활동을 높이며, 교감계를 활발하게 하는 동시에 강한 이뇨작용을 한다. 그러나, 카페인의 양이 지나치면 가슴이 두근거리고, 현기증·두통·구역질 등이 일어나며 손이 떨리는 등의 부작용이 생기기도 한다. 졸음이 온다고 커피를 몇 잔씩 마신다거나 각성제를 마구 복용해서는 안된다. 찻잎에는 카페인과 결합해서 체내의 동화속도를 낮게하는 폴리페놀이나 탄닌, 비타민, 아미노산과 같은 유효성분이 다량 함유되어있기 때문에 녹차의 카페인은 인체에 매우 좋은 효과를 나타낸다. 졸음이 올 때는 깨끗한 물을 알맞게 끓여 정성스럽게 녹차를 달여 마시는 것이 더 효과적이다.

4. 불면의 원인과 퇴치법

[1] 불면이란 무엇인가?

(1) 잠을 자려고 해도 잠을 이룰 수 없는 상태

잠이 너무 많아도 걱정이지만 자고 싶어도 잠이 들지 않을 때의 고통은 더 큰 것이다. 현대인들은 육체보다 머리를 쓰는 일이 더 많기 때문에 불면증에 시달리는 사람이 늘어나고 있다. 즉, 잠을 자려고 해도 육체는 피로하지 않고 머리는 아직 흥분상태에 있어서 간뇌의 중추가 계속 자극을 받고 있기 때문에 잠을 이룰 수가 없는 것이다.

그러나 이처럼 잠을 잘 수가 없다는 사실 자체보다도 그것 때문에 생기는 고민과 스트레스가 더 심각하다. 사실 불면증 환자들 가운데는 비록 얕은 잠이나마 잠들었다 깨어났다 하면서 몇 시간을 자면서도 간밤에 한숨도 못 잤다고 느끼는 사람이 많다. 불면증에 시달리는 사람들은 매사에 의욕이 없고 우울해지기 쉽다. 더구나 가뜩이나 수면부족이 되기 쉬운 수험생이 불면증에 시달린다면 문제는 더욱 커진다.

(2) 불면증의 일반적 증상

불면증은 반드시 고쳐야 하는데, 불면증을 고치기 위해서는 먼저 불면증이 과연 어떠한 것인지 알아야 한다. 잠을 잘 이루지 못하는 불면증의 일반적 증상은 다음과 같다.

첫째, 몸은 지칠 대로 지쳤는데도 잠이 오지 않는다

몸은 피곤한데 잠자리에 누우면 정신은 멀뚱해서 잠이 오지 않는 경우이다. 이것은 신체활동의 수준은 저하되고 있는 데 반하여 두뇌신경은 과잉흥분을 하고 있기 때문이다.

둘째, 졸음이 연방 오는데도 잠들지 못한다

공부는 머리에 들어오지 않고 계속 졸음이 와서 잠자리에 들지만 잠이 들려고 하면 깨어버리는 경우로서, 수면상태가 입면상까지밖에 이르지 않는 상태이다. 이것은 뇌신경은 잠들려고 하는데 육체의 신경들이 이상흥분을 일으키고 있기 때문이다.

셋째, 일단 잠은 들지만 잠이 얕다

일단 잠을 자는데 잠이 깊지 않고 얕다는 느낌이 드는 경우이다. 이것은 뇌신경과 근육신경이 함께 과잉흥분을 일으키고 있거나, 어떤 원인으로 충분히 진정이 되지 않는 상태로서, 자주 수면이 중단된다고 하는 체험이 잠을 못 잔다거나 잠이 얕다고 하는 느낌을 강하게 하고 있다.

넷째, 졸음이 오지 않는다

심신이 함께 왕성해서 졸음이 오지 않는 상태이다. 피로해 있지 않으므로 별 걱정은 없겠으나, 때로는 특수한 뇌질환으로 뇌만 운전과잉이 되어 있을 때가 있다.

이와 같이 잠 못 이루는 모양이 네 가지 있지만, 아무리 잠을 못 이룬다 해도 대개는 잠이 들고 마는 법이다. 극히 드문 일이기는 하나 아침까지 한숨도 못자는 일이 있을 수 있는데 그것도 이틀, 사흘 계속하면 그친다.

[2] 불면의 원인

불면의 원인은 매우 많다. 몸에 병이 있어서 신경계통에 이상이 생긴 결과 불면이 되는 경우, 축적된 걱정거리 때문에 불면이 된 것, 어떤 기호약품의 남용에 의한 것, 특별한 이유 없이 그저 잠 못 이루는 것, 잠들고 있으면서도 잠을 못 자고 있다고 생각하는 것 등 일일이 헤아린다면 꽤 많은 원인이 있을 것이다. 만약 여러분이 불면에 시달리고 있다면 먼저 그 원인을 정확히 밝혀내야 한다.

(1) 몸에 병이 있을 때

몸의 어딘가에 아픔이나 가려움이 있거나, 기침이 나거나 코가 막혀 답답하거나 하면 잠을 이룰 수 없는 것은 당연하다. 그것들의 신경신호가 뇌로 올라가서 뇌를 전체적으로 흥분시키면 불면이 되는 것이다. 고혈압, 결핵, 위장·간장·신장 등의 만성 기능저하, 호르몬계의 실조(失調) 등도 불면의 원인이 된다. 일생에 두 번 있는 호르몬 변조기인 청춘기와 갱년기에 불면이 많은 것은 그 때문이다.

그러므로 불면상태가 계속되면 우선 몸에 병이 있는가를 검사해야 한다. 어떤 병이 불면의 원인이라면 그 병만 치료해주면 불면은 깨끗이 치유되기 때문이다. 정확한 진단도 하지 않고, 불면이라면 당연히 노이로제라고 속단하여 수면제를 복용하는 것은 잘못이다.

(2) 정신적인 원인이 있을 때

신체를 검사해보고 아무런 이상을 발견하지 못했을 때는 정신적인 원인을 생각해야 한다. 정신적인 원인에는 여행을 가기 전날의 들뜬 마음이나 시험을 치르기 전날의 불안 같은 단순하고 일시적인 원인도 있으나, 매일 계속되는 불안과 걱정거리로 인한 복잡하고 지속적인 원인도 있다. 고민과 불안 걱정의 원인을 면밀히 관찰해야 한다.

(3) 몸에 병도 없고 정신적 원인도 찾아낼 수 없을 때

조그만 심리적 원인이 오랜 세월 동안 축적된 노이로제가 원인이거나, 정신적으로 활기가 없어지며 머리의 회전이 느리고 사물을 나쁜 쪽으로만 관찰하는 일종의 우울증이 원인일 수 있다. 또 이렇다 할 원인은 모르지만 단지 잠을 자려고 하면 잠이 오지 않는다는, 불면이라는 그 자체가 원인이며 결과인 것 같은 기묘한 경우도 있다. 이러한 상태는 수면에 대한 욕구불만이 그 근원에 있는 노이로제의 일종인 것이다.

(4) 잠을 자지 않으면 안되겠다는 강한 욕망에서 비롯된 자기관찰

'나의 수면은 부족하니 일찍 잠자리에 누워 잠을 자지 않으면 안된다'고 하는 강박관념에 사로잡혀, 잠자려고 노력하면 할수록 머리는 예민해지고 눈은 멀뚱멀뚱해서 좀체로 잠들지 못하는 경우이다. 특히 기분나쁜 일이나 슬픈 일이 있었던 날은 처음에는 그 기억이 머리에 늘어붙어서 잠을 못 잤지만, 한두 시간 지나면 그보다는 오히려 잠 그 자체를 못자는 것이 걱정이 되어서 점점 불면이 되어버린다. 졸음이 왔을 때 자연스런 기분으로 그것을 받아들이면 수면은 자기의 것이 되지만, 그것을 억지로 거머잡으려고 하면 도리어 잠은 달아나 버린다는 것을 명심하기 바란다.

(5) 섬세하고 신경질적이며 향상심이 강한 성격일 때

사람의 성격에 따라 불면증에 걸리기 쉬운 사람이 있다. 좋게 말하면 마음이 부드럽고 섬세한 사람이고, 안좋게 말하면 신경질적이어서 무엇 하나 면밀히 처리하지 않으면 속이 풀리지 않는 사람이다. 이러한 사람들은 향상심이 강하고 타인에 대해서도 까다롭게 비평하는 편이며, 자기에 관해서는 특히 강한 반성을 하는 사람들이다. 요컨대 남에게 지기 싫어하고, 자기에 대해서조차 지기 싫은 성실하고 완고한 고집쟁이라고 할 수 있다. 이러한 마음은 노이로제를 기르는 양분이 되는 것이다.

[3] 불면증을 고치는 방법

(1) 규칙적인 생활은 불면증의 최고의 치료제

사람은 습관을 만들어내는 동물이다. 무의식 중에서도 습관은 하나의 명령상태가 되어 인체에 작용한다. 따라서, 규칙적인 생활이 습관이 되면 일정한 시간에 잠이 오게 되고, 또한 잠이 깨는 시간도 기계적으로 일정하게 되어가는 법이다. 습관은 곧 규칙적인 생활의 산물이며, 규칙적인 생활만이 사람을 아름답게 성장시켜 나가, 건강하고 풍요한 삶을 창조할 수 있게 만든다. 아무리 원대한 이상, 불타는 야심도 무절제한 생활습성과 불규칙한 수면생활에서는 결코 이루어질 수 없다.

(2) 적당한 피로는 수면의 보약

깊은 수면을 취하기 위해서는 신체의 각 부분의 신경을 안정시켜야 한다. 말하자면 잠들 수 있을 정도만큼 신체활동의 곡선을 낮추어야 하는데, 그러기 위해서는 무엇보다도 적당한 피로가 필요하다. 몸 전체의 조화가 잡힌 적당한 피로는 수면에 보약과 같은 역할을 한다. 학생을 비롯한 정신노동자에게는 몸과 마음의 피로에 '언밸런스'가 있다는 것은 누구나 다 아는 사실이다. 근육계통은 별로 쓰지 않는 데 비해, 정신은 너무 많이 쓰기 때문에 균형이 깨져 신체적 이상이 생긴다. 따라서, 머리를 많이 씀과 동시에 육체의 운동도 게을리해서는 안된다. 우리의 생활 속에서 손쉽게 할 수 있는 운동을 몇 가지 예로 들겠다. 각자 개성과 환경에 맞는 운동을 택하여 규칙적으로 한다면 생활에 활력소가 될 뿐 아니라 불면에 시달리는 불행은 절대 없을 것이다.

* 맨손체조·팔굽혀펴기·스쿼트·윗몸일으키기·물구나무서기 · 달리기
* 줄넘기·아령·역도·평행봉·철봉·엑스반도
* 족구·농구·축구·배구·테니스·배드민턴·라켓볼
* 단전호흡·검도·태권도·합기도·수영·사우나

(3) 수면시간을 짧게 갖도록 한다

수면은 양보다 질이 더 중요하다. 질이 좋은 수면은 질이 나쁜 수면보다 몇 갑절 빨리 피로를 회복시킨다. 불면증에 시달리는 사람들 중에는 수면시간을 너무 넉넉히 잡고서 그 시간만큼은 반드시 잠을 자야 된다는 강박관념에 사로잡혀 오히려 잠을 못 이루는 경우가 많다. 수면시간을 짧게 하라. 수면시간을 짧게 하면 불면이란 있을 수 없게 된다. 졸려서 눈꺼풀이 저절로 감겨질 때까지 자지 말고 열심히 공부하라. 도저히 참을 수 없

을 때 잠자리에 들라.

단, 몇 시에 잠자리에 들었건 아침 기상시간은 철저히 지키도록 한다. 만일 늦게 잠을 자서 낮에 졸립더라도 낮잠은 자지 말고, 잠자리에 들 때까지 악착같이 깨어 있어야 한다. 이런 사람에게 어찌 불면이란 단어가 있을 수 있는가?

(4) '될대로 되어라'고 하는 역설적 방법을 써본다

불면증이란 것이 대부분 정신적인 긴장에서 비롯되는 것이므로 무엇보다도 마음을 안정시키고 불안이나 초조감을 다스리는 것이 제일이다. '까짓것 잠 좀 못자면 어때?' 하고 마음을 편하게 먹거나, '얼마나 잠들지 않고 견딜 수 있는가 보자', '될대로 되라! 죽기밖에 더하겠느냐' 하고 뱃장을 부리며 체념 비슷한 태도를 갖는 것은 간단하면서도 퍽 효과가 있다.

불면증은 몸과 마음이 다같이 지칠 만큼 진지한 생활을 보내지 않았기 때문에 즉, 낮잠을 자는 등 수면과잉을 했거나 열심히 공부를 하지 않았기 때문에 생기는 것으로서, 일종의 사치병이라고 할 수 있다. 굶주린 거지나 막노동자에게 그리고 하루종일 논과 밭에서 힘들게 일한 농부들에게 '불면'이란 단어가 있는가?

'나는 참으로 그렇게 자지 않으면 안되는가?'를 생각하고 잠이 쏟아질 때까지 열심히 공부하라 !

"이 세상에 잠을 못자서 죽은 사람은 없다.
그리고, 낫지 않은 사람도 없다."

(5) 수면제의 안전하고 효율적인 사용

수면제는 마취의 효과가 있어 몸의 기능은 몹시 저하하고 수면에 의한 피로회복의 효과도 얻을 수 없을뿐더러, 그 다음날에도 몸에 약기운이 남아서 일어나 앉아 있어도 멍하니 기분이 좋지 않고 일에도 능률이 오르지 않아 도리어 역효과를 나타내기 때문에, 수면제는 사용하지 않는 것이 가장 좋다.

그러나, 어쩔 수 없는 경우, 예컨대 어떤 원인에 의해 정신적으로 흥분되어 몸은 피로할 대로 피로한데도 정신활동이 안정되지 않은 상태, 내일의 시험에 대비해서 오늘은 푹 잠을 자려고 하는데 도리어 눈은 말똥말똥한 상태, 여행중에 여관방에서 잠을 잘 경우 수면환경이 나빠서 잠을 이룰 수 없고 내일을 위해 꼭 잠을 자야 할 사정이 있을 때 등에는 일시적으로 소량의 수면제를 사용하는 것이 더 나을 수도 있다. 또 일 주일 동안 쌓인 피로를 풀기 위해 일요일 하루는 푹 잠을 자야겠다고 생각하여 토요일 밤에 소량의 수면제를 먹고 마음껏 잠을 자서 피로를 완전히 회복시키는 것도 일 주일을 대비하기 위한 좋은 방법이라고 할 수 있다.

그러나, 이러한 경우가 아니고 몸에 어떤 병이 있는 불면증이나 노이로제에 의한 불면증으로 매일 수면제를 복용하여야 할 경우에는 의사나 약사의 처방에 따르는 것이 안전하다.

(6) 불면증이 고쳐지는 호흡법

신경강화 호흡법에는 신경이나 정신을 강화시키는 효과가 있다. 가벼운 노이로제 따위는 이내 없어져 버리고 불면증에도 효과가 크다. 그 구체적인 방법은 다음과 같다.

❶ 우선 양발을 어깨폭과 같을 정도로 벌린다.
❷ 손바닥을 앞으로 하여 몸 양쪽으로 늘어뜨린다.
❸ 아랫배에 힘을 주고 무게 중심을 다소 낮춘다.
❹ 숨을 들이마시면서 양팔을 들어올린다.
❺ 양팔이 어깨 높이로 오기까지 숨을 모두 들이마신다. 동시에 숨을 멈추고 주먹을 쥔다.
❻ 팔꿈치를 가볍게 구부리면서 주먹을 가슴 언저리로 당긴다.

⑦ 무릎을 약간 구부려 중심을 낮추고 온 몸의 힘을 주먹에 집중시키며 자기 앞에 있는 벽(마음의 장벽)을 밀어 쓰러뜨릴 기세로 조금씩 팔을 뻗는다.

⑧ 다시 가볍게 팔꿈치를 구부리며 주먹을 원상태로 가져온다. 그리고는 다시 편다.

⑨ 숨을 멈춘 채 그 동작을 3번 되풀이 한다.

⑩ 모두 끝나면 양 팔을 내리면서 크게 숨을 토해 낸다.

"여호와께서 집을 세우지 아니하시면 세우는 자의 수고가 헛되며,
여호와께서 성을 지키지 아니하시면 파수꾼의 경성(警醒)함이 허사로다.
너희가 일찍이 일어나고 늦게 누우며 수고의 떡을 먹음이 헛되도다.
그러므로 여호와께서 그 사랑하시는 자에게 잠을 주시는도다."

(시편 127:1)

5. 단시간 수면법

[1] 적게 자는 사람이 성공한다

인생은 하루하루의 연속으로 이루어진다. 하루의 삶이 쌓이고 쌓여서 싫건 좋건 그 인생은 막을 올리고 또 막을 내리게 되어 있다. 하루가 24시간이면 그 1/3은 8시간이며, 이 8시간이라는 것은 하루의 1/3일 뿐 아니라 인생의 1/3에 해당되는 것이다. 하루 24시간 중에서 어떤 시간도 모두 똑같이 중요하지만 굳이 인생의 1/3이라는 시간을 내세운 이유는 우리들이 흔히 등한시하는 밤의 8시간 즉, 잠자는 시간을 부각시키기 위해서이다.

여러분은 어쩌면 이 잠자는 시간을 인생의 1/3이라는 중요한 의미로서 미처 깨닫지 못했을지 모른다. 무릇 세계적인 위인들은 과거나 현재나 평범한 사람들과는 그 생활법이 달랐다. 그들은 무엇보다도 두드러지게 부지런했다. 영웅 「나폴레옹」은 3시간, 발명가 「에디슨」은 3~4시간, 그밖에 세계적으로 이름을 떨친 위인들은 대개가 수면시간이 짧았다고 한다. 그들은 인생의 1/3을 수면시간으로 정한 것이 아니라 인생의 1/6~1/8로 잠자는 시간을 줄여서 일했던 것이다. 남들이 하루의 1/3을 인생의 1/3이라고 깨닫지 못하고 단잠을 자고 있을 때, 그들 위인들은 인생의 1/3이라는 잠자는 시간의 진정한 의미를 깨닫고 인생의 1/3을 1/6 또는 1/8까지 줄이면서 활동하였던 것이다.

가령 사람이 다 똑같은 역량을 지녔다고 한다면 노력을 많이 하는 쪽이 성공하리라는 것은 누구라도 예측할 수 있다. 그들 영웅호걸들은 모두 활동의 시간을 연장시켰기 때문에 남보다 뛰어났고 따라서 위대한 일을 해낸 것이지 결코 우연히 그러한 일을 성취해 낸 것은 아니다.

"습관은 제2의 천성, 습관화하면 잠은 4시간으로 족하다."

[2] 인생의 1/3의 수면시간과 인생의 1/6의 수면시간

하루에 수면시간을 8시간으로 하느냐, 7시간, 6시간, 5시간, 4시간으로 하느냐에 따라 장래의 자기 인생이 달라지게 마련이다. 인생의 1/3의 수면시간과 인생의 1/6의 수면시간을 숫자적으로 보면 후자는 전자에 비해 꼭 하루에 4시간의 수면시간을 단축하는 결과이고, 이 4시간이 여러분의 운명에 직결되고 있는 것이다.

하루에 4시간씩 잠을 줄이고 공부한다든지 일을 한다면 이틀에 8시간, 사흘에 12시간, 한 달에 120시간, 일 년에 1,460시간, 자기 일생을 통하면 어마어마한 시간을 남보다 많은 노력을 했다는 결론이 나온다. 일 년에 1,460시간을 번다는 것은 180일 즉, 1년에 6개월 동안 하루에 8시간씩 공부를 더 할 수 있다는 계산이 나온다.

만일, 아르바이트를 한다면 1,460(시간)×8,350원(2019년 시간당 최저임금)=12,191,000원을 더 벌 수 있다는 얘기다. 참으로 놀라운 숫자이다.

"시간은 황금이다."란 말은 오늘날과 같은 바쁘고 생존경쟁이 치열한 세상에서는 참으로 인생을 위한 어떤 유익한 금언보다도 절실한 말이 아닐 수 없다. 하루 단 한 시간이라도 남보다 더 노력하여 자기의 목표를 달성해 나가지 않으면 안된다. 더욱이 시험을 앞둔 학생들은 짧은 기간 동안에 공부에 큰 성과를 거두지 않으면 입시지옥을 뚫고 승리할 수가 없다. 요컨대, 건강을 유지하면서 최소한의 단시간 수면을 취하는 것이 여러분의 성공의 열쇠인 것이다.

[3] 단시간 수면법의 실천방법

사람은 습관의 동물이다. 나아가 습관을 만들어 내는 동물인 것이다. 원시사회에서는 불의 이용이 어려웠기 때문에, 우리들 인간의 조상들은 낮에는 먹을 것을 찾아 일했을 것이고 밤에는 잤을 것이니, 잠자는 시간이 지금의 우리들보다 훨씬 길었을 것이다.

오늘날에는 세계의 대다수의 사람들은 하루의 수면시간을 8시간으로 잡고 있으며, 식사는 하루 세 끼로 정하고 있다. 이것은 인지가 발달하고, 불의 이용이 가능해지고, 과학문명이 발달하면서 자연적으로 그런 습성을 길러왔던 것이라 할 수 있다. 즉, 옛날에는 밤이면 어두워 일을 못했기 때문에 어쩔 수 없이 잠자는 습관이 생겼을 것이지만, 현대문명이 가져온 조명의 기술은 밤을 대낮처럼 밝게 만들어 놓았으며, 따라서 낮의 일이 밤으로 연속되어 절로 활동시간이 길어지게 되었다.

습관은 제2의 천성이라는 말이 있듯이, 아무리 잠꾸러기라도 '하루에 몇 시간'을 정해놓고 자는 습관을 기르면 고쳐지는 법이다. 하루 8시간의 수면이 표준이라고 하는 것은 어디까지나 의학적인 입장으로, 보편적으로 그렇게 하면 좋다는 것이지 절대적인 진리가 아니다. 사람은 각자의 개성이나 습관에 따라 그 수면시간이 조금씩 다른 것이다. 하루에 8시간을 자지 않아도 건강에 아무런 지장이 없을 뿐 아니라 오히려 원기왕성하게 일하는 사람을 우리들 생활주변에서 얼마든지 찾아낼 수 있다.

8시간을 자든 4시간을 자든 각자의 습관이며, 더욱 깊이 말하면 그 수면의 질적인 문제인 것이다. 이 바쁜 세상, 치열한 생존경쟁의 도가니 속에서 여러분이 단연 두각을 나타내기 위해서는 남들보다 몇 갑절 더 노력하여야 하기 때문에, 각자의 수면시간을 자기 자신에게 알맞도록 조절하여 그것을 습관화시키기 바란다. 남들이 잘 때도 잠을 자지 않으면서 수험공부를 계속하여 간 고통 속의 청춘만이 영광의 날을 맞이할 것이다. 오늘 이 시간부터 잠을 '짧게 깊이 잘자는 기술'을 습득, 실행하자 !

[4] 반드시 자야 할 시간

하루 24시간 중에서 신체활동 수준이 최저로 내려가는 시간대는 오전 2시경에서부터 4시경까지이다. 이것은 어릴 때부터 오랜 세월 동안에 걸쳐 우리의 몸속에 새겨진 리듬이다. 때문에 이 시간의 수준을 올려서 낮 동안에 최저를 만들어 신체활동 모양을 완전히 바꾼다는 것은 거의 불가능할 뿐 아니라 필요도 없다. 따라서 이 최저수준의 시간을 수면시간 속에 포함시키지 않으면 안된다.

무리를 해서 이 시간에 설사 일어나 있어도 머리의 활동은 훨씬 낮아져서 머리를 쓰는 정신활동이 어렵고, 다음 날 정신이 몽롱한 상태가 되어 더 많은 시간 동안 잠을 자야 한다는 것은 밤을 새워 본 사람이라면 누구나 경험했을 것이다. 하루나 이틀이면 몰라도 이 시간에 잠자지 않는 생활을 오래 계속하는 것은 신체활동의 조절을 뒤틀어지게 한다. 그러므로, 극도로 수면을 단축하는 생활을 오래 계속할 경우에도, 새벽 2시부터 4시까지는 꼭 수면을 취하도록 한다.

[5] 10분 가면법의 위력 및 실천

(1) 가면(假眠)이란 무엇인가?

"가면은 생존을 위한 잠의 한 형태로서,
단시간 수면을 실천하기 위한 '훈련'이다."

수면은 인간의 행동을 지탱하고 있는 3개의 요소인 두뇌계·육체계·자율신경계를 그 본디의 일로부터 해방시켜 주어 다음의 새로운 활동을 위한 준비를 갖추게 하는 역할을 맡고 있다. 그런데, 가면이란 두뇌계·육체계·자율신경계의 세 가지 요소 중에서 어느 하나가 활동을 계속하고 있는 상태의 잠이라고 할 수 있다. 즉, 가면은 바쁜 세상에서 수면을 통하여 3개의 계통을 한꺼번에 해방시킬 수는 없을 때, 그중 한두 가지나마 풀어주어서 생기를 되찾게 하기 위한 생존의 수단이다. 말하자면 가면은 인생을 자기와의 진지한 싸움 속에서 지새는 큰 뜻을 품은 사람들이 단시간 수면을 실천하기 위한 보조적 수단이다. 따라서 실컷 자고 있는 사람에게는 전혀 상관이 없는 것이다.

수면과 가면의 차이를 알기쉽게 도표로 표시하면 다음과 같다.

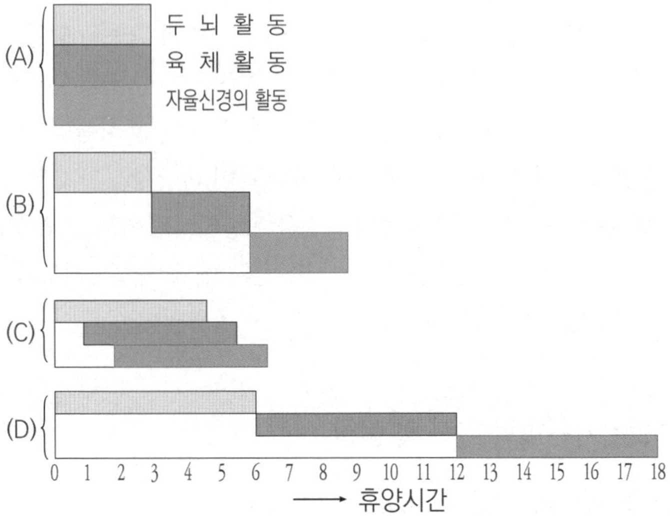

위 도표에서 (A)와 (C)는 '수면'이라고 할 수 있겠으나, (B)와 (D)는 '가면'이라고 할 수 있다. 가면은 3개의 요소 중에서 어느 것인가가 활약하고 있으므로 관점에 따라서는 전연 자지 않고 일만 계속하고 있다고 볼 수 있다. 바로 이 점이 가면을 높이 평가하고 있는 이유 중의 하나이다.

가면이라 하면 어딘지 모르게 엉거주춤한 잠이라는 인상을 갖게 되어서 아무래도 경시하기 쉽다. 그러나 가면이라고 해서 몸의 컨디션이 회복되지 않는 것도 아니고 또 병이 되는 것도 아니다. 인간은 어떤 조건 하에서는 가면만 하는 생활도 해나갈 수 있는 것이다. 누구나 경시하고 있는 가면을 어떻게 슬기롭고 솜씨있게 이용하느냐 하는 것이 바로 성공에의 지름길이라 할 수 있다.

(2) 가면(假眠)은 왜 필요한가?

1) 가면은 눈의 피로를 당장 낫게 한다

하루 종일 책과 씨름을 해야 하는 학생들이나 정신노동자에게 있어서 눈이란 생명이라고 하지 않을 수 없다. 눈이 남처럼 움직여 주지 않으면 공부가 좀처럼 진척되질 않으며 또 공부를 할수록 눈의 부담은 커진다.

"눈은 두뇌의 피로도를 반영하는 바로미터다."는 말과 같이 신체의 여러 부분 중에서 가장 빨리 피로를 느끼는 곳이 바로 「눈」이다. 눈이 피로하면 공부의 능률도 오르지 않기 때문에 눈의 피로는 쌓이지 않게 그때그때 풀어줘야 한다. 눈이 지치면 역시 제일 좋은 방법은 눈을 감는 것이다.

그러나 무턱대고 눈을 감고 있으면 일을 할 수가 없고, 또 단시간 수면을 실시하고 있으니 눈을 감으면 당장에 잠을 자게 된다. 그렇다면 그것이 아무리 효과적인 방법이라 하더라도 눈을 감고만 있을 수는 없다. 그런 뜻에서 「10분 가면법」은 대단히 효과적인 방법이 될 수 있다. 눈을 감고 차분히 쉬게 하는 것이므로 안약을 치는 것보다 훨씬 낫다.

2) 가면은 약보다 좋은 체력회복법이다

인간의 몸안에는 언제나 자율신경이 활약하고 있다. 그리고 그 역할은 몸의 컨디션에 변화가 일어나면 복원력을 주도록 되어 있다. 따라서 복원력이 있는 한 약은 필요없으며, 복원력의 유지 한계가 떨어지게 되면 자극을 주어 복원력을 갖도록 작용하는 것이 바로 약의 역할인 것이다.

건강의 비결은 어떠한 조건의 변화에 대해서도 충분히 대응할 수 있을 만큼 유연하고도 복원력이 큰 자율신경으로 키우는 것이다. 그런데 가면은 그 시점에서 가장 피로해 있는 부분을 정규적인 임무에서 해방시켜 영양소의 보충과 폐기물의 제거를 충분히 해주는 것이기 때문에, 두뇌가 지쳤을 때나 육체가 고단해졌을 때, 피로의 회복 혹은 체력의 회복에 있어서 가면은 약보다 훨씬 효과적이라 할 수 있다.

3) 가면은 스트레스를 해소시킨다

스트레스란 '몸에 해로운 육체적·정신적 자극이 가해졌을 때 그 생체가 나타내는 반응'으로 불유쾌감을 느끼게 한다. 요즘과 같은 불안정한 사회에서 생활하는 이상 스트레스를 안 받고 살 수는 없다. 스트레스에 한창 시달리고 있을 때는 모든 것을 팽개치고 벌렁 누워 가면에 들어간다. 10분간의 가면은 응고된 두뇌와 육체를 해방시켜 주는 작용을 하여 스트레스를 소멸시키는 힘을 지니고 있다.

즉, 10분간의 가면은 지쳐빠진 생리계통에 소생의 입김을 불어넣어 줄 수 있다.

4) 가면은 집중력과 지속력을 높인다

공부를 능률적으로 하려면 집중력과 지속력이 뛰어나야 한다. 집중력은 학습의 질을 뜻하고, 지속력은 학습의 양을 뜻한다.

이상적인 집중도는 흥미를 갖는 데서 온다. 재미가 있으면 얼마든지 열중할 수 있고 그것에 정신없이 파묻힐 수도 있다. 그런데 흥미가 전혀 없어도 하지 않으면 안되는 것이 공부다. 특히 월례고사·중간고사·기말고사·모의고사·입학시험 등의 각종 시험때가 되면, 공부를 해야 한다는 의식만이 앞질러서 조바심만 나고 흥미는 솟아나지 않는다. 그렇다고 내팽기칠 수도 없어 집중력은 떨어지고 자꾸 책상을 떠나고 싶어진다. 이런 때야말로 10분간의 가면이 위력을 발휘할 찬스이다. 물론 10분간 눈을 붙였다고 해서 싫던 것이 좋아질 리는 없다. 그러나 자칫 혐오에서 초조로 기울기 쉬운 자의식을 다시 그 일로 향하도록 차분히 가라앉힐 수는 있다. 조바심을 가라앉히고 침착성을 되찾을 수만 있다면 어떻게 하든지 30분쯤은 견딜 수 있을 것이고, 그러한 과정의 되풀이 속에서 흥미를 품을 수 있는 대목을 찾아낼 수도 있기 때문이다.

5) 가면은 발상의 전환을 위한 최고의 무기이다

발상의 전환이란, 갈피를 잡지 못하고 있는 흥분상태에 대해 제 3자적인 관찰과 사고를 갖게 하기 위해 진정시켜 주는 것을 말한다. 가면은 음악과 매한가지로 진정제적인 효과를 지니고 있으며, 또한 목욕처럼 응어리져 굳어가는 뇌나 신경을 풀어 헤치면서 누그려뜨려 주는 작용도 한다. 두뇌와 육체를 혹사시켜 발상의 전환이 필요할 때는 주저없이 10분간의 가면을 취할 것을 권한다.

6) 가면은 밤의 시간을 살린다

"낮잠 10분은 밤잠 1시간과 맞먹는다."는 말이 있듯이, 낮잠과 밤잠의 차이는 낮의 경우는 비교적 짧은 시간으로도 심신이 매우 상쾌해진다는 것이다. 두뇌신경계의 피로회복은 비교적 빠르기 때문에 설사 짧은 시간의 가면이라도 꽤 큰 효과가 있으며, 또 이 두뇌계통의 흥분이 저하되면 육체신경계는 따라서 영향이 줄어들므로 자동적인 조절이 보다 원활하게 된다. 실험에 의하면 50%까지 저하되었던 능률이 가면을 취하고 나면 최대 90%까지 회복된다고 한다.

가면을 취해야 할 시기는 물론 신체활동 수준이 낮아지고 있을 때이다. 하루의 생활 중에서 이 수준이 낮아질 무렵을 잘 알아두었다가 나날의 생활계획에 처음부터 짜 넣으면 보다 유효하게 가면을 취할 수 있을 것이다.

기계는 자주 점검 조정을 하면 그만큼 잘 돌아가며 소모나 고장이 덜난다. 사람의 머리나 신체도 마찬가지이다. 가면을 자주 취할 수 있는 사람의 두뇌는 그만큼 손질이 잘된 것이 된다. 매일 규칙적으로 계획을 세워서 가면을 취한다고 하면 우리들 심신의 운전효율을 한층 높일 수 있다. 효율이 오르면 피로도 적어지고 그만큼 밤의 수면을 단축시킬 수가 있다.

(3) 10분 가면법의 실천 방법

1) 가면을 청하기 위한 불가결의 조건

'10분 가면법'이라는 말이 상징하듯 가면은 그 지속시간이 매우 짧기 때문에 당장 잠들 수 있어야 한다. 아무리 잠들려 해도 잠이 오지 않는다면 가면 따위를 할 필요가 없으며 선불리 잘못하다가는 오히려 불면증이 되기 쉽다. 그런데 당장 잠들 수 있다는 것은 바꿔 말하면, 쉬고 싶다는 강한 생리적 욕구를 지니고 있다는 뜻이다.

말하자면, 복원력의 아슬아슬한 한계까지 참고 공부하다가 '이젠 제발 쉬게좀 해달라!'고 비명을 지르고 있는 상태인 것이다. 한계점에 이르고 있으므로 빨리 해방되기를 원하게 되고, 그러한 기회가 오면 재빨리 받아들이게 된다. 이것이 곧 가면이 필요한 상태이다.

이러한 상태를 만들기 위해서는 다음과 같은 생활을 해야 한다.

❶ 평소에 수면시간을 될 수 있는 한 최소한으로 줄여 언제든지 긴장만 풀면 잠을 잘 수 있도록 몸을 조절해 두어야 한다.

❷ 찰나적으로 잠에 들어갈 수 있게 될 만큼 왼쪽 뇌를 극도로 피곤한 상태로까지 몰아넣어야 한다. 여기에는 질적으로 집중도를 높여서 피로하도록 몰고 가는 것과 양적으로 계속 시간을 늘려 피로로 몰아 붙이는 두 가지의 내용이 포함되어 있다.

❸ 검소한 음식을 적게 먹는다. 두뇌의 활동을 좋게 하려면 충분한 피를 뇌로 공급해야 하는데, 기름진 음식물을 과식하게 되면 음식물을 소화시키는 데 많은 에너지가 소모되고 피가 위로 몰리게 되어 머리의 활동이 둔해진다. 그래서 검소한 음식을 적게 먹는 것이 바로 단시간 수면의 열쇠이고 또한 10분 가면법의 지름길이다.

2) 가면에서 당장 깨는 비결

훌륭한 수면법이란 그 눈뜨는 솜씨에 있다. 가면 또한 마찬가지로 눈뜨는 법을 몸에 익히지 못하는 한 그리 권할 바가 못되는 것이다. 깊은 가면에 빠져 들었다면 10분만에 눈을 떠야 한다. 이것이 가장 어려운 일이다. 가면에서 당장 깰 수 있는 방법을 몇 가지 소개하겠다.

첫째, 10분만 잠을 자고서 깨어나려는 이상, 첫잠에 드는 버릇이 나빠서는 안된다. 이를 위해서는 우선 순간적으로 잠에 빠지도록 하는 기술이 있어야 한다. 즉, 평소부터 수면시간을 줄여서 언제든지 긴장만 풀면 곧 잠들 수 있도록 준비를 해 두어야 한다.

둘째, 아무리 깊이 잠든 단시간 수면일지라도 잠의 밀도가 줄곧 일정한 것은 아니다. 마치 조밀파처럼 오르내리며 파도치고 있는 것이다. 그러니까 그 주기를 10분간에 맞추도록 습관을 붙이기만 하면 그리 어려운 일이 아니다.

셋째, 자기의 수면 리듬을 10분간에 맞추려는 것이므로 처음에는 아무래도 스스로 제어한다는 것은 무리이다. 그래서 처음에는 가까이 있는 사람에게 깨워달라고 부탁하거나, 알람(alarm)을 이용한다.

넷째, 평소부터 잠잘 때 이외에는 눕지 않는다. 드러누워서 공상을 한다든가 무엇인가 부스럭대는 생활은 삼가야 한다. 그러므로 눕는다는 것은 당장 잔다는 습관에 이어진다. 즉, 일종의 자기최면법이라고 말할 수 있다.

다섯째, 가면 전에 '10분간'이라는 낱말을 몇 번이고 마음속으로 되뇌이며 자기에게 최면을 걸 듯이 자기암시를 한다. '10분만에 깨어난다'는 자기암시에 걸릴 수 있으려면 '나는 틀림없이 스스로를 제어할 수 있는 자신이 있다.'는 자신감이 필요하다.

여섯째, 무엇인가를 느끼게 되면 곧 눈을 떠라. 이 '무엇'이 무엇이냐는 직접 체험을 해보면 쉽게 느낄 수 있지만, 말로 표현하기란 무척 힘들다. 다만 이상이랄까 변화랄까를 육감으로 느끼고 피부로 느끼는 그 무엇이라고 할 수 있다.

대학

제13장

시력회복법

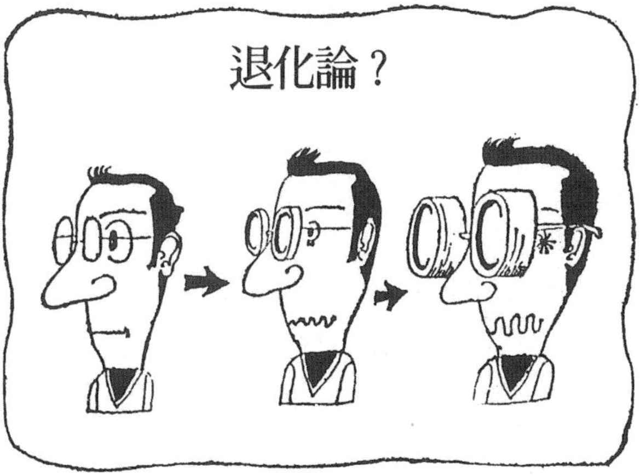

1. 왜 시력을 회복시켜야 하는가?

"몸이 천 냥이면 눈은 구백 냥이다."라는 말이 있다. 눈이 우리 몸에서 차지하는 비중이 그만큼 크다는 뜻이다. 그런데 현대인들은 이런 눈을 혹사하여 시력이 나빠지는 경우가 많아 안경을 쓰게 된다. 옛날에는 안경을 쓰는 학생들이 소수였는데 요즘은 과반수가 넘는 학생들이 안경을 쓴다. 특히 스마트폰이 나오면서 그 정도가 더 심해졌다. 엘튼 존은 2만 여개의 안경을 수집한 안경수집광으로도 유명한데, 2003년에 라식 수술을 받고 안경을 벗겠다고 선언했지만, 아직도 안경을 쓰고 있다고 한다.

안경은 불편하기는 하지만 확실히 근사한 도구로서, 안경이 인류에게 가져다 준 혜택은 매우 크다고 아니할 수 없다. 그러나 안경은 눈의 기능이 침범되어 있는 상태에서 시력을 인공적으로 회복시키는 데 지나지 않는다. 그래서 안경은 눈이 가지고 있는 자체의 잠재능력을 개발할 수 있는 기회를 박탈해 버리기 때문에, 점점 눈의 기능은 정상에서 이탈되어 가고 끊임없이 더 높은 도수의 안경에 의존하게 되어버린다. 그리하여 평생 동안 안경의 노예가 되어 여러 가지 불편을 겪어가며 살아간다. 이러한 여러 가지 생활상의 제약으로 안경을 낀 사람은 성격까지도 일그러지는 수가 많다.

그러므로 이미 안경을 낀 사람은 시력을 회복시켜 안경을 벗어버려야 하며, 안경을 아직 끼지 않은 사람은 본서에서 지시하는 대로 행하여 시력을 보호하도록 해야 한다. 우선 안경을 끼고 있는 사람이 겪는 불편은 무엇인지 살펴보기로 하자.

❶ 안경을 끼면 마치 터널을 통해 사물을 보는 것 같아 답답하고, 시야가 좁아진다.

❷ 안경을 끼고 벗을 때 안경을 놓는 장소가 마땅치 않아 불편을 느낀다.

❸ 안경을 끼면 운동할 때 위험을 느끼게 되어 자꾸 운동을 회피하게 되어 신체와 더불어 마음까지도 약해지고 위축된다.

❹ 안경을 끼면 코 위와 귀가 아픈 경우가 많다. 심지어는 축농증과 비후성비염을 유발시키기도 한다.

❺ 겨울에 버스를 탈 때나, 추운 실외에서 따뜻한 실내로 들어오면 안경알이 흐려져 순간적으로 장님이 된다.

❻ 식사를 할 때나 비가 올 때 안경알이 흐려져서 귀찮다.

❼ 목욕탕에서 목욕을 할 때 안경을 낄 수가 없어 답답하다.

❽ 안경을 끼고 있지 않을 때는 위험을 느낀다.

❾ 용모에도 마이너스로 작용한다. 특히 여성의 경우에는 심각한 문제일 수 있다.

❿ 도수를 계속 높여가야 하고, 안경테도 영구적이지 못하기 때문에 평생 지불해야 하는 경제적 손실도 매우 크다.

2. 과연 시력의 회복은 가능한가?

[1] 눈의 내부구조

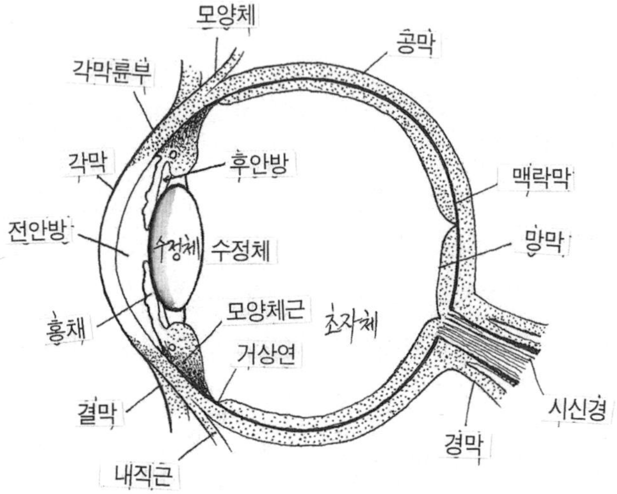

[컴퓨터 보다도 복잡한 눈의 구조]

눈은 두개골의 움푹 들어간 곳에 위치하여 지방질이 주위에서 쿠션 역할을 하면서 안구를 받치고 있고, 6개의 근육(4개의 직근과 2개의 사근)이 안구를 받치면서 이를 움직이고 있다. 보고자 하는 요구도에 따라 직근과 사근이 놀라울 만큼 균형을 유지하면서, 사진기의 렌즈와 같은 기능을 하는 수정체의 두께를 조절한다.

시야가 흐릿한 것은 직근과 사근이 정상적인 작용을 하지 못하여 수정체의 두께가 알맞게 되지 못하기 때문이다. 따라서 눈의 각 기관도 도와주면 맑은 시계(視界)를 가질 수 있게 되는 것이다. 눈을 구성하고 있는 주요 부분을 살펴보면 다음과 같다.

(1) 각막

각막(角膜)은 눈을 덮고 있는 투명한 막이다. 이것은 눈의 내부를 먼지나 티끌로부터 지켜주며 눈의 안쪽으로 빛을 굴절시켜 주는 렌즈 역할을 하고 있다. 이상적인 각막이란 표면이 평평하고 균일하게 만곡되어 있어 빛이 고르게 그곳을 통과할 수 있어야 한다. 각막의 만곡이 균일하지 않은 것을 각막성 난시라고 한다.

(2) 홍채와 동공

홍채(虹彩:눈조리개)는 각막 뒤쪽에 있으며 색깔이 있는 눈의 일부분이다. 도너츠 모양을 하고 있으며 강한 빛에 즉각 반응할 수 있는 작고 미세한 근육 섬유로 되어 있다. 홍채는 밝은 빛에 대해서는 수축하여 그 중심부(동공)를 작게 만든다.

반면, 약한 빛에 대해서는 확장하여 보다 많은 빛이 눈으로 들어오게 한다. 동공(瞳孔)의 반응은 시상하부에서 생겨 나오는 신경의 반사작용에 의해서 컨트롤된다.

(3) 수정체

수정체(水晶體)는 유연성이 있는 몇 개의 층으로 되어 있는 작은 투명유리와 같은 것으로서, 눈 속으로 들어온 빛을 초점에 모으는 역할을 한다. 수정체는 감수성이 강한 모양체근에 연결되어 있다. 모양체근은 들어오는 빛에 반응하여 분명한 영상을 만들기 때문에 수정체를 부풀게 하거나 납작하게 하여 초점을 맞춘다. 눈 속에 들어온 빛은 모두 눈의 안쪽 벽 즉, 망막으로 향하는데, 꼭 망막의 표면에 초점이 오도록 빛을 굴절시키는 것이 수정체의 역할이다.

(4) 망막

눈의 안쪽 깊숙한 곳의 벽을 덮고 있으며, 뇌의 연장으로서 1억2500만

개의 세포로 되어 있는 것이 망막(網膜)이다. 수정체를 통과한 빛은 망막에서 부호화된 일련의 신경신호로 변화되어 뇌에 전달되며 우리들이 인식하고 판단할 수 있는 실제적 상(像)으로 조립된다.

[2] 눈 질환의 원인

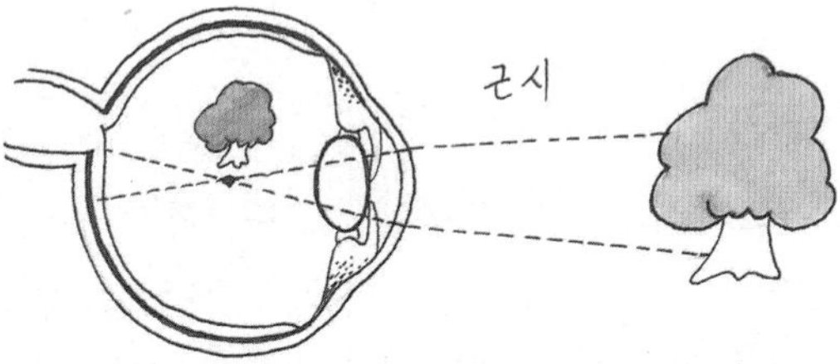

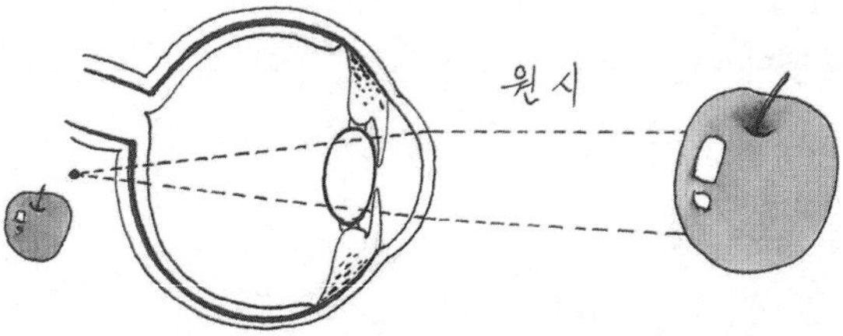

시력의 약화를 가져오는 눈 질환의 원인은 ❶ 눈의 사용에 나쁜 습관(예: 응시하는 버릇), ❷ 만성피로, ❸ 전신쇠약, ❹ 장기간에 걸친 근심걱정, ❺ 영양부족, ❻ 치아가 나쁠 때, ❼ 소화가 안될 때, ❽ 배설이 시원치 않을 때, ❾ 불면에 의한 신경의 피로와 긴장, ❿ 신경을 곤두세우는 그 어떤 이유로 안근(眼筋)을 긴장시킴으로써 생기는 언밸런스가 가져오는 결과이다. 직근(直筋)이 긴장 상태에 빠졌을 때에는 원시의 증상을 나타내고, 사근(絲筋)에 긴장이 생겼을 때에는 근시의 증상이 나타난다.

"나는 반드시 시력을 회복하여 귀찮은 안경을 벗어버리겠다."는 강력한 의욕을 갖고, 이러한 눈 질환의 원인을 생활속에서 하나하나 제거해 나가면서, 올바른 시력 회복법을 습득하여 꾸준히 노력한다면 눈은 틀림없이 좋아질 수 있다.

3. 올바른 눈의 사용법

좋은 시력을 나빠지지 않도록 보호하거나, 나빠진 시력을 회복하기 위해서는 우선 올바른 눈의 사용법을 터득하여 생활화하여야 한다. 먼저 정상적인 눈은 어떻게 작용하는지 알아보겠다.

[1] 정상적인 눈은 어떻게 작용하는가?

첫째, 정상적인 눈은 항상 깜박거리고 있다.

즉, 응시(물끄러미 바라봄)하지 않는다. 응시하는 버릇은 눈에 긴장을 가져와 눈을 약화시키는 최대의 원인이 된다.

둘째, 정상적인 눈은 항상 시점을 이동시키고 있다.

안구를 늦추어 자유롭게 해주지 않으면 눈은 시점의 이동을 중지하기 때문에 시점이 고정되어 눈에 긴장을 가져온다.

셋째, 정상적인 눈은 한꺼번에 광범위한 것을 보려고 하지 않는다.

즉, 독서를 할 경우에 한 줄 전부를 동시에 보는 일이 결코 없으며, 보는 것은 오직 한 자뿐이다. 전체를 동시에 보려고 하는 것은 눈에 긴장을 일으키는 결과가 된다. 마치 글씨를 쓸 때처럼 한 자 한 자 차분히 읽어나간다.

[2] 올바른 독서 방법

❶ 책과 눈의 거리는 35~40cm가 되도록 한다.

❷ 앞으로 고개를 숙이지 않고, 등을 굽히지 말고 수직으로 편 올바른 자세로 앉는다. 이를 위해서는 수평면에 책을 놓고 읽어서는 안되며, 높이를 조절할 수 있는 독서대를 이용한다.

❸ 방 전체의 조명은 약간 어둡게 하고, 책상 위의 조명은 더 밝게 한다. 그러나, 가능하면 창문 등을 이용해서 자연조명 상태를 유지하는 것이 바람직하다.

❹ 읽을 수 있다고 느낄 때에만, 기분을 편하게 하고 차분히 읽는다. 병에 걸렸거나 피로해 있을 때는 우선 몸과 마음과 함께 눈도 푹 쉬도록 한다.

❺ 깜박거림은 한 줄에 1~2번 한다. 절대로 응시하지 말아야 한다. 처음에는 의식을 갖고 깜박거린다면 시간이 흐를수록 무의식적으로 깜박거리게 된다.

❻ 조명이 충분치 않은 전차나 흔들리는 차 속에서는 책을 읽지 말고, 조용히 눈을 감고 단전에 의식을 집중하면서 깊고 길게 단전호흡을 한다.

❼ 1시간에 5~10분 정도의 휴식시간을 갖는다. 휴식을 취할 때는 먼 곳을 바라보거나, 벌렁 누워서 눈을 감고 온몸의 근육을 이완시킨 상태에서 가면을 취하거나, 안구를 상하좌우로 굴리면서 안구운동을 한다.

[3] 올바른 텔레비전 시청법

❶ TV의 높이는 눈의 높이보다 10~15cm 낮게 해야 한다. 절대로 TV를 올려보아서는 안된다. 따라서 엎드리거나 누워서 TV를 보는 것은 눈에 관한한 자살행위나 다름없다.

❷ TV와의 거리는 너무 멀지도 가깝지도 않아야 한다. 보통 30~50인치의 경우에는 2.5~3m 정도가 적당한 거리이다.

❸ TV를 볼 때 방이 너무 어두워서는 안된다. 화면보다 약간 어두울 정도의 조명을 유지하는 것이 좋다.

❹ TV를 보는 시간은 최고 2시간까지로 한다. 될 수 있으면 특별한 프로 외에는 TV를 멀리하는 것이 눈을 위해서나 공부를 위해서 도움이 될 것이다. TV의 별명이 '바보상자'라는 사실을 잊지 않도록 한다.

[4] 올바른 영화 감상법

❶ 영화의 스크린은 실제로는 고정되어 있는 것이기 때문에 응시의 원

인이 된다. 그래서 영화를 본 후에 눈이 무척 피로한 것이다. 따라서, 영화를 감상할 때는 눈을 편하게 하고 스크린의 여기저기로 시선을 옮긴다.

❷ 적어도 1분간에 10번 이상 눈을 깜박거린다.

❸ 적당한 때에 스크린에서 잠깐 눈을 떼고 영화관 내의 이곳 저곳을 쳐다 본다.

[5] 그 밖의 주의할 사항

❶ 책상 위에 유리를 깔아서는 안된다. 빛이 경면 반사해서 눈을 자극하기 때문이다. 번쩍이지 않는 무광택의 나무 본래의 색이 가장 좋으며, 푸른 색 계통의 책상보를 덮거나, 짙은 녹색의 Cutting Mat를 깔아도 좋다.

❷ 공부의 패턴을 밤공부형에서 새벽공부형으로 바꾼다. 일찍 자고 일찍 일어나는 것은 자연의 섭리에 순응하는 것으로서 무엇보다도 눈의 시력회복에 지대한 역할을 한다.

❸ 점안과 세안을 하지 않는다. 눈에는 항시 눈물이라는 귀중한 눈의 윤활액이 있는 바, 점안과 세안은 눈물의 분비를 억제시킴으로써 눈의 정상적인 기능을 저해한다.

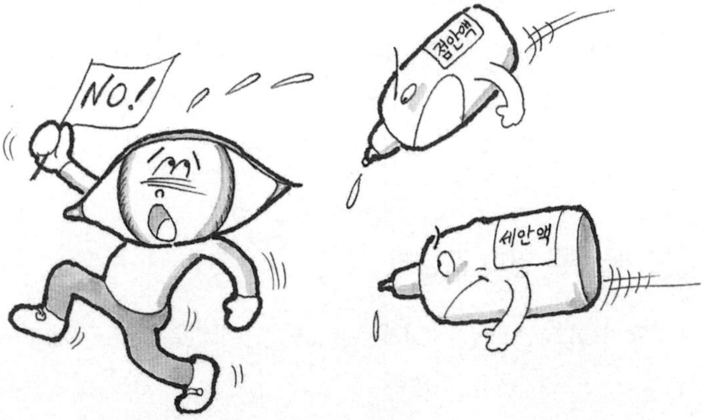

④ 매일 규칙적인 운동을 한다. 특히 밖에서 운동할 때에는 가능한 한 안경을 벗고 하는 습관을 들인다.

⑤ 커피믹스는 절대로 먹지 말 것이며, 가능하면 현미와 여러 가지 잡곡을 섞어 밥을 해먹고, 육류보다도 채소와 과일의 섭취량을 늘려 나간다. 생선을 먹을 때는 반드시 생선의 눈을 먹고, 루테인(Lutein)이 들어있는 건강보조식품을 섭취하는 것도 시력회복에 도움이 된다.

⑥ 싸구려 선글라스는 눈에 해롭다.

4. 효율적인 시력 회복 훈련

위에서 서술한 여러 가지 생활상의 방법을 철저히 지켜나간다면 시력은 거의 80%는 회복된다. 뿐만 아니라 모든 면에서 자신감도 얻을 수 있다. 이곳에서 서술하고자 하는 내용은 나머지 20%를 마저 완성하기 위해서라고 할 수 있다. 따라서 앞에서 서술한 것들을 실행하지 않는다면 이곳에서의 훈련은 별 효과가 없는 것이 된다.

(1) 안경 없이 지내는 시간을 가능한 한 많이 갖도록 한다

이것은 시력훈련 중에서 가장 간단하고 가장 효과적이며 가장 중요한 일이다.

❶ 흐릿한 시계는 오히려 눈에 좋다. 억지로 눈을 긴장시키거나 가늘게 뜨고 사물을 보려 하지 말고 흐린 상태를 그대로 받아들인다.

❷ 다른 감각 즉, 청각·촉각·후각 등을 통해 정보를 얻으려고 노력한다.

❸ 개개의 물체나 세부에 신경을 집중시키지 말고 전체의 광경을 바라본다.

❹ 능동적으로 사물을 보려고 하지 말고, 눈에 들어오는 것을 본다는 수동적 자세로 사물을 본다.

❺ 남과 이야기할 때, 조깅 등의 운동을 할 때, 식사할 때에는 안경을 벗는다.

(2) 신체회전 운동을 자주 한다

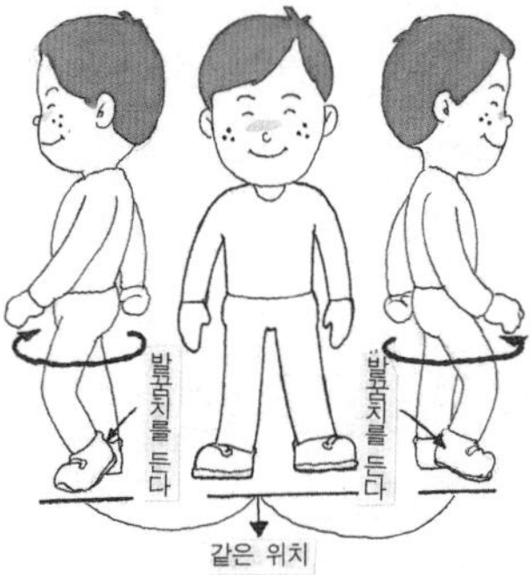

[롱스윙]

[스웨잉]

1) 롱스윙 : 양발을 어깨넓이만큼 벌리고 선 자세에서 팔을 자연스럽게 흔들면서 좌우로 몸을 돌린다.

2) 스웨잉 : 같은 자세로 좌우로 반복하여 몸을 기울인다. 반드시 안경을 벗고 눈은 자연스런 상태로 놓아둔다.

(3) 눈을 일광욕시킨다

태양광선은 엄청난 에너지를 지니고 있으며 상상을 초월하는 화학작용을 일으킨다. 눈을 살며시 감고 얼굴을 태양을 향해 돌린 다음 목을 좌우로 돌린다. 약 4~5분간 눈이 태양의 열과 운동에 의해 편해졌을 때 눈을 뜬다. 이때 절대로 태양을 정면으로 보아서는 안되며, 점차 보는 방향을 태양에 가깝게 해 간다. 매일 일정한 시간에 하되 점차 시간을 늘려 20분 정도까지 실시한다.

(4) 눈 마사지와 스트레칭을 한다

먼저 양 손을 30회 정도 비벼 마찰열을 낸 후 두 손바닥을 양 쪽 눈두덩에 올린다. 그 상태로 눈동자를 상하좌우 돌려주어 눈의 긴장을 해소한 다음 편안하게 눈을 감고 약 1분 간 휴식한 뒤 긴장을 풀고 초점을 맞추지 않은 상태로 가볍게 위쪽을 쳐다본다. 그 상태로 눈을 감은 후 속으로 셋까지 센 후 다시 눈을 크게 뜨고 다시 셋을 센다. 이 때 고개는 움직이지 않는 상태로 정면을 향하게 하고 눈동자와 눈꺼풀만 움직인다. 이 같은 동작을 왼쪽, 오른쪽, 밑으로 동일하게 반복한다. 모든 동작을 반복한 후에는 눈 주위를 가볍게 눌러주면서 안쪽에서 바깥쪽으로 원을 그리듯 마사지하면서 마무리하면 된다.

(5) 눈의 피로나 긴장은 즉시 풀어버린다

의식적으로 몸을 편하게 하고 전신의 근육을 부드럽게 해서 심신을 모두 편안하게 한다. 눈을 감고 모든 사념(邪念)을 떨쳐 버리고, 얼굴 전체의 근육 특히 혀나 입언저리의 근육을 부드럽게 푼 상태에서 안구의 힘을 뺀다. 그리고 깊고 길고 가늘게 단전호흡을 한다.

(6) 눈 건강에 좋 은 음식을 자주 섭취한다

눈의 면역력을 높이는 성분은 루테인과 칼륨, 안토시아닌 등이다. 달걀, 당근, 시금치, 사과, 감자, 콩, 생선이 이런 성분을 많이 포함하고 있는데, 특히 달걀에는 루테인과 제아잔틴이라는 카로티노이드가 있어 눈의 산화와 노화를 막아주며, 노른자에 많이 있는 비타민A는 야맹증을 예방하는 데 큰 효과가 있다. 또 노른자에는 뇌 속의 신경전달 물질인 아세틸콜린(Acetylcholine) 분비를 활성화시키는 콜린이라는 물질이 많이 들어있는데, 아세틸콜린 분비가 늘어나면 기억력과 근육을 조절하는 능력이 좋아진다.

시험공부

제14장

시험을 잘 보는 법

"知彼知己百戰不殆"

지피지기백전불태

"상대를 알고 나를 알면 백 번 싸워도 위태롭지 않다."[주)]

수험생에게 시험은 전쟁이다. 치루고자 하는 시험이 어떤 시험이든지, 여러분의 상대인 그 시험에 대해 정확히 알고 만반의 준비를 해야 위태롭지 않을 것이다. 특히, 일생일대의 시험인 대학입시를 앞둔 수험생들은 더욱 철저히 준비해야 한다.

본 장에서는 여러분이 어떤 시험에서도 최고의 능력을 발휘하여 승리할 수 있는 비장의 전략과 무기들을 소개한다. 열심히 익혀서 습관이 되게 하라. 아무리 좋은 무기일지라도 쓰지 않으면 무용지물.

1. 시험이란 무엇인가?

시험이란 거의 모든 학생들이 가장 싫어하고 힘들어 하는 일 중의 하나다. 초등학교 시절부터 무수히 많은 시험을 보아 왔음에도 불구하고, 여전히 그것에 대한 공포감과 혐오감을 갖고 있다. 그러나 앞으로도 시험의 압박에서 벗어나기는 어렵다. 대학입시를 치를 때까지 얼마나 많은 시험을 보아야 하며, 힘겹게 대학에 진학한 후에도 최소한 일년에 네 번 이상 시험을 치러야 한다. 대학을 졸업한 후에도 대학원에 진학을 하든 취직을 하든 시험을 쳐야 한다.

이와 같이 우리가 아무리 시험을 싫어해도 우리 생활의 일부로 삼을 수

주) '상대를 알고 나를 알면 백 번 싸워도 위태롭지 않다'는 뜻으로, '상대와 나의 약점과 강점을 모두 파악한 후 싸움에 임해야 위태롭지 않다'라는 뜻의 고사성어.
중국 전국시대(戰國時代) 오(吳)나라 출신의 전략가인 손무(孫武)가 지은 병법서(兵法書) 『손자』에서 유래하는 말.
故曰 知彼知己, 百戰不殆.[고왈 지피지기 백전불태]
그러므로 적군을 알고 아군을 알면, 백 번을 싸워도 위태하지 않다.
不知彼而知己, 一勝一負.[부지피이지기 일승일부]
적군을 알지 못하고 아군을 알면, 한 번은 이기고 한 번은 진다.
不知彼不知己, 每戰必殆.[부지피부지기 매전필태]
적군을 알지 못하고 아군도 알지 못하면 싸울 때마다 위태롭다.
지피지기백전백승[知彼知己百戰百勝]의 출처는 이순신의 《난중일기》라고 함.

밖에 없는 것이 운명적인 현실이다. 만약, 시험을 어렵고 지겨운 것으로 여긴다면 실패할 가능성은 더 커질 것이다. 때문에 우리는 어떻게 하면 시험을 지겹지 않게 여길 수 있으며, 또한 시험에서 좋은 결과를 얻을 수 있는가를 심각하게 숙고하여, 우리 앞에 놓여진 운명에 슬기롭게 대처해야 할 필요성과 당위성이 있는 것이다.

[1] 인생은 시험이다

(1) 시험의 연속이 곧 인생이다

사람은 시험을 보기 위하여 태어나고 시험을 보기 위하여 죽는다. 그리고 태어나서 죽을 때까지의 짧은 삶도 실제로는 수많은 시험의 연속일 뿐이다. 유치원에 들어가기 위하여 시작한 시험은 초등학교, 중·고등학교, 대학교를 다닐 때 빼놓을 수 없는 필수물이 되고, 졸업한 다음에는 다시 취직시험을 치르고, 취직이 된 다음에는 다시 승진시험을 치러야 한다.

그리고 이렇게 연속된 시험에서 한 번만 실패를 해도 그 사람은 인생의 낙제생이 되기 쉽다. 물론 몇 번씩이나 재수를 해서 다시 합격하는 경우도 없지 않으나, 일부의 사람들은 재수가 바로 '재수없는 인생'으로 끝날 수도 있으며, 설령 칠전팔기(七顚八起)의 노력으로 합격했다고 하더라도 재수기간 동안에 얻은 상처를 평생 잊지 못하기도 한다.

우리가 이 세상에 존재하는 동안에 실제로 답안지를 작성하는 시험은 치르지 않는다고 하더라도, 우리는 수없는 선택의 과정을 겪어야 한다는 점에서 우리의 모든 행동이 바로 시험의 연속이라고 말할 수 있다. 이렇게 보면 우리는 정녕 시험을 보기 위하여 태어난다고 말할 수 있다.

그리하여 많은 사람들이 시험에 시달리다가 시험 노이로제에 걸리기도 하고, 어느 경우에는 시험 공포증까지 걸리게 된다. 끝없이 계속되는 시험에 지쳐서 시험이라는 생각도 없이 지내다가 어느 날 갑자기 자신이 낙제생임을 발견하기도 한다. 시험만큼 우리들에게 스트레스를 주고, 시험만큼 우리를 괴롭히는 병마도 없을 것이다.

(2) 시험의 정체는 무엇인가?

그러면 우리는 왜 이렇게 시험에 시달려야 하는가?

시험의 정체는 도대체 무엇이기에 겉으로는 멀쩡한 사람까지도 바보로 만들 수 있단 말인가?

첫째, 시험이 우리를 괴롭힐 수 있는 이유는 그것이 바로 '「나」를 평가하는 제도'이기 때문이다. 물론 한 번의 시험으로 어떤 인간의 전체를 파악할 수는 없을 것이며, 시험을 백 번 치른다고 해도 그것이 그 사람의 모든 것을 드러내지는 못한다. 그리고, 특수한 경우이긴 하지만 어떤 경우에는 속임수를 교묘하게 써서 자신을 자신 이상으로 나타내기도 한다.

그러나 시험은 여러 가지 약점에도 불구하고 나의 '현재 모습'을 그대로 폭로한다. 그리고 벌거벗은 내가 폭로되었을 때 우리는 본능적으로 두려움을 느낀다. 시험이 - 비록 그것이 나의 극히 적은 부분을 나타내고 있지만 - 나를 폭로시키는 한 우리가 시험을 두려워하는 이유가 여기에 있다.

둘째, 우리가 시험을 두려워하는 이유는 그것이 대부분의 경우에는 나의 참모습을 있는 것 이상으로 폭로시키기 보다는 '있는 것 이하로 폭로'시키기 때문이다. 인간은 시험에서 평가절상을 받기보다는 평가절하를 받기 쉽다. 나를 표현하는 시험이 나를 그대로 표현하지 않고 나보다 못한 인간으로 표현할 때, 그리고 매정한 시험은 마치 그의 판단이 가장 공평한 양 교만을 떨고 있을 때, 그리하여 인생에 의하여 시험이 판단되지 않고 엉터리 시험에 의하여 인생이 판단될 때, 그때 우리는 무한한 비애를 느낀다. 그런대로 사진은 나를 제법 있는 그대로 표현한다. 그러나 시험에 표현된 나는 정말로 너무나 억울하게 축소된 나이다.

셋째, 그러나 시험이 우리를 괴롭힐 수 있는 가장 중요한 이유는 그것이 '나와 타인을 비교하는 척도'로 사용된다는 데 있다. 50점을 맞은 사람과 55점을 맞은 사람에게는 5점의 차이가 있다. 이 엄연한 통계적인 결론에 감히 누가 반항을 하겠는가.

사람은 자신의 폭로를 두려워한다. 그러나 그것이 골방속에서 폭로되어 아무도 알지 못한다면 그래도 견딜 수 있다. 그러나 시험은 본질적으로 사적(私的)인 것이 아니라 공적(公的)인 것이다. 나를 판단할 뿐만 아니라, 그리고 실제 이하로 판단할 뿐만 아니라, 나를 다른 사람과 공공연히 비교를 하게 만든다. 이것은 나를 아무도 없는 곳에서 욕을 하는 것이 아니라 전 세계를 향하여 공개적으로 욕을 하는 것과 다름이 없다. 그리하여 5점이 떨어진 나는 5점이 높은 너의 그룹에 끼이지 못하게 되고, 3점이 높은 나는 단지 3점이 높다는 이유 하나만으로 엘리트의 그룹에 속하게도 된다. 참으로 인생을 단세포적으로 보는 결과이다. 그러나 그 결과는 너무나 당연하고 확실하고 정당하지 않은가?

그리하여 많은 사람들이 시험보기를 싫어한다. 시험을 보지 않고 살 수 있는 인생이 있다면 얼마나 좋을까. 제발 시험만은 보지 않고 학교에 입학하고 졸업할 수는 없을까. 천국은 멀리 있는 것이 아니라 바로 시험지옥이 없는 곳이다.

그러나 이러한 기대는 허황된 기대에 불과하다. 삶 자체가 시험이며, 시험이 없는 삶이란 삶이라고 말할 수도 없을 것이기 때문이다. 한국에서만 시험이 있는 것이 아니고, 또 일부의 사람만이 시험에 시달려야 되는 것도 아니며, 일부의 사람만이 시험을 두려워하는 것이 아니다. 시험은 보편적이기 때문에 예외를 인정하지 않는다. 장원급제를 한 사람도 시험은 두려워한다.

(3) 시험에 대한 적극적 태도를 갖자

시험을 피할 수 있는 사람은 이 세상에 하나도 없다. 삶 자체가 시험이다. 그리고 시험은 모든 사람을 괴롭힌다. 그렇다면 우리는 여기서 어떻게 행동해야 하는가? 어차피 치러야 할 시험이라는 소극적인 태도를 벗어나서 적극적인 태도를 가져야 할 것이다.

그러면, 구체적으로 시험에 대한 적극적 태도란 무엇인가?

첫째, 시험에 대한 보다 적극적인 자세는 어느 날 갑자기 치르지 않고 미리 '준비'를 하는 것이다.

준비한 사람만이 좋은 결과를 가질 수 있다. 준비하지 않은 사람과 눈치 작전에 능한 사람은 절대로 좋은 결과를 기대할 수 없으며, 설령 한 번의 시험에서 어느 정도의 좋은 성과를 가져 왔다고 하더라도 그 다음의, 그리고 더욱 커다란 시험에서는 분명히 실패하기 마련이다. 사람은 언제나 성실하게 준비하면서 기다려야 한다. 기회가 왔을 때 허둥지둥 쫓아간다고 목표를 달성하는 것이 아니다. 평소에 언제나 준비하는 마음을 가진 사람만이 기회를 정확하게 포착할 수 있다. 모든 것은 기다리는 사람에게 온다(Everything comes to those who wait).

둘째, 시험에 대한 성실한 태도는 끝까지 포기하지 않고 최선을 다하는 것이다.

'나는 이미 틀렸다'는 생각은 성실한 태도가 아니다. 비록 실패할지라도 끝까지 매진하는 태도, 비록 내일 지구가 멸망하더라도 오늘 사과나무를 심는 태도, 그것이 바로 성실한 태도이다.

셋째, 그러나 시험에 대한 현명한 태도는 우선 어떤 시험을 치르느냐를 미리 사전에 결정하는 것이다.

대세에 휩쓸리지 않고 나의 미래의 청사진에 맞는 시험의 종류를 사전에 선택하는 것이다. 막바지 눈치작전, 혹은 타의에 의한 입시, 그런 것들은 '나의 선택'이 아니라 '남의 선택'일 뿐이며, 남의 선택에 의하여 강요된 시험은 절대로 합격할 수 없으며, 합격했다고 하더라도 차라리 합격하지 못한 것만도 못하게 된다. 그것이 나를 위한 선택이 아니었기 때문이다.

넷째, 시험에 대한 적극적인 태도는 좁은 시야를 버리고 멀리 보는 것이다.

근시안적인 인생관을 버리고 보다 넓은(망망대해와 같은) 인생관을 갖는 것이다. 한 번의 시험에 실패했다고 해서 인생의 모든 시험에 실패한 것은 아니다, 제비 한 마리가 봄을 가지고 오는 것이 아니듯이. 그리하여 시험에 대한 넓은 시야를 가진 사람은 시험을 '평가(evaluation)'로 보지 않고 '격려(encouragement)'로 본다. 시험으로 나를 폭로시키는 것이 아니라, 이 시험을 통하여 나의 성장을 촉진시키는 촉매제로 사용하는 것이다.

한 번의 시험으로 모든 시험을 포기하는 사람, 그 사람은 한 개의 손가락이 보기 싫다고 해서 손가락 열 개를 모두 잘라버리는 사람과 다름이 없다. 시험에는 언제나 다음의 시험이 있고, 그 다음의 시험 다음에는 또 다른 시험이 있다.[주)]

[2] 시험의 목적

모든 일이 그러하듯 시험에 대하여도 긍정적·적극적 태도를 갖게 되려면 우선 그것의 목적과 기능을 명료하게 이해할 필요가 있다. 시험의 목적부터 고찰해 보자.

(1) 시험은 총 복습의 기회를 제공한다

시험이 없다면 몇 달 동안 배운 내용 전체를 복습하지 않을런지도 모른다. 총 복습을 통해서 그 과목의 기본적 구조(structure)를 이해할 수 있다.

(2) 시험은 나의 약점이 무엇인지를 알 수 있게 한다

시험 결과를 분석하여 보면 어떤 부분이 약점이고 잘못 전달되었는지를 알 수 있다. 그래서 선생님은 선생님대로 그 점을 보완할 수 있도록 교육내용을 개선할 것이며, 학생은 학생대로 학습방법을 수정할 수 있다.

주) 황필호 교수(철학)

(3) 시험은 학습동기를 유발·유지시킨다

"오늘 할 일을 내일로 미루지 말라."는 격언을 잘 알겠지만, 사실은 이런저런 핑계로 그것을 미루기 쉽다. 그런데 시험은 이러한 나태성을 방지해준다. 평소에는 공부를 하지 않다가도 시험이 임박해서는 공부를 할 수밖에 없고, 억지로라도 공부를 하다보면 공부에 재미를 느낄 수도 있게 된다.

(4) 시험은 개인의 장래의 진로지도에 도움이 되게 한다

시험을 통하여 자기 자신을 분석해 봄으로써, 장래의 진로를 결정하는 데 큰 도움이 된다. 시험성적이 나쁘면 실망하거나 자신을 잃어버리기 전에, '지적 능력이 낮은가, 학습의욕이 저조한가, 학습방법이 적당하지 않은가, 학습환경이 나쁜가' 등의 문제를 면밀히 검토해서 자신의 장래 진로를 결정해야 한다. 그리고 시험공부를 단지 대학에 합격하기 위한 '마음내키지 않는 공부'라고 생각할 것이 아니라, 장래를 위한 초석을 다지는 것이라고 생각해야 한다.

(5) 시험은 젊었을 때의 인격형성에 도움이 된다

무슨 일이든 성취하기 위해서는 고통이 따르게 마련이다. 젊었을 때 즉, 청춘 시절은 불안과 기대가 뒤섞인 정신적으로 매우 불안정한 시기이다. 즐겁게 지내야 할 그런 시절을 시험공부라는 고통스러운 작업에 쫓겨야 하다니 불행한 일이라고 생각할 것이 아니라, 자신의 인격을 갈고 닦는 인격 형성의 시기로 생각해야 한다.

(6) 시험은 인격 전체의 적응행위이다

시험은 결코 인간의 머리만으로 할 수 있는 것은 아니다. 그것은 신체·감정·의지 등 인격 전체의 적응행위가 아니면 안된다. 이와같은 시험준비는 하룻밤이나 이틀밤의 벼락치기공부로 되는 것이 아니다. 거기에는 평소의 학업에서 조직적이고 잘 조화된 공부 계획을 세워서 능률적인 학습법을 체득하는 것이 중요하다.

요컨대, 시험준비는 '시험 때에 최고의 능률이 발휘될 수 있도록 신체·감정·지능 등의 상태를 조정해서 복습의 프로그램을 만들고 이것을 실행하는 것'이다. 그런고로 시험준비에는 이른바 시험공부 외에 ⓐ 신체적 준비, ⓑ 정서적 준비 등이 중요한 문제로서 포함된다.

2. 시험준비 요령

[1] 시험을 준비하는 올바른 마음가짐

(1) 시험을 두려워하지 말 것

시험성적은 경제활동에서의 작업향상과 마찬가지로 향상되어질 수 있다. 어떤 능숙한 기술이 발전에 필요한 것과 마찬가지로 여기에도 두 가지 기술이 필요하다. 하나는 '지식'이요, 또 하나는 '실습'이다.

그런데, 다른 모든 결정적 경쟁에서와 마찬가지로 시험에도 항상 직면하고 극복해야 할 큰 적이 하나 있는데, 그것은 바로 '두려움'이다. 두려움은 시험에서 여러분을 절망에 빠뜨린다. 바짝 긴장하고 당황해서, 머릿속에 조심스럽게 담아두었던 모든 지식을 시험지를 받는 순간 잊어버리는 학생은 이미 시험도 보기 전에 진 것이다.

그러므로 여러분이 어떤 종류의 시험이건 숙달하는 데 있어서 준비해야 할 첫걸음은 항상 이러한 질문을 하는 것이다.

"시험 볼 때 나를 두렵게 하는 게 무엇인가?" 대답은 두 가지이다.

ⓐ 시험 볼 내용에 대해 잘 모른다는 것.

ⓑ 시험 형태와 과정을 잘 모른다는 것.

이 두 가지의 시험공포 가운데서 하나라도 여러분이 갖고 있다면, 그것은 여러분으로 하여금 갖고 있는 능력의 30%를 발휘할 수 없게 하는 요인이 된다. 여러분은 이러한 손실을 예방해야 한다. 실험을 거쳐 입증된 세 가지 방법은 다음과 같다.

1) **준비** : 무엇보다 중요한 것은 '준비'이다. 시험과목의 내용을 전반적으로 아는 것, 그것을 중심개념으로 요약하는 것, 그러한 중심개념을 올바른 논리적 규칙에 맞추어 나열해서 다른 사람에게 자동적으로 제시하는 것, 그러한 개념들을 마음속에 영구히 기억해서 그것들을 필요로 하는 순간, 즉시 그 개념들이 입과 손을 통해 튀어나올 수 있게 하는 것 등, 최종 시험을 위한 이러한 준비는 여러분이 수업에 들어간 첫날 바로 시작한다. 이 책은 그러한 준비를 이끌어가는 방법, 그것을 가능한 한 완전히 성취하는 방법, 결정적 순간에 즉시 재사용할 수 있는 방법에 대해 하나하나 면밀히 계획을 세워놓고 있다.

2) **익숙함** : 여러분이 그 과목의 내용을 숙달한 후라면, 또한 여러분이

그 강의내용에 대해 받을 질문형태에도 숙달해야 한다. 시험이란 그 자체만으로도 여러분을 놀라게 한다. 낯설고 새로운 방식의 질문은 학생들로 하여금 완전히 잘 알고 있는 것도 대답을 못하게 하는 원인이 될 수 있다. 여러분이 시험에 대한 두려움을 없애기 위하여 해야 할 일은 여러분이 시험보는 교실에서 문제를 대하기 전에 그 문제에서 있을 수 있는 속임수를 끄집어내는 일이다.

이것은 시험에서 받을 질문형태를 미리 알아야 할 것을 요구하고 있다. 어떻게 해서 이런 문제들이 만들어졌으며, 어떻게 그것을 판독해서 풀어야 하는지, 그리고 문제 자체가 어떻게 문제를 푸는 데 도움을 줄 수 있는가를 알아야만 한다. 그리고 나서 자기 이름을 쓰는 데 익숙해져 있는 것과 마찬가지로, 해답을 내는 방식에도 익숙해질 때까지 두 번, 세 번, 네 번 혹은 그 이상 더 많은 똑같은 형태의 질문을 되풀이해서 풀어보아야 한다.

3) 연습 : 강의내용을 일단 알고 그것에 대해 받을 질문형태도 알았으면, 두 가지를 함께 계속해서 연습해야 한다. 매번 문제를 풀며 자신을 시험하고 숙제에서 잘못된 부분을 바로잡으며 스스로를 시험한다. 매일 계속되는 질문을 받는다. 질문이 여러분에게 제2의 천성이 될 때까지, 그리고 멀리 떨어진 인쇄된 시험지의 문제를 냄새맡을 수 있을 때까지, 그러면 그때 여러분은 최고 득점이라는 빛나는 영광을 누릴 수 있게 될 것이다.

(2) 시험공부도 억지로 즐겁다고 생각하면 자연히 즐거워진다

시험공부라면 누구나 괴롭고 고통스러우리라 생각하지만, 과연 그토록 괴롭고 고통스럽기만 할 것일까? 미국의 심리학자 윌리엄 제임스는 "인간의 속성 속에는 그렇게 되고 싶다고 습관적으로 생각하면 그렇게 되는 경향이 있다."고 지적했다. 즉, 괴롭다고 생각하면 괴로워지고 즐겁다고 생각하면 정말 즐거워진다는 것이다.

어차피 해야 할 공부라면 가볍고 즐거운 마음으로 하는 편이 백번 낫다. 그러기 위해서는 괴롭다고 생각하지 말고, 우선 자기 잠재의식에 '공부는 즐겁다'는 생각을 갖게 하는 것이 중요하다. 억지로라도 즐겁다는 말을 들려주는 동안에 자연히 즐거워진다.

(3) 합격 후의 '즐거운 생활'을 생각하면 시험 공부도 고통스럽지 않다

시험공부라는 말을 듣고 우리가 연상하는 것은 '시험지옥'이라는 표현으로 대표되는, 인간성을 빼앗아 버리는 '고행(苦行)'의 이미지이다. 그리고 '회색의'라든가 '우울한' 등의 부정적인 형용사를 사용하여 시험공부를 표현하려 한다. 그러나 부정적인 방향으로만 생각하면 사태는 결코 호전되지 않는다. 오히려 더욱더 괴롭고 고통스럽게만 느껴질 뿐이다. 고통스러운 것은 하고 싶지 않은 것이 인간의 심리이다. 따라서 부정적인 측면을 강조하는 것은 결코 시험생활을 쾌적하게 해 준다고 할 수 없다.

사람은 즐거운 일, 재미있는 일 등 긍정적인 이미지가 있는 것에 대해서는 남이 강요하지 않아도 적극적으로 하고 싶어한다. 따라서 정신을 집중하여 해 나갈 수 있기 때문에 같은 작업을 해도 억지로 하기보다는 훨씬 좋은 결과를 얻게 된다. 시험공부도 마찬가지이다. 긍정적인 이미지를 심는 것이 중요하다. 이를 위해 가장 간단히 할 수 있는 것이 "합격하면 마음껏 여행을 할 수 있다. 좋아하는 영화와 비디오도 실컷 볼 수 있다. 이성의 친구도 떳떳하게 사귈 수 있다."는 식으로 합격 후의 '즐거운 생활'을 떠올리는 것이다. 괴롭고 힘든 작업도 그에 걸맞는 보수만 주어진다면 누구나 견디고 해낼 수 있다는 것이 심리학에서 말하는 보상효과이다. 합격 후의 '즐거운 생활'은 말하자면 시험공부에서 받게 되는 달콤한 보수이다. 보수를 상기시킴으로써 시험공부의 고통을 떨구어버리자.

(4) 떨어졌을 때의 불명예라는 보다 큰 고통을 생각하라

어떤 목적과 이어지는 작업을 하는 경우, 그 작업을 촉진시켜주는 동기부여가 필요함은 심리학에서의 상식이다. 그 작업 자체가 즐거우면 그것이 곧 동기부여가 될 수 있다. 그러나 고통이 수반되는 작업에서는 다른 것에서 동기를 찾아야 하는 경우가 있다. 그 중 하나가 '벌(罰)'에 대한 사고방식이다. 그 작업을 태만히 하면 몇 십배 더 큰 고통이 오게 된다는 사고방식 말이다. 만일, 아무리 노력해도 도저히 시험공부를 즐겁게 생각할 수 없고, 시험공부가 고통스럽기 짝이 없다면, 그런 사고방식을 이용하는 것도 하나의 방법일 것이다. 즉, 지금 당장의 고통을 피하려고 하면 얼마 지나지 않아서 더 큰 고통과 불명예를 감수해야 한다는, 그리고 그때 가서 후회해본들 아무 소용이 없다는 비극적인 상황을 상기한다면, 그래도 시험공부가 고통스럽다고 생각할 수 있을까?

(5) 시험이 중요하다는 사실을 깨달을 것

시험을 치르는 것이 매우 중요하다는 사실을 깨닫는 것은 학생들이 시험을 대비하여 열심히 공부하도록 하는 자극제가 된다. 시험의 주요 목적은 지식과 능력을 측정하는 것이다. 학생들의 능력에 대한 올바른 평가는 매우 중요하다. 선생님과 학교 당국에서는 학생들의 진급, 앞으로의 학습과정, 학습계획을 짜는 데 학생들의 점수를 감안한다. 대학에서는 시험점수 또는 학생들의 학업수준을 고려하여 학생들을 입학시키며 또 기업에서는 학생들을 선발한다. 시험성적이 타당하게 측정만 된다면 시험점수는 학생의 자질과 재능을 잴 수 있는 척도가 된다.

[2] 효율적인 시험준비 요령

(1) 필요한 정보를 수집하라

우선 가장 기본적인 정보는 시험과목과 시험시간표 및 시험장소이다. 우스운 얘기지만 시험 전날까지도 그 과목을 시험 치는지 안 치는지도 모르는 학생이 있는가 하면, 시험시간을 잘못 알고 허둥지둥대는 학생도 있다.

또한, 시험범위, 문항의 형태(주관식·객관식·논술식 등), 반드시 읽어야 할 문헌 등에 대해서 알아두어야 한다. 이런 것들은 시험계획을 짜는 데 필수적인 정보이기 때문이다. 이런 것들은 선생님에게 질문함으로써 알 수 있겠는데, 가능하다면 선생님에게 시험에 대한 기본적 의도나 방향에 대해서도 물어본다면 공부하는 데 중요한 시사를 얻을 수 있다.

담당 과목 선생님이 여러 분인 경우에는 출제자가 누구인가를 알아두는 것도 도움이 될 수 있는데, 선배를 통해서 그 선생님이 과거에 출제했던 문제들을 수집하는 것은 출제의 경향을 파악할 수 있어 시험준비에 도움이 된다.

(2) 시험준비 계획을 짜라

시험에 필요한 정보 수집이 완료되는 시점에서 시험준비 계획을 짜야 한다. 그런데, 시간계획을 절대로 무리하게 짜면 안된다. 무리한 계획은 실패를 자초하며 그 계획은 무용지물이 되기 때문이다. 무리를 피하기 위해서는 공부하는 시간보다 먼저 공부 안하는 시간을 설정하는 것이 좋다. 수면·등하교시간·식사·휴식·운동·수업시간 등을 우선적으로 계획표에서 지워버린다. 그러면 나머지가 공부 가능한 시간이다. 그 시간을 가지고서 각 과목별로 공부해야 할 분량을 고려하여 합리적으로 시간을 할당·배정한다.

(3) 시험문제를 예상하라

예상문제를 찍는다고 하면 마치 도박을 하는 것처럼 생각하여 기피하는 사람이 있지만, 그것은 너무 좁은 소견이다. 실력을 쌓으면 쌓을수록 어느 대목이 중요하며 출제자가 어느 대목을 물어보고자 하는지 알게 되어 자연히 예상이 맞게 된다. 극단적으로 얘기한다면 예상문제를 뽑아낼 수만 있다면 합격하는 데 아무런 문제가 없다고까지 할 수 있다.

기초적인 공부를 전혀 하지 않은 사람이 시험 때마다 문제를 예상하여 하룻밤 사이에 급조 공부를 할 경우에는 거의 효과가 없다. 그러나 어느 정도 기초실력이 있고 평균점수 정도는 딸 수 있는 학생이 어떻게 해서든 그 이상의 단계로 성장하고 싶을 때는 문제를 예상해보는 연습을 하라. 스스로 문제를 예상해서 푸는 연습을 하다보면 출제자의 의도를 알 수 있게 되어 실력양성에 도움이 된다. 반대로 말하면, 예상문제를 효과적으로 뽑아내지 못하는 학생은 아직 진짜 실력이 붙지 않았다는 이야기이다.

이와 같이 시험준비를 하는 데 있어서 문제를 예상해 보는 것은 대단히 중요하다. 문제를 예상하는 요령은, 알고 있는 시험에 관한 정보와 연관지어서 해야 하는데 구체적으로 다음과 같이 하는 것이 좋다.

❶ 주관식이라면 개념·원리·전체적 흐름에 대한 문제를 만들어 본다.
❷ 수업 도중에 선생님이 특히 강조했던 것이 있다면 그것을 예상문제에서 빼놓아서는 안된다.
❸ '연구해 두라, 이 부분을 읽어 두라'고 숙제로 주어졌던 것을 체크한다.
❹ 교과서에서 굵은 글자로 된 것, 단원 끝머리의 종합 또는 주(註)가 붙는 대목, 새로 나온 단어 등에 주의한다.
❺ 선배들의 체험을 바탕으로 한 급소를 가르침 받는다.
❻ 그룹학습을 하는 친구들과 같이 예상문제를 서로 출제해 본다.
❼ 자신이 출제자라면 과연 어느 부분을 어떻게 출제할 것인가를 생각한다.
❽ 출제 선생님이 과거에 출제했던 기출문제를 검토해본다.

이상의 사항들은 얼핏 보기에 시험만을 위해 한 번 사용하고 말 예상문제를 뽑아내는 방법으로 보일 수도 있다. 그러나 사실은 평소부터의 실력양성과 깊은 관계가 있다. 예상문제를 뽑아내어 좋은 점수를 딸 수 있음은 곧 평소에 실력을 닦았다는 증거인 것이다.

(4) 건강에 특별히 유의하라

시험준비기간이나 시험기간에는 건강에 특별히 유의해야 한다. 잠을 너무 적게 자면 대뇌작용이 저하되므로 수면시간은 가능한 한 평소와 같게 유지하는 것이 바람직하다. 그리고, 이 기간중에는 과격한 운동을 하지 않는 것이 좋지만, 간단한 체조나 짧은 거리의 조깅 등으로 피로를 회복시키고 혈액순환을 촉진시키는 것이 좋다.

시험일이 다가올수록 불안이나 긴장이 증가한다. 그 강도는 개인마다 다르다. 어떤 사람은 불안을 감소시키려고 신경안정제를 복용하기도 하는데 이것은 절대 금물이다. 안정제는 대뇌의 활동을 저하시키므로 공부나 기억에 장애를 줄 수 있기 때문이다. 시험불안이 심한 사람은 상담을 통해서 근본적인 치료를 시도하는 것이 바람직하다. 시험 전날에는 평소의 취침 시각에 자고 평소의 기상 시각에 일어나는 것이 좋다. 인간을 포함하여 생물에게는 생활리듬이라는 것이 있다. 그것은 습관에 의해서 형성되는데 그것이 깨어지면 신체활동이나 대뇌작용이 균형을 잃게 된다.

(5) 준비는 지나칠 정도로 면밀하게 하라

막상 시험에 임했을 때 가장 중요한 시험 이외의 일로 신경을 쓰거나 당황하면 큰일이다. 뜻밖의 사건에 의한 동요가 시험의 '결과'를 크게 좌우하기 때문이다. 시험 당일에 대한 준비는 아무리 꼼꼼하게 해도 결코 지나치지 않다. 아무것도 빠뜨린 것이 없다고 확인하는 것만으로도 마음이 상당히 안정된다.

잊어버리는 것을 방지하기 위해서는 미리 체크리스트를 만들어 전날 밤 총점검을 해보는 것이 가장 확실하다. 필기도구·수험표를 잊는 일이란 있을 수도 없지만, 의외로 주의를 게을리하기 쉬운 것이 비나 눈에 대한 준비이다. 늘 그렇듯이 일기예보를 그대로 믿을 수만은 없다. 뜻밖의 비나 눈으로 컨디션이 나빠질 수도 있다. 시험장까지의 교통 수단은 세심하게 주의하여 미리 조사해 두어야 한다. 지하철이나 버스의 소요시간도 여유 있게 잡아 두어야 한다. 시험시간에 지나치게 박두(迫頭)하여 도착하면 긴장감이 심한 날인만큼 심리적으로 부담을 주게 된다.

(6) 각 과목의 주요 요점을 정리해 두라

비유하자면, 활활 불타오르는 집안에서 어떤 가재도구건 들고나와야 하겠는데, 평소에 중요한 물건들을 잘 챙겨놓은 사람은 꼭 필요한 물건만을 들고 나오지만, 그렇지 못한 사람은 허둥지둥대다가 중요한 물건은 남겨 두고 쓸모없는 물건만 움켜쥐고 나오게 된다.

마찬가지로 평소에 공부할 때 시험을 위해 꼭 필요한 주요 요점을 정리해 두면, 시험에 임박해서 시험에 나오지도 않을 것들에 시간과 신경을 빼앗기지 않고 매우 효율적으로 마지막 정리를 할 수가 있다. 물론 요점정리집이 없는 것은 아니지만 여러분이 힘들게 공부하면서 손수 작성한 요점정리만큼 여러분의 기억의 보존과 재생에 큰 효과를 발휘하는 것은 없을 것이다. 또한, 여러분의 약점이 적나라하게 기록된 오답노트는 시험에 임박해서는 엄청난 위력을 발휘하게 된다.

시험에 나올 법한 주요 요점은 다음과 같은 사항을 기준으로 판단해 보라.

❶ 교과서나 참고서 그리고 노트에서 그 내용이 차지하는 비중은 어느 정도인가?

❷ 다른 내용과의 연관성이 깊은 내용인가?

❸ 장래의 학습이나 사회생활에 실질적인 도움이 될 가치가 있는 내용인가?

❹ 시험 출제자의 관심을 끌만한 내용인가?

❺ 선생님이 중요한 내용이니 철저히 공부해 두는 것이 좋다고 했는가?

❻ 기출문제에서 얼마나 자주 출제되었는가?

매우 중요한 얘기인데, 여러분의 시험공부의 최종 목표는 〈시험보기 전날 모든 과목의 주요사항을 정리할 수 있게끔 요점정리를 잘 해놓는 것〉이라고 할 수 있다.

(7) 외향적인 사람은 내향적인 친구와 함께 시험공부를 하라

인간의 성격을 크게 두 가지로 나누면 내향적 성격과 외향적 성격이다. 이 두 가지 타입에는 뚜렷한 특징이 있으며, 시험공부 기간에 하게 되는 고민의 깊이는 그 사람의 성격과 깊은 관계가 있다. 만일 그가 행동적이고 명랑하며, 좋다고 생각되는 일에는 즉시 달라붙지만 쉽게 권태를 느낀다면 그의 성격은 외향적이다. 밝은 성격이므로 고민다운 고민이 없는 것이 특징이다. 그러나 현실적으로는 다소 집중력이 부족하고 계획대로 해나가지 못하는 결점이 있다.

반대로 생각에만 잠기기 쉽고 소극적이며 신중하고 치밀하지만 작은 일에도 연연해 하여 상처를 잘 받는 사람은 내향적이다. 공부의 기본조건인 침착성과 집중력이 있는 반면 작은 일로도 열등감에 빠지기 쉬운 결점이 있다.

다시 말하면 일장 일단이 있어 어느 쪽이 좋다고 할 수는 없다. 따라서 각기의 결점을 보완하는 의미에서 성격이 서로 반대인 사람과 함께 시험공부를 하는 것이 바람직하다. 실제 시험이 다가오기까지의 긴 기간을 효율적으로 견디어낼 수 있는 좋은 방법이라고 할 수 있다.

(8) 평소부터 시간감각을 갖고 문제를 풀라

시험을 치르다가 골치가 쑤시는 어려운 문제에 시간을 빼앗겨 쉬운 문제를 놓치는 일이 많다. 그런 어처구니없는 일이 실제 시험에서 벌어졌다가는 그야말로 도로아미타불이다. 실력 못지않게 주어진 시간을 어떻게 효과적으로 배분하는가가 시험작전의 중요한 포인트가 된다. 그러기 위해서는 평소부터 시간감각을 익혀 두어야 한다.

예를 들어, 문제마다 소요시간을 지정한 문제집을 통해 시간감각을 기르는 것도 하나의 방법이 된다. 또한, 평소에 문제를 풀 때 한 문제에 몇 분 정도를 소비해야 하는지 스스로 생각해 보면서 문제를 풀면, 그것이 습관이 되어 실제로 시험을 치를 때 도움이 된다. 이를 위해서는 평소 공부를 할 때 실전이라 가정하는 훈련이 필요하다. 스스로 정한 시간 내에 풀지 못하면 그 문제는 일단 접어두어야 한다. 다른 문제를 다 푼 후에 풀지 못했던 문제로 되돌아가면 되는 것이다. 그럼으로써 문제에 대한 고찰능력도 향상된다.

주어진 문제는 반드시 다 풀어야 한다고 생각하기 쉽지만 주어진 시간 안에 어느 정도 문제를 풀 수 있는지를 테스트하는 것이 말하자면 시험이다. 평소부터 시간을 분할하여 문제를 해결하는 습관을 철저히 익혀두어야 진짜 시험에서 시간이 모자라 자신이 갖고 있는 실력을 완전히 발휘하지 못하는 사태를 방지할 수 있다.

(9) 시험 30일 전부터 실제 시험시간표에 맞추어 공부하라

사람은 무슨 일을 하려 할 때, 그 대상의 정체를 모를 경우에는 생리적·심리적으로 불안해진다. 시험에 대한 불안의 원인 중의 하나가 그 대상을 정확히 모르기 때문이다. 따라서 실제 시험과 조금이라도 가까운 상황을 만들어 예행연습을 하는 것은 그 불안을 제거하는 효과적인 방법이 된다. 즉, 수능시험 당일의 시험시간표대로 계획표를 짜놓고 시계를 보면서 공부를 하거나 직접 시험문제를 풀어보는 것이다. 그렇게 하면 실제 시험에서의 시간 배분, 제한 시간의 길이를 피부로 느낄 수 있을 뿐 아니라 한정된 시간내에 정신을 집중시키는 습관도 붙게 된다.

시험 1주일 전까지는 각 과목별 공부시간을 실제 시험과 똑같이 할 필요는 없지만, 시험 30일 전부터 공부하는 과목의 순서를 실제 시험의 순서대로 공부하는 버릇을 들이면 과목이 바뀔 때 사고의 전환이 부드러워 매우 효과적이다.

(10) 시험 전에 야행성을 주행성으로 바꾸라

일찍 자고 일찍 일어나는 것이 좋다고 하지만, 실제로 수험생의 생활은 늦게 자고 늦게 일어나는 야행성이 되기 쉬운 것이 일반적인 실정이다. 야행성 생활을 계속하고 있으면 몸의 움직임도 자연히 야행성에 알맞도록 변화한다. 그러나 시험을 치르는 때는 낮이지 결코 밤은 아니다. 따라서 머리가 낮에 충분히 작용할 수 있도록, 최소한 시험 2주일 전부터는 야행성(夜行性)을 주행성(晝行性)으로 전환시켜 둘 필요가 있다. 낮에 시험을 볼 때 졸리면 큰 일일테니 말이다.

주행성으로 전환시키려면 졸립더라도 낮에는 자지 않고 견디고 있다가 밤에 자도록 하면, 피곤하여 잠도 잘 잘 수 있고 그렇게 며칠간만 계속하면 깨끗이 전환할 수가 있다.

(11) 당일치기의 요령

평소에 꾸준히 공부해 온 사람이라면 시험 전날 공부하려고 허둥대지는 않을 것이다. 그러나 과목이 한두 과목도 아니고 또 공부 이외의 일도 많이 있기 때문에 어쩔 수 없이 당일치기를 하게 되는 경우가 있다. 어차피 할 수밖에 없는 당일치기라면 좀더 효율적인 방법을 모색해 보는 것이 좋을 것이다.

1) 당일치기라도 잠은 자 둬라 !

당일치기를 할 때 밤을 꼬박 새워가며 공부하는 사람들도 있다. 물론 그렇게 하지 않을 수 없는 처지는 이해가 가지만 밤을 꼬박 새우는 것은 득(得)보다 실(失)이 많다. 야간작업의 능률에 대한 연구에 의하면, 새벽 3~4시경까지는 어느 정도 작업능률을 유지해 가지만 그 이후부터는 작업능률이 급격히 저하되어 거의 제로에 가까워진다. 정신노동인 시험공부를 함에 있어서는 그 능률이 더 저하될 것은 당연하다. 그러므로 당일치기를 해야 할 때에도 최소한 2~3시간 정도는 자 두는 것이 좋다.

2) 가장 중요한 것부터 공략하라 !

처음에는 의욕이 강해 집중도 잘 되고 머릿속으로 잘 들어온다. 그러나 시간이 흐를수록 집중력이 떨어져 뒷부분은 못 보거나 대충 하기가 쉽다. 그러므로 주어진 한정된 시간을 가장 효율적으로 보내기 위해서는 머리가 맑고 의욕이 강할 때 즉, 공부를 시작할 때 중요한 것부터 먼저 공부해야 한다. 설사 끝까지 공부하지 못하더라도 중요한 부분은 끝냈기 때문에 크게 걱정하지 않아도 된다.

3) 아침 복습으로 다시 한번 확인을 하라 !

전날 밤에 거의 밤을 새워가며 다급하게 암기한 것을 허무하게 잃지 않으려면, 잠깐 잠을 자고 난 후 다시 한번 복습을 해야 한다.

[3] 시험 직전에 유의할 사항

(1) 시험 전날 아침에는 평소보다 일찍 일어나라

시험 전날 밤잠을 잘 자고 싶다는, 수험생이면 누구나 가질 수 있는 강박관념에 순조롭게 대응하려는 것이 이 방법이다.

시험 전날에는 수험생 본인은 물론 주위 사람들까지 안정을 잃고 신경을 쓰면서 들뜬 가운데 하루를 지내기 일쑤이다. 그러나 지나치게 신경을 쓰면 피곤해진다. 또, 좀 더 휴식을 취해야지 하면서 아무것도 안하기 보다는 오히려 하루를 열심히 보내어 적절하게 피로해지는 것이 자연스럽게 잠들 수 있고 깊이 잠을 잘 수 있다.

그러기 위한 하나의 방법으로서 시험 전날은 평소보다 한 시간이나 두 시간, 일찍 일어나라고 권하고 싶다. 그 시간에 마지막 총정리를 하든가 차라리 공부는 잊어버리고 가족과 놀든가 어쨌든 쉬지 않고 하루를 보내면 어쩔 수 없이 밤에 잠이 잘 오고 깊이 잘 수 있게 된다.

이는 시험 직전까지 밤늦게 공부하고 아침에는 늦잠을 자야 했던 야행성 스타일을 바꿀 수 없는 수험생에게 더욱 필요한 방법일 것이다. 시험 당일에는 적어도 늦잠을 자서는 안되기 때문이다.

(2) 시험 직전에는 응용문제보다도 기초문제에 대한 복습을 철저히 하라

시험일이 다가오면 실제로 출제될 듯싶은 응용문제에 무턱대고 매달리는 사람이 많다. 그러나 이는 그다지 현명한 방법이 아니다. 응용문제는 헤아릴 수 없이 많기 때문에 그것으로 다소 실력이 늘었다는 느낌이 든다고 한들 별 차이는 없다. 그러기 보다는 기초적인 문제에 초점을 맞추어 공부를 하는 것이 현명한 방법이다.

또한, 이것저것 문제집을 모아놓고 씨름하는 것은 좋지만 응용문제의 경우에는 벽에 부딪치는 때가 많아진다. 수많은 문제들 중에서 한두 개 틀린다 한들 크게 문제될 것은 없지만, 시험을 얼마 남기지 않고 있다는 심리적인 초조감 때문에 오히려 불안감만 커질 우려가 많다. 이런 때야말로 이미 몇 번씩 풀어 본 기초문제집을 다시 복습하는 것이 바람직하다.

기초적인 문제는 가장 기본적이고 핵심적인 내용을 이해하기 위한 것이므로 그것이 완전히 이해되지 않는 한 진짜 실력은 향상되지 않는다. 만일 응용문제를 통해 참으로 실력이 양성된 사람이라면 기초문제 따위는 쉽게 풀 수 있을 것이며, 거기에서 생기는 자신감과 신념이 응용력으로 이어지게 된다.

(3) 시험 직전에는 기억의 단서가 되는 것을 재확인하라

우리는 무엇을 기억하거나 원 자료를 사진이라도 찍듯 그대로 기억할 수는 없다. 그것을 자신의 언어로 바꾸거나 기호화하여 언제든지 필요한 때에 기억해 내기 쉬운 형태로 집약·변형시킴으로써 축적해 간다. 말하자면 머릿속의 서랍에 정보를 깨끗이 정리해서 넣어 두는 셈이다. 그러나 그러한 기억의 모든 부분이 언제나 표면에 나와 있는 것은 아니다. 기억을 자기것으로 만드는 과정에서, 예컨대 색인화한 단어 등이 단서가 되고 그것이 말하자면 서랍의 손잡이 역할을 하기도 한다.

시험공부도 이와 같다. 특별히 의식하지 않더라도 기억이 잘 되어 있는 것은 필요할 때 조건반사적으로 기억의 단서가 되는 단어라든가 광경이 떠오른다. 그리고 그것을 계기로 자세한 사항이 연속적으로 실타래에서 실이 풀리듯 나오게 된다.

시험 직전에 급하게 새로운 부분을 외워 보아야 시간낭비일 뿐이다. 이 시기에는 지금까지 만들어 온 노트의 제목이나 색인 등 기억의 단서가 되는 것을 의식적으로 재확인하여 실제 시험에서 필요할 때 분명하게 재생이 되도록 하는 것이 가장 효과적이다.

(4) 시험 직전에는 시험범위 중 뒷부분부터 중점적으로 하라

인간의 심리상 처음에는 의욕이 대단하여 책의 첫머리는 착실히 공부하여 머릿속에 잘 기억되지만, 뒤로 갈수록 소홀히 하는 경향이 있다. 그런데 어떤 과목이든 뒷부분에 가까워질수록 앞의 내용을 종합적으로 내포하고 있는 종합적인 문제가 많아진다. 때문에 시험문제를 내는 출제자로서도 그쪽을 중요시하지 않을 수 없다. 따라서 시험을 치르기 직전에는 출제의 확률이 높은 뒷부분에 중점을 두고 공부하는 것이 현명하다.

(5) 시험 직전에 새로운 것을 암기하려 하지 말라

시험이 다가오면 '이것도 외워야 하고, 저것도 외워야 하는데…' 하며 미처 공부하지 못한 것들이 눈에 아른거리며 마음을 불안케 한다. 그러나 무턱대고 새로운 지식을 집어넣기만 하는 것은 절대로 좋은 방법이 아니다.

인간이 가진 기억은 새로운 자극이 강한 인상으로 들어오게 되면 그때까지 저축되었던 기억이 희미해지는 특성을 가지고 있다. 심리학에서는 이렇게 새로운 기억이 낡은 기억을 희미하게 하는 것을 '기억의 억제효과'라 한다. 시험 직전에 이것저것 새로운 지식을 머리에 담다 보면 꼭 필요한 기초 지식을 오히려 생각해 낼 수가 없어 실제 시험에서 불리해지는 경우가 생긴다. 시험 직전에는 새로운 것을 기억하려 하지 말고, 이미 알고 있는 것들을 다시 한번 확인하는 것이 현명하다.

(6) 자신이 직접 만든 요점정리 노트야말로 시험 직전에 위력을 발휘한다

시험이 가까워지면 '***요점정리' 등의 책을 열심히들 공부한다. 분명히 전문가가 종합한 만큼 포인트를 놓치지 않고 엮어놓은 것이다. 따라서 시험을 앞두고 지푸라기라도 붙들고 싶은 심정인 수험생이 거기에 매달리게 되는 것도 무리는 아니다. 그러나 아무리 자신이 정리한 노트보다 잘 되어 있다고 해도 자신이 직접 고생하여 정리한 노트를 버려두고 새로운 것을 붙드는 것은 기억의 재생에 필요한 단서를 버리는 결과가 되고 만다.

본래 기억이란 여러 번 반복하여 외움으로써 강화되는 법이다. 그리고 그것이 필요한 때에 반짝 떠오르는 것은 반복하여 외운, 뇌에 새겨진 기억의 흔적이 있기 때문이다. 그런데 그 흔적에의 단서를 버리면 필요한 때에 생각이 나지 않거나 또는 생각해내는 데 많은 시간이 걸리게 된다.

시험을 코앞에 두었을 때 새로운 지식을 집어넣기보다 복습에 중점을 두어야 한다는 것도 그 기억의 단서를 다시 한번 확인하자는 데 근거한 것이다. 그러기 위해서는 지금까지 자신이 직접 공부해 온 요점을 정리한 노트가 가장 위력을 발휘해 준다. 아무리 요령있게 종합된 노트라도 남의 머리에 새겨진 기억의 단서가 실제 시험에서 자기에게 도움이 되어 줄 리는 절대로 없다.

3. 시험을 잘 치르는 요령

[1] 시험 칠 때의 마음가짐

(1) 정신을 집중할 것

"정신일도하사불성(精神一到何事不成)." 시험장에 입장해서는 산만한 마음을 버리고 시험에만, 바로 그 시간에 치를 과목에 대해서만 정신을 집중해야 한다. 다른 시험과목을 공부해야 한다는 마음, 집안의 문제, 친구와의 갈등 등 모든 잡념을 버리고 오로지 문제를 읽고 정확하게 응답하는 일에만 몰두해야 한다.

(2) 자신만만한 자세를 갖출 것

인간은 암시에 따라 상식으로는 도저히 생각할 수 없는 능력을 발휘할 수 있다. 좋은 쪽으로만 생각하면서 '나는 시험을 잘 치를 수 있다'고 믿음으로써 자신 속에 숨겨져 있는 능력을 마음껏 끌어낼 수 있다. 그러나 '나는 시험에 성공할 수 없다', '난 틀렸다', '에라 될대로 되라'하는 부정적이고 패배적인 생각을 하면 자신이 지닌 능력마저 안으로 숨어버린다. 최선을 다하고 적극적으로 생각하라. 강한 신념을 가지면 도저히 풀 수 없는 문제에서도 해결의 열쇠를 찾아낼 수 있다.

(3) 지나치게 긴장하지 말고 여유있게 시험을 치를 것

인간은 누구나 유사시에 어떻게 해서든지 그 곤경을 헤쳐 나가려는 마음과 몸의 준비를 하게 마련이다. 따라서, 시험을 치를 때 정서적으로나 육체적으로 약간 긴장이 되는 것은 당연한 것이다. 긴장되는 것은, 요컨대 이제부터 해야 하는 큰 일에 대해 심리적으로나 생리적으로 준비하는 것을 의미하기 때문에 긴장되어서는 안된다는 강박관념에서 벗어나는 것이 필요하다. 그러나 지나친 긴장은 정신적인 혼란을 야기시키며, 혼란된 정신상태는 불안감과 좌절감을 갖게 한다.

과도한 긴장상태를 극복하는 방법의 하나는 준비물을 미리 챙기는 일이다. 너무 서두르지 말고, 시험 치르기 전에 수험생들이 해야 할 사전 준비를 충분히 해야 한다. 또한 시험시간과 장소를 미리 확인해두었다가 지각을 하지 않도록 시간적 여유를 가지고 시험장에 가 있어야 한다. 이것은 불안과 긴장을 가라앉히는 데 매우 필요하다.

그리고 시험 직전에 다른 학생과 토론하지 말아야 한다. 토론은 기억에 도움을 준다기보다는 오히려 방해가 된다. 시험 시작을 기다리는 동안에는 혼자서 요약된 노트나 오답노트를 훑어보는 것이 가장 좋다.

(4) 시험 감독관은 학생들의 편임을 이해할 것

시험장에서 감독관에 대해 좋은 마음가짐을 갖는 것이 좋다. 시험 감독관에 대해 부정적인 생각을 갖고 임하게 되면 마음이 안정될 수 없다. 감독관은 여러분이 최선을 다해 시험을 볼 수 있도록 분위기를 정숙하게 할 것이며, 시험에 필요한 각종 필기도구나 문제지·답안지 등을 배부하여 줄 것이다. 또한 실내 온도나 광도 등도 신경을 써줄 것이며, 답안작성에 필요한 참고사항을 설명해 줄 것이다.

(5) 자신을 파멸로 이끌 부정행위는 하지 말 것

이 책을 열심히 볼 정도의 수험생이라면 그럴 리 없겠지만, 만의 하나라도 부정행위를 해서는 안된다. 자신의 양심과 인격을 팔아서 점수를 몇 점 더 얻는다고 한들 그것이 무슨 의미가 있겠는가? 학교 정기시험이건 모의고사건 실제 대입고사건 어떤 시험을 막론하고 부정행위를 할 생각은 아예 싹부터 잘라버려야 한다.

학창시절부터 부정행위를 하다보면, 대학에 들어간 후에도 또 사회에 진출한 후에도 역시 부정행위를 일삼는 사기꾼이 되어 교도소를 수없이 들락날락하는 인간 쓰레기가 될 것은 뻔하다.

[2] 출제방식에 따른 유의사항

(1) 객관식 시험의 응시 요령

1) 시험의 일반 원리를 기억할 것 !

객관식 시험에 가장 잘 맞는 4가지 원칙들은 다음과 같다.

첫째, 시간을 현명하게 이용하라

한 문제에 너무 많은 시간을 빼앗겨서는 안된다. 아주 어려운 문제나 쉬운 문제나 점수의 배점은 똑같다. 모든 문제를 착실히 풀 수 있도록 현명하게 시간을 배분하여야 한다.

둘째, 지시사항과 질문을 주의깊게 읽어라

잘못 읽거나 잘못 해석한 단어 하나가 오답을 초래한다는 사실을 알고, 핵심용어에 특히 주의하면서 문제의 끝까지 주의깊게 읽어야 한다.

셋째, 모든 질문을 시도하라

복잡하고 뒤얽힌 것처럼 보이는 문제들도 일단 문제를 파고들면 그렇게 어려운 문제가 아니라는 사실을 잊지 말아야 한다.

넷째, 질문을 통해 적극적으로 판단을 내려라

정답이 금방 나올 것이라는 기대하에 문제를 수동적으로 읽는 것은 잘못이다. 문제의 각 부분에 대한 사고가 적극적이고 지속적일 때 정확한 대답이 가능하다.

2) 출제자가 의도하는 대답을 고를 것 !

문제를 읽을 때 시험출제자가 의도하지 않는 조건이나 해석을 포함시킨다면 여러분만 손해다. 설사 여러분이 알고 있는 지식이 출제가가 물어본 수준 이상일 경우라도 출제자의 의도를 파악하여 그 의도에 맞는 답을 골라야 한다. 객관식 시험에서는 비록 완전히 만족스럽지 못할지라도 항상 가장 옳다고 생각되는 답지를 고르면 된다.

3) 모든 답지를 고려한 후에 답할 것 !

첫 번째 답지가 여러분이 기대하는 모든 특징을 가진다 하더라도, 모든 답지를 끝까지 다 읽고 판단해야 한다. 학생들은 습관적으로 처음 나오는 그럴듯한 답을 덥썩 선택하는 경향이 있기 때문에, 시험출제자들은 흔히 가장 매혹적인 미끼를 첫 번째 위치에 놓는다. 한 문제에 대해 모든 것이 사실일지 모르나 최선의 답은 하나뿐이다. 유보되는 판단의 이 절차는 특히 최선의 답을 가려내는 다지선다형 문제를 다룰 때는 필수적이다.

4) 답들을 문제와 관련시켜 볼 것 !

기대된 대답이 답들 중에 없을 때는, 신속하게 기대된 답을 포기하고 각 답들이 질문에 얼마나 잘 맞는가를 체계적으로 고려해 본다. 만약 아주 알맞다고 생각되는 답을 계속 주장하거나, 그 답들을 계속적으로 원래의 문제와 관련시키지 않고 답으로서 고려한다면 그때는 함정에 빠질 것이다.

첫째, 기대된 답을 포기하지 않음으로써 여러분은 추상적으로 비슷한 답을 택할 가능성만 높아진다. 또한 나열된 답들 중에 어느 것도 마음에 들지 않을 때 여러분은 답지를 고치려고 답지 안의 단어를 한 개나 그 이상 바꾸고 싶어할지도 모른다. 답을 억지로 내려고 해서는 안된다.

둘째, 답들을 질문과 계속적으로 관련시키지 않고 답으로만 고려한다면 그 자체로서는 옳은 것이지만 질문에 대한 답으로는 적합하지 않을 수가 있다. 나열된 답 모두가 옳은 문장일 가능성도 있지만, 그들 중 하나만이 질문에 대한 올바른 답이 될 것이다.

셋째, 옳은 문장이 어떤 질문에 대해서는 옳지 않을 수 있고, 또 그릇된 문장이 어떤 질문에 대해서는 옳을 수도 있다. 예컨대, '지구는 평평하다'는 그릇된 문장이지만 다음과 같은 질문에 대해서는 정답이 된다.

"15세기 대부분의 유럽 항해자들은 대서양으로 항해하기를 두려워 했다. 그들은 어떤 사실을 믿고 있었기 때문인가?" 이러한 실례는 답지를 문제와 관련시켜야 할 필요성을 설명해 준다.

(2) 주관식(논술식) 시험의 응시요령

주관식 문제에는 짧은 문장으로 개념이나 용어를 설명하는 단문형과 장문의 글로써 견해를 피력하거나 어떤 이론을 설명하는 논문형이 있다. 이

두 가지 형태가 다소의 차이는 있으나 기본적으로는 같기 때문에 둘 다 대략 다음과 같은 점에 유의하는 것이 바람직하다.

1) 먼저 문제를 다 읽어 볼 것 !

첫 문제에 대한 답을 쓰기 전에, 어떤 문제가 출제되었는지 한번 전체를 훑어보는 것이 필요하다. 그렇게 하면, 답안 작성의 전략이 대체적으로 떠오르고, 선택 문제가 있으면 대답할 수 있는 것을 고를 수 있고, 시간을 적절히 배당해서 쉬운 문제를 먼저 할 수 있으며, 점수 할당이 큰 문제에 좀 더 많은 시간을 배정할 수 있고, 중복되지 않는 대답을 할 수 있다.

2) 문제가 무엇을 요구하는지 잘 이해하고 나서 쓰기 시작할 것 !

주관식 문제에서 주로 나타나는 말들로서는 '기술하라, 비교하라, 설명하라, 예를 들어라, 정의하라, 비판하라' 등이 있다. 각 문제에서 출제자가 요구하는 것이 무엇인지 잘 파악하여 그 요구에 적합한 답을 써야 한다. 즉, 개요를 쓰라고 할 때는 개요만 쓰고, 조목을 나열하라고 하면 조목만 나열하면 된다.

3) 답을 쓰기 전에 약 5분간은 시간계획과 답안작성 계획을 짤 것 !

답안작성 계획이란 답을 쓰기 전에 답안의 개요를 조직하는 것을 말하는데, 머릿속으로만 조직하는 것보다는 답안지의 한 부분에 깨끗하게 적어 놓는 것이 좋다. 이것은 답안을 작성하는 시간을 적절히 조절할 수 있는 이점이 있을 뿐만 아니라, 답을 쓰는 도중에 중요한 내용을 빼놓는 실수를 막을 수 있다.

4) 시험답안을 쓸 때 유의할 사항

❶ 간결한 문어체로 쓴다. 문장이 간결해야 채점자가 쉽게 이해한다.
❷ 문제에서 요구하지 않은 내용은 쓰지 않는 것이 좋다.
❸ 조직적인 면이 보이도록 쓴다.

④ 일인칭이나 이인칭 주어는 가능한 한 사용하지 말고 객관적인 입장에서 문장을 쓴다.

⑤ 전문용어를 적절하게 구사한다. 그러나 이해하고 있지도 못하면서 단지 과시를 위하여 전문용어를 남발하는 것은 오히려 좋지 않다.

⑥ 답을 모르더라도 백지로 남겨 두어서는 안된다. 자신의 지식을 총동원해서 문제가 요구하는 바에 가까운 것을 도출해 내도록 애써야 한다.

⑦ 존대어를 사용하지 않는다.

⑧ 글씨는 깨끗하고 알아보기 쉬우면 된다. 너무 멋을 부려 잘 쓰려고 하면 시간이 모자라서 다 쓸 수 없는 경우가 있다.

⑨ 시간제한이 있다는 것을 명심하고, 머릿속에 너무 완벽하게 구상을 한 후 쓰려고 해서는 안된다. 쓰다가 나중에 생각나는 것은 나중에 끼워 넣어도 되니 서론·본론·결론의 틀만 잡고 생각나는 대로 쓰는 것이 좋다.

⑩ 제한 잣수가 있을 경우에는 대개 제한 잣수의 90% 정도로 정리하는 것이 이상적이다. 만약, 잣수가 너무 적으면 해답에 누락된 점이 없는가를 다시 한번 검토해 봐야 한다.

⑪ 답안지 작성이 끝나면 제출하기 전에 자신이 쓴 문장을 주의깊게 읽어보도록 한다. 혹시 잘못 사용된 용어가 없는지, 오자나 알아보기 어려운 글자가 없는지 등을 확인해 보아야 하기 때문이다.

(3) 면접시험 응시요령

1) 시험범위와 경향에 대해서 사전에 탐색할 것 !

막연하게 면접시험에 응하는 것보다, 사전에 미리 시험관의 질문의 경향이나 범위 등에 관하여 알 수 있다면 면접시험 준비를 하는 데 큰 도움이 될 것이다.

2) 시험관의 질문을 경청할 것 !

시험관의 질문을 잘 듣는 것이 무엇보다 중요하다. 왜냐하면 질문을 경청하지 않으면 질문에 대해 잘못 해석하기가 쉬울뿐더러, 시험관에게 좋지 않은 인상을 줄 우려가 있기 때문이다. 경청하는 동안 중요한 질문 내용을 간단하게 메모지에 적고 답변할 내용을 머릿속에 기억하는 것은 좋은 방법이다.

3) 무엇을 묻는가를 분명히 파악하기 위한 질문을 할 것 !

시험관의 질문이 애매모호할 때는 어림짐작으로 대답을 하는 것이 능사가 아니고, 시험관에게 질문의 내용이 정확히 무엇인지 어떤 답을 요구하는지에 대해 질문을 하는 것이 좋다. 질문의 내용을 모르고서는 정확한 답변을 하기가 곤란하기 때문이다.

4) 대답하기 전에 심사숙고해서 답할 것 !

질문에 대해 하고 싶은 말이 많더라도, 그 말을 정리할 수 있도록 여유를 갖는 것이 필요하다. 시험관은 여러분이 대답하기 전에 생각할 충분한 시간적 여유를 줄 것이다. 대답할 내용의 핵심 사항을 메모지에 적어두는 것도 매우 좋은 방법이다.

5) 전혀 모른다고는 대답하지 말 것 !

여러분이 질문에 대해 전혀 모르는 경우는 거의 없다. 질문에 대해 아는 것이 조금밖에 없다면, 아는 것만이라도 전부 말하라. 비록 여러분의 답변이 틀리더라도 아무것도 말하지 않는 것보다는 나쁘지 않다. 그렇다고 간단한 내용을 억지로 길게 늘려서 말하려고 해서는 안된다.

6) 아는 체 하지 말 것 !

지나치게 겸손하게 굴 이유도 없지만, 너무 아는 체 하는 것은 시험관의 기분을 상하게 할지도 모른다. 질문에 대해 대답할 수 있고 또 하고 싶은 내용이 많더라도 거두절미하여 압축된 내용을 간결하게 표현해야 한다. 시험관은 여러분 한 명만 상대하는 것이 아니라 수많은 수험생을 상대한다는 것을 상기해야 한다.

7) 예절을 갖출 것!

면접시험에서는 여러분이 무엇을 말하는가 보다는 어떻게 말하고 행동하는가가 더욱 중요하다. 시험관은 여러분에 대한 평가를 질문에 대한 답변내용뿐 아니라 행동과 예절까지도 종합적으로 본다. 면접시험이 끝난 뒤 시험관은 여러분이 무엇을 말했는가에 대해서는 거의 잊어버리게 되지만, 여러분의 외모와 태도, 문제에 대한 해답의 접근방식은 오랫동안 기억한다.

부자연스럽게 앉아있거나 쓸데없는 대답을 함으로써 나쁜 인상을 주지 않도록 노력하라. 외모와 복장에 대해서도 신경을 쓰는 것이 좋다. 단정치 못한 복장이나 허수룩한 외모는 시험관을 무시하는 듯한 인상을 주어 낮은 점수를 얻기 쉽다. 일단 시험이 시작되면 여러분의 행동이 예의바르고 깨끗하다는 인상을 주게끔 노력하는 것이 최선의 방법이다.

[3] 시험 당일 유의할 사항

(1) 시험 당일에는 익숙하지 못한 일은 피하라

시험을 보는 날은 누구나 긴장하기 마련이다. 그래서 평소에 별로 안 하던 행동을 하기도 한다. 예컨대, 평소에는 먹지 않던 찹쌀떡이나 엿 등을 먹었다가 배탈이 나는 경우가 있다. 평소에 하지 않던 행동을 하는 것은 마음의 긴장을 높여줄 뿐 아무런 도움이 되지 못한다. 그렇지 않아도 긴장하게 되는 시험날에는 되도록 평소 생활과 같은 기분으로 임하는 것이 긴장을 완화시키는 가장 좋은 방법이다.

(2) 시험 당일에는 새 옷을 입지 말라

또한 시험을 치러 갈 때는 새 옷을 입지 말아야 한다. 긴장할 우려가 있는 때야말로 늘 입던 옷을 입으면 심리적으로도 안정이 되고 흥분방지에도 효과가 있다. 내의는 전날 밤 간단한 목욕을 한 후 편안하고 깨끗한 것으로 갈아입고 자고, 겉옷은 늘 입던 옷 중에서 가장 좋아하는 옷을 미리 깨끗이 빨아 두었다가 시험보는 날 입으면 더욱 좋을 것이다.

(3) 시험장에는 늘 쓰던 필기도구를 가지고 가라

새 연필이나 지우개 등은 새로 맞춰입은 옷처럼 마음이 안정되지 않는다. 시험장에서 어쩐지 불안했는데, 자기가 늘 쓰던 지우개를 만지면서 보았더니 마음이 안정을 찾는 경우도 있다. 늘 써서 익숙하기 때문에 편리할 뿐 아니라 오랜 시험공부를 함께 해 왔으므로 마음을 안정시켜 주는 효과가 있다. 따라서 시험장에 갈 때는 평소에 쓰던 필기도구를 그대로 가지고 가는 것이 가장 바람직하다. 너무 오래 써서 낡았다면 새것을 구입하여 시험 한 달 전부터 길을 들이는 방법도 좋다. 그리고 한 개씩만 갖고 갈 것이 아니라 여러 개를 준비하여 필통에 담아가도록 한다.

(4) 시험장에는 가능한 한 빨리 착석하라

시험장에서의 착석시간이 빠르면 시험장의 분위기·넓이·밝기 등이 파악된다. 그리고 자기가 앉은 의자가 삐걱거린다든가 책상이 흠투성이어서 쓰기 힘들겠다는 등 문제점을 미리 체크할 수 있다. 일찍 자리에 앉는 만큼 컨디션 조절을 위한 정보를 많이 얻을 수 있고, 남보다 먼저 임전태세를 갖출 수 있다. 시험시간에 임박해서 허겁지겁 시험장에 들어온다면 안정된 마음으로 시험에 임할 수 없다. 일찍 자기 자리를 찾아 앉고, 시험이 시작되기 전에 화장실에도 다녀오는 여유를 가져야 한다.

(5) 시험장에서의 규칙은 아무리 사소한 것이라도 지켜라

학교에서의 정기적인 시험과는 달리 대입고사 때에는 여러 가지 세밀한 주의사항이 주어진다. 책받침은 사용할 수 없다든가, 어떤 펜은 안된다든가, 짐은 어느 쪽에 놓아야 한다든가, 핸드폰 등 통신제품은 소지할 수 없다든가 하는 별로 대단치 않은 것들이다. 그런데 개중에는 그 사항을 지키지 않았기 때문에 감독관으로부터 주의를 받게 되고, 그래서 불안해진 경우가 얼마든지 있다. 사소한 사항일수록 세심한 주의를 기울여 지키도록 하라. 왜냐하면 그것으로 인해 실제 답안을 써야 할 때 부주의로 인한 실수를 방지하는 심리적 기반을 만들어 줄 수가 있기 때문이다.

4. 시험을 잘 치는 테크닉

시험을 치는 데도 일종의 기술이 필요하다. 똑같은 시간, 똑같은 노력으로 공부를 해도 점수에는 차이가 난다. 실력은 분명히 있는데도 그 실력을 충분히 발휘하지 못하고 시험에 실패하는 것을 흔히 보게 된다. 반면, 어떤 감추어 둔 비결이 있는지 실력 이상의 점수를 따는 사람도 있다. 이러한 차이는 시험을 치는 데도 기술이 필요하다는 것을 보여주는 것이다. 상당한 실력을 가진 사람도 출제형식에 따라 기술적으로 답을 쓰지 못하면 불합격의 쓴잔을 마실 수밖에 없다.

시험장에서 지나치게 흥분하는 것도 실력을 발휘하지 못하는 큰 원인이 된다. 분위기에 휘말려 가슴이 떨리고, 그러다 보면 부주의로 인한 실수를 되풀이하기도 하고, 외운 것이 전혀 생각나지 않기도 한다. 이것은 너무나 억울한 일이다. 따라서 흥분을 극복할 수 있는 심리적 조절법 역시 수험생이 터득해야 할 수험기술의 하나라 아니할 수 없다.

많은 학생들이 오늘날의 대학입시 제도에 의문과 회의를 품고 있다. 단한 번뿐인 종이 테스트로 수많은 학생들의 우열을 결정하는 제도에 문제가 없는 것은 아니다. 그래서 입시제도는 수없이 바뀌어 왔지만 아직 완벽한 입시제도를 도출해 내지는 못하고 있는 것이 우리의 현실이다. 그러나 입시제도의 문제점에 대해 논의를 하는 것은 수험생들이 할 일은 아니다. 급한 것은 바로 코앞에 닥친 입시라는 장벽을 기술적으로 돌파할 수 있는 길을 찾는 것이다. 제도를 탓해 보았자 자신만 손해다.

시험공부는 고통스러운 법이다. 그 고통스러움에 휘말리거나 그 속에 빠져 버린다면 아무것도 할 수 없다. 어차피 건너야 할 강이라면 그것과 정면으로 맞붙어, 자신에게 알찬 열매를 맺어줄 장래를 위해 극복하고 건너야 한다. 많은 사람의 경험과 심리학적인 원칙에 뒷받침된 이 책의 기술적 방법들을 잘 활용한다면 여러분이 갖고 있는 실력 이상의 결실을 거둘 것임을 확신한다.

(1) 먼저 답안지에 수험번호와 이름을 천천히 쓰라

어느 시험장에서나 100명에 1명 정도의 비율로 수험번호를 잘못 쓰거나 이름을 빠뜨리는 사람이 있다고 한다. 그것은 처음부터 너무 서둘렀거나 당황했기 때문인데, 이것을 잊는다면 곤란할뿐더러 그런 상태로는 충분한 실력을 발휘할 수도 없다.

수험번호와 이름을 쓴다는 행위는 가장 단순한 작업이며 또한 초조감을 가라앉혀 주고 마음을 편하게 해주는 효과가 있다. 대체로 시험을 칠 때 가장 흥분하기 쉬운 시간은 시험 개시 직후의 5분간과 마지막 5분간이다. 침착하게 되도록 천천히 수험번호와 이름을 쓰면서 필승을 다짐하기 바란다.

(2) 시험을 치르는 시간을 정확히 알아두라

[예] 1교시 - 09:00 ~ 10:30 = 전체 시험시간	
	09:00~09:03 = 수험번호, 이름, 과목, 문제유형의 표시
	09:03~09:10 = 문제 전체의 윤곽 파악
	09:10~10:10 = 본격적인 문제풀이
	10:10~10:15 = 1차 답안작성
	10:15~10:20 = 문제의 최종 검토
	10:20~10:28 = 최종 답안작성
	10:28~10:30 = 수험번호, 이름, 과목, 문제유형의 최종 확인

시험을 칠 때 허용되는 시간의 길이를 정확히 기억해 두어야 한다. 대부분의 시험에서는 소요되는 시간이 시험지에 제시되어 있지만, 의심이 나면 시험감독관에게 물어봐야 한다. 그리고 시계는 풀어서 책상 위에 놓고 수시로 시간을 체크해 가면서 문제를 풀어야 한다. 늦어도 시험종료 15분 전에는 문제풀이를 끝내고, 5분 동안 왼손 검지로 문제의 번호를 짚고, 답지의 번호를 확인해 가면서 한 문제 한 문제 연필로 흐리게 답을 표시해 놓는다. 그리고 5분 동안 문제를 최종 검토한 후, 마지막 5분 동안 최종적으로 답안을 작성한다. 그리고 답안지를 제출하기 전에 다시 한번 수험번호와 이름, 과목의 표시, 문제의 유형 등 기재해야 할 사항을 빠뜨리지 않았나 마지막으로 점검해야 한다.

"행인임발우개봉(行人臨發又改封)" 이란 시구를 상기하자.

(3) 첫 5분간은 시험문제의 윤곽을 파악하라

문제를 풀이하기 전에 먼저 시험문제 전체의 윤곽을 파악해야 한다. 얼마나 많은 문제가 출제되었는지 또 어떤 유형의 문제가 출제되었는지 사전에 훑어보지 않으면, 질문에 어떤 속도로 대답해야 하는지를 알지 못한다. 따라서 첫 5분간은 문제 전체의 개략적 읽기 시간으로 사용하여, 시험 문제가 배치된 모습을 재빨리 파악해야 한다. 단순히 문제를 읽으며, 제일 먼저 풀어야 할 문제가 어떤 것일까를 골라서는 안된다.

전체 시험지를 개관하는 일은 시간계획을 적절하게 짜는 데 도움이 된다. 이런 사전의 개략적 읽기는 시험 시작을 위해 연필을 들기 전에 확실히 하여야 한다. 이러한 과정에서 차분하고 자신감있게 그리고 재앙을 부르는 감정의 과잉동요 없이 시험을 볼 수 있는 것이다.

(4) 쉬운 문제부터 풀어나가라

전체를 일단 훑어보고 난 다음에 한 문제씩 읽어나가는데, 복잡하고 어려운 문제에는 일단 표시를 하고 짐작만 해놓고 지나가고, 간단한 문제나 알기 쉬운 문제부터 풀기 시작한다. 시험은 굳이 첫 번째 문제부터 풀 필요는 없다. 시간은 한정되어 있고 또 모든 문제를 다 푼다는 것은 거의 불가능하기 때문에, 아는 문제부터 빨리빨리 풀어나가야 한다. 처음부터 어려운 문제에 매달리다 보면 당황하다가 결국은 자신을 잃게 되고, 시간을 많이 빼앗겨 다른 문제에 적절한 시간배분을 할 수 없어 쉬운 문제도 풀지 못하는 경우가 있으니 각별히 유의해야 한다.

쉬운 문제부터 하나 둘 해치우다 보면 마음도 가라앉게 되고, 심리적으로 플러스 요소가 생기게 되어, 그것이 다음 플러스를 불러 일으키고 또 그 플러스가 또다른 플러스를 유도하는 등 연쇄적으로 플러스가 발전하여 자신이 가진 실력 이상을 발휘하게 되는 것이다. 또한, 하나의 해답을 쓰는 동안에 그 주변의 것들이 저절로 연상되어, 처음에는 풀지 못했던 문제의 해답의 힌트가 마음에 떠오르기도 한다. 그리고, 기억이라는 것은 앞의 것이 해결되면 다음 것은 스무드하게 풀려나가는 성질을 갖고 있기 때문에, 우선 손쉬운 문제부터 푼 다음 그 여세를 몰아 어려운 문제를 공격하면 의외로 쉽게 풀리는 경우가 많다.

(5) 문제의 뜻을 정확히 파악하라

시험에는 문제를 내는 사람과 시험을 치르는 사람의 정확한 의사소통이 뒤따른다. 문제를 내는 사람은 지시사항과 문제를 시험치르는 사람의 어떤 특정한 분야에 있어서의 이해와 지식 그리고 능력이 어느 정도인가를 알아보려고 하며, 시험을 치르는 여러분은 정확한 답안을 고르고 요령있는 답을 써서 여러분이 알고 있는 바를 나타내고자 한다.

시험을 치르는 사람이 해야 할 일은 두 가지가 있다.

첫째, 시험문제를 낸 사람이 무엇을 원하는지를 정확히 이해할 수 있어야 한다.

둘째, 자신이 아는 것을 바로 전달할 수 있어야 한다.

그런데 학생들은 지시사항과 문항을 주의깊게 읽으려 하지 않는 경향이 있다. 묻지도 않은 문제에 대해 아무리 정확하게 정답을 쓴들 아무 소용이 없다. 출제자가 무엇을 원하는지를 아는 것 즉, 문제의 뜻을 이해하는 것이 가장 중요하다. 답을 구하기 전에 지시문을 자세히 살피는 것이 좋다. 아깝게 점수를 잃게 되는 원인으로서 공통점이 있다면, 문제를 읽으면서 잘못된 해석을 한다는 사실이다. 문제해석을 잘못하게 되면 그로 인한 손실은 불가피한 것이다. 이것은 순간의 주의부족으로 인해 오랫동안 고생해 온 대가를 희생하게 되는 안타까운 일이다.

문제의 잘못된 해석으로 인한 실점을 피할 수 있는 방법은 평소의 학습하는 과정에서 문제를 바르게 해석하는 연습을 하는 것이다. 평소의 학습 도중에 문제해석에 따른 연습을 의도적으로 꾸준히 해왔다면 그런 습성이 몸에 배어, 시험을 볼 때에도 문제를 정확히 읽고 이해하는 데 오랜 시간이 걸리지 않는다. 그러나 평소에 중요한 문제가 아니라는 생각에 덤벙거리며 문제를 푸는 습관을 들이면, 중요한 시험에서 실수하게 될 것은 뻔하다.

"집에서 새는 물바가지, 밖에서는 안 새랴!"

(6) 미리 질문의 지시사항에 익숙해지도록 하라

시험을 실제로 치르기 전에 치르고자 하는 시험의 경향분석 자료나 예상문제 자료에 익숙해지는 것은 매우 중요하다. 시험에서 이미 출제된 문제의 유형을 충분히 아는 것은, 평소의 학습의 방향을 잡아주고 시간절약도 될 뿐만 아니라, 문제의 지시사항에 익숙해져서 시험을 치르는 데 있어서 잘못될 것을 막아준다. 시험에서 지시사항에 익숙하지 않으면 시험을 치를 때 잘못될 가능성이 있다.

그러나 비슷한 시험에서 똑같은 지시사항이 나올 것이라고 생각하지 않아야 하며, 언제나 지시사항을 주의깊게 읽어서 어떤 변화가 없는지 확인한다.

(7) 확신과 정확성을 가지고 가능한 한 빨리 시험문제를 풀기 시작하라

육상 선수들이 출발이 빠르면 효과적인 것처럼 시험을 칠 때도 시작이 빠른 것이 매우 중요하다. 준비단계에서 많은 시간을 허비하지 말라. 시험을 치르기 전에 필요한 필기구와 지우개 그리고 정신적인 자세가 준비되어 있어야 한다. 시험지침이 주어지면 분명히 지침을 이해해 두어야 한다. 시험에 실패하는 사람들의 대부분은 시험을 보는 첫 단계에서 우물쭈물 귀중한 시간을 소비하고 만다. 예컨대, 샤프펜슬의 연필심이 떨어졌다거나, 시험치기 전에 미리 알았어야 할 지침들을 다시 알아보는 등 귀중한 시간을 허비하는 경우다.

(8) 모든 문제를 진지한 마음을 갖고 풀라

복잡하고 혼란하게 보이는 문제라고 피하지 말라. 시험을 잘 치르는 학생과 그렇지 못한 학생과의 차이점 중의 하나는 복잡한 문제를 풀려고 하는 마음가짐에 있다. 정규 수업시간에 배우지 않은 내용이나 여러분에게 낯설은 문제라고 해서 포기하는 것은 좋지 않다.

물론 어떤 한 문제에 너무 많은 시간을 낭비하는 것은 옳지 못하다. 실마리가 풀리지 않을 것 같으면 다른 문제로 넘어가라. 그러나 포기하기 전에 문제에 대한 답을 내기 위해서 진지하게 노력하는 것이 필요하다.

(9) 문제의 포인트가 되는 곳에 밑줄을 쳐라

문제문을 잘 읽고 출제의 의도를 확실하게 파악하여 문제가 요구하는 답을 쓰는 일이 중요하다. 그러므로 문제문을 읽으면서 무엇을 요구하고 있으며, 어떻게 답할 것인가 하는 곳에 밑줄을 쳐두는 것은 매우 효과적이다.

자신이 문제를 만들어 보면 알 수 있지만 해답자로 하여금 하나의 답을 내게 하기 위해서는 그 답 주변에 있는 것을 비교적 문제 속에 담아야 한다. 그렇게 하지 않으면 출제의 의도가 분명해지지 않기 때문이다. 그래서 문제 속에는 문제의 해법을 짐작할 수 있는 힌트와 그 사항을 끌어내주는 무엇인가가 있다. 따라서 깜박 잊었던 사항이라도 문제를 다시 잘 읽는 동안에 단서를 발견하게 되는 수가 있다.

(10) 문제를 자신이 원하는 의도대로가 아니라 있는 상태 그대로 읽어라

우리는 흔히 우리가 보고자 하는 것을 보게 된다. 또한 사람은 무엇인가를 되풀이해서 체험하면 머릿속에 그 체험에 대한 틀이 짜여져버려 비슷한 일에 부딪치면 그 틀에 맞춰서 생각하는 경향이 있다.

시험문제를 풀 때도 그런 경향이 나타난다. 눈에 많이 익은 것같은 문제에 부딪치면 '바로 그 문제로군!' 하면서 지레짐작을 하고 곧바로 결론을 내려고 한다.

그러나 이 '언젠가 해본 문제'에는 뜻밖의 함정이 있다. 일단 그렇게 생각하면 그 문제의 본질적인 차이를 파악하지 못하고, 아는 문제와 동일시한 나머지 결과적으로는 틀린 답을 내고도 자랑스럽게 생각하게 된다. 그것도 연습량이 많은 사람일수록 이 지레짐작에 의한 실패가 많다. 많은 연습문제를 소화한 만큼 '바로 그 문제'라고 지레짐작을 하는 문제와 만날 확률도 높기 때문이다. '해본 적이 있는 문제'라고 생각했기 때문에 틀린다면 모처럼 고생해서 쌓은 공부가 오히려 손해를 부른 셈이다.

그러므로, 그런 성급한 판단은 하지 않는 것이 좋다. 유사한 문제일수록 그 문제가 정말로 전에 풀어본 것과 같은 문제인지 조심해서 볼 필요가 있다. 대다수의 출제자들은 수업시간이나 교과서에서 강조한 것과는 약간 다른 방식으로 요점을 묻는다. 질문에서 단어 하나를 바꿔도 답이 바뀔 수 있다는 점을 유의해야 한다.

또한 주의할 것은 어려운 문제보다 쉬운 문제에 실수가 많다는 것이다. 부주의로 인한 실수란 긴장된 상태에서 하는 어려운 작업보다는 해이한 상태에서 하는 쉬운 작업에서 일어나기 쉽다. 자신이 생각하기에 쉽다고 느껴지는 문제일수록 신중하게 대처해야 한다.

(11) 재검토를 할 때는 생각의 패턴을 바꾸어서 하라

답안을 쓴 다음에 검토를 해보는 것은 시험의 상식이다. 그런데 여러 차례 검토를 해보고도 문제의 잘못을 발견하지 못하다가 시험이 다 끝난 뒤 엉뚱한 잘못이 있음을 발견하고는 안타까워하는 경우가 종종 있다. 같은 방법으로는 같은 길을 더듬듯이, 동일한 방법으로는 아무리 검토를 해도 답안의 잘못을 발견할 수 없기 때문에 이런 어처구니없는 일이 일어나는 것이다. 이는 심리학적으로는 '습관화' 또는 '익숙함'이라는 말로 설명할 수 있다. 같은 자극이 되풀이되면 이에 대한 반응이 자동적으로 일어난다. 특히 단순한 계산문제를 검산할 때는 문제 자체를 검토하고 확인하기보다는 자신이 낸 답에 대해 안심을 하기 위한 검토가 되기 쉬운 것이다.

이렇듯 사소한 잘못으로 저지르는 실수를 막기 위해서는 생각의 패턴을 바꾸어 검토를 하는 자세가 필요하다. 구체적으로는 순서를 바꾸어 보거나 논리를 거꾸로 더듬어 보는 등, 다른 각도에서 살펴보는 것이다. 또한 답을 재검토할 때 답만을 가지고 할 것이 아니라 문제문부터 다시 자세히 읽는 습관을 평소부터 익혀두는 것도 중요하다.

(12) 신경에 거슬리는 주의사항은 여백에 메모해 두고 일단 잊어버려라

인간의 주의력에는 에너지 배분의 원칙이 작용한다. 예컨대, 노트를 깨끗하게 하려고 거기에만 신경을 쓰다 보면 중요한 선생님의 강의나 쓰고 있는 내용이 전혀 머릿속에 담겨지지 않는다. 즉, 인간의 주의력에는 한계가 있기 때문에 한 가지 일에 지나치게 신경을 쓰다보면 다른 일은 소홀하게 되고, 모든 일에 신경을 쓰려 하면 모든 일에 대한 주의력이 희박해지는 것이다.

시험문제를 풀 때도 마찬가지이다. 예를 들어, 문제를 훑어보았을 때 여기서는 이 공식을 써야 한다든가, 이런 문제에서는 언제나 그런 점에 대한 부주의로 실패하니까 조심해야 한다는 등 온갖 주의점들이 신경을 건드린다. 그렇게 되면 다른 문제에서 뜻밖의 실수를 하고 만다. 따라서 아무래도 마음에 걸리는 주의사항이 눈에 띄었을 때는 문제지의 여백에 메모를 해두고 일단 머리 밖으로 내보낸다. 그 대목에 이르기까지는 잊어버리자는 것이다. 이것저것 뒤섞어 한꺼번에 머리를 움직이면 그만큼 집중력이 둔해지고, 따라서 그런 상태에서 나오는 답은 밀도가 낮다. 하나 내보내고, 다른 것을 새로 머리에 넣어 집중적으로 생각하는 편이 훨씬 능률적이다.

즉, 머리의 스위치 전환을 신속하게 함으로써 신진대사를 활발하게 하자는 것이다. 하나밖에 없는 머리를 어떻게 효과적으로, 또 합리적으로 사용하는가가 시험장에서는 가장 중요한 일이라 해도 과언이 아니다.

(13) 마음에 걸리는 것은 즉시 해결하라

한 문제를 풀고 다음 문제를 푸는 도중에 문득 앞 문제의 답이 과연 옳은 것인지 마음에 걸리는 때가 있다. 엉뚱한 미스를 범하는 것이 바로 이런 때이다. 앞 항에서 설명했듯이 메모해 두었다가 나중에 생각하는 것도 한 방법이지만, 마음에 걸리는 것이 있으면 그 시점에서 바로 해결해버리는 것도 좋은 방법이다.

(14) 시험종료의 벨이 울릴 때까지 시험장을 나오지 말라

시험장에서는 할당된 시간을 끝까지 잘 활용해야 한다. 일찍 시험장을 나오는 학생들은 자신이 일찍 퇴장함으로써 다른 학생들에게 감동을 줄 것이라는 생각을 하게 된다. 그러나 그것은 정말 어리석은 생각이다. 순간적인 영웅심 때문에 큰 희생을 치를 수도 있다. 시간이 허용하는 최후의 순간까지 문항을 일일이 점검하여 미진한 부분이나 잘못된 것을 고쳐야 한다. 이렇게 시험에 끝까지 진지하게 임하는 태도는 평소의 시험에서부터 몸에 배도록 습관을 들여야 한다.

(15) 첫 과목에서 좋은 성적을 받지 못했더라도 비관하지 말라

시험의 첫 과목이 끝났을 때 이미 틀렸다고 비관해 버리고, 두 번째 시간부터는 아예 시험을 포기해버리는 사람이 있다. 그러나 시험이라는 것은 종합점수로 평가되므로 한두 과목의 점수가 좋지 않았다고 하여 비관하고 포기까지 하는 것은 지나치게 경솔한 생각이다.

오히려 '좋은 점수가 나오지 않겠다'고 자신의 성적을 객관적으로 판단할 수 있다는 것은 그만큼 실력도 있고 냉정하다는 증거이므로 남은 시험에 기대를 걸 수가 있다. 첫 시간에 '잘했다, 다 풀었다'고 기뻐하는 사람일수록 성적은 의외로 저조한 경우가 많다. 첫 시간에 저조했으니 다음 시간부터는 최선을 다해서 첫 시간에 잃은 점수를 조금이라도 더 만회해야겠다는 각오로 시험에 임해야지, 이미 치러버린 시험에 대해서 연연해하는 것은 현명한 사람의 태도가 아니다. 이미 지난 것은 깨끗이 잊어버려라.

"절망(絶望)이란 이미 선취(先取)된 패배(敗北)이다.
인간이 아직 무엇인가를 할 수 있는 동안은
절망이란 용납(容納)되지 않는다."

5. 정답은 몰라도 점수는 딸 수 있는 방법

정답을 알 수 없을 때의 갖가지 사고방식이나 공략법에 대해 알아보자. 출제자 역시 인간이므로 어딘가 인간다운 단서를 남겼을 것이 틀림없을 것이다.

(1) 틀렸음이 분명한 것부터 제거해 나간다

여러 개의 답 중에서 정답을 골라야 하는 경우에는 우선 척 보기에도 틀렸음이 분명한 답은 반드시 눈에 띈다. 이런 때 우선 틀렸음이 분명한 것부터 제거한 후, 최종적인 결론은 내리지 않은 채로 두었다가 나중에 남은 시간을 이용하여 차분히 검토하면 결국 정답을 포함하여 2, 3개밖에 남지 않게 되어 정답에 훨씬 가까워진다.

이렇게 일단 그 문제에서 완전히 떠났다가 심리적인 안정을 되찾은 다음 다시 돌아와 풀게 되면 심리적으로 여유가 있기 때문에 그때에는 생각하지 못했던 새로운 관점에서 문제 해결을 하게 될 가능성도 있다. 따라서 정답을 생각하고 결정하기도 쉬워진다. 특히 지문이 긴 문장일 때는 정답의 범위를 줄여 두지 않으면 다시 긴 문장을 여러 번 읽어야 하기 때문에 시간적으로도 손해이다.

(2) 정·오(正·誤) 문제에서는 극단적인 용어를 사용한 문장은 틀리는 경우가 많다

잘못된 답이나 또는 바른 답을 골라내는 정·오 문제는 대개 긴 문장의 독해에 대한 문제의 일부로서 채택된다. 그런데 그 문장 중에는 극단적인 부정 또는 극단적인 긍정의 단어가 들어 있곤 한다.

예컨대, 영어에서는 no, never, every, all, entirely 등의 부사가 이에 해당한다. 이런 단어가 문장 속에 있는 경우 그 문장은 틀렸을 경우가 많다. 왜냐하면 극단적으로 부정하거나 또는 긍정할 수 있는 사실은 드물게밖에 존재하지 않기 때문이다.

이것은 영어뿐 아니라 역사나 지리에서의 정·오 문제인 경우에도 같다. 예컨대, 「북극점 부근에는 생물이 '전혀' 존재하지 않는다.」와 같이 극단적인 부사를 사용함으로써 얼핏 보기에는 논리가 명쾌한 것처럼 느껴지는 문장은 우선 잘못이라고 생각해야 한다.

이것은 우리의 일상적인 대화를 생각해봐도 알 수 있다. '절대로'라든가 '전혀' 등 극단적인 말을 빈번하게 사용하는 사람은 말이나 문장에서 설득력을 상실할 뿐 아니라 차츰 본인 자신의 신용을 잃는다. 인간의 일반적인 논리나 감각으로 볼 때 그런 말은 쉽게 쓸 수 있는 단어는 아닌 것이다.

(3) 정정(訂正) 문제에서는 긍정어·부정어·대의어에 주목한다

「밑줄친 문장의 잘못된 점을 정정하라.」는 형식의 문제를 푸는 비결은 문장 속에서 부정어·반대어·대의어 등을 찾아내는 것이다.

예컨대, '많다'를 '적다'로 한다든가, '멀다'를 '가깝다' 등으로 정정함으로써 정답을 찾아낼 수 있는 것이다. 시험문제의 정답은 누가 보아도 납득이 가야 한다. 따라서 출제자의 입장에서는 애매한 문제를 내면 답도 애매하게 되기 쉽다는 우려에서, 나중에 이럴 수도 저럴 수도 있다는 의문이 제기되지 않도록 문제를 만드는 법이다.

(4) 정답에는 형태가 고운 것 또는 간단한 것이 많다

복잡한 사고와 계산의 과정을 거쳐 다다른 답이 간단한 것이라면 정답이라고 생각해도 틀림이 없다. 이것은 답이 간단하면 헷갈리지 않는다는 출제자측의 생각과 시험의 목적이 복합적으로 작용되기 때문이다. 즉, 어떻게 원리를 이용하여 해결 프로세스를 바르게 진행해 가는가를 판단하는 데 시험의 목적이 있다. 따라서 매우 복잡한 숫자나 식이 정답이라고 생각될 때는 어딘가 실수가 없었는지 반드시 다시 검토를 해 보아야 한다.

(5) '아리송'한 것 중에 정답이 있는 경우가 많다

예컨대, 다음과 같은 화학 문제에서 정답이 아리송할 때 문제만 보고 정답을 알 수 있다면 거짓말이라고 생각할 것이다. 그러나 가능하다.

실제로 대학입시에 출제되었던 문제를 예로 든다면,

「… 다음 중 정답을 고르시오.

㉠ 염화제2철 ㉡ 초산니켈 ㉢ 유산동 ㉣ 염화제2동 」

이라는 사지선다형의 문제가 있다. 잘 보니 염화제2**라는 형식이 ㉠, ㉣의 2개가 있다. 아무래도 정답은 그들 중에 있을 것 같다고 판단된다. 다음에는 염화제2 '철'이냐 '동'이냐를 결정해야 한다. 그것을 결정할 수 있는 열쇠를 찾아보니 '동'자는 ㉢에도 있다. 그렇다면 정답은 ㉣인 염화제2동이 아닐까 생각되고, 바로 그것이 정답이다.

황당무계한 얘기같지만 출제자는 되도록 정답을 숨기려 하고, 그래서 아리송한 것끼리 모아 그 속에 정답을 포함시키게 된다. 말하자면 그런 단서를 찾자는 것이다.

(6) 모르는 단어가 나와도 문장 속에 그것과 대조되는 말이 있으면 유추할 수 있다

국어나 영어 등에서 모르는 단어가 나왔을 때는 쉽게 포기하지 말고 문장 속에서 대조되는 말을 찾아보는 것도 하나의 방법이다. 세상 모든 것에 음과 양이 있듯이 말의 개념도 항상 정반대 또는 대조를 이루면서 한 쌍을 만드는 것이 일반적이다. 삶과 죽음, 밤과 낮, 남자와 여자, 사랑과 미움 등 그 예를 들자면 한이 없다. 대개 어느 한 쪽을 말할 때, 그것을 보다 정확하게 전하기 위해 정반대의 개념을 비유로 드는 때가 매우 많다.

따라서, 네거티브 필름으로 포지티브 사진이 만들어지고, 주물의 형을 보면 그 속에서 만들어질 주물을 알 수 있듯이 서로 대조되는 말을 알면 미지의 단어가 가진 의미도 알게 된다.

영어의 이런 예를 들 수 있다.

"As to marriage or celibacy whichever course you may take you will be sure to feel sorry."라는 문장 속의 'celibacy'는 어려운 단어이다. 그러나 그 대조어가 'marriage'라는 것을 알게 되면 '결혼과 독신의 그 어느 쪽을 택해도 틀림없이 후회할 것이다.'라는 의미의 문장임을 알게 된다.

(7) 모르는 부분이 있으면 그 부분은 생략하고 아는 것만이라도 답을 써 본다

영어나 고문의 해석문제가 나왔을 때 문장 중에 모르는 단어나, 뜻을 잊어버린 단어에 부딪칠 경우, 문장 전체의 해석을 체념해버리는 사람이 있는데 그것은 잘못이다. 비록 상당히 중요한 부분을 알 수 없다 하더라도 일단 그 부분을 생략하는 셈치고 답을 써보는 것이다. 그 단어를 빼고 번역해도 뜻이 통하는 경우가 있고, 또한 그런 작업을 통해 명확하지 않던 부분을 알게 되는 수도 있다. 그렇지 않다 하더라도 '최선을 다한' 답안은 될 것이다.

모르는 단어나 낱말이 나왔을 경우에 여러분이 세울 대책에는 다음과 같은 것이 있다.

첫째는, 문장의 앞뒤 관계나 그 단어와 전체와의 관련성을 미루어 유추하는 방법이다. 단어 그 자체는 알 수 없더라도 일반적인 상식으로 전체적인 판단을 해보면 알 수 있는 경우가 참으로 많다. 문장 전체가 무슨 내용인가를 정확하게 파악하기만 한다면 크게 동떨어진 풀이를 하게 되지는 않는다. 물론 그중에는 아무리 살펴보아도 알 수 없는 경우가 있다. 그러나 그런 경우에도 체념하지 말고 문장 전체를 잘 읽어보아야 한다. 문장 그 자체에 대한 이해만 정확하다면 단어 1, 2개는 크게 문제가 되지 않을 수도 있기 때문이다. 어려운 단어에 지나치게 집착하여 문제를 놓친다면 '나무는 보고 숲은 보지 못하는' 결과가 되고 만다.

둘째는, 모르는 단어나 술어가 문제 안에서 다른 말로 표현되어 있는 경우가 있다는 것을 이용하는 방법이다. 시험문제에 나오는 어려운 문장에는 반드시 다른 말로 설명된 표현이 있게 마련이며, 의미가 전달되도록 잘 배려되어 있는 것이 일반적이다. 따라서, 다른 말로 표현된 내용이 힌트가 되는 때가 있다. 지나치게 그런 경향을 기대할 수는 없지만 어쨌든 한 문제라도 더 풀어야 하는 만큼 이런 방법도 생각해 보아야 할 것이다.

(8) 순서를 맞추는 문제에서는 우선 시작과 끝을 찾아내면 풀기 쉽다

역사상의 사건이나 논설문·시·영어 문장 등의 차례를 바르게 놓는 형식의 문제를 푸는 요령은, 처음 것과 나중 것을 빨리 찾아내는 데 있다. 그것만 찾아내면 나머지도 찾기가 쉬워진다. 왜냐하면 기억이나 논리의 연결은 처음과 맨 마지막이 명확하기 때문이다. 즉, 기억의 실마리는 첫인상과 최후의 인상에서 시작되며 이들 두 포인트가 확실해지면 나머지 중간 요소는 논리적으로 따져보면 덩굴이 뽑혀 올라오듯 쉽게 풀려진다.

(9) 지시어가 가리키는 내용을 알 수 없을 때는 그대로 둔다

국어 문장 속에서의 '그것', 영문 해석문제에서의 'It' 등 지시대명사는 무엇을 가리키는 것인지 알기가 힘들 경우가 많다. ○○를 가리키는 것 같기도 하고, ××를 가리키는 것 같기도 할 때 어림짐작으로 썼다가 틀려버리는 경우가 의외로 많다. 그러므로 자신이 없을 때는 그대로 '그것'으로 얼버무려 두는 것이 오히려 무난하다. 어림짐작으로 분명히 밝혔다가 틀릴 바에는 차라리 그대로 두는 편이 낫다. 그것이라 쓰면 정답은 아니더라도 명확히 틀린 것은 아니므로 감점대상이 안될 수도 있기 때문이다. 자기가 확실하게 알지 못하는 것은 쓰지 않는 것이 시험에서 이기는 하나의 비결이다.

(10) 낯선 문제도 벗기고 보면 기초적인 것이 많다

인간에게는 불확정내성(不確定耐性)이라 하여 자신이 흑백을 분명히 판단할 수 없는 사항에 부딪치면 냉정하게 그것을 생각하고 처리하지 못하는 약한 일면이 있다. 그래서 처음 보는 문제를 대하게 되면 당황하고 즉각 거부반응을 일으켜 '이건 틀렸다'고 체념해버린다. 그것이 바로 출제자가 노리는 점이기도 하다.

그러나 낯선 문제라 해서 반드시 어려운 문제는 아니다. 수험생을 심리적으로 동요시키기 위해 새로운 옷을 입혔을 뿐, 옷을 벗기고 보면 기초적인 지식으로도 풀 수 있는 쉬운 문제가 적지 않다.

출제자의 심리작전에 말려들지 않도록 낯선 문제에 부딪치면 우선 침착하게 그것을 벗겨보려는 노력을 해야 한다. 즉, 새로운 문제가 나왔을 때는 '이 문제는 지금까지 공부한 것 중 어느 기초사항과 관계가 있는가'를 가늠하는 것이 중요하다. 포인트만 파악되면 의외로 쉽게 풀릴 때가 많다. 예컨대, 수학이나 물리 등은 공식의 일람표, 국사나 세계사라면 그 연표를 머릿속에서 더듬으며 출제의 포인트를 찾아내야 한다.

(11) 전혀 알 수 없을 때는 짐작으로라도 답을 써 둔다

채점에서는 답을 쓰지 않아도 0점이고, 전혀 틀리는 답을 써도 0점이다. 같은 0점을 받을 바에는 조금이라도 점수를 받을 수 있는 쪽, 짐작으로라도 답을 써두는 것이 바람직하다. 맞지 않더라도 밑져야 본전이고 맞으면 횡재다. 특히 객관식 테스트에서는 OX식인 경우 50%의 확률이 있다. 따라서 오랜 시간 연구하여 얻은 답이나 단순한 짐작으로 낸 답이나 같은 점수가 될 수 있다는 아이러니한 면도 우리의 시험제도에는 있는 것이다.

(12) 확신이 가지 않는 한, 첫 번째 고른 답을 바꾸지 않는다

답이 두 개 이상 떠올라 어느 것이 옳은지 망설이게 될 때가 있다. 이런 때는 '첫 번째 느낌' 즉, 처음에 생각난 답이 옳은 경우가 많다. 왜냐하면 우리가 무엇을 외우거나 다시 생각할 때는 '쓰는 버릇'이나 '입버릇'이라는 말과 같이 자신이 평소에 쓰거나 말하던 때의 습관이 무의식 중에 나오기 때문이다. 즉, 그 답이 옳다는 확신이 없더라도 습관적으로 써왔기 때문에 그것이 먼저 나왔다고 보아야 한다. 따라서 나중에 생각나는 것은 그 어떤 다른 이유로 따라 온 것이다. 특히 한자나 영어의 스펠링 등 시각적인 것에 그런 경향이 강하며 십중팔구 먼저 생각난 것이 옳은 답이다.

또한 백지나 빈 칸을 앞에 놓고 생각하기 보다는 무엇이든 사고를 회전시킬 자료가 있는 쪽이 생각하기 쉬운 법이다. 잘못되었다고 생각되는 답일지라도 정답을 찾을 가능성이 있을 때까지 그대로 지우지 않고 놓아두면 그것이 사고력을 회전시키는 자료가 되어 '어디가 잘못되었는가'를 검토하는 단서가 된다.

6. 모의고사 활용법

[1] 모의고사의 의의

모의고사는 입시가 가까워 올 무렵에, 지금까지 쌓아온 실력을 테스트하고 정리하기 위해서 또한 실전력을 키우기 위해서 전 교육과정의 문제가 종합적으로 골고루 수록된 시험으로 다음과 같은 특징과 목적이 있다.

첫째, 교과과정의 전 범위를 대상으로 종합적인 문제가 출제된다

모의고사는 월말고사나 기말고사와는 달리 학교의 진도와는 관계없이 교육과정의 처음부터 끝까지 즉, 전 범위를 대상으로 종합적인 문제로 구성되어 있어서 대입고사와 그 형식이나 출제경향이 가장 비슷한 시험이라고 할 수 있다.

둘째, 자신의 실력을 정확히 평가할 수 있다

모의고사를 통하여 나온 성적은 그때까지 자기가 닦아 온 실력을 비교적 정확히 평가할 수 있어, 지원 대학과 학과를 선택하는 중요한 자료로 활용할 수 있다. 특히 선지원 후시험제도에서는 전국적인 규모로 실시되는 모의고사의 중요성이 더욱 가중된다. 또한 각 과목의 여러 부분 중, 어느 부분의 실력이 부족하며 어떤 결함과 약점이 있는지를 알 수 있어, 모의고사를 통하여 자신의 부족한 학습내용과 결함 및 약점을 최종적으로 보완할 수 있는 것이다.

셋째, 실전력을 키울 수 있다

모의고사를 통하여 수험생은 실제 대입시험을 치르는 연습을 할 수 있다. 과목별 문항수와 배점비율, 시험시간 등을 수능시험과 꼭 같게 함으로써, 문제를 푸는 요령, 답안작성 요령, 시간의 과부족 등을 연습할 수 있다.

[2] 모의고사 준비요령

수험생에게는 모의고사를 준비하기 위한 별도의 시간이 정해져 있지 않다. 공부하고 있는 하루하루가 바로 모의고사 준비시간이요, 나아가 입시 준비시간이다. 그러므로 자기 나름대로의 전반적인 입시계획과 모의고사를 위한 계획을 잘 조화시켜야 한다.

(1) 모의고사 1개월 전부터 시험을 의식한 계획을 세워라

수험생의 일상적인 공부는 흔히 일정한 부분으로만 편중되어 종합적인 실력을 양성할 기회가 별로 없다. 물론 자세한 부분이 쌓여서 종합적인 실력이 붙게 되는 것이 공부이기는 하지만, 그것을 의식하여 지식체계를 종합적으로 파악해 볼 기회는 별로 없다. 말하자면, 나무는 보되 숲을 보지 못하는 입장에 빠질 우려가 많다. 그런 의미에서 모의고사가 지니는 의미는 크다. 종합적인 실력을 묻는 테스트를 눈앞에 두었다면 그것을 계기로 하여 평소 소홀해지기 쉬운 지식의 종합적인 점검을 도모해야 한다.

그러기 위해서는 모의고사 1개월 전부터 의식적으로 그때까지 공부한 것에 대한 약점을 추출하여 기본적이고 응용도가 높은 것을 중점적으로 공격해야 한다. 그렇게 되면 시험을 계기로 하여 일정 기간마다 지식의 종합화가 이루어지고, 아울러 시험성적도 좋아져 자신감이 생기게 된다.

(2) 정기시험보다 모의고사를 중요시하는 학습법은 위험하다

범위를 한정해서 실시하는 정기시험 성적은 좋지 않지만 모의고사에서는 상당히 좋은 점수를 따는 학생이 있다. 그러한 타입의 학생이 '실력파'로 보이지만, 반드시 그렇다고만 할 수 없다. 왜냐하면, 모의고사 점수는 잘 나오는데 정기시험의 성적이 매우 나쁜 사람은 대체로 머리회전이 빠른 편이나, 기초적인 것을 꾸준히 하기보다는 응용적인 부분에 손을 대는 경향이 있다. 그런데 정기시험은 한정된 범위 내에서 자세한 내용을 묻는 시험이므로 수비를 단단히 굳히는 수비형 공부가 아니면 좋은 성적을 얻을 수가 없다.

또한 대학입시에서 학교 내신성적이 차지하는 비중이 날로 높아가고 있다. 그러므로 모의고사를 너무 경솔히 다루어도 안되지만, 지나치게 중시한 나머지 정기시험을 소홀히 하는 우를 범해서는 안된다.

◆ 어느 과목의 전체 범위를 ⓐ, ⓑ, ⓒ, ⓓ, ⓔ의 5파트로 나눈 다음 각 파트를 다음 모의고사까지 완결해 나간다. 그 전체 범위는 1년 동안에 완성한다.

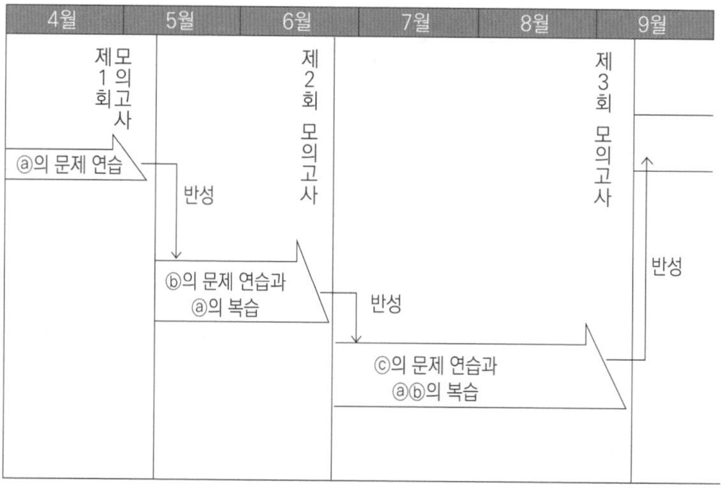

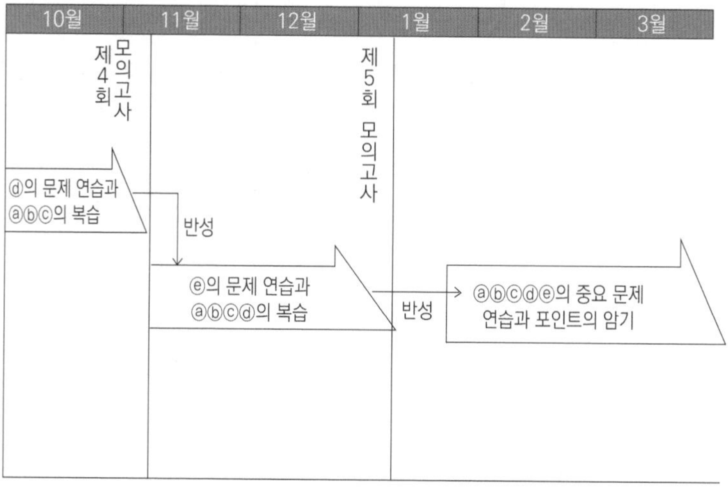

[3] 모의고사를 잘 치는 방법

(1) 실전에 임하는 자세로 임하라

모의고사는 실제 대입고사와 출제형식과 시험시간이 똑같기 때문에, 모의고사를 치는 요령은 바로 대입고사를 치는 요령이라고 말할 수 있다. 그러므로 실전에 임하는 자세로 진지하게 시험을 쳐야 진정한 의미의 모의고사가 될 수 있다.

우선 사용되는 필기구를 여유있게 챙겨놓고, 답안지를 작성하는 요령도 정확히 알아두어 실수가 없도록 한다. 수험번호·성명·문제지의 유형표시(A·B표시)·과목표시 등을 차분히 기재하고, 시간배정을 적절히 하여 최선을 다하는 자세를 가진다면, 실제 대입고사에 임해서도 당황하지 않고 자신의 실력을 십분 발휘할 수 있다.

(2) 매 교시마다 특징을 파악하라

좀 더 효율적으로 시험을 치르려면 매 교시마다 특징을 파악해 두는 것이 좋다. 특히 1교시가 가장 중요한데, 1교시는 시험의 첫 시간이니만큼 그날 시험에 상당한 영향을 미친다. 따라서 이 시간을 잘 보내야 이후의 시험에서도 자신의 실력을 충분히 발휘할 수 있게 된다. 첫 시간부터 실수를 저질러서는 곤란하므로 무엇보다도 마음을 진정시키고 침착하게 시험에 임해야 한다. 또한 첫 시간을 못 보았다고 해서 절대 자포자기해서는 안된다. 나에게 어려운 문제는 다른 사람에게도 어려운 것이다. 자신을 갖고, 이후의 시간에 최선을 다하겠다는 각오로 남은 시험에 최선을 다해야 한다.

(3) 쉬는 시간을 잘 활용하라

쉬는 시간이 몇 분이 되든간에 헛되이 보내는 일이 없어야 한다. 시험이 한 교시 끝나면, 우선 화장실부터 다녀오도록 한다. 시험시간은 평소의 수업시간과 달리 매 교시마다 1시간이 넘으므로, 화장실에 가고 싶은 마음이 별로 없더라도 쉬는 시간에 반드시 다녀와야 한다. 시험중에 용변을 보고 싶어지면 큰 낭패가 아닐 수 없다. 시험 도중에는 나갈 수 없으니 미리미리 처리를 해 두는 것이 현명하다.

용변을 보고 온 후에는 친구들과 어울려 답을 맞춰 본다든지 잡담을 하는 것은 가급적 삼가야 한다. 이미 치른 시험에 대해서는 그날의 모든 시험이 끝날 때까지는 왈가왈부하지 않아야 한다. 이미 지나간 버스이니, 후회한들 아무 소용이 없고, 마음만 상할 뿐이다. 자기 자리에 앉아, 손때 묻은 요점정리 노트나 책 등을 대강 훑어보든지, 아니면 눈을 감고 단전호흡을 하며 다음 시간을 위해 마음을 차분히 가라앉히는 것이 좋다.

(4) 끝까지 물고 늘어지는 습성을 들여라

모의고사는 실전에 대비한 훈련인 만큼, 모른다거나 귀찮다고 해서 도중에 나와버려서는 안되며, 한 문제라도 더 맞추려고 끝까지 앉아서 물고 늘어져야 한다. 완전히 다 풀었다 해도 다시 한번 문제를 점검해보고 답안지에는 오기(誤記)가 없는지 확인해보도록 한다. 그래도 시간이 남으면 설사 문제는 더 풀지 못해도 어떤 문제가 어려웠고, 나의 취약점이 무엇인지 진단하여 시험지에 자세히 체크해 놓아야 한다. 그것이야말로 여러분의 실력 향상을 위한 가장 확실한 백신(vaccine)이 될 것임을 믿어 의심치 않는다.

참고 견디어 끝까지 물고 늘어지는 자만이 좋은 결과를 거둘 수 있다. 도중에 나오는 버릇을 들이면 실제 대입고사에서도 도중에 나오고 싶어 못견디게 된다.

[4] 모의고사 결과의 분석

모의고사를 보는 것 이상으로 중요한 것이 그 결과의 분석이다. 모의고사는 어디까지나 실제 시험을 잘 치르기 위한 연습으로써, 그 결과를 얼마나 철저하게 분석하고 또 대책을 세우느냐에 의미가 있는 것이지, 단지 실제 시험을 치르는 기분만을 내려고 하는 것이 아니다. 특히 전국 규모의 모의고사는 전국에서 자신의 위치를 가늠할 수 있는 절호의 기회인 것이다. 지겨운 시험이 끝났다는 해방감에 젖어, 사후처리를 게을리하면 모처럼의 좋은 기회를 잃게 된다.

(1) 모의고사 시험지는 복사하여 과목별로 모아두라

어떤 시험지이든지 여러분이 합격의 영광을 얻기까지는 함부로 버려서는 안된다. 특히 모의고사 시험지는 절대 버려서는 안되고, 각 과목별로 순서대로 차곡차곡 모아두어야 한다. 보통 시험지는 양면에 인쇄가 되어 있으니 깨끗하게 복사를 해서 각 과목별로 철해 두라. 실력향상에 엄청난 위력을 발휘하는 무기가 될 것이다.

(2) 모든 문제를 철저하게 분석하여 표시를 해두라

시험이란 '얼마나 알고 있는가'를 테스트함과 동시에 '얼마나 모르는가'를 알기 위한 뛰어난 수단이다. 특히, 모의고사는 '얼마나 모르는가'와 '어떠한 것을 모르는가'를 정확히 진단하여, 실제 시험에서 큰 성공을 거두려는 데 목적이 있다. 즉, 시험은 평소의 공부로는 판단할 수 없는 결점이나 잘못을 객관적으로 지적해 준다. 따라서 점수보다는 사후조치가 더 중요하다.

시험이 끝나면 대개 선생님들이 정답과 해법을 가르쳐 준다. 자신있게 풀어서 맞은 문제는 선생님의 설명을 한 번 듣는 것으로 족하지만, 문제는 틀린 문제와 요행으로 맞은 문제이다.

첫째, 실수해서 틀린 문제가 있을 때는 실수를 한 원인을 빨갛게 표시해 놓고 다음에는 그런 실수를 하지 않도록, 침착성과 문제를 정확히 읽는 습성을 기르려고 노력한다.

둘째, 몰라서 틀린 문제는 모르는 내용을 기초부터 확실하게 이해해 둔다.

셋째, 요행으로 맞춘 문제, 해답은 맞았으나 그 해답에 이르는 과정이 틀린 문제는 그 해답이 나오게 되는 과정을 확실하게 이해해서 소화시켜야 한다.

모의고사로 많은 수련을 쌓은 사람의 정신은 자신이 저지른 수많은 실수와 오답으로 상처 투성이일 수밖에 없다. 그러나 입학시험에서 승리를 거두는 순간 그 해묵은 상처는 아물게 된다. 싫은 일은 다시 생각하고 싶지 않은 것이 사람의 심리이다. 그러나 상처는 그대로 내버려 두면 결국은 곪아 돌이킬 수 없게 된다. 마지막 정리 단계에서 그 상처만 철저히 치료해 두면 상처의 치유는 시간문제인 것이다.

(3) 시험에서 틀렸던 문제야말로 기억의 찬스임을 명심하라

한번 끝난 시험지는 들쳐보기도 싫은 것이 사람의 마음이다. 더구나 틀린 문제는 더더욱 보기 싫기 마련이다. 그러나 시험이야말로 기억을 정확하게, 그리고 깊게 할 수 있는 다시없는 기회다. 모의고사에 출제된 문제들은 중요한 포인트인데 만일 틀린 문제가 있다면 그것은 이해가 부족했거나 잘못 기억하고 있었기 때문이다.

모의고사 결과를 앞으로의 공부에 효과적으로 살릴 수 있는가, 아닌가에 모의고사를 치르는 의미가 있다. 한마디로 시험에서 틀린 점을 어떻게 내 것으로 만드는가에 따라 실력의 차이가 시간이 흐를수록 크게 난다. 그럼에도 대부분의 학생들은 모의고사에서의 작은 미스들을 그냥 지나친다. 모의고사의 범위는 당연히 매우 넓은 영역에 이른다. 따라서 그 안에서의 작은 오류란 빙산의 일각이고, 그 속에는 커다란 결함이 포함되어 있는 때가 많다. 말하자면, 이 작은 잘못의 주변을 철저히 복습함으로써 빙산 전체를 건지는 커다란 수확을 얻을 수 있는 것이다.

(4) 시험 성적을 과목별로 도표를 만들어 두라

모의고사는 한 번으로 끝나는 것이 아니라 여러 번 본다. 위와 같이 각 문제를 철저히 분석을 했다면 일단 숲속의 나무는 파악이 된 것이지만, 아직 전체 숲은 파악이 되지 않은 것이다. 숲을 파악하기 위해서는 모의고사를 볼 때마다 도표를 만들어 두는 것이 좋다. 매번 과목별로 도표를 만들어 기록해 두면 성적의 향상 내지 퇴보를 진단하고, 약한 과목을 찾아내어 효율적인 학습계획을 세울 수 있다.

(5) 허점노트를 작성하라

모든 시험문제의 원인분석이 끝났으면 곧바로 허점노트를 작성해야 한다. 허점노트란 틀린 문제를 기록하는 오답노트이다. 바인더식 노트에 각 과목별로, 교과 진도순으로 틀린 문제와 실수로 맞은 문제를 써 넣는 것이다. 자신이 틀린 원인과 정답의 풀이를 동시에 적어 두는 것이다. 이렇게 함으로써 무엇이 왜 틀렸는가 하는 자기의 취약점을 한눈에 알 수 있어 일망타진을 할 수 있다. 〈제9장 노트정리법〉의 '오답노트의 필요성과 작성요령'을 참조하시라.

"연습은 실전같이, 실전은 연습같이!"

"훈련할 때는 경기처럼 임하고
경기할 때는 편하게 즐기면서 훈련하는 것처럼 임한다."

-조현우(월드컵 축구 국가대표 골키퍼

"마음을 같이 하여 같은 사랑을 가지고 뜻을 합하며
한 마음을 품어, 아무 일에든지 다툼이나 허영으로 하지 말고
오직 겸손한 마음으로 각각 자기보다 남을 낫게 여기고"
(빌립보서 2:2-3)

| 에필로그 |

나의 대학입시 전사(戰史)

"고통(苦痛)이 없이는 쾌락(快樂)도 없다!"

"세상은 비록 고통으로 가득 차 있지만, 그것을 정복하는 비결도 얼마든지 있다."

■ 풍요롭고 행복했던 어린 시절

필자는 한국전쟁이 끝난 후 전쟁의 폐허 속에서, 온 국민이 살기 위해 허리띠를 졸라매며 고군분투하던 1958년 11월 17일, 고적(古蹟)의 도시 수원(水原)에서 2남4녀 중 다섯째(차남)로 태어났다.

우리집은 아담한 솟을대문이 있는 한옥기와집이었다. 앞마당 꽃밭에는 온갖 꽃과 나무들이 아름답게 자랐고, 꽃밭에서 지붕 처마 차양까지 만들어 놓았던 그물망에는 호박과 수세미가 주렁주렁 열렸다. 마당 한구석에는 깊은 우물이 있어서 겨울에는 따뜻하지만 여름엔 이빨이 시릴 정도로 시원해서 수박이나 참외 등을 줄에 매달아 우물 속에 넣어두면 냉장고 역할을 톡톡히 했다.

우리집 앞에는 지금은 복개천이 되어버렸지만 초중고 시절만 해도 맑은 물이 흐르는 개울이 있었다. 그 개울에서 여름에는 물고기를 잡고 멱도 감을 수 있었으며, 동네 아낙네들은 머리를 감고 빨래도 하였다. 겨울에는 개울이 꽁꽁 얼어붙은 얼음판 위에서 팽이 돌리기도 했고, 직접 만든 외날 썰매를 씽씽 타면서 놀았던 추억이 떠오른다.

부모님께서 운영하시던 쌀가게(미금상회)가 있는 수원영동시장은 그 당시 가장 번화했던 남문(팔달문) 옆에 있었는데, 집에서 가게까지 걸어서 15분 정도 걸렸다. 또한 필자가 다녔던 인계국민학교 방향으로 10여 분만 걸어가면 쑥과 냉이가 지천에 널려있는 들과 밭이 있었고, 논에는 개구리, 미꾸라지, 붕어, 뱀장어 등이 우글우글한 못이 있었다.

지금은 없어진 수여선(수원-여주) 기차가 다니던 때여서 아침 저녁으로 석탄을 때는 증기기관차의 기적소리가 아직도 귀에 울리는 듯하다.

집에서 10여 분 뛰어 수원시의 중심인 팔달문을 지나 팔달산 중턱에 오르면 아카시아꽃이 흐드러지게 피어있는 약수터가 있는데 중2때까지는 새벽에 일어나 운동삼아 자주 갔었다. 약수터에서 시원한 물을 마시고 돌아와서는 앞마당에서 아령과 냉수마찰을 열심히 했다. 어려서부터 "건강한 신체에 건강한 정신이 깃든다(A healthy mind in a healthy body.)"

는 명언이 지극히 옳다는 생각으로 건강을 위해 끊임없이 노력해왔다.

■ 최고 음식들의 다양한 섭취로 미각의 발달

나는 나의 장래를 위해서이기도 하지만, 자식들을 위해 새벽부터 밤 늦게까지 시장에서 고생하시는 부모님을 기쁘게 해 드리기 위해 열심히 공부했다. 월례고사에서 1등을 하면 성적표를 들고 영동시장 가게로 달려갔는데, 어머니께서는 내가 1등을 하면 무척 기뻐하시면서 원하는 선물을 하나씩 사 주셨고, 보너스로 단골 거래처인 유명식당의 최고 메뉴를 먹게 해 주셨다.

박정희 대통령께서 수원에 오시면 꼭 드셨다는 수원 갈비의 원조 '화춘옥'에서 숯불(왕)갈비를 먹었던 기억이 생생하다. 주방장이 주방에서 센 참숯불에 구워서 커다란 접시에 한 대씩 담아 나오면 칼과 포크로 잘라 먹었는데 그 맛과 향이 아직도 생각난다. 또, 닭이 흔하지 않았던 시절에 최고의 데이트 장소요, 맞선 보는 레스토랑으로도 유명했던 '태백영양센타'의 전기구이 통닭 맛과 소꼬리곰탕, 우족탕, 소갈비찜 등으로 유명했던 '풍미옥'의 진한 곰탕 국물맛을 어찌 잊을 수 있겠는가.

성적표에 1등이 찍히는 날은 내 입과 영혼이 호사(豪奢)를 누리는 날이었다. 이런 유명 음식점들은 거의 대부분 우리 가게의 단골거래처였기 때문에, 내가 가서 먹는 음식값은 쌀값 외상장부에서 제하였기 때문에 큰 부담이 없었다.

우리 가게 길 건너편에는 초등학교 동창의 아버지께서 경영하시던 '삼일상회'라는 수원에서 가장 큰 수산물 도매센터가 있었다. 이른 새벽에 가보면 삼면이 바다로 둘러싸인 축복받은 나라 대한민국의 서해·동해·남해에서 잡힌 싱싱한 바닷물고기들이 얼음 넣은 나무상자에 실려 밤길을 뚫고 올라온다. 회를 쳐서 먹어도 아무 지장이 없는 갓 죽은 선어(鮮魚)들이 대부분인데 살아서 입을 뻐끔뻐끔하는 것들도 꽤 있다. 안 먹어 본 생선이 없다. 지금은 귀족 대우를 받는 갈치, 준치, 병어, 고등어, 도루묵 등은 싸고 흔한 생선이었다. 가시가 무지 많은 '썩어도 준치'와 병어는 가끔 세꼬시로도 먹었다.

또한 우리 가게에서 15분 정도 걸어가면 지금의 마장동 축산시장같은 우시장이 있어서, 싱싱한 한우 내장을 싸게 구매할 수 있었다. 간과 지라는 날것으로 참기름소금에 찍어 먹고, 간·허파·양·곱창 등은 굵은소금으로 깨끗이 씻어 가마솥에 넣어 푹 삶아서 건져낸 다음, 갖은 양념과 참기름을 듬뿍 넣어서 무쳐 먹고, 내장을 삶은 국물에는 된장과 배추를 넣어 푹 끓이면 우리집 최고의 보양식인 '거리국'이 탄생한다.

나의 미각을 키우는 데 일조를 한 것은 형님이었다. 수원농업고등학교를 다녔던 형님은 엄청 부지런해서 집에서 소만 빼놓고 돼지, 개, 염소, 토끼, 닭 등 온갖 가축을 길렀다. 잘 키운 돼지가 도축업자에게 팔려서 끌려갈 때의 돼지 멱따는 소리가 아직도 귀에 들리는 듯하다. 한동안은 염소젖을 직접 짜서 먹기도 했고, 아침마다 토종닭이 낳은 알 양쪽에 쇠젓가락으로 구멍을 뚫어 빨아 먹었는데 생달걀의 고소한 맛이 생생히 기억난다. 토종닭고기도 맛있지만 사료가 아닌 자연의 (토끼)풀만 먹여 키운 토끼고기의 맛은 설명하기가 곤란하다. 하여튼 나는 어린 시절부터 뭐든지 잘 먹었고, 공부도 열심히 했으며, 놀 때는 노는 데 몰입해서 신명나게 딱지와 구슬을 모으기도 했다.

■ 11살 때 인생무상(人生無常)을 느끼다

수원인계국민학교 4학년으로 올라간 지 얼마 안되는 어느 날 오후, 학교에서 일찍 돌아온 나는 숙제를 빨리 끝내고 동네의 공터에서 동네 아이들과 구슬치기·딱찌치기·땅따먹기 등을 하며 재미있게 놀았다. 어느덧 해는 서산으로 기울어 땅거미가 지기 시작했고, 집집마다 굴뚝에는 저녁밥을 짓기 위해 나무를 땐 탓으로 연기가 파랗게 피어올랐다. 친구들은 배가 고픈지 하나둘 뿔뿔이 흩어져 집으로 돌아갔다.

나는 혼자가 되었다. 갑자기 주위가 조용해지니 적막하고 쓸쓸한 기분이 들었다. 혼자 쭈구리고 앉아서, 아이들이 하도 밟고 논 탓으로 밀가루보다 더 곱게 된 흙을 만지작거리면서, 두 가지 - 공간과 시간- 의 깊은 상념(想念)에 빠져들었다.

첫째, 공간(空間)적으로는 무한광대한 우주에 헤아릴 수 없이 뿌려져 있는 뭇별들과 함께 떠 있는 콩알만한 크기의 지구의 모습이 떠올랐다. 그 콩알만한 지구 표면의 30% 정도에 지나지 않는 육지 중에서 좁쌀만한 땅덩어리인 우리나라, 그것도 두 동강이가 되어 그 중의 반쪽인 남한의 조그만 도시 수원의 한구석에서 쪼그리고 앉아 있는 나의 작고 초라한 모습이 눈앞에 선하게 떠올랐다. 만일 지구가 폭발해서 없어져버리거나 내가 죽어지면 저 무한한 우주공간을 떠도는 한 톨의 먼지밖에 될 수 없을텐데…, 이 썩어 없어질 고깃덩어리인 육체가 과연 무슨 의미를 지니고 있는 것일까?

둘째, 시간(時間)적으로는 지구가 쉬지 않고 자전하면서 공전하는 모습이 떠올랐다. 그리고 지구가 매일 자전할 때마다 하루에 한 장씩 뜯어내는 일일달력이 끊임없이 떨어져 나가고 있는 즉, 세월이 쉬지 않고 무한정 흘러가고 있는 모습이 연상되었다. 그런데 떨어져 나가는 달력 한 장 한 장이 죽어가는 사람의 모습으로 변하였다.

말하자면 그 시작도 모르고 또한 그 끝도 알 수 없는 영원한 시간의 흐름 속에서, 셀 수도 없는 무수한 인간들이 태어났다 죽어갔고, 지금도 태어나서 죽고 있으며, 앞으로도 태어나고 죽어갈 것이라는 사실이 시간의 흐름을 상징하는 달력을 통해서 눈앞에 영상으로 펼쳐진 것이다.

영원한 시간의 흐름 속에서 인간 서웅찬이 존재할 수 있는 이 짧디짧은 시간은 과연 어떠한 의미가 있는 것일까? 이러한 생각을 하고 있는 '나'는 누구이며, 어찌될 것인가? 해가 뜨면 사라져 없어질, 풀잎 끝에 매달려있는 한 방울의 이슬같은 존재가 아닌가?

나는 점점 더 깊이 '無(무)의 세계'로 빠져들었다. 공간적으로는 그 끝을 알 수 없는 무변광대한 우주 밖으로 끝없이 나아갔고, 시간적으로는 그 시작을 알 수 없는 과거를 향해서 또 그 끝이 없는 미래를 향하여 끝없이 나아갔다. 어느 순간 갑자기 뭐라고 표현할 수 없는 허무감(虛無感)과 절망감(絶望感)에 몰입되어, 나의 몸과 마음이 그대로 허공에 산산이 흩어져버려 없어지는 듯한 느낌이 들었다. 온몸에 슬프디 슬픈 전율을 느끼며 왈칵 눈물이 쏟아졌다. 그리고는 한참동안 흐느껴 울었다.

도대체 '나'라는 존재는 어떠한 존재인가? 학교에서는 1,2등을 다투는 우등생이요, 집에서는 귀하디 귀한 아들이지만, 그러한 모든 것들이 너무나 헛되게 보였다. 공부, 부모 형제, 친구, 좋은 음식 - 모든 것이 하찮고 의미가 없어 보였다. 너무나 허무하여 무섭기조차 하였다. 죽음보다 더 절망적인 인생무상(人生無常)의 허무감에 빠져 1년 동안 눈물과 탄식 속에서 하루하루 힘겹게 살아갔다.

그러나 아무리 허무하고 괴롭게 보이는 삶이지만, 어차피 주어진 인생이니까 그래도 살아야 하지 않겠느냐는 현실적인 생각에 깊은 허무감에서 빠져나오려고 무던히 애를 썼다. 그런데 한번 깊이 빠져버린 상념은 쉽사리 나의 뇌리 속을 떠나질 않았다. 잠자리에 들 때마다 내일 아침에는 잊혀지겠지 하는 바램을 갖고 잠을 청하지만, 아침에 눈을 뜨면 또 마찬가지의 상태가 되었다. 잠시라도 깊은 상념(想念)에 들어가면 절망적인 허무감이 온 마음을 엄습해왔다.

등하교 길에 논밭에서 열심히 일하는 농부들이 그렇게 부러울 수가 없었다. '저분들은 나같은 고민 없이 농사일에만 몰두하니까 몸은 좀 고달퍼도 마음은 편하겠구나. 소크라테스보다 속 편하고 배부른 돼지가 낫지 않겠는가?' 는 생각이 들 정도로 정신적인 고통 속에서 괴로워하다가, '누군가에 의해 던져진 삶이지만, 어차피 살아야 하니까 한번 의미있게 살아보자! 음식은 먹어봐야 맛을 알 수 있듯이, 인생은 살아봐야 그 의미가 무엇인지 알 수 있을 것이 아닌가?'라는 굳은 마음으로, '왜' 살아야 하는지에 대한 삶의 근원적인 질문은 꾹꾹 눌러놓은 채 그냥 '열심히' 살려고 노력했다.

일부러 바쁘게 정신없이 열심히 생활을 해나가다 보니까 서서히 1년이란 세월이 흐르면서 그러한 죽음과도 같은 깊은 상념에서 벗어날 수 있었다. 해답을 찾을 길 없어 잠시 묻어둔 것에 불과한 것이지만...

그러나 시간이 갈수록 나는 왜 태어났는지, 인간이 왜 살아야 하는지, 육체의 생명이 끝나면 어떻게 되는지, 죽기 전에 반드시 삶의 의미와 목적을 깨닫고야 말겠다는 오기가 생겼다. 어릴 적부터 '깨달음'이 평생의 화두(話頭)가 된 것이다.

■ 철저한 기독교인으로 살았던 중학교 시절

어느덧 초등학교를 마치고 예비중학생이 되었다. 그 당시 수원여고를 다녔던 누님의 권유로 예비 중1때부터 수원제일교회에 다니기 시작했다. 예수님과 성경을 알면서 인생의 근원적인 문제가 해결되는 듯 싶었다. 11살 때 나를 한없는 절망의 구렁텅이로 떨어뜨렸던 인생무상의 절망감을 해결할 수 있을 것 같아 너무나 기뻤다.

일주일에 한 권씩 배달되는 '성경연구' 책자를 중심으로 성경공부를 열심히 하면서, 주일을 거룩히 지키려고 최선을 다했고, 교회를 안 다니는 친구들을 전도하기 위해 온갖 정성을 기울였다. 정말 이보다 더 진지할 수는 없을 정도로 철저하게 신앙생활을 해나갔다. 월요일에 시험이 있는 경우에도 토요일 밤 늦게까지 공부하고, 주일에는 절대 시험공부를 하지 않았고, 예배와 성경공부, 전도, 찬양, 기도 등 교회생활에 전념하다 잤으며, 월요일 새벽에 일찍 일어나 시험공부를 했다. 그러기 위해서는 평소에 예습 - 수업시간 집중 - 복습 등을 통하여 시험준비를 해놓아야 했다.

그 당시에는 심야 통행금지가 있었기 때문에, 보통 토요일은 11시 반까지 열심히 공부한 다음, 성경책과 미제(군용)닭털침낭을 둘러메고 교회에 가서 철야(심야 기도)를 하였다. 넓은 대예배당 안에는 군데군데 기도하는 분들이 있었는데 그중에는 방언으로 기도하는 분들도 더러 있었다. 2-30분 열심히 기도하다 보면 졸음이 몰려와서 "... 거룩하신 예수님 이름으로 기도합니다- 아멘!"하고 비몽사몽 닭털침낭 속으로 들어가 잠깐 눈을 붙인다. 새벽기도시간(03:30)을 알리는 새벽종소리에 깨어 일어나서 얼른 침낭을 개어놓고 우물가로 가서 찬물로 세면을 한 후 새벽기도에 참예(參詣)했다.

주일 하루를 새벽부터 매우 알차게 보내고 있다는 뿌듯한 마음을 간직한 채 집으로 달려가 아침밥을 먹기 전까지 집안청소와 운동 그리고 성경연구 공부에 집중했다. 아침밥을 배부르게 먹고 다시 주일학생예배를 드리러 부지런히 교회로 달려갔다. 주일성수(토요철야 - 새벽기도 - 학생예배 - 주일대예배 - 성경공부 - 병원·구치소·노방 전도 - 찬양연습 - 저녁예배〈찬양대〉 - 주일심야기도)는 기본이고, 부흥집회에도 빠짐없이 참석하였으며, 방학 중엔 학생부 수련회 참석은 당연한 것이고 기도원(광교산 임마누엘기도원, 칠보산 기도원)에서 3~7일간 산기도를 드리기도 하였다. 금식기도를 하기도 했지만, 체력 증강을 위해 소 반골꼬리를 사갖고 가서 푹 고아먹으면서 열정적으로 기도한 적도 있다.

중2 여름방학 때 광교산 임마누엘기도원에서 산기도를 드리면서 방언의 은사를 받기도 했으니(현재도 방언이 유지되고 있지만, 여전히 통변은 불가), 중학교 시절은 이보다 더 철저하고 열정적인 신앙생활을 하기는 어려울 정도로 신앙의 절정기였던 것이다.

수원중학교에서 늘 전교 1등을 하면서 유일하게 장학금을 받는 특대생이 되었고, 교회에서도 학교에서 공부를 잘해 하나님의 영광을 드러낸다고 장학금을 받았으니, 하나님말씀대로 살려고 노력하다 보면 하나님께서 세상의 축복도 내려주신다는 것을 온몸으로 느끼면서, 온 천하를 다 가진 것처럼 자신만만했던 시절이었다. 방언의 은사를 받았을 때 나는 기독교가 많은 종교들 중의 하나가 아니라 절대적인 진리-사실이라는 확신이 들었고, 대한민국을 부강조국이 되게 하기 위해서는 기독교를 국교(國教)로 만들어야 한다는 생각을 했다.

■ 경기고등학교를 가기 위해 자초한 최초의 시련

예비 중3일 때 내 일생일대의 최초의 큰 시련을 자초하였으니, 그것은 서울로 전학을 간 것이다. 동부이촌동 신용산중학교였는데, 지금은 아파트 단지로 변해서 없어졌고, 그 당시 너무 넓은 운동장을 반으로 나눠서 지은 한강중학교는 아직 남아 있다. 가장 중요한 3학년 1학기 초 몇 개월간을 수원 집에서 용산 학교까지 세 가지 교통수단(시내버스-급행버스·전철-시내버스), 두 번을 갈아타는 통학을 하면서 그 소중한 4시간을 길거리에 쏟아부었던 것이다. 몸은 지칠대로 지쳐 2개월이 지나자 칠판의 글씨가 흐릿해 보일 정도로 시력이 나빠져서 급기야는 안경을 쓰고 말았다. 통학이 너무 힘들어 당시 총신대에 다니던 누님과 함께 학교 근처에 전세방을 얻어 자취를 하면서 집의 고마움을 절실히 느꼈다.

당시 최고의 명문고인 경기고등학교를 가겠다고 생고생을 해가며 수원에서 서울로 전학을 왔는데, 전학 온 뒤 몇 달 되지않아 고교평준화시책으로 인해 계획은 무산되었다. 그래도 운이 좋은지 명문고 중의 하나인 중앙고등학교에 배정되었다. 그런데, 신용산중학교 졸업식 날 누님의 권유로 인천 제고에 가서 원서를 넣었다. 한동안 공부를 하지 않아 떨어져도 상관없다는 심정이었으나, 보름동안 나름 열심히 공부해서 제고에 합격했다.

둘 다 명문고라서 고민했는데, 이왕이면 경쟁입시를 치른 제고가 더 나을 것같아 중앙고를 접었다. 그 당시 대통령의 아들 박지만과 동창생이 될 뻔 했다. 중앙고에 진학했다면 내 인생은 어떻게 달라졌을까?

얼마전 청와대 뒤 북악산 둘레길을 산행하기 위해 안국역에서 마을버스로 오르다 보니 고색창연한 중앙고 교정이 보였다. 옛날의 고교시절이 뭉클 가슴시리게 느껴졌다. 어쨌든 중3때 서울로 전학 온 것은 정말이지 너무나 쓸데없는 짓이었다. 수원중학교에 그대로 있었으면 수석졸업은 따 놓은 당상이요, 신앙생활도 흔들림없이 철저했을 것이고, 안경도 끼지 않았을 텐데..... ㅎㅎ

■ 두 번째 자초한 고난의 길

필자가 2학년 1학기까지 1년 6개월동안 다녔던 제고는 6·25전쟁 때 인천상륙작전을 주도한 맥아더장군의 동상이 우뚝 서 있는 인천자유공원 아래에 있다.

<학식은 사회의 등불, 양심은 민족의 소금> 이라는 교훈에 걸맞게, 무감독 시험과 자유개가식 도서관, 24시간 개방 독서실로 유명한 학교다. 교모에 달고 다니던 모표는 인천 짠물의 상징인 소금의 결정체 세 덩어리와 그 가운데 등대(빛)를 상징하는 高(고)자가 새겨져 있는 형상이다.

1학년 때는 학교공부는 물론, 고전을 비롯한 폭넓은 독서를 적극 권장하는 분위기였다. 단행본으로는 성이 안차서 세계고전문학전집(정음사, 민중서관 등)과 여덟권짜리 한국고전문학대계 등도 독파할 정도로 많은 독서를 할 수 있었다. 그리고, 학교 정문 바로 앞에 있는 이층집에서 하숙을 했기 때문에 저녁때는 학교 운동장에서 농구로 체력을 단련하면서 친구들과 재미있게 어울릴 수 있었다. 그런데 2학년에 올라가니까, 학교가 아니라 입시준비를 위한 학원으로 바뀌어 버렸다.

그 당시엔 '3當(당) 4落(락)'이란 말이 유행했는데, "3시간 자면 붙고, 4시간 자면 떨어진다"는 말이다. 어디에? 서울대에 !

청소년 시절은 소설 한 편, 시 한 수를 읽고도 한없이 눈물을 흘리고, 영화 한 편을 보고 받은 감동을 몇 개월씩 간직하는 시기이면서, 시장끼같은 외로움과 남모르는 그리움을 지니고 사는 꿈많은 시절이 아닌가?

이러한 과정을 거치면서 자아 정체감이 확립되고 인생의 목표와 방향을 결정짓는 중요한 시기가 청소년 시절이 아닌가? 이렇게 중요한 시기에 인격형성에 도움을 주는 좋은 책 한 권, 좋은 영화 한 편 맘편히 볼 수 없고, 새벽부터 밤까지 입시를 위한 공부만 하게 만드는 비참한 현실이 싫어졌다.

그리고, 가족과 고향을 떠나 타향에서 어머니께서 힘들게 버신 돈을 지불하며 하숙생활을 하는 현실로부터 탈출하고 싶었다. 2학년 초에 '엑소시스트'라는 영화를 보게 되었고, 이어서 '스파르타카스'라는 영화를 단체관람했다. 너무나 큰 충격과 감동을 받았고, 그 여운이 정말 오래 갔다. 그래서 결국 일을 저질렀다. 명문고 졸업장보다는 인격적으로 훌륭한 인간이 되는 것이 더 중요하다고 생각했기 때문에, 주위의 만류를 뿌리치고 끝내 학교를 그만둔 것이다.

중학교 3학년 때 서울로 전학 함으로써 겪었던 것보다 더 큰 시련이 내 앞에 기다리고 있었다. 그때부터 필자의 파란만장한 인생이 시작되었던 것이다. 대학을 가지 않겠다고 한 것이 아니라, 감수성이 예민하고 뭐든지 다 소화 흡수할 수 있는 고교시절에 먼저 풍성한 인격과 인성을 완성해 놓은 다음에 대학에 들어가서 전공 공부를 하는 것이 순서라고 생각했던 것이다.

그래서, 우선 6개월의 독서계획을 세웠다.

첫째 달은, 인류의 역사(歷史)에 관해 심도있게 공부하여 유구한 역사의 흐름 속에서 나의 위치와 존재 의미를 파악한다.

둘째 달은, 철학(哲學)을 공부하여 삶의 본질에 관한 의문을 해결하며 인생에 대한 선배 철학자들의 경험을 체득한다.

셋째 달은, 종교(宗教)를 탐구하여 확실한 세계관과 인생관을 확립함으로써 흔들리지 않는 인생의 좌표를 설정한다.

넷째 달은, 문학(文學)을 공부하여 간접적으로 다양한 인생을 체험함으로써 풍부한 인간성을 함양한다.

다섯째 달은, 영어·일어·중국어 등 외국어(外國語)를 습득하여 외국의 문물을 이해하고 외국인과 의사소통을 원활히 할 수 있게 한다.

여섯째 달은, 음악·미술 등 예술(藝術) 및 정도술·합기도 등 운동(運動)에 관한 공부를 하여 예술적 감각과 소양을 기르고 깡패와 싸워도 지지않는 무술을 연마하면서 건강하고 멋진 신체를 단련한다.

그리고 나서 1년간 입시공부를 집중적으로 하여 서울대에 들어가겠다는 1년 6개월간의 야심찬 계획을 세웠다. 간략히 소개한 이 계획은 그 당시에 필자가 진지하게 생각하고 계획했고 실행하려고 애썼던 것이다.

그런데 여러분, 어떤가? 꿈많은 돈키호테나 생각할 수 있는 아주 멋진 계획이라는 생각이 들지 않는가?

첫 도전작은《토인비의 역사의 연구》전집이었다. 하드카바의 두꺼운 책 '역사의 연구'를 긴장된 마음으로 읽어 나간다. 하루, 이틀, 사흘, 일주일, 시간이 흐른다. 머리에 쥐가 난다. 도대체 뭔 말인지 알 수가 없다. 처음부터 패배의 전운이 감도는 듯하다. 그럼에도 불구하고 안광(眼光)이 지배(紙背)를 철(撤)하듯 눈을 부릅뜨고 책장을 넘겨보지만 역부족을 확실하게 느낀다.

필자의 6개월간의 야심찬 계획의 결과는 실망과 좌절뿐이었다. 인생에서 가장 중요한 시기였던 고교시절에 엄청난 시행착오를 했던 것이다. ....

우왕좌왕… 복학을 할까? 2학년 1학기를 다닌 것은 무효란다. 다시 1학기부터 다녀야 한다고 한다. 이건 아니라고 생각했다. 수원고에서는 대환영하며 고3으로 받아준다지만 찝찝했다. 그렇다면 검정고시를 보는 수밖에 없다. 좋다, 검정고시다! 그래서 검정고시 전문(종합반)학원인 금자탑학원에 몇 달간 다니면서 시험에 합격한 후, 명강사가 강의하는 단과학원에 다니면서 공부했으나 역부족이었다. 다른 친구들은 멀쩡히 제고 3학년 재학중일 때 필자는 종로2가 학원 뒷골목을 헤매고 다녔으니, 안 해도 되는 고생을 젊어서 (비싼 값에)사서 한 형국이 되었던 것이다.

■ 예비고사 전날 밤 11시, 목포행 완행열차에 몸을 싣다

수원제일교회에서 학생회장도 했고 신앙이 독실한 친구와 의기투합하여 "금년엔 서울대 가기 어려우니까 이번 시험은 포기하고 내년을 기약하자!"하고, 예비고사 전날 밤 11시, 수원역에서 목포행 완행열차에 몸을 실었다.

"잘 있거라 나는 간다~~ "

새벽녘에 목포에 도착하여 두꺼비 2마리를 사들고 유달산에 올라가 '목포의 눈물' 노래비 앞에서 두꺼비눈물을 마시면서 눈물을 흘렸다. 내친김에 여수 오동도에 가서 신선한 해산물에 삼학소주 한 잔을 더 하고 올라오면서 내년을 다짐했다.

신세를 한탄하지는 않았다. 우리에겐 내년이 있으니께!! !

■ 진짜 재수를 시작하다

서울대 합격한 친구들도 많았지만 떨어져서 재수하는 친구들도 꽤 많았다. 그 당시 명문학원이었던 종로학원, 대성학원, 정일학원 등에 다니던 친구들을 길거리에서 우연히 만나기도 했다. 이제는 진짜 재수가 시작된 것이다.

초반부터 무리한 행군을 강행했다. 새벽5시부터 밤10시까지 빡빡하게 수강했다. 종로2가 뒷골목 사설독서실에서 토요일 철야기도때에 짊어지고 다녔던 닭털침낭 쪽잠을 자면서 한 끼에 120원짜리 밥을 사먹었다. 매우 힘든 시기를 보냈다. 목이 자꾸 붓고 아파서 병원에 갔더니 결핵성 임파선염이란다(20년 뒤 똑같은 증세로 대학병원에 가서 정밀검사를 했는데 결핵성 임파선염은 오진이었고, 침샘에 돌이 생기는 '타석증'이었다). 결핵약을 한 주먹씩 먹었기 때문인지 몸의 컨디션이 좋지 않았고 열심히 공부했지만 늘 목표에는 못미쳤다.

여름으로 접어들면서 매너리즘에 빠져 공부에 집중할 수가 없었다. 동시 2편 영화를 상영하는 파고다극장에 출입하였다. 밤엔 파고다공원 바깥 담벽에 둘러가며 성업중이던 튀김집에서 동변상련의 아픔을 겪고 있는 동년배 재수생들과 '소콜달달박주'[주)]를 마시면서 근심을 털어버리기도 했다.

세월은 흘러 또다시 입시철이 다가왔지만 서울대 갈 실력엔 못 미침을

주) 소콜달달박주 레시피 : 소주1+콜라1+달걀2+박카스1 ⇒ 매우 맛있음 !

느낀다. 이번에 떨어지면 징집당할지도 모른다. 1년만 더 하면 갈 수 있을 것 같은데... 우선 대학에 적이라도 두는 게 좋을 것 같아 연세대에 응시해서 입학했다. 신입생 오리엔테이션 시간에 제고 2학년때 같은 반이었던 친한 친구를 만나서 조정부에 가입했다. 예비역 선배님들의 선도(先導) 아래 열심히 운동하고 술마시며 가끔자주 미팅에도 나갔다. 짧았지만 가장 재미있었던 시절이었다.

■ 33개월 1주일 … 인생의 전환점이 된 군대 생활

다시 도전할 기회와 시간을 벌기 위해 대학에 들어갔지만, 친구들과 대학생활의 재미에 취해서 아까운 세월을 허비하고 있을 때 아버지께서 지병으로 돌아가셨다. 정신을 차리고 본연의 목표를 위해 휴학계를 내고 다시 본격 재수, 아니 삼수에 돌입했다. 그런데 학적변동자가 되어 징집을 위한 신체검사통지서가 날아왔다.

신체검사를 받으러 가는 버스 안에서 얼굴이 매우 창백한 청년을 만났다. 그는 결핵이 걸렸지만 군대를 안 가기 위해 적극 치료하지 않고 병을 그대로 갖고 있었다. 지금까지 결핵으로 두 번이나 신검에서 떨어졌다고 한다. 이번에 한 번만 더 떨어지면 현역입대를 면할 수 있기 때문에 죽을지도 모르는 병을 지녀왔다고 한다. 그 청년이 어떤 판정을 받았는지는 모른다. 사실 그 당시만해도 죽기보다 가기 싫은 곳이 군대였으니 이해 못할 바는 아니었지만, 군대를 안 가기 위해 목숨을 건다는 것은 너무 어리석다는 생각을 했다.

나는 그 날 현역입영대상자라는 도장을 받았다. 그리하여 서울대 합격의 목표를 이루지 못하고 국방의 의무를 수행하기 위해 논산훈련소에 입소해서 진짜 제대로 된 인간교육을 받기 시작했던 것이다.

만 33개월 1주일간의 군대생활을 하면서 확실하게 체득했던 것은 늘 비범하다고 생각했던 내 자신이 매우 '평범'한 존재라는 것과 '자유'의 소중함이었다. 온몸으로 '평범'의 의미와 '자유'의 소중함을 깨달은 것이다. 나에게 자유가 주어진다면 마음먹은 가치있는 일을 반드시 성취할 수 있고 또 이루어 내고야 말겠다는 강한 의지와 자신감을 갖게 되었다.

■ 군 제대 후 서울법대를 목표로 입시공부에 몰두

군대 생활을 마치고 집으로 복귀하니 꿈만 같았다. 나에게 '자유'가 주어진 것이다. 물론 입대 전에도 자유로왔었지만 그 소중함을 몰랐었다. 그런데 지금은 확연히 다른 느낌이다. 그야말로 군대 가서 철이 들어서 온 것이다. 병역의 의무도 마쳤지만 더 소중한 것은 자유와 시간의 소중함을 절감하면서 인생의 전환점(turning point)이 되었던 것이다. 그래서 남자는 군대를 갔다 와야 한다는 말에 200% 공감한다.

3년 가까이 군생활을 하는 동안 12.12사태, 광주사태 등 많은 일이 있었는데, 과외근절을 위해 입시제도가 학력고사 체제로 변경된 것은 나에게 행운이었다. 학력고사제도는 단순하고 깔끔했다.

제대한 후 몇 달간은 집에서 멀지 않은 팔달산에 있는 국립도서관에 다니면서 공부의 감을 잡아갔다. 혼자 공부하는 것은 한계가 있어 9월부터 종로학원에 다니기로 하고 근처의 하숙집을 찾기 위해 입시잡지 '진학(進學)'과 '대학입시(大學入試)'의 광고를 보니 종로학원에서 가까운 단성사

뒤쪽에 우리나라 최초의 스파르타식 독서실 형태의 하숙집이 있었다. 수원 우리집과 같은 앞마당 정원은 없었지만 전통 한옥기와집이었다. 일반 하숙집보다 조금 비쌌지만 생활을 통제하기 때문에 실력향상에 도움이 될 것 같아 들어갔다. 최초의 스파르타식 하숙집의 주인은 현 진성·진덕학원 설립자이신 차종태 선생님이셨다. 청산학원에서 성문종합영어 강의로 명성을 떨치셨던 분인데, 그 당시엔 집에 안계셨고 사모님께서 지극정성으로 재수하는 하숙생들에게 밥을 해 주셨다. 음식이 훌륭했다.

시간표가 있었다. 하루 수면시간은 3시간 : 새벽2시 취침 - 5시 기상. 학원 갔다 오는 시간을 빼고 나머지 깨어있는 시간에는 100분 내지 2시간 공부 후 10분 휴식. 화장실도 휴식시간에만 다녀와야 한다. 힘들었지만 면학분위기는 최고였다. 이곳에서 군인정신으로 3개월간 최선을 다해서 얻은 학력고사 점수는 276점. 서울법대 가기에는 턱없이 부족한 점수여서 쿨하게 일년 더 공부하기로 결정했다.

■ 청파동으로 이사 … 어머니의 전격적인 뒷바라지

올해엔 반드시 끝장을 보겠다는 각오로 종로학원에 재등록했다. 어머니께서도 운영하시던 쌀가게를 임대하시고, 제 뒷바라지를 하시러 아예 서울로 이사를 하셨다. 종로학원 근처인 청파동 단독주택 2층을 전세로 얻었다. 중앙대 간호학과를 졸업한 후 중대 필동병원에 근무하던 여동생과 함께 또다시 입시전투가 벌어진 것이다. 음식솜씨가 뛰어나셨던 어머니께서 정성껏 지어주시는 밥과 도시락을 먹으면서 학원에 다녔다. 열심히 공부해서 얻은 학력고사 점수는 302점. 서울대 인문계열은 가능한 점수였지만 또다시 일 년을 더 공부하기로 결정했다.

■ 장수를 끝내게 해 주신 서한샘 선생님과의 만남

이번엔 종합반이 아니라 단과반에서 내가 필요한 과목만을 수강하기로

하고, 매월 단과학원에서 조기마감되는 유명한 명강사만을 골라서 집중하기로 전략을 바꿨다. 진짜 명강사인지 확인하기 위해서 수강신청 받기 전에 열리는 무료공개강좌를 활용했다.

입시제도가 학력고사로 바뀌면서 최고의 스타가 된 분이 바로 《한샘국어》의 저자이신 서한샘 선생님이셨다. 선생님의 수강증를 끊기 위해서는 전날 저녁부터 학원접수처 앞에 진을 치고 밤을 세우다가 새벽쯤에 번호표를 받고 돌아가는 것이 오랫동안 반복되어서, 언론에 크게 보도된 적도 있다. 나는 입시가 끝난 2월부터 본격적으로 공부하기로 했기 때문에, 1월 하순에 수강신청을 받자마자 첫 강좌로 서한샘 선생님 강좌를 끊었다.

서한샘 선생님의 첫 날 첫 강의를 들으면서 강한 확신이 들었다.

"올해는 서울대법대 합격이다!!"

한샘학원에서 치룬 모의고사에서 1등을 해서 장학금까지 받은 적도 있다. 하루의 생활이 거의 일정하게 반복되었다. 제대 후 1년 반 동안 최선을 다해 공부한 결과, 나의 몸과 마음이 최적의 상태로 시스템화 된 것이다. 새벽 4시에 일어나서 세면을 한 후, 어머니께서 갈아서 짜주신 무즙

한 잔을 마시고, 계란노른자와 참기름을 넣은 마(麻) 한 그릇을 꼭꼭 씹어서 먹는다. 책가방과 어머니께서 정성껏 싸주신 도시락 2개를 넣은 도시락 가방을 양 어깨에 메고, 아이와(Aiwa, 카세트레코더)를 목에 걸고, 방석을 접어서 옆구리에 끼고 도로까지 내려간다.

탱크 한 대가 움직이는 형상이다. 택시를 잡아타고 새벽을 가르며 남산 국립도서관에 도착한다. 출입문 앞에 도착순으로 가방을 놓는데, 5등 안에는 들어야 맘에 드는 좋은 좌석를 잡을 수 있다. 때문에 시험일이 가까워질수록 도착시간이 빨라져서 새벽3시반까지 도착해야 하는 날도 있다. 늦게 오면 좌석이 없어서 못 들어가기도 한다. 순위를 확인한 후 그날 외울 책을 들고 가까운 가로등 밑으로 가서, 도서관 문을 여는 6시까지 새벽공기를 마시면서 열정적으로 공부한다.

6시에 입실한 후엔 8시까지 2시간 동안 집중해서 공부한다. 그 당시 남산 국립도서관은 조용할 뿐더러 남산의 청량한 공기로 인해 정말 공부가 잘 되는 도서관이었다. 2시간 집중해서 공부하여 졸릴 때쯤 식당으로 내려가 아침도시락을 먹고 양치질을 한 후 30분 정도 공부하면 졸음이 쏟아지는데, 지체없이 방석을 가슴에 안고 엎어져 잔다. 약 30분 정도 침을 질질 흘리면서 자고 일어나면 개운하다. 화장실에 가서 찬물로 세면을 한 후 다시 공부에 집중한다.

12시에 점심도시락을 들고 식당으로 내려가서 도시락을 꼭꼭 씹어서 먹는다. 어머니와 여동생의 사랑과 헌신에 감사하면서 새롭게 각오를 다진다. 뜨거운 국물이 필요할 땐 우동을 시키거나 컵라면을 함께 먹기도 한다. 점심식사 후 한 시간 정도 열공하여 졸음이 몰려올 때쯤 가방을 챙겨 도서관을 나와서 단과학원으로 향한다. 이동중엔 반드시 아이와 헤드폰으로 테이프강의를 듣는다. 과목별로 최고의 명강사가 있는 학원을 찾아 옮겨다니면서 강의에 집중한다. 명강사의 강의실은 보통 300~700명 정도 수강하기 때문에 그 열기가 대단하다. 공부에 더욱 집중하지 않을 수 없게 만든다.

■ "하루를 놀고 일 년이 늦어도 좋은가???"

내 책상 위에 있는 독서대와 과목별 날짜별 학습진도표 맨 위에 크게 써서 붙여 놓고 늘 마음속에 새겨둔 경구(警句)이다. 어떠한 대가를 치루더라도, 몇 년이 걸리더라도, 환갑 먹을 때까지는 반드시 성취하겠다는 굳은 각오로 하루하루 최선을 다해서 공부했다. 이왕이면 1년이라도 단축되면 좋지 않겠는가! 수험기간을 줄이기 위해 1월말부터 전력투구를 하다가 2월말 새벽에 암덩어리 같은 큰 핏덩이를 토했다. 응급실에 갔더니 결핵이란다. 결핵약을 한주먹씩 먹으면서 고삐를 늦추지 않고 강행군을 했다.

■ 공부에 더욱 박차를 가하게 만든 '꿈' 이야기

30여년이 지난 지금까지도 생생하게 기억되는 꿈에 관한 이야기를 빼놓을 수 없다. 연초부터 피를 토할 정도의 죽을 각오로 4-5개월 최선을 다해 공부해왔기 때문에 기계가 아닌 이상 심신이 지쳤다.

6월, 초여름의 더워지는 계절 탓인지 긴장됐던 마음이 풀어지고 슬럼프에 빠져 공부를 소홀히 해 오던 어느 날 밤, 나는 너무나 안타까운 마음에 가슴을 저리며 아파해야 했다.

〈꿈속에서〉

달력을 보니 아 글쎄, 시험일이 바로 내일로 다가온 것이 아닌가!

"아직 부족한 과목이 많은데··· 이제는 더 이상 공부할 시간이 없구나. 아~ 나에게 딱 한 달만이라도 더 시간이 있다면, 피를 토하는 한이 있더라도 시험준비를 좀 더 확실하게 할텐데··· 이미 늦었구나! 너무나 안타깝고 원통하구나. 또다시 1년이라는 세월을 목을 움추린 채 확실한 합격의 보장도 없는 장수의 길을 가기 위해 학원 뒷골목을 헤매야 할 것을 생각하니, 너무나 처량하고 끔찍하구나. 아~ 안타깝도다! 잃어버린 내 청춘을 어디에서 보상받을 수 있겠는가?"

새벽녘에 잠에서 깼으나, 한동안은 꿈이라는 생각은 전혀 들지 않았고 정말로 바로 내일이 시험보는 날이라는 생각에 마음이 착잡했다.

"도대체 오늘이 며칠이지?"하면서 달력을 보니 아직 6월이 아닌가? 내가 뭘 잘못 본 게 아닌가~? 이게 꿈일지 모른다는 생각이 들어 찬물로 세수하여 정신을 차리고 달력과 수첩을 보니 꿈이 아닌 현실이었던 것이다. 그러면 앞으로 시험공부할 시간이 5개월이나 남지 않았는가?

"오, 주여! 감사하나이다. 저에게 공부할 수 있는 시간을 주셔서..."

너무나 기쁜 나머지 감사의 기도가 절로 나왔다.

그후 나는 1분 1초를 아껴가면서 정말 미친듯이 공부를 하였다. 너무 무리를 한 탓인지 6월말에 또다시 피를 토했다. 너무 힘들었다. 이러다 죽어버리는 건 아닐까? 도대체 나의 인생은 어찌 될 것인가?

■ 군 제대 후 2년 반 만에 서울대 법대 합격

무더운 한여름 어느 날 저녁, 학원 수업을 마친 후 집으로 가지 않고 289번 버스를 타고 신림동 종점까지 갔다. 하차한 후 서울대 정문을 지나 대운동장 한복판으로 가서 무릎꿇고 대성통곡을 하면서 하나님께 기도드렸다.

"주여! 저를 불쌍히 여기소서!!"

26살 먹은 장수생의 눈물의 기도를 하나님께서는 모른 체 하지 않으셨다. 분명히 기억하셨다. 그때 이런 영상이 떠올랐다.

"지금 비를 억수로 뿌리고 있는 저 시커먼 먹구름 위에는 분명히 찬란한 태양이 이글거리며 눈부시게 빛나고 있듯이, 내가 통과하려고 무던히도 애를 쓰고 있는, 그 끝을 알 수 없는 입시터널도 반드시 끝이 있다!"는 생각이 들었다. 이제 통과할 날이 얼마 남지 않았다는 확신이 생겼고, 끝까지 최선을 다하자는 각오를 새롭게 다지면서 귀가하였다. 설사 올해 안 된다면 또 내년이 있잖은가?

비가 올 때까지 기우제를 지낸다는 아프리카의 추장처럼, 나도 어차피 합격할 때까지 계속 도전할 것이니 무슨 걱정을 할 필요가 있겠는가? 그래도 1년이라도 앞당길 수 있다면 얼마나 좋을까!

9월말에 또다시 피를 토했다. 세 번째다. 서울대학병원 응급실에 실려가서 입원했다. 그런데 시험날짜가 얼마 남지 않았기 때문에 도저히 병원에 있을 수가 없었다. 그래서 의사의 만류와 경고를 무시한 채 몇 가지 서류에 서명을 하고서 겨우 퇴원할 수 있었다.

"고지가 바로 저긴데 예서 말 수는 없잖은가?!?"[주)]

1주일 만에 퇴원해서, 죽음을 무릅쓰고 마지막 혼신의 노력을 쏟아부어 공부한 결과는 학력고사 점수 314점! 오랜 세월 몽매에도 그리던 서울대 법대에 당당히 합격할 수 있었다. 제대 후 2년 반, 세 번째 도전에서 내 생애 최고의 선물을 움켜쥘 수 있었다. 하나님께서 나의 간절한 기도와 노력에 응답을 주신 것이다. 그 기쁨과 환희는 극에 달했다. 무엇보다도 내 자신과의 싸움에서 이겼다는 성취감은 그 어떤 값비싼 것과도 바꿀 수 없는 소중한 보물인 것이다. 환갑 때까지 도전할 생각을 했었으니 무려 35년이나 앞당긴 셈이다. ㅎㅎㅎ

주) "고난의 운명을 지고 역사의 능선을 타고 이 밤도 허위적거리며 가야만 하는 겨레가 있다. 고지가 바로 저긴데 예서 말 수는 없다. 넘어지고 깨어지고라도 한 조각 심장만 남거들랑 부둥켜 안고 가야만 하는 겨레가 있다. 새는 날 피 속에 웃는 모습 다시 한번 보고 싶다." 이은상, 1954년.

■ 27살에 1학년(6반)으로 새롭게 대학생활 시작

천신만고 끝에 하나님의 도우심과 어머님의 지극 정성 그리고 여동생의 헌신으로 꿈에도 그리던 서울법대생이 되었다. 27살에!!

바로 몇 개월 전에 장수생의 신분으로 서울대 정문을 통과했던 내가 정식 신입생으로 보무도 당당하게 서울대 정문을 통과할 때의 뿌듯함을 말로 표현하기는 힘들 것이다.

집을 청파동에서 서울대 근처인 봉천동으로 이사했다. 지금은 모텔과 오피스텔로 가득찬 서울대입구역 관악구청 근처의 2층 단독주택의 1층 전세였다.[주)] 맹모삼천지교가 따로 없었다.

364명의 84학번 입학동기생들은 대부분 전국의 고등학교를 1-2등으로 갓 졸업했거나, 재수해서 합격한 아우들이었다. 나를 비롯한 약 12명의 군대를 갔다 온 예비역들은 산전수전(山戰水戰) 다 겪고 들어왔기 때문에 동기생들의 인생 선배 역할을 했다. 1학년 때는 한 반에 약 60명씩 이름순(가나다)으로 골고루 여섯 반으로 나눴는데, 우연인지 각 반에 여학생 2명, 예비역 2명씩 배정된 것으로 기억된다. 나는 1학년 6반이었다. 입시의 중압감에서 벗어나 맘껏 해방과 자유를 만끽할 수 있는 시간이 바로 1학년때였기 때문에 지금까지도 가끔 반창회를 하면서 우정을 나누는 친한 벗들이다. 6반 아우들은 대부분 성공하여 사회에서 중추적 역할들을 하고 있다.

주) 중동에 건설 노동자로 나가있는 남편이 부쳐준 돈을 부인이 알뜰이 모아서 산 집이란다. 서울대입구역에서 걸어서 5분 거리, 집 옆에는 어린이 놀이터와 테니스코트가 있는 아주 좋은 동네였다. 전세지만 주인은 2층에 살고 우리 가족은 1층에 살았으니 우리집이나 마찬가지였다. 어머니께서는 매년 여름 장독대에 있는 옹기 항아리에 포도주를 담그셨다. 84년부터 학교를 졸업할 때까지 5년(1년은 入山修道) 동안 살다가 셋째 누님이 살던 서초동으로 이사갈 때 장독대를 정리하면서 보물을 발견했다. 시커먼 간장같은 것이 가득 담겨있는 항아리였는데 맛을 봤더니 기가막히게 맛있는 포도주였다. 4-5년 전에 담가둔 포도주를 깜빡 잊어버리고 세월이 흘러간 것이다. 세월은 명주(名酒)를 만든다. 껍질과 씨가 완존히 분해되어서 무지하게 진하고 맛있는 포도주가 만들어진 것이다. 포도에서 좋은 성분이 가장 많이 들어있는 곳이 바로 씨와 껍질이다. 이 방법을 정형화해서 씨와 껍질이 완전히 분해되는 포도주를 만든다면 세계 최고의 포도주가 될 것이다.

■ 磨斧爲針[마부위침]: 도끼를 갈아 바늘을 만든다 ■

당(唐)나라 이백(李白, 字는 태백)이 젊은 시절, 학문을 도중에 그만두고 집으로 돌아가는 길에 바늘을 만들기 위해 도끼를 갈고 있는 한 노파를 만났다. 그 노파의 꾸준한 노력과 끈기에 크게 감명을 받은 이백은 다시 산속으로 들어가 공부에 힘쓴 결과 학문을 완성한 데서 유래된 고사성어가 '마부위침'이다. 즉, 마부위침(磨斧爲針)이란 도끼를 갈아 바늘을 만든다는 뜻으로, 아무리 이루기 힘든 일도 끈기있는 노력과 인내로 성공하고야 만다는 의미다. 삼국지에서 '마부위침'적 노력과 인내로 '천하삼분지계'를 기어코 달성한 사람이 유비(劉備)다.

| 참고문헌 |

본서를 집필함에 있어 많은 도움을 받은 참고 서적을 제시하면 다음과 같다.
일일이 출처를 밝히지 못한 점은 이해 바란다.
특히 그 분야에 관심이 있는 분들에게는 도움이 될 줄로 믿는다.

학습방법

* 이용호 편저《척척 공부법》1975. 백조출판사
* 이용호 편저《거뜬 受驗法》1975. 백조출판사
* 홍기봉 著《공부 잘 하는 길》1978. 부민문화사
* 李誠彦 編著《완전학습비결》1979. 文明社
* 김용락 著《나도 공부를 잘 할 수 있다》1983. 유림사
* E.M. 슈바르쯔 著《자녀의 성적을 두배로 올리는 법》1984. 정신세계사
* 朴道淳 譯《시험을 잘 치르는 방법》1984. 教育科學社
* 金筌園 譯《一流大學에 입학하는 祕訣》1984. 明文堂
* 이강백 著《기억법》1984. 두뇌개발원
* 편집부 편저《공부하는 방법을 알자》1985. 대완도서
* 유완상 譯《쉽게 공부하는 비결 175》1985. 상서각
* 유완상 譯《쉽게 공부하는 비결 191》1985. 상서각
* 박래창 편저《시험을 잘 치는 비결》1985. 아이템플
* 박래창 지음《공부를 잘 시키는 비결》1986. 아이템플
* 김진수 著《공부를 잘 하려면 마음을 먼저 챙겨라》1986. 신영출판사
* 미쓰기 고우이찌로 著《대학입시에 합격하는 공부기술》1986. 보이스사
* 아자끼 히사시 著《고교생의 과학적 공부법》1986. 보이스사
* 신동욱 譯《자면서 배우는 법-Sleeping Learning》1986. 고려문화사
* 김진수 著《초능력 학습기억법》1986. 신영출판사
* 편집부 편저《우등생의 학습법》1986. 서림문화사
* 편집부 편저《당신도 천재가 된다》1986. 서림문화사
* 편집부 편저《스파르타식 필승합격술》1986. 서림문화사
* 편집부 편저《자녀의 IQ 개발법》1986. 을지출판사
* 朴武嗣 著《입시준비와 올바른 학습요령》1987. 형설출판사
* 진장춘 엮음《88 대학입시 고득점 학습전략》1987. 큰샘

* 김진수 회 14인 공저《나도 1등을 할 수 있다》1987. 아이템플
* 강상재 譯《기적의 집중력》1989. 고려문학사
* M. 로즈 지음 최진영 옮김《공부를 잘 하는 법》1989. 평단문화사
* 윤명중 지음《누워서 대학가기》1989. 프레지던트社
* H.C.엘리어트 지음 이일남 옮김《나도 1등 할 수 있다》1989. 여명
* 출판국 편저《대학입시 홀로서기》1990. (주)을유문화사
* 편집부 편저《합격의 길 영광의 길》1990. 도서출판 又善
* 양대철 저《공부는 이렇게 할 때 가장 효과적이다》1990. 문양사
* 편집부 編《구몬식 학습의 비밀》1990. 공문교육연구원
* 김용락 著《공부, 공부는 정말 싫다!!》1991. 도서출판 고글
* 황병철 저《일등과 꼴찌는 공부방법 차이》1991. 키출판사
* 홍유선 옮김《더이상 특별한 시험공부는 없다》1992. 우리시대사
* 문정목 지음《대학가는 길》1992. 영광사
* 박순봉·조병용 共著《족집게 대학수학능력시험》1993. 보성출판사
* 진태원 지음《공부 못하는 것도 병이다》1997. 백송
* 원동연 지음《5차원 전면학습법》2000. 김영사
* 박주현 지음《하버드 감동시킨 박주현의 공부반란》2005. 동아일보사
* 임성호 지음《이렇게 해야 특목고 갈수있다》2007. (주)황금부엉이
* 김은실 지음《전교1등 핵심 노트법》2009. (주)서울문화사
* 박승아 저《월드클래스 공부법》2009. 김영사
* 최인호 지음《1등급 공부 습관》2011. 21세기북스
* 방용찬 지음《공부의 모든 것》2014. 도서출판 행복미디어
* 고영성·신영준 지음《완벽한 공부법》2017. 로크미디어
* 권혁도 지음《꿈을 이루는 공부습관》2010. 지상사.
* 김경모 지음《입시공부법의 정석》2018. 미다스 북스

합격수기

* 강문원 외 著《대학에서 만납시다》1985. 신화당
* 조재구 編著《이것이 합격이다》1986.
* 고복순 외 著《어머니의 내신성적》1987. 삼중당

* 김효연 외 10인 著《나는 이렇게 공부했다》1987. 민예사
* 구맹회 편《아 서울대학교》1989. 열음사
* 윤길순 외 공저《고3엄마》1989. (주)작은기획
* 한확 외 22인 공저《그래도 내일은 찬란히 밝으리니》1991. 감초
* 최지환 외 25인 공저《합격은 필수 수석은 선택》1994. 도서출판 공부방
* 배호필 외 20인 공저《나는 이렇게 공부하여 대학에 합격했다》1994. 선영사

논문·월간지·간행물

* 신영식《입시 준비활동의 피로에 관한 연구》1969. 우석대 박사
* 편집부《입시에 이기는 길》1971.5. 여성동아 부록. 동아일보사
* 권혁내《大學入試를 중심으로 한 고등학교 학생지도에 관한 연구》1971. 성균관대학원
* 서울大學校 學生指導硏究所《效果的인 學習方法》1973. 서울大學校
* 중앙대《대학입시생의 건강생활에 관한 연구》1984. 중앙대 석사
* 서울대학교 학생생활연구소《대학생활의 길잡이》1987. 서울대학교
* 月刊《大學入試》1976.10~1992.8
* 月刊《進學》1985.1~1992.8
* 月刊《대학으로 가는 길》1988.5~1993.8 (주)한샘출판사
* 月刊《대입정보》1992년 1월호-1993년 8월호 (주)제일대입정보사
*《大學修學能力試驗 解說》1992. 教育部 國立教育評價院
*《大學修學能力試驗 解說》1992. 教育部 國立教育評價院
*《教育評價》제2호 1992. 國立教育評價院

건강·수면·시력회복

* 헤럴드 M. 페빠아드 著 구찬성 譯《눈이 좋아지는 책》1977. 윤진문화사
* 古閑永之助 著 윤요섭 譯編《短時間睡眠法》1978. 한일출판사
* 정치근 著《학생과 건강》1980. 耕心社
* 에드워드 프리드먼 著 오용수 譯《4주면 눈이 좋아진다》1985. 태학당
* 酒井 洋 著 염재용 譯《5분 가면법》1985. 太學堂
* 이철호 著《수험생의 건강관리》1988. 기린원

* 안현필 지음 《불멸의 건강진리》 1990. 書筆社
* 홍문화 박사 著 《허준 동의보감》 1990. 둥지

인생관과 세계관

* HLKY 編 《瞑想의 時間》 1970. 文學社
* 曺貞植 編著 《眞理를 追求하는 마음》 1970. 美林出版社
* 朴南洙 譯 《運命의 별이 빛날 때》 1971. 無等出版社
* B. 프랭클린 著 최종고 譯 《後悔없는 생애》 1974. 삼성문화문고
* 헨리 디이슨 著 《組織神學講論》 1975. 생명의말씀사
* 채필근 著 《哲學과 宗敎의 對話》 1976. 대한기독교서회
* 徐京保 著 《禪이란 무엇인가》 1980. 明文堂
* 金大隱 著 《彼岸의 메아리》 1982. 三藏苑
* 제임스 사이어 지음 《기독교 세계관과 현대사상》 1985. IVP
* 釋 智賢 著 《禪으로 가는 길》 1985. 一志社
* 엄두섭 著 《修道生活의 香氣》 1992. 보이스사
* 스티븐 코비 지음 《성공하는 사람들의 7가지 습관》 1995. 김영사
* 방건웅 지음 《신과학이 세상을 바꾼다》 1997. 정신세계사
* 폴 데이비스 《현대 물리학이 발견한 창조주》1998. 정신세계사
* 안점식 지음 《세계관을 분별하라》 1998. 죠이선교회출판
* 박영덕 지음 《차마 신이 없다고 말하기 전에》 1999. IVP
* 스티븐 코비 외 2인 공저 《소중한 것을 먼저 하라》 2000. 김영사
* 하이럼 스미스 지음 《성공하는 시간관리와 인생관리를 위한 10가지 자연법칙》 2000. 김영사
* 릭 워렌 지음 고성삼 옮김 《목적이 이끄는 삶》 2005. 디모데
* 강헌구 지음 《아들아 머뭇거리기에는 인생이 너무 짧다》 2006. (주)한언
* 백기찬 《하나님의 감추어진 의도》 2007. 꿈과의지
* 제임스 사이어 《기독교 세계관과 현대사상》 2007. IVP
* 낸시 피어시 지음 홍병룡 옮김 《완전한 진리》 2008. 복있는 사람
* 한근태 지음 《잠들기 전 10분이 나의 내일을 결정한다》 2008. 랜덤하우스

성공적인 삶을 위한 나의 다짐

"나 는"

- 나는 위대한 창조물이다.
- 나는 오늘부터 새로운 삶을 시작하겠다.
- 나는 하루하루를 충만한 사랑으로 맞이하겠다.
- 나는 오늘을 내 인생의 마지막 순간처럼 살겠다.
- 나는 오늘부터 주어진 모든 것에 감사하겠다.
- 나는 건강한 삶을 영위하기 위해 매일 몸과 마음을 닦겠다.
- 나는 다양한 지식을 끊임없이 습득하여 나의 가치를 최고로 키우겠다.
- 나는 지금부터 좋은 생각, 좋은 말, 좋은 행동만 하겠다.
- 나는 날마다 웃으면서 기쁜 마음으로 살겠다.
- 나는 유연한 사고, 명랑함, 미소, 유머를 갈고 닦아서 빛나게 하겠다.
- 나는 어떤 상황에서도 마음의 평정을 잃지 않겠다.
- 나는 감정의 노예가 아니라 지배자가 되겠다.
- 나는 즉시 실천하겠다. 성공할 때까지 도전하겠다.
- 나는 단기적인 처방보다는 장기적인 결과를 위해 행동하겠다.
- 나는 다른 사람의 성공을 충심으로 도와서 세상을 행복하게 만들겠다.
- 나는 멋있다. 나는 친절하다. 나는 설득력이 있다.
- 나는 용기가 있고, 배짱이 있고, 신념이 있다.
- 나는 성공할 수 있는 뛰어난 재능과 능력이 있다.
- 나는 모든 점에서 점점 좋아지고 있다.
- 나는 성공하기 위해서 이 세상에 태어났다.
- 나는 반드시 성공하고 기어코 승리한다. 참으로 자신 있다.

고사장